황조가에서
청산별곡 너머

허남춘 저

보고사

서문

　논문을 쓰고 책을 엮는 일이 괴롭고 무모한 일이라 자주 느낀다. 하지만 그 힘든 시간을 견디고 나면 이따금 희열도 있고 깨달음도 있다. 스스로 좋은 논문을 썼다고 자부할 때도 있지만 남이 알아주기란 힘들다. 그래서 자족하는 법을 배운다. 결국 바깥은 안에 의해 구원된다. 참된 자아를 찾아 자기구원의 길로 향하면 된다.

　글을 써서 한 권의 책으로 엮으면서 걱정이 앞선다. 나무 몇 그루를 쓰러트려 폐지를 만드는 반환경적 일에 앞선 느낌 때문이다. 그러나 그 글 안에 혼신의 힘을 다해 말하려던 생명과 같은 언어도 있었다. 그 대표적인 작품 해석이 황조가와 청산별곡이다. 그래서 그 두 작품을 책의 제목으로 삼았다.

　나는 유리왕을 주몽신화에 결부된 문맥 속에서 바라보았고, 황조가도 고대 의례와 연관시켜 해석했다. 한 남자와 두 여자의 사랑 이야기는 겨울을 내몰고 봄을 맞이하는 계절제의로서, 탈춤에서 무수히 보아온 장면과 같은 맥락으로 보았다. 청산별곡에서 '에졍지'를 갈래길로 해석하고 그 근거를 『삼국사기』에서 찾아냈다. 꾸준히 원전을 들여다보는 성과가 이런 곳에서 찾아진다고 생각했다. 그리고 또 다른 갈래길을 하나 더 찾아냈다. '물 아래'라고 표기된 것은 물갈래였던 것이다. 이상향을 향해 떠나지만 현실로 돌아올 수밖에 없는 제약된 인간의 운명을 거기서 발견했다.

　처용가를 해석하면서 남의 아내 빼앗기를 내용으로 하는 해가의 문맥과 견주어 '간통'의 의미를 찾아냈다. 정석가를 해석하면서 속요가 찰나의 육체적 욕망에 머무는 것이 아니라 '영원의 시간'을 지향한다는 점을 찾아냈다. 하늘에 해가 둘이 나타난다거나 혜성이 나타나는 우주의 변괴를 물리쳤다는 사연의 향가를 막연하게 주술적 노래라고 해석해서는 안 된다고 보았다. 노래를 통해 소리와 감정의 조화를 이루고, 이어 민심의 조화를 이뤄 재앙을 퇴치하고자 하는 신라인의 소박한 마음씨를 읽었다. 까다롭고 맛대가리 없는 한림별곡을 해석하면서, 거기에 담긴 낮과 밤의 일상과 꿈을 찾았고, 도락(道樂)과 유락(遊樂)의 균형적 삶을 찾아냈다.

한국 최고의 시인인 송강의 문학을 접하면 늘 술 향기를 맡을 수 있다. 술로 시심을 일으켰고, 술 때문에 곤경에 처했던 송강은 술로 시름을 달랬고 술로 만백성을 달래려 했다. 그의 맑고 높은 품격을 찾는 작업 속에서, 품격을 배우진 못하고 주량만 늘었던 기억이 있다. 중국과 일본으로 향한 사행의 문학을 살피면서 조선 후기 선비들이 지닌 문화적 우월감과 문명적 열등감을 동시에 느낄 수 있었다. 그리고 임병양란 이후 200여 년 동안 평화를 일구어 낸 조선조의 지혜를 찾아낼 수 있었다. 한중일이 각축을 벌이는 우리 시대에 상생과 평화를 찾기 위한 길은 바로 과거의 역사 속에 놓여 있음을 알아야 할 것이다.

나의 주된 관심사는 역시 속요였다. 애정을 두기 때문에 속요에 대한 부정적 평가나 고정관념을 없애려고 노력했다. 속요는 음사(淫辭)나 남녀상열지사(男女相悅之詞)가 아니라 '간절한 염원'을 담은 노래이고, 고려시대에만 불리지 않고 조선조 전기 200여 년 동안 불린 노래임을 밝혔다. 그리고 속요는 단순히 민요가 아니라 궁중악으로 상승한 것으로서, 그 속성을 제대로 알기 위해서는 예악사상(禮樂思想)에 관심을 가져야 한다고 강조했다.

조선조가 망하고 난 뒤 우리는 일제침탈과 남북분단의 아픔을 겪었다. 그래서 우리는 조선조의 가치를 묵살하고 서구적 근대를 찬양해왔다. 그러나 근대의 파멸을 목전에 두고 우리는 다시 민족과 동아시아의 가치를 눈여겨보아야 한다. 법치(法治)와 병제(兵制)로 다스리던 방식보다 한수 위의 통치방식은 바로 덕치(德治)이고 이는 예악으로 다스리는 것이다. 시가에 담긴 예악사상을 느끼면서 그것이 우리를 다시 구원할 통치방식임을 알아채야 탈근대의 패러다임이 마련된다. 그것은 민심을 조화시키는 방식이고 노래부르는 방식이다. 노래를 불러 감정을 조화시키고 민심을 조화시키는 그 기능을 현대시는 잃어버렸고 독자의 외면을 당했다. 시가 되살아나는 길은 노래부르기의 음악성을 회복하고, 그 속에 담긴 민심조화의 기능을 되찾는 길이 아닐까.

우리 현대문명은 너무 눈으로 쏠려 있다. 우리의 모든 욕망이 보는 것으로 귀결된다. 우리들이 얻는 정보의 80%가 보는 것으로부터 얻어진다. 현대시 또한 눈으로 보면서 감상한다. 눈의 망막에 잠시 머물다 사라지고 뇌리에 남지 못하고 만다. 보고 듣는 시가(詩歌)의 온전한 기능이 만나야 시가 우리를 감동시킬 수 있다. 보고 듣는 것에서 머물지 않고 오감이 함께 작동해야 시를 느낄 수 있고 거기서 인생의 묘리를 얻을 수 있을 것이다. 혀로 맛을 느껴보고 목구멍으로 삼켜야 맛을 제대로 알게 되고 멋도 알게 된다.

오감의 끝자락에 멋 – 미의식의 세계가 있다고 하는데, 미를 감지하는 의식으로도 도달할 수 없는 진리의 세계가 있다. 우리의 모든 의식을 동원하더라도 그곳에 가기 어려운 경우, 우리는 통찰을 해야 한다. 마지막 목적지에 도달하기 위해 ‘百尺竿頭 進一步’의 용기와 깨달음이 필요한데, 나는 지금 번뇌 망상 속에 놓여 있는 것 같다. 유행가 가사처럼 “점점 더 멀어져간다”는 느낌이다. 인생의 묘리를 얻기 위해서는 한 번 더 용기를 내야 할 것 같다. 그리고 좀더 예리한 판단력으로 문학을 보고, 문학에서만이 아니라 세상 속에서도 당당해져야 옳을 일이다. 또 10년을 ‘취모리(吹毛利)’의 정신으로 살고자 한다. 몸을 더 낮추고 학생들과 소통하고자 한다. 그리고 “소박하게 먹고, 조심스럽게 말하고, 아무에게도 상처주지 마라"란 인디언 호피족의 교훈을 새기며 생태적으로 살겠다.

매곡산에 장좌하시는 임하 선생님과 명륜동에 남아 계시는 춘당 선생님, 이헌과 사암 선생님께 감사 드린다. 이 책이 나오는 데 도움을 준 박해남 선생과 강경호 선생에게도 고마움을 전한다. 그리고 제주대 국문학과와 한국학협동과정 여러분께 고마움을 표한다. 경박한 세상 속에서도 선비의 풍류를 잃지 않는 〈한국시가학회〉 선생님들께 존경하는 마음을 전한다. 송지와 민영이에게 사랑을 전한다. 마지막으로 출판의 정도를 걸으며 국문학계에 도움을 주는 보고사 김흥국 사장과 윤은영 씨께 감사 드린다.

2010년 2월
허 남 춘

차 례

서문 / 3

1부   고대시가에서 고려가요까지

〈황조가〉 연구 현황 검토 ··· 13

황조가 신고찰 ··· 25
    1. 서 ··· 25
    2. 역사문맥과 설화문맥 ·· 27
    3. 화희치희설화와 계절제의 ·· 36
    4. 황조가의 의의 ·· 44
    5. 결 ··· 51

혜성가·도솔가의 일원론적 세계관과 민심의 조화 ··············· 53
    1. 서 ··· 53
    2. 혜성의 변괴를 해결한 노래 ·· 55
    3. 두 해의 변괴를 해결한 사연 ·· 60
    4. 노래와 민심의 조화 ·· 67
    5. 결 ··· 69

고려 처용가와 무가의 주술성 비교 ···································· 73
    1. 서 ··· 73
    2. 신라 처용가와 고려 처용가 ·· 74
    3. 고려처용가와 무가의 주술성 비교 ·································· 82

4. 고려 처용가의 주술성과 문학성 ……………………… 97
5. 결 ……………………………………………………………… 99

정석가의 표현미와 시간의식 …………………………… 101
1. 서 ……………………………………………………………… 101
2. 사룡과의 관계 ……………………………………………… 102
3. 중국 악부와의 관계 ……………………………………… 106
4. 표상성의 변모 ……………………………………………… 110
5. 시간의식 ……………………………………………………… 116
6. 결 ……………………………………………………………… 121

〈청산별곡〉 연구 현황 검토 …………………………… 125

청산별곡의 당대성과 현재성 …………………………… 137
1. 서 ……………………………………………………………… 137
2. 청산별곡의 새로운 해석 ……………………………… 139
3. 청산의 변용, 시조와 현대시 ………………………… 154
4. 결 ……………………………………………………………… 163

한림별곡과 조선조 경기체가의 향방 ……………… 165
1. 서 ……………………………………………………………… 165
2. 경기체가에 드러나는 〈한림별곡〉의 빛과 그늘 ……… 167
3. 조선 전기의 주도적 장르로서의 경기체가 ………… 176
4. 도락적·유락적 미의식의 지속과 변이 …………… 186
5. 결 ……………………………………………………………… 194

2부   조선조 시가

고전시가 교육의 방향과 과제 ………………………… 199
1. 고전문학사 개관 ………………………………………… 199

   2. 고대시가론 ································ 208

   3. 향가론 ···································· 218

   4. 속요론 ···································· 228

   5. 시조·가사론 ······························ 237

   6. 결 ·· 245

송강 시조의 미의식 ································ 247

   1. 송강의 품성 ······························ 247

   2. 송강과 술 - 호방(豪放)과 처완(悽惋) ······ 251

   3. 청고(淸高)와 결백(潔白) ·················· 261

   4. 결 ·· 266

가사를 통해 본 중국과 일본 ···················· 269

   1. 서 ·· 269

   2. 조선의 대외관 ···························· 275

   3. 도시와 문물 ······························ 281

   4. 풍속과 풍경 ······························ 289

   5. 사행의 음식 ······························ 292

   6. 결 ·· 298

3부   시가와 예악

고전시가와 예악사상 ···························· 307

   1. 서 ·· 307

   2. 예(禮)와 악(樂) ·························· 310

   3. 고려말의 속악과 조선초의 속악 ············ 316

   4. 속요 비판의 이유와 지속의 의의 ·········· 325

   5. 결 ·· 331

조선조 예악과 근대 수용 333

    1. 서 333

    2. 예악사상 335

    3. 악과 도량형 339

    4. 악과 자연관 344

    5. 조선조의 악 349

    6. 예악의 근대 수용 355

참고문헌 / 366

찾아보기 / 380

1부
고대시가에서 고려가요까지

〈황조가〉 연구 현황 검토

1.

〈황조가〉는 작품을 둘러싼 핵심 쟁점들이 아직까지도 해결되지 않은 채 여러 연구자들에 의해 다양한 논의들이 제출되고 있다. 연구자별로 관점에 따라 견해를 달리 하는 문제들을 짚어보면, 작품의 성격 및 주제, 작자, 창작 시기, 갈래 등의 문제들을 들 수 있다.

우선 지금까지의 연구 현황을 개략적으로 설명하면, 〈황조가〉의 **작자 문제**는 크게 작자를 유리왕으로 보자는 견해[1]와 작자가 유리왕이 아

---

1) 연구사 검토는 강명혜의 「〈황조가〉의 의미 및 기능-〈구지가〉·〈공무도하가〉와의 연계성을 중심으로-」(『온지논총』, 온지학회, 2004)와 임주탁·주문경의 「〈황조가〉의 새로운 해석 -관련서사의 서술 의도와 관련하여-」(『관악어문연구』 29, 서울대 국어국문학과, 2004)에 상세히 설명되어 있어 많은 참조가 된다.
　　김태준, 『조선한문학사』, 조선어문학회, 1931, 15쪽. ; 조윤제, 『조선시가사강』, 을유문화사, 1954, 76쪽. ; 김기동, 『국문학개론』, 진명문화사, 1980, 67쪽. ; 이가원, 『조선한문학사』, 삼화출판사, 1973, 29쪽. ; 장홍재, 「〈황조가〉의 연모대상」, 『국어국문학연구논문집』, 청구대학 국어국문학회, 1963, 103~104쪽. ; 이종출, 「〈황조가〉논고」, 『조대문학』 제5집, 1964, 63쪽.(『한국고시가연구』, 태학사, 1989) ; 권영철, 「황조가 신연구」, 『국문학연구』 제1집, 효성여대, 1968, 112쪽. ; 민영대, 「황조가연구」, 『숭전어문학』 5, 숭전대, 1976, 118쪽 ; 김봉영, 「황조가의 새로운 이해 : 그 창작의 시기와 문학적 성격」, 『국어국문학』 3, 조선대, 1981, 9쪽. ; 조동일, 『한국문학통사』 1, 지식산업사,

니거나 알 수 없다는 견해2)로 나뉜다. 유리왕을 작가로 보는 경우에도
그 구체적인 창작 시기는 1년 9월~2년 9월 또는 2년 봄(권영철), 4년
봄(이가원), 4년~10년 또는 5년 봄(이종출), 5년 봄(민영대), 32년(정무룡)
등으로 보는 다양한 논의가 제기되었다. **작품의 성격**에 대해서도 초기
에는 유리왕이 치희나 왕비 송씨를 위해 부르거나 지은 것으로 보는 것
이 일반적이었지만, 유리왕의 직접적 창작과는 거리가 있는 전승 민요3)
또는 고대로부터 전해진 사랑의 노래(구애곡)4)으로 보거나 주술적 혹은
제의적 성격의 노래5)로 파악하기도 한다. **갈래**에 대해서도 대부분은 서
정시 혹은 서정양식의 노래로 보고 있으나, 서사시6)로 보는 견해가 연
구 초기부터 제기되기도 하였다. **창작 당시의 언어**에 대해서도 국어로
지은 노래를 한역하였다는 견해7)와 애초부터 한어로 지은 노래라는 견

1982, 85쪽. ; 정무룡, 「〈황조가〉연구 1」, 『청천강용권박사 송수기념논총』, 태화출판사,
1986, 329쪽. ; 윤영옥, 「유리왕 유리와 황조가」, 『한국고시가의 연구』, 형설출판사,
1995, 197쪽.
2) 고정옥, 『조선민요연구』, 수선사, 1949, 29쪽. ; 임동권, 『한국민요사』, 집문당, 1981,
23쪽. ; 정병욱, 『한국고전시가론』, 신구문화사, 1982, 53~56쪽. ; 임동권, 「민요와 설
화의 교섭」, 『인문학연구』제4·5합집, 중앙대 인문학연구소, 1977, 210쪽. ; 김승찬,
「황조가고」, 『한국상고문학연구』, 제일문화사, 1978, 21쪽. ; 김학성, 「고대가요와 토템
적 사유체계 : 〈황조가〉와 그 배경설화의 기호론적 의미」, 『대동문화연구』 22, 성균관대
대동문화연구원, 1988. ; 김학성, 『한국고시가의 거시적 탐구』, 집문당, 1997, 16쪽.
3) 김학성, 「〈황조가〉의 작품 성격」, 『한국고전시가작품론』 1, 백영정병욱선생10주기추
모논문집편, 집문당, 1992, 28-29쪽.
4) 정병욱, 앞의 책, 1982, 56쪽.
5) 민긍기, 「원시가요 연구(2)」, 『사림어문연구』제8집, 창원대 국어국문학회, 1991,
43-70쪽. ; 엄국현, 「고대사회의 의례와 가요」, 『죽전 장관진교수 정년논총』, 세종출판
사, 1995, 186쪽.
6) 이능우, 『고전시가논고』, 선명문화사, 1966, 26쪽. ; 김동욱, 『국문학사』, 일신사, 1988.
7) 손락범, 「향가」, 『국문학개론』, 우리어문학회, 일성당서점, 1949, 124쪽. ; 김동욱,
앞의 책, 35쪽. ; 장덕순, 『국문학통론』, 신구문화사, 1960, 80쪽. ; 김기동, 앞의 책,
67쪽. ; 조윤제, 『한국문학사』, 동국문화사, 1963(탐구당, 1985), 21쪽 ; 정병욱, 앞의
책, 56쪽. ; 이종출, 앞의 논문, 63쪽 ; 권영철, 앞의 논문, 90쪽. ; 민영대, 앞의 논문,
120-121쪽. ; 김창룡 「〈황조가〉의 저변」, 『한성어문학』제7집, 한성대, 1988, 33쪽 ; 김학

해[8])가 대립하고 있다. 또한 국어로 지은 노래로 보는 경우에도 번역 시기를 다양하게 추정하고 있는 실정이다.

이상 각 쟁점별로 대표적인 논의들을 살펴보면 다음과 같다.

작가 문제에서는 유리왕이 창작한 것으로 보는 것이 주를 이룬다. 이종출[9])은 "황조가의 원작자는 유리왕이며, 현존하는 노래는 후세의 한역가"라고 하였고, 조동일[10])은 "원래 청춘 남녀가 짝을 찾으면서 불렀던 것 같다"고 하면서도 유리왕과의 관련성을 우연으로 돌릴 수는 없고 일국의 제왕이 이런 노래를 따와서 자기 심정을 호소할 데는 그만한 이유가 있었을 것이라고 하여 유리왕의 작자설에 힘을 실었고, "노래 부른 사람의 절실한 심정을 나타내기 위해 세계를 자아화하는 방향을 택해 서정시의 길로 들어섰다"고 하여 개인적 서정시라고 하였다. 이러한 **유리왕 작자설과 개인 서정시 논의**는 더 나아가 "화희치희 이야기와 황조가를 동일문맥으로 파악하되, 서사문맥을 역사적인 사실 지향으로 보고, 황조가는 외로움을 노래한 서정시"[11])로 설명되거나 "한족과 골천인으로 대표되는 정치세력의 견제와 조정을 통해 아직 채 다져지지 못한 왕권을 굳혀 나가려다가 벽에 부딪힌, 유리왕의 강한 정치적 좌절감을 바탕에 깔고 있는 서정적 노래"[12])로 파악되기도 하였다.

〈황조가〉를 **서정시 혹은 서정 노래로 보는 견해**는 작자 문제와 무관하게 여러 학자들로부터 인정되어온 주장이다. 정병욱[13])은 "한편의 순

성, 「〈황조가〉의 작품 성격」, 앞의 책, 1992, 32쪽. ; 현종호, 『국어고전시가사연구』, 보고사, 1996, 62쪽.

8) 이가원, 『한국한문학사』, 보성문화사, 1979, 21쪽. ; 문시규, 『한국한문학』, 이우출판사, 1980, 150쪽 ; 정무룡, 앞의 논문, 1986, 329쪽.

9) 이종출, 앞의 논문, 63쪽.

10) 조동일, 앞의 책, 85쪽.

11) 황패강 · 윤원식, 『한국고대가요』, 새문사, 1986, 15쪽.

12) 성기옥, 「상고시가」, 『한국문학개론』, 새문사, 1992, 50쪽.

13) 정병욱, 『한국고전시가론』, 신구문화사, 1982, 56쪽.

수한 서정시" 혹은 "작자불명의 서정적인 고대 가요"로 보며, 계절적인 제례의식 중에서 남녀가 배우자를 선정하는 기회에 불려진 사랑 노래의 한 토막으로, 거절당한 남자의 애절한 구애곡으로 보았다. 김승찬[14]은 〈황조가〉는 유리왕과는 무관한 한 편의 순수한 고대의 서정가요로서 고구려 부족연맹시대에 계절제의나 성적제의 때에 한 부족장에 의해 창작·가창되었던 것이라 하였다. 김학성[15]은 오래 전부터 내려오던 '사랑의 노래'라고 보았고, 개인의 특수한 경험을 특이한 정서로 표출한 창작가요로 보기보다 집단의 보편적 경험을 단순, 소박하게 표출한 공동작의 민요로 보는 것이 타당성 있어 보인다고 하여, 민요적 성격의 노래로 규정하였다. 이경수[16]는 "신화적인 제왕으로서의 유리왕이 사랑하는 여인을 잃어버린 비탄에서 부른 노래가 아니라 어떤 한 인간이(작자는 불분명하지만) 애정을 구하면서 부른 순수한 서정시"라 하였다.

　　반면 **서사시로 보는 견해**로는 이명선[17]의 논의가 대표적이다. 시가와 설화를 동일문맥으로 파악하며 서사시란 견해를 제출하였는데, 화희와 치희의 이름은 다분히 토템적 명칭이고, 유리왕의 태자 책봉에 따른 설화가 영웅담적인 서사구조를 띠고 있으며, 이 노래의 창작 당시가 고구려 부족국가의 성립 시기인 만큼 이 시기를 집단적인 서사시가 시대라고 하였다. 따라서 배경설화의 내용을 화희와 치희가 대표하는 종족간의 대립으로 보고 〈황조가〉를 종족간의 상쟁을 화해시키려다 실패한 尊長의 탄성이라고 하였다. 이능우[18]는 "서사시 혹은 그 서사시의 흔적"이라고 하였고, 김동욱[19] 역시 "한족과 항쟁의 서사시 중에서 남은 노래

---

14) 김승찬, 『한국상고문학론』, 새문사, 1987, 22쪽(「황조가 신고찰」, 『국어국문학』 9, 부산대, 1969 수정 수록).

15) 김학성, 앞의 책, 1992, 29쪽.

16) 이경수, 「황조가의 해석」, 『한국문학사의 쟁점』, 집문당, 1986, 101쪽/

17) 이명선, 『조선문학사』, 조선문학사, 1948, 167쪽(『조선문학사』, 범우사, 1990, 33쪽).

18) 이능우, 『고전시가론고』, 선명문화사, 1966, 26쪽.

라고 해석할 수도 있을 것"이라 하여 서사시로 보자는 주장을 하였다. 현승환[20]은 〈황조가〉를 서사무가 중에 삽입된 가요라고 하였는데, 유리왕은 어떤 실존인물이 신격화되어 신화 속의 주인공으로 남아 있다고 보았다.

노래의 성격과 관련하여 **제례의식 혹은 주술적 성격**으로 논의한 연구들도 있다. 앞서 살핀 김승찬의 논의에서는 "계절제의 혹은 성적 제의에서 불린 서정시가"라고 하여 중도적인 입장을 폈다면, 민긍기[21]는 〈황조가〉를 주기적으로 행해지는 본원회귀의 제의에서 축원으로 부른 呪歌라고 하였고, 엄국현[22]은 풍요를 가져오려는 공동체의 집단적 정서에서 나타난 노래로 "고대사회의 시조 추모의례 때 하늘과 땅의 신귀를 모방한 혼례에서 처첩의 갈등을 소재로 한 희극적인 굿놀이에서 불려진 극적인 양식의 노래"라 규정하였다.

2.

최근에 들어서도 〈황조가〉에 대한 연구가 활발히 진행되었는데, 기존의 논의에 바탕을 두면서도 보다 진전된 논의가 이루어졌다는 점에서 의미 있는 연구들이라 할 수 있다. 그 중 주목할 만한 논의는 **김영수, 강명혜, 임주탁·주문경, 조용호, 이영태의 연구**라 할 수 있고, 그 외 김성기, 신연우, 황병익의 연구도 참고할 만하다.

---

19) 김동욱, 『국문학사』(개정4판), 일신사, 1988(1976), 35쪽.

20) 현승환, 「황조가 배경설화의 문화배경적 의미」, 『백록논총』 1, 제주대, 1992, 110쪽.

21) 민긍기, 「원시가요연구(2)」, 『사림어문연구』, 창원대 국문학과, 1991, 43~63쪽.

22) 엄국현, 「고대사회의 의례와 가요」, 『죽전 장관진교수 정년논총』, 세종출판사, 1995, 186쪽.

1) 김영수, 「황조가 연구 재고」, 『한국시가연구』 6, 한국시가학회, 2000.

김영수는 조선후기 〈황조가〉 관련 악부시들과 당시 사학자들의 평가들을 통해 〈황조가〉의 의미를 재해석 하고자 하였다. 〈황조가〉가 지어질 당시는 "제사와 전쟁이라는 절박한 국가 중대사에 가려 기록의 전면에 드러나지 못하던 시기"였으며, "고대정복국가의 가장 중요한 행사는 전쟁수행과 제사"였다.(8쪽) 따라서 군주의 위치나, 지녀야 할 태도, 군주가 차지하는 고대 국가에서의 위상 등을 감안할 때, 〈황조가〉는 더 이상 낭만적이거나 실연의 아픔을 노래한 개인적인 가요가 될 수 없는 것이 김영수 논의의 초점이다.

"유리왕은 결국 두 계비를 다스리지 못하여 그 자신이 쟁총의 대상이 되었고, 자식들과의 갈등으로 태자의 책봉과정에서 권력 투쟁의 양상을 보였으며, 그리고 신하들과의 갈등으로 인해 왕실 내부의 권력다툼 사이에서 갈등하는 고독한 임금으로 기록되어 있다."(21-22쪽)

또한 김영수는 "조선시대 안정복 같은 역사학자들은 이미 유리왕을 실패한 군주로 간주하고 있었고, 성호나 이복휴, 강준흠 같은 유학자들도 악부시를 통해 유리왕의 황조가의 성격을 이미 일정하게 규정하고 있었다. 반면 후대의 연구들은 오히려 황조가를 낭만적으로 보거나 실연의 노래로 보거나 연모의 대상에 대한 연구, 혹은 서사시나 서정시의 장르 규정에 매달리고 있었던 것"(23쪽)이라고 하여 기존의 논의들을 비판하고 있다.

그러므로 〈황조가〉는 "일차적으로는 유리왕이 두 계비를 다스리지 못한 데서 연유한 평소의 탄식요(자탄가)"이고 "본래 유리왕이 자신의 고독과 주변과의 갈등을 드러낸 자탄의 노래"였다고 하였다. "작자인 유리왕은 통치능력의 한계를 드러낸 임금이며, 이 같은 점에서 비판받은 군주였으나, 후대에 오면서 이같은 비판적인 시각이 변질되어 두 계비 사이

를 오가는 낭만적인 실연의 주인공으로 재해석 되면서 그 본래의 위상과
역할이 뒤바뀌어 전해지고 있는 것"이라고 결론 내리고 있다.(45-46쪽)

  2) 강명혜, 「〈황조가〉의 의미 및 기능-〈구지가〉·〈공무도하가〉와의 연계
    성을 중심으로-」, 『온지논총』, 온지학회, 2004.

  강명혜는 우리의 고대 시가인 "〈황조가〉와 부대설화, 〈구지가〉, 〈공
무도하가〉와의 연계성을 찾고자 하는 것"(12쪽)에서 논의를 시작하고 있
고, "〈황조가〉 부대설화는 표면적 측면으로는 '유리왕의 구애 노래'에
대한 설명을, 이면적 의미로는 '왕실의 풍요를 노래한 것'에 대한 기
록"(22쪽)이라고 하고 있다. 따라서 "〈황조가〉는 배필이나 짝을 찾는, 즉
'사랑을 갈구하거나 원하는 시적 화자의 사랑의 노래'"이며, "유리왕과
관련된 노래로서 이전부터 있었던 구애의 노래를 유리왕이 불렀을 것"
이고 그 의미가 "'새 생명의 탄생' 그리고 풍요의 의미까지 내포"하고
있는 것과 "왕이 불렀다는 것은 결국은 '왕실의 번영이나 풍요를 기원한
다는 의미'"라고 하였다.(38쪽)

  3) 임주탁·주문경, 「〈황조가〉의 새로운 해석」, 『관악어문연구』 29, 서울대
    국어국문학과, 2004.

  임주탁·주문경은 유리왕대의 역사가 서술된 데에는 분명한 의도가
숨겨져 있으며, 이에 따라 배경설화가 갖는 서사적 문맥에 맞게 〈황조
가〉 분석을 시도하였다. 사서에 나온 유리왕은 여러 가지 실정을 통해
한 나라의 왕이자 남편이자 아버지로서 역할을 제대로 수행하지 못했던
부덕한 인물로 설정되어 있는데, 이것은 유리왕의 아들인 해명태자가
자결하는 사건에 기록된 사관의 논평에서 보다 분명하게 확인할 수 있

다고 하였다.

따라서 〈황조가〉의 핵심 정조는 "'고독한 존재'로서의 화자의 처지를 강조"하는 것으로, "해당 서사 문맥에서 '나'가 곧 '유리왕'이라는 것은 분명"하다고 하였다.(449쪽) 그러므로 "〈황조가〉는 '고독한 존재'로서의 유리왕의 처지를 가장 효과적으로 드러내는 노래"(450쪽)라고 하였다. 『삼국사기』에 가사를 수록한 이유는 유리왕의 실정을 경계하는 유교적 세계관의 결과라고 추론하였다.

또한 유리왕 관련 역사기술의 검토를 통해 "유리왕은 덕을 갖추지 못하였을 뿐 아니라 덕을 쌓기 위한 노력을 경주하지 않은 인물이다. 〈황조가〉는 그런 유리왕의 됨됨이를 가장 선명하게 드러내고 있는 노래인 동시에 유리왕이 자신이 부덕한 인물임을 알고 있는데도 적덕을 위해 노력하지 않았음을 드러내는 구실을 하고 있다."고 결론지었다.(462쪽)

4) 조용호, 「〈황조가〉의 求愛民謠的 성격」, 『고전문학연구』 32, 한국고전문학회, 2007.

조용호는 현전하는 『삼국사기』는 적잖은 오탈자를 포함하고 있다며 〈황조가〉의 새로운 번역을 시도하였고, 〈황조가〉는 현저하게 구애가요의 성격을 띠고 있다고 하였다. "기왕에도 구애의 노래로 본 논의가 있었지만(허남춘, 강명혜) 유리왕의 창작물이 아니라 그 이전부터 불린 구애가라는 견해를 제시한 경우에도 번역은 과거의 틀에서 크게 벗어나지 못했다"고 비판하며 그래서 "번역된 〈황조가〉 자체는 구애가로서의 성격을 선명하게 드러내지 못한 채 자탄가의 정조를 띠게 되었고, 따라서 연구자는 구애가로 보기 위해서 설화를 무리하게 해석하여 연결시킬 수밖에 없었다."고 하였다.(14쪽) 그리하여 "〈황조가〉라는 노래를 유리왕이 부르긴 불렀으되, 적어도 화희와 치희의 갈등과는 전혀 무관한 다른 맥락에서 불린 노래"(23쪽)라고 하였다.

또한 김부식의 언어사용 규칙을 통해 볼 때, '歌'라는 용어가 창작했음을 지칭하는 용어가 아니라는 점을 지적하였고, "〈황조가〉는 유리왕이 처음으로 지어서 부른 것이 아니라, 그냥 알고 있던 노래를 부른 것"이며, 이 노래의 작자 추정은 불가능하며 "단지 왕이 부른 이유로 정사에 기록된 노래"(25쪽)라고 주장하였다. 〈황조가〉는 "부여의 봄 축제에서 널리 불렸을 구애가"였을 것이며, "유리가 부여에서 가장 익숙하게 들었고 불렀던 구애민요의 하나"였을 것이라고 하였다.(29쪽)

결론에서는 "번역은 글자 자체의 용법을 검토하는 것은 물론, 조류의 습성과 생태적 특성까지 검토"하였고, "그 결과 〈황조가〉는 독신자가 자신의 처지를 드러내면서 배우자를 구하는 구애민요의 성격"으로 볼 수 있고, "초시대적으로 정서적 공감을 불러일으킬 만큼 독신자의 처지를 잘 반영하고 있어서, 오늘날 독자에게도 호소력을 가질 수 있었다."고 하였다.(30-31쪽)

5) 이영태, 「황조가 해석의 다양성과 가능성-『삼국사기』와 『시경』의 글자 용례를 통해-」, 『국어국문학』 151, 국어국문학회, 2009. 5.

이영태 역시 한자 표기 해석에 주목하였는데, "'作歌'라는 표현과 관련된 〈우식곡〉과 〈회소곡〉 중에서 〈회소곡〉조차 독자적인 '作歌'로 판단할 수 없다고 할 때, '作歌'와 결부되지 않은 〈황조가〉의 '乃感而歌'는 유리왕 개인의 창작과 거리를 둔 표현으로 판단해야"한다고 하였다.(244쪽) 또한 "'啻'의 용례를 통해 볼 때, 〈황조가〉의 시기는 왕비를 맞이하기 전, 왕비가 죽은 후, 두 여자를 맞이하기 전, 두 여자의 불화 상태, 치희가 진정으로 가버린 후일 수 있지만 부여를 생활공간으로 삼았던 시기에서 또 다른 해석의 가능성"이 있다고 하였고, "'作歌'와 무관하기에 〈황조가〉는 유리가 기존의 노래를 부른 것"(256쪽)이라 주장하였다. 그리고 유리왕 3년의 기록에서 "'嘗'을 중심으로 전반은 유리왕의 애정문제와 관련 것이며 후반은 전반의 부연으로 왕이 되기 이전 부여에서조차 전반의 경우와 유사하게 애정문제의 실패와 관련된 노래를 부른 적이 있다는 점을 『삼국사기』 담당자가 '철저한 시경투'로 기록했던 게 유리왕 관련 텍스트였던 것"이라고 하였다. (257쪽)

이외 논의를 살펴보면, 김성기[23]는 "〈황조가〉는 유리왕 개인이 창작한 최초의 한국의 시가이고 원사는 우리말로 되었으며 뒷날 한자로 번역한 한역가"(5쪽)라 하였고, "〈황조가〉는 태자 유리가 沸流國의 왕녀 松姬를 대상으로 창작한 연가"이며, "창작시기는 유리왕이 아직 송희를 왕비로 맞이하기 이전"이고, "창작은 B.C. 17년 이전이고 그 연모의 대상은 松妃"(23쪽)라고 하였다.

신연우[24]는 제의적 관점에서 〈황조가〉를 검토하였는데, 유리왕을 신화와 전설이 공존하는 시기의 인물로 보고 〈황조가〉는 비록 신화와 전설이 혼용되는 시기의 작품이지만 주몽설화와의 연결선상에서 볼 때 제의적 성격을 충분히 지닌다고 하였다. 또한 "〈황조가〉는 주몽신화의 유화가 갖고 있던 곡신으로서의 기능이 분화된 것으로 나타낸다"고 보았고, "화희와 치희의 대립은 가을에 곡신이 죽거나 떠나는 농경민의 의례의 모습으로, 떠났다가 다음 봄에 돌아오는 곡령의 모습을 보이는 것"(16-17쪽)이라 하였다.

황병익[25]은 "유리왕은 나약하고 우유부단하며 평범한 인간상이니, 모욕적인 화희의 말에 상처를 받은 치희를 좇아간 것이나 〈황조가〉를

---

23) 김성기, 「황조가의 연모 대상과 창작시점」, 『고시가연구』 8, 한국고시가문학회, 2001.
24) 신연우, 「'제의'의 관점에서 본 유리왕 황조가 기사의 이해」, 『한민족어문학』 41, 한민족어문학회, 2002.
25) 황병익, 「『삼국사기』 유리왕조와 〈황조가〉의 의미 고찰」, 『정신문화연구』 제32권 제3호, 2009. 9.

지어 자기 고민과 연민을 드러낸 것은 이 같은 인간적 면모를 발현"(248쪽)한 것이라 하였다. 따라서 "〈황조가〉는 보편적 민요 형식에다 자연물(꾀꼬리)과 자아의 대립적 정황을 담았다. '정다운 자연물－외로운 자아'의 대조 속에 치희와의 이별을 계기로 절감한 자기 주변과 정치상황에 대한 성찰, '고독, 상실감, 자기 연민' 등의 자기 내면을 진솔하게 형상화"(251쪽)한 것이라고 하였다.

〈황조가〉와 함께 실린 '화희치희설화'를 어떻게 바라보느냐의 관점에 따라 다양한 논의가 만들어졌고, 아직도 정설은 마련되지 않았다. 중・고등학교 교과서에서는 『삼국사기』의 문맥을 사실로 보고 〈황조가〉를 사랑에 실패한 유리왕의 그리움을 담은 서정시라고 단순하게 정리하고 말았다. 하지만 많은 문제점은 해결되지 않았다. 이 노래는 왕비 송씨가 죽은 유리왕 3년으로부터, 화희와 치희라는 두 계실을 맞이하고 이들이 싸움을 하다 한 여자가 도망가고, 유리왕은 치희를 데려오려다가 실패한 데에서 연유한다고 하겠다. 우선 유리왕의 정실부인이었던 송씨는 대무신왕을 낳기까지(유리왕 23년) 살아 있었다는 역사적 사실을 감안한다면 유리왕 3년에 왕비 송씨가 죽었다는 것은 상징적인 문맥으로 보아야 한다.

『삼국사기』의 역사적 문맥 속에 유리왕에 대한 기사는 역사적인 사실에 근거하는 듯하면서도, 한편으로는 신화적 문맥을 간직하고 있다. 고구려 건국 영웅인 주몽에 대한 기사부터 2대 유리왕의 등극과정까지는 엄연한 신화문맥이다. 이규보의 『동명왕편』에는 유리왕의 신화적 면모가 확연하다. 왕이 되어 왕비를 맞이하고, 왕비가 죽고, 두 여인을 아내로 맞이하였다는 문맥도 신화적인 잔영이다. 한 남자와 두 여자(한 여자와 두 남자) 사이에서의 갈등은 '겨울을 물리치고 봄을 맞이하는 계절제의'의 상징적 문맥임은 도처에서 확인된다.

화희와 치희의 싸움 이야기와 〈황조가〉는 어떤 연관성을 맺는가가 우리들의 주된 관심사다. 이미 정병욱 선생이 언급하였듯이, 性的 의례에서 불린 구애곡으로 자신의 고독을 하소연함으로써 여인을 감동시키려는 의도에서 불린 노래다. 본고는 정병욱 선생이 미처 하지 않은 '화희치희설화'의 의미를 추적하였고, 性的 의례를 포괄하는 계절제의적 성격을 새롭게 밝혔다. 〈황조가〉는 고대적 사유가 물씬 풍기는 집단적 서정가요이다. 인간과 자연이 긴밀한 연관관계를 맺고 있던 시기의 노래를 들으며, 인간에 의해 자연이 파탄난 우리 시대의 비극을 조망하는 계기가 될 수 있을 것이다.

황조가 신고찰

1. 서

　우리는 고구려를 잃은 지 오래다. 그 광활한 땅을 잃고, 찬연한 문화를 잃고, 웅대한 기상도 잃고 초라한 반도국으로 만족하며 살고 있다. 고구려의 신화도 잃을 뻔하였지만, 다행히 이규보의 「동명왕편」이 있어 고구려의 신성한 왕권과 하늘의 정당성을 잇고 있는 자부심을 엿볼 수 있다. 그 광활한 대지 위에서 말 달리던 고구려인의 웅대한 포부와 기상이 담긴 노래 한 마디만 남았더라도 그렇게 가슴이 허전하지는 않았을 텐데, 우리에게 남겨진 노래라곤 고작 사랑의 좌절과 고독을 노래한 〈황조가〉 한 편뿐이다. 그것도 한역되어 전할 뿐이다.

　애초에 이 노래는 우리말로 지어져 불리던 것이었는데 나중에 한역되었으리라. 그런데 우리에게 남겨진 고구려의 노래 황조가가 마냥 연애시 정도로밖에 해석될 수 없는 것일까. 시대를 훨씬 내려와 고구려가 쇠망할 시기의 노래라면 그런 해석도 받아들일 수 있지만, 이 노래는 고구려의 건국 초기 새 국가를 건설하는 주몽과 유리의 기백이 서린 시대의 산물이 아닌가. 「동명왕편」을 보면 주몽의 신성성을 이어받는 유리의 신화적 영웅상을 들여다 볼 수도 있는데, 유리를 사랑에 실패한 전설시대의 비극적 주인공 정도로 비하할 수 있단 말인가.

김부식의 유교적 중세 합리주의가 칼을 휘두르고, 새로운 이념이 들어와 전대의 사상을 파괴하고 폄하하더라도 고대의 이념과 삶과 사유가 뿌리채 뽑혀 버릴 수는 없는 일이다. 그래서 우리는 유리의 일대기가 낭만적이고 비극적인 사랑과 좌절로 점철되었다고 볼 수 없다. 상상력으로 채워진 신화를 우리의 초라한 가치관으로 속단해선 안 된다. 볼품없는 현대인의 초상을 고구려의 위대한 영웅상에 덧칠하지 말아야 한다. 2000년 전의 삶과 사유는 당대의 논리로 검토해야 한다.

본고는 이런 취지로 시작된다. 그래서 유리왕대의 역사문맥 속에서 설화문맥을 구분하고, 그것이 신화적 상상력을 담지하고 있음을 밝히려 한다. 「동명왕편」에 드러나는 유리왕의 신성성, 예를 들어 주몽이 감추어 둔 단검을 찾아 아버지를 만나고 해를 향해 하늘 높이 뛰어오르는 모습을 투영시키며 신화적 문맥을 재구해 낼 것이다. 그리고 유리왕대의 화희치희설화가 지닌 풍요제의적 특성을 밝히는 데 진력할 것이다.

화희치희설화의 본래적 의미구조가 밝혀진다면 자연히 황조가의 해석 실마리도 찾게 될 것이다. 그간의 연구는 설화와 시가를 맥락지어 해석하려다 보니 설화와 시가의 유기적 관계가 잘 밝혀지지 않자, 둘을 분리하여 삽입가요라거나 부대설화라고 하며 본래의 문맥을 훼손하기도 하였다. 그래서 설화와 시가를 동일문맥으로 보아야 하며 별개의 문맥으로 보아서는 안 된다는 기준을 세우고 황조가의 의미를 탐구하였다. 그리고 이 노래가 신화적 문맥 속의 서사시인지 아니면 서사문맥과 무관한 서정시인지, 아니면 또 다른 해석이 가능한 것인지 가늠해 볼 것이다.

황조가가 유리왕 이전의 노래인지, 유리왕 3년, 유리왕 4년, 유리왕 5년에서 11년 사이인지, 후대에 유리왕 기사에 삽입된 것인지의 창작시기 문제는 논외로 한다. 이 노래가 유리왕 이전의 민요인지, 유리왕의 창작인지, 고구려 초기 부족연맹시기의 부족장의 창작인지, 후대의 위작인지의 작자 문제도 논외로 한다. 왜냐하면 본고는 유리왕의 신화적 행적에 초점을 맞추어, '화희치희설화'의 계절제의적 성격을 밝히는 데 목표를 두고 있기 때문이며, 이 문제를 해결할 경우 창작 시기의 문제나 작자의 문제는 무화되기 때문이다.[1]

2. 역사문맥과 설화문맥

3년 가을 7월, 골천에 이궁을 지었다. 겨울 10월 왕비 松氏가 돌아갔다. 왕은 다시 두 여자를 계실로 삼으니, 한 사람은 禾姬로 골천 사람의 딸이요, 한 사람은 雉姬로 漢人의 딸이었다. 두 여자가 사랑을 다투어 화목하지 않자 왕은 동서 두 궁을 짓고 각각 살게 하였다. 그 뒤 왕이 기산에서 사냥하고 7일 동안 돌아오지 않자, 두 여자는 서로 다투었는데 화희가 치희를 꾸짖으며 "너는 漢家의 婢妾으로 어찌 그토록 무례하냐"고 하니 치희는 부끄럽고 분하여 도망갔다. 왕은 그 사실을 듣고 말을 달려 쫓아갔으나 치희는 노하여 돌아오지 않았다. 왕은 어느 날 나무 밑에서 쉬다가 꾀꼬리가 모여드는 것을 보고 느끼어 노래하였다.

翩翩黃鳥	훨훨 나는 저 꾀꼬리
雌雄相依	암수 서로 노니는데
念我之獨	나 홀로 외로우니
誰其與歸	뉘와 함께 돌아갈꼬[2]

---

1) 본고는 졸고, 「황조가의 제의적 성격(1)」, 『성대문학』 24집, 성균관대 국문학과, 1985. 의 후편에 해당한다. 논지 전개의 편의를 위하여 전편의 일부를 여러 군데 인용하였음을 밝힌다.

2) 三年秋七月 作離宮於鶻川 冬十月王妃松氏薨 王更娶二女以繼室 一曰禾姬 鶻川人之女也 一曰雉姬 漢人之女也 二女爭寵不相和 王於涼谷造東西二宮 各置之 後王田於箕山 七日不返 二女爭鬪 禾姬罵雉姬曰 汝漢家之婢妾 何無禮之甚乎 雉姬慙恨亡歸 王聞

유리왕 2년 7월에 송양의 딸을 왕비로 맞이하지만, 왕 3년 10월에 왕비는 죽는 것으로 기록되고 있다. 그 후 화희와 치희를 계실로 들이는데 두 여자가 왕의 총애를 다투다가 치희가 쫓겨가고, 왕은 치희를 회유하려다 실패하고 돌아오는 길에 사랑을 잃은 비애의 노래를 부른다는 내용이다. 고대 왕의 낭만적 사랑과 연애시를 감상하게 만드는 대목이다.

그러나 우리는 유리왕 3년의 이 기록을 역사적인 문맥으로 볼 수 없는 몇 가지 단서를 발견하게 된다.

첫째, 사실 지향적인 역사기록이 유장하게 전개되다가 느닷없이 왕의 연애담이 등장하기 때문에 이 문맥이 앞뒤의 문맥과 괴리된다는 느낌을 갖게 된다.

둘째, 유리왕 3년 10월에 왕비 송씨가 죽었다고 기록되어 있지만, 유리왕의 대를 잇는 제 3대 大武神王條를 보면 "대무신왕은 유리왕의 셋째 아들이다. …… 유리왕 33년에 태자가 되니 그때 나이가 11세였다. 이에 이르러 즉위하였다. 어머니는 송씨니 다물국왕 송양의 딸이다."[3]란 기록에서 알 수 있듯이 왕비 송씨가 유리왕의 제 3자인 대무신왕을 낳을 때인 유리왕 23년까지 생존해 있다는 점이다. 『삼국사기』는 왕이 차비(次妃)를 맞이할 경우 그 소생이 왕위를 계승하든 아니 하든 간에 반드시 소생의 출자를 밝히고 있다는 점을 감안한다면, 위의 왕비 송씨가 죽었다는 기록은 역사적 사실과 부합되지 않는다는 것을 알 수 있다. 한편 4대 민중왕의 경우 '諱 解色朱 大武神王之弟'라 한 기록을 보더라도 송씨는 민중왕 출산까지도 생존해 있었음을 알 수 있다. 그리고 禾姬의 소생은 하나도 기록되 있지 않다.[4] 당시의 연표를 정리하면 다음과 같다.

之 策馬追之 雉姬怒不還 王嘗息樹下 見黃鳥飛集 乃感而歌曰 翩翩黃鳥 雌雄相依 念我之獨 誰其與歸(『三國史記』高句麗本紀 第一, 琉璃王條)

3) 大武神王 琉璃王第三子… 琉璃王在位三十三年甲戌立爲太子 時年十一歲 至是卽位 母松氏多勿國王松讓女也(『三國史記』高句麗本紀 第二, 大武神王條)

4) 이에 대한 자세한 논의는 김승찬, 『한국상고문학연구』, 제일문화사, 1978, 13쪽에서

    유리왕 2년 왕비 松氏와 결혼
          3년 왕비 松氏 死
          8년 2子 生(解明太子)
          23년 3子 生(大武神王)
          28년 2子 死
          33년 3子 太子로 封(11세)
          33년 이후 4子 生(閔中王)

  셋째, 당시 고구려는 국가적인 체제가 아직 완비되지 않았고 강력한
왕권을 갖지 못한 부족연맹사회였기 때문에, 처음에는 토착족의 부족장
인 비류국왕 송양의 딸과 결혼하여 연맹관계를 맺었고, 그 후에는 절노
부와 지속적으로 혼인하였다.[5] 그러므로 절노부나 관노부와 같은 연맹
체 이외의 근본이 없는 여인(鶻川之女인 화희)과는 결혼이 사실상 불가능
하였다. 그리고 당시 漢族과는 적대적인 관계에 있었기 때문에 漢人之
女인 치희와의 결혼도 생각할 수 없다.[6] 사정이 그러하니 유리왕이 화
희 치희를 계실로 삼았다는 위의 기록은 역사적 정황과 부합하지 않으
며, 역사적 사실의 기록이 아닌 듯하다.
  그렇다면 위의 기록은 이질적인 기사의 삽입인가, 아니면 잘못된 기
사일까. 혹은 설화적인 문맥으로 읽어야 할 부분이 아닐까. 『삼국사기』
를 저술하는 과정에는 우선 『구삼국사』를 토대로 하여 다수의 학자들이
관여하였다고 하는데, 김부식이 유교적 세계관을 앞세운 중세 합리주의
정신으로 『구삼국사』를 정리하였다고 하더라도 고대의 신화적(혹은 설

참조하였다.

5) 絶奴部世與王婚 加古雛之號(『三國志』魏書, 東夷傳)
6) A.D. 1세기 초… 고구려가 진출을 꾀하고자 한 곳은 요하 유역이나 대동강 유역이
   아니면 松花江 유역이나 동해안의 평야 지역이었다. 이러한 지역은 모두 당시 중국의
   직속령이거나 그 영향 밑에 있었으므로 고구려와 漢族과의 투쟁은 필연적인 일이었다.
   (이기백, 『한국사신론』, 일조각, 1978, 37쪽)

화적) 문맥이 완전히 제거되지 않았다고 한다. 예를 들어 외국 사신이 보내온 활을 꺽어 유리왕의 노여움을 사고 결국 자결하고 마는 해명태자의 이야기는 "아비는 아비 노릇을 못 했고, 자식은 자식 노릇을 못 했다(父不父 子不子)"란 사관의 논평에도 불구하고, 잘 짜여진 하나의 삽화로서 윤리적 시비거리와 무관하다. 같은 맥락에서, 적병이 올 경우 스스로 울리는 鼓角을 낙랑공주로 하여금 찢게 하였던 왕자 호동이 결국 元妃의 참소에 괴로워하다 자살하고 말았다는 왕자 호동 이야기도 "왕은 아들을 죽였으니 어질지 못하고 호동은 죽지 않을 자리에 죽었으니 大義에 어두웠다"는 사관의 합리주의적 논평과 무관하게 잘 짜인 한 편의 설화로 인식된다.

유리왕조의 화희 치희를 등장시킨 서사문맥도 "사실의 진술이 아니라 '허구의 진술'이며 擬似歷史記述物"[7]이다. 그러므로 우리는 여기서 주몽신화 이후의 고구려 초기 역사 기술을 되짚어 보아야 한다. 특히 주목해야 할 것은 고구려 1대 주몽에서 5대 모본왕까지의 기술이 6대 太祖왕 이후의 王曆과 문화적 차이가 있다는 점이다. 6대 太祖는 國祖라고도 하니 고려의 태조나 조선의 태조와 같은 高氏 왕조의 건국주의 의미를 띠고 있다. 그리고 그 이전 주몽에서부터 모본왕까지는 解氏라고 기록되어 있다.

東明聖王 姓高氏 一云鄒牟 一云衆解　　東明王 姓高 名朱蒙 一作鄒蒙 壇君之子
瑠璃明王 諱類利 或云孺留　　　　　　瑠璃王 一作累利 又孺留 東明子 姓解氏
大武神王 或云 大解朱留王 諱無恤　　　大虎神王 名無恤 一作味留 姓解氏
閔中王 諱解色朱 大武神王之弟　　　　閔中王 名色朱 姓解氏
慕本王 諱解憂 一云解愛婁 大武神王元子　慕本王 閔中之兄 名愛留 一作憂
(『三國史記』 高句麗本紀)　　　　　　(『三國遺事』 王曆)

7) 김학성, 「황조가의 작품 성격」, 『한국고전시가작품론』 1, 집문당, 1992, 28쪽.

『삼국사기』에서는 姓을 기록하지는 않았지만 주몽은 '衆解'라 하였고, 대무신왕은 '대해주류', 민중왕은 '해색주', 모본왕은 '해우'라 하여 유리를 제외한 대부분의 이름에 '解'를 넣어 주몽의 父인 해모수의 계통임을 알 수 있다. 『삼국유사』에서는 유리왕과 대무신왕, 민중왕이 解氏라고 성을 명기하고 있으며 모본왕도 민중의 형이니 해씨일 것이고, 아버지인 해모수와 아들인 유리 사이에 있는 주몽도 당연히 해씨일 것이다. 다만 高氏를 성으로 하는 제6대 태조왕 이후의 가계와 주몽의 신화를 연결하려 보니 주몽을 高氏로 명기한 듯하다.

이러한 혼란은 고구려 전기 부족연맹장의 교체에 기인한다. 『三國志』魏書 東夷傳 高句麗條에서 "涓奴部가 본래 나라의 왕이었다. 지금은 비록 왕이 아니라 하더라도 적통대인은 고추가라 칭한다"[8]고 하여 고구려 초기 부족연맹체의 왕위가 연노부에서 나왔음을 알 수 있다. 이 연노부는 消奴部의 별칭이다. 그런데 연노부의 왕위가 계루부로 교체[9]되는데, 이 시기는 대체로 太祖王代로 상정할 수 있다. 태조왕대를 기점으로 연맹체의 왕위가 교체되는데, 첫째 해씨왕계는 소노부 왕실이고 고씨왕계는 계루부왕실이라는 설이다. 둘째, 초기에는 유리왕계의 해씨 세력이 왕위를 계승하다가 뒤에 태조왕 때 계루부 고씨가 왕위를 계승하게 되었고, 계루부 왕실의 권위를 높이기 위하여 계루부의 조상인 주몽을 해씨의 조상인 유리왕 앞에 올려 놓고 주몽을 개국시조로 삼았다는 설이 있다. 셋째, 초기에는 비류국 송양왕(소노부 족장)이 부족장의 지위를 가졌다가 태조왕 당시부터 계루부에 넘어갔는데, 태조왕 이전은 직계이고 그 이후는 방계라는 설이 있다.[10]

---

8) 涓奴部本國王 今雖不爲王 適統大人 得稱古雛加
9) 本涓奴部爲王 稍微弱 今桂婁部代之(『三國志』魏書 東夷傳)
10) 김철준, 『한국사논문선집』 2(고대편), 일조각, 1976, 58쪽.
　　국사편찬위원회, 『한국사』 2, 탐구당, 1981, 136쪽.
　　국사편찬위원회, 『한국사』 5, 탐구당, 1996, 26-28쪽.

『삼국사기』나 『삼국유사』가 東明王의 父가 解慕漱임에도 불구하고 東明王 姓을 高氏라 한 것은 제 1대에서 제 5대까지의 실제의 성은 무시하고, 제 6대 이후의 전 고구려왕이 高氏이므로 卒本夫餘族의 傍系로서 등장한 제 6대 이후의 王系가 東明神話의 권위를 계승하면서 후대 왕의 系譜를 本位로 하여 高氏라 한 것이 틀림없다.[11]

해모수-주몽-유리로 이어지는 동명신화의 권위를 계승하려는 의도에서 주몽의 성을 高氏라 하였다. 소노부와 계루부로 나뉘건, 계루부의 직계와 방계로 나뉘건, 해모수-주몽-유리로 이어지는 가계와 6대 태조왕 이후의 가계가 다르고, 문화관념에 커다란 낙차가 있었던 듯하다. 태양 즉 '해'(漢字 '解'를 빌려 표기)를 숭배하는 이 부족은 제정일치의 관념이 짙게 나타난다. 그러므로 주몽에서부터 5대 모본왕에 이르는 가계의 역사는 그 문맥을 사실이라는 고정관념을 넘어 해석해야 할 것이다. 즉 동명신화의 권위와 이를 계승한 유리왕의 기록 속에는 신화적인 측면이 강하게 남아 있다. 김부식에 의해 『삼국사기』가 사실 위주의 기록을 지향하고 신이한 내용을 많이 거세하였다고 하더라도 신화적 흔적을 엿볼 수 있고, 이규보의 「東明王篇」에서 유리왕의 신성성을 재구해 낼 수 있다. 「동명왕편」의 서문에서 우선 동명신화의 신성성을 읽을 수 있다.

구삼국사를 얻어서 동명왕의 본기를 보니 그 신이한 사적이 세상에서 말하는 것보다 넘었다. 그러나 역시 처음에는 믿지 못하고 귀신이요, 요술이라고 생각하였으나 세 번 반복하여 탐독하고 완미하여 점점 그 근원에 들어가니 요술이 아니고 聖이며 귀신이 아니고 神이었다. 하물며 국사는 直筆로 쓴 글이니 어찌 허탄하게 전하였으랴. 김공 부식이 거듭 국사를 편찬할 때에 그 일을 많이 소략하였으니 생각하건대 공이 생각하기를 국사는 세상을 바로잡는 글이니 크게 이상한 일로 후세에 보일 수 없다 하여 소략하였나 보다.

---

11) 김철준, 「백제사회와 그 문화」, 『한국고대사회연구』, 지식산업사, 1975, 46−47쪽.

이규보는 『삼국사기』에서 동명신화가 소략하게 된 폐단을 지적하고, 당시의 구전 신화와 『구삼국사』의 기록을 토대로 『동명왕편』을 짓게 된 것이다. 이규보는 동명왕의 사적을 '非幻也乃聖也 非鬼也乃神也'라 하여 신성이라 하고, 우리나라를 '聖人之都'라 하고 있다. 그리고 이 신성한 이야기는 해모수에서 주몽으로, 주몽에서 유리로 이어진다.

ㄱ) 유리의 善彈: 類利…見一婦戴水盆 彈破之 其女怒而詈曰 無父之兒 彈破我盆 類利大慙 以泥丸彈之 塞盆孔如故(「東明王篇」)

ㄴ) 유리의 단검찾기: 七嶺七谷石上之松(東明王篇), 七稜石上松下(『三國史記』)

ㄷ) 유리의 南下: 屋智句鄒都祖等三人行至卒本(『三國史記』)

ㄹ) 피가 함해짐: 血出連爲一(「東明王篇」)

ㅁ) 신성한 행위: 王謂類利曰 汝實我子 有何神聖乎 類利應聲 擧身聳空 乘牖中日 示神聖之異 王大悅 立爲太子(「東明王篇」)

우선 ㄱ)을 보면 유리의 善彈은 주몽의 善射를 연상하게 한다. 주몽은 비류국왕 송양과 활쏘기 대결에서 옥가락지를 백보 밖에 걸어두고 기왓장 부수듯 깼다고 하는데, 유리는 한 아녀자의 물동이를 깨고 아비 없는 자식이어서 이러하냐는 질책에 부끄러워 하며 진흙으로 다시 그 구멍을 막는 '奇節함'을 보인다. 『삼국사기』에는 유리가 물동이를 깨트리니 아비 없는 아이인 까닭에 버릇이 없다는 여인의 꾸지람을 듣고 부끄러워 집에 돌아오는 내용만 기록되어 있다. 아낙네의 물동이나 깨는 철없는 어린애로 그린 『삼국사기』와, 호기 있고 자유분방하게 어린 시절을 보내고 아버지의 사격 능력을 빼닮은 모습을 형상한 「동명왕편」과의 거리를 느끼게 하는 문면이다. 『삼국사기』가 유리의 신성성을 훼손한 정도를 가늠할 수 있는 대목이라 할 만하다.

ㄴ)에서 미언(迷言)풀기를 통해 단검을 찾는 내력은 신이한 능력의 일단이라 할 수 있고, 태자 책봉과 맞어져 있는 '劍은 왕권의 상징'[12]이다.

ㄷ)에서 3인 동행은, 주몽이 금와왕에게 쫓겨 남하하면서 烏伊·摩離·陜父의 3인과 동행하는 동일 유형의 모티프이다.

ㄹ)에서 피를 합해 부자의 관계를 확인하는 절차는 서사무가에 자주 등장하는 신화적 모티프이다. 제주의 서사무가 「이공본풀이」에서 할락꿍이가 아버지 사라도령을 찾아가, 손가락을 깨물어 붉은 피 세 방울을 떨어뜨리니 연못이 마르게 되고, 이런 풍운조화를 일으키는 할락꿍이는 아버지를 만나게 되어 증표로 가져간 머리빗 한 쪽을 내놓고, 사라도령의 빗과 맞추어 부자를 확인한다.[13] 서사무가 「제석본풀이」와 주몽신화의 상관관계는 이미 연구된 바 있거니와, 「이공본풀이」에도 주몽신화와 여러 군데 모티프의 유사성이 확인된다.

ㅁ)에서 주몽이 유리에게 신성함을 보이라고 하니, 들창문을 타고 하늘에 솟구치는 '神聖한 異蹟'을 보이자 유리를 태자로 세운다는 대목이다.

이처럼 「동명왕편」은 주몽의 신성성에 이어 유리의 신성성까지를 서술하고 있다. 『삼국사기』에 편린으로 남아 있는 신화적 문맥을 「동명왕편」은 온전하게 재구하고 있다. 그래서 김열규 교수는 "신라 및 가락에서는 그 건국 시조 및 왕족의 시조만이 신격화되어 있음에 비추어 고구려에서는 제 2대왕 유리까지도 그의 태자 책위(冊位) 과정을 통해 신격화됨으로써 이른바 신성왕(神聖王)이 된다는 남북의 대비가 있을 수 있다. 그러나 사후의 사령의 신격화에 있어선 유리는 제외되고 만다."[14]고 하여 고구려신화는 신라나 가야의 건국신화와 달리 제 2대 유리왕의 신성성을 지니고 있다고 했다. 환인−환웅−단군(단군신화), 짐진국과 임진국−사라도령과 원강암이−할락꿍이(이공본풀이)처럼 동명왕신화는 해모수−주몽−유리의 3대를 설정하고 그 신화적 원형을 갖추고 있다.

---

12) 김열규, 『한국신화와 무속연구』, 일조각, 1977, 257쪽.
13) 현용준·현승환, 『제주도 무가』, 고려대학교 민족문화연구소, 1996, 90-91쪽.
14) 김열규, 위의 책, 50-51쪽.

그런데 주몽의 시대는 신화의 시대이지만 유리의 시대는 전설의 시대라고 하는 견해가 있다. 유리왕대에는 부여와의 싸움으로 인해 위기가 발생하고 해명태자가 죽는 사태가 벌어지고, 화희와 치희의 다툼이 일어나는 등 아버지와 아들, 임금과 왕비 사이에 갈등이 벌어진다고 하여 신화의 시대에서 전설의 시대로 이행하였다고 하는 견해를 들어, "시련의 근본적인 이유는 신화적인 질서가 무너지면서 가치관의 전반적인 혼란이 일어난 데 있었다고 할 수 있다. 자아와 세계의 동질성이 흔들렸으므로 유리왕은 사태를 바로 이해할 수 없는 혼란에 빠져, 자기 고독을 생각하며 일방적인 사랑노래를 불렀던 것이다."15)라 했다. 김학성 교수도 환웅·해모수·혁거세·수로왕 등의 설화들은 화합(결혼)과 성취(건국)에 관련된 숭고한 신화적 서사구조임에 반해, "본 배경설화는 유리왕과 여인간의 사별(松氏) 혹은 이별(치희)하는 서사전개를 보임으로써 고립과 실패가 중심 모티프를 이루는 비극적인 전설적 서사구조로 짜여져 있음"16)을 알 수 있다고 하며 화희치희설화가 신화적 논리에 기반을 두고 있지 않고 현실적인 전설적 논리에 기반을 둔다고 하고 있다.

우리 신화의 주류인 건국신화 대부분이 건국 시조만을 신격화하고 건국 시조 이후의 왕계는 대체로 역사적 문맥으로 서술하기 때문에 그런 견해가 도출되게 마련이다. 1대는 신화시대이고 2대부터는 진실시대라는 어색한 해석이 이 때문에 생겨났다. 「동명왕편」에서 유리왕을 당당한 신화적 주역으로 재구하고 있으며, 소략하긴 하지만 『삼국사기』에서도 주몽신화를 연상하게 하는 신화적 문맥이 있음을 볼 때, 화희치희설화는 신화적 문맥으로 읽을 필요가 있다. 신화적인 인물인 유리왕이 개인적인 연애 감정을 표현하였다는 것도 어색한 해석이다. 신화는 제의의 구술상관물이라고 한다. 화희치희설화는 제의적 절차를 암시하고 있다.

---

15) 조동일, 『한국문학통사』 1, 지식산업사, 1982, 85쪽.
16) 김학성, 「황조가의 작품 성격」, 27쪽.

泥師都旣別感異氣 能徵召風雨 娶二妻云 是夏神冬神之女也[17]

우리는 돌궐의 신화에서 화희치희설화를 해석할 실마리를 찾게 될 것이다. 돌궐의 영웅 泥師都는 능히 풍우를 부를 줄 아는 능력이 있었고, 두 여자를 맞아들였는데 하나는 夏神이고 하나는 冬神이었다고 한다. 유리왕의 '娶二女以繼室 一曰禾姬 鶻川人之女也 一曰雉姬 漢人之女也' 와 비견된다. 유리왕도 돌궐의 영웅처럼 신성한 능력을 지녔음은 이미 증명한 바 있다. 그리고 돌궐의 두 여인이 夏神과 冬神이듯이 화희는 여름의 신, 치희는 겨울의 신일 가능성이 엿보인다. 골천의 여자라거나 한인의 여자라는 것은 후에 덧붙여진 장식적 수사일 것이다.

3. 화희치희설화와 계절제의

유리왕 3년 왕비 송씨가 죽자 화희와 치희를 계실로 삼았는데, 둘이 왕의 총애를 다투며 싸우다가 치희가 도망가게 되고 왕은 치희를 쫓아 갔으나 돌아오지 않자, 나무 아래에서 쉬며 꾀꼬리에 자신의 심정을 의탁하여 외로움을 노래했다는 이 서사문맥을 단순한 연애 감정을 담은 삽화로 볼 수만은 없다. 건국주가 탄생하고 왕위가 계승되고 주변 부족과의 치열한 대결이 이어지는 고구려 역사의 서두에 한가하게 연애담을 기록할 리는 만무하다. 그러므로 우리는 왕비 송씨의 죽음과 화희 치희의 등장이 의미하는 바를 상세히 살필 필요가 있을 것이다.

앞에서 밝혔듯이 만일 왕비 송씨가 죽었다면 부족 연맹체 중의 어느 한 부족과 다시 결혼동맹을 맺었을 것이다. 그런데 그런 결혼 기사는 보이지 않는다. 그리고 송씨는 3대 대무신왕의 母로 기록돼 있으니 대

---

17)『周書』卷50, 列傳 第42, 突厥條.

무신왕이 탄생한 시기(유리왕 23년) 이후까지 생존한 것으로 보아야 할 것이다. 그러니 왕비 송씨의 죽음은 모의적인 죽음이고, 화희와 치희도 이런 왕비의 모의적인 죽음과 연관된 인물이며, 둘의 쟁투도 모의 쟁투일 가능성이 크다. 모의쟁투는 대체로 여름과 겨울의 싸움으로 구성되어 있고, 이는 농사가 잘되길 기원하는 풍요제의의 성격을 띤다. 우선 화희와 치희의 쟁투가 상징하는 바를 살피겠다.

김승찬 교수는 '更娶二女而繼室'의 기사를 고구려 건국 당시의 사회 경제상을 반영한 설화로 보고, 雉姬는 수렵의 대상인 꿩에서 따오고 禾姬는 농경물의 대상인 벼에서 따왔다고 하며, 설화에 치희가 화희에 의해 쫓겨 감은 고구려의 초기 부족연맹사회가 수렵 경제생활 상태에서 농경 경제생활 상태로 발전하고 전이된 과정을 설화에 반영한 것으로 추정하였다.[18] 김승찬 교수는 수렵 경제사회에서 농경 경제사회로의 변모를 유리왕대인 B.C. 1세기로 보았는데, 한반도에서 농경문화가 시작된 것은 청동기문명이 시작되는 B.C. 7세기 경으로 볼 수 있기 때문에[19], 화희치희설화는 사회경제체제의 변모를 상징하는 것으로는 볼 수 없다고 생각된다. 더구나 유리왕의 사적을 기록하는 과정 속에 갑자기 사회경제의 변모를 설화화한 이야기가 삽입되었다고 하는 것도 어색하다.

성기옥 교수는 "한족으로 대표되는 수렵민 중심의 외래세력과 골천인으로 대표되는 농경민 중심의 토착세력 간의 정치적 알력"[20]이라고 하여 설화를 종족 간의 대립으로 보는 종래의 견해에, 치희는 수렵민을

---

18) 김승찬, 「황조가고」, 15-18쪽. 본고는 김승찬 교수의 소론, 화희를 벼의 상징으로 보고 치희를 꿩의 상징으로 본 바에 착안하여 화희를 농경의 시간, 치희를 수렵의 시간으로 상정할 수 있었다. 그리고 수렵사회에서 농경사회로 변모한다는 김 교수의 추정을 본고에서는 '수렵의 시간'에서 '농경의 시간'으로 변모한다고 바꾸어 놓았다.

19) 한반도의 농경문화는 그 시기가 驪州(南漢江 欣岩里)의 炭化米 炭素年代測定으로 B.C. 7C-B.C. 12C까지 소급할 가능성이 있다고 한다.(김원룡, 「한국도작문화에 관한 일고찰」, 『진단학보』 25·26·27합집, 1964, 308쪽)

20) 성기옥, 「상고시가」, 『한국문학개론』, 새문사, 1992, 50쪽.

상징하고 화희는 농경민을 상징한다는 견해를 덧붙였다. 사실 고구려는 수렵 위주의 유목민과 농경 위주의 정착인으로 구성되었는데, 안정적인 생활을 갈구하면서 서서히 농경 위주의 경제체제로 발전하였다. 그러나 고구려 내부에서 일어난 종족 간의 대립이라면 설득력이 있겠으나, 고구려 초기부터 고구려와는 적대관계에 있던 한족과의 결혼은 상상할 수 없으며, 한족과 토착세력의 알력과 정치적 좌절감이라는 설명은 시대적 정황과 맞지 않는다.

그렇다면 여기서는 우선 禾姬란 이름이 벼에서 따온 농경의 시간을, 雉姬란 이름이 꿩에서 따온 수렵의 시간을 상징한다고 가정한다. 禾는 곡물의 상징이고 雉는 수렵의 상징인 바, 수렵의 기간에는 농경이 멈추는 시간이니, 농경의 계절(여름)과 농경이 멈추는 계절(겨울)은 서로 갈등을 벌이는데 이 싸움이 화희와 치희의 대결로 나타나는 것이다.

이런 두 여인의 갈등으로 형상화된 계절제의를 여러 군데에서 발견할 수 있는데, 강등학 교수는 남모와 준정이라는 두 여성의 갈등을 내용으로 하는 原花說話의 구조는 죽음과 부활의 제의적 절차였다고 하고, 두 원화는 겨울의 죽음과 봄의 생명력을 상징하는 신격이라고 언급한 바 있다.[21] 그 외에 할미영감놀이는 여름과 겨울의 싸움이라는 굿적 갈등을 처첩관계로 극화시킨 것이라고 한다. 여름과 겨울의 싸움은 처용가에서도 볼 수 있으니, 이에 대한 조동일 교수의 견해를 든다.

> 역신은 겨울의 상징이고, 처용은 여름의 상징으로 해석하자는 가정이다. 한 여성을 가운데 둔 두 남성의 싸움(또는 한 남성을 가운데 둔 두 여성의 싸움)을 설정하고, 두 남성 중의 하나는 물러가야 할 존재라고 하고, 다른 하나는 물리치는 역할을 하는 존재라고 하는 것은 겨울과 여름의 싸움의 전형적인 구성이다. 물러가야 할 존재, 즉 겨울의 상징인 남성이 여성과

---

21) 강등학, 「原花說話攷」, 『성대문학』 21집, 성균관대 국문학과, 1980, 16쪽.

맺는 비정상적인 관계에서는 이루어지는 것이 없고, 물리치는 존재, 즉 여름의 상징인 남성이 여성과 맺는 관계에서는 풍요가 이루어진다고 보는 것도 흔히 볼 수 있는 바이다. 후대 탈춤에서 되풀이해서 나타나는 소무를 가운데 둔 노장과 취발이의 싸움이나, 영감을 가운데 둔 할미와 각시의 싸움은 모두 이런 굿의 흔적으로 해석될 수 있다.[22]

한 여성을 사이에 두고 벌이는 처용과 역신의 대결이 계절제의의 전형적 구성이듯이, 한 남성 즉, 유리왕을 사이에 둔 두 여자 화희와 치희의 싸움은 겨울을 보내고 농사지을 수 있는 계절, 즉 봄(혹은 여름)을 맞이하는 계절제의의 원형이라 할 수 있다. 이 계절제의의 전통은 면면히 이어져 후대 탈춤에까지 그 잔영이 나타난다. 탈춤이 원래 농촌의 풍요를 기원하는 굿에서 유래하였기 때문에, 겨울을 내몰고 봄을 맞이하는 재생제의의 흔적이 남아 있다. 그 계절적 제의는 풍요와 생산의 상징인 젊은 여자와 생산력을 잃은 할미와의 대결에서 할미가 패배하는 내용이거나, 어둠과 죽음과 겨울의 상징인 노장과 밝음과 생산과 여름의 상징인 취발이의 대결에서 노장이 패배하는 내용을 통해 드러난다. 탈춤에는 민중적인 힘 이외에 제의적인 힘이 근원적으로 존재한다. 풍요를 기원하는 농촌의 탈놀이 흔적을 제주도의 春耕風俗에서도 발견할 수 있다.

春耕은 上古耽羅王時에 親耕籍田하던 遺風이라 예전부터 이를 州司에서 主張하야 每年立春前一日에 全島巫覡을 州司에 集合하고 木牛를 造成하야 써 祭祀하며 …… 戶長이 장기와 쌉이를 잡고 와서 밧을 갈면 한 사람은 赤色假面에 긴 수염을 달아 農夫로 쉬미고, 五穀을 쌕리며, …… 쏘 두 사람은 假面하야 女優로 쉬미고 妻妾이 서로 싸우는 형상을 하면, 쏘 한 사람은 假面하야 男優로 쉬미고, 妻妾이 투기하는 것을 調停하는 모양을 하면……[23]

22) 조동일, 「처용가무의 연극사적 이해」, 『탈춤의 역사와 원리』, 기린원, 1988, 24쪽.

　이 입춘굿놀이의 기원은 탐라왕 시대에까지 소급할 수 있다고 하는
데, 李源祚의 기록에도 입춘일에 호장이 관복을 입고, 보습을 들고 목우
를 끌며 밭가는 모습을 보인다고 하며, 이는 탐라왕 때에 왕이 친경하는
유속이라고 했다.24) 봄 밭갈이 전에 농경을 모의적으로 행하며, 이 때
에 가면을 쓴 한 남자와 두 여자가 쟁투하는 행위를 모의적으로 거행한
다고 한다. 두 여자의 싸움은 당연히 농사가 잘되게 하기 위한 굿의 형
태였음은 자명하다. 1914년 일본인의 기록에 의하면 이 놀이는 黙劇으로
거행되는데, 등장인물들이 가면을 쓰고 '농부가 씨를 뿌리고, 새가 씨를
쪼고, 남녀가 농사짓는 모의 농경을 행하고, 여자를 서로 빼앗는 장면'을
연출하는데, 이 놀이를 벌이면 그 해는 五穀豊穰이 된다고 한다.25)

　이 입춘굿놀이에서도 처첩 두 여자가 사랑을 다투는데 그 중 하나는
물러가야 할 대상인 겨울임이 자명하다. 그리고 이 놀이의 궁극적 목적
은 五穀豊穰이다. 화희치희설화에서 화희와 치희의 爭寵은 겨울의 상징
인 치희가 물러가는 것으로 귀결되고, 그 궁극적 목적인 봄을 불러들인
다. 입춘굿놀이의 남우가 처첩이 투기하는 것을 조정하듯이 유리가 화
희와 치희의 쟁총을 조정하려 하는 점도 유사하다.

　겨울과 여름의 교체, 즉 계절의 교체가 두 여인으로 쟁투로 인격화되
어 나타나는 것은 우리의 특별한 사정은 아니다. 겨울을 보내고 봄을
맞이하려는 욕구는 모든 인간의 소망이었고, 풍요 기원의 신화를 탄생
시킨다. 여기에 그리스·로마신화 '프로셀피네 신화'를 인용한다.

　　제우스와 데메테르 사이에 딸 프로셀피네가 있었는데, 下界의 왕 플루토

23) 金斗奉, 『濟州島實記』, 濟州島實蹟研究社, 1932, 19-20쪽.
24) 二十四日立春 戶長具官服 執耒耜以木爲牛…作耕田樣…是耽羅王籍田遺俗云(『耽羅
　　錄』, 立春日帖韻)
25) 鳥居龍藏, 『日本周圍民族原始宗敎-神話宗敎人類學的 硏究』(東京: 岡書院, 1924,
　　143-144쪽)

에 유괴당한다. 그리하여 프로셀피네는 下界의 여왕이 된다. 딸을 찾아 헤
메는 데메테르를 측은히 여긴 제우스는 프로셀피네로 하여금 일년 중 삼분
의 일을 플루토와 下界에서, 그 나머지를 그녀의 어머니와 지상에서 살도록
허용한다.

이는 겨울 동안 땅 속에 묻혀 있던 씨앗이 봄에 싹터 자라다가 가을에
열매를 맺고, 겨울에 다시 땅 속으로 돌아간다는 '곡식의 성장'과 유사
하므로 '죽음과 재생의 계절적 풍요제'의 근간이 된다고 한다.[26] 이 신
화와 대비시켜 볼 때, 禾 즉 농경의 계절은 프로셀피네와 데메테르가
함께 하는 지상의 시간(봄-가을)이고, 稚 즉 死藏의 계절은 하계의 왕
플루토와 함께 하는 지하의 시간(겨울)이다.

왕비 송씨가 죽은 10월은 겨울의 시작이다. 농경의 계절이 끝나는 10
월이면 곡식은 땅으로 돌아가게 된다. 봄이 올 때까지 死藏의 시간이
지속된다. 여기서 신화적 인물인 왕비 송씨는 穀母로서 봄의 부활까지
'죽음의 시간'을 보내지 않을 수 없다. 穀神은 주검(地中의 埋沒)을 거친
다음에 부활한다. 그 부활은 생산의 풍요를 상징한다.[27] 농경의 시간이
끝난 후 긴 겨울 동안 사장의 시간이 계속된다. 농경의 시간과 사장의
시간은 계절의 반복이고, 그렇기 때문에 상반된 시간의 영역 속에서 구
별되고 화합하지 못한다. 이것이 不相和로 표현된다.(二女爭寵不相和)
그리하여 두 계절은 격리되는데(造東西二宮各置之) 이때 겨울은 점점 쇠
퇴하기 시작하고 봄이 서서히 다가온다. 送年의 시기가 다가오고 있을
때 거행되는 送年祭儀는 隔離祭儀에 해당될 요소를 지니고 있다.[28]

---

26) N. 프라이, 임철규 역, 『비평의 해부』, 한길사, 1982, 188-189쪽.
27) 왕도 주검의 절차를 거쳐서 부활해야 한다. 그래야만 왕권은 풍요의 生産能力이 되며
   따라서 神聖이 될 수 있다.(최진원, 「동동고」, 『국문학과 자연』, 성균관대출판부, 1977,
   152쪽)
28) 김열규, 『한국민속과 문학연구』, 일조각, 1971, 184쪽.

이제 겨울은 계속되지 못한다. 왕이 사냥의 시간 속에 있을 때(王田於箕山) 겨울과 봄의 교체(쟁투)가 계속되다가(二女爭寵) 자연의 순리대로 봄이 돌아오게 된다. 여기서 '田於箕山'은 단지 수렵에 나선 것이 아니다. 현대적인 사고방식으로 해석해서는 안 된다. 이는 당시의 '의례적인 성격'을 지닌다.29) 유리왕 24년에도 왕은 箕山에 사냥갔다가 異人을 얻는데, 그는 겨드랑이에 날개가 있어 벼슬을 주고 왕녀에게 장가들였다는 기록이 보인다.30) 후대의 왕들도 箕山에서 자주 사냥하는데, 이는 단지 사냥을 즐기기 위한 것이 아니라 3월 3일 낙랑의 언덕에서 사냥하여 돼지·사슴을 잡아 祭天·祭山川하던 것과 같은 의례였음에 틀림없다.

왕이 기산에서 제의를 드리는 동안 겨울과 봄의 교체 징후가 나타난다. 묵고 낡은 겨울의 시간은 물러가야 한다. 그러나 그냥 봄이 도래하는 것이 아니다. 봄은 겨울을 꾸짖어 내몬다.(禾姬罵雉姬) 그리하여 자연의 이치대로 봄을 맞이하게 된다. 왕이 겨울을 쫓아가도 계절은 이미 봄이 되어 겨울이 돌아올 수는 없다.(策馬追之 雉姬怒不還) 禾 즉 농경의 계절은 雉 즉 死藏의 계절을 몰아내게 되고, 봄과 대지는 결합한다. 그리고 봄을 불러들인 부족민은 곡신이 부활되었음을 기뻐한다. 자연계의 부활은 바로 인간의 생명력이 충일하게 되는 계기가 된다.31)

이 곡신의 부활은 화희치희설화 서두의 '王妃松氏薨'과 연관된다. 왕비 송씨는 모의적인 죽음을 겪고 부활하여 穀母로서 생산을 주재한다. 이 곡모적 성격은 주몽의 어머니 柳花에게서 왕비 송씨에게 이어지는 듯하다. 주몽의 母 유화는 주몽과 함께 국가수호신으로 숭앙된다. 건국

---

29) 민영규, 『강화학 최후의 광경』, 우반, 1994, 98-99쪽.

30) 二十四年 秋九月 王田于箕山之野 得異人 兩腋有羽 登之朝 賜姓羽氏 俾尙王女(『三國史記』高句麗本紀, 瑠璃王條)

31) 고대인들이 再生祭儀가 베풀어지는 시기에 식물과 관계를 맺는 것은 인간의 생명력과 자연의 생명력 사이에 연대적 관계를 맺으며 우주적 리듬에 순응하기 위해서이다.(김승찬, 「구지가고」, 『한국상고문학연구』, 41쪽)

주의 어머니로서, 곡모신으로서의 능력 때문이다.

　주몽이 작별에 임하여 차마 떠나지 못하니 그 어머니가 말하기를 "너는
어미 때문에 걱정하지 말라"라 하고 오곡 종자를 싸 보냈다. 주몽이 이별하
는 마음이 간절하여 보리 종자를 잊었다. 주몽이 큰 나무 아래서 쉬는데
비둘기 한 쌍이 날아오자 "이는 응당 신모께서 종자를 보낸 것이리라" 하고
한 화살에 모두 떨어뜨려, 목구멍에서 보리 종자를 얻었다.[32]

　유화는 부여를 떠나는 주몽에게 오곡 종자를 주고, 이별의 슬픔 때문
에 보리 종자를 잊고 떠난 주몽에게, 비둘기를 통해 다시 전해 준다.
동명왕편에 보이는 유화의 이러한 행위는 곡모적 성격[33]을 나타내는
것인데, 『삼국사기』에서는 이런 곡모신적 성격을 볼 수 없다. 「동명왕
편」에서 언급되었듯이, 김부식에 의해 주몽의 신이한 행적이 제거되거
나 소략히 되었던 것처럼, 곡모의 農業神적 성격도 유교적 윤리관에 배
치되기 때문에 삭제되었을 것이다.[34]

　고구려에서는 10월에 東盟이라는 제천행사를 거행하며 가을걷이의
기쁨을 나누고 음주가무하였다고 한다. 그런데 삼한에서는 10월제 이외
에, 씨 뿌리고 난 뒤인 5월에 祈豊祭를 행했다고 하였듯이, 추수감사제
못지 않게 중요한 것이 봄의 기풍제였다. 고구려에서는 3월 3일에 낙랑
의 언덕에 모여 祭天及山川한 것이 봄의 기풍제 중의 하나였을 것이고,

---

32) 朱蒙臨別 不忍睽違 其母曰 汝勿以母爲念 乃裏五穀以送之 朱蒙自切生別之心 忘其
　　麥子 朱蒙息大樹之下 有雙鳩來集 朱蒙曰 應是神母 使送麥子 乃引弓射之 一矢俱擊
　　開喉得麥子(「東明王篇」)

33) 이에 대한 상세한 논의는 서대석, 「제석본풀이 연구」, 『한국무가의 연구』, 문학사상사,
　　1980, 93쪽과 김철준, 「동명왕편에 보이는 신모의 성격」, 『한국고대사회연구』, 36-37
　　쪽을 참조.

34) 이와 관련하여 '王巡撫六部 妃閼英從焉 勸督農桑 以盡地利'(『三國史記』, 朴赫居世
　　17年條)의 기사에서도 알영의 곡모적 성격을 말살하고 혁거세에 종속적인 인물로 바꾼
　　것이 아닌가 하는 추정이 가능하다.(김철준, 위의 논문, 41쪽)

화희치희설화에 보이는 계절제의도 이런 기풍제의 하나였을 것이다. 그 주재자는 곡모신인 유화에서 유리왕비인 송씨에게로 이어졌을 것이다.

이 계절제의의 제의적 공간은 鶻川이 아니었을까. 왕비 송씨가 죽었다는 유리왕 3년 10월의 기록 바로 앞에는 '三年秋七月 作離宮於鶻川'이라는 기사가 있는데, 이 離宮 즉 신가옥의 건조는 통과의례의 한 사례[35]이고, 그 의례가 거행되는 곳이 바로 골천이다. 이 이궁은 왕비 송씨를 유폐시키는 공간인 듯하다. 또한 화희가 '鶻川人之女'란 기록은 화희(농경의 계절을 주재하는 여신, 夏神)가 왕비 송씨(곡모신)의 부활과 밀접한 관계가 있음으로 보아 골천이 제의적 공간이 될 가능성이 크다. 왕비 송씨는 離宮에 유폐되고 상징적인 죽음을 거쳐 풍요의 생산능력을 가지며 신성성을 회복하게 된다.

4. 황조가의 의의

황조가를 해석하는 틀은 화희치희설화의 해석에 크게 좌우되는데, 다섯 갈래로 나눌 수 있겠다.

첫째, 시가와 설화를 동일문맥으로 보는 경우이다. 1) 신화적인 주인공 혹은 임금이 서정적인 노래를 부르는 것은 어울리지 않으므로 화희가 대표하고 치희가 대표한 종족간의 대립으로 이해하고, 황조가는 종족간의 상쟁을 화해시키려다 실패한 추장의 탄성이 가미된 서사시로 보는 입장이다.[36] 2) 화희치희 이야기와 황조가를 동일문맥으로 파악하

---

35) 김열규, 『한국신화와 무속연구』, 52–53쪽.

36) 이명선, 『조선문학사』, 조선문학사, 1948, 16쪽. 이능우도 시가와 설화를 동일문맥으로 파악하며 서사시란 견해를 주장한다. 그는 화희와 치희의 이름이 다분히 토템적 명칭이고, 유리왕의 태자 책봉에 따른 설화가 영웅담적인 서사구조를 띠고 있으며, 이 노래의 창작 당시가 고구려 부족국가의 성립 시기인만큼 집단적인 서사시가 시대라 논한다.

되, 서사문맥을 역사적인 사실 지향으로 보고 황조가는 외로움을 노래한 서정시로 보는 견해이다. 역사 속의 유리왕에 대해, 개인적인 연애감정을 꾀꼬리에 의탁하여 표출하여 왕의 위엄과 권위가 조금도 느껴지지 않는다고 평가한다.[37]

둘째, 시가와 설화를 별개의 문맥으로 보는 견해다. 3) 설화와 시가는 서로 상관이 없는 문맥인데 우연히 결합되었다고 하며, 황조가는 원작자가 없는 민요로 보는 견해이다.[38] 4) 설화와 시가는 서로 상관이 없는 문맥인데 우연히 결합되었다고 하며, 황조가는 어느 부족장에 의해 창작된 서정시로 보는 견해이다.[39] 5) 4)와 유사한데, 유리왕이 신화적 인물인가 전설적 인물인가에 유념하면서 설화를 파악하고, 황조가를 민요로도 볼 수 있고 개인 서정시로도 볼 수 있다는 견해이다.[40]

시가와 설화를 동일문맥으로 보느냐 별개의 문맥으로 보느냐에 따라

(『고시가논고』, 선명문화사, 1966, 27쪽)

37) 초기의 많은 논자들이 유리왕의 사적을 역사적 문맥으로 이해했고, 이런 견해를 요약한 것이 황패강·윤원식의 견해이다.(『한국고대가요』, 새문사, 1986, 15쪽)

38) 이종출 교수는 "황조가도 고대로부터 전해 오던 원시민요가 극적 요소를 지니기 시작하면서부터 신화적 인물인 유리왕과 결부되어 현전하는 부대설화를 생성케 한 것이 아닌가" 추정하였다.(『한국고시가연구』, 태학사, 1989, 36쪽)

39) 김승찬 교수는 "이 시가에 따른 부대설화나 또 노래의 내용을 엄밀히 검토해 보면, 이 노래는 당시 고구려 부족사회에서 베풀어진 한 제의에서 어떤 부족장에 의해 순수한 서정시가로 창작되고 가창되었던 것이 역사상 탁월한 인물인 유리왕이 등장하자 그의 事蹟으로 후대인이 기억하고 문헌에 채록하게 된 것이 이 노래가 아닌가"라고 추정하였다.(「고대시가」, 『국문학신강』, 새문사, 1985, 34쪽) 그는 회희치희설화를 수렵경제생활에서 농경경제생활로 전이되는 사회경제사적 측면으로 파악한 바 있다.

40) 조동일 교수와 김학성 교수 두 분 모두 이 설화를 신화시대에서 전설시대로 이행한 시기의 서사문맥으로 보았는데, 조동일 교수는 "노래 부른 사람의 절실한 심정을 나타내기 위해 세계를 자아화하는 방향을 택해 서정시의 길로 들어섰다"(『한국문학통사』 1, 85쪽)라 했고, 김학성 교수는 "가장 보편적인 민요의 주제는 남녀간의 사랑을 노래한 것이고 그 가운데서도 이별에 따른 사랑의 비극성을 노래한 것이 가장 압도적인 빈도를 보인다. …… 특수한 경험을 특이한 정서로 표출한 창작가요로 보기보다 집단의 보편적 경험을 단순 소박하게 표출한 공동작의 민요로 보는 것이 타당성이 있어 보인다"(「황조가의 작품 성격」, 29쪽)

그 해석은 크게 달라진다. 대부분의 경우에는 설화와 시가를 동일문맥으로 해석하지만, 시가와 설화의 연관성을 재구하기 어려울 경우는 둘을 분리시켜 해석하기도 하는데, 설화를 탐구의 대상으로 삼을 경우는 시가를 삽입가요라 칭하고, 시가를 탐구의 대상으로 삼을 경우는 부대설화라 칭하며, 심한 경우는 시가나 설화 어느 한 쪽을 아예 무시하는 경우도 적지 않다. 이런 방식은 너무 자의적이다. 연구자의 편향에 따라 텍스트의 일부만 받아들이고, 연구자의 관심 밖에 있는 분야나 해석하기 곤란한 부분은 외면해 버리는 편의주의적 태도는 극복되어야 한다. 텍스트에 설화와 시가가 함께 기록되어 있다면 우선은 둘을 동일문맥으로 보려는 시도를 늦추지 말아야 할 것이다.

황조가 연구에서도 어느 한 쪽만을 중시하는 편향된 시각이 심각하게 노정되고 있다. 설화에 비중을 두고 황조가가 어느 시기엔가 끼어들었다고 하거나, 황조가에 초점을 맞춰 유리왕의 역사적 기록을 개인의 연약한 연애담 정도로 속화시키는 경우가 있었다. 혹은 시가와 설화 모두를 이질적인 요소의 삽입으로 보기도 하고, 시가와 설화 모두를 역사적 사실 지향의 서사문맥으로 파악하는 경우도 있었다.

결국 시가와 설화와의 관계를 살피는 문제보다 선행해서 해결할 문제는, 유리왕 3년조의 이 서사문맥을 역사적 사실로 보느냐, 허구적 지향의 설화로 보느냐 하는 점이었다. 이 문제는 이미 앞에서 거론하였기 때문에 유리왕 3년조의 서사문맥을 역사적 사실로 본 후 황조가를 유리왕이 창작한 서정시가로 보는 견해, 원작자 없는 민요가 유리왕의 사실적 기사에 덧붙었다는 견해는 논의의 대상에서 배제될 수밖에 없다.

설화와 황조가를 별개의 문맥으로 보는 견해도 그럴 만한 이유가 있다. 『삼국사기』가 『구삼국사』를 바탕으로 하되 많은 시간이 지난 후에 만들어지다 보니 정확하지 않은 기록이 있을 수 있고, 중국문화의 침투로 굴절되거나 왜곡된 것도 있고, 이질적인 요소가 삽입된 경우도 있을 것이다. 그런 후대의 변이를 인정한다 하더라도 우리가 『삼국유사』의 향가를 해석하면서 견지하였던 태도－시가와 설화를 동일문맥으로 인정하는 태도를 문학연구에서 견지해야 하고, 굴절과 변이의 요소를 면밀히 검토하여 본래적 의미를 재구해야 할 것이다.

본고는 앞에서 화희치희설화를 '죽음과 재생의 계절적 풍요제의'로 정리한 바 있다. 이 설화의 성격과 부합하는 황조가의 성격을 규명해 내야 할 차례이다. 일찍이 정병욱 교수는 황조가를 "계절적인 제례의식 중에서, 남녀가 배우자를 선정하는 기회에 불려진 사랑 노래의 한 토막"이라 하고 '거절당한 남자의 애절한 求愛曲'이라 했다.41) 그리고 그 근거를 다음과 같이 설명한다.

> 그라네는 중국의 고대가요를 제례의식과 결부시키면서, 『시경』의 수많은 연애시의 제작과정을 설명하고 있다. 여기서 우리는 전장에서 익히 보아온 위지 동이전의 기록을 상기하지 않을 수 없다. 즉 "男女群聚歌舞"라는 기록에는 혹시 그라네가 말하는 성적인 의례도 포함되어 있지 않을까 하는 생각이 들기 때문이다.

남녀가 무리로 모여 가무하는 축제 속에 '性的 儀禮'를 포함하는 '계절적 제례의식'이 있었을 것이라 추정한 바는 탁견이다. 우리의 오랜 전통인 영고·동맹·무천과 같은 제천의식이나 3월 3일의 수렵제에서 남녀가 무리지어 가무하고 놀았듯이, 곡모의 부활을 기원하는 계절제의에서도 남녀의 가무가 있었을 것이다. 계절제의는 겨울을 내몰고 봄을 맞이하는 의식을 거행하는데, 자연의 생명력을 인간의 생명력에 연대시켜 표현하기 때문에 남녀의 성적인 결합이 주된 내용으로 표현된다. 화희치희설화는 바로 이런 계절제의의 반영이고 황조가는 계절제의에서 불

---

41) 정병욱, 『한국고전시가론』, 신구문화사, 1977, 56쪽.

린 사랑의 노래이다.

그리고 봄을 불러들이는 계절제의 중에는, 중국의 桑祭와 같이 일정한 기간, 일정한 장소에서 남녀가 짝찾기의 놀이[42]를 벌이고 이때 사랑하는 대상을 향한 구애곡이 불리기도 했을 것이다. 그 노래는 주술적인 내용의 것이기보다는 남녀의 정을 위주로 하는 서정적인 노래이다. 사랑을 고백하는 남자이건 여자에게 사랑을 거절당한 남자이건, 누구라도 이 노래(황조가 같은)를 부르며 求愛를 했을 것이기 때문에 개인적 서정가요라고 하기는 어렵고, 집단적 서정가요라 하겠다. 그래서 유리왕의 창작과는 무관하다.

정병욱 교수는 황조가를 계절제의에서 불린 사랑의 노래-구애곡이라고만 했고, 그 앞의 문맥 화희치희설화가 '계절제의'를 반영한 설화임을 말하지 않았다. 그래서 전후 문맥의 괴리를 인정할 수밖에 없어 "서정적인 가요의 한 토막이 후에 한문으로 번역되어, 고구려 유리왕의 설화 속에 끼어들었다는 정도로 생각해 두는 편이 오히려 타당하지 않을까"[43]라 마무리하였다. 본고는 황조가가 계절제의에서 불린 노래라는 정병욱 교수의 견해에, 설화가 지닌 계절제의적 특성을 보완해 '시가-설화'의 긴밀한 해석을 성취한 의의가 있지 않을까.

본고의 논지와 부합되는, 화희치희설화를 제의로 보고 황조가를 계절

---

42) 중국 운남성 빠이족의 '애인절'(정월, 4월, 6월의 하루)에서는 다음의 노래가 불린다고 한다. "여자: 오빠는 큰 산이고 나는 큰 산에 사는 나무예요. 남자: 나는 바다이고 너는 바다 속의 배다. 여자: 집에 식구가 넷인데 식기가 하나밖에 없어요"라고 하면, 여자가 남자의 사랑을 거절하는 것이라 하는데, 남자는 계속 구애의 노래를 부른다고 한다.

43) 정병욱, 위의 책, 56~57쪽. 그는 유리왕이 신화적 존재라 하고, 신화적인 존재의 인물은 서사시의 주인공이고, 서정적인 창작시는 그보다 늦다는 통설에 너무 견인된 것 같다. 그는 황조가가 서사시일 수는 없다는 신념(위의 책 53쪽)을 가진 듯하다. 그래서 신화적 주인공인 유리왕과 황조가를 분리시켜 생각하고자 했고, 유리왕과 연관된 기사를 논의의 대상으로 삼지 않은 듯하다. 그러다 보니 신화적인 문맥 속에 계절제의의 문맥이 있을 수 있고, 제의에서 불리는 노래는 주술적인 노래이기보다는 오히려 남녀의 정을 위주로 하는 서정적인 노래임을 간과한 듯하다.

제의에서 불린 노래로 보는 견해가 이미 몇몇 연구자에 의해 이루어진 바 있다. 민긍기 교수는 시가와 설화를 지배하는 논리가 신화적인 논리이고, 10월 왕비 송씨의 죽음이 의례적인 죽음이라 하며, 황조가를 주기적으로 행해지는 본원회귀의 제의에서 축원으로 부른 呪歌라 했다.[44] 그리고 엄국현 교수의 견해는 황조가가 계절제의라기보다 풍요를 불러오려는 굿놀이에서 불린 노래라 한 점이 본고와 다르지만, 화희치희의 갈등을 풍요의례로 본 점에서는 본고와 부합된다. 그는 황조가가 "풍요를 가져오려는 공동체의 집단적 정서"를 나타낸다고 보았다.[45]

황조가는 계절제의에서 불린 주술의 노래라기보다 제의에서 불린 집단적 서정가요이다. 이 노래에는 명령이나 위협의 요구적 어법이 전혀 없으며, 봄의 정경과 인간의 정감이 있을 뿐이다. 그러므로 제의가를 주술성의 노래라고 등식화해서는 안 된다는 의미이고, 그런 제안을 한 최진원 교수의 견해는 음미할 만하다.

> 고대가요를 논하려면 제의성을 말하게 마련인데, 이때 흔히는 '제의를 부른 노래'와 '제의에서 불리운 노래'를 구별하지 않고 있다. 그렇게 되면 고대가요에 대한 문학적 이해─서정적 이해가 간과되기 쉽다. 즉 서정적 이해와 민속학적 사실이 기계적 連想的으로 직결해버리기 쉽다. '제의에서 불리운 노래'를 '제의를 부른 노래'에서 구별한다는 것은 곧 세의를 통한 '생의 표현─서정성'을 이해하는 방법일 것이다.[46]

고내가요의 대부분은 제의와 결부되어 있는데, 제의적인 노래라고 해

---

44) 민긍기, 「원시가요연구(2)」, 『사림어문연구』, 창원대 국문학과, 1991, 43-63쪽. 졸고 「황조가의 제의적 성격」(『성대문학』 24집, 성균관대 국문학과, 1985)에서 황조가를 제의를 부른 제의요 또는 굿노래라 했지만, 이를 제의에서 불린 서정가요로 수정한다.
45) 엄국현, 「고대사회의 의례와 가요」, 『죽전 장관진 교수 정년논총』, 세종출판사, 1995. 186쪽.
46) 최진원, 『국문학과 자연』(개정판), 성균관대출판부, 1981, 181-182쪽.

서 주술성의 노래라고 규정하면 안 되듯이, 황조가도 계절제의와 결부되어 있더라도 그것은 제의를 통한 생의 표현 - 서정성으로 보아야 할 것이다. 우리가 시가를 논하는 데 있어 문학적 의미와 미적 가치를 중시해야 하는 것이지, 민속학적 의의에 머물러서는 안 될 일이다. 그래서 성기옥 교수도 향가의 주술성 문제를 언급하면서, "주술과 예술, 주술적 노래와 서정시를 구별한다는 것, 시의 주술성 연구가 이러한 차이를 인식하는 기반 위에서 출발해야 한다는 것은, 다른 한편으로 향가에 보이는 주술성의 의미를 정도 이상으로 강조하거나 경시하는 태도를 경계하는 입장과도 연결된다"[47]고 하여 주술성 연구에 머물지 말고 주술성이 드러나는 시가의 시적 의미에 관심을 기울여야 한다고 했다. 삶이 어떻게 구체화되어 시가로 표출되는가 하는 점, 인간과 자연의 교감 속에서 삶을 받아들이는 태도가 시가에 투영되는 점을 밝혀야 한다. 그런 의미에서 황조가에 담긴 자연의 생산력과 인간의 생식력이 교감되는 바를 살펴, 황조가에 풍요 기원의 집단 서정성이 있음을 주목하였다. 이러한 제의와 서정, 주술과 서정의 문제는 앞으로의 과제이다. 주술·종교적 사유를 담은 집단 서정이 개성 서정으로 변모하는 과정을 통해 고대시가와 향가의 면모가 더욱 확연해질 것이다. 사유가 발전하면 주술·종교적 제의성을 벗어나 서정화하는 과정은 당연하다. 그러나 주술성이 나타난다고 해서 저급한 것이 아니고, 서정성이 나타난다고 해서 진보된 것은 아니라는 점도 염두에 두어야 할 것이다.[48]

---

47) 성기옥, 「'감동천지귀신'의 논리와 향가의 주술성 문제」, 『임하 최진원 교수 정년논총』, 대한, 1991, 61쪽.
48) 허남춘, 『고전시가와 가악의 전통』, 월인, 1999, 206-207쪽.

5. 결

지금까지의 논의를 정리해 결론에 대신하고자 한다.

첫째, 화희치희설화는 사실 지향적인 기사와 구별되고, 왕비 송씨의 죽음은 사실이 아니란 정황이 발견되기 때문에 모의적인 죽음일 가능성이 있으며, 당시 고구려 부족연맹사회에서 화희 · 치희와의 결혼은 불가능한 것이므로, 〈왕비 송씨의 죽음-화희 · 치희를 계실로 맞음〉의 문맥은 설화적인 문맥이다.

둘째, 유리의 신성성을 「동명왕편」과 『삼국사기』에서 확인할 수 있었기 때문에 유리왕을 신화적 주인공으로 보아야 하고, 고구려 신화는 '해모수-주몽-유리'의 3대의 원형을 갖추고 있다. 始祖 1대만을 기록한 남방의 건국신화와 다르다.

셋째, 화희치희설화는 신화적 문맥 속의 '계절제의'를 상징적으로 보여준다고 보았다. 禾는 벼로서 농경의 상징, 雉는 꿩으로서 수렵의 상징이니, 치희가 화희에게 쫓겨나는 것은 수렵의 계절(겨울)이 물러나고 농경의 계절이 도래하는 '죽음과 재생의 계절제의'를 의미한다. 한 남자를 사이에 두고 두 여자가 쟁투하는 모티프는 여름과 겨울의 싸움, 농사지을 수 있는 계절과 농사지을 수 없는 계절의 싸움을 의미하고, 여기에서 겨울을 내몰고 봄을 맞이하려는 풍요제의의 기원성을 느낄 수 있다.

넷째, 유리왕 3년 10월 왕비 송씨의 죽음은 모의적인 것이다. 화희 · 치희의 갈등과 같은 '여름-겨울의 싸움'을 지나고 나면 송씨는 부활한다. 곡신은 주검을 거친 다음에 부활하듯이 송씨는 모의적인 죽음을 겪고 부활하며, 곡모로서 생산을 주재한다. 왕비 송씨는 유화의 곡모신적 성격을 계승하고 있다.

다섯째, 황조가는 性的 의례를 포괄하는 季節祭儀에서 불린 노래이다. 봄의 생명력이 부활하듯 인간의 생명력이 부활하길 기원하고, 남녀

가 배우자를 선정하는 기회에 짝짓기의 노래를 불렀을 것이다. 누구라
도 이 노래를 부르며 구애했을 것이기 때문에 집단적 서정가요일 것이
다. 황조가는 자연과 인간의 교감 속에서 불린 집단적 서정가요이다.

　화희치희설화는 계절 순환의 법칙을 담고 있고, 황조가는 봄을 맞는
노래의 한 유형이다. 화희치희설화와 황조가는 땅과 인간이 공존하는
시대에 계절의 변화에 맞추어 살던 인간의 소박한 삶의 이야기다. 겨울
이 지나면 봄이 오는 자연의 순리에 순응하며 살던 삶의 노래다. 겨울을
보내고 봄을 맞아들이며 풍요를 꿈꾸던 시대의 질박한 소망의 노래다.
大地母의 품 속에서 인간의 생명력이 풍요롭던 시대의 사랑 노래다.

혜성가·도솔가의 일원론적 세계관과 민심의 조화

1. 서

　향가가 실려 있는 『삼국유사』는 역사서이자 이야기책이다. 『삼국사기』에서는 볼 수 없는 다양한 신화와 기이한 이야기가 풍부하여, 유가적 정통론자들이 보기에는 괴력난신(怪力亂神)의 황당무계한 이야기라 할 만하다. 그 이야기들 속에 14수의 향가가 있다. 이 노래들은 부대설화와 함께 읽어야 해석의 여지가 있다. 그러나 좀처럼 이해가 되지 않는 노래들이 있다. 혜성이 나타나는 변괴에 노래를 불렀더니 혜성이 사라졌다거나, 두 해가 나타나는 변괴에 노래를 불렀더니 해가 하나 사라졌다는 사연은 합리적 사고로 접근하기 어렵다. 이런 노래들을 단순히 주술가라고 해석하고 말거나, 종교적 신이함이라고 단정하고 말 일은 아니다. 이 논문은 현대의 우리가 이해할 수 없는 난해한 문제의 실마리를 제공하려는 의도에서 시도되었다.

　고대에서 중세에 이르기까지 우리의 조상들은 우주의 변괴와 자연의 재이(災異)가 인간사회의 변란으로 이어진다고 사유했는데, 왜 그들은 이런 연관성을 믿고 있었을까. 단순히 자연계와 인간세계가 유기체적이라는 일원론적 세계관을 믿고 있었기 때문이라고 단정하고 끝낼 수는 없다. 거기엔 나름의 논리가 숨어 있을 것이다. 그것이 현대의 우리에게 불합리하게 느껴지더라도 '불합리 속의 논리'를 담고 있을 것이라 여겨지고, 이 사고의 심연을 들여다 볼 필요가 있을 것이다.

『삼국유사』에 대한 관심은 대개 다음의 네 가지 방향으로 이루어졌다. 삼국사기라는 역사서를 보완할 고대사 자료로서, 설화문학의 보고로서, 불교사를 집대성한 자료로서, 그리고 우리 시가사에서 가장 오래된 향가 14수를 담은 책으로서이다. 국문학계에서는 14수밖에 안 되는 향가 작품에 대해 수천 편의 논문을 쓰며 관심을 기울였다. 그러나 최근에 들어서는 거의 관심을 기울이지 않는다. 대부분의 연구자들이 조선 후기와 근대로 떠나버렸다. 고대와 중세의 문학을 다루려면 서지적 이해, 언어 해독, 당대 문학의 관습과 특성, 사회문화적 요인 등을 별도로 탐구해야 하는데, 그런 번거로움을 감수하려 하지 않기 때문이다.

향가 14수에 결합되어 있는 설화에 대한 관심도 미미하다. 설화문맥을 합리적 사고로 읽어내기에는 어려움이 따르기 때문에 억측이 무성하다. 용과 접촉하여 낳은 자식이 왕이 되었다는 서동요의 설화, 용에게 잡혀갔다가 돌아온 수로부인의 설화, 용의 자식이 경주에서 아내를 역신에게 빼앗기고 노래를 불렀다는 처용가 설화 등은 단순한 사실적 기록이 아니다. 신화적 상상력으로 접근해야 할 경우도 있고, 제의와의 상관성에서 읽어내야 하는 문맥도 있다. 하늘에 해가 둘이 나타난 변괴나 혜성이 나타난 변괴를 해결하였다는 「도솔가」나 「혜성가」 설화도 당대인의 사고체계 속에서 읽어내야 한다.

우주의 변괴를 없애기 위해 낭승(화랑이면서 승려)을 불러 향가를 짓게 한 해결방식은 우리가 알고 있는 합리적·논리적 사고로는 접근할 수 없는 황당한 사건처럼 보인다. 그렇다고 근대 이전의 전근대는 비과학적·초월적·미신적·종교적 사유라고 근대정신과 구획짓고 말 일은 아니다. 우주의 변괴를 해결하는 방식은 지금 우리에게 비현실적일지

모르지만, 당대인들에겐 과학이었을 것이다. 그러나 그것은 근대 과학과는 괴리되고 상반된다. 혹시 근대성이 잘못된 것은 아닐까. 아니면 중세의 과학이 근대의 과학과 만나는 방식이 잘못된 것은 아닐까. 이런 반성 속에서 『삼국유사』 향가 관련 설화를 새롭게 탐색하고자 한다.

2. 혜성의 변괴를 해결한 노래

제5 거열랑, 제6 실처랑, 제7 보동랑 등 세 화랑의 무리가 풍악에 놀러가려 하는데, 혜성이 나타나 심대성(心·大星)을 범하였다. 낭도는 이를 의아하게 여기고 그 여행을 파하려 하였다. 이때 융천사가 노래를 지어 불렀더니, 별의 변괴는 즉시 사라지고, 일본병이 자기 나라로 돌아가 오히려 복과 경사가 되었다. 대왕은 환희하여 낭도를 보내어 풍악에 가 놀게 하였다. 노래는

> 옛날 동쪽 물가 건달바의 논 성을랑 바라고,
> 왜군이 왔다 횃불 올린 어여 수풀이여.
> 세 화랑 산 보심을 듣고 달도 갈라 그어 잦아들려 하는데,
> 길 쓸 별 바라고 혜성이여 사뢴 사람이 있다.
> 아아, 달은 떠갔더라 이에 어울릴 무슨 혜성을 함께 하리.(『삼국유사』, 융천사 혜성가 진평대왕조)

처음 두 줄은 건달바가 놀면서 만들었다고 하는 환상의 성을 바라보고 왜군이 왔다고 봉화를 올린 수풀이 있었다고 했다. 건달바는 불교에서 말하는 음악과 놀이의 신이고, 건달바가 논 성은 바로 신기루다. 혜성이 나타났다는 것은 신기루를 보고 왜군이 왔다고 수풀에서 봉화를 올리는 것과 같다고 했다.

셋째 줄에서는 달을, 넷째 줄에서는 다시 별을 말하였다. 세 화랑이 산을 보러 간다는 소식을 듣고 달도 하늘을 갈라 그으며 잦아지려 하다

가, 마침내 떠나가버렸다고 했다. 혜성이라고 하던 것이 길을 쓸고 가는 별에 지나지 않는다고 했다. 세 화랑은 달과 별을 무색하게 하는 해와 같이 우뚝한 존재이다. 그런 기백을 가지면 어떤 위기라도 극복할 수 있다.[1]

혜성이 출현하고 융천사가 노래를 부르자 혜성이 사라지고, 일본병이 물러갔다는 사연이다. 여기서 화랑은 풍악에 놀러가려다 중지했고, 변괴 해결 후에 다시 떠났다.[2] 화랑들이 풍악으로 놀러간다고 함은 단순하게 놀러가는 것이 아니라 명산대천에 치제(致祭)하러 가려던 것이었다. 그런데 떠남에 임박하여 혜성의 조짐이 나타나고 일본군의 침입이라는 실상이 곧바로 나타났다. 이들은 이 위기를 해결하는 데 앞장섰을 것이다. 그러나 위기를 해결하는 실마리는 융천사의 노래이다.

우주의 변괴는 인간사회의 변괴를 알리는 징후이다. 혜성의 출현은 바로 일본병의 침입을 알리는 징후이고 미리 대비하도록 경고하는 것이다. 당대인들은 그렇게 믿었다. 더구나 이 혜성은 심대성을 범하였다. 동궁(東宮)의 가장 중심적인 심성(心星)은 신라의 상징으로 비의된다.[3] 유성이 심성을 범하자 왕(경덕왕)이 죽게 된 사연도 있다.[4] 혜성이 심대성을 범한 것은 매우 중한 사태인데, 우주의 변괴에 대처할 겨를도 없이 일본병의 침입이 이어졌다. 그들은 우주의 변괴를 해결하면 일본병도 물러갈 것이라 생각하였거나, 아니면 코 앞에 닥친 일본병을 물리치려

---

1) 조동일, 『한국문학통사』1(제4판), 지식산업사, 2005, 166쪽.
2) 화랑들이 금강산에 놀러간다는 것(出遊)는 단순하게 놀러가는 것이 아니고 화랑들의 수련행위일 것이다. 그리고 왜병의 환국 소식이 있자 풍악으로 행한 것은 당시 신라가 일본의 상황과 저의를 간파했기 때문이었을 것이라 한다.(황병익, 「혜성가의 쟁점과 의미 고찰」, 『한국시가연구』17집, 한국시가학회, 2005, 189쪽) 황병익 교수는 일본군의 신라 침입사실을 『일본서기』를 인용하여 자세하게 밝히고 있다.
3) 김승찬, 「혜성가」, 『향가문학론』, 새문사, 1986, 195쪽.
4) '流星犯心 是月王薨'(『三國史記』, 新羅本紀 第九, 景德王 24年 6月條)

는 실질적인 노력을 하였을 것이다. 하지만 하늘의 혜성과 땅의 왜군이 서로 다른 이중의 위기를 조성한 것은 아니다. 신라 왕실은 이 변괴의 해결을 위해 융천사로 하여금 노래를 부르게 하고 문제를 해결하였다고 한다. 현실적 대응보다 문화적 대응이 더 중요하다는 당대인의 세계관을 중시해야 한다.5) 노래를 부르면 모든 문제가 해결되는 것인가?

융천사의 노래에 주술성이 있어 그런 해결이 가능하다고 할 수 있을까. 예전에는 말로 하면 결과가 되던 시대도 있었다. 언어와 노래로 문제를 해결하였다. 주술로 재앙을 퇴치하기도 하고 안녕과 평화의 소원을 성취하기도 했다. 「구지가」의 강제적·직접적 주술의 노래에는 그런 힘이 있다고 사유되었다. 그러나 고대 이후 노래는 더 이상 주술의 자장에 머무르지 않고 기원의 형식을 취하게 되었다. 불교적 사유가 들어오면서는 더더욱 기원의 형식으로 바뀌어 갔다.

「혜성가」의 노랫말이 '호칭-명령-가정-위협'의 주술성을 띠고 있지 않은데, 주술적 효과를 얻었다.6) 그렇다면 이 노래도 주술가인가? 노래를 불렀다고 갑자기 혜성이 사라진다고 하는 것은 의문이다. 노래를 불렀는데 일본병이 물러간 것은 조금 납득할 구석도 있다. 노래가 일본병을 압박하고 위협하는 내용이었다면 물러날 개연성은 조금 있지만, 융천사의 노래에는 그런 압박과 위협이 없다. 이 노래가 오랜 전쟁

---

5) 이도흠 교수는 "혜성 출현을 무화하는 주술가를 부르게 하려는" 이 시도에 대해 "비합리적이라 생각하지만 현실적 대응과 문화적 대응을 함께 관심 두어야" 한다고 했다.(「향가 텍스트와 서사 맥락의 합일 문제」, 『한국시가연구』 13집, 2003, 16쪽). 여기서 주술가라고 한 것은 주술적 효과를 얻었기 때문에 그렇게 말했을 것이다. 서철원 교수도 "문화적 대응은 현실적 대응에 비해 간접적·추상적인 것으로 여겨질 수도 있다. 그러나 문화적 대응을 현실적 대응보다 더 중시하였다"고 하여 이도흠 교수와 같은 견해를 밝혔다.(「진평왕대 혜성가와 서동요 비교」, 『고전문학연구』 30집, 한국고전문학회, 2006, 121쪽)

6) 혜성가는 주가가 아니라, 동종주술의 주가를 패러디했다고 본다.(양희철, 「향가의 주가성을 다시 생각해 본다」, 『한국시가연구』 8집, 한국시가학회, 2000, 10쪽)

에 시달리는 일본병을 고향생각에 젖게 하여 돌아갈 뜻을 품게 만들지도 않았다. 그렇다면 '노래 – 문제 해결'이라는 상황에는 중간 매개항이 필요하다. 'A:노래 – B:중간 매개 – C:문제 해결'의 등식을 생각해 볼 수 있다.

그것을 논리적으로 풀어낸다면 '중간 매개'는 신라 왕실의 군사적 행동이나 백성들의 단합된 힘일 수 있다. 그런 결집과 행동은 어떻게 가능한가. 혹은 일본군이 쳐들어온 상황에서 급박하게 대처할 수 있는 방안은 무엇인가. 일본병의 침입은 매우 위험한 상황이고 백성들은 두려움에 도피하고 사태는 걷잡을 수 없는 상황으로 몰아갔을 것이다. 더구나 혜성의 변괴까지 겹친 상황이었다. 혜성의 출현으로 백성들이 두려워하여 달아나는 상황에서, 재를 열고 노래를 불러 바친 것은 "민심의 이반을 방지하고 심리적 안정감을 확보하려는 수습책"7)이 필요하였을 것이다. 그들을 달래서 결집시키고 일본병을 막아낼 조치는 다름 아닌 민심을 수습하고 위안하는 길이었을 것이다. 민심을 수습하여 달래고 결집하여 군사적인 반격을 가하였을 때 일본군은 물러났을 것이다. 'B:중간 매개'는 '민심의 조화'이다. 'B–C'의 관계는 어느 정도 수긍할 수 있을 것이다. 그렇다면 'A–B"의 관계도 성립하는가.

노래는 소리의 가장 조화로운 모습이다. 소리를 조화롭게 한다는 것은 백성의 감정을 조화롭게 하고, 결국 민심을 조화롭게 하여 천지의 조화를 꾀한다는 것이다. 인간의 감정을 화평하게 하면 인간의 말과 소리를 조화롭게 할 수 있고, 나아가 사회의 불평과 불만을 해소하거나 외적의 침입을 해결하여 사회적 조화를 도모할 수 있고, 상하관계의 조화가 이루어지고, 결국 정치적인 안정을 얻어 천하를 화평하게 할 수

---

7) 정상균, 「혜성가 · 원가 연구」, 『한국 판소리 고전문학 연구』, 아세아문화사, 1983, 329
   쪽. 그는 재를 연 국내외 기록을 감안하여 심리적 안정감을 확보하려는 노력이었다고
   했는데, 본고는 재(제의)뿐만 아니라 노래의 효용성을 함께 강조하는 입장이다.

있는 것이다.

왕을 믿지 못하던 백성들이 일본병의 침입에 우왕좌왕하다가, 백성의 감정을 잘 이해하고 민심을 잘 이해하게 되면 백성의 마음이 누그러지고, 왕을 도와 병란 해결의 의지를 결집하는 장면이 떠오른다. 상하의 관계가 회복되고 민심이 수습되고, 백성은 창과 칼을 들고 일본병에 대적하여 나간다. 일본병이라는 것이 환상의 성에 불과해 곧 사라질 것이라고 용기를 북돋고, 혜성이 나타난 변괴에 두려움이 남은 백성들을 향해서는, 그 혜성이라는 것이 '길을 쓰는 별'에 불과하다고 하면서 두려움을 버리게 만든다.[8] 혜성이 불길한 기운이라는 관념을 깨고 오히려 위기를 해결할 중요한 계기로 바라본 것이다.[9] 왕과 백성의 관계가 회복되고, 혜성은 사라져버릴 것이라는 노래를 부르며 일본병을 물리친다. 인간의 정성과 의지는 천체의 변괴를 해결할 수 있다는 인본주의적 의식이 바탕에 깔려 있다.[10] 노래는 합창이 되어 동해안을 메아리치고 결국 정상을 되찾게 된다. 소리의 조화는 민심의 조화를 불러일으킨다. 노래는 소리의 조화이다.(소리의 조화-감정의 조화-민심의 조화-관계의 조화) 그러므로 'A-B'의 관계도 성립된다.

당대의 사람들은 인간세계의 부조화나 갈등, 파탄이나 위기가 발생하게 되거나 발생할 성노의 극심한 상태에 이르면 천체나 우주의 변괴 혹은 재이(災異)가 나타난다고 생각했고, 그것을 중요한 조짐으로 보아 역

---

8) 혜성을 '길 쓸 별'로, 왜병을 '건달바'로 인식을 전환하는 방식으로 대응을 하여 문제를 해결하였다. 이것은 '가악이 만들어낸 조화'라고 하겠다.(서철원, 위의 논문, 127쪽)

9) 황병익, 위의 논문, 202쪽. '도둑이 와서 개가 짖는데, 그 개를 어찌 요물이라 할 수 있겠는가'(『성호사설』) 등의 예를 들어, 혜성이 불길한 기운이라는 관념을 깨고 낡은 것을 털어버리는 변화와 개혁의 조짐으로 보려 하였다.

10) 신재홍 교수는 혜성가를 주술적 해석을 하는 것보다 현실적·합리적 해석을 하여야 한다고 전제하고, 천체의 변괴는 인간에 대한 경고이기도 하지만, 인간의 정성과 선한 의지는 천체의 변괴를 불양할 수 있다는 인본주의적 의식이 나타나 있다고 했다.(「혜성가의 역사적 배경」, 『한국시가연구』 16집, 한국시가학회, 2004, 49쪽)

사에 기록하고 있다. 『삼국사기』와 『고려사』에 기록된 무수한 자연현상에 대한 기록은 바로 그들의 세계관의 반영이다. 그들은 이러한 흉조와 이상이 생겼을 때 가악을 사용하여 그 조화를 도모하기도 하고, 제사를 통해 그 본연의 질서회복을 꾀하였다.

3. 두 해의 변괴를 해결한 사연

경덕왕 19년 경자 4월 1일에 해 둘이 나란히 나타나 열흘 동안이나 없어지지 않았다. 일관이 아뢰기를 연승(緣僧)을 청하여 산화공덕을 지으면 재앙을 물리치리라 하였다. 이에 조원전에 깨끗한 단을 설하고 청양루에 행차하여 연승을 기다렸다. 때에 월명사가 밭두둑의 남쪽 길을 가기에 왕이 사자를 보내 불러 단을 열고 기도문을 지으라 하였다. 월명이 아뢰기를 "저는 국선지도에 속하여 단지 향가를 알 뿐이요 범성에는 익숙치 못합니다"라 하였다. 왕이 "이미 연승으로 뽑혔으니 향가라도 좋다"고 하였다. 이에 월명이 도솔가를 지어 바쳤다.

오늘 이에 산화가 불러, 솟아오르게 하는 꽃아 너는
곧은 마음의 명에 부리어 미륵좌주를 모셔 나립하라.(『삼국유사』 월명사 도솔가조)

나라에 변괴가 있고 나서 왕이 누각에 나아가 인연 있는 중을 찾아 만나고, 그로 하여금 변괴를 해결하는 노래를 지어 바치게 하였다는 점이 안민가 창작 배경과 같다. 경덕왕 24년에 삼산오악(三山五嶽)의 신들이 현신하여 궁정에서 왕을 모시는 사건이 있었는데, 신라왕실을 보호하는 신의 출현은 국가의 위기를 알리려고 한 의도였고, 그래서 왕은 충담사로 하여금 나라를 평안하게 하는 노래인 「안민가」를 짓게 한 것이다. 『삼국사기』 경덕왕조에 나타나는 혜성 출현, 번개, 큰 바람, 지진,

귀신의 북소리 등의 무수한 변괴는 정치적·사회적 혼란과 파탄을 의미
하는 것이고, 『삼국유사』에서 삼산오악의 신들이 궁정에 나타났다는 것
은 장차 나라에 있을 변란의 조짐을 알려준 상징적 표징이다.

이 노래는 미륵에게 기원해 재앙을 해결하려고 한 불교신앙의 노래같
지만, 민간전승에서 가져온 주술이 더 큰 구실을 했다. 미륵에게 바친
공양물인 꽃이 미륵을 모셔오는 매개자가 되도록 하려고, "꽃아 너는"
하고 불러서 주술을 걸었다. 미륵은 다양한 성격을 가진 신앙대상이다.
이 노래에서는 불을 끌 수 있는 물의 상징으로 이해해 용을 뜻하는 '마
리'와 동일시되는 신앙대상이다.[11]

변괴가 나타난 음력 4월 초하루는 여름의 시작이다. 해가 둘 나타났
다는 것은 우선 뜨거운 햇빛과 더위의 상황을 떠올릴 수 있다. 폭염은
인간만이 아니라 곡식에도 큰 타격을 줄 수 있었다. 당시 농사를 위주로
하는 농경민에게 더위와 가뭄은 치명적인 상황이었을 것이다. 이런 불
볕 더위를 식힐 수 있는 것은 물이다. 이 노래는 '불을 끌 수 있는 물의
상징'인 용을 불러 문제의 해결을 부탁하고 있다.

제주도의 「천지왕본풀이」에서는 "인간세상으로 월광 둘이 비치고 일
광 둘이 비쳐 인간 백성들이 살 수 없으니, 천 근 활 백 근 살을 받아
앞에 오는 햇님 하나는 두고 뒤에 오는 햇님 하나는 쏘아 동해바다에
던져 두고, 앞에 오는 달 하나는 남겨 두고 뒤의 달은 서해바다로 던져
버리니, 그 법으로 해는 하나 동방으로 뜨고, 달은 하나 서방으로 지는
법"을 마련했다고 한다.[12] 천지왕의 두 아들인 대별왕과 소별왕이 인간
을 위해 우주의 변괴를 해결하였다. 「창세본풀이」에서는 그 조정의 주
체가 미륵이고, 「도솔가」에서는 미륵좌주이다. 우주가 처음 정비될 당
시의 사정을 노래하는 본풀이에 미륵이 등장할 리는 없겠고, 아마 불교

11) 조동일, 『한국문학통사』 1, 172쪽.
12) 현용준·현승환, 『제주도무가』, 고려대 민족문화연구소, 1996, 19쪽.

적인 습합이 이루어진 후에 불교신앙의 미륵으로 정착되었을 것이다.

이런 창세신화는 인간의 오랜 경험을 담고 있다고 보여진다. 해와 달이 둘 나타났다는 것은 해와 달이 지나치게 가까움을 의미하니, 해가 가까우면 가뭄이 들고 달이 가까우면 홍수가 들었다는 지구의 경험을 반영하는 것이다.[13) 해가 둘이기 때문에 너무 더워서 살 수 없었고, 달이 둘이어서 너무 추워서 살 수 없다고도 했다. 해가 둘이라는 것은 인간이 경험한 혹서기의 반영이고, 달이 둘이라는 것은 혹한기의 반영이라고도 볼 수 있다. 지구는 40억 년 동안 4-5회의 빙하기를 겪었다고 하고, 3만 년에서 1만 년 사이 중석기시대에 마지막 빙하기가 있었다고 한다. 현생 인류는 이 빙하기의 시련을 극복하기 위해 뉴런의 혁명이 일어났다. 뇌에 있는 언어적 인식의 방, 박물학적 인식의 방, 사회적 인식의 방이 통합되어 뉴런 네트워크가 형성되고, '철학적 사고의 최초의 불꽃'이 피어오르기 시작했다. 이 사람들이 오랜 세월을 들여 신석기 혁명을 준비한다. 농업이 시작되고 동물의 가축화가 이루어진다. 이것은 인류가 체험한 가장 거대한 혁명일 것이다. 이 중석기시대에 인류 안에 최초의 철학 형태인 신화가 만들어진다.[14) 신화 속에는 인간이 경험한 자연현상과 혹독한 자연현상을 극복하려는 인간 의지가 담겨 있다.

「도솔가」의 설화문맥에는 신화적 상상력이 담겨 있다. 신석기 혁명 이후 인류의 체험은 농업과 긴밀히 연관되고, 가뭄과 홍수를 극복하는 방안을 가장 중시하였을 것이다. 「도솔가」 문맥에는 오랜 전통의 주술적 의식이 담겨 있고, 가뭄을 해결하기 위해 용신에게 비를 비는 의례를 형상화하고 있다. "모셔라"라는 요구의 형식에 주목하여 이 노래를 보면, 「구지가」의 주술을 떠올릴 수 있다.[15)

---

13) 김헌선, 『한국의 창세신화』, 도서출판 길벗, 1994, 208-218쪽.
14) 나카자와 신이치, 『신화, 인류 최고의 철학』, 동아시아, 2003, 15-18쪽.
15) 도솔가를 보면 주술의 대상에 대해 초논리적・위협적으로 명령・강제하지 않고 논리

「구지가」에서는 거북을 부르며 머리를 내놓으라고 하고 있다. 당연히 거북이 신은 아니다. 수로의 출현을 기원하면서 거북을 위협하는 언어 형식이고, 거북은 신의 매개자이다.16) 그런데 「도솔가」에서도 위협의 대상은 꽃이고, 기원의 대상은 미륵이다. 거북이 신의 매개자이듯이 꽃도 신의 매개자로 해석된다. 「구지가」와 똑같은 주술구조를 지닌 「해가」에서 거북은 용신의 매개자이듯이, 「도솔가」에서 꽃은 용신의 매개자다. 「해가」에서 거북이 바다와 육지를 오갈 수 있는 존재이기 때문에 매개자였다면, 「도솔가」에서 꽃은 생명과 풍요의 상징이다. 제주의 「이공본풀이」에 죽은 자를 살리는 환생꽃이 등장하는데, 이 환생꽃은 가뭄에 시들어가는 생명들을 살릴 수 있는 매개자가 될 수 있다.

「도솔가」 문맥은 해가 둘 나타난 천문현상이 표층을 이루지만, 앞에서도 언급한 바 있듯이 자연현상은 인문현상의 조짐이 된다. 그래서 '미륵좌주'는 달리 해석할 여지가 있다. 「도솔가」에서 신앙의 대상인 '미륵'은 이미 불교적인 성격을 벗어나 화랑정신의 상징이기도 하다.17) 미륵이 화랑으로 현신한다고도 했다. 「도솔가」의 해시(解詩)에도 '멀리 도솔의 대선가를 맞이한다(遠邀兜率大僊家)'라 하여 선가를 언급하고 있다. 여기서 선가는 화랑을 의미한다. 화랑을 잘 모셔서 문제를 해결하려는 의지가 나타난다고 하겠다.18)

해는 왕권을 상징한다. 해가 둘 나타났다는 변괴는 이미 많은 선학들

적·설득적으로 명령·강제하며, 직설적으로 진술하지 않고 상징 혹은 은유를 통한 간접적 언술방식을 택한다는 점에서 무속의 주술가요와 질적 차이를 보인다.(김학성, 「향가에 나타난 화랑집단의 문화의미권적 성징」, 『성균어문연구』 30집, 성균관대 국어국문학과, 1995, 21쪽) 앞 시대의 주술과 차이를 밝히기 위해서는 구지가와 도솔가를 비교하는 것이 필요하다.

16) 성기옥, 「상고시가」, 『한국문학개론』, 새문사, 1992, 46쪽.
17) 김학성, 『한국 고시가의 거시적 탐구』, 집문당, 1997, 74쪽.
18) 허남춘, 『고전시가와 가악의 전통』, 월인, 1999, 43쪽.

이 언급하듯이, 왕권에 도전하는 반왕당파의 출현으로 해석할 수 있을 것이다. 경덕왕대에는 무열계에 대항하는 내물계의 등장이 있었다. 천상계의 질서와 지상계의 질서를 동일시한 당대 문화 관습에 따라 천문현상과 귀족세력의 도전을 연관된 사건으로 인식하고 있었다.[19] 이 위기를 극복하고자 인연 있는 승려를 찾았다고 했는데, 이때 월명사를 만나게 된다. 월명사는 국선지도에 속하기 때문에 향가만을 안다고 하며 「도솔가」를 지어 바친다. 경덕왕은 월명사를 위시한 화랑세력을 등에 업고 내물계의 도전을 극복할 수 있었다. 삼국통일 이전부터 화랑은 무열계 왕권을 떠받드는 세력이었다. "미륵좌주를 모셔 나립하라"라고 한 것은 내물계에게 화랑세력을 받들고 아래에 늘어서라는 요구이다. 아직 경덕왕에게는 화랑이라는 호국세력이 있었고, 이들이 내물계를 호령하면서 위기를 수습할 수 있었다.

두 해가 나타난 상황을 불볕 더위와 가뭄으로 보기도 하고, 왕권을 위협하는 또다른 강력한 세력으로 보기도 하면서, 「도솔가」를 주술적 사유와 화랑의 도움이라는 맥락에서 추론해 보았다. 두 해의 상징적 의미를 찾아내 나름의 논리적 인과관계를 제시하였다고 하지만, 정말 노래를 부르면 두 해가 사라질 수 있는가 하는 의문에는 다시 답해야 옳다. 「혜성가」와는 다르게 「도솔가」에서는 자연의 변괴만 제시되고 인간 세계의 변괴는 직접 서술되지 않고 있다. 「혜성가」에서는 혜성이 나타

---

19) 이도흠, 「향가 텍스트와 서사맥락의 합일 문제」, 27쪽. 이 교수는 혜성가와 도솔가의 서사구조가 내포하고 있는 메시지가 대동소이하다고 하고, 천상계의 질서와 지상계의 질서는 동일하다는 당대의 인식을 거듭 강조하였다.(「〈도솔가〉의 화쟁시학적 연구」, 『고전문학연구』 8집, 한국고전문학회, 1993, 60쪽). 그러나 이 교수의 논지는 "불법의 힘은 천상계와 지상계의 혼란을 모두 진화할 정도로 무한장대하다는 것"(61쪽)이라 하여, 불교적인 힘을 주장하여 본고의 논지와 다르다. 그리고 귀족세력의 반기에 대해 김양상(후에 선덕왕)이나 김경신(후에 원성왕) 등의 내물계 세력을 지목하는 대신에, 경덕왕 19년 4월 퇴직하고 혜공왕 11년 반역을 도모하다 사형을 당한 염상(『삼국사기』의 기록)을 지목하고 있다.(68-69쪽)

나고 일본병이 쳐들어왔는데 노래를 불러 물리쳤다고 했지만, 「도솔가」
에서는 두 해가 나타나고 노래를 불렀더니 그 변괴가 해결되었다고만 했
다. 노래를 불러 문제가 해결되었다는 맥락을 어떻게 이해할 수 있을까.

우선 '월명사 도솔가조'에 함께 실린 「제망매가」를 보면 그 실마리가
잡힌다. 이 노래들은 『시경』의 시처럼 천지귀신을 감동시킬 수 있다고
하였다. 그 감동이란 주술적 감동일 수도 있고 일반적 감동으로 읽힐
수도 있다.[20]

> 월명이 또 일찌기 죽은 누이를 위하여 재를 올리고 향가를 지어 제사하
> 니, 홀연히 광풍이 불어 지전을 날려 서쪽으로 향해 없어졌다.…… 월명이
> 항상 사천왕사에 있어 저를 잘 불었다. 일찍이 달 밝은 밤에 저를 불며 문
> 앞 큰 길을 지나니 달이 가기를 멈추었다. 이로 인하여 그 길을 월명리라
> 하였다. …… 신라사람이 향가를 숭상한 자가 많았으니 대개 향가는 시송
> (詩頌)의 종류인가. 그러므로 능히 천지귀신을 감동시킴이 한두 가지가 아
> 니었다. 찬하노니 '바람은 지전을 불어 저 세상에 가는 누이의 노자를 삼고
> 부는 피리는 명월을 움직여 항아를 머무르게 하도다.'(『삼국유사』, 월명사
> 도솔가조)

여기서 월명이 죽은 누이를 위해 향가를 지어 제사를 하니 지전이 바
람에 날려 갔고, 저를 불면 달이 가기를 멈추었다고 한다. 이는 '바람이

---

20) 성기옥, 「'감동천지귀신'의 논리와 향가의 주술성 문제」, 『임하 최진원박사 정년논총』,
    대한, 1991, 71-72쪽. 최진원 교수는 "향가와 시송은 천지귀신을 감동시키는 점에서
    같다. 그러나 시송은 추상적인데 반하여, 향가는 구상성이다. 향가는 제의를 통한 생의
    표현―서정성이다"(「향가의 '감동천지귀신'고」, 『도남학보』 12집, 1990, 7쪽)라 했고, 성
    기옥 교수는 이 논문을 더욱 구체화시켜 "일연이 이해하는 천지귀신으로서의 신관념은
    전통적인 유가의 그것보다 훨씬 인격화된 구체성을 띠고 있다. 그가 예든 〈도솔가〉의
    미륵보살과 동자, 〈제망매가〉의 아미타불과 죽은 누이동생의 영혼, 월명리의 유래담에
    나오는 달과 피리의 교감 등이 모두 그러한 인격신으로서의 구체성을 직접적으로 드러
    내고 있다"고 했다. 향가가 감동시키는 대상은 '인격화된 구체성'을 가진 존재이다.

움직여 사물이 소리를 내매 그 소리가 사물을 움직일 수 있다'[21]는 『시경』의 감동 원리와 통한다. 향가의 노랫소리가 바람을 불러일으켜 지전을 날려 보내고, 월명의 젓대소리가 달을 멈추게 한다는 사연은 '소리가 사물을 움직인다'는 소리의 감동론을 지향한다. 자연의 바람이 불어(驚飇吹) 지전을 날리는 감동도 있고, 인위적인 바람을 불어넣어(吹笛) 달을 멈추게 하는 감동도 있다. '취(吹)'란 자연의 바람이 불 때도 악기를 불 때도 쓰이는 것이었고, 자연의 바람이 인간세계를 움직일 수 있었고 인위적인 바람소리(젓대소리)가 자연을 움직일 수도 있었다. 바람소리는 우주 자연의 운행을 변화시킬 수 있다고 믿었다.

　소리의 조화된 모습이 노래이다. 바람이 지전을 날리는 감동도 가능하지만, 월명의 피리소리나 노래는 누이의 왕생을 돕고 달의 운행을 멈추게 할 수 있듯이, 두 해의 변괴를 없앨 수도 있는 것이다. 신라인은 이처럼 소리의 감동을 정치적인 위기나 우주적인 변괴를 조절할 수 있다는 측면에서 바라본 듯하다. 그것이 두 해를 없앨 정도의 대단한 위력 ─주술적인 감동이라 할 수도 있지만, 인간과 사회를 움직이는 시적 울림─일반적 감동일 수도 있다. 자연의 변괴라는 문맥에는 인간세계의 부조화라는 현실적 상황이 감추어져 있는 것이고, 노래(시)를 통해서 인간사회를 움직이고자 했던 것이다. 이 노래를 불러 두 해의 변괴를 해결하였다는 이면에는 역시 인간의 노력이 감추어져 있다. 〈혜성가〉에서처럼 왕이 민심을 수습하려는 지극한 정성[22]이 있었고, 노래만큼 인간의 감정을 조화시키고 위무하는 것은 없다는 사유를 반영한다. 왕의 민심 수습책은 모반을 해결하고 화랑의 도움을 이끌어냈다.

---

21) 如物因風之動以有聲 而其聲又足以動物(『詩傳』, 詩集傳序)
22) 양희철, 교수는 시경의 감동론을 '至誠'으로 해석하였고,(273-285쪽) 향가 〈도솔가〉의 감동은 '直心'과 '誠心'에서 비롯되었다고 단언한다.(「향가 감동론의 '능감동천지귀신' 연구」, 『어문연구』 32집, 어문연구학회, 1999, 285쪽)

4. 노래와 민심의 조화

국가적인 노래(악)는 통치질서와 연관된다. 예를 통해 상하의 질서를 구축하고 악을 통해 계층간의 위화감을 해소하고 계층을 통합하였다. 그래서 건국 초기나 국가의 기강이 흐트러지고 전란 등으로 위기를 맞이하게 되면 으레 악을 정비하였다. 악은 결국 민심 수습의 차원에서 이루어진 것이다. 신라 초기 「덕사내(德思內)」나 「석남사내(石南思內)」와 같은 지방의 악(郡樂)을 가져와 궁중악에 편제한 것은 지방민심을 수습하려는 정치적 의도가 있으며[23], 신라 말 국가적인 위기를 맞게 되자 토속신 제사를 드리고, 아울러 가악을 중시한 것도 발호하는 호족과 그에 동조하는 백성들의 불만과 위화감을 무마하기 위한 일환이었다. 국가적인 차원의 제의를 드리는 것은 국가의 불행한 사태를 미리 방지하여 백성들을 안돈케 하려는 것이다.[24]

악의 정비에는 또 다른 의도가 숨겨져 있다. 악의 대표는 적(笛)이었다. 기장 천이백 알이 들어가는 길이의 젓대를 만들고 이 젓대의 소리를 기준음으로 삼아 다른 악기의 음을 정비하였다고 한다. 요즘의 피아노 기준음에 맞춰 오케스트라의 음을 조화시키는 것과 같은 이치였을 것이다. 그리고 이 젓대는 도량형의 기본인 '척(尺)'이 되었다. 도량형의 완비는 토지를 균등하게 분배하는 토대가 되었고, 백성들은 일정한 경제적 수입을 보장받게 되니, 자연 민심이 안정되고 통치질서가 구축되던 것이다. 서구식 근대화 직후 미터법을 보급하여 상거래를 바로잡아 경제적 질서를 구축하고자 한 점도 역시 통치질서의 구축과 연관된 정

23) 여기현, 『신라 음악상과 사뇌가』, 월인, 1999, 52-53쪽.
  이민홍, 『한국민족예악과 시가문학』, 성균관대 대동문화연구원, 2001, 114쪽.
24) 신재홍, 「향가에 나타난 정치의 이념과 현실 -도솔가·안민가·원가를 대상으로」, 『고전문학연구』 26집, 2004, 198-199쪽. 그는 이 제사를 불양의식이라 했고, 불법의 가호를 기대한 것이라 하여, 본고의 취지와는 다르다.

책이라 하겠다.

융천사가 「혜성가」를 지어 혜성이 나타난 변괴를 없앴다는 사실에서 노래에 담긴 주술적 서정성을 찾을 수 있고, 노래가 우주의 변괴를 퇴치할 힘이 존재한다고 믿은 당대인의 사유를 알 수 있다. 효소왕 때 혜성이 나타났는데 이는 금(琴)과 적(笛)을 봉작(封爵)하지 아니 한 때문이란 일관의 말을 듣고 적(笛)에 만만파파식적(萬萬波波息笛)이라 봉하니 혜성이 사라졌다고 한다.25) 노래로 혜성을 퇴치한 것은 아니지만 현금(玄琴)과 신적(神笛)과 같은 신물(神物)의 영험함 때문에 그렇게 되었다는 것이다. 일찍기 신문왕 때부터 만파식적의 신이한 힘은 알려졌다. 왕이 동해안에 나갔을 때 용이 대를 바치며 "성왕이 소리로써 천하를 다스릴 상서로운 징조이니 이 대를 취하여 저를 만들어 불면 천하가 화평할 것이다"라 하여 대로 저를 만드니, '이 만파식적을 불면 쳐들어온 병사가 물러나고 병이 낫고, 가물었을 때 비가 오고 비가 오다가도 맑게 개고, 풍파가 가라앉는다고 한다.'26) 월명사의 저를 연주하는 소리가 달을 멈추게 한다는 것도 같은 맥락이다. 악기의 소리가 우주적 변괴를 물리칠 수 있고, 사회적 변란을 해결할 수도 있고, 외물을 변화시킬 수 있다는 생각은 '노래-악(樂)'의 효용성을 언급한 것으로 여겨진다. 여기에서 주목할 것은 소리로 천하를 다스려 화평하게 할 수 있다고 사유한다는 점이다.

이런 사유는 조선조에까지 이어진다. 조선초 악장 「몽금척」에는 태조가 꿈에 하늘이 내린 금척(金尺)을 받고 왕위에 오르게 되었다고 한다. 「용비어천가」에서도 "자로써 제도가 나므로 인정(仁政)을 맡기리라 하늘의 금척을 내리시니"(83장)이라 했다. 금척은 왕권을 보장해주고 제도를 마련하는 기준을 부여하는 이중의 기능을 지녔다. 자는 길이를 재는 데 쓰인 것이다. 길이를 정확하게 재야 모든 제도를 이치에 맞게 마련할

---

25) 『三國遺事』 卷第三, 栢栗寺條
26) 吹此笛 則兵退病愈 旱雨雨晴 風定波平 號萬波息笛.(『三國遺事』 卷第二, 萬波息笛條)

수 있고, 다스리는 사람 자신이 스스로를 구제하면서도 합당한 정치를
베풀 수 있다.[27] 이 태조가 꿈에 받은 이 금척은 신라 왕실의 금척의
전통을 이어받았다는 의미를 감추고 있다. 왕실의 정당성을 밝히면서,
아울러 이 금척으로 올바른 정치를 하게 되었다는 의미이다. 이 금척은
바로 도량형의 도구이면서 피리(笛)와 음악을 정비하는 기준이었다. 그
리고 세상의 정치적·사회적 풍파를 막아낼 수 있는 만파식적과 같은
신성한 권위였다. 이 태조는 악으로 나라를 다스렸다는 의미이다.

5. 결

  노래는 소리의 조화다. 그 소리는 백성의 소리를 의미한다. 왕정을
찬미하는 소리이기도 하고 현실을 질타하는 소리이기도 하다. 아래의
소리에 대해 위에서는 어떻게 대처해 왔는가. 음난한 백성의 풍속을 바
로 잡아 그 소리를 순화시키고, 격정적 감정의 근원을 바로 알아 그 소
리를 진정시키기도 하였다. 소리 속에 백성의 마음, 즉 민심(民心)이 담
겨 있다. 소리를 순화시키기도 하고 진정시키기도 한다는 조치는 민심
을 수습하는 과정이다.
  혜성가는 일본병의 침입이라는 위기 속에서 민심이 이반하고 사태가
걷잡을 수 없게 되는 상황을 당하게 되자, 화랑을 중심으로 민심을 수습
하여 일본병을 물리치고 위기를 수습하여 정상을 되찾게 되는 과정을
보여주고 있다. 노래가 중요한 역할을 했다고 하겠는데 민심의 결집이
매개가 되었음을 의미한다. 혜성 출현이라는 우주(자연계)의 변괴는 일
본병의 출현이라는 사회적 재난이 닥치게 됨을 상징적으로 보여 주고,
혜성 출현의 변괴를 해결함으로써 사회적 위기를 해결한다는 사유를 담

---

27) 조동일, 『한국문학통사』 2, 지식산업사, 2005, 279쪽.

고 있다. 자연현상과 인간사회의 일이 일원론적으로 결합되어 있다고 보는 신라인들의 세계관의 반영이다.

도솔가도 마찬가지의 사유 속에서 이해가 가능하다. 해가 둘 나타난 변괴는 왕이 둘 나타난 사회적 변괴를 상징적으로 보여주고, 이 변괴를 해결함으로써 국가적인 평정을 되찾게 된다는 사연이다. 애초에 해가 둘 나타났다는 것은 해가 둘인 상황처럼 불볕더위가 찾아와 농사를 망치는 자연계의 재앙이라고 할 수 있다. 자연계의 재앙 때문에 인간세계의 위기가 닥쳤다. 이 위기 상황을 '미륵'의 도움으로 해결하고자 했다. 미륵이라 한 것은 '미르, 마리'라 일컫는 용이고, 불(불볕더위)을 끌 수 있는 물의 상징이기도 하다. 불교가 유입된 이후에 문제 해결의 주체를 미륵불이라 했지만, 토속신앙과 불교가 습합된 신라 후기에 미륵은 화랑의 상징이기도 했다. 물로 불의 재난을 해결한다는 사유가 후에는 화랑의 능력으로 사회적 재난을 해결한다는 사유로 변화된 두 측면을 함께 고찰의 대상으로 삼았다.

도솔가에서 두 해 출현의 문제 해결 주체는 용 혹은 화랑이라 하겠다. 하지만 용의 주술력과 화랑의 능력만 존재하는 것은 아니다. 불볕더위와 가뭄을 물로 해결하기 위해서 많은 백성의 노동력이 필요했고, 반왕 당파를 저지하기 위해 민심의 수습이 불가피했을 것이다. 민심을 울려야 민심이 움직인다. 도솔가는 민심을 울려 인간사회를 움직이고자 했던 '주술적 소리'이자 '시적 감흥의 소리'이다.

삼국시대 소리의 감동론은 중세예악을 만나면서 『시경』의 '감동천지 귀신론(感動天地鬼神論)'과 섞이게 된다. 그리고 예악형정(禮樂刑政)이란 통치이념 속에 포함된다. 중세 악의 정비는 음악제도적 차원에서만 논의되는 것은 잘못이다. 악의 정비는 적(笛) - 젓대의 소리를 기준으로 하는데, 이 젓대는 도량형의 기본인 척(尺)이 된다. 그리고 도량형의 완비를 통해 토지제도를 시행하고 명확한 조세제도를 정비한다. 이것이 바로 민심을 조화롭게 하는 방식이다. 소리를 다스리고 이를 다시 민심을 다스리는 방책으로 삼는 정황으로 보면 좋다. 향가에 담긴, 소리의 조화를 통해 민심을 조화롭게 하는 방식과 일치한다.

중세의 왕에게서 자연계의 재앙과 인간 사회의 재이(災異)가 관련된다는 일원론적 사고를 다시 한 번 확인할 수 있다. 천지조화·사회질서·우주적 리듬을 바르게 실현하려는 방편이 신라시대에서 조선조에 이르기까지 지속되고 있으니, 민심조화의 차원에서 주술적 사유와 예악적 대처가 다르지 않음을 알 수 있다.

우리의 근대는 풍요를 누리며 문명을 자랑해 왔지만, 이상기온이나 환경 파괴 같은 자연계의 변괴에 직면하게 되었다. 이 위기를 대처하는 방식은 과연 무엇인가. 아직도 무한히 생산하고 소비하는 가운데 인간의 행복과 풍요가 있다고 믿는 오만한 현대인과, 자연계의 조그만 조짐에도 근신하고 하늘의 뜻을 따라 겸허하게 행동했던 고대인들의 심성을 비교하게 되면 우리의 갈 길이 열릴 수 있지 않을까. 오래된 과거에서 미래의 대안을 찾을 수 있다. 『삼국유사』 속에 담긴 신라인의 삶과 노래는 여전히 우리의 심성을 울려 주고 있다.

고려 처용가와 무가의 주술성 비교

1. 서

처용가와 무가의 연관성은 이미 선학들에 의해 자주 언급되었다. 아울러 『시용향악보』 소재 「성황반」 「내당」 「대왕반」 「삼성대왕」 「대국」 등의 노래도 처용가와 같은 계열의 노래라고 하면서 무가와의 연관성을 논하고 있다. 이들 노래는 민간의 무가를 가져다가 궁중의례에 맞게 개작·편사하고 호화롭게 분식을 더하였다. 고려 처용가의 경우 궁중연행의 화려함에 걸맞게 처용의 용모와 복식 찬양이 긴 사설로 부연되었다고 할 수 있기에, 주술적 성격과 송도적 성격이 함께 드러난다.

특히 박경신 교수는 「대국」과 현전 별상굿 무가를 비교하여 「대국」이 무가에서 비롯되었음을 논증하였다. 대국의 별대왕과 별상신이 같고, 이 별상신을 모시는 별상굿은 마마굿·손님굿이라고도 하는데, 바로 천연두를 해결하기 위한 치병의례라고 했다.[1] 고려 처용가 또한 천연두 치병의례인데, 열병신을 구축하는 내용이어서 대국에서 천연두신을 잘 대접하여 보내는 굿의 내용과 대조적이다. 둘 다 무가에서 근원하였는

---

[1] 박경신, 「대국의 쟁점과 작품 이해의 기본방향」, 『한국고전시가작품론 1』, 집문당, 1992.
박경신, 「대국과 별상굿 무가」, 『울산어문논집』 8집, 울산대 국어국문학과, 1992.

데, 하나는 구축과 위협으로 문제를 해결하고, 다른 하나는 역신을 마마혹은 손님으로 경칭하면서 잘 대접하여 배송함으로써 문제를 해결하는가. 무가가 지닌 이 양면적 해결방식에 주목하면서, 박경신이 현전 무가에서 시가 해석의 실마리를 찾았던 방식을 좇아 고려 처용가와 무가의 연관성을 해명하고자 한다.

특히 언술구조에 나타나는 주술성·주술방식을 상호 대비시켜 주술가의 본질을 밝히고, 고대 주술가요의 무속적 성격이 중국 나례의 영향을 받으면서 야기되는 변화의 과정을 규명하겠다.

고려 처용가의 해명을 위해서는 무가, 그 중에서도 교술무가를 비교 대상으로 삼고자 한다. 그런데 고려 처용가의 구조를 살피면서 무가의 기본구조를 비교의 바탕으로 삼아야 하는데, 무속의 기본의례 형식을 가져다가 설명하는 경우도 생길 것이다. 무가의 구조와 의례의 절차가 일치하기 때문에 그 명확한 구분이 어렵다는 점을 감안해 주기 바란다.

2. 신라 처용가와 고려 처용가

1) 신라 처용가에서 고려 처용가로

고려 처용가에 대한 연구가 빈약함에 비해, 신라 처용가에 대해서는 다양한 논의가 풍성하게 이루어졌다. 그 논지를 모두 요약하기란 실로 어렵다. 역사·사회학적 접근방식을 제외하고 나면 대개 처용가가 무속적·주술적 전통에서 불린 노래라는 해석에 대체로 일치하는 편이다. 고려 처용가는 신라 처용가를 계승한 노래다. 신라 처용가 8구 중 1-6 구를 수용하고 7-8구를 배제하여 수용했다. 그러나 고려 처용가는 신라 처용가와 많이 다르다. 악곡의 구성으로 본다면 '전강(후강·대엽)-부엽-중엽-부엽-소엽'의 악곡구성 단위가 6회 반복하는데, 30개의 악곡의 표지 중에서 신라 처용가 차용부분은 3행에 불과하다. 처용의 형상을 찬양하는 문구가 노래 전체의 반 정도를 차지하며 자세하게 묘사되어 있는 점, 역신에 대한 위협적인 언술, 서술자와 처용·역신의 대화, 역신의 발원 등은 신라 처용가에 없는 부분이다. 즉 처용 형상과 역신 구축의 사유를 구체화하였고, '감이미지(感而美之)'의 배송을 위협으로 바꾸었다. 그러므로 신라 처용가에 대한 연구성과를 바로 고려 처용가 해석에 적용하기는 어렵다.

이 둘이 다른 이유는 무엇인가. 신라 처용가와 다른 장형의 처용가가 별도로 존재하였던 것인가. 아니면 신라 처용가와 처용설화를 수용하면서 대대적인 개작이 고려조에 이루어진 것인가. 시용향악보에 '잡처용'이란 노래도 있는 것을 보면 이원적 전승 혹은 다원적 전승이 이루어진 듯하다. 고려시대에 처용에 관한 기록은 풍부한 편이다. 우선 고려사를 보면 고종·충혜왕·우왕 대에 여러 번의 처용무·처용희에 대한 기록이 나타나는데, 12월 나례와 무관하게 1월·2월·6월·8월에 술자리 혹은 연회에서 거행되었다. 그래서 이를 두고 "벽사진경을 목적으로 하는 나례의식과는 완전히 상치되는 흥취를 돋구기 위한 일종의 유희2)라 하고, 성적인 놀이(淫戲)라 여긴 바도 있다. 이런 입장에서 보면 지금 남겨진 궁중연희에 소용된 처용희와 고려 처용가는 서로 다른 것이고 2원적 전승이라 할 수도 있겠다. 고려사에서 특이한 것은 우왕 12년 6월의 기록이다.

> 신우 11년 6월 병신에 태백성이 하늘을 지나가고, 무술에 또한 태백성이 낮에 나타났다. 우가 호곶에 사냥하고 밤에 화원(花園)에 돌아와 처용희를 놀았다.(『고려사』권 115, 열전)

---

2) 박노준, 『고려가요연구』, 새문사, 1990, 324쪽.

태백성이 나타나고 이틀 후 낮에 또 태백성이 나타났다는 기록을 접하면서도 대부분의 경우 우왕이 사냥하고 논 것으로 해석한다. 중세의 세계관에서 용납될 수 없는 일이다. 타락한 왕이니 그렇게 할 수도 있다는 추측은 억측에 불과하다. 우주에 나타난 변괴를 곧 인간세계의 변괴의 조짐으로 여겼던 지배계층의 사유체계로 본다면, 거듭 태백성이 나타난 상황에 대처하기 위하여 일련의 조치를 취하였다고 해석해야 옳다. '호곶에 사냥하고(畋于壺串)'란 해석은 마땅히 '호곶에 제의를 드리고'라 해야 한다. '전(田 혹은 畋)'은 현대적인 사고방식으로 단지 수렵으로 보아서는 안된다고 했다.[3] 그리고 제의의 연장선상에서, 밤에 화원에 돌아와 처용희로 우주의 변괴를 물리치는 벽사의례를 행한 것으로 보아야 한다. 그렇다면 이때 행한 처용희는 현전 고려 처용가와 부합하는 성격의 것이다.

고려말 이색의 '구나행'과 이제현의 '처용'도 고려 처용가를 듣거나 처용희를 보고 지은 것으로 사료된다.

新羅處容帶七寶　　신라 때 처용은 칠보 두르고
花枝壓頭香露零　　꽃가지 머리에 꽂아 향기 있는 이슬 떨구었네
低回長袖舞大平　　긴 소매 나직이 돌리며 태평성대를 춤추고
醉臉爛赤猶未醒　　붉게 빛나는 뺨이 술에 취해 깨지 않은 듯

新羅昔日處容翁　　옛날 신라의 처용옹은
見說來從碧海中　　푸른 바다 가운데서 왔다고 일컬었네
貝齒頹脣歌夜月　　자개 이빨 붉은 입술로 달밤에 노래했고
鳶肩紫袖舞春風　　솔개 어깨에 자주 소매로 봄바람 속에서 춤을 추었네

'구나행'의 제1행은 고려 처용가 '七寶 계우샤 숙거신 엇게예'와 통하

---

3) 민영규, 『강화학 최후의 광경』, 우반, 1994, 98-99쪽.

고, 제2행은 '滿頭揷花 계오샤 기울어신 머리예'와 통하며, 제3행은 '吉慶 계우샤 늘의어신 스맷길헤'와 통하고, 제4행은 '紅桃花ㄱ티 붉거신 모야해'와 서로 통한다. 광대와 구경꾼의 모습까지 자세히 묘사하고 있는 구나행 전문은 처용희를 보고 지은 듯한데, 위의 4행은 마치 고려 처용가를 번역해 놓은 듯한 착각을 불러일으킨다. 이제현의 '처용'은 제3행이 '白玉琉璃ㄱ티 히어신 닛바래'와 통하고, 긴 소매를 휘날리며 추는 춤의 동작을 연상하게 한다. 그러나 이제현의 '처용'은 신라의 처용설화를 반영한 듯하다. 동해용왕의 아들로서 바다로부터 경주에 들어와 달밤에 노래하며 다니는 처용을 형상화했기 때문이다.

정포의 '개운포'나 이 시를 차운한 이곡의 '개운포'도 고려말 처용가의 존재양상을 가늠케 한다. 정포의 '개운포'는 울주팔경의 하나로 지은 시인데, 치장을 한 처용이 춤추는 형상을 그려냈다. 이곡의 '개운포'에서도 머리에 꽃을 꽂고 흰 소매자락을 날리면 춤추는 형상을 그려내고 있다. 이첨은 '월명항'에서 머리에 꽃을 꽂고 긴 소매로 춤추는 처용무를 묘사하면서, "남은 곡조는 전해져 경주에 남아 있네"(遺曲有傳在慶州)라 하여 처용가가 경주지방에서 남아 있었다고 한다. 이를 두고 '지방에서의 처용가·처용무의 연행 가능성'을 점치고 있는데[4] 그럴 개연성이 충분히 있다. 처용가와 처용희는 고려말 그 발상지인 울산과 경주에서 계속 연행되었을 것이고, 조선조에까지 경주지방에서 연행된 듯하다. 조선후기의 진찬의궤(進饌儀軌)를 보면 진찬시 지방 가무자를 선발하였는데, 경상도에 21명을 배정하고 그 중에 처용무를 잘 추는 사람 6명을 경주와 안동에 분배하였다.[5] 이로 보아 오랜 기간 동안 처용가가 지역적 전승을 가졌고, 이 지방 가무자의 교방악과 궁중악에는 큰 차이가 없었던 것으로 여겨진다. 그러나 신라 처용가와 다른 장형의 처용가가

---

4) 김수경, 「고려처용가의 전승과정 연구」, 이화여자대학교 박사학위논문, 1995, 47쪽.
5) 국립국악원 편, 『한국음악학 자료총서』 3, 은하출판사, 1989, 178쪽.

별도로 존재하였는지에 대해서는 밝힐 수 없다. 다만 궁중 나례가 본격화되는 고려말에 이르러 처용가가 크게 개작되고, 노래의 성격도 국가의 위기를 해결하는 목적에서 궁중의 사악한 기운을 내쫓는 벽사의례로 변모된 일면과, 궁중 연악의 놀이(처용희)로 수용된 일면을 지닌 듯하다.

신라 처용가가 고려 처용가에 수용되면서 7·8구가 생략된 점 또한 간과할 수 없다. 아마도 "빼앗음을 어찌 하리잇고"라는 체념적이고 소극적인 대응 때문이라 하겠다. '멋·오얏·녹리'를 향하여 위협적인 궂은 말이 되기 위해서는 처용이 물러나는 부분인 향가의 마지막 두 구는 생략되는 것이 자연스럽다.6) 이를 "어찌(감히) 빼앗음을 하릿고"라 해석7) (현용준, 서대석도 이 견해를 따름)하게 되면 간접 협박의 취지가 되어 고려 처용가와 호응할 수도 있겠다. 그러나 처용설화에서 처용이 노함을 드러내지 않았다는 문맥과 어긋나는 해석이다. 즉 "공이 노함을 보이지 않으시니 느껴 아름답게 여겨"(公不見怒 感而美之)를 버리지 않는 한, 7·8구와 관련설화 문맥이 모순이 되기 때문에 "네가 어찌 감히 빼앗을 수가 있겠느냐"로 읽을 수 없다.8) 신라 처용가 7·8구의 '역신으로 하여금 자신의 잘못을 뉘우치고 마음을 고쳐먹게 하는 기능9)은 고려 처용가의 역신 구축의 기능과 어느 정도 거리가 있기 때문에 배제된 것이다. 고려 처용가는 고대시가의 주술성을 다분히 지니고 있다는 점을 고려하면 이해가 될 것이다.

신라 처용가 7·8구를 체념의 진술이나 진노의 목소리가 아니라, "호소적이고 설득적인 목소리"10)라고 하면서, 처용가를 화랑도와 연관된

---

6) 하태석, 「무가계 고려속요의 성격연구」, 『어문논집』 43집, 민족어문학회, 2001, 376쪽.
7) 이기문, 『국어사개설』, 민중서관, 1975, 66쪽.
8) 양희철, 『삼국유사 향가연구』, 태학사, 1997, 179쪽.
9) 양희철, 위의 책, 183쪽.
10) 김학성, 『한국 고시가의 거시적 탐구』, 집문당, 1997, 247쪽.

선풍적(仙風的) 향가로 본 견해가 있어 주목된다. 처용랑이라 지칭하였으니, 랑(郞)은 화랑의 신분일 것이고, 화랑은 자신의 아내를 빼앗은 역신에 대해 체념하거나 진노하지 않고 오히려 상대방을 설득하는 것이 자연스럽다는 해석일 것이다. 불교적인 관대함 혹은 무집착의 견해로 본 견해도 있다. 신라 처용가 7·8구에 대해 "처용가무를 불교적으로 변용시키는 과정에서 또는 불교와 습합한 처용가무에서 위와 같은 가사가 첨가된 것"[11]이라 하였다. 그렇다면 애초에 무가(巫歌)로서의 처용가가 있었는데 신라의 불교적인 환경에 영향을 입어 7·8구가 변용된 것인지, 신라 처용가를 무가적인 전통으로 보지 말고 화랑사상에서 배태한 노래로 보아야 하는지 혼란이 오게 된다. 신라 처용가는 당초 무가적인 전통에서 불린 것인데, 무불습합의 과정 혹은 무선(巫仙)습합의 과정에서 변용된 것이 있다고 보아야 할 것이다. 그러다가 고려에 이르러서 고려 처용가가 중국 나례의 영향을 받으면서, 역신구축의 위압적 주술로 바뀌게 되고, 이때 신라 처용가 7·8구가 탈락된 것으로 볼 수 있다. 이런 가정이 설득력을 가지려면 처용가의 지역적 전승을 가졌다고 보아야 하며, 신라와 고려시대을 거치는 동안 당대의 이념적 환경에 의해 여러 번 변용되었다고 보아야 할 것이다.

2) 무속과 나(儺) 문화의 결합

우선 라후덕(羅候德)에 대해 살펴보자. 라후덕을 일식신(日蝕神)의 화신 라후(羅睺), 석가의 아들인 라후라(羅睺羅), 신라 왕 등으로 해석하고 있다. 서대석은 라후직성의 나이에 든 자가 추영을 버리는 액막이 풍속(『동국세시기』)을 예로 들며, 제웅버리기의 풍속의 제웅(芻靈)이 처용과 혼동되면서 처용가에 편입되었다고 하고, "처용의 덕을 예찬하는 노래

---

11) 이민홍, 『한국민족악무와 예악사상』, 집문당, 1997, 285쪽.

이기에 나후(羅候)는 처용을 가리키는 말"[12]이라 하였다. 복잡하게 길을 돌아온 느낌이 드는 해석이다. 라(羅)는 신라의 '라'를 따왔다고 할 수 있는데, 신라인을 '라인(羅人)'이라거나 고려를 '려조(麗朝)'라 하는 경우가 있기에 충분히 유추할 수 있다. 그리고 처용이 신라왕을 좇아 왕실에 들어가 급간(級干)의 벼슬을 하였으니 후(候) 또는 공(公)으로 존칭할 수 있을 것이다. 세상 화평을 가져오는 것이 처용의 벽사제액의 능력 때문이기에 나후와 처용이 동일한 존재[13]라거나, 급간으로 왕정을 보좌하고 벽사진경의 처용 능력으로 보아 나후는 신라 처용후[14]라는 해석도 같은 맥락에서 이루어진 것이다. 그런데 처용이 울산 개운포에서 출자하였음을 전제하고, 울산의 옛 지명이 굴아벌(屈阿火)인데 실제발음 '구라벌'의 '라'를 따서 '라후'라 칭하였다[15]고 한 훨씬 구체적인 추론도 있다.

라후를 나후(儺候)로 본 견해가 있다. 나후는 나신(儺神)에 대한 봉작이며, 처용가무에서는 '처용이 착용한 가면을 지칭'[16]이라 했고, 나후를 구역신(驅疫神)에 한정시키지 않고 모든 재앙인 삼재팔난까지 구축할 수 있는 구나신(驅儺神)으로서의 면모를 갖추고 있는 인물이라고 하면서, 나례가의 나령공(羅令公)도 나신이라 했다.[17]

> 羅令公宅 儺禮日이
> 廣大도 金線이샤ᄉ이다
> 궁에ᅀᅡ 산ᄉ굿볏겨더신ᄃᆞ

---

12) 서대석, 「고려 처용가의 무가적 검토」, 『한국고전시가작품론』1, 집문당, 1992, 350쪽.
13) 윤성현, 「처용가의 변전과 문화사적 의미」, 『열상고전연구』 11집, 열상고전연구회, 1998, 81쪽.
14) 김유미, 「처용전승의 전개양상과 의미연구」, 부산대학교 박사학위논문, 1998, 73쪽.
15) 최진원, 「처용가의 '동경' '나후' '상불어' 고」, 『도남학보』 19집, 도남학회, 2001, 8–9쪽.
16) 이민홍, 위의 책, 271쪽.
17) 황경숙, 『한국의 벽사의례와 연희문화』, 월인, 2000, 195–211쪽.

鬼衣도 金線이리라
리라리러 나리라 리라리(시용향악보)

나령공댁의 나례일에 광대의 복색과 귀신의 복색이 금실로 치장한 옷을 입었다고 하고, 그곳에서 산굿을 겪으면(혹은 산굿 밖에 계시던) 귀신의 복색도 금실로 치장한 옷이 된다고 하면서 벽사의 능력을 강조하고 있다. 여기서 산굿은 무(巫)가 주도했을 것인데, 무와 나(儺)가 결합되었다는 것은 알려진 사실이지만, 위의 나례가로서 우리나라에서도 나례의 실상이 가요로 확인되는 바이다.[18) 이처럼 무녀가 나례의식을 거행하기도 하며 무와 나가 습합되는 상황이 전개되었다. 그래서 나례가를 위시한 시용향악보 소재 가요를 무가(巫歌)로 인식하는 것이 보편적이지만, 나례에서 불린 노래로 보아야 한다는 견해도 무시할 수 없다. 고려 후기에서부터 조선조에 이르기까지 궁중에서 거행되는 무속의례에 대해 비판적이었던 지배계층의 사정을 감안한다면 시용향악보 소재 가요와 고려 처용가, 학연화대처용무합설 등은 나례 혹은 나희(儺戲)의 전통에서 지속된 측면도 예상할 수 있다.

고려 처용가도 무와 나(儺)의 문화가 결합된 노래이다. 우리나라에 나례가 전래되기 이전에 나례와 유사한 민족적 벽사의례가 존재하였는데, 고려시대에 중국의 나례를 받아들여 궁중나례의식을 거행한 이래 조선의 오방처용무로 계승되었다. 고려시대에는 당악·속악 이외에 백희가무가 성행하였는데 주유희·창우희 등의 잡희와 기악(伎樂)이 있었다. 우리나라에는 상대에서부터 민족적 형식의 구나의식이 있다가 나중 잡희와 결합하여 나희(儺戲)가 되었다고 한다.[19) 이색의 '구나행'을 보면 "사악함 물리침은 옛부터 있었던 의례…… 앙화를 물리침이 번개와 같

---

18) 이민홍, 위의 책, 280쪽.

19) 윤광봉, 「고려시대의 연극고」, 『한국문학』 6·7집, 동국대 국어국문학과, 1984, 252쪽.

네"[20]라고 하여 구나의식이 옛부터 존재함을 알 수 있다. '구나행'도 처용희를 보고 지은 시인데 나희와 연관시키고 있는 점을 보아도, 고려 처용가가 지닌 나례적 성격을 짐작할 수 있다.

조선 초의 나례에는 우인(優人)·잡기인(雜伎人)·기녀들이 정재(呈才)를 위해 궁중에 드나들었는데, 그들에 의해 벽사의례가 거행된 것이다. 이러한 사실은 그들이 상대에서부터 있어온 구나의식을 이어받았거나 중국으로부터 들어온 구나의식에 정통하였음을 의미하는 듯하다. 이 나례의식에서 있었던 벽사의 내용 가운데 중요한 것은 역신의 구축이었다.

이색의 '구나행'에 등장하는 무오방귀(舞五方鬼)는, 조선조 나례로 쓰이면서 등장하는 처용가의 오방처용무와 같은 계통의 것이다. 그렇다면 처용가의 오방무는 고려 말에서부터 그 전통이 시작된 것으로 보인다. 그리고 후대 가면극(통영·고성오광대놀이)의 오방신장무(五方神裝舞)도 위의 나례와 같은 기능을 가진 민간전승일 것이다. 궁중나례의 오방처용무나 무오방귀는 궁중의 사악함을 제거하고 궁중 내의 평안을 기원하는 행사로 굳어졌지만, 오행사상에 의해 변모되기 전에는 처용의 역신구축이라는 민족적 벽사의례의 전통을 계승한 것이다. 그러므로 고려처용가 속에는 무속와 나례의 두 가지 사유가 함께 작용한다고 볼 수 있다.

3. 고려처용가와 무가의 주술성 비교

1) 고려처용가와 무가의 전개양상

前腔　新羅盛代 昭聖代 / 天下大平 羅候德 / 處容 아바
　　　以是人生애 相不語ᄒ시란ᄃᆡ / 以是人生애 相不語ᄒ시란ᄃᆡ

20) 辟除邪惡古有禮…… 掃去不祥如迅霆

附葉 三災八難이 一時消滅ᄒᆞ샷다(-첫 단락)

中葉 어와 아비 즈싀여 處容아비 즈싀여

附葉 滿頭揷花 계오샤 기울어신 머리예

小葉 아으 壽命長願ᄒᆞ샤 넙거신 니마해

後腔 山象 이슷 깅어신 눈섭에 / 愛人相見ᄒᆞ샤 오ᄋᆞ어신 누네

附葉 風入盈庭ᄒᆞ샤 우글어신 귀예

中葉 紅桃花ᄀᆞ티 븕거신 모야해

附葉 五香 마틋샤 웅긔어신 고해

小葉 아으 千金 머그샤 어위어신 이베

大葉 白玉琉璃ᄀᆞ티 히여신 닛바래 / 人讚福盛ᄒᆞ샤 미나거신 특애
　　七寶 계우샤 숙거신 엇게예 / 吉慶 계우샤 늘의어신 ᄉᆞᆼ맷길헤

附葉 설믜 모도와 有德ᄒᆞ신 가ᄉᆞ매

中葉 福智俱足ᄒᆞ샤 브르거신 ᄇᆡ예 / 紅鞓 계우샤 굽거신 허리예

附葉 同樂大平ᄒᆞ샤 길어신 허튀예

小葉 아으 界面 도ᄅᆞ샤 넙거신 바래(-둘째 단락)

前腔 누고 지ᅀᅥ셰니오 누고 지ᅀᅥ셰니오 / 바늘도 실도 어ᄢᅵ 바늘도 실도
　　어ᄢᅵ

附葉 處容아비를 누고 지ᅀᅥ셰니오

中葉 마아만 마아만ᄒᆞ니여

附葉 十二諸國이 모다 지ᅀᅥ셰온

小葉 아으 處容아비를 마아만ᄒᆞ니여(-셋째 단락)

後腔 머자 외야자 綠李야 / ᄲᆞᆯ리나 내 신고ᄒᆞᆯ 미야라

附葉 아니옷 미시면 나리어다 머즌 말

中葉 東京 ᄇᆞᆯ근 ᄃᆞ래 / 새도록 노니다가

附葉 드러 내 자리를 보니 / 가ᄅᆞ리 네히로섀라

小葉 아으 둘흔 내해어니와 / 둘흔 뉘해어니오(-넷째 단락)

大葉 이런저긔 處容아비옷 보시면 / 熱病神이ᅀᅡ 膾ᄉ가시로다
　　千金을 주리여 處容아바 / 七寶를 주리여 處容아바

附葉 千金 七寶도 말오 / 熱病神를 날 자바 주쇼셔

中葉 山이여 ᄆᆡ히여 千里外예

附葉 處容 아비를 어여러거져
小葉 아으 熱病大神의 發願이샷다(-다섯째 단락)
(『樂學軌範』, 蓬左文庫本)

　처용가는 주술적 노래이고, 무가적 전통을 담고 있다는 바에 대체로 동의한다. 고려 처용가는 악곡상 전체가 6개의 단위로 이루어져 있다. 전강-부엽-중엽-부엽-소엽, 후강-부엽-중엽-부엽-소엽, 대엽-부엽-중엽-부엽-소엽의 3개 단위가 두 번 반복되는 구조이다. 앞의 3개 단위를 전반부, 뒤의 3개 단위를 후반부로 칭하겠다. 악곡상 분단이 대체로 의미 분단과 호응하는 편이다. 그러나 의미단락은 크게 다섯으로 나눌 수 있다. 첫째는 서사에 해당하는 단락으로 처용신을 불러들이는 절차이다(전강-부엽). 둘째는 처용의 모습을 형용하고 그를 찬양하는 내용으로, 악곡상 첫 단락의 '전강-부엽'을 제외한 '중엽-부엽-소엽'의 부분에서부터 악곡상 둘째·셋째 단락 모두가 이에 해당한다. 전반부의 대부분이 처용에 대한 찬양에 할애되고 있다.

　후반부의 악곡상 3개 단위는 의미 분단과 대체로 일치한다. 그러나 악곡상 여섯째 단위의 대엽에 해당하는 "이런 저긔 처용아비옷 보시면 열병신이사 膾ㅅ 가시로다"의 대목을 의미상 앞의 단락에 덧붙여 볼 것인지 문제가 된다. 셋째 단락은 처용 가면 혹은 처용우(인형)를 많이 세운 형용을 보여주고 있는데, 열병신 혹은 잡귀가 범접하지 못할 만큼 위압적인 상황을 드러낸다. 넷째 단락은 위압적인 주술과 신라 처용가가 있는 대목으로, 열병신을 구축하는 주가의 언술이 드러난다. 다섯째 단락은 서술자와 처용의 대화부분에서 처용의 발원과 위력이 드러나고, 처용의 위력에 굴복하고 도망치려는 열병신의 발원이 드러나는 종결부이다.

　고려 처용가는 신을 청하고(請神), 신을 찬양하고, 제장(祭場)의 위압

적인 상황을 제시하고, 역신을 구축(驅逐)하고, 서술자와 처용과 역신의
발원(發願)이 드러나는 절차로 이루어져 있다. 이런 '청신-찬양-제장-
구축-발원'의 구성은, 구축의 절차를 제외하고는 무가의 진행과정과 크
게 다르지 않음을 확인할 수 있다.(구축은 무가에 잘 등장하지 않는다. 이에
대해 뒤에 상론함) 굿거리는 '청신-오신(娛神)·찬신(讚神)-기원(祈願)-신
탁(神託)·공수-송신(送神)'의 절차로 이루어졌다고 하는 데 대체로 일
치하고 있다. 박경신·김헌선은 '청배-오신-송신'의 기본구조가 있음
을 논하면서, 교술무가에는 '청배(請拜)-제주(祭主) 설명과 제의를 베풀
게 된 이유 설명-제의의 준비과정과 제물 설명-찬신-축원-공수'의 절
차가 있다고 서술하고 있다.21) 현용준은 기본의례형식이 '청신-향연(饗
宴)-기원-송신'의 절차라 했다.22) 서대석은 무당의 굿거리 진행이 '청
배-축원-공수-유흥'23)이라 하고, 교술무가에 대해 '역사서술-무의 준
비-청배-공수-찬신-축원'이라 하였다.24)

김수경은 최근의 성과를 정리하여, "굿이란 기본적으로 제차(祭次)의
대상이 되는 신을 청하여(請拜), 그 신을 융숭하게 대접하거나 즐겁게
만들어 인간의 소원을 들어줄 마음이 생기게 한 뒤(娛神 또는 讚神), 그
신에게 인간의 소원을 말하고(祝願 또는 發願), 신에게 도와주겠다는 약속
을 받은 후(神託), 그 신을 돌려보내는(送神) 방식으로 구성"(김수경: 1995,
86)되었다고 했다. 이런 굿의 진행방식에 견주어 볼 때 고려 처용가는
'청배-찬신-축원-신탁'의 절차를 가지고 있다고 하겠다.

굿에서 청배의 과정에는 신격의 호칭, 제장(祭場)·제일(祭日) 설명,
노정기(路程記)가 담겨 있거나25) 신명의 열거, 노정기, 강림축원, 신의

---

21) 박경신·김헌선, 「무가의 이해」, 『한국 구비문학의 이해』, 월인, 2000, 305쪽.

22) 현용준, 『무속신화와 문헌신화』, 집문당, 1992, 410쪽.

23) 서대석, 「고려 처용가의 무가적 검토」, 357쪽.

24) 서대석, 「무가」, 『한국민속대관』 6, 고려대 민족문화연구소, 1982, 536-541쪽.

내력을 푸는 본풀이가 담겨 있다고 했고[26] 현용준은 청배 때에 본풀이
가 불리는데 초감제라는 기본형식의례가 그 대표적이라 했고, 베포도업
침(천지개벽으로부터 일월성신의 발생과 국토의 형성 등)-날과 국의 섬김(굿
하는 장소와 날짜)-집안 연유 닦음(굿하는 사연과 강신을 청함)-군문 열림
(신궁의 문을 여는 단락)-새ᄃ림(신들의 하강 길에 사악을 쫓고 깨끗이 하는
단락)-신청궤(신을 청해 들이는 단락) 순서로 진행된다고 한다.[27] 여기에
서 '새ᄃ림'을 주목할 필요가 있다.

　고려 처용가에서 '신라성대 소성대'의 구절은 장소와 시간을 알리는
'날과 국의 섬김'에 비견된다. '지금, 여기'의 굿 현장은 아니더라도, 과
거에 있었던 제의의 내력이 처용이라는 신의 내력과 함께 제시되고 있
다. 그러고 보면 '신라성대 소성대'는 신의 내력을 푸는 본풀이와도 연
관됨을 알 수 있다. 제의의 주체는 처용이니, 앞에서 살폈듯이 '라후덕'
은 처용의 위용을 의미한다고 하겠다. 굿하는 사연은 직접 제시되지 않
았으나 '열병신의 출현' 혹은 큰 범주로 보면 '삼재팔난'과 같은 재앙이
원인이고, 그 재앙을 '일시에 소멸시키고자 함'이 신을 청하는 목적이
다. '삼재팔난이 일시에 소멸하샷다'라고 선언적 결과를 제시하는 것은,
신이 내리는 길에 모든 잡된 것이 제거됨을 의미하는 '새ᄃ림'의 절차라
고도 하겠다. 사악을 쫓기 위해서는 신라 처용가에서 이미 축적되었던
처용의 위력과 능력을 드러내야 한다. "역신이나 삼재팔난은 물렀거라"
라고 크게 소리쳐 길을 닦아야 한다. 그래서 최진원은 "以是人生에 크게
말할진대"라고 풀이하였다.[28] 크게 말해야 처용의 위력이 드러나고 사악

---

25) 박경신·김헌선, 「무가의 이해」, 305쪽.
26) 서대석, 「고려 처용가의 무가적 검토」, 357쪽.
27) 현용준, 『제주도 무속과 그 주변』, 집문당, 2002, 31-37쪽.
28) 최진원, 「처용가의 '동경' '나후' '상불어' 고」, 10쪽. '不'을 허사로 보든지 혹은 '不=
　　多·大'의 뜻으로 볼 수 있다고 했다.

을 쫓을 수 있을 것이니, 위의 해석이 절묘하게 청배의 절차와 부합한다.

　찬신의 절차에는 위엄 있고 아름다운 신의 외모, 호화찬란한 옷과 치장, 탁월한 위력과 공덕 등이 주된 찬양의 대상이 된다고 했다.[29] 이 찬신의 절차는 오신(娛神)의 한 방법이기도 하다고 하며, 다음의 예를 들었다.

> 광대 치장이야 없을손야
> 절구통 바지, 골통행전, 고양나이 속버선에
> 몽기 삼싱 것버선에 아미 탑골 밋투리에
> 장창 밧고 굽창 밧고, 매부리 징에 잣징 박고
> 어-르 망건 당사 끈에
> 엽낭 차고 상낭 차고
> 메고 나니 검낭이요, 차고 나니 상낭이라[30]

　여기에서는 대체로 옷과 치장이 열거되는데, 그다지 화려하지도 않고 위엄을 느낄 수도 없다. 처용의 외모와 옷과 치장에서 볼 수 있는 화려함과 그 내면에서 우러나는 위력과 공덕을 염두에 둔다면 초라하기 그

---

29) 박경신·김헌선, 「무가의 이해」, 310쪽.
30) 위와 유사한 외모 묘사가 잡가 '토기화상'에 전한다.
　텬하명산 승디간에 경긔 보든 눈 그리고
　앵무공작이 지져울 제 소리 듯넌 귀 그리고
　봉닉 방장 운무 즁에 닉 잘 맛든 코 그리고
　란초 지초 온갖 화초 곳 싸먹든 입 그리고
　만화방창 화림 중에 펄펄쀠든 발 그리고
　듸한 엄동 설한 중에 방풍ᄒ든 털 그리고
　좌편에는 청산이요 우편은 록슈로다(정재호, 『한국잡가전집』 2권, 계명문화사, 1984, 176쪽)
　이를 두고 한채영은 '공간적 인접'에 의한 공간적 순서를 도식으로 보여줘 처용가와 유사하다고 했다.(한채영, 「구비시가의 텍스트 거시구조와 인접성의 배열방식」, 『민요·무가·탈춤연구』, 태학사, 1998, 214쪽)

지없다. 무가에서는 청배의 절차에서 신의 내력이 강화되어 나타나기 때문에, 그 치장 부분이 소략화되어 나타나는 것은 아닐까. 반대로 고려 처용가에서는 청배의 절차에서 신의 내력이 소략화된 반면, 찬신의 절차 서술이 강화됐기 때문에, 처용의 위용과 치장 서술이 특별히 강조되었다. 머리에서 발끝까지 찬찬히, 세밀하게, 그리고 화려하게 묘사되어 '어와 처용아비 모습이여'라는 경탄이 절로 나온다. 고려 처용가 전체 노랫말의 반을 차지하는 이 부분은 무가 중 찬신의 백미라고 할 수 있고, 또한 예술미가 두드러진 표현이라 하겠다.

축원은 인간의 소원을 신에게 비는 내용이다. 건강과 재물·평안을 청원하고 우환·질병을 물리쳐달라고 기원한다. 복덕과 길상과 지혜와 위력을 구비한 처용은, 만인에게 칠보나 천금을 줄 수도 있는 다양한 능력을 지닌 존재이다. 그런데 제주(祭主)는 그런 재물 말고 열병신이란 질병을 물리쳐달라고 청원하고 있다. 이 노래의 주제가 담긴 부분이다. 제주의 축원을 신이 들어주겠다고 한 것인지, 제주의 축원이 너무 간절한 때문인지 열병신은 움찔하고 물러나게 된다.

신탁 혹은 공수는 무당에게 신이 내린 상태에서 인간들에게 신의 말을 전하는 과정이다. 인간들의 축원에 대한 신의 감응이라 하겠다. 고려 처용가에서는 인간이 축원하고 처용이 감응하여 "너희의 소원을 어떻게 들어주겠노라"라고 응대하지 않는다. 이 노래에는 '물리치는 존재'와 '물러나야 할 대상'이라는 두 신격이 자리하기 때문이다. 그래서 이 노래의 말미에는 '물리치는 존재'인 처용의 응대는 나타나지 않고, '물러나야 할 대상'인 열병신의 응대가 나타난다. "산이여 들이여 천리 밖에 처용아비를 피해가고저"라는, 처용의 위력에 굴복한 열병신의 말은 인간을 향한 신탁이다. 최진원은 신라 처용가 전 8구에 "山이여 미히여 千里 外예 處容 아비를 어려려거져"의 2구가 합해 전 10구가 재구될 수 있다고 보고, 후 2구는 "처용의 말에 답하는 역신의 말로서, 이 두 말의 결합

형식은 사제와 신령의 교창형식과 일치하기 때문"[31])이라 하면서, 신탁으로 해석하고 있다. 고려 처용가에서 이 구절은 처용의 말에 답하는 역신의 말이거나, 제주의 말에 답하는 역신의 말 즉 신탁임에 틀림없다.

서대석은 "머자 외야자-미여라"가 공수에 해당한다고 하고, 처용이 열병신에게 어서 병세를 거두고 물러나라는 명령의 말이라 했고,[32]) 김수경은 "머자 외야자-나리어다 머즌말"이 공수에 해당한다고 하는데[33]) 오히려 이쪽이 타당하다. '-하지 않으면 -하리라'라는 표현까지가 구지가나 해가에 보이는 주사의 일반적인 표현방식이기에 중간('호칭-명령'과 '가정-위협')을 분단하지 않는 쪽이 더 자연스럽다. 이 부분은 처용이 열병신에게 고하는 신탁이고, 뒷부분(처용아비를 피해가고저)은 열병신이 처용에게(혹은 인간에게) 고하는 신탁으로 볼 수 있겠다.

가장 단순한 제의는 신의 호칭과 기원의 언어적 표현인 바, 이것에 신의 좌정경위·능력·제법(祭法)해설 등 요소들이 결합되어 초보적인 신화가 형성되었다[34])고 보았는데, 신격의 호칭 부분을 그 신의 내력담으로 확장시켜 서사무가의 골격을 갖추었다고 보는 서대석의 견해[35])와 일치한다. 이 다음에는 인간의 소원을 신에게 청원하고, 그에 대한 신의 회답을 전달받기 위한 기본적 틀[36])을 갖추었을 것이다. 그리고 그후 신을 청하고, 제의를 베푸는 절차와 준비과정을 설명하고, 신을 즐겁게 하고, 신에게 기원하고, 신의 화답을 받고(공수), 신을 돌려보내는 절차가 완성되었을 것으로 본다. 맨 마지막으로 신을 찬미하는 찬신이 추가되었을 것이다. 이를 단계적으로 보면 다음과 같다.

31) 최진원, 『(증보) 한국고전시가의 형상성』, 성균관대 대동문화연구원, 1996, 231쪽.
32) 서대석, 「고려 처용가의 무가적 검토」, 355쪽.
33) 김수경, 「고려처용가의 전승과정 연구」, 84쪽.
34) 현용준, 『무속신화와 문헌신화』, 409쪽.
35) 서대석, 「고려 처용가의 무가적 검토」, 357쪽.
36) 박경신, 「고전시가와 무가의 관계」, 『한국고전시가사』, 집문당, 1997, 155쪽.

1단계: 신의 호칭 + 기원
2단계: 신의 호칭 + 청원(기원) + 신의 회답(공수)
3단계: 청배 + 설연(設宴)·오신(娛神) + 기원 + 신의 회답 + 송신
4단계: 찬신이 추가

2) 처용가와 무가의 주술방식

가장 단순한 제의의 절차보다 더 앞선 고대적 주사(呪詞)는 기원 대신 명령의 어법으로 이루어져 있다. 즉 신격의 호칭과 명령이란 단순한 언술방식을 기초로 하여, 환기·명령·위압적 다짐의 서술, 또는 신격 내력의 서술·명령의 어법으로 짜여져 있음을 알 수 있다.[37] 그후 함부로 신을 부르며(喧呼) 신에게 명령할 수 없을 정도로 신 관념이 변화하게 되자, 신에 대한 기원으로 바뀌게 된다. 그러나 또 다른 길을 선택하기도 했다. 신과 신의 매개자(使者)에 대한 구분이 나타나고, 신의 매개자에 대한 명령과 위협의 어법을 위주로 한 주술가가 나타나게 된다. 구지가와 해가가 그 대표적 노래이다. 구지가에서 부르는 대상 '거북'은 더이상 신의 화신이 아니라 신과 인간을 매개하는 수신의 사자이다.[38] 이런 주술가의 변화를 감지하는 일은 매우 중요하고, 특히 고려 처용가 해석에도 그대로 적용된다. "신의 매개자에 대한 위협은, 이 노래가 이미 초월자로서의 신을 직접 위협할 수 없을 만큼 상당한 정도의 신관념이 형성된 이후의 산물임"[39]을 감안할 때, 고려 처용가의 '머자 외야자 녹리야-미야라'는 열병신에 대한 위협이 아님을 확연히 알 수 있다. 즉 이 위협의 어법은 신의 매개자인 '멎·오얏·녹리'에 대한 호칭이다.

---

37) 김승찬·손종흠, 『고전시가론』, 한국방송통신대 출판부, 1993, 18쪽.
38) 성기옥, 「구지가 형성의 문화기반과 역사적 양상」, 『한국고대사논총』 2집, 한국고대사 연구소, 1991, 191-192쪽. 허남춘, 『고전시가와 가악의 전통』, 월인, 1999, 195쪽.
39) 성기옥, 「상고시가」, 『한국문학개론』, 새문사, 1992, 46쪽.

後腔 머자 외야자 綠李야 / 썰리나 내 신고홀 민야라
附葉 아니옷 미시면 나리어다 머즌 말

〈호칭(환기) - 명령 - 가정(조건) - 위압적 다짐〉의 서술로 이루어져 고
대적 주술가의 주술유형을 보여 주고 있다. 그리고 구지가와 같은 주술
구조를 지니고 있다. 고대적 주술가와 유사한 사설 구조를 지니고 있는
현전 주술동요를 살피면, 과거 민요와 무가에 있었던 주술유형을 명확
히 확인할 수 있다. 〈환기-명령〉, 〈환기-보상제시-명령〉, 〈환기-상황
제시-명령〉, 〈환기-명령-조건-위협〉의 구조를 지니는데, 그 기능을
살피면 목적의 대상이 곧 주술의 대상인 경우가 대부분이다. "풍뎅아
풍뎅아/ 우리 집에 손님온다/ 빙빙 쓸면서/ 마당청소 해줘라/ 빨리 마
당 쓸라"의 경우는 목적의 대상이 곧 주술의 대상이다. 그런데 "두껍아
두껍아/ 헌집줄께 새집다오/ 두껍아 두껍아/ 헌집갖고 새집줘라"의 경
우는 잘 알려진 동요로 모래성을 쌓을 때 부르는 노래인데, 대상이 주술
의 목적을 직접 들어줄 수 있는 존재들이 아니다. 주술대상은 화자의
목적을 이루는 데 간접적인 역할만을 하고 있다. 즉 주술대상은 "화자의
궁극적인 목적을 직접적으로 들어줄 수 있는 어떤 대상에게 전하는 매
개자일 뿐"[40]이다. 한정미가 조사한 주술 동요 399편 중 주술대상과 주
술목적이 일치하지 않는 노래는 28편이고, 그 주술대상은 모두 동물류
였다.[41]

두꺼비는 화자의 목적을 전하는 매개자다. 구지가의 거북과 같은 매
개자의 구실을 한다. 매개자를 위협하여 목적하는 바를 간접적으로 전
하는 노래가 동요 속에 엄연히 자리하고 있음을 확인하였다. 고려 처용
가에서도 주술대상은 '멎 · 오얏 · 녹리'이고, 화자의 목적을 직접적으로

---

40) 한정미, 「주술동요의 사설구조와 기능 연구」, 강릉대 석사학위논문, 1994, 35쪽.
41) 한정미, 위의 논문, 33-39쪽.

들어줄 수 있는 대상은 감추어져 있다. 구지가의 경우 거북이라는 주술 대상은 '신의 매개자'이고, 목적을 직접적으로 들어주는 대상은 감추어 진 '신격'이다. 해가의 경우 거북이라는 주술대상을 위협하여, 화자의 목적을 직접 들어줄 수 있는 '용신'에게 궁극적인 목적을 말하고 있다. 매개자인 거북을 위협하여 용신에게 수로부인을 내 달라는 목적을 전달 하자 결국 용신이 수로부인을 내주게 되었듯이, 고려 처용가에서는 매 개자인 '멋·오얏·녹리'를 위협하여 역신에게 병의 치유목적을 전달하 고 결국 병이 치유되며, 구체적으로는 역신이 구축된 상황이 전개된 것 이다.

그리고 위의 주술동요와 구지가계 노래에서 알 수 있듯이, 주술대상 은 대부분 동물류이다. 그런데 고려 처용가에는 '멋·오얏·녹리'와 같 은 식물류인 점이 특이하다. 하지만 향가에도 식물류를 주술대상으로 삼아 위협하는 주술가가 있다. 도솔가에서 해가 둘 나타난 변괴를 해결 하기 위해 미륵의 힘을 빌리려 하면서도, "꽃아 너는 곧은 마음의 명을 부리어 미륵좌주를 모셔라"라고 '꽃'을 대상으로 위협한다. 이 노래는 "원상으로의 회귀를 주재하는 미륵좌주와 하수인의 역할을 하는 꽃"[42] 을 등장시켜, 주술의 목적을 직접 들어줄 수 있는 미륵에게 화자의 목적 을 전하기 위해 매개자-꽃-을 위협하고 있다. 꽃이 지닌 '중재자의 소 임'을 강조한 것이다. 그러나 구지가에서처럼 초논리적·위협적으로 명 령·강제하지 않고 논리적·설득적으로 명령·강제하며, 직설적으로 진술하지 않고 상징 혹은 은유를 통한 간접적 언술방식을 택하고 있 다.[43] 꽃과 같은 부드러운 이미지의 식물류를 매개로 하여 은유적이고

42) 박노준, 『신라가요의 연구』, 열화당, 1982, '171쪽.
43) 김학성, 「향가에 나타난 화랑집단의 문화의미권적 상징」, 『성균어문연구』 30집, 성균 관대 국어국문학과, 1995, 21쪽. 김학성 교수는 여기에서 〈도솔가〉의 주술성을 논하면 서 〈구지가〉의 주술성과 다름을 밝혔는데, 〈고려 처용가〉의 주술성은 〈구지가〉의 강 제·명령의 어법과 다르고 〈도솔가〉의 은유·상징의 어법과 가깝다고 하겠다.

상징적인 주술방식을 택했기 때문에 직접적·직설적 구축은 아니라고
하겠다.

멋은 대개 버찌로 해석하는데, 훈몽자회를 따라 능금(촜, 재래종·야생
종 사과)으로 해석한 경우도 있다.[44] 제주에는 멋낭이 있는데 표준어로
는 감탕나무이고, 콩알 크기의 붉은 열매가 송이를 이루어 오랜 기간
매달려 있다.(제주어사전) 열병을 앓을 때 얼굴 등에 반점이 나타나는 것
을 꽃이 핀다고 하는데, 이 식물들은 이것을 의미하는 것이 아닐까 추
측[45]하였다. 열병신의 실체는 보이지 않고 그것이 반점으로 나타나니
반점과 닮은 '멋·오얏·녹리'를 열병신의 매개자로 볼 수도 있겠다. 신
코를 맨다는 것은 헐은 곳 즉 상처를 아물게 한다는 의미로 추정한 서대
석의 견해 이외에는 특별한 것이 없다. 그러나 '멋·오얏·녹리' 등의
열매와 꽃처럼 피는 반점과는 거리가 있고, 신코를 매는 것과 상처를
아물게 하는 것과는 어떤 유추의 실마리도 제시되지 않아 아쉬움이 남
는다.

우리 민속에는 역신의 범접을 막기 위해 문에 처용 형상을 붙이는 첩
문(帖門)풍속이 있었다. 신라 처용가에서 연유한 벽사의례이다. 이것 말
고 문 앞에 짚신을 걸어 놓는 풍속이 있었는데, 짚신은 여성의 음부를
상징한다고 한다. 역신이나 도깨비신은 미녀를 탐하는 호색성이 있어
미녀에게 빙의하여 병을 주기도 하는데,[46] 그 병마의 침입을 방지하기
위해 짚신을 걸어두고 역신이 짚신과 교접한 후 떠나길 기원하는 의미
가 담겨 있다. 그러니 고려 처용가 문맥의 '신고홀 미야라'는 짚신과 교
접한 후 범접하지 말고 떠나라는 의미가 아닐까 한다. 그렇게 하지 않는
다면 '머즌 말'(흉한 말)을 내리겠다고 위협하게 된다. 즉 문안으로 들어

---

44) 김완진, 『향가와 고려가요』, 서울대학교 출판부, 2000, 324쪽.
45) 서대석, 「고려 처용가의 무가적 검토」, 355쪽.
46) 변성구, 「제주도 서우젯소리 연구」, 제주대학교 석사학위논문, 1986, 43쪽.

와 미녀를 교접하게 되면 구축당하게 될 것이라고 하면서 신라 처용가 부분을 부르는 것이다. '머즌 말'은 주술적인 기능과 위력을 지닌 말이다.

우리는 여기서 다시 구지가와 해가를 비교해 볼 필요가 있다. 〈호칭 (A)−명령(B)−가정(C)−위협(D)〉의 언술은 같지만, 해가에는 "남의 아내를 빼앗은 죄가 얼마나 큰 줄 아느냐"(E)라는 구절이 덧붙어 있음을 상기하자. "머자 외야자 녹리야 내 신발을 매어라 안 맨다면 머즌말을 내릴 것이다"라고 한 것은 구지가·해가의 언술과 같고, 이어지는 신라 처용가 부분은 바로 해가의(E) 부분과 같은 맥락으로 이해하면 될 것이다.

> 거북아 거북아(A) 수로를 내 놓아라(B)
> <u>남의 아내를 빼앗은 죄가 얼마나 큰 줄 아느냐(E)</u>
> 네가 만일 거역해 내놓지 않는다면(C)
> 그물로 잡아내어 구어 먹으리라(D)

> 머자 외야자 綠李야(A) 쐴리나 내 신고홀 미야라(B)
> 아니옷 미시면(C) 나리어다 머즌 말(D)
> <u>東京 불군 두래 / 새도록 노니다가</u>
> <u>드러 내 자리를 보니 / 가르리 네히로새라</u>
> <u>아으 둘흔 내해어니와 / 둘흔 뉘해어니오(E)</u>

신라 처용가의 7·8구를 제외한 이 부분을 인용한 것은 역신이 처용처를 간통한 상황이다. "손을 향하여 '너의 모습은 이렇다. 너는 지금 이런 짓을 하고 있다'라고, 정확히 지적을 하면, 그 순간 손은 마력을 잃게된다."[47] 즉 남의 아내를 빼앗은 상황을 제시(형상화)하여, 역신의 정체를 폭로하고 위력을 상실케 하려는 의도를 드러내는 것이다. 이는 해가에서 남의 아내를 빼앗아 간 용신의 정체를 폭로하여 수로부인을 돌려

---

47) 최진원, 『(증보) 한국고전시가의 형상성』, 218쪽.

받으려는 의도와 같다고 하겠다. 제주의 두린굿에는 '대김받음'의 절차(신이 떠나겠다는 다짐을 받아내는 절차)가 있다. 환자의 병은 영감신이 범접하여 생겼다고 여기고, 버드나무 회초리로 환자를 협박하여 병들게 한 영감신의 정체를 밝혀내는 의례를 행한다.[48] 두린굿에서 회초리로 때리며 영감신의 정체를 드러내라고 위협하는 것은, 해가에서 몽둥이로 해안을 두드리며(以杖打岸) 용신의 정체를 드러내라는 위협의 절차와 유사하다. 행위에 의해서 이루어지기도 하고 노래(혹은 언어)에 의해서 이루어지는 '정체의 폭로'로, 결국 병을 준 영감신이나 열병신은 쫓겨가는 신세가 되고 만다.

이 다음에 다시 위협이 반복되고, 위협을 상쇄시키는 청원이 드러난다.

> 大葉 이런저긔 處容아비옷 보시면 / 熱病神이사 膾ㅅ가시로다
> 千金을 주리여 處容아바 / 七寶를 주리여 處容아바
> 附葉 千金 七寶도 말오 / 熱病神를 날 자바 주쇼셔
> 中葉 山이여 미히여 千里外예
> 附葉 處容 아비를 어여러거져
> 小葉 아으 熱病大神의 發願이샷다

이미 밝혔듯이 고려 처용기는 중국의 니례와 접촉되있고, 나레의 주술적 위협의 언술을 받아들인 듯하다. 후한대에 가면으로 무장한 구양자(毆禳者)들이 십이신(十二神)의 위력을 빌어 악신이나 흉악을 궁중으로부터 구축하는 것이 대나(大儺)였다. 이 나례에서 "네 몸이 나타나면 너를 붙잡아 골절을 끊어 흩트리고, 네 간장을 뽑아내리라. 악귀들아 빨리 도망가거라. 만일 뒤떨어지는 놈이 있거든 십이신의 양식이 되리라"[49]

---

48) 문무병, 「제주민요에 나타난 무가」, 『민요론집』 2집, 민속원, 1993, 141쪽.

49) 使十二神追凶惡 嚇汝軀 拉女幹 節解女肉 抽女肺腸 女不急去 後者爲糧(『後漢書』十五, 儺禮志 大儺)

라는 위협의 말이 나타난다. 이러한 위협은 고려 처용가의 "이런저긔 處容아비옷 보시면 / 熱病神이사 膾ㅅ가시로다"와 맥락이 닿는다. 이처럼 나례의 영향을 받은 때문에, 고려 처용가는 우리의 현전 무가에 잘 드러나지 않는 위협의 언사를 담고 있는 것으로 보인다.

앞에서 무가 서술방식의 초기 단계를 〈신의 호칭+기원〉으로 설정한 바 있는데, "천금을 주겠는가 처용아비여. 칠보를 주겠는가 처용아비여. 천금이나 칠보는 그만두고 열병신을 잡아주소서"의 부분도 그 구조상 '처용아비여 열병신을 잡아주소서'라는 〈신의 호칭+기원〉이다. 다만 여기에 'A를 주려오. A는 말라. B를 달라'의 서술이 덧보태져 있고, 이런 서술은 민요에도 보편적이다.50) 명령과 기원, 요구와 호소는 가까운 데 있다. 명령과 요구는 고대적 주사이고, 기원과 호소는 종교적 발원으로서 진일보된 형태라고 할 수도 없다. "날 그냥 내버려 둬" "이러지 말아"라는 명령과 요구의 어법을, "날 그냥 내버려 둬 줘" "이러지 말아 줘"라는 애원과 호소의 어법으로 바꾸어 표현할 수 있다. 그러나 명령과 요구의 어법으로 된 구축(驅逐)의 무가는 차차 기원과 호소의 어법으로 바뀌게 된다. 악신 혹은 악귀를 내몰던 신관념에서, 점차 악신이나 악귀라도 잘 대접하고 달래서 보내는 방식51)으로 전환되고, 인간에게 병마와 피해를 주는 역신의 이름도 '마마' 혹은 '손님'으로 경칭하면서 이객환대(異客歡待)의 관념이 정착된다. 마마는 궁중에서 왕실을 존칭하는 말인데 역신이 공포의 대상이기에 높여서 지칭하는 것이고, 손님이라 함은

---

50) 이 주머니 누가 짓나/ 내가 짓소
  이 주머니 지은 사람/ 은을 줄까 금을 줄까
  은도 돈도 다 싫어요/ 백년채권을 날과 삽시다(『강원민요』 2, 627-628쪽, '동무동무 일천동무' 일부)

  금도 싫고 은도 싫고 문전옥답 다 싫어
  만주벌판 신경뜰을 우리 조선 주게(『민요·무가·탈춤연구』, 54쪽, '정선아라리')
51) 김수경, 「고려처용가의 전승과정 연구」, 87쪽.

귀한 손님을 모시듯 정중하게 대접해야 한다는 의도와, 외지로부터 전염된 질병이란 의미를 함께 지닌다.[52]

이처럼 현전 무가는 악귀 혹은 악신이라도 함부로 구축하지 않고 잘 대접하고 달래서 보내는 이객환대의 방식을 취하고 있고, 이것이 마마 배송굿과 같은 송신(送神)의 절차이다. 그러나 고려 처용가는 명령과 위협의 언술을 동반한 구축(驅逐)의 방식을 취하고 있다. 현용준은 무속의 치병의례에 '축원유화법'과 '협박구축법'과 '간접제거법'이 있다고 했는데[53] 현전 무가에는 '축원유화법'이 우세하게 나타나는데 반해, 고려 처용가에는 '협박구축법'이 사용되었다고 하겠다. 그러나 무격이 직접 악령을 구축하는 직접적 방법이 아니라 선신(처용)으로 하여금 협박 구축하는 '간접적 협박구축'의 방법을 취하고 있다. 그러니 고려 처용가의 주술적 태도는 협박구축법에서 서서히 축원유화법 쪽으로 변모하는 중간단계의 속성을 드러낸다고 하겠다. 그래서 고려 처용가의 후반부(마지막 단락)에서는 고대적 주술방식의 명령 위협보다는 기원과 발원 위주의 언술로 마무리되는 것으로 보인다.

4. 고려 치용기의 주술성과 문학성

주술이 예술이 아니듯 주술적 노래 역시 그 자체가 예술로서의 문학작품일 수 없다. 마찬가지로, 주술의 선통이 예술의 전통과 다르듯이 주술적 노래의 전통 또한 그 자체가 언어예술로서의 서정시 전통과 동일시될 수 없는 것이다.[54] 그러므로 우리는 주술적 성격의 노래가 어떻

---

52) 박경신, 「대국과 별상굿 무가」, 101쪽.

53) 현용준, 『무속신화와 문헌신화』, 389쪽.

54) 성기옥, 「'감동천지귀신'의 논리와 향가의 주술성 문제」, 『고전시가의 이념과 표상』, 최진원 교수 정년논총간행위원회, 1991, 60쪽.

게 시적으로 재현되고 있는가의 문제에 관심을 기울여야 한다. 그런 시
각에서 본다면 본 논문에서 주로 다룬 고려 처용가의 주술성과 주술방
식은 예술적 형상화의 문제와 동떨어져 있는지도 모른다. 그러나 '주술
적 형상화'의 측면에서 그것의 언술구조를 좀더 깊이 다루었다는 점은,
이 글이 주술을 다룬 무속관련 글에 머물지 않고 문학적 성과물이라 할
수 있을 것이다.

　이런 성과를 덧보태기 위해서는 고려 처용가의 반 정도 분량(전반부)
을 차지하는 처용의 모습 찬양 부분에 대한 언급이 필요하다. 머리에서
발끝까지 자세하게 묘사된 처용의 형상에서, 역신을 물리친 한 신격의
숭고미를 느끼기보다는 당대를 산 한 인간의 우아미를 느끼게 된다. 그
렇다고 평범한 인간의 형상화는 아니다. 아마 당대인이 염원하고 그리
던 이상형의 인간 모습이 처용의 모습 속에 집약되었다고 하겠다. 산두
주의(山頭主義)적인 집결이라 하겠고, 외면의 미감에 국한되지 않고, 복
과 덕과 원만함이라는 내면의 미감까지 두루 갖춘 인물로 그려지고 있
다. 모든 이의 추앙을 받을 만한 현실적 조건을 갖추었기에 초월적인
능력을 발휘할 수 있는 인물로 우뚝 서게 된다. 그래서 사람들이 역신을
구축해 달라고 처용에게 기원하고, 역신을 물리치는 의례를 행하는 후
반부가 자연스럽게 연결되는 바이다. 전반부의 현실감과 후반부의 초월
성이 조화되는 이유이다.

　결국 후반부의 주술성은, 전반부의 처용에 대한 송축과 찬양의 송도
성과 적절하게 맥락되어 있음을 알 수 있다. 고려 처용가가 주제 · 정
조 · 작시방법 · 형식 등 속요의 보편적 특성과 크게 다름에도 불구하고,
이 송도성으로 인해 속요로 인정되는 것이 아닐까. 무가적 주술성과 궁
중악적 송도성—이 두 속성 속에 처용가의 역사적 변모과정도 담겨 있
다. 처용가는 자연과의 갈등을 주술적으로 해결하기 위한 것에 그치지
않고, 사람들 사이의 갈등을 예술적으로 표현하는 구실도 하게 되면서

굿에서 극으로 발전이 이루어졌고, 농사가 잘되게 하는 굿에서 '나라의 당면한 위기 해결'55) 수단으로 발전되었다고 하는데, 대부분의 노래가 주술적 전통에서 예술적 전통으로 변모56)한다는 보편론으로 이해될 수 있다.

처용가는 풍요 기원의 노래에서 개인의 병을 치유하는 노래로, 다시 국가적인 위난을 극복하는 노래로 불리다가, 벽사진경의 나례에서 불리는 노래로 변모하고, 나중에는 처용희의 연희적 속성으로 바뀌었다. 대부분의 무속 의례형식이 언어 위주의 '본풀이'에서 춤 위주의 '맞이'로, 다시 극 위주의 '놀이'57)로 변모하듯이, '처용가-처용무-처용희'로 변하는 과정에서 주술적 전통이 서서히 예술적 전통으로 바뀐다.

5. 결

본론의 중요한 부분을 요약하여 나머지 결론에 대신하고자 한다.

1) 신라 처용가에서 고려 처용가로 이행하는 과정에서 큰 변화가 있었다. 처용가는 전통적 벽사진경의 노래였다가 중국 나례의 영향을 받으면서 무속과 나례의 두 가지 사유를 함께 담게 되었다. 후에는 궁중연악적 성격(놀이)도 갖게 된다.

2) 무속의례와 교술무가의 기본구조는 '청신-오신·찬신-기원- 신탁-송신'으로 요약될 수 있는데, 고려 처용가도 '청신-찬신-축원-신탁'의 구조를 지니는 것으로 보아, 고려 처용가의 무가적 속성을 알 수

---

55) 조동일, 「탈춤의 역사와 원리」, 기린원, 1988, 24-27쪽.
56) 임재해, 「노래의 생명성과 민요연구의 현장확장」, 『민요·무가·탈춤연구』, 태학사, 1998, 245쪽.
57) 현용준, 『무속신화와 문헌신화』, 410쪽.

있다. 다만 전승 무속에서는 악신 혹은 악귀라도 신을 잘 받들어(숭앙)
달래고 보내는 이객환대의 전통을 갖는데, 고려 처용가는 중국 나례의
영향 때문에 열병신을 횟감이라고 위협적인 언사를 사용하는 등 '구축'
의 입장을 보인다.

3) 고려 처용가 역신 구축의 주술방식은 '호칭-명령-가정-위협'의
언술구조를 지니고 있어 구지가와 해가의 고대적 주술과 같음을 알 수
있다. '멎 오얏 녹리'는 역신의 매개자(使者) 역할을 수행하고 있기에,
위의 노래는 직접 역신을 위협하고 구축하는 것이 아니라, 간접적 구축
의 방식을 취하고 있다. 주술 대상은 대부분 동물류(거북, 두꺼비)인데,
여기서는 식물률 매개로 해서 은유적·상징적 주술방식을 택했다고 하
겠다. 그리고 이어서 나타나는 신라 처용가 부분(7·8구 제외) 인용은,
역신이 처용처를 간통한 장면을 제시하여, 역신의 정체를 폭로하고 그
위력을 상실케 하는 주술적 형상화의 과정이다.

정석가의 表現美와 시간의식

1. 서

고려 속요는 친숙한 정서와 정겨운 표현을 담고 있어 아직까지도 많은 애호를 받고 있다. 그러나 속요를 남녀상열지사나 음사로 보고, 그곳에는 남녀의 육체적인 사랑이 노골적으로 나타나고 있다고 한다. 그래서 음란과 퇴폐의 문학으로 보려는 경우도 있다. 속요는 조선조 사대부의 절제된 문학과는 달리 향락적인 서정이 우세하기 때문에, 조선조 사대부들에 의해 비판된 것이 사실이다. 그러나 자기 수양과 문학을 일원적으로 생각하며 문학 속에 과다한 정을 표현하긴 꺼려하고, 정을 담아 마음을 방탕하게 하는(移情蕩心) 문학을 멀리하던 사대부의 시각에서 객관적인 거리를 갖고 속요를 본다면 사정은 달라진다.

속요에 담긴 사랑이 육체적이거나 찰나적이라고 일방적으로 정의하는 바는 잘못이다. 정석가에는 그런 고정관념을 불식시키는 표현이 들어 있다. 구운 밤에 싹이 날 때까지 님과 헤어지지 않겠다는 간절한 염원이 그것이다. 물론 이 표현구는 민요에 다수 발견되어 식상한 표현이라 할지도 모른다. 그러나 이런 표현은 속요 속에서 생동감을 지닌다. 민요의 관용적 표현의 반복과는 다른 이미지를 창출한다. 이와 같은 특성을 규명하기 위해 본고는 우선 '구운 밤에 싹이 날 때까지 님과 이별하지 않겠다'는 식의 동일한 표현구를 우선 고찰의 대상으로 삼겠다. 그래서 속요 중에 이러한 표현구가 다양하게 표출된 양상을 제시해 보겠다. 그리고 이런 표현이 중국의 악부나 시에 어떤 양상으로 나타나고 있는지 고찰해 보며, 그 의미와 기능을 살펴보겠다.

그리고 이 표현구가 조선조에 들면 사설시조와 잡가에도 빈번하게 나타나며, 현전 민요에도 집중적으로 나타나는 양상을 살펴 속요와 변별되는 점을 찾고자 한다. 즉 속요 속의 '불가능의 역설적 표현'이 사설시조와 잡가, 민요에서는 어떤 유행구의 형식을 가지며, 그 의미와 기능은 어떻게 변모하고 있는가를 고찰의 대상으로 삼겠다. 특히 정석가에 표현된 시간의식과 여타의 갈래에 표현된 시간의식의 차이를 규명함으로써, 속요의 미의식을 규명하는 단초로 삼고자 한다. 정석가에는 영원성을 향한 고려인의 집념이 살아 숨쉰다. 민요에서 사랑하는 님을 잃은 적막감과 고독감을 환기시키기 위해 이 표현을 관용적으로 차용한다면, 속요에서는 이 표현구를 통해 님에 대한 자신의 결백과 '간절한 염원'을 표출하고 있음을 밝히려고 한다. 그래서 우선 속요 속에 산재하는 '불가능의 역설적 표현'을 찾아 그 표현 특징을 종합해 보겠다.

2. 사룡과의 관계

有蛇含龍尾	뱀이 용의 꼬리를 물고서,
聞過太山岑	태산의 묏부리를 지나갔다고 들었다.
萬人各一語	만 사람이 각각 한 마디씩 하여도
斟酌在兩心	짐작하는 것은 두 마음에 달려 있다.

여기에서 제4구를 誤字가 아닌 있는 그대로의 '兩心'으로 본다면, '斟

外三更細雨時에 兩人心事兩人知라'(金命元의 시조)에서 '깊은 밤 창밖에
가랑비 내릴 때 두 사람의 마음은 둘만이 안다'와 같이 두 사람의 관계
를 혹 누가 의심한다거나 왜곡하여 받아들인다 하더라도 그 애뜻한 정
은 둘만이 안다라는 해석이 가능할 것이며, 또한 자연스럽다. 그러나
〈槿花樂府〉에서 '兩心'의 '兩'字는 마땅히 君子의 잘못이라고 하며[1], 실
제로 이 노래와 거의 유사한, 번역이라고까지 말할 수 있는 다음의 노래
가 전한다.

> 됴고만 실빗암이 龍의 초리담북 믈고
> 泰山俊嶺을 넘단 말이 이셔이다
> 왼놈이 왼말을 ᄒ여도 님이 짐작ᄒ여라

　여기서도 '兩心'의 '兩'이 님으로 나타남을 볼 때, '爾'의 오기로 보아
도 좋을 듯하다. 이 노래와 관련 혹은 대응하는 사설시조 등의 자료를
조선조의 시가에서 여럿 발견할 수 있다.

> 大川바다 한가온대 中針細針 ᄲᅡ지거다.
> 열나믄 沙工놈이 굿므된 사엇대를 굿굿치 두러메여 一時에 소릐치고 귀
> 써여 내닷말이 이셔이다.
> 님아 님아 온놈이 온말을 ᄒ여도 님이 짐쟉ᄒ쇼셔.(珍本 靑丘永言)

> 심의산 세네바회 감도라 휘도라 드러
> 五六月 낫계즉만 살얼음 지픤 우히
> 즌서리 섯거티고 자최눈 디엿거ᄂ 보앗ᄂ다
> 님아 님아 온놈이 온말을 ᄒ여도 님이 짐쟉ᄒ쇼셔(松江歌辭)

---

1) 高麗史樂志 蛇龍條…此歌卽蛇龍原辭 依此辭意則 兩心之兩 當是君子之誤(『槿花樂
　府』 蛇龍)

개야미 불개야미 준둥 부러진 불개야미 압발에 정腫나고 뒷발에 종귀난 불개야미 廣陵 십재 너머드러 가람의 허리를 ㄱ르무러 추혀들고 北海를 건너닷 말이 이셔이다
님아님아 온놈이 온말을 ㅎ여도 님이 짐쟉ㅎ쇼셔(珍本 靑丘永言)

사룡의 3·4 句의 변용인 "님아 온놈이 온말을 하여도 님이 짐작하소서"의 유행구가 사설시조 여러 곳에서 발견된다. 사설시조의 뿌리 깊은 전통을 김천택이 珍本 靑丘永言 蔓橫淸 序文에서 말한 것에서 유추해 본다면, 사룡의 표현적 특징이 고려 말부터 조선조에 이르기까지 크게 유행하였음을 알 수 있다. 특히 '개야미 불개야미…'에서는 개미가 가람 즉 범의 허리를 물고 북해를 건넌다는 표현은 蛇龍 1·2句의 시상과 흡사하다. 그런데 사룡의 1·2 句가 가진 표현적 특징은 과장이며 그 결과는 역설적(逆說的)이다. 그런 소문은 터무니 없는 말이라는 결백의 주장이며 그 결백을 위해 지나친 과장이 표현되고 있다. 이런 과장의 표현이 위의 사설시조 송강가사에도 그대로 나타난다. 사룡과 같이 고려 말에 지어졌고, 그것이 전승하다 사설시조로 정착한 것으로 추정되는 邊安烈의 '不屈歌'가 있는데 그 표현이 역시 과장이다.

穴吾之胸洞如斗 貫以藁索長又長 前引後引磨且 任汝之爲吾不辭 有欲奪吾主此事吾不從(屈)

특히 이러한 과장을 '역설적 과장'으로 부르고, '불가능의 역설''불가능의 가정'으로도 부르고 있다. 이러한 표현이 고려 말의 속요에 다양하게 나타나는데 '鄭石歌'와 '五冠山'이 그것이다.

삭삭기 세몰애 별헤
구은 밤 닷되를 심고이다

그바미 우미도다 삭나거시아
유덕ᄒ신 님믈 여희ᄋ와지이다

木頭雕作小唐鷄　筋子拈來壁上栖　此鳥膠膠報時節　慈顔始似日平西

　蛇龍 類의 표현과 이 정석가 류의 표현이 다른 지향을 보이는 듯하지만 실제상 같은 의미체계를 갖는다. 사룡은 실제 사건을 거부하고 있지만 이것이 소문이 되어 알려지게 되자 과장된 사건을 제시하고, 이 과장된 사건의 불가능을 강조하여 소문의 허위를 나타내고 결국 진실과 결백을 표현한다. 정석가는 실제상황(이별)을 거부하고 있지만 이것이 현실화되자, 과장된 상황을 제시하고 이 과장된 상황의 불가능을 통해 이별의 불가능을 나타내고 결국 간절한 사랑을 표현한다.(실제 사건 거부-현실화-과장된 사건 제시-과장된 사건의 불가능-진실 표현) 두 노래가 모두 실제 사건(소문과 이별)의 백지화를 요구하고 기원하는 내용이다.

　　玉의ᄂ 틔나잇디 말곳ᄒ면 다 書房인가
　　내안 뒤혀 눔못뵈고 天地間의 이런 답답ᄒᆫ일이 쏘어듸잇소
　　열놈이 百말을 홀디라도 님이 斟酌ᄒ시소2)

　여기서는 사룡에서 잘 드러나지 않는 실제 사건이 다른 남자와 말을 주고 받은 것으로 나타난다. 여인은 실제와는 다르게 소문나게 되었으니 답답한 일이라고 한탄하고 있다. 이 시조는 '과장된 사건 제시-과장된 사건의 불가능'이란 수사 없이 진실과 결백을 주장하고 있다. 직설적인 표현이다. 사룡에 표현된 '역설적 과장'은 상반성과 단절성을 드러내는 아이러니의 본질과도 통한다. 표면적인 진술과 실제 의미와의 상반

---

　2)『校註 歌曲集』前集 卷3, 流傳編3 羽樂.

성·단절성이 나타나고, 서로 단절되는 논리체계를 동시에 바라보는 속에서 한 시대를 생생하게 통찰할 수 있고, 이때 그 시대의 리얼리티와 만날 수 있는 것이다. 즉 "온놈이 온말을 하여도…"라는 동일어구로 표현되더라도 시조의 직설적인 표현과는 다른, 상반성의 원리를 통해 표출되는 사룡의 생생한 이미지를 만날 수 있게 된다. 이것이 고려말에 유행한 속요의 특질이 아닐까 한다.

3. 중국 악부와의 관계

사룡과 정석가의 표현적 특징은 중국의 漢 악부 중 鼓吹曲辭에서 다양하게 발견된다. 秦漢시대 악부의 분류에는 많은 논란이 있지만 대체로 祭祀에 쓰이는 樂歌로 郊廟歌辭, 北方狄樂으로 短簫饒歌인 鼓吹曲辭, 각 지방의 俗樂인 相和歌辭, 민간의 서정인 雜曲歌辭의 네 가지로 구분한다. 여기서 鼓吹曲의 표현 특징을 살펴보면 그 유사성이 드러난다.

> 하나님 / 나는 님과 서로 사랑하여 / 이 목숨 다하도록 변함없기 바랍니다 / 산 언덕이 닳아 없어지고 / 강물이 다 마르고 / 겨울에 천둥이 울리고 /여름에 눈 날리며 / 하늘과 땅이 합쳐진대도 /어찌 님과 떨어질 수 있겠습니까.[3]
> 벼갯머리서 천 번이나 맹서했기로 / 청산이 문드러지고 / 물위로 저울추가 뜰지언정 / 그 맹서 살아있으리 / 황하가 말라 비틀고 / 한낮에 별들이 뜨고 / 북두성이 남으로 돌지언정 / 그 맹서 쓸모 없으리오만, 그 맹서 살아있으리 / 한밤중에 해를 볼지언정[4]

---

3) 上邪 我欲與君相知 長命無絶衰 山無陵 江水爲竭 冬雷震震 夏雨雪 天地合 乃敢與君絶(『樂府詩集』卷16, 鼓吹曲辭, 上邪)
4) 『敦煌曲子詞集』上卷, 菩薩蠻. 이것은 初唐의 民間詞이다.

당시 북방의 새로운 음악으로서 군가인 鼓吹曲辭는 요가(鐃歌)라 불린다. 중국에서는 군중에서 쓰인 短簫요가도 鼓吹라고 불렀고, 行列이 아니고 殿庭에서 宴享時에 쓰인 악(黃門鼓吹)도 고취라고 불렀다.5) 이 고취곡은 〈고려사〉 악지 아악 조에 그 용도가 나타나는데 제향, 연등, 팔관의 행사 때에 왕의 가마가 돌아올 때 연주하고, 조서를 영접할 때, 태후 책봉, 왕자와 공주의 탄생과 결혼 시에, 군대를 출정시켰다가 군대가 돌아올 때에 쓴다고 한다. 우리나라에선 이 고취곡이 좀더 다양하게 쓰인 듯하다. 이러한 요가 계열의 노래가 이어지며 우리나라에도 어떤 영향을 주었던 듯하며 그 후 이러한 표현적 특징이 고려 말 시가의 한 흐름이 된 듯하다.

물론 중국의 고취곡이 어떻게 우리나라의 악에 영향을 주었는지 자세치 않다. 하지만 역설적 과장이라는 독특한 표현 특징이 함께 나타나며, 특히 중국 악부의 영향을 받아 우리 악에 큰 변화가 있었던 점을 감안한다면 그 영향관계를 유추할 수 있겠다. "태산이 평지가 되고 바다가 다 마르면(혹은 육지 되면)"이란 표현은 중국시에 보편적으로 나타난다. 이규호 교수도 이런 표현 특징이 '한시로부터 출발'하여 우리 시가의 전역에 걸쳐 보편화된 역설적 과장법이라고 했다.6) 그리고 특히 군가에 남녀의 사랑과, 이별을 극복하려는 간절한 표현이 많이 담겨져 있다는 것은 우연이 아니다. 변방에 수자리 살러 떠나게 되면 불가피하게 남녀, 부부의 이별이 있게 되고 부디 살아 만나길 바라는 여인의 염원은 다양한 노래로 표출되었을 것이다. 이때 이별의 자리를 하게 되면, 날이 새면 떠날 님을 보내기 어려워 "정 둔 오늘 밤 더디 새오시라"라는 간절한 욕구가 표현되고, 모래밭에 군 밤을 심어 그 밤이 움이 돋을 때 이별하

---

5) 이혜구, 『한국음악서설』, 서울대 출판부, 1975, 22쪽.
6) 이규호, 『한국고전시학론』, 새문사, 1985, 71쪽. "산이 곧 평지되고 이 물까지 말라야"라는 최치원의 한시를 예로 들며 이런 논지를 전개했다.

겠다는 이별의 거부가 나타나며, 이 목숨 다하도록 산이 닳아 없어지고 강물이 말라도 이별하지 않겠다는, 하느님을 향한 간절한 염원이 '역설적'으로 드러난다.

이처럼 군대로 떠나는 님을 보내지 않으려는 욕구가 역설적 과장의 노래를 만들어 내고 이 노래는 군대의 막사에서 유행되기도 했을 것이다. 그리하여 이 유행의 민간가요가 채록되고 재창작을 거쳐 궁중악에 쓰였을 것이다. 특히 군가로, 군대의 출정이나 군대가 돌아오는 환송·환영식장의 공식적 가악으로 발전된 듯하다.

鼓吹曲辭 가운데 요가 18곡이 西漢 때 지어져 불렸는데, 조선 초의 문인 申欽은 이 18곡을 본떠 '요가 18수'를 짓는 점을 볼 때 이것의 유행 정도를 짐작할 수 있다. 또한 〈琴合字譜〉에는 요가 22곡이 수록되어 있다.

특히 邊安烈은 審陽人으로 元季 병란을 피하여 공민왕을 따라 來朝한 자로 무신이다. 그가 '불굴가'에 담아낸 역설적 과장의 표현은 이러한 요가 계열의 노래에 익숙한 무신이기에 가능했던 것이 아닐까 추정한다. 이와 함께 '不從二君之志'의 간절한 심정을 나타낸 정몽주의 단심가 표현도 불굴가와 유사하다. 불굴가와 단심가는 연모하는 님을 향한 굳은 사랑의 의지와 신념을 표시하는 내용인데, 이를 임금에 대한 충정으로 寓意하고 있다.

이러한 표현이 악부, 사에 능숙한 익재의 글에도 나타난다. "제잠의 돌 문드러지도록 접해에 먼지 나도록 오직 공덕 모여 이 비석 상하지 않으리라"[7]에서도 역설적 과장의 표현이 나타남을 볼 때, 이러한 표현이 고려 말에 크게 유행하였고, 그것은 님에 대한 간절한 심정의 표현으로 쓰였다.

---

7) 鯷岑石爛 鰈海塵飛 維功德聚 不騫不墮(『益齋亂藁』 卷7, 碑銘)

요는 타악기의 일종으로 작은 종처럼 생겼는데[8], 이미 4C 중엽부터 고구려 악기로 쓰였다고 한다. 안악 제3호분의 고분벽화를 보면 북·簫·角·요를 말 위에서 연주하는 그림이 있는데 이를 통해 鼓吹樂이 임금의 행렬에 사용되었음을 알 수 있다. 고려시대에 와서 요는 범패의 연주 때 사용되었다 한다. 〈악학궤범〉에 전하는 요는 두부장수의 딸랑이처럼 손잡이가 달린 작은 종처럼 생겼는데, 고려 때의 것도 그와 비슷한 종의 일종으로 짐작된다[9]고 한다. 〈고려도경〉 권 24 節仗에 鼓吹·요가·百戲 등이, 권 36 海道에 角과 요에 관한 기사가 전함을 통해 '요' 악기의 존재를 살필 수 있는데, 이 악기에 맞추어 부르는 요가도 있었을 것이고 중국의 鼓吹曲辭와 정조를 같이 하는 요가도 존재했을 것이다.

이 요가가 군가로 쓰였다는 기록이 〈증보문헌비고〉에 있다. 三軍으로 하여금 '鼓進金退歌'를 묵송케 하여 진퇴의 절조를 익히게 하니, 이는 요가의 류라고 한다.[10] 그런데 이 요가가 어떤 것인지 자세치 않다. 이 요가가 가진 독특한 표현을 우리나라의 군가에서 쉽게 발견할 수 없으며, '역설적 과장'이 군가에서 쓰였을 법한 개연성은 있으나 어떤 것이 특히 군악에 쓰였는지도 미심쩍다.

단지 〈악학궤범〉에 요란 악기가 상세히 소개되고, 〈금합자보〉에 요가 22곡이 실린 것으로 보아 고려 내에도 왕의 헹차니 군대 훤영식에 쓰인 고취곡(요가)이 있었고, 그 절차에는 중국 고취곡의 표현과 유사한 '정석가 류'의 노래가 불리지 않았을까 추정해 볼 뿐이다.

요란 악기는 민간의 장례식에 쓰이는 요령과 비슷하다. 그리고 정석가 류의 표현은 후에 상두노래나 달고소리에 많이 나타남을 볼 수 있다. 정석가 류가 원래 요가였는데 그 군가적 의미나 기능을 벗어나고, 요란

---

8) 說文曰 鐃小鉦也 柄中上下通 漢鼓吹曲有鐃歌 所以退武舞也(『樂學軌範』卷6, 鐃)
9) 송방송, 『고려음악사 연구』, 일지사, 1988, 290쪽.
10) 令三軍默誦之 卑知坐作進退之節 亦古者鐃歌之類也(『增補文獻備考』卷100, 樂考11.)

악기의 쓰임도 민간에서는 특히 장례의식에 보편화되면서 정석가 류의 표현이 '의식요'에 특히 실현되었던 것은 아닐까 한다.

4. 표상성의 변모

속요 중 정석가는 그 표현상의 기교가 뛰어나다. 정석가의 표현을 후대 민요에서 자주 확인할 수 있는데, 관용구의 표현이 심화·확대되어 그 수사적 다양성을 보인다. 그런 까닭에 정석가와 민요에 드러나는 표현의 유사성을 통해 표상성이 변모하는 양상을 살피게 되면 정석가 표현 특성이 더욱 명료해질 것이다.

속요에 대한 많은 논의에도 불구하고 표현상의 특성이 논의된 경우는 흔치 않다. 주제적·형태적 특성과 함께 그 수사적 우수성이 지적되기도 하였으나, 속요가 민요라는 단정적 정의를 하기에 이르러서는 민요와 정석가의 표현상 차이를 심각하게 고민하지 않은 점도 있다. 즉 속요의 대구·반복·병렬구조·후렴을 비롯한 형식상의 특성을 비교하면서 수사적 우수성이 논의되기도 하였으나, 한편으로는 '공식적 표현'을 진부하게 나열한다고 비판받기도 한다. 공식적 표현의 진부성과 참신성을 다음의 예에서 확인할 수 있다.

> 玉으로 蓮ㅅ 고즐 사교이다
> 바회 우희 接柱ᄒ요이다
> 그 고지 三同이 퓌거시아
> 有德ᄒ신 님 여희ᄋ와지이다(정석가 3연)
>
> 누리쇼서 누리쇼서 千萬世를 누리쇼서
> 무쇠기동에 곳퓌어 열음 열어 ᄯ드리도록 누리쇼서

그남아 億萬歲밧게 쏘 萬歲를 누리쇼서(시조문학사전 510)

  정석가에서 보이는 역설적인 과장이 조선조 시조에 계승되고 있다. 그리고 이러한 표현은 시조·가사·민요·잡가에 자주 나타난다. 정석가 전편을 통해 드러나는 시상은 적절히 잘 조화되어 있고, 생동감 넘치는 시간관을 제시하고 있음을 볼 때 이러한 표현이 당대에는 독자적인 위상을 확보하고 있었다고 생각한다. 그런데 위의 시조는 진실이나 간절함을 결여한 채 상투적인 느낌이 앞서고, 시대적 추이를 더듬어 보건대 고려의 노래가 역사적 시간을 지향하며 생동감을 나타내고 있음에 반해 "절대 정지의 시간 속에서의, 양식화된 미"[11]를 노래하여 신선미를 잃고 있다.

  정석가의 주제와 시상을 강렬하게 받치고 있는 '불가능의 역설'[12]이라는 표현상의 특성은 이후의 여러 장르에 이어지고 있다. 이러한 표현의 유사성은 민요에서 발원하여 정석가에서 꽃피었던 것인데, 후에 모방과 창조, 답습과 모색을 통해 새로운 시가에 전승되고, 이 전이과정에서 같은 형식을 답습한 擬作 혹은 패러디에 의한 재창작이 활발하였다.

    가) 삭삭기 셰몰애 별헤 나는
       구은 밤 닷되를 심고이다
       그 바미 우미 도다 삭 나거시아
       有德ᄒ신 님믈 여히ᅌᅡ와지이다(정석가 2연)

---

11) 최진원, 『한국고전시가의 형상성』, 성균관대 대동문화연구원, 1988, 142쪽.
12) 김열규 교수는 정석가의 표현 기교를 '불가능의 역설'이라고 했고(『시적 체험과 그 형상』, 대방출판사, 1987, 279쪽) 이재선 교수는 '불가능의 가정법'이라고 했고(『우리문학은 어디에서 왔는가』, 소설문학사, 1986, 255쪽) 정혜원 교수는 '과장법'이라고 했다. (「고려한역시가고」, 『관악어문연구』 5집, 1980, 105쪽) 본고는 '불가능의 역설'을 취하여 논지를 전개한다.

나) 이제가면 언제오나 이제가면 언제오나
뒷동산에 군밤묻어 싹이트면 오시려나
병풍에 그린황계 두날개 툭툭치면
날새라고 꼬꼬울면 오시려나(상두노래)

다) 정월이라 대보름날은 답교가는 명절일세
　… … … …
온양온천 따듯한물이 살얼음지거든 오시려나
여주절벽 금부처가 말문이나열리면 오시려나
살방밑에 썩은팥이 싹이나나면 오시려나
병풍에그린 황계수탉이 두나래를 툭툭치며 꼬꼬꼬울거든 오시려나
가마솥에 푹삶은개가 두다리를 턱걸치고 커겅컹짖으면 오시려나
뒷동산에 묻은군밤이 싹이나나면 오시려나(답교가)13)

라) 임아임아 우리임아 이제가면 언제올지
평풍에 그린닭이 꼭교울면 다시올래
옹솥에 삶은밤이 싹이나면 다시올래
고목나무 새싹돋아 꽃이피면 다시올래
임아임아 우리임아 병자년 보리숭년에
장내장아리 옷장당그며 잔엿가래 굵은엿가래
사다주신 우리임아 어데가서 올줄도모르나(이별가)14)

마) 一朝郎君 離別後에 소식조차 돈절ᄒᆞ야
어허야아자 조흘시고 엇지엇지 못오던고
병풍에 그린황계 두ᄂᆞ릭 둥둥치며
사경일점에 날새라고 꼭기요울거던 오려ᄂᆞ가(黃鷄詞)15)

---

13) 한림대학 아시아문화연구소 편, 『홍천군의 전통문화』, 1987, 179−180쪽.
14) 임동권, 『한국민요집』, 동국문화사, 1966, 119쪽.
15) 정재호 편, 『한국잡가전집』, 계명문화사, 1984, Ⅰ−221, Ⅰ−502쪽.

바) 병풍속에 그린닭이 우드라도 못온다네
　　섬돌위에 복사꽃이 피드라도 못온다네(주요한, 가신 누님)

가)는 구은 것과 세모래를 합치면 그것이 어울려 이루게 되는 의미범
주는 움트는 일의 의미범주에 정면으로 어긋나게 된다. 이 '불가능의 역
설'을 전제로 할 때 '이별하여지이다'는 '이별하지 말아지이다'의 전도된
표현이며, 한 연 전체가 아이러니를 이루고 있다. 아이러니는 실재(reality)
가 띠는 역설적 본질을 표현하는 수단이 된다.[16] 즉 표면적 진술과 실제
의미의 상반성을 드러내어 양극성을 동시에 암시하는 수단이다. 이별하
겠다는 표면적 진술 속에 내재되어 있는 이별해야 하는 상황과, 이별하
지 않겠다는 서로 단절된 논리체계를 동시에 바라보는 속에서 한 시대
를 생생하게 통찰할 수 있고, 이때 한 시대의 리얼리티와 만나게 된다.
그것은 자유분방하고 생동감 넘치는 당시 고려 사회와 고려인의 삶이
며, 그들의 문화 향수 태도일 것이다.

　이별에 대한 현실상황과 현실기대가 격렬한 모순적 상황을 빚어내고
가운데 강렬한 정서를 전달할 수 있는 이 역설과 아이러니의 표현은 찰
나적 인생을 극복하려는 의지를 한껏 드러내고 있다. 그러나 나)−마)는
허무의식이 죽음·고독·이별을 통해 드러나고 있다. 정석가에서 시작
된 불가능의 역설적 표현은 당대의 인생관과 결부되어, 긍정적 극복의지
를 나타내던 기능을 서서히 퇴색시키고 부정적 허무의식으로 변모한다.

　표현상 주목할 만한 것은 다)이다. 정석가를 능가하는 다양한 표현과,
정석가(3, 4, 5연)에 드러나는 한문체의 고답성을 극복한 점, 그리고 일
상적 소재를 등장시킨 점 등은 그 문학성을 한층 고조시킨다. 라) 민요

---

16) 아이러니에는 야유·농담·조롱·조소·해학적 모방·축소법·과장법·대조법·언
　　어유희·역설·의식적 소박성·패러디 등을 포함시킬 수 있다.(이승훈, 『시론』, 고려
　　원, 1979, 279쪽) 그러나 역설에 경이, 아이러니, 모순 등을 포함시키기도 하는 점을
　　보아 아이러니와 역설이란 두 개념어는 그 한계가 모호하다.

이별가는 전후의 매끄러운 문맥과 표현으로 그 내용을 쉽게 파악할 수 있는데, 현실 속에서 님과 엮어내는 생의 강렬한 기운이 피어나는 정석가와는 달리 죽은 님을 그리워하는 회한에 가득 차 있다. 정석가 등 속요에는 생의 열망과 강렬한 기운이 감돈다. 그러므로 일부 민요에서 드러나는 '한의 정서'를 대비해서 설명하면 속요의 본질을 왜곡하게 된다. 속요는 한의 노래가 아니다.

마) 잡가 황계사는 전후의 연결이 불분명하고 내용 자체가 쉽게 이해되지 않는다. 님을 이별한 고독의 정서가 지배적인데 "어허야 아자 조흘시고"의 후렴구 붙어 있어, 유락적인 놀이에 쓰기 위해 가사를 덧댄 느낌이 든다. 그리고 생의 진실이나 간절함을 결하고 가벼운 느낌이 드는데, 조선 후기에 들어 정석가류 표현이 상투화·정형화하는 과정을 겪는다고 하겠다. 이 불가능의 역설은 조선조 후기에 유행하며 판소리 삽입가요로 수용된다.

> 이제가면 언제ᄂ 오랴시오
> 절노 죽은 고목이 꽃피거든 오랴시오
> 벽의 그린 황계 ᄌ른목
> 두 날기를 쫑쫑치고 질게느려
> ᄉᆀ오 울거든 오랴시오(춘향전, 이별가)

그만큼 이 수사상의 특징은 춘향의 심정을 가장 잘 대변해 줄 수 있는 것이며, 또한 판소리 수용층에게도 친숙한 것이었다. 그렇기에 이 표현이 상투적인 느낌을 벗어나 참신성과 간절함을 잘 발휘하였다고 생각된다.

앞의 다)와 라)의 표현상 정형성은 민요에 고정된 관용적 유행구라 할 만한데, 그 조어상 "-에 -이(가) -면 오시려나"를 취하고 있다. 제2음보와 제3음보가 병치되어 의미범주에서 역설적 장치를 갖게 되면(예:

썩은 팥이 싹이 나면) 무한정한 동일 표현이 가능하게 된다. 이와 같은 간편한 공식을 갖춘 수사법이기에 수용층에 친숙할 수 있었으며, 속요·민요·시조·잡가 등 여러 갈래에 다양하게 수용되었다.

위에서 살펴 보았듯이 이러한 양식적 표현은 상여소리·달고소리나 이별가 등의 노래에 자주 나타나는 것을 볼 수 있다. 즉 이 불가능의 역설적 표현은 죽음의 고통을 극복하려 하거나 죽은 자를 보내는 의식요에서 자주 쓰이던 상용구였는데, 점차 사별이나 이별의 정을 표현하는데 쓰이게 되면서 그 서정성을 강화시킨 것은 아닐까 추정해 본다. 사람의 죽음에 관련된 의식요(상여소리, 달구질노래)에는 구성지고 슬픈 가락에 실려 불리는 서정민요들이 많이 보인다[17]고 한다.

불가능의 역설적 표현은 정석가에서 가장 두드러진다. 사설시조의 기원을 논하는 여러 학자들이 고려말의 여러 시가군에 주목하고 있으며, 특히 변안열의 불굴가에 나타나는 표현 특징이 고려 시가의 한 특징임을 거론한 바 있다. 그러므로 정석가·오관산·사룡 등에 나타나는 표현은 고려말의 시대적 분위기에서 가능하였던 것 같으며, 이 표현은 특히 민요인 상여소리·달고소리와 같은 의식요에서 영향을 받고 후에는 의식용의 한 전형적 표현구가 된 것으로 볼 수 있다.

사실 정석가 1연에 보이는 "딩하 돌하" "先王聖代"의 의미가 선왕과 今王을 頌祝하는 노래임을 볼 때, 왕에 대한 송도의 의미가 있는 것이고 더 나아가 제의적인 송도의 의미가 원초적으로 있었던 것으로 추정된다.

팔관회 등의 토속적인 백희가무에서 토속적인 가사로 편사된 것이 정석가가 아닌가 여겨진다. 정석가는 중국의 영향을 받아 헌수·축수의 노래로 편사되었다. 그러나 그것은 주술적인 송도의 내용으로 유도하였다. 서사가 지니는 고대신성왕권의 부활을 재래하게 하는 주술적인 송도가 본사의 왕

17) 김흥규, 『한국문학의 이해』, 민음사, 1986, 51쪽.

에 대한 성수만세의 축수를 가능하게 한 것이다.[18]

윤철중 교수는 정석가를 '부활제의 제의가로 주술적인 송도성'에서 말미암은 것으로 보고, '딩하돌하'는 고대 공동체의 부활제에서 불리워진 제의가에 사용된 신성 개념을 지닌 어휘의 화석화라 하고 있다.[19] 정석가의 1연에서는 제의적인 송도가 있었는데 점차 왕을 송도하는 내용으로 변모를 겪게 되었다는 논지이다. 1연을 제외한 여타의 연에서도 '불가능의 역설' 표현을 위주로 하는 의식요의 한 단면을 간직하였기에, 1연과 여타의 연이 결합되어 편사될 수 있었으리라 본다. 이것이 시대적 변모를 겪으며 '有德ᄒ신 님' 즉 왕을 송도하는 내용으로 자리잡게 되고, 후에는 서정성을 표방하게 된다. 이런 전통이 있었기에 정석가식 표현이 상여소리 등의 의식요에 널리 나타나게 되고, 후에 이에 영향을 받은 것이 답교가 · 이별가 등의 죽음 · 고독 · 이별 · 정한을 드러내는 노래가 아닌가 한다.

5. 시간의식

본래 우리의 시간에 대한 인식은 자연현상에서 유추된 것이다. 일반적으로 시간을 순환적 시간, 역사적 시간, 실존적 시간의 셋으로 구분한다. 이는 원, 수평선, 수직선으로 상징화된다. 순환적 시간은 원형적 시간 혹은 신화적 시간으로도 불린다. 과거의 신성했던 시간을 반복함으로써 영원한 삶을 살려는 의지가 이런 시간관에 드러난다. 일종의 재생의식, 영원회귀의 의식이라고 할 수 있다.[20] 이 시간은 밤낮의 교체,

---

18) 윤철중, 「정석가연구」, 『상명여대 논문집』 제10집, 1982. 66쪽.
19) 윤철중, 「정석가고」, 『고려가요 연구의 현황과 전망』, 집문당, 1996, 207쪽.

계절의 순환, 식물의 죽음과 소생, 달의 생성과 소멸 등의 원초적 시간
이다.

우리의 신화, 제의 그리고 민속에서 순환적 시간 의식을 자주 만날
수 있다. 인간은 죽음을 소멸로 인식하지 않고 있으며, 계절적인 변화와
같은 자연의 이법을 행위로 구체화하고 실제화함으로써 유한한 인간 운
명을 극복하고 있다. 〈동동〉 정월령은 "정월 대보름의 답교의 상황을
표현한 달거리로써 세시풍속을 노래한 듯하다. 답교는 겨울을 내쫓고
봄을 불러들이는 祝의 제의"[21]였다. 즉 답교의 결과를 선행적으로 모방
하여 소기의 결과를 재래케 하자는 月運祭儀였다.[22] 그러나 서정화하
여 제의적 사유의 흔적이 사라졌다. 정석가도 '무당들의 祈祝에도 사유
되었으리라 짐작한다"[23]고 했다. 그 이유는 정석가 서연의 송도지사에
드러나는 축원 때문일 것이다. 하지만 정석가의 나머지 연에서는 서연
에서와 같은 기축의 사유를 발견할 수 없고, 동동 정월령처럼 역사적
시간의 흐름을 느낄 수 있다.

> 가) 명사십리 해당화야 쫓진다잎진다 서러말어
> 　　명년삼월 봄이오면 너는다시 피련마는
> 　　초로같은 우리인생 아차하면 가고나니
> 　　움이나나 싹이너니 한번가년 낫올일시(상두노래)[24]
>
> 나) 삭삭기 셰몰애 별헤 나는
> 　　구은 밤 닷되를 심고이다

---

20) 이승훈, 『문학과 시간』, 이우출판사, 1983, 194쪽.
21) 최진원, 「국문학에 나타난 자연」, 『도남학보』 제10집, 도남학회, 27쪽.
22) 上元夜 踏過十二橋 謂之度盡十二月厄(〈洌陽歲時記〉, 上元)
23) 김열규, 위의 책, 278쪽.
24) 청주사대 국어교육과, 『청사어문』 제5집, 1988, 143쪽.

그 바미 우미 도다 삭 나거시아

有德ᄒ신 님믈 여히ᄋ지이다(정석가 2연)

다) 木頭雕作小唐鷄 筋子拈來壁上栖

此鳥膠膠報時節 慈顔始似日平西(五冠山)

가)에서는 죽음에서 다시 돌아올 수 없는 인간의 일회적 삶이 그려져
있다. 자연질서와 인간의 삶을 대비시켜 놓고 자연의 이법대로 살아가
지 못하는 인간의 숙명을 한탄한다. 그러므로 여기서는 자연의 이법과
인간의 운명의 등질성이 깨진 상황 속에서 허무와 고독이 드러난다.

나)다)의 '불가능의 역설' 표현 속에는 영원성 지향의 시간의식이 있
다. 그러나 '물'의 영원성이나 '계절'의 순환성과 같은 순환적 시간의식
과는 다르다.25) 즉 물이나 달이라는 원형적 상징성에서 벗어나, 간절한
염원이 빚어낸 역사적 시간의 무한성에 안겨 있다. 이 불가능의 역설이
제시하는 영원성은 전대의 원형상징의 자장에서 벗어난 시간의식이며,
순환적 질서를 가진 자연에 대한 절대고독에서 어느 정도 탈피해 있다.

그런데 이런 역사적 시간으로의 이행에 불교적 시간이 개입되었을 것
으로 본다.26) 불교적 시간이란 초월적 시간이며, 여기에는 현재적 삶이
내포하는 긴장을 해소하고 대립을 극복하려는 의지가 담겨 있다. 정석
가에는 현실적 삶에서 빚어지는 긴장과 대립을 불가능의 역설적 표현으
로 극복하는데, 우리는 이 표현 속에 담긴 '영원성을 향한 염원' '무한
시간에의 회귀 의지'를 주목할 필요가 있다.

---

25) '죽은 밤 → 재생' '닭의 울음: 밤낮의 교체'에는 순환적 시간이 내포된 듯하지만, '木鷄
→ 울음'의 무한성을 위주로 한 역사적 시간이 내재되어 있다.

26) 이규호 교수는 이 노래가 禪詩의 영향을 받아 초월적인 시간이 나타난다고 보았다.(이
규호, 『한국고전시학론』, 새문사, 1985, 87쪽) 그리고 초월적 시간을 불교적인 거부의
방식과 전통적·신비적인 변형의 방식으로 나누었는데, 정석가는 변형의 방식이 개입
된다고 하여 본고의 논지와 다르다.(84쪽)

劫: 한없이 길고 긴 시간. 일반적으로 天人이 사방 40리의 큰 돌을 얇은 옷으로 백 년에 한 번 떨어, 돌이 마멸되어도 다하지 아니 하는 긴 시간이다.(이희승, 국어대사전)

무쇠로 텬릭을 믈아
鐵絲로 주롬 바고이다
그 오시 다 헐어시아
有德ᄒ신 님 여희ᄋ와지이다(정석가 4연)

불교는 큰 시간 개념으로 겁을 내세운다. 사방 100리의 큰 성에 백년에 한 번씩 개미가 겨자씨를 물어 와 성 안이 겨자씨로 가득 차는 시간을 제시하기도 한다. 천인이 백 년에 한 번 내려와 엄청나게 큰 돌을 마모시키는 시간은, 정석가에서 무쇠로 만든 옷이 마모되는 시간에 비견될 수 있다. 정석가 4연은 불교적 시간관을 담고 있는 듯하다. 바위가 마멸되는 시간과 무쇠 옷이 헐게 되는 시간은 초월적 시간이다. 불가능의 역설을 통한 영원성에의 지향에는 이러한 불교의 초월적 시간이 개입되어, 순간적이고 찰나적인 시간을 훌쩍 뛰어 넘고 있다. 그러므로 속요를 찰나적·육욕적 사랑을 노래한다고 해서는 안 된다. 속요에는 이처럼 영원한 시간을 님과 함께 하고자 하는 깊고 깊은 사랑이 담겨 있다. 간절한 사랑의 염원이 담겨 있다. 정석가 이외의 다른 작품에서도 이런 영원성을 향한 염원을 찾아볼 수 있다.

가) 구스리 바회예 디신ᄃᆞᆯ
긴힛ᄃᆞᆫ 그츠리잇가
즈믄 히ᄅᆞᆯ 외오곰 녀신ᄃᆞᆯ
信잇ᄃᆞᆫ 그츠리잇가(정석가 6연)

　나) 浣沙溪上傍垂楊 執手論心白馬郎
　　　縱有連簷三月雨 指頭何忍洗餘香(濟危寶)

　다) 어름 우희 댓닙자리 보아
　　　님과 나와 어러주글만뎡
　　　情둔 오ΗΗ밤 더듸 새오시라(만전춘별사 1연)

　가)에서는 앞의 불가능의 역설에서 보이는 강렬한 비유가 현실화되면서 간절한 염원이 구상적 표현으로 나타나고 있다. 그리하여 '영원성―일회성'의 팽팽한 긴장이 다소 완화되어 역사적 시간을 지향한다. 구슬을 꿰고 있는 끈이 끊어지지 않는 것처럼 둘의 사랑은 오랫 동안 지속될 것이라 하고, 천년을 여희고 살더라도 둘의 믿음은 그치지 않을 것이라고 확신하고 있다. 앞에서는 측량할 수 없는 오랜 시간을 제시하다가 마지막 연에서는 현실감 있는 시간으로 회귀하여 간절한 염원을 생동감 있게 표현한다. 일회적이고 순간적인 사랑을 거부하는 속요의 미의식을 잘 느낄 수 있다.

　나)에서도 님에 대한 간절함이 잘 나타나 있다. 순간적인 사랑을 거부한다. 3개월의 장마비가 내려 모든 것이 씻겨가도 님을 그리는 심정은 변함이 없을 것이라고 한다. 여기서도 초시간적 영원성보다는 현실적 영원성을 지향하는 역사적 시간이 흐르고 있다. 그리고 인간 만남의 유한성과 그에 대비되는 초월성의 틈새를 끼고 달리는 생동감과 현실감을 획득한다. '제위보'를 두고 "여인은 자기 손이 남에게 잡힌 바 되고 그것으로 인한 치욕을 씻을 길이 없는 것을 한스럽게 여겨 이 노래를 지어 혼자서 원망했다"란 평을 실은 〈고려사〉 악지의 기록에는 문제가 있다. 조선조 사대부의 시각에서는 발랄한 사랑의 노래조차도 규범적인 사랑의 노래로 뒤바뀐다. '손가락 끝에 묻은 님의 향기'가 '치한에게 손을 잡힌 치욕'으로 바뀌고, 님을 잊을 수 없어하는 그리움이, 한 남성을 향한 분노와 원망으로 바뀌어 결국 정조를 지키는 여인의 매운 절개로 탈바꿈하고 말았다. 이념이 개입되면 문학은 망한다. 이념·제도·가치관의 선입관에서 벗어나지 않은 해석은 당대 문학의 본질을 훼손하고 만다. 우리는 당대인의 발랄한 사랑을 읽어야 한다. 그리고 '향기'를 느낄 수 있어야 하고, 여인의 변치 않는 사랑의 약속을 간직해야 한다.

다)에서는 얼음 위에서 지내는 하룻밤일지라도 님과 함께 하는 시간이 길게, 영원히, 천천히 흘러가길 바라고 있다. 아마 님은 먼 길을 떠나는 것 같다. 오랜 시간 동안 만나지 못하게 되었으니, 안타까움이 더해진다. 그렇다고 이 둘이 불륜의 관계이고 잠자리를 갖는 상황은 절대 아니다. 우리는 이 노래를 두고 찰나적이고 육욕에 불타는 사랑이라 해석하기도 했다. 그러나 잘못이다. 여기서 화자는 잠자리를 갖겠다는 의도가 전연 없다. 그리고 순간적인 사랑의 노예가 되고 있지도 않다. 차가운 자리에서 얼어 죽을지언정 님과 함께 하고 싶다고 간절히 바라고 있을 뿐이다. 제약된 시간이지만 이 시간을 영원히 누리고 싶어 한다. 이 강렬한 염원이 영원성을 지향하고 있다. 그러므로 속요의 표현 속에 순간적이고 육체적인 욕망을 찾아내기보다는, 영원성을 향한 간절한 염원을 읽어야 옳을 줄 안다.

6. 결

정석가의 표현 기법이 상두노래, 답교가, 이별가, 황계사 등으로 다양하게 전승되고 있는 것으로 보아, 고려시대에는 민요에서건 정제된 속요에서건 훨씬 다양한 '불가능의 역설' 표현 기법이 존재했을 것이고, 그 각편이 '오관산'처럼 한 편의 작품으로 존재하기도 했을 것이다. 동일한 표현기법이 쓰여졌기에 그 주제는 유사성을 가졌을 것이지만, 그 기능적 특성은 현격한 차이를 보인다.

　이런 표현은 중국의 악부에서 다양하게 발견되기에 본고는 중국의 악부에서 그 기원을 찾아보려 하였다. 물론 이런 표현은 전 세계적으로 보편화되어 있어, 어느 한 민족의 표현의식이 다른 쪽에 영향을 주었다고 속단할 수는 없다. 그러나 중국악부에서 이런 표현이 두드러지고 특히 고취곡에서 유사한 표현이 많이 나타나므로, 궁중악으로 쓰인 이 노래와 비교가 가능할 것으로 여겼다. 그리고 이 노래가 의식요로 쓰였을 가능성을 고찰하여 보았다.

　정석가의 '先王聖代'로 시작되는 서연은 조령과 임금에게 바치는 송도가로서의 성격을 지니고 있어, 이 노래가 원래는 제의가로 불리다가 후에는 왕을 송도하는 노래로 바뀐 것이 아닌가 하는 점을 고찰하였고, 후에는 일반적인 님을 송축하는 노래로 바뀌게 되어 그 의미와 기능을 상실하게 되는 것으로 고찰하였다. 즉 유덕하신 님이, 왕을 상징하던 시대에서 일반적인 님을 상징하는 시대로 변화한 것이라고 보았다.

　속요에서는 간절한 염원을 담고 생동감을 갖고 있던 이 표현기법이 후대 민요에 이어지는데, 민요에서는 이별한 님이 돌아올 수 없는 한계 상황을 표현하고 있어 고려가요의 주제적 지향성과 사뭇 달라져 있다. 즉 정석가에서는 겁이라는 긴 시간이 제시되는 것으로 보았다. 무쇠로 만든 갑옷이 다 헐어 없어지는 시간은 불교의 겁이라는 시간관과 매우 흡사하여, 우리의 의식으로는 셀 수 없는 아주 오랜 시간 동안 님과 이별하지 않겠다는 심정이 드러나고, 이는 사랑에 대한 고려인의 간절한 염원이라 하겠다. 민요는 이러한 집요함과는 달리, 님이 돌아올 수 없는 비극적 시간관을 제시하는 데에 이 표현구를 사용하고 있다. 본고는 시간의식의 변화를 통해 속요가 지닌 미의식을 규명하고자 하였고, 속요를 음사나 남녀상열지사로 파악하는 기존의 폐단을 극복하고자 하였다.

그 결과 정석가를 비롯한 속요에는 찰나적이고 육욕적인 사랑이 드러나는 것이 아니라, 영원하고 정신적인 사랑을 지향하는 삶이 내재되어 있음을 밝혔다고 하겠다.

〈청산별곡〉 연구 현황 검토

〈청산별곡〉에 대한 연구는 그간 수많은 연구 성과가 축적되었음에도 불구하고 여러 면에서 만족할 만한 수준까지 도달했다고 말할 수 없다. 특히 주요 어휘의 해독이 아직까지 해결되지 않았고, 작품의 성격도 분분한 실정이며, 작자의 신분이나 계급, 작품 전체의 구조 등에 대한 합의도 아직 이루어지지 않았다.

〈청산별곡〉 관련 논의 중 대표적 쟁점들을 중심으로 살펴보면 다음과 같다.[1]

작품의 발생 연대에 대해서는 고종조 해금의 명수인 宗智가 등장하기에 고종(1216-1259) 전후의 직품이라는 견해(서수생), 최초의 한문별곡인 〈한림별곡〉이 고종 3년(1219)에 창작되었지만 별곡을 배태시킨 宋樂의 전래는 睿宗(1106-1112)까지 소급해 볼 수 있기에 〈서경별곡〉과 〈청산별곡〉의 창작시기는 예종대까지 소급할 수 있다는 견해(김택규), 몽고족의 제2차 내침이 있던 고종 19(1232) 이후 고종 44년(1257)사이에 지어진 노래라는 견해(박노준), 강화 천도기, 좁게는 고종 36년 무렵(임주탁) 등

---

1) 〈청산별곡〉의 연구 현황 정리는 강명혜의 「현실안주의 노래로서의 〈청산별곡〉」(『온지논총』 3, 온지학회, 1997), 정재호의 「〈청산별곡〉의 새로운 이해 모색-주제와 구조의 연구를 살피면서」(『국어국문학』 139호, 국어국문학회, 2005)에 상세히 정리되어 있다.

이 제출되어 있다.2)

　〈청산별곡〉은 '어떤 내용, 주제의 노래인가'라는 화두도 연구 초기부터 논의되어 왔는데, 역시 여러 연구자들에 의해 다양한 주제가 도출되었다. 流亡의 노래(이명선), 남녀상열지사(조윤제), 평민 隱逸士의 노래(서수생), 실연의 노래(조윤제, 양주동, 김형규, 이인모), 체념적이고 낙천적인 노래(김사엽), 적극적인 현실 참여의 노래(정병욱, 이승명), 현실 도피의 염세적인 노래(안병준, 이명구), '닫혀진 세계 속에 있는 여인의 恨과 절대 고독이 담겨져 있는 노래(성현경), 유랑하는 백성들의 생활고의 노래(신동욱, 김재용), 12-13세기의 민란에 가담한 이들의 생활과 역경을 담은 노래(김학성), 피란민의 노래(박노준), 이상을 향한 긴 방황의 과정에서 현실 속에서 이상을 추구할 수 있는 장소로의 귀환을 노래한 것(정병헌), 고려 백성들의 현실이 개선의 염원이 응축된 가요(김쾌덕) 등 내용, 주제에 대한 논의도 연구자에 따라 다양하다.3)

2) 서수생, 『한국시가연구』, 형설출판사, 1974. ; 김택규, 「별곡의 구조」, 『고려시대의 언어와 문학』, 형설출판사, 1975. ; 박노준, 「〈청산별곡〉의 재조명」, 『고려시대의 가요문학』, 새문사, 1982. ; 임주탁, 「〈靑山別曲〉의 讀法과 解釋」, 『한국시가연구』 13, 한국시가학회, 2003, 89쪽.

3) 이명선, 조선문학사, 朝鮮文學社,, 1948; 조윤제, 『국문학사』, 동방문화사, 1949, 55쪽. ; 『한국시가사강』, 을유문화사, 1954, 148쪽. ; 서수생, 『국문학사』, 文理堂, 1965. ; 조윤제, 『한국시가사강』, 을유문화사, 1954, 147-148쪽. ; 양주동, 1955, 307쪽. ; 김형규, 『고가요주석』, 일조각, 1984. ; 이인모, 「청산별곡 내용의 재검토」, 『국어국문학』 61, 국어국문학회, 1973, 565쪽. ; 김사엽, 『국문학사』, 정음사, 1954, 265쪽. ; 정병욱, 『한국고전시가론』, 신구문화사, 1977, 112쪽. ; 이승명, 『고려시대의 언어와 문학』, 형설출판사, 1976, 126쪽. ; 안병준, 「청산별곡 소고」, 『국문학』 제1집, 공주사대, 1949, 79쪽. ; 이명구, 「고려속요론」, 『성대문학』 제2집, 1956, 126쪽. ; 성현경, 「청산별곡고」, 『국어국문학』 58-60합집, 1972, 242쪽. ; 신동욱, 「청산별곡과 평민적 삶의식」, 『고려시대의 가요문학』, 1982, 새문사, 1-36쪽. ; 김재용, 「청산별곡 재검토」, 『서강어문』 제2집, 1982, 166쪽. ; 김학성, 『한국고전시가의 연구』, 원광대 출판부, 1980, 137쪽. ; 정병헌, 「靑山別曲의 이미지 연구 서설」, 『국어교육』 49・50, 한국국어교육연구회, 1984, 107쪽. ; 김쾌덕, 「청산별곡의 내용과 상징성」, 『한국문학논총』 11, 한국문학회, 1990, 118쪽.

〈청산별곡〉에 대한 연구는 초기에 고려가요의 민요적 성격에 초점이 맞춰졌다. 구비문학적 전승과정 때문에 작가와 창작연대를 정확히 알 수 없고, 형식과 표현 면에서 후렴구, 관용어구 등의 사용으로 인해 민요적 성격 논의가 자연스럽게 이루어진 것이다. 이러한 논의는 이후 개인적 창작물로 보는 견해와 맞서게 되는데, 이는 〈청산별곡〉의 작자층 논의와 맞물려 있다.

〈청산별곡〉의 **작자층을 평민 혹은 하층민으로 보는 견해** 중 중요한 것은 신동욱의 소론이다. 신동욱[4]은 이 노래가 '속악가사'로 규정된 것으로 보아 평민들이 부른 노래임이 분명하다고 보았고, 작품의 화자는 농토를 잃었거나 또는 농사일을 할 수 없게 된 불행한 농민이며, 삶의 터전으로서의 농토를 잃고 유랑하며 생활했던 고려시대의 민중이 그들의 슬픔을 다소간은 체념적으로 또는 자포자기의 태도로 혹은 자조적으로 노래했을 것으로 짐작하고, 가혹한 수탈로 인하여 삶의 터전을 빼앗긴 유민이 외로움과 괴로움을 떠돌아 다니는 사람의 심정에 실어 토로한 노래가 〈청산별곡〉이라 하였다.

그러나 민요의 특성만으로 설명될 수 없는 독창성을 들어 개인의 창작품이라는 견해(이승명, 정병욱)가 있었다. 이는 〈청산별곡〉의 **작자층을 귀족층 혹은 상층으로 보는 견해**라 한 수 있다. 이승명[5]은 〈청산별곡〉을 내우외환으로 민생이 도탄에 빠진 상황에서 고려인들이 언젠가 훗날 좋은 때를 기다리면서 청산과 바다로 피하며 부른 노래로 보았는데, 작자는 정치적인 까닭으로 실의 낙향하였거나 현직에 있으면서도 신분을 감춘 귀족계급이라 하였으며, 결구의 방식, 고도의 상징성, 우의성으로 보아 무식한 상인이나 서민이 지은 노래가 아니고 학식이 있는 귀족 계급이 지은 노래라 하였다.

---

4) 신동욱, 「〈청산별곡〉과 평민적 삶의식」, 앞의 책, 1982, 34-36쪽
5) 이승명, 앞의 책, 1976, 123-131, 134쪽.

정병욱6)은 작품의 시적 텐션과 긴밀한 구성 등으로 볼 때 창작적 시이고 속요[민요]로 볼 수 없다고 하였고, 작자는 〈한림별곡〉의 작자들 못지않은 지식층으로 보았다. 또한 적극적 현실 참여의 노래로 보고, 고민 속에서 허덕이는 고려 지식인들의 순간적 향락 추구의 한 표현으로 '술 노래'를 부른 것으로 보고 있다.

이외에도 궁중에 잡혀온 관기나 관비 등이 지은 작품이라는 설(성현경)7), 절박한 상황과는 무관한 평범한 고려의 남성이 하루의 일과를 그리 노래라는 설(김재용)8) 등이 있으며, 노래의 성격도 궁중 가악의 가사라는 견해9)(김영호, 최동원, 김대행 등), 『시용향악보』의 성격을 들어 무가계 노래10)로 봐야 한다는 등 다양한 성격 논의가 지금까지 다뤄져 왔다.

다음으로 〈청산별곡〉의 작품 구조에 대한 논의들을 살펴보겠다. 여기에는 연장체설, 5·6연 교체설, 분장체설, 합성설 등 다양한 주장이 맞서고 있다.

연장체설은 연구 초기부터 인정되어 온 주장으로 8연이 하나의 연장체로서, 〈청산별곡〉이란 제목 아래 유기적인 관계를 가지고 있다고 보는 견해다.(조윤제, 양주동, 김태준, 김형규, 김사엽, 박노준, 김재용, 김복희 등) 이러한 견해에는 이 작품을 하나의 완성된 작품으로 보느냐, 아니면 각편이 독립적 지위를 지니느냐의 시각적 차이를 보인다.

5연과 6연의 교체설은 〈청산별곡〉이 하나의 완성된 연장체가 아니라

---

6) 정병욱, 앞의 책, 1977, 111-112쪽.
7) 성현경, 앞의 논문, 1972, 237-242쪽.
8) 김재용, 앞의 논문, 1982, 169쪽.
9) 김영호, 「고려가요의 전반적 성격」, 『백영정병욱선생 환갑기념논총Ⅱ』, 1983. ; 최동원, 「고려속요의 향유계층과 그 성격」, 『고려가요연구』, 새문사, 1982. ; 김대행, 「쌍화점과 반전의 의미」, 『고려시가의 정서』, 개문사, 1985.
10) 임재해, 「'시용향악보' 소재 무가류 시가 연구」, 『영남어문학』 9, 영남어문학회, 1982, 163-180쪽.

5, 6연을 바꿔 읽어야 된다는 주장이다. 장지영, 이희승, 김상억, 성현경, 정병욱 등에 의해 제기되었다.[11] 김상억은 악장을 유입하는 과정에서 樂習的 필요, 악창상 필요에 의해 의식적으로 교체된 것이라 하였고, 정병욱은 〈청산별곡〉이『악장가사』에 기록될 때 5연과 6연이 뒤바뀌어서 기사되었다는 교체설을 주장하였다. 즉 청산의 노래인 1-4연은 현재 상태 그대로 놓아두고 바다의 노래를 '6-5-7-8연'으로 교직시켜 놓으면, 청산의 노래 4연과 바다의 노래 4연이 모두 唐詩의 기승전결의 다의 양식을 정확하게 띠게 되고, 의미상 대응이 되어서 조화를 이루게 된다고 했다.[12] 이후 최용수[13]는 5연과 6연이 교체되어 전반부(1-4연)와 후반부(5-8연)의 분단이 타당하며, 전반부의 화자는 남성, 후반부의 화자는 여성으로 시·공을 달리해 생성되었을 가능성을 배제할 수 없다고 하였고, 김명호[14] 역시 〈청산별곡〉의 궁중 음악으로의 개변 양상을 논의하면서 5, 6연은 후대의 전승 과정에서 뒤바뀐 것이라고 하였다.

이에 대한 반론으로 최근 정기철[15]은 민요이면 5, 6연이 바뀔 가능성이 있지만 개인창작물일 경우는 뒤바뀔 가능성이 적다고 하여, 〈청산별곡〉의 구조는 '현실 속에 사는 개인의 정서 표출(2, 3연)' '이러한 정서의 원인 되는 속세상황(4, 5연)' 이를 동인으로 '속세를 떠나고 싶음'(1, 6연)으로 2-5연을 감싸고 있는 것으로 분석되며, '떠나고 싶으나 떠나지 못하는 현실의 자각(7,8연)'으로 마무리 되는 것이라 하였다. 결론적으로

---

11) 장지영,「옛노래 읽기(청산별곡)」,『한글』통권제108호, 한글학회, 1955, 13쪽 ; 김상억,「청산별곡연구」,『국어국문학』30, 국어국문학회, 1965, 134-138쪽. ; 성현경, 앞의 논문, 1972, 238쪽.

12) 정병욱, 앞의 책, 108-109쪽.

13) 최용수,「靑山別曲攷」,『어문학』49, 한국어문학회, 1988.

14) 김명호,「〈청산별곡〉의 속악적 이중성」,『한국고전시가작품론1』, 백영정병욱선생10주기추모논문집 간행위원회, 집문당, 1995, 306쪽.

15) 정기철,「청산별곡 5·6년의 뒤바뀜 문제에 대한 연구」,『한국언어문학』45, 한국언어문학회, 2000, 278, 296쪽.

〈청산별곡〉은 민요로 구전되어 오다가 궁중의 속악으로 쓰기 위해 『악장가사』에 실리게 되었는데, 전승과정이나 궁정 악곡에 맞추어 부르기 위해 가사의 변형은 예상되나 그 변형은 곡에 맞추기 위한 글자 수의 늘고 줄어듦, 또는 유행하던 연의 삽입 등의 정도이지 연이 뒤바뀔만한 근거는 찾을 수가 없다고 하였고, 오히려 악곡과 같이 전승되었기 때문에 5연과 6연이 바뀔 가능성은 희박하다고 주장하였다.

〈청산별곡〉을 2부분으로 보되, 5·6연이 교체되는 것이 아니고 하나로 봐야 한다는 주장이 이른바 합성설이다. 김택규에 의해 제기된 합성설은 〈청산별곡〉을 '청산노래(1-5연)'와 '바다노래(6-8연)'로 보자는 주장인데, 이후 송재주, 이동군, 정기호, 박노준, 이성주 등에 의해 받아들여졌다. 김택규는 〈청산별곡〉의 전 8연이 청산에 관한 부분은 대체로 의미가 통하나 6연 이하의 바다에 관한 부분은 의미가 통하지 않고 무리한 부회라 하여, 이 노래를 '청산곡'과 '바를노래'의 서로 다른 노래가 새로운 하나의 가락에 맞춰져 합쳐진 작품이라 하였다.[16]

송재주는 1-5연, 6-8연의 두 개의 단락으로 구분하여 작품을 살피고 있다. 제1연의 "청산에 살어리 랏다"에 대하여 호응 전개되는 것이 2-5연으로, 제7연은 제6연 "바르래 살어리 랏다"에서 선행지를 "바를(海)"로 정해놓고 전개되고 있는 것으로 보는 것이다.[17]

박노준[18] 역시 송재주와 마찬가지로 단락을 구분하고 있는데, 그는 기존의 단락 구분 방법으로 인한 작품의 해석은 잘 풀리지 않는 어휘, 구조상의 모순으로 각 연이 조화를 이루지 못하고 있다는 점을 들어 원전 그대로의 상태로서 구조 분석하는 방법을 택하였으며, 이러한 방법으

---

16) 김택규, 「별곡의 구조」, 『고려시대의 언어와 문학』, 형설출판사, 1975, 250쪽. 최정여, 「고려의 속악가사 논고」, 『고려시대의 언어와 문학』, 1975, 20쪽.
17) 송재주, 「청산별곡의 '에정지'에 대하여」, 『국어교육』 39, 40, 한국국어교육연구회, 1981.
18) 박노준, 앞의 책, 1982.

로 제 5연에서 하나의 단락이 마감되는 것으로 보아 이를 청산의 노래
로, 제 6연 이하를 바다의 노래로 구분지어 단락을 나누고 있다.

1-6연과 7-8연을 나눠 보는 2분장설은 김재용[19])에 의해 논의되었다.
김재용은 1연이 서사에 해당된다면 6연은 결사에 대응되며, '2-3-4-5
연'은 각기 '아침-낮-저녁-밤'의 자연적인 시간의 진행을 따라서 변화
되는 정서를 담고 있다고 보아 1-6연 까지를 독립된 한 편의 시로 보고
있다. 그리하여 1-6연은 유랑 생활에서 오는 비감을, 7-8연이 유랑 생
활 가운데 찾아드는 즐거움을 나타내고 있다고 보고 있다.

정동화[20])는 **'1-5연, 6연, 7-8연'으로 3분장설을** 주장한다. 〈청산별
곡〉은 내용상으로 보아 1-5연은 산에서의 도피생활을, 6연에서는 바다
에서의 생활을, 7-8연에서는 귀속생활을 하는 것으로 보아, 장소에 의
해 세 단락 구분하여 살피고 있다. 이러한 1-5연의 산속 운둔 생활의
아침, 낮, 밤 등의 시간적 순차적 진행은 동적이고 논리적인 구성이라는
자연적이고 원초적인 논리로서 민요 구성의 당위적인 특징 중 하나라
보고 〈청산별곡〉을 세 단락으로 구분하여 보고 있다.

근래에 제출된 논의 중 살펴볼 만한 논의로는 **강명혜, 임주탁, 정재
호, 최정윤, 민찬** 등의 논의를 언급할 수 있다. 강명혜[21])는 〈청산별곡〉
을 자기가 속했던 곳에서 모함을 받거나 억울한 일을 당해서 그곳을 떠
나기로 작정한 시적 화자가 산(어느 곳이나 현재 시적 화자가 속한 곳이 아
닌 곳)에 정착하려고 했으나 그곳에서 정착하지 못하고 다시 '바다'로 가
는 도중 강한 현실세계의 정착욕구로 인해 결국 현실에 안주하는 이야
기라 하였다. '새가 쟁기를 가지고 가는' 것은 '시적 화자를 청산에 더
이상 머물게 할 모든 지반을 잃어 버린' 상황을 상징적 보조관념으로

---

19) 김재용, 앞의 논문, 1982.

20) 정동화, 『한국민요연구』, 일조각, 1981.

21) 강명혜, 「現實安住의 노래로서의 〈靑山別曲〉」, 『온지논총』 3, 온지학회, 1997.

사용한 것이라고 보았고, '사슴이 짐대 위에서 해금을 켜는' 것은 안정되지 못하고 불안하고 위태로운 벼슬길에 대한 강한 집념이 상징화된 것으로 보았다. 그리하여 〈청산별곡〉을 시적 화자가 벼슬을 하다가 모함에 빠져 잠시 현실에서 이탈했지만 그곳을 향한 강한 동경 때문에 도로 복구하는, 혹은 몹시 복구를 원망하는, 현실 안주의 노래라 하였는데, 이것이 〈청산별곡〉의 표면적 주제라고 주장하였고, 『시용향악보』 소재라는 점을 준거로 해서 〈청산별곡〉도 절대자나 신적 존재와의 융합을 꾀하거나 바라는, 또는 축원하는 그러한 이면적 의미를 지니고 있다고 보았다.

임주탁[22]은 〈청산별곡〉을 '청산', '바를'에서 계속 사느냐 아니면 '믈아래', '에졍지'로 가느냐는 문제를 놓고 '청산', '바를'의 세계에서의 삶에 근본적인 반성과 회의를 하며 '믈아래', '에졍지'로 감을 고려하고 있는 화자(A), 앞의 화자가 '청산', '바를'의 세계에 지속적으로 머물러 살기를 희구하는 화자(B), 그리고 '청산', '바를'을 벗어나 '믈아래', '에졍지'에 갔다온 경험이 있는 화자(C)의 논쟁적 대화로 전재되는 작품(101–102쪽)이라고 하였다. '청산과 바를'은 동질적인 성격의 공간이며 화자가 머물고 있는 구체성을 띤 공간으로 보았고, '믈아래'와 '에졍지'는 현재 화자가 자리한 공간이 아니며 '청산'과 '바를'은 '가다'의 행위가 시작되는 곳 곧 출발지라고 하였다. '짐대, 해금'은 이것이 문화적 통치 수단으로 인식되고 활용되었음을 말해준다고 하였고, '사슴, 새'는 인간 존재의 비유(83쪽)이면서 '사슴'은 '帝位'의 비유이기도 한다고 하였다. 현실적 갈등을 술로 잊고자 함(제 8연)은 현실적 갈등의 근본적인 해결을 포기함을 뜻하는데, 결국 〈청산별곡〉은 두 대립 공간 가운데 어디에서 살아야 하느냐를 두고 갈등하는 화자(혹은 화자들)가 갈등의 근본적

---

22) 임주탁, 「〈靑山別曲〉의 讀法과 解釋」, 『한국시가연구』 13, 한국시가학회, 2003.

인 해결책을 찾지 못한 채 종결되고 있는 작품(85쪽)이라고 하였다.

정재호[23]는 〈청산별곡〉의 주제 및 구조에 대한 연구 현황을 상세히 정리하였는데, 이를 토대로 〈청산별곡〉 각 연이 갖는 특징들을 논의하였다. 그 결과 〈청산별곡〉은 각기 서로 다른 주제를 가지고 있으며 서로 연관성을 가지고 있지는 않는 것으로 보았는데, '청산별곡'이라는 제목도 제 1연의 주제와 관련된 것이며, 이로 말미암아 제목이 붙여진 것이며 실제로는 노래 전체를 감싸지 못하는 제목이라 하였다.(176-177쪽) 또한 우리의 삶을 노래하는 각기 다른 네 계열의 주제 노래가 엮여 만들어진 노래로 보았고, 고전이 갖는 현대적 의미를 되새기는 연구의 필요성을 역설하였다.(179-181쪽)

최정윤[24]은 고려의 속가들이 기층의 민요를 변개한 것일지라도 이미 상층문화의 취향이 어느 정도 반영되었을 것이라 보고, 〈청산별곡〉이 고려시대부터 궁중의 제례나 연회에 사용되었던 속악의 하나라는 점에 주목하여 향유했던 상층 문인의 내면의식을 밝히려 하였다. 청산과 바다를 탈속의 공간으로 보았고, 현실의 불만을 가진 화자가 탈속의 공간인 청산과 바다로 가고자 한 것이며, 마지막 부분을 갈등 해결로서의 취락적 풍류로 보았다. 또한 〈청산별곡〉에는 도가적 탈속의식과 유가적 현실의식이 교차하고 있고 이는 당대 상층인들의 내면의식을 반영한 것이라고 하였다.

민찬[25]은 '에졍지', '새', '사슴' 등 기존의 어석 연구의 현황을 정리하고 '사슴'을 의인화 된 존재로 보는 시각에 주목하여 3연의 '새' 역시 2연의 새처럼 '새'인 동시에 인간적 존재로 볼 필요성을 제기하였다. 이 '새'

---

23) 정재호의 「〈청산별곡〉의 새로운 이해 모색-주제와 구조의 연구를 살피면서」, 『국어국문학』 139호, 국어국문학회, 2005.

24) 최정윤, 「〈청산별곡〉의 의미와 향유 의식」, 『한국문학이론과 비평』 33, 한국문학이론과 비평학회, 2006.

25) 민찬, 「〈청산별곡〉 3연의 새와 학무」, 『한국언어문학』 66, 한국언어문학회, 2008.

를 고려시대 팔관회, 연등회 등 국가적 행사에서 연행된 〈학무〉와의 관련지어 생각할 수 있는데, 또한 〈학무〉의 무대 소품인 지당판은 '믈아래'와 연결지을 수 있고, 무대 위 배치된 장고는 '장글란'과 연결지을 수 있다고 하였다. 따라서 〈청산별곡〉 3연은 고려시대 '새'로 분장한 사람(기녀)이 연행했던 〈학무〉에 연원을 두고 있는 것으로 볼 수 있다고 하였다.

〈청산별곡〉을 감상하면서 몇 개의 어휘들에 대한 해석의 차이에 따라 그 담당층과 주제나 미의식이 제각각 다르게 정의되어 왔다. 이 노래는 쉬운 듯하면서도 어렵다. 그러나 '청산'과 '바다'의 보편적 이미지를 두 축으로 놓고, 가장 난해한 '에정지'를 해석하게 되면 매우 간결한 노래임을 알 수 있다. 그간 제기된 '에정지'에 대한 어석을 간략히 정리해 보면 다음과 같다.

> 에:未嘗, 정지:避廚(양주동)
> 마당 또는 벌(野)(전규태)
> 고종 때 혜금의 명수 宗智(서수생)
> 豫定地의 오기라는 견해(박병욱)
> 부엌(김태준)
> 豫定地(김완진)
> 마당을 돌아서(장지영)
> 일반 백성들이 모여 사는 거주지(김언종)
> 울타리로 에워싸인 곳 또는 유배지(이우영)
> 돌아가는 갈림길(성호경)
> 準淨地(樂地에 가까운 곳)(박병채)
> 이상의 세계(정병헌)
> 예정지(강명혜)
> 현실 세계가 아닌 화자가 가기로 결심한 곳(정기철)

이 많은 어석 중에서 성호경 교수와 뜻을 함께 한다. '에정지'는 갈림길이다. 본고는 그 근거를 〈삼국사기〉에서 찾아 밝혔다. 3연의 '에졍지'와 7연의 '믈아래'는 대칭되는 공간인 셈인데, 모든 분들이 '믈아래'를 '물 아래'로만 보았기 때문에 그 본 뜻을 헤아리지 못했다. 본고는 '믈아래'가 '믈가래'의 'ㄱ 탈락 현상'으로 보았다. '에졍지'가 에둘러 가는 갈래길인 것처럼, 물갈래 또한 'Y' 형태의 갈래길인 셈이다. 화자는 갈래길에서 방황한다. 청산으로 떠나보고, 다시 바다로 떠나보지만, 결국 현실로 돌아오게 된다. 〈청산별곡〉은 길 위의 인생, 거기에서의 희망과 비애을 그린 노래다.

청산별곡의 당대성과 현재성

1. 서

    〈청산별곡〉의 청산은 우리에게 세속적 공간을 벗어난 시원스런 세계로 사유된다. 현실적 집착에서 벗어나 어디론가 떠나고 싶은 마음을 지닐 때면 우리는 속으로 청산별곡을 흥얼거린다. 현실이 답답하거나 제 뜻대로 이루어지지 않을 때, 어디 산에라도 올라 한껏 소리라도 지르고 싶은 마음이거나, 바다를 바라보며 한바탕 울어버리면 속이라도 시원할 것 같은 생각이 들 때, 〈청산별곡〉 속의 음울한 비애조차 자신의 심정을 대변해 주는 듯한 느낌이 든다. 현실에서 해결될 수 없는 일이라면 이곳이 아닌 어딘가를 지향한다는 것만으로도 우리는 자유를 느낄 수 있다. '청산'은 그런 해방감을 자극한다.

    이곳과 저곳, 차안과 피안, 현실과 이상, 우리는 이런 양면을 오간다. 현실에서 좌절될 때 지향하는 이상향은 저 멀리 있는 것이 아니라 내 안에 있기도 하다. 청산은 저 멀리 바라다 보이는 깊은 산일 수도 있고, 눈에 보이지는 않지만 세속과 단절된 공간이기도 하다. 그곳은 현실적 부조리가 없는 세상이고, 선악이 분면한 곳이고, 배고픔의 고통도 없으며 우리의 사랑을 가로막는 장애도 없는 곳이다. 그곳은 고전시가 속에서 무릉도원으로, 〈홍길동전〉에서 율도국으로, 무가 속에서 서천 꽃밭으로, 민요 속에서 '이여도'로 표상되기도 한다. 당대의 사람들은 실제 그곳에 갈 수 있었던 것이 아니라, 죽어서나 갈 수 있는 곳으로 사유하였고, 그래서 지금 이곳에서 저곳을 지향함으로써 현실적 결핍을 채워 나갔다. 청산도 실재하는 것이 아니라 푸른색의 이미지로 사람들의 마음 속에 있었을 것이고, 바다 또한 구체적인 장소이기보다 푸른색의 이미지로 우리에게 각인되는 것일지도 모른다.

이 논문은 청산, 그곳을 향하던 당대인과 현재를 살아가는 사람들의 지향의식을 살피는 것으로 시작되었다. 그리고 최근 한 원로학자의 제안을 받아들이며 〈청산별곡〉의 당대성과 현재성을 밝히려는 시도이다. 정재호 교수는 2005년 『국어국문학』에 이 노래에 대한 새로운 모색이 필요하다고 역설하였다. 서언에서 "〈청산별곡〉은 고려후기의 노래이면서 동시에 오늘날 우리도 즐기는 시이다. 옛날에는 사죽(絲竹)에 얹혀 부르고 듣는 노래이지만 현재는 읽는 하나의 시로서 감상의 대상이 되는 노래이다. 따라서 시대를 초월하는 고전으로서의 의미도 지니고 있다. 이러한 점에 대한 배려가 부족하지 않았는가 하는 생각이 든다"고 하였고, 결언에서 "지금까지 〈청산별곡〉의 주제 연구는 작품의 창작 당시의 시대상황과 연결시키는 연구에 너무 집착하였으나 앞으로는 시대를 초월한 민족의 고전으로서 〈청산별곡〉이 가지는 의미에 대하여 좀더 긍정적이고 진취적인 연구가 필요"[1]하다고 지적한 바 있다. 본고는 이런 제안을 고민하면서 '시대를 초월한 작품의 가치와 의미'를 밝히려 한다.

그리고 이 논문의 실마리를 제공한 것은 성호경 교수의 '통찰력'이다. 성호경 교수는 〈청산별곡〉의 가장 난해한 제 7연의 '에정지'에 주목하고 이 구절은 '정지에'의 도치가 아니며 이 노래의 시상을 파악하건대 '부엌

---

1) 정재호, 「'청산별곡'의 새로운 이해 모색」, 『국어국문학』 139, 국어국문학회, 2005, 150-181쪽.

에'라는 해석도 마땅하지 않다고 하면서, '졍지'는 '젼지'와 통하는 '갈래
길'의 의미라는 해석을 제시하였다. 백척간두에 진일보하는 놀라운 해
석이라 하겠다. 본고는 성호경 교수의 추정에 논거를 제시하면서, '갈래
길'이란 어휘가 〈청산별곡〉의 중심 시어임을 밝히면서 제7연과 호응하
는, 더 나아가 전체 연과 호응하는 해석을 시도해 보았다. 한편 〈청산별
곡〉에는 또 하나의 '갈래길'이 더 등장하고 있음을 밝혀, 이 노래의 화자
가 현실에서 청산으로, 청산에서 바다로, 바다에서 다시 현실로 돌아오
는 인생의 갈림길을 노래하고 있음을 밝히려고 한다. 이 갈림길을 중심
축으로 삼아 '이상향의 추구'와 '제약된 현실'의 의미를 〈청산별곡〉에서
찾아보고자 한다. 아울러 〈청산별곡〉의 시적 지향과 통하는 두 편의 현
대시 〈추천사〉와 〈새들도 세상을 뜨는구나〉를 함께 거론하면서 〈청산
별곡〉의 의미와 가치를 현재적으로 재조명해 볼 것이다.

2. 청산별곡의 새로운 해석

1) 에졍지

    살어리 살어리랏다
    靑山애 살어리랏다
    멀위랑 ᄃ래랑 먹고
    靑山애 살어리랏다
    얄리 얄리 얄랑셩 얄라리 얄라

    우러라 우러라 새여
    자고 니러 우러라 새여
    널라와 시름한 나도
    자고 니러 우니로다

얄리 얄리 얄랑셩 얄라리 얄라

가던 새 가던 새 본다
믈아래 가던 새 본다
잉무든 장그란 가지고
믈아래 가던 새 본다
얄리 얄리 얄랑셩 얄라리 얄라

이링공 뎌링공 ᄒᆞ야
나즈란 디내와손뎌
오리도 가리도 업슨
바므란 또 엇디 호리라
얄리 얄리 얄랑셩 얄라리 얄라

어듸다 더디던 돌코
누리라 마치던 돌코
믜리도 괴리도 업시
마자서 우니노라
얄리 얄리 얄랑셩 얄라리 얄라

살어리 살어리랏다
바ᄅᆞ래 살어리랏다
ᄂᆞᄆᆞ자기 구조개랑 먹고
바ᄅᆞ래 살어리랏다
얄리 얄리 얄랑셩 얄라리 얄라

가다가 가다가 드로라
에졍지 가다가 드로라
사ᄉᆞ미 짒대예 올아셔
奚琴을 혀거를 드로라

얄리 얄리 얄랑셩 얄라리 얄라

가다니 빈 브른 도긔
설진 강수를 비조라
조롱곳 누로기 매와
잡스와니 내 엇디 ᄒ리잇고
얄리 얄리 얄랑셩 얄라리 얄라

화자는 청산을 그리워하여 청산을 찾아가지만 그곳에서도 시름을 풀 길이 없어 보인다. 다시 바다를 찾아 나서게 되고, 거기에서초차 안주할 수 없게 되자 현실로 돌아와 술로 시름을 달랜다는 내용이다. 아직 풀기 어려운 어휘들이 있지만 대강의 뜻은 공감하고 있다. 그러나 노래의 뒤쪽으로 갈수록 미궁으로 빠지는 게 사실이다. 그 난해한 국면이 7연에 펼쳐진다. 왜 사슴이 짐대에 올라 해금을 켜는 것인지, 그리고 부엌으로 향한다는 것은 무슨 뜻인지 무척 어렵다. 우리를 가장 난감하게 하는 부분은 바로 제 7연임을 실감케 한다.

대개의 연구자들이 이런 심정을 느꼈을 것이고, 그런 의문을 가장 강렬하게 제기한 것이 성호경 교수의 논문이다. 그는 '에졍지'를 '부엌에'라고 하는 점에 대해 "이상향을 '청산·바다'로 나타낸 데 비하여 속세를 '부엌'으로 나타낸다는 것이 그리 적절하지 않은 데다가, 사슴이 장대에 올라 해금을 켜는 것을 '부엌으로 가다가' 듣는다는 것은 자못 엉뚱하게 느껴지기 때문이다"[2]라 했다. 이런 의문을 제기하고는 '졍지'는 '젼지'의 와전으로 과감히 단정하고 '갈래길'이라 해석한 후, 여기에 '에'를 '휘다·돌다·피하다·두르다' 등의 뜻을 가진 접두사라 하면서, '에졍지'는 에둘러 가는 갈래길이라고 풀어내고 있다.[3] 이 논문이 발표된 1988

---

2) 성호경, 「청산별곡의 '에졍지'에 대하여」, 『한국시가의 유형과 양식연구』, 영남대학교 출판부, 1995, 109쪽. 이 논문은 『영남국어교육』 창간호(1988)에 이미 발표된 바 있다.

년이란 시점에 신선한 충격을 받았음은 물론이다. 필자는 성호경 교수의 과감한 추정을 증명할 단서를 『삼국사기』에서 찾을 수 있었다. 우선 '정지'가 '견지'일 수 있는 근거를 『삼국사기』지마이사금조에서 들어보겠다.

> 처음 파사왕이 유찬의 늪으로 사냥가는 데 태자도 수행하였다. 사냥을 마치고 한기부(韓岐部)를 지나니 이찬 허루가 음식 대접을 하여 술이 얼큰할 적에 허루 아내가 젊은 딸자식을 데리고 나와 춤을 추니, 이찬 마제의 아내 역시 그 딸을 끌고 나왔다. 태자는 마제의 딸을 보고 기뻐하니 허루가 마땅찮게 생각하므로, 왕은 허루더러 이르되 '이 땅은 이름이 대포(大庖)인데 공이 여기서 미주 성찬을 장만하여 즐겁게 해주니 마땅히 주다의 벼슬을 주어 계급이 이찬의 위에 있게 하겠다'고 하였다. 그리고 마제의 딸로써 태자의 짝을 정했다. 주다는 뒤에 각간이라 했다.(신라본기, 지마이사금 원년)[4]

한기부의 허루는 신라 초 대단한 실력자였던 것 같다. 제3대 유리왕 왕비의 성은 박씨이고 허루왕의 딸이라 했고, 5대 파사왕의 비는 사성(史省)부인인데 역시 갈문왕 허루의 딸이라 했다. 허루가 다시 자기의 딸을 6대 지마왕의 왕비로 삼으려 했는데, 태자는 마제의 딸을 선택하게 되었고, 왕은 허루를 달래기 위해 대접을 잘 받았다고 추켜세우면서, 이 땅이 원래 '대포' 즉 큰 부엌의 뜻을 지닌 지명이기도 하니 미주성찬을 차려낼 수 있었던 게 아니냐고 응대하였다. 한기부의 우리식 이름은 '한정지' 혹은 '한견지'였던 것으로 보인다.

'한(韓)'은 '大'와 호응하니 큰 문제가 없다. '歧'는 '岐'와 통하는데 '갈

3) 성호경, 위의 논문, 110-111쪽.

4) 初婆娑王獵於楡湌之澤 太子從焉 獵後過韓歧部 伊湌許婁饗之 酒甘 許婁之妻推門少女子出舞 摩帝伊湌之妻亦引出其女 太子見而悅之 許婁不悅 王謂許婁曰 此地名大庖 公於此置盛饌美醞 以宴衍之 宜位酒多 在伊湌之上 以摩帝之女 配太子焉 酒多後云角干(『三國史記』, 新羅本紀 第一, 祇摩尼師今 元年條)

래'라는 뜻이고 '전지 기'라고도 새긴다. 지금도 두 갈래로 나뉜 'Y'자 모양의 나무를 전지라 하거나 전짓대라 한다. '庖'는 '부엌 포' '정지 포'라 이른다. 지금도 경상·전라·제주에서는 정지라 하고 있다. '경지〉정지'와 '견지〉전지'로의 변화는 자연스러운 것이니 문제될 것이 없다. 그러므로 정지는 갈래길 혹은 갈림길이다. 그리고 '에정지'에서의 '에'는 '에다'가 원형인데, '돌다' '피하다'의 의미를 지니고 있으며, '에굽다(휘어 굽다), 에돌다(피해 돌다), 에오다(두르다), 에우다(두르다), 에ᄒ다(둘러싸다)'의 고어 용언에 나타나고, '에옴길(굽은 길), 엔담(두른 담), 엔길(에움길)'의 고어 관형격으로도 쓰였다.5)

'에정지'가 에둘러 가는 갈래길이라 한다면 다음의 '사ᄉ미 짒대예 올아셔 해금을 혀거를 드로라'라는 내용과 잘 어울릴 수 있다. 위 문맥은 난해하여 여러 해석이 있었지만, 김완진 선생이 제시한 "사슴으로 분장한 이가 높은 장대에 올라 해금을 켜며 뭇구경꾼들의 환성을 받고 있는 장면"6)이란 해석에 대체로 공감할 수 있다. 여기서 장대는 당간이어야 한다는 반론도 있었지만 크게 유념하지 않아도 된다. 구경꾼들이 많이 모일 수 있는 곳은 천안삼거리 같은 갈림길일 것이다. 이런 갈림길에 놀이패나 악사와 같은 유랑예인들이 터를 잡고 공연한다는 것은 충분히 인정할 수 있는 분위기다. 그리고 이 갈림길을 지나던 사람들이 그들의 음악을 듣고 해금의 슬픈 선율에 마음이 움직이며 자신의 삶을 돌아볼 수 있었을 것이다. 여기에 가면을 쓴 놀이패가 있어야 제격이다.

가면을 쓰고 노는 광대라는 명칭이 고려 말에 이미 쓰이고 있다. 『고려사』열전 전영보전(全英甫傳)에서 "국어로 가면을 쓰고 노는 자를 광대라 한다"7)라고 했는데, 전영보는 고려 말 충렬·충선·충숙왕대에 벼슬

---

5) 유창돈, 『이조어사전』, 연세대학교출판부, 1964, 558-600쪽.
6) 김완진, 「청산별곡에 대하여」, 김열규 외, 『고전문학의 찾아서』, 문학과지성사, 1976, 158쪽.

을 한 인물이고, 이때 소광대와 대광대가 있었다고 한다. 그리고 열전 염흥방전(廉興邦傳)에 보면, 봉토를 살피고 돌아오는데 말 모는 사람들이 길에 그득한데, 배우의 놀이(優戱)를 하는 자가 있었고, 세도가의 노예가 백성으로부터 세금을 수탈하는 내용을 놀이로 보여주고 있었다. 같이 간 이성림은 크게 부끄러워하였건만 염흥방은 즐겨 그것을 보면서 깨닫지 못하였다고 한다.[8] 우희가 가면을 쓰고 놀던 것인지는 알 수 없으나, 그 수탈하는 자를 풍자하는 형상이 조선조의 탈춤과 흡사한 것을 보면, 염흥방이 벼슬했던 공민왕대에 가면극이 있었음을 짐작케 한다. 그리고 그 놀이가 길거리에서 거행되었음을 알 수 있으니, 사슴 가면을 쓰고 해금을 연주하는 〈청산별곡〉의 갈림길과 같은, 사람들이 많이 모이는 장소였을 것이다. 〈쌍화점〉에 '샃기광대'가 등장하는 것을 보면 〈청산별곡〉의 해금을 켜는 '사슴'은 사슴으로 분장한 사람 즉 광대라고 추정하는 것이 지극히 온당할 것이며, 〈쌍화점〉의 3연과 4연에 등장하는 '드레박'과 '싀구박'도 '샃기광대'와 같은 바가지 탈을 쓴 광대였을 것이다. 왜냐하면 이들은 주역의 행위를 지켜보다가 들키게 되자 "만약 이 소문이 이곳을 나가게 되면 드레박아 네 말이라고 할 것이다"라고 위협받는 존재이니, 단순한 바가지는 아닐 것이기 때문이다. 이들 광대는 지배계층의 허위를 풍자하는 보조역이면서, 동시에 서민들의 비애를 웃음으로 바꾸는 해학의 주체이기도 했다.

고려 후기는 무신란과 몽고난으로 백성들의 삶이 지극히 피폐해 있던 시기이다. 거기에 수해와 한해가 겹쳐 먹을 것이 없으면 강한 백성은 도적이 되고 약한 백성은 유랑하며 입에 풀칠할 방법이 없었다고 한다.[9] 염흥방과 같은 권문세족들은 백성의 땅을 빼앗아 자신의 농토를

---

7) 國語 假面爲戱者 謂之廣大(『高麗史』列傳 卷第37, 嬖幸二)
8) 興邦嘗與異父兄李成林上冢而還 騶騎滿路 有人爲優戱 極勢家奴隷剝民之收租之狀 成林怛怩 興邦樂觀不之覺也(『高麗史』列傳 卷第39, 姦臣二)

늘리는 데 혈안이었음을 당대의 한시를 통해 알 수 있다.

> 근래에 권세가가 백성의 땅을 빼앗아
> 산천으로 경계 지으며 공문서를 만들었다오
> 땅은 하나인데 임자는 여럿이라
> 곡수를 받아가고 또 받아가기 쉴 새 없다오(상률가)

　권세가들이 여기저기 임의로 금을 그어 자기 땅으로 만드는 바람에, 백성들은 여러 곳에 세금을 바쳐야 하는 실정이었다. '산이며 들이며 온통 싸잡아/ 금을 그어 세력가의 땅에다 합친다'[10]는 상황이었기 때문에 농민들은 농토를 잃고 유랑하는 신세가 되었다. 〈청산별곡〉 7연에 보이는 유랑예인들도 농토에서 유리된 사람들이었고, 화자 '나' 또한 농토에서 유리된 농부일 수 있다.

　유랑인들은 이곳저곳 정처 없이 떠돈다. 그러다가 사람들이 많이 모이는 시장통이나, '에정지' 즉 갈림길과 같은 곳에서 탈놀이를 하기도 하고 악기를 연주하면서 호구책을 마련하였을 것이다. 그러나 화자 '나'의 유랑은 정해진 곳으로 향한다. 현실에서 청산으로, 청산에서 바다로, 그리고 바다에서 다시 현실로 돌아오는 세 갈래길이다.

　성호경 교수는 '에졍지'를 바나에서 현실로 돌아오는 갈래길로 보았다.[11] 현실에서 견딜 수 없어 청산으로 떠났다가, 청산도 화자에게는 위안처가 될 수 없어 바다로 향했고, 바다에서도 시름을 풀 수 없어 다시 현실로 돌아오게 된다. 그 돌아오는 길목에서 유랑예인의 해금연주를 듣고 슬픔에 겨운 자신의 마음을 쓸어내린다. 어쩌면 가장 난해한 7연의 의미가 풀렸다고 하겠는데, 왜 화자는 다시 현실로 돌아오는 것

---

9) 自去年水旱 民無食 强者爲盜賊 弱者皆流離 無所於糊口(『稼亭集』卷七, 市肆說)

10) 或云籠山野 割地歸兼幷(『稼亭集』卷十四, 紀行一首贈淸州參軍)

11) 성호경, 「청산별곡의 '에정지'에 대하여」, 170쪽.

인가. 그리고 현실을 떠났던 이유는 무엇인가. 그 단서를 3연에서 구해
본다.

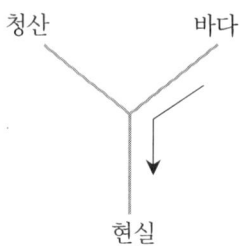

2) 물 아래 가던 새

　가던 새 가던 새 본다
　믈아래 가던 새 본다
　잉무든 장그란 가지고
　믈아래 가던 새 본다

3연의 '가던 새'에 대한 해석도 다양하다. 대체로 하늘을 나는 새(鳥)
로 해석하다가, 최근에는 '갈던 사래'로 해석하는 추세다. 거기에 '잉무
든 장그'가 호응한다고 본 것이다. 여기서 '잉 무든 장그'는 이끼 묻은
쟁기이고, 녹이 슨 쟁기로 풀이하여, 농토에서 유리되어 농사 지을 수
없기 때문에 농기구가 녹이 슨 상황이라 하였다. 그래서 이 작품의 화자
는 농토를 잃었거나 또는 농사일을 할 수 없게 된 한 불행한 농민[12]이라
추정하기도 했다. 많은 학자들이 이 견해에 수긍하였다. 민란에 가담한

---

12) 신동욱, 「청산별곡과 평민적 삶의식」, 『고려시대의 가요문학』, 새문사, 1982, Ⅰ-35
　쪽. '가던 새'를 '갈던 사래로' 본 것은 서재극의 「여요주석의 문제적 분석」(『어문학』
　19집, 1968)과 신동욱의 「한국 서정시에 있어서 현실의 이해」(『민족문화연구』 10호,
　1976)에서 이미 제기된 바 있다.

하층 민중들이 산으로 바다로 쫓기면서 살아보려는 욕망을 표출한 정황으로 해석하기도 하였다.[13] 위에서 살폈듯이 권문세족들의 횡포 때문에 땅을 빼앗긴 농민들이 유민이 되고, 혹은 현실에 저항하기도 하고 좌절하기도 하는 상황에 직면하였을지도 모른다.

그러나 어떻게 '사래'가 '새'로 축약될 수 있는지 설명한 적이 없다. 3음절을 한 박으로 하여 이룬 노래라고 할 때 소리의 축약은 불가피한 현상으로 '갈던 사래'가 '가던 새'로 노래불릴 가능성을 추정한 정도이다.[14] '가던 새'가 시제상 과거에 속하므로 날아간 새를 본다는 진술은 불가능할 것이란 이유 때문에, 그리고 고려말의 역사적 상황을 농민의 피폐해진 삶으로 좁혀 생각하다 보니 '농토'의 의미와 가까운 '사래'로 해석하였을 것이다. 그러면 왜 논이나 밭이라고 하지 않고 사래라고 했을까 하는 의문이 든다. 또한 '잉'이 '이끼'의 옛말이란 근거도 빈약하다. 제 2연의 '새'와 제 3연의 '새'는 왜 변별되지 않고 적혔을까. 2연에서는 '새'가 '새(鳥)'이어야 하고, 3연에서는 '새'가 '사래'인 이유가 불명확할 뿐이다.

우리는 다시 원론으로 돌아가야 한다. 그래서 '물 아래 가던 새'를 다시 해석해야 한다. 여기서 '새'는 '자기의 분신으로서의 새'[15]로 보아야 한다. 그리고 청산 위에서 물 아래를 시나는 새를 내려다보는 상황이 지극히 어색한 것임에 동감한다면, 차라리 물 위를 나는 새를 보는 상황이 어울릴 것이라는 상상도 했을 것이다. 그러니 시상이 잘 통하지 않는

---

13) 김학성, 『한국고전시가의 연구』, 원광대학교 출판부, 1980, 127쪽. 박노준 교수는 『고려사』 열전 최충헌조의 기사인 '遺使諸道 徙民山城海島'를 단서로 삼아, 청산과 바다로 향하는 것은 바로 몽고의 침입을 대비하기 위해 백성들을 피난시키는 과정이었다고 하였다.(박노준, 『고려가요의 연구』, 새문사, 1990, 97쪽) 그러나 피난시키는 상황이라면 청산과 바다를 지향하는 것이 수동적인 것이 될 수밖에 없는데, 〈청산별곡〉에서는 청산과 바다에 살고 싶어하는 자발성이 우세하니, 꼭 들어맞는 기사가 될 수 없다.

14) 신동욱, 위의 논문, Ⅰ-36쪽.

15) 정병욱, 『한국고전시가론』(증보판), 신구문화사, 1984, 107쪽.

다. '믈아래'를 '물 아래'로 해석하였기 때문이다. 여기서 '믈아래'는 '물갈래'이고 갈래길에 해당한다고 보면 어떨까.

- ○믈ㅅ· 래: 물갈래
- ○믈가릭: 물갈래 * 믈· 릭(水派)〈同文上8〉
- ○믈가래: 물갈래 * 믈가래 패(派)〈類合下59〉
- ○믌가릭: 물갈래 * 믌가릭 패(派)〈字會上5〉16)
- ○물갈래: 강물이나 냇물이 갈려 나가는 가닥(신기철 · 신용철, 『새우리말 큰사전』)
- ○물갈래:(강물 · 냇물 따위의) 물이 갈리어 나가는 가닥(네이버 국어사전)

중세국어에서 'ㄱ' 탈락은 자연스러운 현상이었던 것 같다. 유성음 사이에서 'ㄱ'이 탈락하는데, '몰개〉몰애〉모래'나 '애고개〉애오개' 같은 음운변천이다. 고려가요 중 〈사모곡〉에서도 'ㄱ'탈락현상을 볼 수 있는데, '호믜도 늘히언마ᄅᆞᄂᆞᆫ'(악장가사)의 '언'은 '건'에서 'ㄱ'이 탈락한 것이고, '호믜도 늘히어신마ᄅᆞᄂᆞᆫ'(시용향악보)의 '어신'은 '거신'에서 'ㄱ'이 탈락한 것이다. 〈상저가〉의 '게우즌'은 '게궂다'의 'ㄱ'탈락현상으로 보기도 한다. "이 말은 '창피스럽다'는 뜻으로 지금도 경상도에서 쓴다."17)고 했는데, 밥 먹는 것이 창피스럽게 되었다고 해석하면 〈상저가〉의 전체 뜻과 호응하게 된다. 그러므로 '믈아래'는 '물가래'에서 'ㄱ'이 탈락한 것으로 유추되고, '물가래'가 물갈래로 변모한 것으로 볼 수 있다. 그리고 이렇게 해야 〈청산별곡〉 전체와 호응된다. 7연에서는 갈래길에서 회한에 젖는 화자의 심정을 보았는데, 이것이 바다에서 현실로 돌아오는 길목이었다면, 3연에서도 물줄기가 갈라지는 갈래길에서 방황하는 화자의 심정을 드러낸다.

---

16) 유창돈, 『이조어사전』, 340-343쪽.
17) 조동일, 『한국문학통사』(개정4판), 지식산업사, 2005, 141쪽.

일찍이 정병욱 선생 이래 많은 학자들이 〈청산별곡〉의 제 5연과 제
6연의 순서가 바뀌었음을 논한 바 있다. 〈청산별곡〉을 두 개의 단락으
로 나누고, 앞 단락은 '청산'에서의 생활이고 뒷 단락은 '바다'에서의 생
활로 구분할 수 있다고 하였다.[18] 연의 순서가 뒤바뀜을 억지로 추단하
게 되면 고전작품 본래의 의미와 맛을 훼손할 수도 있음을 잘 안다. 그
러나 시상전개의 틀과 전체적 주제의식을 파악하는 데 도움이 된다면
과감히 시도해 볼 만하다.

    1) 살어리 살어리랏다 청산에 살어리랏다.
    2) 자고니러 우니노라
    3) 가던새 본다… 본다… 본다
    4) 바므란 쏘엇디 호리라
    5) 살어리 살어리랏다 바르래 살어리랏다
    6) 마자서 우니노라
    7) 가다가 드로라… 드로라… 드로라
    8) 잡스와니 내엇디 ᄒ리잇고

시상이 정연하게 흘러감을 알 수 있다. '청산' 연 넷과 '바다' 연 넷이
서로 대응관계로 짜여져 있다. 1)과 5)에서는 어디어디에 살겠다고 하여
화자가 그곳으로 향하고자 하는 심정이 드러난다. 그곳은 화자가 현실
에서 입은 상처를 치유할 수 있는, 이상향과 같은 지향공간이다. 2)와
6)에서는 새가 울듯이 자신도 우는 심정, 돌에 맞아 우는 심정이 드러난
다. 현실을 벗어나 지향공간을 찾아갔음에도 시름을 해결할 수 없고,
운명의 시련은 벗어날 길이 없는 심경이다. 3)과 7)에서는 무언가를 보

18) 정병욱, 『한국고전시가론』, 108-109쪽. 최용수 교수도 전체 연을 아래와 같이 4개의
    단락이 서로 호응하는 구조로 보고 있으며(머다-울다-보다와 듣다-방황), '가던 새'의
    '새'를 2연과 같은 새(鳥)로 보고 있다. 그러나 '에졍지'는 작은 부엌이라 하고 있다.(『고
    려가요연구』, 계명문화사, 1993, 299-305쪽)

거나 듣는 사연이 나타난다. 그 장소는 화자가 꿈꾸었던 지향공간을 떠나면서 만나는 갈림길이다. 4)와 8)에서는 누구도 찾아오지 않는 지독한 고독의 상황과, 술을 마시면서라도 슬픔을 달래려고 하는 심정이 나타난다. 화자는 이 고독과 비애를 탈출할 방법을 몰라 '어찌 하겠는가' 하고 스스로 묻고 탄식하고 있다. 여기서 다시 셋째 단락에 주목해 보겠다.

가던 새 가던 새 본다   가다가 가다가 드로라
믈아래 가던 새 본다   에졍지 가다가 드로라
잉무든 장그란 가지고   사스미 짒대예 올아셔
믈아래 가던 새 본다   해금을 혀거를 드로라

3)연과 7)연 두개 연은 틀과 구조가 매우 닮아 있다. 앞(3연)에서는 보는 일, 뒤(7연)에서는 듣는 일을 묘사하고 있다. 둘을 곁에 두면 시청각적 울림이 몰려온다. 서로 호응하는 두 연은 첫머리에서부터 어딘가를 향해 가는 새와 화자가 등장한다. '가던 새'의 '가던'은 목적지를 향해 가는 '가다'의 의미이지 논이나 밭을 '갈다'의 의미가 아니다. 새는 이미 화자 자신의 분신으로서의 새이다. 화자 자신이 원하여 떠나온 '청산'이건만 시름을 해결할 길이 없어, 이내 떠나고 싶지만 그곳을 버리고 새롭게 지향할 공간이 막상 떠오르지 않는다. 그래서 몸은 청산에 머물며 마음을 먼저 새에 실어 떠나보내는 심정을 읽을 수 있다.[19] 결국 청산을 떠나 바다에 왔건만 이곳도 위안의 공간이 아니다. 운명의 돌팔매질에 비애를 참을 수 없다. 결국 바다를 버리고 자신이 살던 현실로 돌아갈

---

19) 앞의 2)연에서는 새와 더불어 시름하는 사연이 나왔으니 더 이상 청산이 위안공간이 될 수 없음을 알 수 있고, 자신의 비애의 감정이 새와 동일함도 알 수 있다. 그래서 3)연에서는 자신의 심정을 새에 투영하여 현실공간을 떠나고 싶은 심정, 혹은 청산에서 다른 지향공간으로 떠나고 싶은 심정을 드러낸 것으로 보인다. 그리고 4)연에서 올 것도 갈 것도 없는(올 이, 갈 이에서 '이'는 사람뿐만 아니라 자연만물일 수 있다) 지독한 고독의 상황을 겪었으니 청산을 떠나, 다른 공간으로 이행하는 사연이 담겨 있다.

수밖에 없다. 7)연에서는 '바다'라는 이상공간에 더 이상 미련을 두지 않는다. 그래서 3)연에서처럼 주저하지 않고 바로 현실로 돌아가고 있다. 물론 현실세계가 화자의 대안은 아니지만 이상세계에서 해결할 수 없으니 어쩔 수 없다.

3연과 7연의 제2행 첫머리에 '물갈래'(믈가래〉믈아래)와 '갈래길'(에정지)을 배치한 것도 예사롭지 않은 짜임이다. 청산과 바다를 지향하였지만 현실의 비애를 해결할 수 없어 또 다른 삶을 향하고자 하고, 그래서 세 갈래길에서 세상사를 보고 듣는다.

떠나온 길과 떠나갈 길 그리고 돌아갈 길은 세 갈래길이다. '에정지'가 갈래길이고 화자는 이곳을 지나 현실로 돌아온다. '믈아래'는 '물갈래'로 물이 갈라지는 'Y'자 지형인데, 여기에 청산으로 가는 길과 바다로 가는 길이 갈라져 있다. 화자는 현실에서 청산으로 갔고, 청산에서 위안을 받을 수 없어 그 갈래길을 지나며 바다로 향하고 있다. 결국 〈청산별곡〉은 현실에서 빚어진 번민을 해결하기 위해 인생의 갈림길을 지나 청산과 바다로 가 보지만, 그곳에서 해결될 수 없어 다시 현실로 돌아올 수밖에 없는 인간의 제약된 운명을 보여준다.

〈청산별곡〉은 이처럼 여러 개의 갈래길을 보여 준다. 그 갈래길은 고뇌의 실이나. 현실이 괴롭고 막막하게 되면 이상세계를 추구하지만 그런 세계는 현실에서 실현될 수 없고 결국 현실로 돌아와 좌절한다. 〈청산별곡〉의 주제의식은 '이상세계의 추구와 인간의 제약된 운명'이라 하겠다. 이상향을 찾아 나선 화자의 방황과 유랑은 결국 현실로 귀착되나, 떠날 때와는 다른 새로운 각오를 심어주었을 수도 있겠다.

〈청산별곡〉 연구는 고려 말 역사적 상황을 중시하며 다양하게 이루어졌다. 그래서 농토를 잃은 농민의 노래, 농민 반란군의 노래, 전쟁에 시달리는 민중의 노래, 현실 도피나 유랑인의 고뇌 혹은 나라가 망한 설움을 노래한 것 등으로 보았다. 그리고 사랑과 이별, 실의에 찬 청년의 비애라고 해서 개인 정서의 표출로 보려는 견해도 있었다. 이처럼 다양한 해석이 있는 이유는 배경설화가 없고, 각 연이 유기적으로 연결되지 않고, 어휘 해독이 안 되는 곳이 있으며, 연구자의 시각차와 방법론의 차이가 있었기 때문이다.[20] 배경설화가 없기 때문에 너무 아전인수격의 해석을 한 경우도 있다. 그러나 배경설화가 없어도 이 노래의 전모는 어휘 두 개를 해독함으로써 밝혀질 수 있게 되었다. 역사적 상황을 고려한 해석이든 개인정서에 착안한 해석이든 모두를 포괄하는 실마리가 '물갈래'(믈아래)와 '갈래길'(에정지)에서 해결될 수 있겠다.

청산―현실계에서 멀리 떨어진 이상향을 찾아 떠나는 사연은 인간이 겪는 고뇌의 종류만큼 각양각색일 것이다. 그렇기 때문에 연구자들은 청산을 찾아 떠나는 상황을 위에서처럼 다양하게 제시하게 되었을 것이다. 현실의 공간을 떠난 화자가 세 갈래길을 지나 청산으로 바다로 지향하지만, 결국 그 갈래길을 지나 현실로 돌아온다는 설정은 위의 모든 해석을 포용하게 된다. 농토를 잃은 농민의 회한이든 실연한 자의 개인 정서의 표출이든, 무슨 이유로 청산을 찾든 시대적 배경을 모두 벗겨내고서도 이 노래는 '이상세계의 희구'라는 측면에서 통한다. 화자가 남성인가 여성인가 하는 논란도 크게 중요하지 않다. 일부에서는 '에정지'를 부엌으로 보고 이와 연관된 8연에서 술을 빚는 주체가 여성일 수밖에 없다고 하기도 하였고, 농민 반란군으로 보고 그 주체를 남성으로 본 바도 있다.

그러나 이미 밝혔듯이 '에정지'는 부엌이 아니라 갈래길이니 '부엌=여성'에 집착할 필요가 없고, '이상세계의 희구'가 어느 한 쪽의 정서일 수 없고 남성과 여성 모두에게 해당할 수 있는 시적 정서이다. 그리고 〈청산별곡〉의 시상이 정연하게 정리되어 있다고 보고 지식인의 작품이라

---

20) 정재호, 「'청산별곡'의 새로운 이해 모색」, 『국어국문학』 139호, 국어국문학회, 2005, 157-159쪽.

한 견해와 이와 상반되게 농민 혹은 유랑인과 같은 일반 서민이라는 견해도 있었다.[21] 특히 앞에서 제시하였듯이 5연과 6연의 순서를 바꾸어 놓는다면 이 작품은 지식인이 다듬어 놓은 개인 창작 작품처럼 정연성을 지닌다. 그러나 모든 속요가 그렇듯이 〈청산별곡〉도 민요에서 유래하되 궁중악으로 상승하는 과정에서 문인 혹은 악공의 편사와 분식을 거쳤다고 보아야 온당하다.[22] 그래서 〈청산별곡〉에는 서민적 정서인 듯 지식인의 정서인 듯 보이는 두 속성이 함께 포용된다. 현실의 고뇌를 해결하고자 이상세계를 지향하지만 해결하지 못하고 현실로 되돌아오는 정서는 서민이건 지식인이건 누구에게도 해당하는 인생의 도정이 아니겠는가. 어느 계층에 국한되지 않고 남성과 여성 어느 한 쪽에 치우치지 않으며, 일상 삶의 좌절이건 사랑의 비애이건 그 모든 정황을 포괄하는 보편적 정서가 이 작품을 관통하고 있다.

그뿐만 아니다. 오늘을 살고 있는 우리도 청산에 살고 싶은 심정을 느끼며, 새와 더불어 울고 싶기도 하고, 정말 미워하는 이도 사랑하는

---

21) 청산에 가서 머루나 다래를 따먹고 사는 생활이나, 바다에 가서 나문재나 굴, 조개 등을 캐어 먹고 사는 생활은 소박한 서민의 생활 바로 그것이다.(성현경, 「청산별곡고」, 『국어국문학』 58-60합호, 국어국문학회, 1972, 239쪽) 물론 이런 정황을 보면 서민적 정서가 우세하다. 그러나 정치적 현실상황 때문에 속세를 등진 지식인이 은거를 하면서 산속에서 먹을 수 있는 것도 머루나 다래와 같은 소박한 것일 테니, 이를 두고 서민과 지식인을 가를 수는 없을 것이다.

22) 제주의 민요를 보면 〈청산별곡〉의 시상을 닮은 노래를 쉽게 찾아낼 수 있다. 제 2연의 "울어라 울어라 새야/ 자고 일어나 울어라 새야/ 너와 더불어 시름한 나도/ 자고 일어나 우노라"에서 새에 투영된 화자의 비애를 느낄 수 있는데, "강남서도 날아온 새야/ 일본서도 날아온 새야/ 그 새 저 새 날 닮은 새야/ 날 닮아선 울음새더라"(김영돈, 『제주도 민요연구』 상, 민속원 2002, 406번 노래.)에서 보듯이 '…새야 …새야 널 닮아 나도 우노라'라는 민요가 있어 〈청산별곡〉의 각 연이 민요에서 왔을 가능성을 시사하고 있다. 그리고 "청산엘랑 집을 지어/ 녹산에도 집을 지어/ 청산 녹산 서녹산에/ 불리는 건 내 눈물이더라"(김영돈, 『제주도 민요연구』 상, 192번 노래)도 있어 청산에 찾아갔지만 비애를 더하게 되는 정황을 〈청산별곡〉 제 1연과 대비할 수 있다. 그러나 〈청산별곡〉은 민요의 거칠고 투박한 정서를 다듬고 전체 8연을 유기적으로 구성하여, 민요 그 자체는 아니고 악공과 문인의 분식을 거쳐 마련된 것으로 보인다.

이도 없으며 당하는 불행이 얼마든지 있을 것이다. 그만큼 〈청산별곡〉은 "그 시대를 초월하여 생명을 가진 작품이 될 수 있을 것"[23]이다.

　다만 정재호 교수도 지적했듯이 고려시대를 '어둡고 부정적인 분위기'로 보는 점은 잘못이다. 고려말의 시대상황을 무신란과 몽고난의 연장선상에서 바라보고 고려 속요를 음란과 퇴폐, 파탄과 비정상의 부정적인 분위기로만 보려 했기 때문에 속요가 지닌 보편적 미의식을 간과하게 되기도 했다. 〈청산별곡〉의 해석도 고려말의 전란과 권문세족의 타락과 토지제도의 문란이라는 어두운 분위기를 염두에 둔 탓에 그 보편적 미의식이 외면당한 채 어느 한 편으로 비끄러매져 있었다. 어려운 시대이건 그렇지 않은 시대이건 세속에서 오는 고뇌를 잊고자 하여 청산에 살고 싶은 심정은 늘 가능하고, 세속을 벗어나 이상세계를 지향하지만 결국 좌절할 수밖에 없는 제약된 운명이란 보편적으로 존재한다. 그러므로 시대를 초월한 보편적 미의식을 중시하면서 〈청산별곡〉을 새롭게 들여다보았다. 그렇다면 이런 보편적 미의식이 다음 시대에 어떻게 전개되는지 살펴보겠다.

3. 청산의 변용, 시조와 현대시

　　나뷔야 靑山에 가쟈 범나뷔 너도 가쟈
　　가다가 져무러든 곳듸 드러 자고 가쟈
　　곳에서 푸대접ᄒ거든 닙헤셔나 ᄌ고가쟈(청구영언 육당본, 419)

　이 시조가 지향하는 주제의식은 〈청산별곡〉과 달리 경쾌하고 활달한 듯하다. 그런데 여기서 지향하는 '청산'은 단순한 푸른 산이 아니라 〈청산별곡〉의 청산처럼 세속과 단절된 자연의 세계이다. 상상력을 보태면, 위선과 거짓으로 더러워진 세속을 떠난 대자연의 청산이다. 꽃에서 푸대접하거든 잎에서 자겠다는 것은 아무 것에도 구애될 것이 없는 자유를 추구하는 태도이다. 그러나 그 행로가 순탄치만은 않다. 하루 날이 저물어도 목적지에 도달할 수 없을 정도로 머나먼 길을 가는 화자의 신세가 나타나고, 꽃에서 푸대접할 것을 걱정하는 것을 보면 고난의 길을 가고 있다. 청산을 찾아가는 화자의 길 떠남이 소박한 유람처럼 보이기도 하지만, 꽃으로 상징되는 정갈한 숙소 대신에 잎으로 상징되는 허름한 숙소를 택할 수밖에 없는 것을 보면, 화자의 행로는 유랑에 가깝게 느껴진다. 나비와 범나비와 함께 떠난다고 했지만, 실제로는 홀로 떠나는 외로운 유랑이기에, 짐짓 동행이 있음을 가장하고 있으니, 그에게 자연만이 위로의 대상임을 알 수 있다. 화자는 청산에 들어가 자연과 일체가 되어 순간적으로나마 인간의 외로움을 달래고 극복하려는 의지를 드러내 보인다. 그러나 결국 청산으로의 지향은 좌절되고 고뇌의 현실로 돌아올 수밖에 없을 것이다. 그게 청산을 지향하는 자의 궁극적 운명이니까. 그러나 떠났다가 돌아온 뒤의 삶은 달라져 있을 것이다.

> 굽이는 千尋綠水 돌아보니 萬疊靑山
> 十丈紅塵이 얼마나 가렸는가
> 강호에 월백하거든 더욱 무심하여라(이현보, 어부가 2연)

> 靑山은 내 뜻이요 綠水는 님의 정이
> 녹수 흘러간들 청산이야 변할손가
> 녹수도 청산 못 잊어 울어예어 가는고(황진이)

> 靑山은 어이하여 萬古에 푸르르며
> 流水는 晝夜에 그치지 아니는고

우리도 그치지마라 萬古常靑하리라(도산십이곡 11)

조선 전기 시조에서의 청산은 단순하게 '변치 않는 곳'을 의미한다. 둘은 녹수(유수)도 청산처럼 변하지 않는 자연의 일부분으로 보았지만, 황진이의 시조에서 녹수는 변치 않는 청산에 대비되는 쉽게 변하는 존재를 은유하고 있다. 농암의 시조에서 청산은 홍진 즉 세속적 세계와 대비되는 공간이고, 세속을 떠나와 그곳의 번다한 일을 잊고자 한다. '무심(無心)'을 표방하지만 그게 뜻대로 되지 않는 것 같다. 자꾸 세속을 돌아다 본다. 임금이 계신 곳을 생각하면서 자신이 시름할 것이 없다고 다짐하지만 세속적 이끌림에서 완전히 자유로운 모습이 아니다. 하지만 농암은 세속의 시름을 청산에서 풀어내고 있다. 고려가요의 자연에는 허무적인 감정이 드러나는 반면 조선조 시조의 자연에는 그런 허무적인 그림자가 없다. 시조 속의 청산이 규범적인 공간이기 때문인가 보다.

그러나 〈청산별곡〉의 자연감정은 시대를 훌쩍 뛰어넘어 현대에 다시 부활한다. 현실의 고뇌를 잊고자 하여 이상세계를 희구하는 정서적 등질의 노래가 여러 편 보인다. 물론 지향공간이 '청산'은 아니지만, 청산과 같은 이상향을 추구하는 시편을 만나게 된다. 우선 서정주의 〈추천사〉를 들겠다.

향단아 그넷줄을 밀어라.
머언 바다로
배를 내어 밀듯이
향단아.

이 다소곳이 흔들리는 수양버들나무와
배갯모에 뇌이듯한 풀꽃더미로부터,
자잘한 나비 새끼 꾀꼬리들로부터

아주 내어 밀듯이, 향단아.

산호(珊瑚)도 섬도 없는 저 하늘로
나를 밀어 올려다오.
채색(彩色)한 구름같이 나를 밀어 올려다오.
이 울렁이는 가슴을 밀어 올려다오!

서(西)으로 가는 달같이는
나는 아무래도 갈 수가 없다.

바람이 파도를 밀어 올리듯이
그렇게 나를 밀어 올려다오.
향단아.(서정주, 추천사)

　먼 바다로 떠나듯 저 하늘로 떠나듯 현실에서 벗어나고 싶은 화자의
심정이 드러난다. '산호도 섬도 없는 저 하늘'은 텅 비고 허무한 하늘이
라기보다 제약과 장애가 없는 무장무애(無障無碍)의 세계이다.24) 그 광
활한 세상으로 나가고자 하는 화자는 〈춘향전〉의 춘향이다. 이 시의 부
제가 '춘향의 말'이기도 하다. 춘향의 신분적인 제약 때문에 현실에서
사랑이 성사되기 어렵다. 그래서 괴로움과 갈등에 빠져 있다. 춘향은
신분적 제약을 벗어난 인간성 해방을 꿈꾸며, 이상적 세계를 지향한다.
그 이상적 세상은 하늘이고, 달이 지향하는 서쪽의 '서방정토 극락세계'
인 것 같다. 그런데 갑자기 그 이상적 세계에 갈 수 없다고 선언한다.
제약된 현실에 대한 확인과 선언이다. 그 이유는 화자(춘향)가 그네를
타고 있다는 '운명적 제약' 때문이다. 현실적 속박을 벗어나 먼 하늘로

---

24) 이재선, 『우리문학은 어디에서 왔는가』, 소설문학사, 1986, 469쪽. 여기서 '산호, 섬'
　　은 현실적인 애착의 대상이 아니라 배가 나가는 데 방해가 되는 좌초와 충돌의 제약을
　　상징한다.

향하지만 제자리로 돌아올 수밖에 없다. 〈춘향전〉속의 춘향이가 태탕한 봄날 그네를 타고 있는 모습은 어쩌면 이 도령과 사랑을 나누게 되지만 신분적인 제약 때문에 온갖 시련을 당하게 된다는, 이런 운명적 고난을 예시하고 있는 장면일지도 모른다.

그네는 달처럼 전진적인 것만은 아니다. 나아갔다가 다시 퇴행적으로 돌아와야 하는 것이 그네의 이중적 속성이다. 여기에서 떠나고 싶은 마음과 떠날 수 없는 운명적인 현실과의 괴리가 있게 된다. 따라서 이 시구는 제약된 인간의 운명적인 한계성을 의미하는 것이다.[25] 그네는 일탈과 속박의 양면성을 지녔고, 그네에 탄 화자도 현실을 벗어나 이상세계를 지향하지만 결국 현실로 돌아올 수밖에 없는 제약된 운명을 지녔다는 점에서, 〈청산별곡〉의 화자와 처지가 같다. 〈청산별곡〉속의 화자가 마지막 연에서 술로 시름을 달래고 있는 장면을 보면서 우리는 운명적 패배를 시인하게 되지는 않는다. 꿈꾸는 세계로 떠났다가 돌아온 뒤의 삶은 달라져 있을 것이다. 현실에 애착을 갖고 살아가려 몸부림칠 것이다. 〈추천사〉의 화자도 저 하늘로 갈 수는 없지만, 파도에 운명을 내맡기듯 다시 힘겨운 삶을 지속하고 있다. 현실의 고뇌를 이기기 위해 현실을 떠나려는 몸부림은 고려가요에서 현대시에 이어지고 있다. 그 귀착점은 결국 현실이다. 그런 시적 전개는 〈새들도 세상을 뜨는구나〉에도 선명하게 드러난다.

> 영화가 시작하기 전에 우리는
> 일제히 일어나 애국가를 경청한다
> 삼천리 화려 강산의
> 을숙도에서 일정한 군(群)을 이루며
> 갈대숲을 이룩하는 흰 새떼들이

---

25) 이재선, 위의 책, 469쪽.

자기들끼리 끼룩끼룩거리면서
자기들끼리 낄낄대면서
일렬 이열 삼렬 횡대로 자기들의 세상을
이 세상에서 떼어 메고
이 세상 밖 어디론가 날아간다
우리들도 우리들끼리
낄낄대면서
깔쭉대면서
우리의 대열을 이루며
한 세상 떼어 메고
이 세상 밖 어디론가 날아갔으면
하는데 대한 사람 대한으로
길이 보전하세로
각기 자기 자리에 앉는다
주저앉는다.(황지우, 새들도 세상을 뜨는구나)

  1980년대 암울했던 정치현실의 한 단면이다. 그때 우리는 극장에 가
서 영화라는 유희를 즐길 때도 애국가를 위해 일어서야 했고, 맹목적인
애국심을 강요받아야 했다. 세상은 초라했고 위축되어 있었지만 애국가
는 '삼천리 화려강산'을 구가하면서 아름다운 을숙도와 동해·설악산·
백록담·한려수도를 비춰주고 있었다. 폭력과 최루탄으로 얼룩진 길을
걷고 있을 그때, 우리는 "원하는 건 무엇이든 얻을 수 있"다는 '아 대한
민국'을 들으며 이율배반 속에서 몸을 떨었다. 그래서 우리는 애국가가
나올 때의 화면을 응시하면서 저 새들처럼 이 세상을 떠나고 싶어 했다.
잠시 세상 밖으로 비상을 희구해 보지만, 결국 애국가가 끝나고 우리는
자리에 주저앉을 수밖에 없다. 부조리한 현실을 벗어나 이상세계를 꿈
꾸지만 '운명적 제약'을 벗어날 수 없다.
  새처럼 이 세상을 떼어 메고 이 세상 밖 어디론가 떠나고 싶은 마음—

이 정서적 지향은 〈청산별곡〉의 3연을 닮아 있다. 물갈래에서 음울한 현실 쪽의 길을 버리고 이상적인 세상 쪽의 길을 택해 떠나는 새, '잉무든 장글란' 가지고 새 세상을 찾아 떠나는 새를 보면서, 화자도 그 새처럼 새로운 세상을 희구하고 있는 이 시적 이미지를 황지우는 알고 있었던 듯하다. 〈청산별곡〉의 '잉무든 장글란'은 이 세상의 귀한 것, 삶에 필수적인 것을 의미하는 듯하다. '이끼 묻은 쟁기' 정도는 아니었을 것 같다. '잉무이든 장그일랑' 즉 'A이든 B일랑' 이라고 보아야 할 것 같다. "입미(粒米, 낟알)이든 쟁개비(작은 남비)를 가지고" 소박하게 세상 밖을 희구하던 시상은 아니었을까.

화자는 이 세상의 고뇌를 떨치고 세상 밖으로 떠나고 싶어 한다. 그러면 시 속의 화자가 추구한 세상은 이 세상 밖에 있었던 것일까. 그리고 '이 세상 밖 어디론가'는 어느 곳일까.

> 오 빨래처럼
> 屍身으로 떠내려가도
> 저 율도국으로 흘러가고 싶다.(『새들도 세상을 뜨는구나』, 파란만장)
>
> 너와 나는 九萬里 靑天으로 걸어가고 있다.(『나는 너다』, 시 503)

시인은 다른 곳에서도 이 부조리한 현실을 버리고 어디론가 떠나고 싶어 한다. 그곳은 〈홍길동전〉의 이상향이라 할 율도국이기도 하고, 현실과 아주 먼 '청천(靑天)'이기도 하다. 그 지향점은 〈청산별곡〉의 '청산'과도 같은 곳이다. 가능성이 없는 현실을 버리고 '유랑'의 삶을 택하는 점에서도 매우 유사하다. 죽어 시체가 되어 떠내려가도 현실을 벗어난 다른 세계를 지향하고 있다. 현실을 외면하는 패배주의와 허무주의처럼 비치기도 한다. 그러나 그가 찾고자 하는 세상은 이 세상 밖에 있지 않고 내부에 있음을 알게 된다. 현실의 고통과 결핍 때문에 떠나고자 하는

지향점은 만주 길림성 봉천이라고 말하고 있지만, 시인이 지향하는 곳
은 바로 그가 살고 있는 관악구 봉천동의 봉천이다. 일제하에서 고통
받던 조선의 민초들은 제 땅을 버리고 만주 길림으로 유랑의 길을 떠났
다. 그와 마찬가지로 80년대 독재정권 아래에서 고통 받던 그는 독립군
이 갔던 길을 되짚는다. 세상 밖으로의 이탈을 꿈꾸고 있는 듯 보이지
만, 결국 그가 살아야 하는 곳은 저 먼 곳이 아니라, 현실의 고난이 상존
하는 일상의 공간인 봉천동 산기슭이다. 유랑을 꿈꾸지만 이 땅에서 부
비고 일어나려는 의지의 표상이 담겨 있다. 마찬가지로 〈새들도 세상을
뜨는구나〉의 새들처럼 세상 밖을 희구하지만, "그 세상 밖 어디론가는
바로 이 세상 안에 다름 아니다"[26] 시인은 80년대 초반 독재의 고문 속
에서 고통 받으면서도 이 세상 안에서, 그 마음 안에서 귀중한 것을 발
견하고 있다.

> 사람들이 지옥을 생각해 낸 것은 고문에 대한 체험에서였을 거라고 나는
> 믿고 있다. 극심한 고문은 죽음이 희망으로 나타나는, 그치지 않는 고통의
> 현존이다. …… 그렇지만 이 삶은 문제투성이이므로 비로소 살아 봄직하다
> 고 나는 말한다. 안 그래? 안 그래? 안 그래? 지루하지 않잖아? 마음의
> 안쪽은 두려움이며 두려움의 저쪽은 그리움이다. 우리의 삶 속에 굉장한
> 무엇인가가 있다.[27]

시인이 술회한 고문의 고통은 차라리 죽음을 희망으로 여길 정도이다.
그러나 시인은 그 고문의 두려움을 인정하면서도 그 증오스런 현실 속에
서 그리움을 느끼고, 우리의 삶 속에서 무언가 대안을 찾고 있다. 모순투
성이의 이 세상 속에서 이 세상을 구제할 기제를 찾아내고 있으면서도
짐짓 세상을 조롱하는 척한다. '안 그래?'를 반복하면서 세상의 가능성

---

26) 김현, 「타오르는 불의 푸르름」, 『새들도 세상을 뜨는구나』, 문학과지성사, 1983, 125쪽.
27) 《동아일보》, 1990. 10. 11. 18쪽. 나의 작품 나의 얘기.

을 믿고 있다. 그가 현실에서 찾는 희망은 어떤 것일까.

> 불 속에 피어오르는 푸르름
> 풀이어 그대 타오르듯
> 술 처마신 몸과 넋의 제일 가까운
> 울타리 밑으로 가장 머언
> 물소리 들릴락말락
> (우리는 어느 계곡에 묻힐까 들릴까)
> 줄넘기하는 쌍무지개
> 둘레에 한세상 걸려 있네(『새들도 세상을 뜨는구나』, 메아리를 위한 각서)

시인은 지옥 같은 세상의 불구덩이를 경험하고, 지옥(黃泉)에 흐르는 물소리를 듣고 있다. 삶이 죽음으로 화하는 고통의 극한이다. 그러나 이 세상에 희망 같은 무지개가 드리워져 있음을 말하면서 현실적 고통에서 일어선다. 시인은 황천불 속에서도 피어오르는 푸른 풀을 생각하고 있다. 김현은 이 구절을 두고 이렇게 평한다. "불이 가장 밝고 환하게 타오를 때 불꽃의 속은 푸르게 보인다. 그 푸르름은 바다의 푸르름이며, 풀의 푸르름이다. 한국인의 근원 심성은 풀의 녹색과 물의 청색을 다같이 푸르다로 파악한다."[28] 세상에 대한 증오가 불처럼 타오를 때도 시인은 '푸른색'의 근원 심성을 희망으로 떠올린다. 〈청산별곡〉의 '푸른산'을 향하는 마음과 다르지 않다. 그 청산은 고통의 세상을 경험하는 내부에 있고, 〈청산별곡〉의 화자는 그래서 현실로 돌아온다. 청산의 푸른색과 바다의 푸른색이 중첩되며 화자의 마음 속에 희망이 싹튼다.

---

28) 김현, 「타오르는 불의 푸르름」, 127쪽.

4. 결

〈청산별곡〉의 가장 난해한 국면인 '에정지'와 제 7연을 재해석하면서
이 노래 전체의 주제와 정조를 고찰할 수 있는 단서를 마련해 보았다.
'에정지'는 갈래길이고 화자는 이런 갈래길을 한 번 더 지나가고 있었다.
청산에 들었다가 바다로 향하면서 '믈아래'를 지나는데, 이는 '물갈래'에
서 'ㄱ'이 탈락한 것으로 보았고, 두 번의 갈래길을 지나는 내용이다.
화자는 '현실-청산-바다-현실'의 갈래길을 지나는 유랑의 삶 속에서,
괴로운 현실을 떠나서 이상향을 갈구하지만, 결국 현실로 돌아올 수밖
에 없는 '제약된 운명'을 드러내고 있다. 현실을 떠나는 사연은 고려후
기의 시대적 상황으로 유추할 수도 있지만, 꼭 그것에 매일 필요는 없
다. 현실계에서 멀리 떨어진 이상향을 찾아 떠나는 사연은 인간이 겪는
고뇌의 종류만큼 각양각색일 것이다. 과거에서 현재로 이어지는 보편적
상황(현실의 고뇌-이상향 추구) 속에서 '청산'과 '바다'와 같은 이상향을
찾는 노정은 계속되었을 것이다. 그래서 현대시에서 '청산'과 같은 이상
향을 찾아 떠나지만 다시 현실로 돌아올 수밖에 없는 '제약된 운명'을
담은 시 두 편을 고찰의 대상으로 삼았다.

〈추천사〉에서 지상을 박차고 하늘을 향해 도약해 보지만, 결국 지상
으로 돌아올 수밖에 없는 화자의 제약된 운명을 살펴, 〈청산별곡〉의 화
자가 갈래길을 돌아 결국 현실로 돌아오는 삶의 궤적과 〈추천사〉의 화
자가 그네라는 현실적 제약에 의해 현실에 머물 수밖에 없는 삶을 동질
적인 것으로 보았다. 인생은 갈래길이고 그네와 같다. 〈새들도 세상을
뜨는구나〉에서도 화자는 새처럼 이 세상을 버리고 이 세상 밖으로 비상
하길 꿈꾼다. 그러나 현실 밖에 현실적 고뇌를 해결해 줄 공간이 없음을
깨닫고 다시 현실로 돌아오는 시상은 〈청산별곡〉의 제약된 운명과 동질
적인 것이다. 이 세상 밖이 아닌 이 세상 안에서 삶의 돌파구를 마련하

려는 것은, 이상향을 찾아 떠나보지만 현실로 돌아와 술로 시름을 달래며 삶의 의지를 구하려는 의식에 다름 아니다. 이들 노래와 시의 주제는 떠남과 돌아옴이다. 그들이 현실로 돌아온다는 것은 어떤 의미일까. 현실적인 고뇌를 안겨주었던 '이곳'의 사람들과 제도 속으로 다시 돌아오는 행위는 이상의 좌절 때문이지만, 새로운 의욕의 구현이기도 하다.

집을 짓고 산다는 것은 이웃과 가까이 산다는 것을 말한다. 그러나 이것이 단순히 사람이 이웃을 이루고 산다는 것만을 말하지 않는다. 그것은 먼 것을 가깝게 한다는 것이다. 여기의 먼 것은 삶의 근본에 있는 땅과 하늘과 사람 그리고 신명들을 말한다.(하이데거)

현실이 괴롭힐 때 인간은 세상 밖으로 멀리 떠나고자 한다. 고립과 격절과 단절을 통해 위안 받는 바가 있을 테니까. 그러나 이 고립은 일시적인 욕구일 뿐이다. 인간은 결국 현실로 복귀하게 마련이다. 그 복귀의 장소는 예전의 그곳이 아니라, 집과 이웃 혹은 마을이다. 그리고 삶의 근본으로 회귀하는 것이다. 땅과 하늘과 사람이 어우러져 사는 곳으로의 회귀이다. 그리고 신명(神明)의 신성으로 안긴다. 신명나는 세상을 꿈꾸며.

마지막으로 한 원로학자가 제안했던 '시대를 초월한 작품의 가치와 의미'가 어느 정도 이 논문에서 해결되었기를 염원한다. 우리는 고전문학과 현대문학을 나누어 놓고 서로 가치가 다른 것으로 여겨왔다. 이제는 고전을 통해 현대를 재해석해야 하고, 현대를 통해 고전을 재해석해야 한다. 둘이 하나임을 밝혀야 한다. "家를 推하여 국가를 測하고, 현재를 推하여 옛을 測하는 것, 이것이 大同을 밝히는 것"(최한기, 〈氣測體義〉)라 했다. 현재를 미루어 옛 것을 헤아리고, 그 둘이 하나임을 밝히는 과제가 우리에게 산재함을 절감한다.

한림별곡과 조선조 경기체가의 향방

1. 서

우리는 경기체가를 과도기적 장르, 기형적 장르, 이행기적 장르라고 한다. 왜냐 하면 한문투 단어의 어색하고 생경한 나열이라고 여기거나 중국문학의 왜곡된 모방처럼 받아들이기 때문이다. 그렇다면 경기체가는 실패한 장르인가?

그러나 경기체가는 역사적 장르로서 제 몫을 다하였고, 300-400 여 년 동안 지속되었으며, 그 향유층으로부터 환호를 받았다. 그런데 왜 우리는 감흥을 못 느끼는 것일까. 우리가 잘 알고 있는 서정시가아는 다르기 때문일까. 우리 문학 속에서 시가장르가 대체로 서정성을 지향했던 데 비해, 경기체가는 서정양식과는 다른 모습으로 비춰졌기 때문일 것이다. 그래서 교술장르라는 새로운 규정이 보편화되기도 했다.

무작위한 명사의 나열은 자신이 알고 있는 세계 혹은 지식의 평면적 진술에 불과한 것일까. 〈한림별곡〉의 1연에 빗대어 '김소월·한용운·이상화'라 한다면 식민지시대를 치열하게 살았던 시인들의 영상이 떠오르고 그들의 시세계에서 피어나는 향기를 어렴풋이 느끼며 향수에 젖게 될 수 있다. 마찬가지로 '안도현·김용택·김진경'이라 하면 80년대 질풍노도의 시대를 살았던 작가들의 열정이 떠오르고, 그들 시에서 끊임없이 모색되었던 억압에 대한 항거의 의지뿐만 아니라, 이념을 문학적 전망으로 체화한 서정적 정조까지 느낄 수 있을 것이다.

경기체가에서 '감격적'이고 '드높은 감흥'을 찾을 수 있는 부분은 역시 후소절의 '**景 그 엇더ㅎ니잇고'이다. 그러나 '元淳文 仁老詩 公老四六'의 부분도 세계의 객관성을 자아의 미적 감각에 의해 변형시킨 자아의 세계화(교술)가 아니라, 작자층이 속한 생활의 세계를 직접적으로 축약한 것이며 정서적 감격을 느낄 만한 부분이다. 예를 들어 일상적인 장소의 고유명사를 '시골길 고모집 늘봄가든……'이라 나열하면 그 장소를 알지 못하는 사람에겐 어떠한 감흥도 일어나지 않을 것이다. 그러나 그곳이 추억이 서린 곳이고 젊은 시절의 꿈과 사랑과 낭만이 얽힌 곳이라 한다면 그 장소의 이름만 나열해도 감격이 꿈틀거릴 것이고, 그곳에서의 추억이 감흥으로 되살아날 것이다. '시골길에서의 신참례(新參禮), 막걸리 사발을 기울이며 한껏 목청을 돋궈 노래를 부르던 그 情景 어떠한가'라 하면 금세 '드높은 감흥'이 폭발할 것이다. 〈한림별곡〉이 신참례의 주연에서 불렸다고 했는데, 바로 위와 같은 그들만의 공감대 속에서 득의에 찬, 신선하고 발랄한 감흥을 발산하였을 것이다. 경기체가는 딱딱한 고깃덩어리가 아니다. 혹 딱딱한 덩어리라 하더라도 오래 씹어보면 은근한 맛이 배어나올 수도 있다. 그곳에는 흥취가 느껴진다. 지금 우리에겐 경기체가의 본래적 가치를 찾는 일이 중요하다.

그래서 우선 경기체가의 첫 작품인 〈한림별곡〉이 후대 경기체가에 끼친 영향을 살펴보겠다. 〈한림별곡〉의 문구를 그대로 가져다 쓴 경우, 유사한 표현을 통해 흥취와 풍류가 비슷한 경우, 악곡의 유형이 비슷한 경우를 찾아내 그 영향관계를 살피고, 어떤 변이가 있었는가를 고찰하고자 한다. 둘째, 〈한림별곡〉이 조선초 4관의 주제가로뿐만 아니라 외국사신들에게까지 널리 알려진 노래라고 하는데, 그 실상을 밝히고 아울러 경기체가 향유층에 대해 확장된 시야를 열어볼 계획이다.

셋째, 악곡상 한림별곡과 매우 유형적 동질성을 보이고 있는 불교계 경기체가를 함께 고찰의 대상으로 삼아, 왕실과 사대부가 유교적 지배이념을 받아들여 그들의 의례를 유교화하는 조선전기의 상황 속에서도, 전대의 관습인 불교의례의 자장 속에 놓여 있었던 현실에 대해 알아볼까 한다. 넷째, 경기체가의 표현특징이 시조에까지 어떻게 이행되고 있는가를 살피고, 경기체가와 시조의 장르교체 상황에 대한 개괄적인 논의를 통해 경기체가가 조선전기의 주도적인 장르로서의 위치를 점하고 있음을 입증하고자 한다.

다섯째, 한림별곡에서 실현되었던 도락적(道樂的)·유락적(遊樂的) 미의식이 어떻게 변모하는가, 〈한림별곡〉의 미의식이 양극단으로 극대화하는 과정에서 어떤 미의식이 새로이 개입되는가, 미의식의 변질과 더불어 나타나는 경기체가의 향방에 대해 살피고, 경기체가의 결말구조에 드러나는 향유층의 이상세계는 어떤 변화의 궤적을 보여 주는가 고찰해 보고자 한다.

고려시대 단 3편에 불과하던 경기체가는 조선조 악장으로 쓰이면서 더욱 많은 창작이 이루어졌다. 조선전기 〈한림별곡〉의 영향 하에 있는 경기체가는 어떤 모습을 지니고 있는가, 경기체가의 향유계층은 어디까지인가, 언제까지 장르적 전통이 유지되는가, 어떤 미의식을 지니고 경기체가 장르가 지속되는가를 계기적으로 살펴볼 계획이다.

2. 경기체가에 드러나는 〈한림별곡〉의 빛과 그늘

경기체가가 조선초에 이르러 전성기를 이루었음은 주지의 사실이다. 상대별곡·화산별곡·구월산별곡·축성수·가성덕·오륜가·연형제곡 등이 창작되고, 구월산별곡을 제외한 그 대부분이 궁중 악장으로 쓰였다.

조선 전기 사헌부 등의 관인들이 신참례 등에서 〈한림별곡〉을 자주 노래불렀음은 몇몇 학자들에 의해 자주 거론되었다. 그만큼 〈한림별곡〉이 경기체가의 태두이면서 가장 유명한 곡이었음을 알게 된다. 그 영향력은 16세기에까지 이어지고 있다. 우선 고려말에 창작된 안축의 〈죽계별곡〉과 〈관동별곡〉에서부터, 〈화전별곡〉·〈불우헌곡〉·주세붕의 경기체가에 이르기까지 〈한림별곡〉을 전범으로 삼아 창작된 예를 살펴보겠다.

1) 위 날조차 몃부니잇고: 한림별곡, 상대별곡, 화전별곡
   위 몃부니시니잇가: 구월산별곡
2) 勸上 景: 한림별곡, 상대별곡
   勸觴 景: 화전별곡
3) 醉흣 景: 한림별곡, 상대별곡
4) 위 듣고야 줌드러지라: 한림별곡
   위 듣괴야 줌드로리라: 화전별곡
5) 위-반갑두세라: 한림별곡
   爲-藩甲頭斜羅: 관동별곡
6) 登望五湖 景: 한림별곡
   登望滄溟 景: 관동별곡
   登覽ㅅ景: 화산별곡
7) 歷覽ㅅ 景: 한림별곡
   歷覽 景: 육현가
   歷訪 景: 관동별곡
8) 携手同遊ㅅ 景: 한림별곡
   携手相遊 景: 죽계별곡
9) 雙伽倻ㅅ고: 한림별곡

雙伽倻琴: 금성별곡1)

"위 날조차 몃부니잇고"는 〈한림별곡〉·〈상대별곡〉·〈화전별곡〉의
첫 연의 끝에 공통으로 나타나는 후렴이다. 2)와 3)은 〈한림별곡〉과 〈상
대별곡〉의 제 4연에 공통이다. 〈화전별곡〉에서는 약간 변형되어 제 5연
에 나타난다. 이 세 노래가 두 연에 걸쳐 동질적인 후렴을 가지고 있는
점을 보더라도 같은 계열의 노래로 보아도 좋다.2) 새로이 관계에 진출
한 금학사의 문생들이나 사헌부의 관료들이 자신들의 득의(得意)함에 호
기(豪氣)를 부리고 있다. 〈상대별곡〉에서는 영웅호걸과 당대의 인재(一
時人才)에 자기네를 빗대고 있고, 〈화전별곡〉에서도 자신의 부류를 당대
의 인걸(一時人傑)에 빗대고 있다. 그리고 세 노래에서 모두 자기들의 호
기를 술좌석(勸上, 勸觴)을 통해 표출하고 있는 점도 동질적이다. 마음껏
취한 유흥적 분위기가 압도적이다. 4)에서는 악공들의 연주를 듣고서야
잠들겠다는 풍류의식을 공통으로 드러내고 있어서, 〈한림별곡〉의 유흥
적 풍류성이 면면히 이어지고 있음을 살필 수 있다.

5) 6) 7)에서는 〈한림별곡〉과 〈관동별곡〉에 공통으로 나타나는 핵심
어들이다. 5)에서 보면, 〈한림별곡〉에 나타나는 '반갑두세라'는 한글이
창제된 이후 악장가사에 실린 표기인데, 그 이전에는 아마 〈관동별곡〉
의 표기처럼 이두로 쓰여졌을 것이다. 6)은 전 4구를 마무리짓는 과정에

---

1) 〈한림별곡〉〈상대별곡〉의 표기는 『樂章歌詞』를 따랐고, 〈구월산별곡〉은 『文化柳氏左
相公派譜』를, 〈관동별곡〉〈상대별곡〉은 『謹齋集』을, 〈화전별곡〉은 『自菴集』을, 〈육현
가〉는 『武陵雜稿』를, 〈금성별곡〉은 『五恨公遺稿』를 따랐다. 그리고 〈화산별곡〉은 『樂
章歌詞』의 표기를 따랐는데, 『악장가사』에는 '登覽ㅅ景'이라 되어 있고, 『世宗實錄』 권
28과 『春亭續集』 卷1, 樂章, 華山曲條에는 '登覽景'이라고 되어 있어 'ㅅ'을 제외하고
표기가 다르지 않았다.
2) 최재남 교수는 '벼슬살이(宦路)와 共樂'이라는 측면에서 이 세 노래가 같은 계열의 노
래라고 했다.(「경기체가 장르론의 현실적 과제」, 『신편 고전시가론』, 새문사, 2002,
233쪽)

서 공통으로 나타나는데, 〈한림별곡〉에서는 봉래·방장·영주 三山이 앞에 제시되고 〈화산별곡〉에서는 봉래·방장·영주 三山이 뒷 부분에 제시되며, 〈관동별곡〉에서는 '轉三山'이라고만 되어 있다. 세 노래에서 모두 三山과 같은 명산에 올라 바다건 오호건 아래를 굽어보는 경치를 읊고 있음을 알 수 있다. 8)에서는 함께 손을 잡고 노는 경치를 읊고 있는데, 〈한림별곡〉의 유락적인 흥취가 〈죽계별곡〉에 그대로 이어지고 있음을 살필 수 있다. 그런데 〈한림별곡〉의 제 7연과 〈죽계별곡〉의 제 4연에는 두드러지게 같은 어휘는 없지만 표현과 시상에서 거의 일치함을 발견할 수 있다.

> 봉래산 방장산 영주 삼산
> 이 삼산의 홍루각에 아리따운 미녀
> 검푸른 머리의 여인 비단 장막 안에서 주렴을 반만 걷고
> 누에 올라 오호를 바라보는 경치 어떠한가
> 푸른 버들 대나무 심겨진 정자에서
> 위 꾀꼬리 울음소리 반갑두세라.(한림별곡 7연)
>
> 초산효 소운영과 노닐던 동산의 좋은 시절에
> 꽃은 난만한데 그대 위해 트인 버드나무 그늘진 골짜기로
> 바삐 다시 오길 기다리며 홀로 난간에 기댔었네, 첫봄 꾀꼬리 울음 속에
> 아아 한 떨기 꽃처럼 흘러내린 푸른 살쩍 끊임없었네
> 타고난 절세미인, 약간 붉어지던 때를
> 아아 천리 밖에서 서로 그리워함은 또 어찌하리오.(죽계별곡 4연)

〈한림별곡〉에 등장하는 미녀는 '綠髮額子의 婶妁仙子'이고, 〈죽계별곡〉에 등장하는 미녀는 '綠雲의 天生絕艷'이다. 두 작품에서 모두 녹발과 녹운 즉 숱이 많고 검은 여인의 머리를 들어 미녀를 비유했다. 검푸른 머리가 이마에 드리운 아리따운 미인과 푸른 살쩍(뺨의 귀 앞에 난 머

리털) 드리운 절세미인3)은 서로 상통한다. 여인은 紅樓閣(한림별곡)에 오르고 欄干(죽계별곡)에 기대어 있는데, 그 주변에는 푸른 버들(柳陰谷, 綠楊)이 그윽한 경치를 이룬다. 이 여인이 머무는 정자나 누각에는 꾀꼬리 울음소리(囀黃鶯, 鶯聲)가 들려온다. 암수가 서로 그리워하듯 선경 속의 여인을 흠모하고 있다. 이처럼 〈죽계별곡〉은 〈한림별곡〉의 정경을 그대로 채용하되, 선녀와 노니는 신비한 분위기를 기생들과의 놀이로 구체화하여 보여주고 있다.

그 외에도 7)에서처럼 〈한림별곡〉의 태평광기 400여 권을 두루 읽는 모습(歷覽)을 차용하여, 〈육현가〉에서는 송대의 성리학을 일으킨 소유부에게 학문습득에 있어 세차고 빠르며 두루 살피는 모습(歷覽)이 있다고 표현하고 있으니, 〈한림별곡〉의 그림자가 16세기 주세붕의 경기체가에까지 드리워지고 있음을 알 수 있다. 주세붕은 벗 정만종과의 술자리를 빗댄 시에서 '高唱元淳文'이라 표현하고 있는데, 이 '원순문'은 〈한림별곡〉 제1장을 부르는 정취를 시 속에 끌어들인 것이다.4) 그리고 9)에서처럼 〈한림별곡〉의 '雙伽倻ㅅ고'가 성종대 박성건의 〈금성별곡〉에도 '雙伽倻琴'으로 차용되었고, 아울러 기녀들과 琴·笛·杖鼓(長鼓)로 즐기는 정경이 동질적임을 발견하게 된다.5)

---

3) 김동욱 교수의 죽계별곡 해석을 좇아 '푸른 살쩍'이라고 했고, 미인의 비유라고 보았다.(『고려후기 사대부문학의 연구』, 상명여대출판부, 1991, 158쪽)

4) 『武陵雜稿』原集 卷1, '奉送鄭公仁甫出按嶺南', "藝林及侍席 試院叨善謔 高唱元淳文 共醉鸕鶿杓"(예림에서는 모시는 자리를 함께 하고, 시원에서는 외람되게 농지거리를 했지. 원순문을 소리 높여 부르고 노자작(술잔)에 함께 취했지) 번역은 최재남, 「경기체가 장르론의 현실적 과제」, 235쪽 참조.

5) 〈금성별곡〉 역시 〈한림별곡〉의 영향 하에 있었음을 다음의 예에서 알 수 있다. 첫째, 〈한림별곡〉이 금의의 문하생 중 벼슬길에 나간 '玉笋門生'을 찬미하듯이, 〈금성별곡〉에서는 작자 박성건의 문하에서 소과에 10명이 급제한 것을 찬미하고 있다. 둘째, 〈한림별곡〉이 취한 가운데의 즐거운 모습을 '醉혼 景'으로 노래하였듯이, 〈금성별곡〉에서는 '醉裡歡場'으로 노래하고 있다. 셋째, 〈한림별곡〉에서 거문고·가야금·비파·해금·장고·피리가 등장하는데, 〈금성별곡〉에서도 이와 유사한 비파·가야금·장고·북 등의

정극인은 가사 〈상춘곡〉을 지은 조선 전기 세종-성종 연간의 작가이다. 그는 말년에 임금의 은혜에 보답하고자 〈불우헌곡〉을 지었는데, 〈한림별곡〉의 음절을 모방해 〈불우헌곡〉을 지었다고 한다.[6] 〈한림별곡〉에 드러나는 향락적 미의식과, 〈불우헌곡〉에 드러나는 도학자적 송도성과는 큰 낙차를 보이지만, 〈한림별곡〉을 창작의 전범으로 삼았다는 점은 큰 의미를 시사한다.

이 〈한림별곡〉은 워낙 유명하여 명나라 사신에게까지 알려졌고 사신들을 대접하는 자리에서도 불렀다고 한다. 그렇다면 경기체가는 국제적인 장르였던가. 우선 『조선왕조실록』의 내용을 들어본다.

尹鳳이 한림별곡을 구하므로 승문원에 명하여 베껴주게 하였다.[7]

이 날 姜玉 등이 황주에 이르니 선위사 成任이 선위례를 행하고 여악을 썼다. 金輔가 말하기를 "내가 본국에 있을 때 기생 玉生香의 집에서 자라며 한림별곡과 등남산곡을 익히어 일찍이 景泰皇帝 앞에서 불렀다" 하고, 즉시 기생 3·4인을 불러 부르게 하고, 말하길 "이 곡은 내가 전에 듣던 것과 다르다"고 하였다.[8]

세종대에 윤봉이라는 명나라 사신이 왔는데 〈한림별곡〉을 구하니 베껴주었다고 하고, 성종대에 강옥과 김보 등이 왔는데 김보가 기생들로

다양한 악기가 등장한다. 넷째, 〈한림별곡〉에서는 '一枝紅의 빗근 笛吹'가 나타나는데, 〈금성별곡〉에서는 '橫吹玉笛'(玉笛을 비스듬히 부는 모습)이 등장한다. 전체적 미의식에서 유락적인 측면(한림별곡)과 단정한 흥취(금성별곡)로 나뉘지만, 매우 유사한 시적 장치를 지니고 있다.

6) 每念天恩罔極 倚高麗翰林別曲音節 作不憂軒曲(『不憂軒集』, 行狀)

7) 尹鳳求翰林別曲 命承文院書寫以與之(『世宗實錄』 卷 27, 7年 3月 癸酉)

8) 是日 姜玉等至黃州 宣慰使成任 行宣慰禮 用女樂 金輔曰 吾在本國時 長於妓玉生香家 習翰林別曲及登南山曲 嘗於景泰皇帝前唱之 卽招妓三四人唱之曰 此曲與吾前所聞異矣(『世祖實錄』 卷46, 14年 4月 庚寅)

하여금 〈한림별곡〉을 부르게 하고 자기가 전에 듣던 것과 다르다는 평
을 했다고 한다. 특히 김보는 〈한림별곡〉을 잘 알고 있어 중국 황제 앞
에서 이 노래를 부른 적도 있다고 했다. 이를 두고 박경주 교수는 "〈한
림별곡〉은 그 연행이 활발하여 명나라에까지 알려졌고 그 때문에 사신
들을 대접하는 잔치에서도 자주 불렀다"[9]고 했다. 그런데 우리는 김보
가 '본국에 있을 때'라는 대목에 주목해야 한다. 이 본국은 다름 아닌
조선이다.

尹鳳은 스스로 "나는 아홉 살 때부터 이빈의 집에서 자라다 20여 세에
입조했다"[10]고 했고, 또 "처음 이빈의 집에서 자라다 드디어 선발되어
명에 들어갔으니 기축년이었고, 사신이 되어 돌아왔다"[11]고 했다. 윤봉
은 20여 세에 京火者로 선발되어 명나라로 들어간 환관이었다. 그는 瑞
興 출신이었는데 자신의 고향을 도호부로 승격해 달라고 왕에게 부탁하
여 허락을 받은 적이 있다.

姜玉은 "나는 본디 본국의 백성이다"[12]고 했고, 또는 "우리는 원래 본
국의 노비였다.……소인 등은 노예의 천한 몸이다"[13]라 했다. 강옥 등이
명나라 황제의 칙서를 가지고 궁궐에 당도하자 사신들을 왼 편에 서게
하고, 왕 자신은 오른 편에 서서 칙서를 받는 예를 차리자, 강옥은 왕에
게 과분한 처사라고 하면서 자신이 원래 朝鮮의 노비였으니 왕께서는
북쪽에 자리하여 칙서를 받아달라고 권한다. 이 즈음에 온 명나라 사신

9) 박경주, 「한림별곡의 연행방식과 향유층」, 『한국고전시가작품론』 1, 집문당, 1992,
   378쪽. 임주탁도 위의 견해와 비슷한데, 윤봉·김보 등을 명에서 파견한 '한림원 출신
   관료'라고 하고, 이들이 "유림의 官司인 한림원의 노래로 향유할 목적"으로 〈한림별곡〉
   에 관심을 두었다고 하였다.(「조선초기 사용 악가·악사에 함축된 사상」, 『시가사와 예
   술사의 관련양상』, 한국시가학회편, 보고사, 2000, 232쪽)
10) 予自九歲育於李彬家 二十餘入朝(『世宗實錄』 卷 27, 7年 2月 丙辰)
11) 初鳳長於彬家 遂選入于明歲己丑 奉使而還(『世宗實錄』 卷 27, 7年 2月 甲寅)
12) 元是 本國百姓(『世祖實錄』 卷 46, 14年 4月 壬寅)
13) 我等元是本國奴僕……小人等奴隷之賤(『世祖實錄』 卷 46, 14年 4月 辛丑)

은 조선 출신의 환관이 많았다. 그들은 본국에서 당한 설움 탓인지 사신으로 파견되어서는 왕에게 거만하게 굴고, 무리한 요구를 하여 조정을 괴롭혔다. 그런데 강옥은 왕에게 겸손한 편에 속했다. 그의 고향은 공주였다.

함께 온 金輔는 황제에게 바칠 공물을 무리하게 청탁하고 오만하게 군 흔적이 여러 군데 나타난다. 그는 아버지 純福이 후처와 살면서 어머니를 박대함에 분노하여, 아버지를 만난 자리에서 아버지를 심하게 구박하고 어머니를 따로 살게 조치한다. 강옥 등은 "명나라에 입조한 환관 尹鳳 金興 崔安 등의 부형을 만나 그들이 보낸 서신과 선물을 전하길 원한다"[14]고 했다. 여기서도 세종대에 온 사신 윤봉이, 환관으로 보내기 위해 선발되었던 火者임을 알 수 있다.

그러니 윤봉과 김보 등이 〈한림별곡〉을 잘 아는 것은 조선 출신이었기 때문이지, 이 노래의 연행이 활발하여 명나라 사신도 잘 알고 있었던 바는 아니다. 우리는 여기서 몇 가지 중요한 사실을 발견할 수 있다. 우선 김보가 기생 옥생향의 집에서 컸기 때문에 〈한림별곡〉을 잘 알고 있었다는 것은, 조선조 세조 즈음 왕실뿐만 아니라 일반 사대부가에서 이 노래가 널리 애호되었기 때문에, 연향을 담당하는 기녀들이 이 노래를 잘 알고 있었고 기녀의 집에서 자란 김보도 이 노래를 알았다는 정황을 말해준다. 그리고 세조 14년에 다시 〈한림별곡〉을 듣고는 곡조가 다르다고 했으니, 이 즈음에 〈한림별곡〉의 곡조가 많이 달라졌음을 의미한다.

윤봉이 〈한림별곡〉의 가사를 원하여 승문원[15]에 명하여 베껴주었다

---

14) 姜玉等 謂館伴曰 欲見入朝火者尹鳳金興崔安…父兄 傳其書契與物(『世祖實錄』卷 46, 14年 4月 癸酉)

15) 유생들이 처음 과거에 오르면 4館에 나누어 속하게 하고 '許參免新之禮'가 있게 되는데, 이때 〈한림별곡〉을 노래하는 것이 옛부터 내려오는 풍습이었다고 한다.(『成宗實錄』卷 58, 6年 8月4日) 여기에서 4관이란 藝文館·成均館·校書館·承文院이다. 승문원

는 이 짧은 기사에는 경기체가의 향유층을 가늠하게 하는 비밀이 숨겨
있다. 윤봉은 이빈의 집에서 자랐다고 했다. 이빈은 윤봉의 노고를 인정
하여 그의 동생인 尹重富에게 乙德이란 여자 노비를 주었다.16) 이빈은
判書였는데 후에 죄를 지어 주살당했다고 한다. 자신이 판서의 집에 가
서 자랐고, 그의 동생이 노비를 거느린 것으로 보아, 윤봉은 가난한 서
민 출신이 아니었던가 한다. 윤봉은 명나라 환관으로 들어가기 전에 판
서 이빈의 집에서 10여 년을 살았는데, 그 기간 동안 이빈이 즐겨 들었
던 〈한림별곡〉을 이미 알고 있었던 듯하다. 그가 사신으로 조선에 와서
그를 맞이하는 연향에서 여악을 듣고 갑자기 〈한림별곡〉에 관심을 가졌
다고 보기에는 무리가 있다. 노비 출신인 김보가 〈한림별곡〉을 잘 알고
있었기에, 후에 사신으로 조선에 돌아와 이 노래에 관심을 가진 것과
같은 이치라고 보면 좋다. 특히 〈한림별곡〉의 곡조는 관료층에 국한되
지 않고 보다 폭넓은 계층에게 유행되었을 것으로 사료된다. 그러므로
광범한 사대부층과 그들의 부속 집단, 그리고 기녀, 일부 승려들이 〈한
림별곡〉을 비롯한 경기체가의 향유층이었을 것이다.

한 가지 더 주목할 것은 김보가 명나라 황제 앞에서 〈한림별곡〉을 불
렀다는 사실이다. 경기체가가 한문투로 이루어졌기 때문에 이 곡을 쉽
시리 중국식 발음으로 옮겨 황제 앞에서 부를 수도 있을 것이다. 그러나
경기체가는 한문투에 우리말이 뒤섞여 있고, 후렴은 우리말로 종결되는
것이어서 중국의 궁실에서 통용될 성질의 것이 아니다. 더구나 〈한림별
곡〉은 당악과 구분되는 우리 속악의 곡조이다. 그러니 경기체가는 중국
문학의 아류가 아니라 당연한 우리의 음악이고 우리의 문학이다.

〈한림별곡〉이 왕실과 사대부뿐만 아니라 기녀들과 그 부속집단에까

은 〈한림별곡〉을 잘 알고 있던 곳이기에 명하여 베껴주도록 한 것이다.

16) 彬論鳳幼時勞 贈與鳳弟重富婢乙德 及彬被誅 沒入于官(『世宗實錄』卷27, 7年 2月
   甲寅)

지 알려졌다는 것은 경기체가의 향유층이 우리가 생각하는 것보다 넓었음을 가늠케 하는 바이다. 윤봉과 강옥·김보 등 명나라 환관들이 본디 조선의 양반가 혹은 기생집의 노비이거나 가속이었다는 사실과 이들의 〈한림별곡〉 향유라는 '미시사'를 통해 당대 문학의 수용양상을 더듬어 볼 수 있다는 점은 매우 중요하다고 하겠다.

〈한림별곡〉은 경기체가 갈래의 첫 작품이면서 대표 작품이 되었고, 후대 경기체가에 끼친 영향은 실로 지대하다. 다른 갈래에서는 한 작품이 갈래 전체에 이처럼 군림하는 예는 없을 것이다. 후대 경기체가를 창작하는 경우 그처럼 〈한림별곡〉에 견인된 이유는 무엇일까. 〈한림별곡〉 내에 경기체가 고유의 '작시법'이 내재된 때문은 아니었을까. 갈래의 전범이 되어 경기체가 창작의 길을 열어준 것이 〈한림별곡〉의 빛 또는 후광이었다고 한다면, 지나치게 한 작품에 견인된 바는 〈한림별곡〉의 그늘이 너무 길게 드리워진 바라 하겠고, 이 때문에 〈한림별곡〉을 능가하는 좀더 참신하고 발랄한 작품의 창출이 제어되었다. 아울러 한문투를 탈각하고 우리말 문학으로의 진전된 장르변화가 차단되었던 것은 아닐까 한다.

3. 조선 전기의 주도적 장르로서의 경기체가

현재 남아 있는 경기체가는 고려말 세 작품뿐이고, 다수의 작품이 조선조에 들어 창작되었다. 그리고 조선 전기에 창작된 작품은 대부분 궁중악으로 쓰였다. 예조에서 만든 작품들이 대부분 악장에 쓰였지만 개인 창작의 작품도 악장으로 쓰였다. 이런 사정을 볼 때 속요와 경기체가는 고려후기에 융성하여 조선전기까지 지속적으로 주도적 장르의 위치를 점하고 있다.

윤봉, 강옥, 김보 등 명나라 사신은 실제 우리나라의 환관 출신이었는데, 이들이 조선에 와 〈한림별곡〉을 구했던 시기는 세종-세조 연간이다. 〈화산별곡〉〈가성덕〉〈축성수〉〈오륜가〉〈연형제곡〉 등 악장으로 쓰인 경기체가가 지어진 것도 세종 연간이다. 그리고 〈서방가〉〈미타찬〉〈안양찬〉〈미타경찬〉〈기우목동가〉 등 불교가요 5수도 세종-세조 연간에 지어졌다. 당시에 경기체가가 전성기를 맞고 있었음을 확인시켜 준다.17) 어떻게 사대부의 전유물이라 할 경기체가가 승려들에 의해 지어졌는가. 그리고 조선전기 숭유배불정책을 강력하게 시행하면서 불교탄압이 극심하던 때에 어떤 영문으로 불교적 경기체가가 지어질 수 있었는가.

조선왕조는 개국초부터 강력한 배불정책을 시행하였으나, 왕실의 안녕을 위하여 문소전에 내불당을 지어 비빈과 궁녀들의 불교신앙을 유지시켰다. 세종대에는 왕비 소헌왕후가 불심이 돈독하여 궁중에서 불교의식을 거행하였는데, 집현전 학사들의 혁파 상소에 밀려 내불당을 궁중 밖으로 옮겨 정업원으로 개칭하였다. 세종은 태종대에 이어 배불정책을 꾸준히 추진해 나갔다. 세종은 1422년 이후 사찰과 산천에 사람을 보내어 복을 비는 의식과 경행의식을 중지시켰고, 종단을 통폐합하여 선교 양종으로 줄이고, 승려의 도성 출입을 금지시키기도 했다. 세종 26년(1444)에는 유교이념의 강화와 정착을 근본 목적으로 음사를 금하는 '금음사조례(禁淫祀條例)'를 만들어 시행하였다. 우선 부모제사를 무당에게 맡기는 자를 징치하였으며, 이는 유교적 제사의 근본이 조상제사임을 명백히 하고, 이를 어기는 사대부를 강력히 제재하는 법률로서, 지배질

---

17) 박경주, 『경기체가 연구』, 이회, 1996, 87쪽. 이 시기 다수의 악장계 경기체가가 지어지는 이유는 세종 대에 대대적인 악의 정비가 있었기 때문이고, 불교계 경기체가가 지어지는 이유는 세종-세조 연간에 불교탄압이 외형적으로 진행되었으나, 왕실 내에서는 수륙제나 기신제와 같은 불교의례가 지속되었던 때문으로 보인다.

서의 기초를 명확하게 밝히고자 함이었다. 무당 제사뿐만 아니라 사찰에서 행해지는 사대부의 불교의식(부모가 죽은 후의 천도제)도 이 시기에 강력하게 제어하고 있었다. 그러나 오랜 기간 관습으로 내려온, 왕실을 비롯한 사대부가의 불교의식은 쉽게 근절할 수 없었다.[18]

조선전기 국가는 유교적 지배이념을 강화하고 있었지만, 왕실과 사대부가에서는 여전히 불교의례가 지속되고 있었으며, 우리가 상식처럼 여기는 유교이념 국가의 실현, 유교의례의 보편화는 쉽게 정착하지 못하였다. 조선전기 왕실과 사대부가의 의례는 유교를 강화해 나가는 분위기 속에서도 불교가 아직 그 명맥을 유지하는 상황이었다. 그러므로 5수의 불교적 경기체가도 이들을 수용 대상으로 지어졌을 것이다. 우리는 여기서 〈미타찬〉 등 세 수의 노래를 지은 함허당 기화에 주목해야 한다.

기화는 어린 나이에 성균관에 들어가 경학과 문사를 익힌 것으로 보아 본래는 사대부의 자제였을 것으로 보인다. 그는 自超의 법을 잇는 선승이었다. 선승은 신흥사대부와 같이 향리 출신으로 서로 문화적인 수수관계를 지니고 있었고, 그래서 선승들도 경기체가에 익숙할 수 있었다. 아울러 신흥사대부들은 선승들이 창출한 가사를 후에 받아들여 그들의 장르로 발전시켰다. 기화는 이런 경로로 경기체가를 잘 알고 있었을 것이다. 그리고 기화는 무학대사의 제자로 왕실과 연관을 맺고 있었고, 1421년에는 세종의 청에 의해 개성 大慈寺에 머물면서 先妣大妃의 명복을 빌고, 왕과 신하들을 위해 설법하였다. 배불론의 분위기 속에서 유교·불교의 會通을 노력했던 기화는 불교 수호를 위해, 왕실과 사

---

18) 허남춘, 「음사로 정의된 기층신앙의 실체 연구」, 『인문과학』 31집, 성균관대 인문과학 연구소, 2001, 483-499쪽. 왕실을 비롯한 士庶의 불교의식인 수륙제와 기신제도 계속 혁파의 대상이 되어 논의되지만, 중종-선조 연간까지 계속 그 의식이 광범위하게 지속되고 있다.

대부에게 그들의 익숙한 장르인 경기체가를 수단으로 삼아 포교용 가요를 지었을 것으로 본다.

주지하다시피 경기체가는 조선초 궁중 악장으로 쓰인 바 있다. 〈가성덕〉〈축성수〉 등의 악장문학은 '찬탄과 찬미의 주제성'을 더욱 강화하여 왕실 찬양의 이념적 극대화로 나아갔다. 악장을 본뜬 〈미타찬〉 등 5수의 노래 역시 부처 찬양, 정토세계 찬양의 이념성이 강하게 드러난다. 내불당의 불교의식에서는 왕비를 비롯한 왕실의 여성들을 위해 이 노래가 불려졌을 가능성이 높다. 祖宗의 위패를 모시는 불교제의인 기신제에서도, 조종의 왕생을 기원하기에 앞서 '부처에 공양'을 하기 때문이다. 기신제는 국가적인 제사였고 폐지의 주장이 있었지만 조선중기까지 지속된다.[19] 조종의 왕생을 기원하는 천도제라면 당연히 '미타왕생'을 내용으로 하는 이 〈미타찬〉류가 쓰일 공산이 크다. 그리고 박경주 교수가 지적하듯이, 기화는 염불을 통한 왕생사상을 지식층에게 접근할 수 있는 방편으로 여겼다.[20] 여기서 지식층이라 함은 바로 왕실을 비롯한 사대부가를 의미하는 듯하다. 이처럼 조선전기라는 유교적 지배이념의 정황 하에서도, 전대의 관습이 궁중을 비롯한 사대부가에 뿌리 깊게 남아 있었고, 불교적 경기체가도 나름의 전승통로를 지니고 있었다.

경기체가뿐만 아니다. 고려조에 융성했던 俗謠도 역시 조선 전기 내내 궁중악으로 쓰였다. 조선 건국 후 세종·성종·중종 대에 특히 개찬과 폐지의 견해가 두드러졌고, 신악장으로 대체하려는 노력도 있었지만

---

19) 조종의 위패를 목욕시켜 편문으로 인도해 들이고 正路를 통하지 않으며, 부처에게 마지를 올리고 중에 대한 공양을 마치기를 기다려 비로소 신위에 제사를 지낸다.(『中宗實錄』卷7, 中宗 3년 3월, 丁未條) 중종대의 기신제를 非禮라 비판하였고, 왕실이 수륙제를 지내며 불교행사를 허용하면 백성도 이단에 빠지게 될 것을 염려하여, 그 혁파를 주장하였다. 이런 결과 중종대에 수륙제와 축수제는 폐지하였지만, 기신제는 폐지하지 못하였다.

20) 박경주, 『경기체가 연구』, 93-94쪽, 194쪽.

속요는 일방적으로 개작되거나 산개되지 않았다. 속요와 경기체가는 조선 조 200여 년 동안 지속되었다. 속요가 음사니 남녀상열지사니 하여 비판의 대상이 되었지만 중종 연간까지 궁중의 의식이나 연향에서 계속 사용되었다. 강명관은 개찬의 논의가 끊임없이 드러나는 조선조의 실상을 조선왕조실록의 기사를 통해 자세히 언급하고 있는데, 조선조 200여 년간 고려가요(속요와 경기체가)가 지속적으로 수용된 점을 들어 시조가 본격적인 역사장르로 등장하게 된 시기를 16세기 중반으로 상정하고 있다.[21]

시조를 악곡으로 접근한다면, 16세기 초에 시작되었다는 견해도 있다. 권두환 교수는 15세기 일부 사대부계층에 의해서 '대엽조' 악곡에 노랫말을 얹어 부르는 시조창법의 관행이 이루어졌다고 하고, 이 노랫말은 하층문화권에서 향유되던 심방곡 같은 민요의 노랫말이 상승하였을 것으로 보고 있다.[22] 이런 새로운 견해들로 인해 시조는 '16세기 이전까지는 고려가요나 경기체가의 그늘 속에서 다소 위축된 모습'[23]이라는 주장이 설득력을 얻어 가는 추세라 하겠다.

경기체가와 시조가 서로 그 표현구를 공유하는 장르 전환기의 현상을 우선 살펴보면 위의 논지가 더욱 명료해질 것이다. "千歲乙 世伊小西 － 萬歲乙 世伊小西"란 표현은 〈화산별곡〉 5연과 7연의 후렴인데, '천세를 누리소서, 만세를 누리소서'의 이두식 표현으로, 시조에도 자주 등장하는 관용구이다.

---

21) 강명관, 『조선시대 문학예술의 생성공간』, 소명, 1999, 81쪽. 이 외에도 정출헌, 「고려가요의 층위와 그 전승양상」, 『민족문학사연구』 13호, 민족문학사연구소, 1998. 길진숙, 「조선전기 예악론의 추이와 국문시가론 정립양상」, 이화여대 박사논문, 1999. 김창원, 「조선전기 시조사의 시각과 경기체가」, 『한국시가연구』 9집, 한국시가학회, 2001. 등에서 같은 시각을 볼 수 있다

22) 권두환, 「시조의 발생과 기원」, 『신편 고전시가론』, 새문사, 2002, 321쪽.

23) 최용수, 「주세붕의 경기체가 연구」, 『배달말』 30, 배달말학회, 2002, 289쪽.

千歲를 누리소셔 萬歲를 누리소셔
무쇠기동에 솢픠여 여름이 여러 싸드리도록 누리소셔
그밧긔 億萬歲 外에 쏘 萬歲를 누리소셔(六靑 493)

이 송도의 주제 표현방식은 사실 고려말·조선초 궁중악에 보편화되
어 있던 것들이다. 아악·당악·속악에 두루 나타나는 송도의 표현구로
는 "萬壽無疆" "宗社萬年" "天子萬年" "天子萬福" "天子萬壽" 등이 있다.
속요의 후렴에도 '太平聖代'(가시리), '遠代平生'(만전춘), '先王聖代'(정석
가)의 4자의 표현구가 있는데, 속요가 궁중악으로 상승한 뒤 궁중의 악
공이 송도적 표현구를 넣어 편사한 흔적이다.[24] 특히 '무쇠 기둥에 꽃이
피고 열매가 열어 따 드릴 때까지 왕조가 번성하기를 기원'하는 그 '불가
능의 역설'적 수사는 속요의 특징이라 하겠고, 〈정석가〉의 '옥으로 연꽃
을 새겨 바위에 접주하고, 그 꽃이 필 때까지 님과 함께 하기를 기원'하
는 표현에 비근하다.[25] 그것이 궁중악의 보편적 송도성이라고 할 수도
있지만, 한편으로는 속요의 표현상 특징이 경기체가를 거쳐 시조에까지
영향을 주었다고 보아야 옳다.[26] 경기체가는 '찬탄과 찬미의 주제성'을

---

[24] 민요가 상층문학에 영향을 주었듯이, 상층문학도 민요를 비롯한 하층문학에 영향을
준 점도 있을 것이다. 이런 한자 송도구가 바로 그 예에 해당할 수 있다. 한편 이런
후렴구가 민요에도 다수 있을 것이다. 그러니 노래의 주제와 동떨어진 후렴이 덧붙어진
경우이기 때문에 궁중에서 편사한 흔적으로 볼 수밖에 없다. 그리고 〈사모곡〉의 경우
"호미도 놀히언 마르는/ 낟그티 들리도 업스니이다/ 아바님도 어이어신 마르는/ 위 덩
더둥셩/ 어마님그티 괴시리 업세라/ 아소님하 어마님그티 괴시리 업세라"에서 호미와
낫에 아버지와 어머니의 사랑을 비유하는 것은 민요적 정서임에 틀림없다. 그러나 민요
의 경우 호미와 낫을 비유한 다음(2구의 뒤)이거나, 아버지와 어머니의 사랑을 노래한
다음(4구의 뒤)에 여음이 와야 어울리는데, 여기서는 3행 뒤에 끼어 있다. 마치 아버지
와 어머니의 잠자리에 끼어든 철없는 어린애 같다. 이 경우도 궁중에서 편사한 흔적이
다. 민요의 4구를 전 4구, 후 2구의 궁중악으로 만들기 위해 후 2구는 '아소 님하'란
속요의 보편적 후렴구를 넣고 반복하였다.

[25] 이에 대한 자세한 논의는 허남춘, 「정석가의 표현미와 시간의식」, 『한국고전문학연구』,
민속원, 2002, 164–168쪽 참조.

[26] 조선 전기 경기체가와 속요의 왕성한 전승과정을 염두에 둘 때, 둘은 서로 경쟁적

특징으로 하고 있는데, 조선초 왕실 찬양과 왕에 대한 축수(祝壽) 같은 송도성을 강화시켜 보여준다. 이 경기체가가 속요와 함께 속악에 편재되어 있었기 때문에, 속요가 지닌 송도성의 영향을 받았을 가능성이 있다. '祝壽萬年', '天下大平' '三呼萬歲'(가성덕), '萬福無彊'(엄연곡)의 표현도 위의 특징과 연관되어 생성되었다. 그리고 궁중 악장문학의 송도적 표현은 아악이나 당악에 풍부하다고 하지만, 우리말 가요에 관한 한 속요와 경기체가가 시조에 지대한 영향을 주었을 것이 당연하다.

중종대의 김구는 〈화전별곡〉의 작가이다. 그는 조광조의 문인으로 기묘사화에 연루되어 중종 14년(1519) 개령에 유배되었다가 남해로 이배되었는데, 그곳 남해의 경치와 풍류를 읊은 것이 이 〈화전별곡〉이다.

관계에 놓여 있으면서도 보완적인 관계를 갖기도 한다. 속요에서 출발한 향락적 서정의 미의식이 경기체가에 그대로 나타나고 조선 전기 경기체가에까지 지속된다. 그리고 경기체가에는 속요와 유사한 표현구까지 나타남을 살필 수 있다.
　가) 너는 됴ᄒᆞ녀―난 됴ᄒᆞ이다(상대별곡) 너ᄂᆞᆫ 됴ᄒᆞ냐―나ᄂᆞᆫ 됴하ᄒᆞ노라(화전별곡) 나ᄂᆞᆫ 됴해라(서방가)
　나) 我隱 伊西爲乎伊多(관동별곡)
　다) 하ᄂᆞ리ᅀᅳᆷ 밋 ᄋᆞ시리이다(구월산별곡)
　가)의 '나는 좋아하노라'라는 표현구는 〈유구곡〉의 '버곡댱이사 난 됴해'와 유사함 표현구이다. 물론 중종대의 화전별곡은 한림별곡과 상대별곡을 모방한 창작이라 하지만, 속요가 중종대의 심한 개찬 압력으로 궁중에서 위축되기 이전의 사정으로 볼 때 역시 그 영향이 있었던 것이라 하겠다. 이를 제외하더라도 조선 전기에는 속요의 표현이 주변 장르에 어느 정도 영향을 주었다고 보인다. 나)의 이두식 표현은 〈정과정곡〉의 '난 이슷ᄒᆞ요이다'와 같다. 자신을 자연물에 투영시켜 강렬한 심정을 회고적 정서로 호소하는 데 쓰이던 이 표현구가 〈관동별곡〉에도 보인다. 삼일포와 사선정과 같이 화랑의 전설이 깃든 곳에서 안상과 술랑의 자취를 회고하고 있는데, 소나무 끝에 매달린 조각달을 쳐다보면서 "그 고운 모습이 비슷하오이다"라 하고 있다. 화랑을 달에 투여시켜 자아내는 회고적 분위기가 유사하다. 다)는 〈정과정곡〉의 '殘月曉星이 아ᄅᆞ시리이다'와 유사하다. 앞에 하늘 혹은 천체(해, 달, 별)를 두고 맹세하는 형식이 그대로 이어진다. 그리고 〈정과정곡〉이 자신의 결백을 임금에게 하소연하는 忠君의 심정을 드러내고자 맹세하였듯이, 〈구월산별곡〉에서도 '思君不忘 一片丹心'의 심정을 드러내고자 하늘에 맹세하고 있으니, 그 주제적 지향 또한 같다고 하겠다. 그 반대의 경우도 상정할 수 있는데, 경기체가가 속요에 영향을 끼친 점도 있을 것이다. 〈만전춘〉에서 '녀닛 景'이라는 것은 경기체가의 영향을 받은 것이고, 이 노래의 4음보도 경기체 혹은 시조의 영향을 받은 부분이라 추정된다.

이보다 앞선 시기에 중종과 만나 가곡(시조)을 지어준 일도 있었다. 김 구가 옥당에서 당직을 서며 글을 읽고 있는데 임금이 찾아와 글 읽는 소리가 청아하니 자신을 위해 가곡을 지어 불러달라고 청하여, 김구가 시조 두 수를 지었다고 한다.[27] 한 수는, 가곡으로 불린 초유의 노래로 알려진 〈심방곡〉과 유사한 작품이고, 다른 한 수는 아래와 같다.

> 올히 댤은 다리 학긔다리 되도록애
> 거믄 가마괴 해오라비 되도록애
> 享福 無彊호샤 億萬歲롤 누리소셔(自庵集 5)

이 시조는 앞에서 인용한 '千歲룰 누리소셔 萬歲룰 누리소셔'의 표현 과 흡사하다. 더구나 '무쇠 기둥에 꽃이 피는 오랜 시간'을 제시하듯이, 여기서는 '오리의 짧은 다리가 학의 다리가 되고, 검은 까마귀가 흰 해 오라비가 되는 불가사의한 시간'을 제시하여 임금을 축수하고 있다. '억 만세를 누리소서'라는 표현은 조선조 악장문학과 여타 송도시에 자주 등장하는 유행구이다. 이렇게 경기체가의 작가가 경기체가를 비롯한 악 장문학에서 익숙한 표현을 가져다 시조 창작에 쓴 사정을 감안한다면, 이 당시가 두 장르의 교체기라 추단할 수 있다. 경기체가도 이 즈음에 이르면 각 행이 3음보에서 4음보로 이행하고 있있다.[28]

---

27) 『自庵集』 卷2, 短歌. 上曰 誦聲淸雅必善歌曲 其爲予歌之 先生詭而對曰 此日聖恩逈 出今古 不可以古之歌奏 又不可以今之曲 臣願自製以奏 遂爲之(임금께서 말하길 "글 읽는 소리가 청아하니 필시 가곡에도 능할 것이다. 나를 위해 노래를 불러다오"라 하자, 자암이 꿇어앉아 대답하길 "오늘과 같은 일은 고금에도 드문 일이오라 옛 노래를 부르는 것도 또 지금의 노래를 부르는 것도 불가합니다. 원컨대 신이 스스로 지어 부르겠습니 다"라 하고 이 노래를 불렀다). "나온다 今日이야 즐거온다 오늘이야/ 古往今來에 數 업슨 今日이여/ 每日의 오늘 굿투면 무슴 셩이 가싀리"(권두환, 「시조의 발생과 기원」, 319쪽의 번역 참조)

28) 중종대 주세붕의 〈태평곡〉 〈도동곡〉 〈육현가〉 〈엄연곡〉이 그러하다. 조선전기에 속요 를 근원으로 하는 〈사룡〉(죠고만 실빅암이) 〈북전〉 〈한송정〉과 같은 시조도 나타나는

우리가 일반적으로 알고 있듯이 조선조 건국과 더불어 시조·가사의 시대가 전개된 것은 아니다. 고려말에 발생한 시조와 가사는 조선조에 들어서 활발한 창작이 이루어진 것으로 보는 것이 그간의 문학사 서술 태도였다. 그러나 한 왕조가 들어서며 모든 문화적 현상이 바뀌는 것은 아니란 점을 신라에서 불려지던 사뇌가 고려 전기까지 유행한 정황에서도 알 수 있다. 시조와 가사의 주된 담당층은 사림파였고, 이들이 주도적 지식인 그룹으로 성장하는 16세기에서부터 시조와 가사는 본격적으로 등장한다. 16세기의 대표적 지식인인 퇴계는 쌍화점 제곡과 한림별곡류에 대한 언급을 하며 사대부의 문학적 교양을 시조 쪽으로 견인하고 있다.

> 우리 동방의 가곡은 음란하여 족히 말할 수 없으니, 한림별곡과 같은 류는 문인의 입에서 나왔지만 긍호방탕하고 설만희압하여 더욱 군자가 숭상할 바가 못 된다. … 오늘의 시는 옛날의 시와 달라서 읊을 수는 있지만 노래하기는 어렵게 되었다. 이제 만일 노래를 부른다면 반드시 이속의 말로써 지어야 할 것이니, 이는 대체로 국속음절이 그렇지 않을 수 없기 때문이다.[29]

퇴계는 당대의 사대부들이 〈쌍화점〉과 같은 속요를 즐겨한다는 언급도 한 바 있는데, 그 이유는 '읊을 수는 있으나 노래 부를 수 없는'(可詠而不可歌) 한시류에서 얻을 수 없는 흥취를 노래 부를 수 있는 속요나 경기체가에서 구했기 때문이다. 이를 통해서 우리는 16세기 전반까지 사대부의 술자리에 속요와 경기체가가 자주 쓰였고, 시조보다는 속요와 경

데, 역시 3음보에서 4음보로 이행하는 동질적인 현상이라 하겠다. 또한 시조는 '경기체가 후소절과 동일한 악곡'이라 하여 그 장르적 긴밀성이 논해진 바 있다.(김창원, 「조선 전기 시조사의 시각과 경기체가」, 333쪽)

29) 吾東方歌曲 大抵多淫哇不足言 如翰林別曲之類 出於文人之口 而矜豪放蕩 兼以褻慢 戱狎 尤非君子所宜尙 … 今之詩 異於古之詩 可詠而不可歌 如欲歌之 必綴以俚俗之語 蓋國俗音節 不得不然也(『退溪全書』, 陶山十二曲跋)

기체가에 흥겨워하는 정황을 읽을 수 있다. 고려의 노래가 살아남을 수 있었던 것은 어쩌면 사대부들이 '노래문화의 다양성'을 확보하고 있었기 때문일 수도 있다. 하지만 퇴계는 〈한림별곡〉을 비롯한 경기체가가 지나치게 호방함을 자랑하고 방탕하고, 외설적이고 거만하게 굴며 친압하며 노는 가사가 많기 때문에 사대부들이 금기로 삼아야한다고 한다. 그리고 〈이별육가〉와 같은 시조는 경기체가보다는 낮지만 세상을 희롱하고 공경하지 않는(玩世不恭) 도가적인 풍모가 있어 자신이 온유돈후한 주제의 〈도산십이곡〉을 짓게 된 사정을 적고 있다.

16세기 초반은 서서히 속요와 경기체가를 대체하여 〈어부가〉와 〈이별육가〉와 같은 시조가 융성하기 시작하였다. 15세기에도 시조가 일부 창작되긴 하였지만 아직은 주도적인 장르로서 성장하지 못했고, 16세기 사림파의 등장과 더불어 향락적인 고려 장르는 서서히 밀려나고 자기수양과 도학을 강조하는 시조가 떠오른다. 퇴계가 속요와 경기체가를 직접 거론하며 비판에 나선 것은 이 두 고려 장르가 아직도 사대부적 교양의 일부라는 의미이다. 그래서 성기옥 교수는 "적어도 성종·중종 대에 이르기까지 상층 지식인들이 향유할 만한 세련된 노래문화는 왕실 음악 외에 이렇다 할 다른 무엇이 뚜렷하게 형성되어 있지 못했다."[30]고 하여 그 전환기적 실상을 명료하게 언급하였다.

16세기까지 지속적으로 창작된 경기체가는 〈한림별곡〉이 추구했던 주제의식과 미의식에서 이탈하며, 자기 수양·교화·윤리·안빈낙도의 주제의식과 절제미학을 지향하게 된다. 이런 변화는 주변 시조 장르의 영향도 있겠고, 훈구파를 대신한 사림파의 세계관이 반영되는 추세 때

---

30) 따라서 왕실에서의 공식연이나 사연, 나아가 왕실 밖에서 향유된 사대부들의 연회자리에 이르기까지, 노래 향유의 모든 레퍼토리는 왕실음악이 중심을 이루고 있었던 셈이다. 16세기 이후 사대부들의 노래문화가 이 시기에 들어 서서히 독자적으로 분화되기 시작한다.(성기옥, 「악학궤범과 성종대 속악 논의의 행방」, 『시가사와 예술사의 관련양상』, 보고사, 2000, 264쪽)

문이기도 하겠지만, 경기체가 자체의 역동성에 기인하기도 한다. 그래서 16세기 중반부터는 사대부의 교양으로서 서서히 시조가 부각되기 시작한다.

경기체가가 조선 전기 궁중악장으로 애호되며 많은 작품이 지어진 점, 사헌부 등 사관(四館)의 연회에서도 불린 점, 사대부가의 사적 연회에서도 쓰이게 되어 그 집안의 부속집단(윤봉과 김보 같은 명나라 사신들이 애초 사대부가의 노비 혹은 더부살이였다)도 잘 알고 있었던 점, 불교계 경기체가도 조선전기 궁중의 불교의례에 쓰인 점-이런 여러 가지 정황을 보더라도, 15세기에서 16세기 초반까지 경기체가가 전승되고 주도적인 문학으로서의 위치를 점하고 있었다. 14세기 만대엽에서 시조가 발생하고, 15-16세기 유행하기 시작하면서 서서히 그 주도권을 갖게 되었고, 경기체가와 음악적으로 친연성이 있는 시조가 경기체가를 대체하였다. 경기체가는 300-400년의 장르 지속을 마감하고 쇠퇴의 길을 걷게 되며, 서서히 그 주도권을 시조에 내주었음을 알 수 있다. 그러므로 15-16세기의 문학의 판도를 새롭게 인식할 필요가 있다고 생각한다.

4. 도락적 · 유락적 미의식의 지속과 변이

〈한림별곡〉은 경기체가 최초의 작품이면서 최고의 작품이었고, 〈한림별곡〉에 내재한 **'찬탄과 찬미의 주제성'**은 모든 경기체가 작품의 갈래적 속성을 담보하고 있다고 하겠다.

고려말 〈한림별곡〉에서 조선 중기 〈독락팔곡〉에 이르기까지 승려 작을 제외한 대부분의 경기체가 작품을 고찰의 대상으로 삼되, 〈한림별곡〉이 지닌 주제의식과 미의식이 지속되는 작품과 특이한 변이가 일어나는 작품을 중점적으로 살피고자 한다. 관직에 나간 긍지, 자신의 포부, 호탕한 기품, 당당한 패기, 절도 있는 광경, 빼어난 경치와 어우러지는 인간의 모습, 유흥 경의 면모[31]는 〈한림별곡〉에서 출발하여 〈관동별곡〉·〈죽계별곡〉을 거쳐, 조선 전기 사대부의 작품에까지 이어진다. 그런데 안축의 작품에서 자연미를 추구하는 새로운 기풍이 나타나고, 집단과 가문의 긍지를 노래하던 고려대의 경기체가는 악장으로 쓰이는 조선 전기에 이르러서는 국가적 단위의 긍지가 드러나고, 한껏 부풀려진 공락(共樂)의 풍류는 조선 중기에 이르면 사대부의 이상적 삶을 노래하는 독락(獨樂)의 차원으로 변모한다. 그러나 이런 변모과정에 대한 설명은 너무 거시적 담론이어서 세분화할 필요가 있다. 우선 한 갈래는 관직에 나간 긍지와 풍류가, 벼슬을 물러나 자연 속에서 얻는 취흥으로 바뀌고, 나아가 자연 속에서의 유람과 완상으로 바뀌고, 후에는 자연 속에 은거하며 수신하는 내용으로 변모한다. 다른 한 갈래는 관직에 나간 긍지와 자부심이 가문의 긍지로, 조선초 악장에서는 왕조 창건의 긍지와 왕조 찬양·송축으로 확장되었다가, 조선 중기에 이르면 왕조찬양은 사라지고 솔성·수신·도학에 몰두하는 쪽으로 바뀌게 된다. 도락적 삶과 유락적 삶의 조화가 어느 정도 지속되다가 분화되는 양상이라 할 수 있는데, 이에 대한 구체적인 변이 과정을 살피려 한다.

논의의 출발은 역시 최초의 작품으로 후대의 경기체가에 지대한 영향을 끼친 〈한림별곡〉이어야 할 것이다. 〈한림별곡〉은 '유락적인 잔치 분위기'의 향락적 서정이 우세하다고 볼 수 있다. 그러나 그렇게 단순하지 않다. 〈한림별곡〉의 경우 신흥사대부들의 일상생활인 학문하는 삶과 일과 후의 유흥적 삶이 자연스럽게 제시되는데, 1·2·3연에서는 문인·책·글씨라는 도락적(道樂的) 삶이 표출되고, 4·5·6연에서는 술·꽃·

---

31) 이명구 교수는 한림별곡 전 8경의 주제를 "화려하고도 유연한, 역시 득의에 찬 문인들의 신선하고도 명랑한, 그러면서도 앞날의 전망과 의욕에 찬 호탕한 기풍의 넘쳐 흐름"이라고 했다.(『고려가요의 연구』, 신아사, 1974, 122쪽)

음악이라는 유락적(遊樂的) 삶이 표출되며[32] 7연에서는 신선세계와 같은 이상향이, 8연에서는 현세적 쾌락이 표출되어, 종결부에서 그들의 이상적 삶이 망라된다. 경기체가 속에서 호방하고 신선하고 발랄한 미의식을 발견할 수 있다고 한 것은 유락적 측면 이외의 도락적 삶이 펼쳐지기 때문이다. 이런 도락적인 풍류는 조선조에까지 면면히 이어지고 있어 경기체가의 특징적인 장치가 된다. 이런 풍류를 잇는다고 하는 〈상대별곡〉과 〈화전별곡〉을 들어, 그 풍류의 지속과 변이를 상세하게 살펴보고자 한다.

　〈상대별곡〉에서 1연과 2연은 관직에 나간 긍지가 펼쳐지고, 3연에서는 도의에 맞게 관직의 업무를 수행하고, 왕의 덕을 칭송하는 내용이 펼쳐진다. "사헌부 관리들의 회의가 끝나고 공무를 마치니"로 시작되는 4연은 술자리를 갖는 즐거움이 전개되면서, '술잔을 권하는 경치' '취한 경치'를 표현하고 있다. 〈한림별곡〉의 1·2·3연에서 관직의 일상사가 제시되다가 일과가 끝나자, 4·5·6연에서는 술자리의 풍류가 제시되는 틀을 그대로 원용하고 있음을 알 수 있다. 〈한림별곡〉의 마지막 연에서 이상적 세계가 제시되듯이 〈상대별곡〉의 마지막 연인 5연에서도 그런 이상적인 삶을 노래한다. 굴원이나 맹호연 등 정치현실을 비관하고 은둔한 처사의 삶을 들어, 자신의 처지가 더 낫다는 자랑을 하고, 임금과 신하가 합심하여 태평성대를 만드는 일을 마땅하게 여기며 인재들이 모인 것을 찬미하고 있다. 5연 중에서 3연까지는 도락적 삶이, 4연은 유락적 삶이, 5연은 이상적 세계의 제시라는 틀을 지니고 있어, 한림별

---

32) 김대행 교수는 1·2·3연에서는 정신세계의 표방이, 4·5·6연에는 흥 또는 오락과 관련된 것들이라고 했고(「고려시가의 문학적 연구」, 『신편 고전시가론』, 새문사, 2002, 170쪽), 임기중 교수는 1·2·3연에는 기본적인 세계관을 반영하고 있고, 후반부의 호탕함 속에는 '유락적인 잔치 분위기를 반영'한다고 했다.(임기중 외, 『경기체가 연구』, 태학사, 1999, 21쪽) 본고는 이들 견해를 종합하여 도락적 세계와 유락적 세계의 공존을 논하게 되었다.

곡의 시상 전개방식과 그대로 부합되는 계기성을 지니고 있다.

〈화전별곡〉에서 서두에는 남해의 경치를 번듯하고 그윽하게 묘사하는 듯 싶더니, 첫 연부터 '風流酒色'을 즐기는 술꾼들의 삶을 자랑하고 있다. 이어지는 2연은 술꾼들의 방탕한 모습을 그리고, 3·4·5연은 '꽃 -음악-술'로 유락을 드러내고 있으니, 〈한림별곡〉 4·5·6연의 정서를 방불케 한다. 〈한림별곡〉에는 모란·작약·매화·장미·동백 등 자연계의 뛰어난 꽃이 나열되고 있다. '合竹桃花 고운 두 분'이 꽃의 의인화일 수도 있고, 반대로 앞에 제시한 꽃들이 모두 기녀의 은밀한 지칭일 수도 있지만, 〈한림별곡〉의 꽃은 자연 형상에 가깝다고 하겠다. 그런데 〈화전별곡〉 3연의 꽃(花林勝美, 꽃수풀 뛰어난 아름다움)은 자연계의 꽃이 아니라 기생들의 모습을 직접적으로 형상화한 것이다. 그러니 이 노래의 제목인 '花田'은 남해의 아름다운 땅이라는 별칭이기보다 '꽃밭'- 기생들에 파묻힌 향락적 공간을 의미한다.

〈화전별곡〉 4연의 음악은 〈한림별곡〉의 거문고·중금·가야금·비파·해금·장고와 같은 격조 있는 것이 아니다. 풀피리·바릿대·소반·잔대 등으로 향촌의 소박한 음악이라 할 수도 있겠지만, 오합지졸의 졸렬하고 난삽한 음악이라 하겠다. 바로 뒤에 '스륵렝딩 소리'가 나와, 이것이 거문고 소리일 것이란 추측을 할 수 있지만, 역시 남비 뚜껑이나 나무 그릇을 두들기는 타악기 소리와 어울릴 만한 격이 떨어지는 선율이고, '머리를 흔들며 몸을 뒤집는'(撓頭輾身) 취한 천태만상 속의 반주라 할 만하다. 그래도 〈한림별곡〉의 운치를 흉내내어 '偉 듯괴야 줌드로리라'로 연을 마무리하고 있다. 5연에는 〈한림별곡〉의 황금주·송주·죽엽주·이화주 대신에 맥주와 탁주가 등장하고, 황금주의 황금빛을 떠올리도록 '황금빛 닭'을 배치시켜 놓고 있으며, 앵무잔·호박잔 대신에 '유자잔'이 등장한다. 유자 껍질에 술을 부어 권하고 마시면서 귀족들의 풍류를 흉내 내고, 급기야 '勸上ㅅ景'(한림별곡) 대신 '勸觴景'을

노래하고 있다. 이쯤 되면 〈화전별곡〉이 〈한림별곡〉을 상당히 본뜨려고
하였음을 족히 추측할 수 있다.[33] 그러나 본뜨려는 의도를 넘어 〈한림
별곡〉의 귀족들의 풍류를 패러디하고 조롱하는 듯한 느낌마저 든다. 이
와 같은 〈화전별곡〉의 의도는 〈상대별곡〉의 여러 구절을 모방하여, 〈상
대별곡〉에 드러나는 조선전기 귀족들의 풍류를 비웃는 측면에서도 잘
드러난다.

> 英雄豪傑 一時人才　英雄豪傑 一時人才
> 위 날조차 몃분니잇고(상대별곡 1연)

> 風流酒色 一時人傑　風流酒色 一時人傑
> 偉 날조차 몃분이신고(화전별곡 1연)

> 楚澤醒吟이아 너는 됴ᄒ녀
> 鹿門長往이아 너는 됴ᄒ녀
> 明良相遇 河淸盛代예
> 驄馬會集이아 난 됴ᄒ이다(상대별곡 5연)

> 京洛繁華ㅣ야 너는 불오냐
> 朱門酒肉이야 너는 됴ᄒ냐
> 石田茅屋 時和歲豊
> 鄕村會集이야 나는 됴하ᄒ노라(화전별곡 6연)

　권근 등 조선왕조를 건국한 주역이 상대(사헌부의 별칭)와 같은 주요
부서에서 집무하게 된다. 사헌부에 모인 관료인 자신들을 두고 '영웅호
걸'이며 당대의 '인재'라 자칭하면서, '나와 함께 몇 사람이 되는가'라고
호기를 부리고 있다. 위엄 있고 씩씩한 관료라고 한껏 자랑하기도 한다.

---

33) 이명구, 『고려가요의 연구』, 87쪽. 그 후 많은 논자들이 이런 견해를 따랐다.

조선전기 권력을 장악한 귀족들의 당당한 모습에 비해, 〈화전별곡〉의 '풍류주색'들은 초라하기 그지없다. 술과 기생을 탐하며 향락을 즐기는 향촌의 품관들이 스스로 '당대의 인걸'이라고 하는 것은, 향촌 풍류객의 소박한 호기라고 하기엔 좀처럼 어울리지 않는다. 여기에는 작가 김구의 '현실 귀족'들에 대한 비아냥거림이 담겨 있다. 홍문관 관리로 승승장구하여 부제학까지 이른 김구는 기묘사화로 남해에 유배 온 신세였다. 그에게 당대의 권력은 원망의 대상이고 증오의 대상이며, 혁파해야 할 부당한 무리로 비춰졌을 것이다. 더욱이 백관에 대한 규찰과 탄핵, 죄인에 대한 국문과 결송(決訟)을 직무로 하던 사헌부는 억울한 사화를 당하여 유배 온 김구에게는 비판적·부정적 대상임에 틀림없다. 그러나 김구는 현실에 직접적으로 응대하지 않고, 우회의 수법으로 권력세계를 기롱하고, 자신의 처지를 변명이라도 하듯이 자신들을 '인걸'이라고 뽐내고 있다.

사헌부의 어진 신하들이 현명한 군주와 정치를 잘 하여 태평성대가 되었으니, 훌륭한 인재들이 모인 모습을 좋아한다고 자긍[34]하는 〈상대별곡〉에 빗대어, 몇 칸 초가에다 농사지으며 살면서 화평한 시절을 만났으니 향촌에 모여 풍류를 즐기는 모습이 좋다고 자긍하고 있다. 서울의 화려한 삶(京洛繁華)이나 좋은 집에 고기를 먹는 풍족한 삶은 부러워하지 않는다고 했다. 작가의 마음 속에는 '향촌회집'을 내세우면서도 내면적으로는 '경락번화'를 희구하고 있는 것[35]일 수도 있다. 물론 유배가

---

34) 여기서 明良相遇는 현명한 임금과 忠良한 신하를 뜻하고, 河淸盛代는 태평성대를, 驄馬는 靑驄馬 즉 훌륭한 인재들을 뜻한다. 明良相遇(상대별곡)와 유사한 표현으로 明良相得(화산별곡)과 君臣相得(도동곡)이 나타나는 것으로 보아, 이 역시 경기체가의 유형적 표현구이다.

35) 최재남, 「김구의 남해생활과 화전별곡」, 『사림의 향촌생활과 시가문학』, 국학자료원, 1997, 167-168쪽. 길진숙 교수도 향촌과 서울의 정치현장을 대립된다고 하면서도, "향촌은 혐오스런 정치현실과 대립하는 폐쇄적인 공간이나 순정한 이념적 우위성을 부여받은 공간이 아니"라고 하면서, '경락'은 배타적으로 밀어내기 어려운 공간이라 하였다.

풀리고 서울로 돌아가 벼슬살이에 복귀하는 꿈도 반영되어 있을 것이다. 그러나 그런 면보다는 〈화전별곡〉 전편에 흐르는 반항적 몸부림에 귀 기울여 봄직하다. 향촌 품관들이 모여 풍류를 즐기는 자리는 '고약한 술버릇' '잡담' '코골며 잠자는 모습' '머리를 흔들고 몸을 뒤집는 취한 모습' 등으로 채워져 있다. 이런 파행적 행동들 속에서 한껏 흥취에 젖는 작가는, 불의(不義)에 가득 차 있으면서도 '정상적'으로 돌아가는 정치권에 대해 비정상적인 행동으로 대응하면서, 〈상대별곡〉의 풍류를 빌려와 그들의 풍류를 기롱하고 있는 모습이다. 그러므로 〈화전별곡〉에는 정치권력의 풍류를 패러디하며 조롱하는 의미가 담겨 있다고 하겠다.

〈화전별곡〉에는 도락적인 부분은 극히 소략화되어 있고 유락적인 분위기가 전체를 지배한다. 〈한림별곡〉의 '위 날조차 몃부니잇고'나 '위 듣고야 줌드러지다' 등 후렴을 그대로 모방하고, '술-꽃-음악'의 유락적 분위기를 그대로 가져왔으며, 〈상대별곡〉의 문구와 풍류를 상당 부분 답습하고 있지만, 그 정서적 지향점은 사뭇 다르다. "共樂의 기본 속성과는 일정한 거리를 보인 것"이며 이미 "사적인 정서"로 전환[36]하였을 뿐만 아니라, 〈한림별곡〉-〈상대별곡〉에 지속되어 온 '도락적-유락적' 미의식 중에서 유락적 측면만 극대화하고 있다. 조선 중기 경기체가의 한 부류는 이처럼 유락적인 측면을 강화한 것이 있고, 다른 한 부류는 도락적인 측면을 강조한 주세붕의 〈태평곡〉〈도동곡〉〈육현가〉〈엄연곡〉 등이다. 그러나 '도락적-유락적' 틀을 유지한 작품이 우세하다.

관직에 나간 자긍심 속에서 학문하는 일상적 삶을 노래부르던 〈한림별곡〉의 도락적 관습은, 조선조에 들어서도 〈상대별곡〉〈화산별곡〉에 그대로 이어지는데, 군신의 관계·왕실·정치의 소재가 더해진다. 좀더 두드러진 변화가 있었으니, 군신이 조화를 이루어 나라가 태평해지고,

(「16세기 초반 시가사의 흐름」, 『한국시가연구』 10집, 한국시가학회, 2001, 164쪽)
36) 최재남, 위의 글, 160쪽.

이에 왕의 덕을 칭송한다는 노래가 다수 나타나고, 이들이 대개 궁중 악장으로 쓰인 경기체가다. 취흥·군신상락·송도·왕조찬양·충군의 내용이고 관리로서의 삶과 국가적 이념을 찬탄·찬미하는 주제라 하겠다. 왕의 덕과 은혜를 칭송하는 내용은 〈불우헌곡〉〈배천곡〉에까지 이어진다. 그러나 이들 노래에 이르면 개인의 수양과 도학이라는 내용을 함께 구가하게 되고, 〈태평곡〉 등 주세붕의 노래에 이르면 성현의 덕을 칭송하며 자기 수양에 몰두하는 내용으로 크게 변모한다. 도락적 삶이 도학적 삶으로 낙차 큰 변화를 보인다고 하겠다.

관직에 나간 자긍심 속에서 관직·학문의 일상에서 벗어나 '술·꽃·음악'을 노래하던 〈한림별곡〉의 유락적 풍류는, 고려말 안축의 〈관동별곡〉〈죽계별곡〉에서 1차 변모하여 취흥뿐만 아니라 자연에서 노니는 즐거움도 노래하지만, 유락적 풍류가 우세하다. 고려말의 유락적 풍류는 조선초 〈상대별곡〉〈화산별곡〉에 그대로 이어지는데, 관료들의 술자리뿐만 아니라 군신의 술자리라는 소재가 더해진다. 취흥(잔치의 즐거움)의 풍류는 〈배천곡〉〈화전별곡〉〈금성별곡〉에까지 이어진다. 좀더 두드러진 변화는 〈불우헌곡〉에 나타나는데, 자연 은거와 자족하는 즐거움이 주가 되고, 정치현실을 벗어난 처사적 삶[37]을 찬미하고 있는 듯 보여, 훈구 사내부의 은퇴한 삶이 사림의 삶과 유사히게 느껴진다. 후의 〈독락팔곡〉에 이르면 자연에 은거하여 수신[38] 하면서 홀로 즐기는, 자연친

---

37) 한창훈, 『시가와 시가교육의 탐구』, 월인, 2000, 48쪽.
38) 한 줄기는 도락적 미의식이 도학적으로, 다른 한 줄기는 유락적 미의식이 자연 은거와 자연미 완상으로 전환된다. 그런데 경기체가 소멸기 작품(독락팔곡)에 이르러서는 도학자적 태도와 자연 은거의 태도에서 '수신'이란 측면으로 수렴된다. 이는 이미 시조와 가사를 수용하던 사림파의 미의식이다. 정치적인 중심부에서 경기체가를 통해 자신들의 자긍심을 노래하고 취흥을 즐기고 왕조를 찬양하던 문학적 현상은 서서히 도학적 분위기로 바뀌고 있었다. 도학적 입장에서의 자기 수신, 이는 유교의 도덕 이상으로 정치를 변화시키려는 새로운 정치집단(사림파)의 지향이라 하겠다. 다음은 중국 유교를 바탕으로 한 정치이념의 전환기를 설명하는 예인데 시사하는 바가 크다. "유가철학 속

화의 풍류만이 느껴져 경기체가에서 지속된 미의식이 해체되고 있음을
알 수 있다.

16세기 경기체가는 15세기의 왕조찬양·왕에 대한 송도와 송축은 사
라지고, 솔성 수도하고 도학적 태도에서 왕도정치의 실현을 추구하며,
자연친화의 흥이 강화되어 나타난다. 그리고 앞에서 살핀 바 있듯이 도
학적 삶의 극대화와 유락적 삶의 극대화도 함께 이루어지며 경기체가
장르의 쇠퇴·소멸을 예고한다.

5. 결

조선조 경기체가의 전승과정에서 〈한림별곡〉이 끼친 영향에 대해 두
루 살펴보았다. 많은 작품이 〈한림별곡〉을 전범으로 삼아 창작되었고,
그 '도락적－유락적' 미의식을 잇기도 하고 서서히 변형시키면서, 두 갈
래의 미의식을 드러내고 있었다. '도락적'인 측면에서는 왕조찬양으로
변모하다가 도학적인 쪽으로 고착되는 변모를 확인하였고, '유락적'인
측면에서는 취흥에서 자연에서 노니는 즐거움으로 변모하더니 결국 자
연, 은거로 귀착하고 있었다.

경기체가는 속요와 함께 조선전기의 주도적인 장르임을 다시 확인할
수 있었다. 왕조를 분기점으로 삼는 시대구분을 탈피해 보면, 향가가
신라말을 거쳐 고려초까지 유행한 측면을 자연스럽게 받아들이듯이, 고
려가요가 고려말을 거쳐 조선초에까지 유행한 측면을 유연하게 받아들

에서 그들이 추구하였던 하나의 노선은 정치화된 유가, 정치적 힘이 학술과 도덕실천에
영향을 주었던 그것이다. 다른 한 노선은 유가의 도덕 이상으로써 정치를 변화시키려고
한, 정치를 도덕화된 정치로 만들려고 한 그것이다."(뚜웨이밍, 「유가철학과 현대화」,
『동아시아, 문제와 시각』, 문학과지성사, 1995, 365쪽) 중국의 전통 속에서 이 두 가지
힘은 시종일관 충돌하였고, 정치화된 유가가 주류를 차지하였다. 우리나라의 경우도
마찬가지다. 16세기는 바로 이 두 노선의 교체기였다.

일 수 있다. 경기체가는 동반 장르인 속요의 관용적 표현을 조선전기에 수용하여 그것을 시조에까지 물려주고 있으며, 배불론이 우세한 상황 속에서도 전대의 불교적 세계관을 잇는 경기체가가 창작되어, 왕실과 사대부가에 수용된 정황을 살필 수 있었다.

경기체가는 한문투의 노래여서 그 수용층의 한계를 노정하고 있으며, 지금의 독자들에게도 외면당하고 생경하다는 평가를 받고 있다. 그러나 한문투에 한글 종결로 짜여진 이 노래부르는 장르는, 한글 창제 이후 한글 문투가 많아지고, 명사형에서 서술형으로 많이 바뀌면서 구체적인 상황제시를 하는 쪽으로 변모해 왔다. 국문문학이라는 측면에서 보면 한문이 많이 삽입되어 있다는 평가를 받고, 한문학이라는 측면에서 보더라도 한글토를 단 느낌을 지울 수 없다. 그러나 국문문학에 한문학을 결합하여, 자기중심주의 문학에 동양 시문학(당대에는 세계문학)을 결합하려는 새로운 시도로 볼 수 있다. 궁극의 장르 속성은 한문학에 익숙한 지식인들이 한글투를 삽입하여 노래부를 수 없는 한시의 한계를 극복하고, 노래부르는 장르를 창출한 것이라 하겠고, 그 결과 국문시가를 풍성하게 하였다는 성과로 귀결될 수 있을 것이다.

일상적 삶에는 일과 휴식이 있듯이, 〈한림별곡〉류에는 관직의 삶과, 업무가 끝난 뒤의 유흥이 결합되어 있다. 낮에 일하고 밤에 노는 당연한 일과가 한 편의 작품 속에 담겨 있다. 적절한 균형과 조화의 삶이라고 하겠다. 그것을 도락적인 삶과 유락적인 삶이라 명명해 보았다. 노래의 끄트머리에는 그들이 꿈꾸는 이상적 세계도 제시되어 있다. 술자리의 즐거움일 수도 있고, 나라가 잘 다스려진 태평성대일 수도 있고, 안빈낙도의 즐거움일 수도 있고, 유교적 이념이 극대화된 성현의 도가 실현되는 세상일 수도, 불교적 이념이 극대화된 극락왕생이나 중생제도일 수도 있다. 경기체가에는 당대인이 그리던 이상세계가 망라되어 있다. 그 일상의 아름다움을 발견하는 것은 우리의 몫인 셈이다.

2부
조선조 시가

고전시가 교육의 방향과 과제

1. 고전문학사 개관

1) 글을 시작하며

서기 2000년, 새 천년이 도래한다고 흥분한다. 그러나 숫자만 새로울 뿐 이 해도 작년의 삶과 다름이 없이 진부하다. 교육정책이 수시로 바뀌며 참된 교육의 해법을 구하였지만 나아진 것이 없다. 입시 위주의 교육을 바꾸겠다는 교육부의 노력 결과, 입시에 진지한 학원이 학생들의 입시교육을 전담하고, 학교는 잠자는 곳으로 바뀌고 있다. 그래서 교실붕괴·학교붕괴의 지경에 이르렀다. 아이들에게 열정저인 선생님은 통제불가능한 상황에 손을 들고 말았고, 50 줄을 넘은 선생님들은 더럽고 치사해서 교단을 떠났거나 떠날 준비를 하고 있다.

그 동안 누적돼 온 모순들이 악의 꽃을 피울 날이 멀지 않은데 무슨 희망찬 미래, 밝은 새 천년이 있겠는가. 교육에는 철학이 없고, 교육정책에는 민족이 없으니 미래도 없다. 정말 '없을지도 모른다'는 위기감을 갖고 2000년을 맞이해야 할 것이다. 우리의 문학 교육도 각성해야 한다.

대학생들에게 시나 소설 감상문을 써 오라고 하면 우선 당황해 한다.

고교 시절 지침서나 참고서의 정답을 선생님이 가르쳐 준 대로 외웠기 때문에 감상할 줄 모른다. 구조주의와 형식주의의 찢어발기기 식의 감상만 해 왔으니 전체를 통합적으로 이해하거나 자기의 느낌을 이야기하기 겁낸다. 그 지침서를 만든 장본인은 서구 문예 이론을 끌어다 우리 문학을 자랑스럽게(?) 해석한 대학의 문학 전공 교수들이다. 그러니 이런 파행의 원흉은 대학 교수들이다. 이런 문제를 나부터 반성해야 한다고 생각했다. 그래서 이 글을 통해서 새로운 문학교육의 방향을 제시할 것이며 특히 고전시가의 활로를 모색해 보려 한다.

우리는 우리 민족을 능멸하거나 끌어내리는 데 익숙하다. 서구적 근대성에 비추어 저급하다고 여겨지는 것은 비난의 표적이 되고, 봉건적·보수적이란 질시를 받는다. 발전과 개발의 명목으로 민족적인 것을 폐기처분하는 일에도 익숙하다. 과학과 기술과 공업이 이끄는 근대의 3두마차는 경제적인 이익을 창출하는 것에만 가치를 두고 그렇지 못한 인문학에 대해서는 그 어떤 가치를 두지 않는 현실에서, 문학의 의미를 고민한다는 것이 무슨 가치가 있겠는가 하는 회의가 들기도 한다. 그러나 근대문명을 받아들이는 데 급급한 나머지 민족적인 가치를 모두 비하했던 시대는 비판돼야 한다. 이제는 전통적인 가치에 서구적 가치를 결합하여 새로운 대안을 마련할 때이다. 그런 의미에서 민족문학에 대한 긍정적 평가를 시작해야 한다. 문학 속에서 민족의 장점을 발견해야 한다.

2) 고전문학의 새로운 해석을 위하여

고전문학 중에서 퇴계의 시가는 우리 학생들이 별로 감흥을 느끼지 못하는 분야일 것이다. 딱딱한 고기를 씹는 기분 때문일 것이다. 우리는 문학의 미적 가치를 논하는 데 있어서 서구의 '감정이입'이 잘 된 문학을 전범으로 삼다 보니 감정을 억제한 작품은 왠지 어색하게 느낀다. 조선조의 사림파 문학은 감정의 과잉을 경계하여 주관적 감흥을 배격하고, 심성을 순화시키는 데 치중했기 때문이다. 그래서 퇴계의 문학을 논하는 데 있어 퇴계의 철학적 관점이 중시된다. 천명도설이나 주리론적 세계관과 문학과의 관련성이 논해지고, 학생들은 그런 해석을 들으며 권태로움에 빠진다. 그러나 퇴계의 철학은 철학이고 시는 시이다. 시는 감성체험을 위주로 하기 때문에 개념인식을 위주로 하는 산문과는 변별돼야 한다. 그의 〈도산십이곡〉에는, 벼슬길에서 물러나 자연 속에서 참된 즐거움을 찾는 강호한정이 있지만, 현실을 걱정하며 고뇌하는 한 인간의 내면적 갈등도 담겨 있다. 그리고 인생을 조망한다.

淳風이 죽다 ᄒ니 眞實로 거즈마리
人性이 어디다 ᄒ니 眞實로 올흔 마리
天下애 許多英材를 소겨 말가(도산십이곡3)

퇴계는 당시 당쟁의 풍파 속에서 고된 인생을 살며 순후한 풍속이 죽었다고 하거나 인간의 본성이 악하다는 말들을 많이 들었을 것이다. 그러나 부패한 정치 속에서도 순후한 풍속이 살아 있고, 악한 인간들이 부정한 행동을 하더라도 대부분의 사람들에게는 착한 심성이 남아 있음을 들어 그 시대를 긍정적으로 보려 하였다. 우리의 현실도 부패한 정치와 부도덕한 지배계층의 파행성이 극에 달했지만, 김밥 할머니의 선행이나 수재의연금 모금을 바라보며 순후한 풍속과 착한 심성을 느끼게 된다. 퇴계의 시조에는 현실을 따뜻하게 보는 시선이 있음을 느낄 수 있고, 이런 사유를 현대적으로 해석할 수도 있을 것이다.

고전문학 교육이 현대문학 교육과 구별되는 면이 있다. 현대문학 교육은 피교육자와 교육자가 속한 오늘날과 동질적이거나 매우 친숙한 것이기 때문에 고전문학 교육에서 선행해야 되는 번거로운 절차를 건너뛸 수 있다.

1) 텍스트에 관한 서지적 이해
2) 텍스트 언어의 해독
3) 장르적 관습·장치·특성의 이해
4) 작품과 관련된 사회 문화적 요인, 환경 및 작자에 관한 이해
5) 작품에 대한 느낌, 심리적 반응의 형성
6) 작품 해석
7) 작품에 대한 소감·평가[1]

그러나 고전문학은 1) 2) 3) 4)의 절차를 거쳐야 하기 때문에 학생들에게 어렵게 느껴지고, 선생님들에게는 고증과 주석을 달아 지루하게 설명해야 하는 짐을 지게 만든다. 그렇다고 제7차 교육과정이 중시하는 것처럼, '작품 그 자체'에 관심을 둔 독자반응비평으로 나갈 수도 없다. 우선은 현재의 독자들이 관심을 가질 수 있도록 작품 그 자체에 대한 해석을 시도하고, 점차 그 문학이 생성된 시기의 사회 구조, 생활 양식, 세계관, 가치관, 문학적 관습을 설명하는 단계로 나아가 그 격차를 해소하는 방법이 필요하다.

그 대신 고전 장르의 기원, 발생, 형식적 특징, 표현상의 관습 등을 장황하게 설명하는 방식은 부적절하다. 향가나 시조나 가사가 언제 어떤 경로로 발생했는가보다는 그 양식들과 현재의 독자들 사이에 놓인 관습·기대의 격차를 적절히 해소하는 태도가 중요하다.[2] 최초의 근대시는 주요한의 불놀이라고 가르치기보다는 그 이전에 근대시를 창출할

---

1) 김흥규, 「고전문학교육과 역사적 이해의 원근법」, 『대학의 국문학 교육』, 지식산업사, 1993, 179쪽.
2) 김흥규, 위의 논문, 183쪽.

만한 역량이 성숙되었음을 설명하는 편이 옳듯이, 최초의 가사 작품이
조선 초 정극인의 상춘곡인가 고려말 나옹화상의 서왕가인가란 논의는
그리 중요하지 않다. 하나의 장르가 탄생되기 위해서는 기존 장르에 대
한 반성과 검토를 거쳐 그 형식과 내용이 서서히 마련되기 때문에 가사
장르에 마련된 문학적 태도, 미의식, 삶의 반영 양상 등에 관심을 두어
야 하는 것이다.

그리고 한 장르를 설명하며 정격형, 변격형, 파격형으로 나누는 것도
적절치 못하다. 한 장르가 몇 세기를 거치는 동안 새로운 역사적 추동력
에 의해 다양한 변모를 겪기 때문에 이미 형성된 장르 양식을 추종하는
작품도 있고, 장르 양식을 이탈하는 작품도 있게 마련이다. 그러므로
하나의 장르 속에는 다양한 관습을 지닌 여러 개의 하위 양식들이 있다
고 보아야 온당하다. 예를 들어 향가는 6세기에서 10세기까지 존속한
장르인데, 이를 단일한 양식으로 보거나 단일한 세계상을 반영한다고
볼 수는 없다. 향가 속에는 여러 종류의 하위 장르가 존재한다. 4구체
계열은 민요격 향가이고, 10구체 계열은 사뇌격 향가라 해서 이질적인
속성을 인정해야 한다.

그리고 한 가지 더 주목할 것은 향가의 형식이 4구체에서 8구체, 10
구체로 발전한다는 논리이다. 시대가 복삽해셔 가니까 사고방식도 복집
해져서 길이가 길어져 갔다는 식의 대응이 있는데 이는 근대의 진화론
적 사관에서 비롯된 자의적 해석이다.[3] 8구체인 모죽지랑가에서는, 10
구체의 '4구-4구-2구'의 의미분단 형식을 축약한 '4구-2구-2구'의 의
미분단 형식이 눈에 띄고, 마지막 2구 첫머리의 '아야'라는 양식을 대신
한 '郞이야'란 감탄의 양식이 나타남을 보아 오히려 10구체에서 8구체가
마련됨을 알 수 있다. 그러므로 과거의 형식을 논하는 데 있어서 근대의

3) 김열규, 「한국문학사 기술의 제문제」, 『한국문학사의 현실과 이상』, 새문사, 1996, 20쪽.

진화론적 사관을 마구 적용해서는 안 된다는 교훈을 얻게 된다.

우리는 경기체가 장르를 논하는 데 가장 어려움을 느끼게 된다. 우선은 한문구의 무작위한 나열로 보거나 기형적인 장르, 과도기적 장르라고 하여 그 문학사적 의의를 크게 인정하지 않는다. 무작위한 언어의 나열처럼 보이는 경기체가 속에는 우리의 일반적 경험으로는 해결할 수 없는 체험적 진술이 녹아 있으니, 우리는 그들 나름의 독특한 언어형식과 장르인식을 찾아내야 온당한 이해를 할 수 있다. 예를 들어 '元淳文 仁老詩 公老四六'이라 했을 때 이 명사의 나열 속에서 그들만이 공유한 인식세계의 '미적 감흥'을 느낄 수 있는데, 예를 들어 대학 시절의 추억과 낭만이 어린 몇 장소를 '아라골 백록골 늘봄가든'이라고 제시하게 되면 우리는 그곳에서 있었던 신입생환영회와 종강 모임의 감격이 되살아날 수도 있는 것이다. 그리고는 '그곳에서의 취한 경치 어떠한가'라는 감탄이 가능할 수 있는 것이다.[4] 한림별곡의 경우 신흥사대부들의 일상생활인 학문하는 삶과 일과 후의 유흥적 삶이 자연스럽게 제시되는데, 1·2·3장에서는 문인·책·글씨라는 도락적(道樂的) 삶이 표출되고, 4·5·6장에서는 술·꽃·음악이라는 유락적(遊樂的) 삶이 표출되며 7장에서는 이상향이, 8장에서는 현세적 쾌락이 표출되어 그들의 이상적 삶이 망라된다. 경기체가 속에서 호방하고 신선하고 발랄한 미의식을 발견할 수 있게 되는 셈인데, 우리는 경기체가를 너무 기형적 장르로 인식한 것은 아닐까 반성할 필요가 있다.

경기체가의 장르 규정에 대해서도 문제가 많다. 교술이라는 규정은 경기체가의 속성을 단정한 견해로, 서정적 속성을 간과하였다. 경기체가가 13세기에서 16세기 말까지 약 350년간 존속한 장르인데도 단일한 속성으로 이해하려는 데서 오해가 발생한 듯하다. 애초에는 서정이 우

---

4) 이에 대한 자세한 논의는 허남춘, 『古典詩歌와 歌樂의 傳統』, 월인, 1999, 264쪽.

세하다가 조선 초 악장으로 쓰일 때는 교술이 우세하고, 소멸기에는 사림파 시가와의 접촉 속에서 다시 서정으로 귀화한다. 하나의 역사적 장르에 서정이나 교술 혹은 서사란 장르 규정을 하기란 실로 어렵다. 모든 역사적 장르는 부단히 운동하며 변화하기 때문이다.

3) 민족문학사 시대구분의 실제

문학 담당층의 교체가 문학 장르의 변화를 주도하는데, 담당층의 세계관과 미의식을 중심으로 시대구분을 하면 다음과 같다.[5]

1) 원시시대: 1차적인 맹아의 시기에 대한 연구를 개관하면 다음과 같다. 신석기 시대를 맞으며 신과 정령의 신앙이 형성되고 제의가 발생하는 바, 우리의 예맥족이 정착하여 살던 시기이고 이원론적 세계관이 나타난다. 제의 가운데 환기적 주사(呪詞)와 기원적 찬가가 발전되었다. 이들은 분화 이전의 종합예술형태로 무용, 음악과 공존하였다. 초기의 단순했던 정령신앙은 자연현상에서 벗어나 인간에게도 적용되어, 인간의 영혼이 삶에 영향을 미친다는 생각을 갖게 되고 이런 관념은 조령신앙(祖靈信仰)을 낳았고, 시조신앙(始祖信仰) · 지역수호신 신앙으로 분화되었다. 또 생산력의 발전으로 농경생활이 정착하자 정령신앙은 곡령신잉(穀靈信仰)으로 발전하여 생산과 풍요를 기원하는 많은 제의를 발전시켰다. 이 시기에 나타난 것이 영고 · 동맹 · 무천 등의 제천의식이었다.

---

5) 여기에서의 시대구분은 조동일, 『한국문학통사』 1(지식산업사, 1982)를 참조하였다. 조동일의 『한국문학통사』 시대구분은 고대 · 중세 · 근대란 시대구분 속에 '중세에서 근대로의 이행기'를 설정한 부분이 특이하다. 중세 모순이 격화되어 그 해체를 모색할 즈음, 외부의 문화적 충격이 가해져 문화 · 사상 · 관습의 새로운 패러다임이 정착해가는 과정을 이행기라 할 수 있는데, 중세 보편주의 문화에 서구의 근대문명이 유입되거나 그 영향으로 근대 이행기가 진행된다고 했다. 그렇다면 고대 자기중심주의 문화에 중세 보편주의가 유입되면서 서서히 중세가 마련되는데, 이 시기를 '고대에서 중세로의 이행기'라 설정할 수 있을 것이다. 중세보편주의 문화가 이 땅에 유입되기 시작하는 3세기부터 중세가 정립되는 7세기까지를 '고대에서 중세로의 이행기'로 설정하고자 한다.

이러한 종교의식에는 가무가 수반되었고, 이 가무에는 독특한 악기(有瑟其形似筑)의 반주가 있었고, 일정한 음곡(彈之亦有音曲)이 있었고, 짜임새를 갖춘 춤(節奏類似鐸舞)이 있었다고 본다.

2) **고대문학**: 무속신앙은 혈연공동체의 지배력을 가질 수밖에 없고, 고대국가의 건설기에는 시대적 요청에 의해 고대적 지배 이데올로기가 새로이 마련되는데, 이를 고대 건국신화와 연관시켜 보면 건국주가 하늘에서 내려와 지배의 정당성을 확보하게 되므로 이를 천신신앙이라 규정한다. 건국주는 하늘에서 산으로 하강하는 보편적 속성을 보이기 때문에 천신신앙은 산악숭배신앙과 결합되어 있다. 이 시기는 신화와 건국서사시의 시대이다. 고대국가 건설기에 국가적인 차원에서 부른 도솔가와, 신화와 연관된 구지가도 고대 지배이데올로기와 함께 고찰할 필요가 있다. 그런데 이 시기에 서사시만 있고 서정시는 없다고 단정해서는 안 된다. 원시 종합예술에서 분화한 집단 서정의 노래가 나타나는데, 공무도하가가 BC 4-3세기경부터 대동강 유역에서 불린 서정의 노래라 할 수 있고, 남녀가 성적(性的) 의례에서 부른 황조가와 같은 집단 서정의 노래도 있다.

3) **중세전기**: 불교와 유교란 중세보편주의 문화가 이 땅에 도래하면서 중세가 시작된다. 그러나 고대적 자기중심주의 문화에 중세보편주의를 결합하는 과정에서 둘은 상당한 갈등을 보인다. 그러다가 8C를 정점으로 중세적 질서가 공고해진다. 향가는 바로 고대 자기중심주의 문화와 중세 보편주의 문화가 함께 드러나는 문학이다. 3C에서 8C에 이르는 유교와 불교의 수용과정은 고대국가의 정립단계를 확고히 진전시키는 방향과, 고대국가의 체제를 서서히 변화시키고 해체시키는 방향으로의 양면적인 변모를 초래하였다. 8세기 경덕왕대를 전후한 시기의 향가를 보면 그런 변모양상을 잘 살필 수 있다. 신충의 원가를 설명하는 부대설화를 보면, 왕이 신충과의 약속을 어기자 왕을 원망하는 노래를 지어

잣나무에 붙였더니 그 나무가 말라 죽었다는 주술성이 나타나지만, 노래 속에는 개인적 서정만이 우세하다. 이런 이중성은 고대적 사유가 해체되고 중세적 합리주의 사유가 정착되는 과정에서 야기된 것이다. 충담사의 찬기파랑가에서 '물·달·잣나무'가 원형상징성을 내포하는 고대적 사유를 지니지만, 충담사의 다른 작품 안민가에서는 '君·臣·民'의 서차를 중시하는 중세적 합리주의 사유가 두드러진다. 한 작가의 두 작품 속에 들어나는 이중성도 문화 교체기의 특성이라 하겠다.

4) **중세후기**: 사뇌가가 고려 전기가지 지속되다가 그 담당층을 잃게 되고 장르의 쇠퇴를 맞이하게 되자, 이를 대체할 새로운 문학이 등장하는데, 이것이 속요이다. 고려 후기는 속요와 경기체가의 시대이다. 속요와 경기체가 등장과 더불어 관심을 가질 필요가 있는 것은 한문학의 변화이다. 고려 전기 문벌귀족에 의해 주도된 한문학은 무신난을 겪으며 그 담당층이 소멸한다. 신진사류인 이규보는 고려전기와 다르게 신의론(新意論)을 펼치고 물(物)에 대한 관심을 보이며 중세후기 한문학을 주도한다. 조선조가 개국된 이후에는 중세후기 1기(고려후기)의 문학 양상과는 다른 전개가 이루어지는데, 신흥사대부의 문학전통을 이어받으면서(경기체가) 새로운 시가 장르 즉 시조와 가사를 향유하게 된다.

5) **중세에서 근대로의 이행기**: 임병양란 이후 조선전기를 지탱하던 주자학적 세계관은 심각한 타격을 받고, 이를 대체하는 실학정신이 대두한다. 서서히 중세가 해체되어 가던 이 시기의 주도적 장르는 소설이다. 특히 판소리계 소설 속에는 자생적인 근대를 마련해 가는 조선후기 민중의 사회상을 명료하게 드러낸다. 이와 더불어 연암의 한문소설도 근대적 시민상에 관심을 두고 반중세적 의식을 노정한다. 서민들의 각성과 더불어 나타난 서민가사, 판소리, 탈춤도 중요한 장르라 하겠다. 좀더 강화된 근대의식이 드러나는 19세기의 분수령은 최제우의 용담유사이고, 반중세·반봉건의 의식을 계승한 애국계몽기의 시가는 본격적

인 근대를 여는 견인차 역할을 했다.

6) **근대문학:** 한문학과 교술문학이 청산되고, 서정시·소설·희곡이란 장르체계가 주도적인 시대이다. 중세문명권의 언어가 폐기되고 민족어 사용이 보편화되었으며, 언문일치를 이루었고, 현실생활을 충실히 반영하는 문학이 인쇄된 상품으로 유통되는 시기를 맞이하였다.

2. 고대시가론

1) 들어가며

한국 고전시가를 계기적으로 살피면 '향가-고려가요-시조·가사'가 연대순으로 배열되고, 그 앞에 한역되어 전하는 3편의 고대시가가 있다. 이것들은 대체로 BC 3세기에서 AD 1세기 즈음에 생성된 것으로, 주술적 전통과 서정적 전통을 함께 드러낸다.

한국신화의 계통론에 대한 논의는 비교적 심도 있게 연구되었으며, 신화의 비교문학적 검토도 다양하게 진전되었다. 그러나 한국 고대시가의 경우는 자료의 미비로 인해 거의 논의되지 못했고, 시가의 연원을 추적하는 작업도 미흡하였다. 한국시가의 연원은 구석기시대로 거슬러 올라간다. 그러나 우리는 몇 가지 조형문화와 더불어 행위예술과 언어예술이 존재했을 가능성만 타진할 뿐이다. 그후 신석기시대에는 인간의 사유가 발전하고 많은 문화적 현상이 태동한다. 우리 문화는 고아시아족의 신석기문화와 알타이족의 청동기문화가 만나 이루어졌는데, 이 전통은 부족국가시대까지 존속되었다. 이러한 문화적 증거가 삼국지 위지 동이전에 실려 있는데, 제천의식과 가무가 결합된 형태의 것이었다.[6]

---

6) 김승찬, 「시가의 발상과 전개」, 『한국문학연구입문』, 지식산업사, 1982. 조동일, 『한국문학통사』 1, 지식산업사, 1982. 정병욱, 『한국고전시가론』, 신구문화사, 1977.

고대의 예술은 종교적·주술적 의식이나 사회적 생산활동 속에 미분화 상태로 매몰되어 존재하는데, 대부분의 노래는 집단서정의 주술적인 것이었으며, 남녀가 무리 지어 놀았다고 하니 애정을 내용으로 하는 서정적인 노래도 상당히 불리워졌을 것이다.

근자에 우리 시가를 계기적으로 살피려는 시도가 나타나고 있는데, 원시민요에서 주술적 서정가요로, 이어서 민요격 향가와 사뇌가가 이어졌을 것으로 고찰하고 있다. 그러나 향가 이전의 노래에 대한 고찰은 그 자료의 미비로 인하여 활발하지 못한 실정이다. 그렇기에 원시민요와 주술적 서정가요의 성격을 규명하는 것은 우리 시가의 전통을 규명하는 중요한 작업으로 부각된다.

2) 고대시가

① 구지가

龜何龜何	거북아 거북아
首其現也	머리를 내어라
若不現也	만약 내놓지 않으면
燔灼而喫也	구워서 먹으리

구지가 해석에는 다양한 방법론이 적용되고 있다. 제의적으로는 영신가(迎神歌), 발생학적으로는 노동요, 정신분석학적으로는 성적 욕망을 분출하는 노래, 토템적으로는 거북토템신앙의 표현, 사회학적으로는 통치자를 맞는 노래, 민간신앙적으로는 출산의례가, 수렵경제적으로는 곡식 성장을 위한 주술가 등으로 해석하고 있다. 어떤 방법론으로 접근해야 구지가를 제대로 해석할 수 있는 것인지 고민할 필요는 없다. 우리는 구지가라는 고대시가 한 편을 통해 고대인의 삶과 사유와 욕망을 들여다 볼 수 있는 기회를 만나고, 당대의 삶을 다각적으로 살펴 볼 수 있는

것으로 큰 의의를 두면 될 것이다. 그러나 역사 사회적 정황을 고려하여 정도에 지나친 해석은 배제하기로 한다.

이 노래를 해석하기 앞서 거북의 정체를 밝히는 작업이 중요하다. 거북은 검(山神)이고 구지가는 잡귀를 쫓는 주문이라 한 경우가 있는데, 산신은 숭앙의 대상이기에 위협하여 인간의 목적이 달성되기는 불가능하다. 거북을 희생제물로 보고 구지가를 영신의 절차 중 희생무용에서 가창된 주언이라 한 경우가 있는데, 토템을 죽여 신성장소에서 생육과 피를 먹으며 집단 상호의 결합·신과의 결합을 추구한 증거는 있지만 굽는 행위는 존재치 않았다. 거북은 토템신이고 구지가는 신에게 군주를 내달라는 주언(呪語)이라 한 경우가 있는데, 고대의 주언이 구체적이고 직접적인 언사를 위주로 하였는데 이처럼 은유·상징의 체계로 보는 것은 무리이다. 거북을 토템신앙 하에서 토템집단이 출생하려는 영아의 상징으로 보고, 이 노래는 머리가 먼저 나오도록 하는, 정상출산을 촉구하는 제의의 주사라 하여 영신의례와 출산의례의 주술가로 본 경우가 있는데, 일반적 탄생과 신성 군주의 탄생의 의미를 변별하지 않았다.

구지가는 '구지가계 노래'의 한 실현태라고 할 수 있고, '구지가계 노래'로 이름 붙일 수 있는 '호칭–명령–가정–위협'의 주술유형은 시간적으로 수천년이나 전승되고 공간적으로 범세계적 분포를 보이는 위압적 주술의 대표적 유형인데, 이들 구지가계 노래는 1) 모두가 일정한 규모의 집단적 제의에서 불리는 주술적 노래로서 2) 여럿이 함께 부르는 집단주술의 형태를 띠고 3) 그 본래적 기능이 기우 혹은 풍요주술에 기반을 두고 있으며 4) 주술적 위협의 대상이 주술적 해결의 능력을 지닌 신이 아니라 신의 매개자라는 기본 특성을 지닌다. '구지가계 노래'의 형성은 기원전 6–7세기 전후의 청동기문화단계로의 진입과 밀접한 관련 속에서 생성된 것이라 결론지을 수 있다. 그리고 구지가는 1) 신과 인간을 매개하는 수신(水神)의 사자(使者)로 관념되는 제의적 상관물로서의 거북에게 직접 임금을 내놓으라고 명령하고 위협하는 직설적 표현의 형태로 2) 기존의 풍요주술을 정치적인 영신주술로 변용시켜 만든 노래이며, 수로왕의 탄강담은 철기문화를 대동한 외래세력과 청동문화를 기반으로 하는 토착세력 사이의 정치적 결합상을 신화적 상징형식으로 서술한 것이다.[7]

龜乎龜乎出水路	거북아 거북아 수로를 내놓아라
掠人婦女罪何極	남의 부인을 빼앗은 죄가 얼마나 큰가
汝若悖逆不出獻	네가 만일 거역해 내놓지 않는다면
入網捕掠燔之喫	그물로 잡아내어 구어 먹으리라

특히 거북은 용의 사신으로 사유된다. 해가에서 수로를 내놓으라며 거북을 부를 수 있지 함부로 용신을 휜호할 수 없다. 해가에서 수로의 출현을 바라며 거북을 위협했듯이, 구지가는 결국 신의 출현(首露)을 바라며 거북을 위협하는 노래이며, 이는 신이 모습을 드러내길 바라는 기원의 요구적 표현이며, 군장으로 등극해 달라는 표상성이다.

② 황조가

翩翩黃鳥	훨훨 나는 저 꾀꼬리
雌雄相依	암수 서로 노니는데
念我之獨	나 홀로 외로우니
誰其與歸	뉘와 함께 돌아갈꼬

이 노래는 한역되어 전해지는 고구려의 사랑노래라고 한다. 이 노래와 함께 전해지는 삼국사기의 문맥 속에는, 왕비가 죽자 화희와 치희

---

7) 성기옥, 「구지가 형성의 문화기반과 역사적 양상」, 『한국고대사논총』 2, 한국고대사회연구소, 1991, 191-192쪽.

두 여자를 맞이했는데 어느 날 왕이 사냥을 나갔을 때 두 여자가 다투고 치희가 도망을 가자 사냥에서 돌아온 왕이 그녀를 쫓아갔으나 돌아오지 않았으며, 홀로 돌아오는 과정에서 꾀꼬리의 다정한 모습에 비겨 자신의 고독을 노래했다고 한다. 멋진 한 편의 로맨스이다. 그래서 우리는 이 노래가 사랑을 잃어버린 남성의 외로운 독백, 즉 서정가요라고 정의했다. 정말 그럴까.

혹은 이 노래를 서사시로 보아야 한다고 했다. 화희와 치희의 쟁투를 종족간의 상쟁으로 보고, 이 노래를 종족간의 상쟁을 화해시키려다 실패한 추장의 탄성이라고 이해하였다. 신화적 주인공인 주몽의 뒤를 이은 유리왕은 부자간의 갈등, 아내의 갈등, 외국과의 갈등 등 여러 문제를 해결하는 데 실패한 왕으로서 전설시대의 주인공이라고 하고, 국정의 실패 속에서 좌절하고 고독해 하는 심정이 이 노래에 담겼다고 하여 사랑노래와 무관하게 해석한 견해도 있다.

우리는 황조가와 관련된 문맥 속에서 다음과 같은 의문을 지울 수 없다. 첫째, 사실 지향적인 역사기록이 유장하게 전개되다가 느닷없이 왕의 연애담이 등장하기 때문에 앞뒤의 기록과 괴리된다는 느낌을 갖게 된다. 둘째, 유리왕 3년 10월에 왕비 송씨가 죽었다고 기록되어 있지만, 유리왕을 잇는 제3대 대무신왕은 유리왕의 셋째 아들로서 그 어머니가 왕비 송씨라 기록되어 있으니, 왕비 송씨가 대무신왕을 낳을 때까지(유리왕 23년까지) 살아 있었던 것이 아닐까 하는 의문이다. 셋째, 왕비가 죽자 화희와 치희를 비로 삼았다고 하는데, 당시 절노부나 관노부 같은 연맹체와 결혼동맹으로 국가적 기반을 다지는 시기인데 골천인 딸이라거나 한족의 딸을 아내로 맞이할 수 없었던 정황이다. 더구나 漢과는 적대적인 관계에 있었는데 그 딸과 혼인하고 후에 그녀를 쫓아가 사랑을 하소연했다는 것은 역사적 정황과 어긋난다.

이 황조가 문맥은 사실의 기술이 아니라 허구의 기술이며 의사역사기술물(擬似歷史記述物)로 보아야 한다. 여기서 화희(禾姬)는 곡식=농경으로, 치희(雉姬)는 꿩=수렵으로 보고 고구려 초기 사회가 수렵경제에서 농경 경제사회로 변모하는 상황을 설화로 보여주는 것이란 해석이 눈에 띈다. 본고는 여기서 시각을 달리하여 화희는 농경의 시간(즉 여름), 치희는 수렵의 시간(즉 겨울)을 상징하는 여인으로 보고자 한다. 탈춤의 '미얄과장'에서 할미는 죽음의 시간인 겨울을, 젊은 덜머리집은 생산의 시간인 여름을 상징하고 탈춤 속에는 농경의례의 자취가 남아 있다는 해석과 견주어 보고자 한다. 이런 사유가 제주의 '입춘굿놀이'에 남아 있다.

> 春耕은 上古耽羅王時에 親耕籍田하던 遺風이라 예전부터 이를 州司에서 主張하야 每年立春前一日에 全島巫覡을 州司에 集合하고 木牛를 造成하야 써 祭祀하며 ……戶長이 장기와 쌉이를 잡고 와서 밧을 갈면 한 사람은 赤色 假面에 긴 수염을 달아 農夫로 쒸미고, 五穀을 쌱리며, ……쏘 두 사람은 假面하야 女優로 쒸미고 妻妾이 서로 싸우는 형상을 하면, 쏘 한 사람은 假面하야 男優로 쒸미고, 妻妾이 투기하는 것을 調停하는 모양을 하면……
> (金斗奉, 「濟州島實記」, 濟州島實蹟硏究社, 1932, 19-20쪽)

황조가에서의 두 여인의 갈등, 탈춤에서의 두 여인의 갈등, 그리고 입춘굿놀이에서의 처첩의 갈등은 모두 농사가 잘되게 하기 위한 계절제의의 한 절차이고 이 모두 '여름과 겨울의 싸움'을 제시하고 있다. 그러므로 황조가는 계절제의(性的 儀禮)에서 불린 풍요 기원의 노래이고, 아울러 자연의 풍요와 인간의 다산(多産)을 동일시하는 당대 사회의 전통을 감안한다면 남녀의 짝찾기 노래로서도 널리 불린 듯하다.[8]

예를 들어 중국의 '상제(桑祭)'의 경우 일정한 장소(뽕밭)에 일정한 기

---

8) 이에 대한 자세한 논의는 허남춘, 「고대시가의 제의성과 주술성」, 『고전시가와 가악의 전통』, 월인, 1999, 201-206쪽.

간(봄의 어느 날)을 정해 남녀가 자유롭게 만나 사랑을 나눌 수 있게 하였다. 자연계의 봄을 인간세계에 불러들이는 행위이다. 만물이 자라고 곡식이 익고 풍요로워져도 그곳에 사람이 없으면 아무 것도 아니다. 시골에 아이 우는 소리가 들려야 비로소 사람 사는 곳이다. 사람들은 나이를 먹고 그들이 살던 터전에는 또 새로운 주인이 필요하다. 새로운 탄생은 젊은이들의 결합에서 가능한 일이다. 그러므로 청춘남녀의 짝짓기는 신성한 일이다. 그래서 봄을 불러들이고 한 해의 풍요를 비는 계절제의에서 성적(性的) 의례가 중시되고 그 가운데에서 남녀의 짝짓기가 이루어지고 구애가 이루어지고 사랑을 호소하는 짝찾기 노래가 불린다.

「시경」의 대부분은 짝찾기의 노래라고 해석된 바 있다. "올망졸망 조아기풀/ 이리저리 찾고요/ 아리따운 아가씨/ 자나깨나 그리네/ 그리어도 안되기에/ 자나깨나 이 생각/ 끝없어라 내 마음/ 잠못들어 뒤척여" 봄이 오고 들에는 나물 캐는 처녀들이 있다. 그 처녀들을 그리워하는 총각의 심사, 잠을 못 이루고 뒤척이는 괴로운 심사가 나타나 있다. 황조가의 '봄의 도래- 고독'과 비견된다.

계절제의를 통해 한 해의 풍요를 기원하고, 한편으로는 남녀가 배우자를 선정하는 기회를 갖는데, 황조가는 이때 불린 짝찾기의 노래로서 집단서정의 노래라 하겠다.

③ 공무도하가

公無渡河	님은 강물을 건너지 마오
公竟渡河	님은 그예 물을 건너다
墮河而死	물에 떨어져서 죽으니
將奈公何	님은 어쩌잔 말인가

이 공무도하가에 대해서 학계에서는 작자문제, 제작시기문제, 제명

문제, 국적문제 등을 두고 논란이 많은데, 우선 이를 검토해 보아야 할 것이다.

백수광부의 아내가 자신의 남편의 죽음을 슬퍼하는 노래를 지었고, 이를 목격한 곽리자고가 이 사연을 자신의 아내 여옥에게 들려주자 곧 공후로 그 소리를 본받아 연주하였다고 한다. 그렇다면 이 노래의 작자는 곽리자고의 아내 여옥인가 아니면 백수광부의 처인가 하는 논란이 생기겠다. 그러나 백수광부의 처를 1차적인 작자로, 여옥을 2차적인 작자로 삼으면 될 것이다. 그리고 이 노래가 널리 전승될 즈음, 중국의 한무제가 지방의 여러 음악을 채집하여 악부를 제정하는 과정에 이 노래가 편입된 것으로 본다면, 중국의 악으로 정착되는 과정에 3차적인 창작이 이루어졌다고 하겠다. 아울러 중국의 악곡이 될 때의 제명이 '공후인(箜篌引)'이고, 원 제명은 '공무도하가'로 볼 수 있겠다.[9]

원래 이 노래와 사연은 대동강 유역의 어부나 뱃사공에 전해지던 것이었는데, 워낙 충격적인 사건이고 노래가 애잔하여 그 전승폭이 확산되어 갔고 한무제가 지방에 악공을 파견하여 지방민요를 채집할 때 전해진 것으로 보인다. 이 시기가 BC 2-1세기였으므로 이 노래가 대동강 유역에 민요로 떠돌던 시기는 대략 BC 4-3세기로 추정할 수 있다. 이 노래를 채록한 최초의 책자는 후한 말 채옹의 「금조」(AD 2세기)와 최표의 「고금주」(AD 3세기)이다. 이 음악책에는 주로 후한시대의 음악을 정리해 놓았다고 한다. 그래서 지금도 중국문학사에서는 공후인이 중국의 고대시로 논의되고 있다. 요동과 반주의 영토문제처럼 아직 그 결말이 나지 않은 문제이다.[10]

그 후 조선 후기 한치윤이 이 책들을 보고 「해동역사」에 옮겨 적어

---

9) 조동일, 『한국문학통사』 1, 84쪽.

10) 성기옥, 「공무도하가 연구」, 서울대 박사학위논문, 1988, 99-101쪽. 연구사 정리는 김승찬, 『고전시가론』(방송통신대출판부, 1993, 30-32쪽)에 자세하다.

우리에게 전해진 것이다. 그러니 '공후인'이란 악은 중국의 악부 제명이라 하겠지만 그 근원은 조선진 즉 대동강 유역의 민요라 할 수 있다.

이 노래에서 '백수광부(白首狂夫)'와 '피발제호(被髮提壺)'가 해석의 관건이었다. 어떤 학자는 이를 두고 생사를 초월하고 술병을 든 채 강물에 뛰어든 주신(酒神)으로, 그의 아내는 악기를 들고 뒤따랐으므로 악신(樂神)이라 해석하기도 했다.[11] 혹은 백수가 박수 즉 박수무당(覡)을 뜻한다고 하며 그가 강물에 뛰어든 행위는 자신의 무적(巫的) 능력을 시험한 것이었고, 미숙련 무당이었기에 죽음을 맞이했다는 해석을 내리기도 했다.[12] 마치 김동리의 무녀도에서 무적 능력을 잃은 모화가 자신의 능력을 마지막으로 시험하기 위해, 물에 빠져 죽은 부자집 며느리의 영혼을 건지려고 입수(入水)하였으나 결국 실패하고 죽음을 맞이하는 정황을 떠올리게 한다. 혹은 무당이 초월적인 능력을 시험하였으나 실패로 끝났다고 하는 것은, 무당이 나랏무당(國巫)으로서의 권능을 잃고 이제 민간 무당으로 전락하는 시기의 설화로 보고, 신화시대에서 설화시대로 전개되는 과정의 이야기 속에 삽입된 실패한 무당의 비극적 사연의 노래라고 해석하기도 하였다.[13]

그러나 이렇게 신의 죽음 혹은 무당의 죽음으로 볼만한 단서가 주어지지 않는다. 신이 자살했다는 소문은 듣지 못했다. 그래서 우리는 대동강 유역에 있었던 충격적인 죽음(남편이 몸을 던지자 이를 슬퍼하며 아내도 함께 몸을 던진 비극적 사건)과 노래가 주변의 사람들에게 널리 회자되었다는 점만을 상기하면 될 것이다. 백수광부는 왜 미친 듯이 머리를 풀어헤치고 강물로 뛰어들었을까 하는 질문을 학생들에게 던지면 다양한 답을 얻을 수 있을 것이다.

11) 정병욱, 『한국고전시가론』, 신구문화사, 1977, 59-62쪽.
12) 김학성, 「공후인의 신고찰」, 『관악어문연구』 3집, 1978, 190-194쪽.
13) 조동일, 『한국문학통사』 1, 83쪽.

사람은 어떤 일에 미치게 되고 자살을 하는지 생각하게 하는 대목이
될 것이다. 머리가 희끗희끗한 주인공이 아내의 공후 연주 속에 죽어간
다는 이 사연을 생각하면(아내가 악기를 들고 쫓아왔다는 것은 남편의 음악
적 환경과도 관련이 있을 것이다), 한때 잘나가던 현진영이 인기가 시들해
지자 마약을 투약하며 그 화려했던 무대를 잊지 못해 하는 상황이나,
상종가를 치던 노사연이 인기를 잃자 정신적 스트레스 때문에 우울증에
시달렸다는 상황을 상기하게 되고, 이 노래 속의 주인공도 한때는 관중
들의 박수와 환호 속에 있다가 나이가 들고 인기가 시들해지자 미칠 듯
한 상황에서 죽음을 택한 것은 아닐까하는 상상을 해 본다. 혹은 한 왕
만을 섬기며 그 왕과 종묘사직을 위해 음악을 연주하던 상황이 반전되
어 조정에 쿠테타가 일어나 왕이 바뀌고 새 왕을 위해 종사할 수 없는
정황 속에서 도망하다 죽음을 맞이한 것은 아닐까 추측해 본다.

학생들에게 아내의 만류에도 불구하고 일어난 죽음과 그 죽음을 애닲
아하는 사연의 노래임을 설명하기보다 죽음에 대해 생각하게 하고, 그
죽음이란 극한 상황에서의 절규가 어떤 것인가를 생각하게 하고, 이후
불교적인 세계관에 놓인 월명이 「제망매가」에서 누이의 죽음을 맞이하
며 보였던 죽음의 비애와 비교해 보도록 유도한다면 나름의 깊이를 더
할 수 있을 것이다. 죽음의 현장이었던 대동강은 이별이 현장이기도 하
여 비애가 감돈다. 이별의 눈물 때문에 강물이 불어난다고 했던 정지상
의 「송인」이나 속요 「서경별곡」을 연관시켜 감상해도 좋을 것이다. 제
주 학생들에게 익숙치 않은 강물의 이미지를 깊이 각인시켜 줄 기회가
될 것이다.

3. 향가론

향가는 신라시대에 형성·발전·전성기를 보내고 고려시대 중엽 이후 소멸한, 기록화에 상관 없이 우리말로 불려졌던 정형성을 갖춘 서정시가이다. 그리고 향가는 신라시대를 뛰어 넘어 고려 초에도 융성한 흔적이 있다. 다만 향가 장르가 전성기를 맞이했을 때에는 담당층이 다양하였을 것이나, 향가 장르가 완성기를 맞이했을 때에는 상류층의 승려이자 화랑인 계층이 주도적인 작자층으로 부각되었을 것이다. 우리는 이 시기의 10구체 향가를 사뇌가라 한다.

향가를 관습적 명칭으로서의 개념에서 벗어나 '역사적 장르'로 인식해야 할 필요성이 있다. 향가는 1c-12c에 걸친 1200년의 장르이므로 무수한 변천이 있었을 것이다.

형성기의 향가는 선도(仙徒)에 의한 토속신 제사에서 주로 불렸고, 가무백희와 함께 존재한 듯하다. 이 시기에 차사 사뇌격(嗟辭 詞腦格)이 나탄난 듯하다. 도솔가는 '국가적인 안정을 기원하는 재래적인 형태의 노래'로 민속환강을 구하는 기축(祈祝)의 제의에서 쓰인 노래라 하겠다.

발전기의 향가는 낭도들의 호국사상과 더불어 발전하였을 텐데, 특히 백제·고구려와의 정복전쟁에서 신라의 정신을 규합하고 전쟁의 승리를 기원하는 과정에서 많이 창작되었을 것이다. 국가적인 위기를 구하자는 이유에서 불린 혜성가가 지금 창작시기가 밝혀진 최초의 노래인데, 이와 같은 주술적 노래가 주종을 이루었다고 하겠다. 그리고 서동요와 같은 4구체의 주술적 민요도 이 시기에 널리 창작된 것으로 볼 수 있다.

전성기의 향가는 낭승(郎僧)과 불승(佛僧)에 의해 널리 창작되었는데, 국가의 위난을 극복하고자 하여 지어진 노래도 있고 불교적 세계관을 충일하게 반영한 노래도 있다. 이 시기의 노래에는 주술적인 내용이 서서히 밀려나고 합리적 세계관을 반영하는 작품이 주종을 이루게 된다.

쇠퇴기의 향가는 불승들에 의해 불교포교의 수단이 되기도 한다. 그 대표적인 것이 균여의 보현시원가로 그는 향가를 '世人戲樂之具'라 한다. 이 시기에 이르면 주도적 담당층이던 승려들이 선종으로 선회하며, 화랑은 역사적 존재가치를 잃고 사라지며, 육두품 지식인이 등장하여 향찰 대신 한문으로 서정시를 창작하여 향가는 쇠퇴의 길로 접어 든다. 향가를 수용하던 서민층도 새로운 장르를 모색하며 향가에서 멀어진다. 향가를 분류하면 다음과 같다.14)

1) 주술계 향가 : 도솔가
2) 민요계 향가 : 서동요, 헌화가
3) 사뇌가 : 화랑계 – 혜성가, 모죽지랑가, 원가, 찬기파랑가, 안민가,
　　　　　　　제망매가
　　　　　불교계 – 원왕생가, 도천수대비가, 우적가, 보현시원가

1) 주술계 향가

도솔가는 구지가처럼 요구·명령의 언어로 돼 있다. "미륵좌주를 모셔라"란 명령의 언어에서 그 주술성을 엿볼 수 있는데, 구지가의 주술성과는 조금 다르다. 구지가에서는 위협적이고 직설적인데 반해 도솔가에서는 설득적이고 은유적이어서 무속의 주술성과는 차이를 보인다. '미륵좌주'라는 대상을 제시하고 있으니 불교적(특히 불교의 잡밀사상–밀교적 성격) 주술성이 가미되어 있다고 하겠다.

도솔가의 배경설화에는 해가 둘인 변괴를 없애고자 이 노래를 불렀더니 해가 하나 사라져 천문의 정상을 회복하였다고 한다. 해가 둘 나타난 변괴는 무엇인가. 이는 제주 무속 본풀이(서사무가) 〈천지왕본풀이〉와

---

14) 김학성, 「향가의 장르체계론」, 『한국 고시가의 거시적 탐구』, 집문당, 1997, 54–58쪽.

유사하다. 천지왕과 총맹부인 사이에 대별왕과 소별왕이 태어났는데, 그 당시에는 해도 둘, 달도 둘이어서 초목이 타들어가고 인간도 견디기 어려웠다고 한다. 그래서 대별왕과 소별왕이 활로 쏘아 해 하나와 달 하나를 떨어뜨려 세상은 정상이 되었다고 한다.

여기서 해가 둘인 상황은 지구의 혹서기, 달이 둘인 상황은 혹한기를 의미한다. 낮에는 지독하게 덥고 밤에는 지독하게 추운 지구의 경험을 반영한다고 하겠다. 가뭄과 홍수, 냉해를 입던 상황을 대별왕과 소별왕과 같은 신격(영웅적 주인공)에 의해 극복하고 정상적으로 농사를 지을 수 있게 되었다는 신화이다. 그러므로 도솔가의 해가 둘인 상황을 바로 잡았다는 이야기는 농경의례를 통해 풍요를 기원하였던 정황이라고 해석된다.[15]

그런데 해가 둘인 비정상적인 상황을 역사문맥으로 읽을 수도 있다. 왕은 태양으로 상징된다. 해가 둘 나타났다는 것은 왕 이외에 왕을 칭하는 대항세력의 등장으로 해석할 수 있다. 당시 35대 경덕왕은 무열계의 왕통으로 내물계의 도전을 강하게 받고 있었다. 내물계는 중국식 합리주의 정치를 표방하며 무열계의 비개혁적인 통치체제에 반기를 들었는데, 경덕왕은 무열왕 시절부터 왕권을 보호하던 화랑의 힘을 빌어 내물계를 물리칠 수 있었다. 월명사는 바로 화랑세력이었고(그는 스스로 國仙에 속해 있다고 했는데, 그는 화랑이면서 승려인 郎僧이었다) 노래(도솔가)를 불러 대항세력을 물리쳤다는 것은 노래에 천지귀신을 감동시키는 힘이 있어 그렇게 되었다고 한다.(월명사의 〈제망매가〉에서도 향가에 '能感動天地鬼神'의 힘이 있다고 함)

그런데 노래를 불러 해 하나를 없앴다(저항세력을 제거했다)는 문맥 속에는, 소리의 조화인 노래를 통해 감정을 조화롭게 하고 민심을 조화롭

---

15) 현용준, 「월명사 도솔가 배경설화고」, 『무속신화와 문헌신화』, 집문당, 1992, 435-445쪽.

게 하여 나라의 불평이나 불안한 요소를 제거하며 통치에 힘썼다는 상징적 의미가 내포돼 있다. 당대인들은 노래(樂)를 통해 정치적 득실을 바로잡을 수 있다고 사유했는데, 이것이 예악사상(禮樂思想)이다.

2) 민요계 향가

① 서동요

서동요의 배경설화는 서동설화, 무왕설화, 미륵사 창건설화라고 불린다. 마를 팔아 생계를 잇던 미천한 출신의 서동에게 초점을 맞추어 서동설화라 하는데, 이와 유사한 이야기가 제주의 〈삼공본풀이〉나 '내복에 산다' 설화(혹은 '쫓겨난 막내딸 설화')에도 있다. 삼공본풀이에서 쫓겨난 감은장아기가 마퉁이(마를 파는 아이 즉 서동의 제주 방언)를 만나 금을 발견하고 행복하게 살게 되었다는 전반부의 이야기는 원래 삼공신(전상신-전생의 업보를 관장하는 신)의 내력을 풀어내는 과정의 것이었는데, 후에 민간 설화로 파생되어 널리 유포되었으니, 서동설화도 이런 파생설화로서의 위치를 차지하는 것이 아닌가 한다.[16]

감은장아기가 후에 신격으로 좌정하였다는 맥락을 서동설화는 왕이 된 내력으로 바꾸어 놓아 무왕설화라고도 한다. 앞의 것은 여성이 주가 되는데 뒤의 것은 남성이 주가 되는 것으로 변이되었다. 무왕설화에는 '기이한 출생(용과의 접촉으로 탄생)-고난-선화를 아내로 맞이함-금 발견-등극'이라는 영웅의 일대기를 갖추고 있어 고대의 건국신화에서부터 있었던 영웅담을 밑그림으로 사용한 흔적이 있고, 지금은 사라져 흔적을 찾을 수는 없지만 아마도 고대 백제의 건국신화는 무왕설화와 같은 맥락을 지니지 않았을까 추정된다. 후백제의 견훤의 일대기도 역시 기이한 출생(지룡의 자식-용신앙과 연관)에서 등극까지 보여주고 있

---

16) 현승환, 「'내복에 산다' 계 설화연구」, 제주대학교 박사학위논문, 1992, 148-156쪽.

는데, 용신신앙은 백제의 신화였기에 백제를 부활시킨다는 견훤이 기존의 건국신화를 변용하여 자신의 신성성을 조작해 낸 것이라 추정된다.

　서동설화는 미륵사 창건의 배경설화로 구성되어 있는데, 이는 아마 후대 삼국유사를 지은 일연의 윤색이 아닐까 한다. 하지만 역사적 정황을 유추한다면, 미천한 처지의 서동은 실각한 왕족이었다가 왕이 된 후 왕권을 강화하거나 왕권의 배후세력(왕실을 보호해 주는)으로 미륵사상을 강조할 필요가 있었을 것이고 이런 과정에서 불력의 도움으로 미륵사를 창건했다는 신이담을 낳은 듯하다. 서동이 용과 접촉해서 낳은 자식인데 용은 물을 주재하는 신격(풍요의 신)으로 미르라고 하는데, 이 토속적 신격 미르에 대한 신앙이 후에 미륵신앙으로 바뀐 것 같다. 토속신앙이 불교신앙으로 교체된 당시의 사정을 유추힐 수도 있을 것이다.

　서동요는 간명한 내용으로 그 어석에 큰 난맥은 없다. 단지 '남 그스기-몰래'가 중첩된 점이 어색하다. 그래서 '卯乙'을 '卵乙'의 오기로 보아 "밤에 알을 안고 가다" 즉 임신을 한 상징적 표현으로 보기도 하고, '卵乙'이라 알려진 이 부분의 원 글자는 '夗乙'로 보아 '누워뒹굴 夗'과 결합하여 '뒹굴안고 가다'로 해석한 경우도 있다.[17] 이 노래는 장차 일어날 일의 선행적 모방이 주가 되기에 '예언적 참요'이기도 하다. 서민들의 민요이자 동요인 이 노래는 자신이 꿈꾸는 세상을 갖기 위해 악의적인 소문을 퍼뜨리거나, 정치적인 질곡을 비판하기 위해 서민들의 바라는 바를 냉소적으로 제시하거나, 새 왕조의 출현을 예견하는 참요의 성질을 지닌다. 서동요에는 신분적 질곡 속에서 귀족 신분의 배우자를 연모하는 사연이 담겨 있다. 서민들의 현실적 제약과 그 제약을 뛰어넘으려는 꿈의 반영이라 하겠다.

---

17) 윤철중, 「서동요 신고찰」, 『신라가요의 기반과 작품의 이해』, 보고사, 1998, 250-260쪽.

② 헌화가

이 노래는 순수 개성서정의 노래인가 굿노래인가 하는 논의가 첨예하게 대립하고 있다. 수로부인과 순정공이 강릉으로 가는 행로에서 두 가지 사건이 벌어지고 그 사건과 연관된 노래 두 편이 전하는데, 하나는 헌화가이고 다른 하나는 해가(海歌)이다. 해가는 구지가처럼 요구와 명령의 주술이 담긴 주술적 노래이다. 그러니 용에게 수로의 귀환을 요구하는 제의에서 '용거리'가 불린다는 사실에 기인하여 앞의 헌화가도 꽃을 바치는 제의에서 불린 '꽃거리'의 주술적 노래라고 한다. 수로와 연관을 맺는 남성의 정체가 기이하기 짝이 없는 용이라거나 소를 모는 노인이란 점에서 그런 해석이 설득력을 얻는다.[18]

이 노인을 신선이라 하여 도가적인 노래라 하거나, 이 노인을 선승(득도의 과정을 그린 심우도에서 소를 찾고 소를 끌어오는 과정이 제시됨)이라 하여 불교적인 노래라 한 점도 소를 모는 노인의 정체가 불분명하기 때문에 빚어진 결과이다.

이 노래 속에서는 주술적 형상을 찾기 어렵다. 이 노래는 사랑을 고백하는 서정적 노래이다. 남편이 있는 젊은 여인과 정체를 모르는 늙은이와의 사랑이 과연 가능한가라는 질문은 그리 중요하지 않다. 사랑은 신분과 나이와 국경을 넘어 가능한 것이고, 잠시 동안의 연모야 늘 가능한 것이 아닌가. 아내와 함께 미스 코리아 선발을 보며 아내만을 사랑한다는 다짐을 할 필요는 없고, 드라마를 보며 김혜수가 참 예쁘다는 말을 하며 내가 좋아하는 연예인을 드러낼 수도 있다. 아름다운 여인을 사랑하는 것은 죄가 아니다. 삼국유사 속에는 미천한 신분의 지귀가 선덕여왕의 '미려(美麗)'를 사모하는 대목, 진지왕이 도화녀의 '염미(艶美)'에 감동하여 사후에 관계를 맺는 대목, 역신이 처용 아내의 '심미(甚美)'에 감

---

18) 조동일, 『한국시가의 역사의식』, 문예출판사, 1993, 33~35쪽.

동하여 간통하는 대목이 있다. 초자연적인 세계의 신들까지 능히 움직일 수 있는 여성적 아름다움의 마력을 이해한다면 이 노래의 서정성을 의심하지 않게 될 것이다.[19] 철쭉꽃을 전해 주는 마음은 봄의 기운을 전하는 것이고, 이때 봄이 마을에까지 다다른다.

> 작은 고향 마을
> 나무짐에 진달래꽃
> 붉게 꽂고
> 줄줄이 산길을 내려와
> 굽이굽이 강길을 돌아오던
> 떠들썩한 나무꾼들의 모습
> 눈에 선한
> 저 푸른 하늘 아래
> 한 고랑 ^ 밭매 가는
> 어머님의 찬찬한 손길(김용택, 저 푸른 하늘 아래)

떠꺼머리 총각들이 나무하러 산에 갔다 돌아오는 길에 지게 위에 진달래를 꺾어 마을 어귀 우물가에 다다르게 되는데, 마음 속에 두고 있던 점순이에게 그 꽃을 던져 주고 도망치는 총각 녀석의 마음에도 흥성스런 봄이 오고, 그 꽃을 받아 든 처녀의 볼이 붉어지며 마을에 봄이 오는 정황을 상상하자. 아이 하나 울지 않는 마을은 죽은 마을이다. 노인만 있는 우리의 농촌은 죽은 마을이다. 처녀 총각이 사랑을 나누고 짝을 짓고 아이를 낳고 골목마다 아이들이 뛰노는 마을이 진정 살아 있는 마을이다. 진달래꽃만 꺾어도 봄이 살아나는 것이다. 헌화가는 자연계에 온 봄을 인간세계로 가져와 풍요로운 계절을 맞이하는 삶의 노래이다. 봄 살아나는 노래이다.

---

19) 성기옥, 「헌화가와 신라인의 미의식」, 『한국고전시가작품론』 1, 집문당, 1992, 69-70쪽.

3) 사뇌가

① 화랑계 사뇌가

향가가 널리 불리기 시작한 시기는 6세기부터인 듯하다. 그 이전에 4구체 8구체 10구체의 형식이 거의 구비되고 그 이후에는 다양한 형식이 선택된다. 지금 알려진 작품 중 최초의 것은 6세기 말 진평왕대에 지어진 〈혜성가〉다. 이 노래를 지은 융담사가 화랑이라는 증거는 없다. 그러나 거열랑 등 세 화랑의 무리가 풍악에 가 놀려 할 때 혜성이 심대성을 범하여 여행을 중지하려 했는데, 이때 융천사가 향가를 지어 불러 변괴가 없어지고 일본병이 물러가게 되어 왕이 기뻐하고 낭도들을 풍악에 보냈다고 한다. 그들은 나라를 다스릴 수 있는 역량을 키우기 위해 심신을 수련하고, 국가적 제의처에 치제를 드려 국가의 안녕을 빌기도 했을 것이다. 화랑들의 '유오산수(遊娛山水)'에서 '유(遊)'는 제의를 드렸다는 의미이며 산수는 신라의 중요한 제의처인 '삼산(三山)이나 명산대천(名山大川)'을 의미한다고 한다. 그리고 그들이 '상열이가악(相悅以歌樂)'했다는 것은 악을 담당했다는 의미로서, 화랑 중의 낭승(郎僧)이 의례절차인 신앙과 낭도들의 교육을 담당하였고 이 두 절차를 가악으로 (제사에 악을 사용하고, 요즘의 군가처럼 이념교육에 노래를 사용함) 매개하였던 것으로 생각된다.

〈모죽지랑가〉는 죽지랑이란 화랑의 삶을 사모하는 노래로, 그 낭도였던 득오실이 지었다. 낭승만이 아니라 낭도들도 자유자재로 향가를 지었고, 국가적인 위난이나 제의의 절차에 향가가 쓰였을 뿐만 아니라 일상생활의 감정을 싣는 도구로도 애호되었다는 사실을 알 수 있다. 화랑의 고고한 정신세계는 당대 사회의 귀감이 되었고, 죽지랑과 같은 인물의 결백한 삶은 신라사회의 구심점이 되고 나아가 삼국통일의 원동력이 되었다.

〈찬기파랑가〉는 기파랑이란 화랑을 찬미하는 노래로 앞의 사모의 정보다 더 뜻이 높고 깊다. 이 노래에서 기파랑은 달과 같이 세상을 비추는 존재, 일오나리 물의 흐름처럼 영원성을 지닌 존재, 잣나무처럼 항상 푸름을 지닌 존재로 인식되고 있다. 물·달·잣나무는 영원성의 상징으로 기파랑의 모습에 투영되고 있다. 고대적 사유체계인 원형상징성이 8세기까지 지속되고 있음을 보아 과거의 전통적인 화랑사상 선풍(仙風)의 맥을 잇고 있는 작품으로 보인다. 그러나 8세기 이후에는 유교와 불교의 세례가 거세져 원형상징성은 해체되고 개인서정이 더욱 두드러진다.[20]

이런 정황을 〈원가〉에서 찾을 수 있다. 이 노래의 배경설화에는 효성왕이 신충과의 약속을 지키지 않자, 신충이 이를 원망하는 노래를 잣나무에 붙였더니 잣나무가 시들었다는 원형상징의 전논리가 드러난다. 그러나 원가의 내용을 보면 "달 그림자 내린 연못가 흐르는 물결이 모래를 이기듯/ 그 분의 모습을 바라보나 세사의 모든 것 여흰 처지여"라고 하여 서정적 탄식과 체념이 두드러진다. 설화와 노래의 괴리이고, 이는 이 즈음에 원형상징성이 해체되고 자연은 감정의 표상물로 서정화되어 간다는 증거이다. 고대 사유체계가 중세보편주의사상(유교와 불교)과 공존하다가 서서히 그 주도권을 불교 쪽에 내주는 시대적 추이를 상기시킨다.

충담사는 삼화령의 미륵에게가 차 공양을 하고 오는데, 이런 사실은 충담사가 화랑의 무리에 속하고 화랑을 위해 노래를 짓는 승려임을 입증해 준다. 미륵은 화랑정신의 상징이고, 찬기파랑가는 화랑을 찬양한 노래다. 화랑의 세력은 경덕왕 때에 정계에서 밀려나 있었으므로 충담사를 매개로 해서 재야세력과 제휴를 하면 왕권을 위협하는 반대파(앞의 도솔가에서 제시한 반왕당파—내물계)를 누를 수 있다고 판단했던 것 같다.

---

20) 최진원, 『국문학과 자연』, 성균관대학교 출판부, 1981, 184-186쪽.

〈안민가〉역시 충담사의 작품이다. 국가적인 안정을 꾀하기 위해 경덕왕이 영복승(榮服僧)을 찾고 있는데, 위의(威儀)가 깨끗한 승려가 지나가자 왕이 찾는 인물이 아니라고 하고, 이때 충담사가 지나가자 왕이 자기가 찾는 승려라 하여 영접하는데 영복승이란 옷을 잘 입은 승려가 아니라 '제의를 잘 하는 승려'이고 아마 불교적 제의보다는 전통적 제의를 잘 드리는 승려일 것이다. 제의를 통해, 그리고 충담사와 같은 화랑 세력을 통해 국가적 위난을 극복코자 했던 것이다.[21]

〈제망매가〉는 불교적인 노래로 분류되기도 한다. 그러나 그 작자 월명사가 승려이고 미타찰이란 불교적 이상향이 제시된다고 해서 불교적 노래라 단정할 수는 없다. 이 노래의 시간·공간 인식은 불교적이지만 시간·공간 감각은 서정적이다. 그리고 월명사는 왕으로부터 불교적 노래(梵聲)를 부탁받았으나 향가만 지을 줄 안다고 할 만큼 화랑과 밀접하다. 그러므로 도솔가와 함께 화랑계 노래로 분류해 보았다.

② 불교계 사뇌가

〈도천수대비가〉는 관음보살에게 눈 먼 아이의 눈을 뜨게 해 달하는 기원을 드러내고, 〈우적가〉는 선승의 입장에서 도적을 감화시킨 불법의 위용을 드러내어 불교적인 사뇌가라 한다. 신라 하대에는 화랑세력이 쇠퇴하며 사뇌가는 불승(특히 선승)들의 장르로 굳어지고, 고려 초 〈보현시원가〉 11수로 이어진다. 이때 사뇌가는 불교적 포교의 수단으로 일반인들에게 널리 애송되었고, 이런 노래를 부르면 병이 낫는다는 믿음도 있었음을 최행귀의 서문을 통해 알 수 있다.

여기에서는 〈원왕생가〉에 드러난 당대 불교적 사뇌가의 현실 수용양상을 구체적으로 살피려 한다. 이 노래에는 광덕과 엄장의 불도 정진을

---

21) 허남춘, 「화랑도의 풍류와 향가」, 『고전시가와 가악의 전통』, 월인, 1999, 40-42쪽.

배경설화로 하는데, 광덕은 금욕적이고 소승적인 수행을, 엄장은 개방적이고 대승적인 수행을 하고 있다. 광덕이 먼저 왕생을 하게 되자 엄장은 광덕의 아내와 함께 살며 잠자리를 요구하고, 광덕처의 질책을 받고 불법에 정진하여 그도 왕생하게 된다는 사연이다. 그런데 〈남백월이성〉조에는 소승적인 달달박박과 대승적인 노힐부득이 등장하는데, 노힐부득이 먼저 왕생하고 달달박박이 후에 왕생하는 내용으로 원왕생가와는 대조적이다. 둘도 광덕과 엄장처럼 함께 수행하는 사이인데, 어느 날 밤 늦게 달달박박의 처소에 한 여인이 머물 것을 청하자 그는 단호히 거절한다. 이 여인은 노힐부득의 처소로 가서 다시 머물 것을 청하자 그는 허락한다. 얼마 후 여인은 해산 기운이 있으니 목욕물을 부탁하고, 해산 후에 목욕물에 함께 목욕하자고 청한다. 그는 이 부탁도 들어준다. 그때 노힐부득은 금빛 몸으로 변하며 해탈하게 된다. 그는 세상사의 경계를 뛰어넘는 대승적 수행으로 먼저 불법을 깨닫게 되는 것이다.

광덕 엄장의 한자식 이름에서 알 수 있듯이 상층 귀족의 세계관이 채색된 이 설화에서는 금욕적인 광덕이 먼저 불법을 얻고, 노힐부득 달달박박의 우리말 이름에서 알 수 있듯이 하층 서민의 세계관이 채색된 이 설화에서는 개방적인 노힐부득이 먼저 불법을 얻는다. 귀족의 불교 수용 양상과 서민의 불교 수용양상이 달랐음을 보여주는 예가 아닐까 한다.

4. 속요론

속요와 경기체가를 합해 고려가요라 한다. 속요는 속가 혹은 속악가사라 칭하기도 한다. 지금 남겨진 속요는 궁중악의 가사(노랫말)인데 민요를 채집하여 분식을 가하고 악곡에 맞게 변화시킨 것이다. 그러나 수집 대상이 민요에 그치지 않고 무가(巫歌)나 불가(佛歌)도 포함되므로 민간가요(줄여서 민가)라 해야 옳다. 민가를 채집해 궁중악을 만들었고 일부는 궁중에서 창작한 것도 있다. 그러므로 속요를 민요라 해선 안 된다. 속요에는 민가(民歌)의 형식적 특징도 일부 드러나지만, 궁중악으로서의 송도성(頌禱性)과 의전성(儀典性)을 갖추고 있다.

속요는 여성적 정조와 이별·사랑의 주제가 두드러진다. 그렇다고 이를 민족 정서인 한(恨)의 표출이라 해서는 안 된다. 속요에서 소월의 진달래꽃으로 이어지는 비극적 정조는 우리 문학의 작은 부분일 뿐이지 민족 정서는 아니다. 그리고 한이라는 특성은 모든 민족의 민속예술이 갖는 보편적 특징일 뿐 우리만의 고유한 것은 아니다. '한'이란 일제가 우리 민족을 폄하하려는 의도에서 조작된 개념어일 뿐이다. 식민사관에서 벗어나 우리 문학의 긍정적이고 낙관적인 측면을 볼 줄 알아야 한다.

속요를 음사(淫辭)라거나 남녀상열지사(男女相悅之詞)라 하는 것도 속요의 특징을 온전히 설명할 수 없는데, 그 이유는 이런 평가가 조선초 사대부에 의해 정의된 것이기 때문이다. 같은 중세시대라 하지만 고려와 조선은 다르다. 고려는 발랄하고 향락적인 정서를 인정하였지만, 조선은 문학에 도를 실어 표현해야 한다는(문이재도, 文以載道) 규범성과 윤리성을 강조하였기 때문에 고려의 문학을 탐탁하게 여기지 않았다. 특히 감정의 억제와 균제를 중시하였기에(즐거워도 지나치지 말아야 한다는 樂而不淫) 고려 속요를 감정이 지나치다 하여 음(淫)이라 했지 '음란하다'는 비판을 했던 것만은 아니다. 시차를 인정해야 한다. 그래야 속요를 당대의 미학으로 온전히 바라볼 수 있다. 속요를 일방적으로 음란한 노래로 보아서는 안 된다.

어름우희 댓닙자리 보와 님과 나와 어러주글 만뎡
어름우희 댓닙자리 보와 님과 나와 어러주글 만뎡
情둔 오ᄂᆞᆯ밤 더듸 새오시라 더듸 새오시라 (만전춘 1연)

이 노래 역시 퇴폐적인 노래로 손꼽히고 있다. 잠자리가 나오기 때문에 남녀의 불륜이 주제라는 것이다. 그러나 이 노래에서 우리가 주목해야 할 바는 잠자리가 아니다. 얼음 위의 댓자리와 같은 혹독한 조건이라도 님과 함께 하고자 하는 강렬한 열정을 느껴야 하고, 제한된 시간이 영원하길 비는 간절한 염원을 찾아내야 한다. 〈오관산〉에서 병풍 위의 나무로 깍은 닭이 꼬끼오 울 때 어머니 늙으세요 하는 심정이나, 〈정석가〉에서 구운 밤이 움이 나고 싹이 날 때 님을 이별하겠다는 심정과 같이, 현재의 제약된 시간을 극복하고 영원히 함께 하고자 하는 '간절한 염원'이 중심인데, 우리는 늘 잠자리 타령이나 하고 있다. '죽음을 각오한 열정'을 음란과 퇴폐로 비하하는 데 익숙하다. 우리는 속요를 보는 시각을 바꿔야 한다. 자기비하의 열등감을 벗어나야 한다.

무쇠로 텰릭을 몰아 나는
鐵絲로 주롬 바고이다
그 오시 다 헐어시아
有德ㅎ신 님 여희ㅇ와지이다(정석가 4연)

위에서 언급한 '간절한 염원'이 가장 극대화되어 나타난 대목이다. 불교적 시간관에서 순간적인 시간을 찰나라 하고 욕망에 따른 값싼 사랑을 찰나적 사랑이라 한다면, 영원한 시간을 겁(劫, kalpa)이라 하고 지극한 사랑을 영겁의 사랑이라 하겠다. 겁이란 시간은 이렇다. 사방 백 리의 큰 성에 100년에 한 번씩 개미가 좁쌀을 물고 와 성 안에 좁쌀이 가득차게 되는 시간, 혹은 사방 백 리의 큰 바위가 있는데 백 년에 한 번씩 선녀가 내려와 치맛단으로 바위를 스치고 지나가 그 바위가 다 닳아 없어지는 시간이다. 정석가에서 무쇠로 만든 갑옷이 다 헐어 없어질 때 님과 이별하겠다는 심정은 위의 겁의 시간을 느끼게 하고 영겁의 사랑

을 하겠다는 강렬한 염원이다. 고려 속요가 육체적 사랑이나 욕망에 투
철하고 음란한 남녀의 관계를 일삼았다고 함은 거짓이라 하겠다.

발랄한 사랑을 유교적 이념으로 덧칠한 경우도 있으니 잘 살필 일이
다. 〈제위보〉는 익재 이제현의 한역 소악부이다. 이것이 「고려사」 악지
에 다시 실렸는데, 그 해설에 조선조 사대부의 속요에 대한 시각을 살필
수 있다.

> 빨래하는 시냇가 수양버들 곁에
> 손을 잡고 마음 속 말하던 낭군님
> 비록 처마를 연잇는 석 달 비 내린다 해도
> 손 끝에 남은 향내 어찌 차마 씻어버리랴

제위보에서 일하던 한 여인이 마음 속에 그리던 낭군과 만나 손을 잡
고 사랑의 밀어를 나누고 언약을 한가 보다. 그 낭군과 맞잡은 손에 님
의 향기가 남아 오래도록 그 여운을 간직하고자 하고, 변치 않는 사랑의
심정을 토로한 내용이다. 그런데 고려사의 해설에서는 '마음을 속삭이
며 잡았던 손목'을 남에게 더럽혀진 손목으로, 향내를 치욕으로 해석하
며, 그 여인이 치한의 행동에 분개하며 그 치욕을 씻을 길이 없다는 도
덕적 결단의 절조로 왜곡하고 있다. 이념이 개입되면 문학 본래의 의미
가 사라져버린다. 그런 예가 또 있다. 북한 문학사에서는 제위보에서
일하는 노동 근로 여성이 지배계급의 성폭행에 대해 치욕을 씻을 길이
없어 분개하며 항거하는 노래라 해석하고 있다. 이 노래는 도덕적 결단
이나 계급투쟁의 내용이 아님을 학생들에게 일깨우면서, 조선조 사대부
의 속요에 대한 편견을 비판하게 하고, 속요의 자유분방함을 느끼도록
지도하면 좋겠다.

〈쌍화점〉은 다소 음란과 퇴폐가 두드러지는 노래로 볼 수 있다. 여기

서는 두 여인 화자가 등장하고 4장에서 각각 4명의 남자가 등장한다. 회회아비, 삼장사 주지, 우물 용, 술집아비가 여인의 손목을 잡았다고 하는데 실은 잠자리를 한 것으로 보인다. 여인 A는 손목을 잡히고 소문이 날까 두려워하는데, 여인 B는 그 자리에 자러 가겠다고 말하자, 여인 A는 그 잠자리는 지저분하다고 여인 B를 비난하는 내용으로 볼 수 있다. 부끄러움—선망—비난의 구도이다. 그런데 '덦거츠니'를 지저분하다라고 보지 않고 무성함(茂)으로 보아 '그 잔 곳처럼 안온한 곳은 없다'라는 해석을 참고하면, 부끄러움—선망—자랑의 구도이다. 고려 여성들은 조선조 사대부의 규범적인 삶과는 달리 자유분방하였고 당대는 그런 향락적 서정을 수용할 정도로 열려 있었다. 고려 속요의 적극적이고 발랄한 정서를 염두에 두면 우리는 후자의 해석이 좀더 자연스럽다는 생각을 갖게 될 것이다. 성(性)이 은폐되지 않고 개방되는 사회가 오히려 건강한 사회가 아닐까 하는 점을 고려해 보며 그 판단은 학생들에게 맡기는 것은 어떨까.

〈고려 처용가〉는 연의 구분 없이 길게 부연된 장편의 노래이다. 끝에는 신라 처용가가 덧붙어 있고, 잘 알다시피 역신과 처용 처의 다리가 꼬이는 잠자리가 등장한다. 잠자리가 드러난다고 해도 이것이 음란이 아님은 이미 주지의 사실이다. 역신을 물리치는 주술적 성격의 노래여서 음란·퇴폐와 무관하다. 대부분의 학생들은 '가랑이가 넷이라'는 이 구절에 이르러 수업의 권태와 졸음을 쫓고 흥미를 느낀다. 성은 늘 관심의 대상이다. 성을 아름답고 자연스러운 것으로 여기도록 도와주어야 할 것이다. 중세시대에 관념적인 조선조의 지배층을 제외하곤 대부분의 삶 속에 성은 자연스러운 것이었고, 인간의 성과 자연의 풍요는 결합되기도 하고 교감하기도 한다. 성은 그들 삶의 한 부분이기에 섹스를 통한 종족보존이나 풍요·다산은 농경문화 속에서 중요한 부분이었고 신앙·공동체 조직과 유기적 관계를 형성하고 있다. 근대에 와서 성이 상품화하고 성을 관능적인 유혹의 개념으로 받아들이기 전까지, 성은 삶의 당연한 부분이고 과정임을 일깨워줘야 할 것이다.

농경사회에서 근대 자본주의 사회로 전환되면서 청소년이란 계층이 형성되고 이들의 사회 위치와 역할은 모호해졌다. 과거 15-16세의 나이가 되면 성년식을 치르고 스스로 노동을 하여 가계를 돕거나 꾸려야 한다. 그 이전에는 성인들의 보호 속에서 구속되어 있다가 이 나이가 되면 어른들의 구속에서 벗어남과 동시에 노동의 의무를 감당해야 한다. 물론 성적인 행위도 허용된다. 곡식을 생산하고 아이도 생산하는 나이가 된 것이다. 그런데 근대의 청소년은 학문 수련의 의무만 있고 성은 구속된다. 성이 가장 왕성한 시기에 성을 일방적으로 억압하는 것은 온당하지 못하다. 성적 욕망을 자연스럽게 해소할 수 있는 통로가 마련돼야 하고, 고려 속요를 통해 성을 자연스럽게 받아들이게 하는 방법도 유효하리라 생각된다.

〈고려 처용가〉에는 역신을 쫓는 처용의 형상을 길게 부연하고 있다. 꽃을 꽂은 머리, 넓은 이마, 긴 눈썹, 인자한 눈, 복사꽃 같은 자태, 흰 이, 복스러운 턱, 유덕한 가슴 등 복덕을 겸비한 휘황찬란한 모습이 형상되어 있다. 이런 모습은 아마 고려인의 이상적 형상이었을 것이다. 화려하게 분식된 처용의 모습 속에서 고려인들이 꿈꾸었을 전형적 멋스러움과 삶을 엿볼 수 있다.

속요에는 고려인의 사랑과 염원, 삶과 이상만이 담겨 있는 것은 아니다. 한역된 노래 속에는 타락한 현실이나 고통스런 현실이 묻어 있다. 특히 〈수정사〉와 〈탐라요〉는 제주의 당대 현실을 보여 준다. 중앙에서 관리들이 수시로 드나들며 제주민을 수탈하고, 제주민은 그들을 접대하는 데에 고통스러웠다고 한다. 주곡인 쌀이 생산되지 않아 상인들의 배가 오길 하염없이 기다리는 제주민의 질곡 같은 삶이 〈탐라요〉를 통해 전한다. "물 둑을 무너뜨린 도근천의 흐름에/ 수정사 안 뜰은 온통 물바다/ 이 날 밤 웃방엔 예쁜 각시 갈마놓고/ 주지 녀석 도리어 뱃사공이 되는구나"란 〈수정사〉에서는 고려 말 타락한 불교 승려의 일면을 보여 주고 있다. 사대부의 술자리보다 승려들의 술자리에 자주 불려 가는 기생들의 넋두리 속에서 승려들의 음란함을 엿볼 수 있다. 수정사에는 130 여명의 사노비가 있을 정도로 호사스런 장원을 경영하고 있었는데, 당대의 제주민은 고통에 신음하고 있었다고 하니 그 실상을 아프게 감상할 수 있다.

〈청산별곡〉도 농토를 잃은 유민의 노래라 해석한다. '가던 새'의 새는 사래 즉 논과 밭의 이랑으로 보면 그렇다. 그리고 민가에서 멀리 떨어진 산과 바다로 떠난다는 것도 일상의 삶인 농토에서 유리되어 유랑의 삶을 산다는 증거가 될 수 있다. 최근에는 "사자를 여러 도로 보내어 백성들을 산성과 해도로 옮기도록 명하였다"(遣使諸道 徙民山城海島,『高麗史』列傳, 崔忠獻傳)는 기록을 들어, 당시 몽고의 난을 피하기 위해 백성들을 산성이나 섬으로 이주시킨 역사적 정황 속에서 이 노래가 지어졌다고도 한다.[22] 이 노래는 농토를 떠나, 혹은 고향을 떠나 유랑하는 자의 노래인 듯하다. "가다가 가다가 드로라 에졍지 가다가 드로라"에서 에졍지는 '부엌에'가 아니다. '에'는 돌다(回)의 의미이고, 졍지는 삼국사기의 지마왕조를 토대로 보면 졍지 즉 갈래, 갈래길이란 뜻이다.(韓岐部를 大庖라고 한다고 했는데, 한=大, 졍지 岐=졍지 庖와 대응된다)[23] 그러므로 화자는 여러 갈래의 길에서 유랑하고 있으며 이때 사슴이 짐대 위에서 해금을 켜는 모습을 목격한다. 답답한 도시 속에서 고향을 잃고 사는 우리도 어찌 보면 방랑자이다. 그래서 지금도 푸른 산, 청산(靑山)은 마음 속의 이상향이고, 모든 욕망을 떨치고 머루나 다래를 먹고서라도 청산에 살

22) 박노준, 「청산별곡의 재조명」, 『고려가요의 연구』, 새문사, 1990, 97쪽.
23) 성호경, 「청산별곡의 '에졍지'에 대하여」, 『한국시가의 유형과 양식연구』, 영남대학교 출판부, 1995, 113쪽.

고 싶은 것이 아닐까.

〈정과정곡〉은 위의 서민적 미의식과는 다른 지배층의 노래이다. 그러나 서민적 감각을 따르고 있다. 민가에서 흔히 발견되는 님에 대한 그리움을 가져다 임금님에 대한 연모의 정을 노래하고 있다. 송강의 사미인곡과 같은 후대 충신연주지사의 전범이 되고 있으며, 님의 의미를 확장하는 시발이 되기도 하였다. 이 노래를 가르치며 속요 발생의 연원을 이야기해 줄 수 있을 것이다. 이 노래는 10구체의 잔영이라 하고, 전별곡적(前別曲的) 형식이라 한다. 향가가 사라지는 시기에 속요가 탄생하였고, 새로운 장르는 기존의 장르인 향가를 부정적으로 계승한 것이라 할 만하다. 향가의 10구체는 4-4-2의 의미 단락인데, 정과정곡은 4-2-4-1의 의미단락이다. 처음 4구는 '아으-시리이다' 다음 2구는 '아으-시리잇가' 다음 4구는 '아으-시니잇가'로 시상이 마무리되고 있어 향가 10구체를 변용하여 계승한 것이다. 후렴을 빼면 3개의 의미단락으로 향가의 10구체와 유사하다. 다른 점도 있다. '넉시라도 님은 혼ᄃᆡ 녀져라 아으/ 벼기더시니 뉘러시니잇가'는 만전춘에서도 발견되는 당대의 유행구로서 민요적 성격이었던 것이 차용되었음을 알 수 있다. 그리고 마지막 후렴인 '아소 님하-'는 속요의 전형적인 형식이다. 속요의 보편적 형식적 특징이라 할 '3음보, 연장체, 후렴 혹은 여음' 중에서 3음보와 후렴을 갖춘 초기 속요라 하겠다.

속요는 고려 후기 왕실과 권문세족에 의해 적극적으로 향유되었으니, 그 전성기는 13-14세기였다. 이때의 속요는 연장체가 우세하여 위의 형식적 특징을 잘 갖춘 것들이다. 그런데 고려 말 시조 장르가 태동되면서 속요는 쇠퇴기를 맞이하고 그 형식적 특징에서도 큰 변모를 겪는다. 〈만전춘별사〉는 속요가 쇠퇴기를 맞이하는 시기의 노래이다. 연장체와 '아소 님하-'의 후렴은 갖추었으되 3음보가 아닌 4음보이고 4행체가 아닌 3행체이다.

〈만전춘별사〉의 1연은 민요적 성격을 진하게 풍긴다. 소재도 그렇고 표현법도 그렇다. 2연은 토씨를 빼면 '耿耿孤枕上 西窓桃花發'과 같은 한시체의 노래이다. 3연은 앞의 정과정곡에서도 보았던 유행구인데, 만전춘 전체와 어우러지도록 반복을 하여 3행의 형식을 갖추고 있다. 그리고 '녀닛 景 너기다니'란 표현을 통해 당대 유행하던 경기체가의 '** 景'을 수용한 일면을 알 수 있다. 후렴을 뺀 다섯 연은 4음보 3행의 형태를 띠고 있어 광의의 시조 형식 특징을 발견하게 되는데, 그렇다고 해서 만전춘에서 시조가 발생한 것은 아니다. 당대 태동하던 시조의 영향을 받아 속요에 변모가 가능했던 것으로 보아야 한다. 이처럼 속요가 쇠퇴하는 시기에 한시·경기체가·시조 등 타 장르와 장르교섭이 활발하게 이루어진다.[24]

〈동동〉은 월령체의 노래다. 민요의 월령체(달거리)와 많이 닮아 있다고 한다. 그러나 엄연히 궁중악으로 쓰인 노래로 민요와 거리가 있다. 『고려사』 악지 해설에는 "송도지사(頌禱之詞)가 많고 선어(仙語)를 본받았다"고 한다. 선어는 선풍 즉 천신과 산천을 숭배하는 고대 지배이데올로기의 의식적 언어를 많이 썼다는 말이다. 그래서 "-샷다, -노이다, -소이다" 등의 호칭도 민요와 변별된다. 그리고 송도는 찬양과 기원으로 나눌 수 있는데, 찬가(頌)에는 찬양·호소·환호·추수(追隨)의 내용이, 기원(禱)에는 진상(進上)·추앙·원망(願望)의 내용이 담긴다. 동동의 내용을 보면 "만인 비취실 즈싀샷다" "ᄂᆞ믹 브롤 즈슬 디녀나샷다"에서는 찬양과 환호가, "藥이라 받줍노이다" "願을 비슙노이다"에서는 진상과 기원이 느껴지므로, 동동을 그냥 사랑과 이별과 고독의 노래로 볼 수도 없다. 님을 찬미하고 님에게 귀한 것을 바치는 숭고가 느껴진다.[25]

---

24) 장르 교섭 양상에 대한 자세한 논의는 김학성, 『국문학의 탐구』(성균관대학교 출판부, 1987, 58-60쪽)에서 참조하였다.
25) 허남춘, 「동동과 예악사상」, 『고전시가와 가악의 전통』, 108쪽.

그러므로 속요를 이해할 때에는 민가의 요소와 궁중악의 요소를 함께 고려의 대상으로 삼아야 한다. 속요는 궁중의례나 그 뒤의 유흥에서 불려지는데, 그 내용은 신성성을 드러내기보다 남녀간의 애정 등 인간적 정서를 주조로 한다. 그리고 속요 속에서 신은 인격화되어 님으로 표상되기도 하고, 님의 신격화가 이루어지기도 한다. 속요는 사랑과 이별과 고독의 주제보다는 '간절한 호소와 염원'을 위주로 전개된다.

5. 시조 · 가사론

1) 서

시조는 신흥사대부에 의해 고려 말에 생성된 장르이다. 애초 신흥사대부들은 그들의 이념과 미의식을 담을 적절한 양식으로 경기체가를 창출한다. 고려말의 권문세족과 대항적 관계에 놓여 있었던 그들은 기존의 장르와 다른 문학을 창출하고자 했고, 그래서 경기체가에는 그들만의 참신하고 발랄하고 호기에 찬, 화려한 미의식이 담기게 된다. 한림별곡은 조선초 예문관과 같은 신진관료들의 술자리에서도 불리는데, 과거에 급제한 능력 있는 관료들의 패기와 흥취를 담는 구실을 하였다고 한다.

그러나 율격이나 미의식의 측면에서는 아직 속요의 3음보와 향락적 서정을 벗어나지 못하였다. 그래서 그들의 이념을 충실하게 담을 새로운 문학적 양식을 모색하게 되고 그런 과정에서 시조를 창출하게 된다. 그러나 시조가 널리 창작되고 향유되기에는 좀더 시간을 기다려야 했다. 신라가 멸망하고 고려가 건국되었더라도 신라시대에 유행하던 사뇌가가 지속적으로 향유되었듯이 왕조가 바뀐다고 해서 문화적 흐름이 일거에 바뀌는 것은 아니다. 이와 마찬가지로 조선조가 건국된 후 고려조에 유행하던 속요와 경기체가가 지속적으로 향유된다. 속요는 조선조 사대부의 이념에 어긋나는 것이었기에 비판 속에서 명맥을 이었으나, 경기체가는 조선왕조 창업의 정당성을 드러내거나 왕실을 찬양하고 기원하는 악장으로서의 기능을 충실하게 수행한다.[26]

그러나 왕조의 기틀이 잡히고 난 후 찬양 일색의 악장은 사대부의 기호품이 될 수 없었다. 그 시기를 즈음하여 시조 장르가 서서히 융성하기 시작하였다.

고려말 애초에는 선승들의 장르로 출발한 가사는 조선초에 와서는 그 담당층이 달라지게 된다. 나옹화상의 서왕가나 승원가 같은 작품은 불교 포교에 소용되던 불교가사이다. 그런데 선승들과 출신 기반이 같은 신흥사대부(둘다 지방의 향리 출신이다)는 서로 문화적 교류를 하다가 이 장르를 그들의 미의식을 담는 장르로 선호하게 되고, 악장문학이 쇠퇴하고 시조가 융성하게 된 시기와 때를 같이 하여 그 장르적 발전을 보인다.

시조와 가사의 기원에 관하여 여러 학설이 제기되었다. 시조는 민요 혹은 사뇌가의 3개 의미단락 형식에서 왔다거나 한시의 번역에서 왔다는 재래·외래기원설이 있듯이, 가사의 경우는 경기체가 기원설·한시 현토 기원설·시조 기원설 등이 있다. 하나의 장르가 창출되기 위해서는 선행 장르가 결정적 영향을 주지만, 민요에서도 그 자양분을 취하고 외래의 한문학에서도 촉발되는 등 다양한 조건 속에서 성숙되는 것이다. 우리가 주목해야 할 것은 시조와 가사를 창출한 조선조 사대부의 세계관과 미의식이다. 그들은 고려시대의 3음보를 거부하고 안정된 리듬의 4음보 형식을 선호하였으며, 향락적 미의식을 거부하고 균제되고 절제된 미의식을 지향하는 가운데 시조와 가사를 그들의 문학적 교양으

---

26) 강명관, 「조선전기 고려가요의 전승과 시조사의 문제」, 『조선시대 문학예술의 생성공간』, 소명, 1999, 81쪽. 그는 고려 속요 개찬의 논의가 끊임없이 계속되는 조선조의 실상을 자세히 언급하고 있다. 특히 조선조 200여 년간 고려가요가 지속적으로 수용된 점을 들어 시조가 본격적인 역사적 장르로 등장하게 된 시기를 16세기 중반으로 상정하고, 시조사에 대한 획기적인 발언을 하고 있다.

로 삼게 된다.

2) 시조의 전개와 미의식

시조는 4음보 3행의 정형시다. 각 음보는 4음량을 갖는다. '어와/ 내일이야/ 그릴 줄/ 모르더냐'의 4음보는 각 음보에서 음절수를 달리한다. 그러나 각 음보는 음절수로 그 음지속량이 결정되지 않는다. 제1음보에서는 음절 두 개가 2모라(1음절은 1mora의 길이)의 지속량을 갖는 대신 1개의 장음(長音)과 1개의 정음(停音)을 보태 4모라의 길이를 갖는다. '그릴 줄'의 경우에는 1개의 장음 혹은 정음이 덧보태진다. 제2음보와 제4음보에서는 4음절이 4모라의 길이를 갖는다. 그러므로 동질적인 4모라의 길이가 4번 반복되는 '4음 4보격'의 율격이라 할 수 있다. 지극히 안정되고 균제된 미감을 낳는다.[27]

그런데 종장도 역시 외관은 4음보이되 내부적으로는 5음보를 실현시키며 시상을 종결하는 구조로 되어 있다. 종장 제2음보는 늘 4자가 넘는다. '보내고/ 그리는 정은/ 나도 몰라/ 하노라'에서처럼 5자 혹은 그 이상이다. 가사에서도 그렇다. '아모타/ 백년행락이/ 이만한들 엇더리'로 5자 이상이다. 시조의 종장 제2음보나 가사의 마지막 행의 제2음보에서는 두 개의 음보로 나뉘어지는 현상이 나타난다. 그렇게 해서 시상을 종결한다. 율격의 변화를 주어 완결시키는 '변화미'와 '완결미'가 드러난다.[28]

조선조 사대부가 즐기는 주된 장르는 역시 한시였을 것이다. 그러나 한시는 노래부를 수 없기에(可詠而不可歌: 읊을 수는 있지만 노래부를 수 없다) 우리말 노래가 필요했다. 그들이 한시에서 즐기던 짝수 행(4행)의 형식을 그대로 답습하지 않고 우리말 노래에서는 3행을 취하였다. 한시

27) 성기옥, 『한국시가 율격의 이론』, 새문사, 1986, 84~99쪽.
28) 이에 대한 자세한 논의는 조동일, 『한국시가의 전통과 율격』, 한길사, 1982, 참조.

의 전구(기승전결에서 轉句)를 압축하여 우리말 문학의 미를 살렸다. 그리고 종장의 제1음보에서 '아희야, 두어라, 어즈버'란 감탄사를 위주로 하여 시상을 전환하였다. 그러므로 종장 제1음보에서는 압축미와 긴장미를 추구하고 있다.

조선 전기 시조는 강호시가(江湖歌道라고도 한다)로 대표된다. 시조를 통해 자연의 이(理)를 형상화하고, 도의를 기뻐하고 심성을 수양하는 퇴계의 〈도산십이곡〉과 율곡의 〈고산구곡가〉가 있다. 이것들은 감정억제의 시이다. 이들은 '아련한, 외로운, 눈물 같은'과 같은 형용사로 대상을 한정하지 않는다. 감정을 억제하며 수식을 억제한다. 그래서 형사억제(形似抑制)의 시이다. 그러나 사대부의 시조가 늘 이성만을 노래하지는 않는다. 자연에서 오는 감흥을 드러내어 흉중의 정을 드러내기도 한다. (因物起興 以寫胸中之趣: 사물로 말미암아 흥을 일으켜 마음 속의 정취를 드러낸다) 자연의 아름다움을 마음껏 노래한다. 조선조에 와 비로소 자연미를 발견하고 완성시켰다. 그 대표적인 작품이 윤선도의 〈어부사시사〉라 하겠다. 우리말의 아름다움을 한껏 발휘하고 조국 강산의 아름다움을 발견한 '흥'의 시가라 하겠다.

결국 조선 전기 강호시가는 자연의 이법을 통해 자기 수양을 전개하고, 자연에서 오는 흥을 서정적으로 노래하고, 자연 은거 중에도 임금에 대한 숭모의 정(충신연주지사)을 드러내 '이념과 흥취의 조화'를 추구하였다.

임병양란이 지나고 18세기에 이르면 강호시조의 우세 속에서 세태시조나 애정시조가 등장하는 변모가 나타난다. 이정보나 권섭과 같은 사대부의 시조 속에도 정을 위주로 하는 애정시조가 나타나는데, 이 시기의 시조집 서문 속에는 이전에 본성만을 중시하던 관습에 반기를 들고, 정이 잘 드러난 문학의 가치를 중시하게 된다. 천기가 잘 발휘된 문학 혹은 자연의 진기가 잘 배어 있는 문학은 아낙네의 민요와 같은 정(情)

이 드러난 우리말 문학이라고 평가하는 전환을 경험하게 된다. 그 후의 사대부 시조에는 농촌의 흥을 노래하는 전원시가 나타나고, 스스로 농사짓는 삶의 경험을 노래한 위백규 등의 시조도 등장한다.

19세기에 이르러 조황의 윤리 도덕을 강조한 시조 100여 편도 있다. 허물어지는 유교적 이념을 지탱하고자 하는 분투라고 하겠지만, 이제 더 이상 조선조를 지탱한 유교적 이념은 제 역할을 수행할 수 없었고, 변화하는 시대적 욕구를 담을 수도 없었다. 중엽에 이르러 460여 수의 시조를 지은 이세보가 있다. 그의 〈풍아〉 속에는 특이하게 관찰사에서부터 아전과 같은 하급관리에 이르기까지의 부패상을 고발하는 '현실비판 시조'가 상당수 보인다.[29] 인간의 보편적 성정을 담던 그릇인 시조에 현실비판의 내용이 담긴다는 것은 시조 장르의 변질을 의미하는 것이고 나아가 시조 장르의 소멸기 현상임을 드러낸다고 하겠다. 하지만 500여 년을 지속한 시조의 장구한 전통은 현대시조로의 부활을 꿈꾼다.

3) 가사의 전개와 장르적 다양성

질서와 균제를 중시하는 사대부들은 한시와 시조를 통해 응축된 시적 정서를 표현하였고, 가사를 통해 다양한 정조를 표출하였다. 한 행에 4음 4보격을 장치하고 유장하게 시상을 전개하다가 시소와 같은 종결규칙에 따라 완결하면 된다. 가사는 4음 4보격의 무제한 율문이라는 형식적 특징 이외에는 다른 제약을 발견할 수 없다. 그래서 개방적인 장르성을 보이며 조선 후기에는 다양한 계층이 향유층으로 참여하게 되고 다양한 장르 속성을 드러낸다.

가사의 작가적 · 주제적 · 문화적 · 장르적 속성은 다양하지만, 그 본

---

29) 박노준, 「이세보의 관료비판과 위민의식」, 『조선후기시가의 현실인식』, 고대 민족문화연구원, 1998, 93-101쪽.

질은 정감과 사유로 이루어져 있고, 정감을 강화시킨 작품군과 사유를 강화시킨 작품군으로 나누어 볼 수 있겠다. 초기의 작품 중 강호가사·연군가사·유배가사는 대개 정감과 사유의 조화를 추구한 반면, 후기의 가창가사는 연정을 드러내며 정감을 위주로 전개된다. 사유를 위주로 하는 가사는 사대부문화권의 교훈가사나 기행가사, 규방문화권의 규방가사(내방가사), 종교문화권의 불교·천주교·동학가사 등은 사유를 위주로 전개된다.[30] 그리고 조선 후기 크게 성행한 소설의 영향을 받아 가사의 소설화가 이루어지는 경향도 나타나는데, 추풍감별곡·부용의 상사화·청년회심곡 등이 소설화하는 것들이고, 노처녀가를 저본으로 한 노처녀곡둑각시전은 가사가 소설 장르로 전환된 것이다. 이로 볼 때 가사는 정감 위주의 서정양식, 사유 위주의 교술양식, 소설화하는 서사양식이 두루 존재한다고 하겠다.

초기의 가사는 송강의 관동별곡·사미인곡·속미인곡으로 대표되는데, 서포 김만중이 평가하였듯이 절창이고, 홍만종이 평가하였듯이 형상과 표현이 기묘하고(狀物之妙 造語之奇:상물은 형상에, 조어는 표현에 해당) 언어가 잘 다듬어지고 뜻이 절실하다.(語工意切) 송강 자신의 말을 빌면, 임금을 그리는 정(憂時戀闕之情)과 맑고 고요한 즐거움(淸閑寂寞之娛)이 드러나, 충의(이념)과 풍류(흥취)가 잘 조화된 문학세계가 펼쳐지고 있다.

조선 후기 가사는 저열한 인물의 희극적 조명, 장황한 수사, 과장된 표현, 비장의 희극화가 나타난다. 서민가사는 비정상적인 것으로 정상적인 것을 뒤집는 불합리성과 민중적 발랄성을 지니고 있는데, 이 불합리성과 발랄성이 중세를 극복하는 민중의 힘인 것이다.

19세기 중반(1860) 동학의 〈용담유사〉는 그 근대적 성격을 다양하게

---

30) 김학성, 「가사의 본질과 담론 특성」, 『가사문학의 정체성과 아름다움』(제1회 가사문학 학술대회 요지), 2000, 34-35쪽

드러내고 있다. 전통사회에 대한 부정과 우리말 우위의 정신, 만인 평등 정신과 반외세의 정신을 담고 있어, 주술성과 신비성(天의 상징인 '弓弓' '弓乙'의 부적을 지니면 모든 액을 면할 수 있다고 하며, 부적을 태워 마시기도 하고, '爲天主顧我情 永世不忘萬事宜'라는 주문을 외워 귀신을 좇는 행위)을 생경하게 표현하였다는 흠을 뛰어 넘어 긍정적으로 평가되고 있다. 1894년 갑오농민전쟁의 좌절 이후 개화파와 농민군이 함께 몰락하고, 일제의 억압과 제국주의의 침탈 앞에 노출되면서 자생적 근대화의 의지는 크게 꺾인다.

독립신문은 긍정적 측면과 부정적 측면을 공유하고 있다. 국문체 의식과 선진적 문화감각, 애국심 고취 등은 높이 평가받아야 마땅하나, 서구 제국주의의 음모를 간과하고서 서구문명을 따르고 배워야 한다는 주장만 앞세우고 민족의 역량을 무시하는 점도 있기에 피상적 현실인식의 단계에 머무르고 말았다는 비판을 받게 된다. 그러나 대한 매일신보는 민족적 역량을 자각하고 다양한 계층을 규합하여 위기를 타개하려는 의지를 보여 주고 있다.

대한매일신보와 대한민보에는 가사가 약 880여 수인데, 모두 4음 4보격의 기계적 율격에, 몇 행을 단위로 연을 나누고 후렴구가 개입되는 형식상의 변모가 드러난다. 양심적 지식인과 노동자 농민 등 양심적 시민이 결집하여 민족의 위기를 타개하고자 한 의지가 '사회등 가사'에 잘 나타난다. 애국계몽기의 시가는 민요와 가사와 시조의 넘나듦 속에서 외세를 거부하고 민족적 역량과 공동체 의식을 고취시키며 근대문학으로서의 면모를 지닌다고 평가된다. 그리고 대한매일신보에서 보여 준 근대성은 1920년대 만해 한용운 등 민족적 근대문학으로 맥이 닿아 있다고 하겠다.[31]

---

31) 고미숙, 「19세기 시가사의 시각」, 『19세기 시가문학의 탐구』, 집문당, 1995, 20-21쪽.

4) 사설시조의 전개와 장르적 성격

사대부의 가사가 조선 후기에 서민가사로 발전하였듯이, 사대부의 시조가 조선 후기에 서민들의 사설시조로 발전하였다고 하고, 사설시조를 18세기에 대두된 시조의 종속장르로 보는 견해가 일반적이다. 조선 후기의 서민가사는 전기의 4음 4보격 율격 질서를 그대로 유지하기 때문에 전기 사대부 가사와 동질적이지만, 사설시조는 시조의 율격 질서를 파괴하고 45자 내외의 시조와는 비교가 안 될 정도로 길어진다.(긴 것은 800자 정도) 언어적·미학적 특성도 판이하게 다른데 다만 종장의 규칙이 같다고 해서 시조와 동질적이라 할 수 있을까. 그렇다면 가사도 종결 규칙이 같기에 시조의 장형화인가.

사설시조를 18세기 근대이행기(중세에서 근대로의 이행기)에 중인 이하 서민에 의해 창작된 기층장르로서, 사대부문화에 대항장르로 출발하였다는 견해는 귀기울일 만하다. 사설시조를 시조의 종속장르로 보지 않고 독립장르 혹은 후속장르로 보려는 점은 수긍하겠지만, 사설시조에는 사대부문화에 대항하는 현실비판이 드물 뿐 아니라 중인 이하 서민들이 하나의 계급적 층위를 이루며 등장하였는지도 의문이다. 그러므로 이 견해도 마땅치 않다.

15-16세기에 창작된 사대부(정철, 고응척, 강복중 등)의 사설시조를 들어 사설시조는 사대부의 풍류공간에서 불리기 시작했으며, 그들의 퇴폐적이고 향락적인 놀이에서 특히 애호되었다는 견해가 있다. 이 작품들은 중장에 2음보 혹은 4음보를 보탠 정도이고 45자 내외의 시조보다 10-20여 자 길어진 정도이기에 시조의 파생형인 '유사시조'라 할 수 있고, 율격을 규명하기 어려운 사설시조와는 거리가 있다고 하겠다.

사설시조의 주류는 '범속하고 용렬한 인물의 희화화된 삶'이다.[32] 그

---

32) 김흥규, 「조선후기 사설시조의 시적 관심 추이에 관한 계량적 분석」, 『욕망과 형식의

리고 탈규범적이며 서민적 미의식이 주류를 이루어 욕설과 재담의 투박함이 느껴진다. 노골적으로 성을 들추어낸다거나 승려의 타락을 희화화한다는 점에서도 이것이 '하층의 가창양식'이었음을 짐작케 한다. 조선 전기 이른 시기에 하층의 가창양식으로 전승되던 이 사설시조는, 17세기 후반 즈음 중인 가객층이 관심을 갖고 정악(正樂)의 가곡창 농·락·편(弄·樂·編)과 시조창으로 부르게 되면서 역사의 전면에 떠오르는 것 같다. 그리고 사대부의 유흥적인 자리나 중인 가객층의 공연에 사설시조가 널리 불려진 이후 향유층이 크게 확산된 것으로 보인다.

6. 결

향가는 당대의 세계관을 충실하게 담고 있기에 불교적 서정이 나타나고, 초월적 존재에 대한 기원 위주의 문학에 되었고, 일부는 주술적이고 제의적인 사유를 담고 있다. 그런데 김부식에 의해, 그리고 유가적 문인들에 의해 그 존재 가치를 인정받지 못하여 삼국유사 이외의 어떤 문헌에서도 향가의 흔적을 발견할 수 없다. 뒷시대에 의해 앞 시대가 배제된 예이다. 속요는 향락적 서정을 담고 있으며 주관적 감흥의 무절제한 발산이 드러나는데, 이는 고려인들의 풍류였다. 그런데 음사나 남녀상열지사라 비하되고 있는데, 그 이유는 조선조 사대부의 유교 이념과 미의식에 어긋나기 때문이었다. 이제 또 한 시대가 지나 근대란 아들이 중세란 아버지를 비난하고 있다. 속요가 조선조 사대부에 의해 향락적이라 비난되었듯이, 조선조 시가는 근대의 학자들에게 관념성이 두드러지고 서정성이 결여되었다는 평가를 받고 있다. 더 나아가 고려문학도 조선문학도 중세 봉건성이라 폄하되고 있다.

시학』, 태학사, 1999, 252쪽.

우리는 스스로 우리의 문학적 유산을 폄하하고 학대하고 한계만을 이야기하는 데 20세기 100년을 소모했다. 우리 문화와는 토양부터 다른 서양의 문화적 잣대를 들이대는 과오를 돌아보아야 하고, 서양의 '오리엔탈리즘'에서 비롯된 편견이 아무런 의심 없이 당연하게 받아들여졌던 현실을 과감히 반성해야 한다. 특히 서구적 근대성에 비추어 우리의 중세를 저급하다고 평가하거나 역사의 답보상태로 단정짓는 식민적 근성을 버려야 한다.

근대적 사실주의나 사회·경제적 방법론이 팽배하여 낭만적·상징적 문학을 현실성이 뒤떨어진 저급함으로 평가하거나, 문화적 산물을 경제의 종속물 정도로 여기고 있다. 고대신화나 시가의 신비를 제대로 풀어내고, 심성에서 우러나고 고도의 정신세계에서 비롯되는 중세의 문학적 정수를 제대로 이해하기 위해서는 사실주의의 물적 토대 위주의 방법론에서 자유스러워야 한다.

이제 우리는 서구적 근대성도 극복의 대상으로 삼아야 하고, 새로운 문명적 대안을 찾아야 할 때이다. 당연히 서구의 문예 미학 이론에서도 탈피하고 과거의 문화 유산에만 집착하는 태도도 버려야 한다. 역사가 어떻게 흘러 왔고 문학사가 어떻게 흘러 왔는지, 그리고 우리의 세계관과 미의식은 어떤 변모 과정을 겪었는지 엄밀하게(그리고 애정있게) 검증하여야 하고, 그런 결과를 토대로 어떤 문화를 성숙시켜 가야할 지를 고민해야 할 때이다. 한쪽을 버리면 다른 쪽이 채워지는 법이다.

송강 시조의 미의식

1. 송강의 품성

그는 과거에 오른 직후 27세에 사헌부의 지평이 되어 경양군(景陽君) 사건을 엄하게 다루고 명종의 부탁마저 거절하는 강직한 인품을 보여 주며 벼슬길을 시작한다. 그가 32세 되는 해에 홍문관 수찬에 오르는데, 이 해(1567)가 바로 선조의 즉위년이다.

30대 초반의 그는, 홍섬과 김개 등이 사류(사림)를 꺼려 조정에서 쫓아내려하고 사류의 폐단을 혹평하자, 사림을 무고하게 해롭히는 김개 등의 횡포에 대항하여 강직한 인품을 드러낸다. 35세와 38세에 부친상과 모친상을 당하게 되자 高陽 新院(새원)에서 시묘살이를 하고 난 후 정계에 복귀한 그는 사림파 선후배의 분당을 당하여 김효원을 비판하고 심의겸을 옹호하는 강경파의 입장에 선다. 그 와중에서 송강은 율곡에게 사림의 화합을 당부하고 창평에 낙향하여 2년여를 보내게 되는데(40 -42세), 이 즈음에 성산별곡(星山別曲)을 창작한 것으로 여겨진다.

정계에 복귀한 송강은 이후에도 직언을 일삼아 자주 참소를 입게 된다. 송강을 적극 변호한 율곡까지도 김효원과 심의겸의 싸움에 말려들게 되고, 송강이 허엽·유성룡·이발 등 동인의 탄핵을 받게 되자 노수

신과 박순의 도움으로 위기를 면한다. 그래서 율곡은 송강을 두고 '忠淸
剛介'하나 '고집이 병통'이고 '容量이 狹隘하고 사람들과 잘 화합하지
않¹⁾는다고 평한다. 44세에 송강은 邪黨을 획책한다고 비판받고 李銖의
獄事로 벼슬을 쉬고 창평으로 은거한다.

45세에 강원도 관찰사를 제수받고 강원도의 산수를 주유하며 관동별
곡의 시상을 초고하였고, 아울러 다수의 훈민시조를 지었던 것으로 보
인다. 46세에도 이발·정인홍·윤승훈 등의 탄핵을 받게 되는데, 율곡
은 송강을 '狷介寡合'한 선비 혹은 '剛偏狹隘' '剛潔忠義'하다고 평하고,
宣祖는 '介潔'하고 國事에 충성하고 '才器가 있다'²⁾고 두둔한다. 그러나
반대당의 견제는 만만치 않았다. 송강이 "술을 즐겨 失儀가 있다"고 논
핵하기도 한다. 송강은 21세에서 46세까지의 삶을 돌아보며 '未斷酒'와
'已斷酒'의 시를 쓰기에 이른다.

> 묻노라 그대는 왜 술을 못 끊는가
> 초나라 가을 하늘 서릿달이 괴롭다
> 노주에 물이 지자 기러기 외로이 날고
> 천리라 秦城은 湘浦와 가로막혔네
> 미인을 그려도 보질 못 하니
> 천 숲의 비바람에 홀로 문을 닫았도다 〈未斷酒〉
>
> 묻노라 그대는 왜 벌써 술을 끊었는가
> 술 가운데 묘리가 있다지만 나는 모르겠네
> 병진년에서 신사년에 이르도록
> 아침이나 저녁에 술잔만 들었지만
> 이제껏 마음 속의 城을 못 깨뜨렸으니
> 술 가운데 묘리가 있다지만 나는 몰라라 〈已斷酒〉³⁾

---

1)『松江別集』卷二, 年譜 上, 三安出版社, 1974, 28-29쪽.
2)『松江別集』卷二, 36-38쪽.

　여기에서 秦城은 서울을, 湘浦는 송강 자신을 초나라의 굴원에 비하여 쓴 것이다. 서울에서 멀리 떨어져 있기 때문에 문을 닫고 외로이 술잔을 기울일 수밖에 없는 심정이 술을 끊지 못하는 사정이다. 임금과 멀리 떨어진 경우뿐만 아니라 임금의 마음과 자신의 마음이 괴리되어 안타까울 때, 근심에 싸여 근심을 풀고자 술을 끊지 못하는 것이다. 그러나 정치세계에서 자신의 견해가 받아들여지지 않고 상대와 논쟁만 오가는 것은 자신의 수양이 미흡한 탓이고, 술로 시름을 달래려 하지만 狷介한 자신의 마음을 깨뜨리지 못한 상황이다. 더구나 술 때문에 失儀가 있다고 논핵되고, 임금까지 나서서 송강을 비호해 주는 상황을 맞으니 술을 끊지 않을 수 없었을 것이다. 술을 시작한 병진년은 그의 나이 21세이고 斷酒를 결정한 신사년은 그의 나이 46세이다. 그 후 술을 끊은 것도 아닐 것이고 술에서 묘리를 얻지 못한 것도 아닐 것이지만, 술로 근심을 해결할 수 없었고, 술 때문에 근심이 생겼던 즈음의 심사가 그랬을 것이다.

　송강이 49세 되는 해에 율곡이 죽었다. 율곡를 위한 제문에서 송강은 "나 같은 狷狹으로 절교를 할 만한 것이 한두 번이 아니었는데도 끝내 舊義를 버리지 않았다"고 하여 스스로 고집이 병통이었음을 인정하고 있다. 그를 옹호해 주던 율곡이 죽은 후, 송강은 당쟁에 피폐해지고 여러 차례 사면을 청한다. 그 즈음 이산보는 송강이 淸介하다 하더라도 "嫉惡이 심하고 술 마시기를 좋아한다"고 상소하고, 임금은 "송강이 술을 마신다는 것은 나도 잘 알고 그도 역시 말한다. 그가 술을 마시는 것은 대개 심회를 풀 길이 없기 때문이니, 가긍한 일이요 미워할 것은 없다"[4]고 옹호한다. 술 취한 후 기둥을 치며 슬프게 부른 노래가 강개하

---

3) 問君何以未斷酒 楚國秋天霜月苦 蘆洲水落雁影孤 千里秦城隔湘浦 佳人相憶不相見 風雨千林獨閉戶(未斷酒) 問君何以已斷酒 酒中有妙吾不知 自丙辰年至辛巳 朝朝暮暮 金屈巵 至今未下心中城 酒中有妙吾不知(已斷酒)(『松江原集』 卷一, 詩)

다는 김우옹의 비난도 있어, 임금의 만류에도 불구하고 자신의 죄를 인정하고, 반성할 기회를 청하게 된 것이다. 임금이 자신 때문에 변론하고 고심한다는 점을 느끼고, 임금을 생각하는 마음에서 사의를 청한 듯하고, 이때 이미 벼슬길에 염증을 느낀 듯하다. 그는 풍류객으로서의 호방한 기운이 있었기에 時俗의 현실에 강개하고, 슬프게 노래불렀던 것이다. 그리하여 50세에 벼슬길에서 물러나 高陽에 우거하다 곧 이어 昌平으로 돌아간다. 이후 54세까지의 은거 중에 前後思美人曲을 짓고, 연군의 정을 노래한 시조와 시국을 개탄하는 시조를 지은 듯하다.

54세에 정여립의 난을 맞아 스스로 입궐하니 임금은 송강의 충절을 높이 평가하고 역모자의 처벌을 맡긴다. 송강은 임금에게 역모 연루자의 처벌을 관대히 해줄 것을 청한다. 송강은 반대파를 감싸안을 만큼 너그러워졌고, 인후한 風이 천양되도록 조정과 임금이 그들을 용서해주길 바랬다. 송강의 지극한 忠意와 인간적인 성숙을 느낄 수 있는 대목이다.[5] 그러나 그의 나이 56세에 建儲의 사건(세자책봉의 건의)이 일어나자 반대당은 송강을 용납하지 않는다. "대신으로 주색에 빠져 있으니, 나라 일을 그르침이 진실로 당연합니다"라 하거나, 심술을 멋대로 행하고 권세를 부린다고 하거나, 성품이 편협하고 의심이 많아 邪黨을 꾸민다는 식의 탄핵이 이어진다. 宣祖는 자신의 세자 책봉 의지를 거스른 때문에 송강을 비난하기에 이른다. 邪黨을 만들고 뜻이 다른 자는 역적으로 몰아 도륙하고, 간사하고 君父를 협박하고, 奸人으로 기가 막힌다는 말과 함께 송강의 유배를 명한다.[6] 이후의 송강은 자기 탄식의 시조

---

4) 『松江別集』 卷二, 56쪽.
5) 사미인곡에서의 화자는 전혀 잘못을 시인하지 않는 모습과 사치스런 감정을 보이지만, 속미인곡에서의 화자는 자기의 잘못을 인정하는 모습과 소박하고 담담하고 진솔한 심정을 드러낸다. 사미인곡과 속미인곡의 창작시기가 불과 몇 년의 거리(50-54세)를 두고 있지만, 자기성찰을 하고 인간적으로 성숙한 송강의 모습을 발견할 수 있다.
6) 『松江別集』 卷二, 135쪽.

와 연군의 애상을 주조로 하는 시조를 지었던 것으로 보인다.

그의 나이 57세에 임진란이 일어나고 석방되어, 이어 58세에 明에 謝恩使로 갔다 돌아와 강화에 머물다 그 해 12월에 생을 마감한다. 신흠의 전을 살피면 그의 생애와 성품과 문학의 요체를 알 수 있어 그 일부를 든다.

孝友淸介함은 천성이고 한 점의 티끌이 없어서 사람들이 바라보면 신선과 같았다. ······ 風調는 灑落하고 姿性은 淸朗하며 사람을 사랑하고 선비에 겸손하되 간격이 없으며, 물욕에 청렴하고 벗을 믿으며, 집에 있으면 효제하고, 조정에 서면 결백함을 보건대 ······ 내가 사람을 본 일이 많으나 일찍이 이러한 풍격과 운치는 본 적이 없다 ······ 견협하고 의심이 많으며 용서하지 않고 지혜가 작은 것이 평일의 단점이었다. 시가 매우 淸高하다.[7]

성격이 곧고 결백하며 풍격을 갖추었으나, 마음이 좁고 타협하지 않아 주변과 자주 부딪치곤 하였음을 잘 드러내고 있다. 그의 성품과 기질은 詩의 품격과도 직결된다. 그의 결백한 시, 淸高한 시, 풍류를 즐기는 시를 다음 장에서 살피고자 한다.

2. 송강과 술 – 호방(豪放)과 처완(悽惋)

風流 중에서 빼놓을 수 없는 것이 술이다. 고대의 제천의식에서부터 음주가무가 있었으니 술과 노래는 뗄 수 없는 관계이다. 우리 시가문학

---

7) 孝友淸介 出於天性 無一點垢氣 人望之如仙 … 其風調灑落 姿性淸朗 愛人下士不爲畛域 廉於物欲 信於交 居家孝悌 入朝潔白 … 余見人多矣 未嘗見此格韻也 … 特其過於狷狹多疑 小恕無智以濟之 此平日所短爾 … 詩甚淸高(『松江別集』卷六, 408쪽)

과 술의 관계를 소홀히 해서는 안된다. 송강에게 있어 술은 삶의 전체이다. 그리고 醉興에서 비롯되는 시와 시조가 송강문학의 주류를 이룬다. 시조 중 10수 이상이 술을 주제로 하고 있으며, 한시 574수 중 술을 소재로 한 시어는 100여회에 이른다. 풍류객은 달·술·꽃·벗의 四美具만 있으면 시흥을 돋구며 취할 수 있다고 하였다.

> 南山 뫼 어드메만 高學士 草堂 지어
> 곳 두고 들 두고 바회 두고 믈 둔ᄂᆞᆫ이
> 술조차 둔ᄂᆞᆫ 양ᄒᆞ야 날을 오라 ᄒᆞ거니

위의 시조는 高敬命이 꽃·달·바위·물(연못)·술 등을 갖추어 놓고 송강을 초청하므로 이에 대한 기쁨을 읊은 것이다. 고경명이 송강보다 3년 연배이긴 하지만 주흥 혹은 시흥을 함께할 수 있는 벗이라 할 만하니 여기에는 四美具가 갖추어진 셈이다. 그런 까닭에 풍성하고 경쾌한 느낌을 준다. 더구나 명사와 동사의 결합이 경쾌하고 명랑한 느낌을 더해 준다. 그리고 술에 이끌리는 송강의 능청이 있어 흥겹다.

> ᄀᆞᆺ 쉰이 져믈 가마ᄂᆞᆫ 간듸마다 술을 보고
> 닛집 드러내여 웃ᄂᆞᆫ 줄 무스 일고
> 젼젼의 아던 거시라 몬내 니저 ᄒᆞ노라

50세가 저물어 갈 무렵이면 송강이 창평에 은거할 즈음이다. 술을 보고 잇몸을 드러내며 웃는 모습 속에 명랑하고 경쾌한 느낌이 배어난다. '간 곳마다 술을 청하는' 다소 헤픈 모습이다. 술 때문에 그토록 조정의 논핵을 입었음에도 불구하고 그런 과거사에는 아랑곳하지 않는다. 그리곤 전에 알던 것이어서 못 잊는다고 능청을 부린다. 앞의 시조가 술 향기에 이끌리는 완만하고 은은한 정서라고 한다면, 이 시조는 술잔을 단번에 받아 마시는 해학적 정서이다.

> 재 너머 成勸農 집의 술 닉닷 말 어제 듯고
> 누은 쇼 발로 박차 언치 노하 지즐트고
> 아히야 네 勸農 겨시냐 鄭座首 왓다 ᄒᆞ여라

이 시조는 술 향기에 이끌리되 전개되는 행동은 무척 과격하면서도 천진스럽다. 소를 발로 차고 안장을 놓은 뒤 눌러 타는 모습이 흥겨움을 더한다. 내를 건너고 산길을 굽도는 과정이 생략되어 있다. 소를 타는 것이 현재의 시간이라면 종장의 내용은 미래의 일일텐데 현재시제로 표현하였다. 미래의 '實在의 度'가 현재와 같기 때문8) 에 더욱 박진감이 있다. 그래서 벌써 成勸農의 집에 당도하여 서로 술잔을 나누는 모습, 흥에 겨워 시 한 수를 읊조리고 너털웃음을 웃는 모습, 코끝이 빨개진 송강의 모습이 연상된다. "자네 집에 술 익거든 부디 나를 부르시오 / 초당에 꽃피거든 나도 자네 청하올세 / 백년덧 시름 없을 일을 의논코자 하노라"(김육)의 시조에서 드러나는 주고 받는 정중한 관계, 근엄한 담론의 세계가 없기 때문에 더욱 豪放하다.

그러나 송강에게 있어 술자리가 늘 즐거운 것만은 아니었다. 송강의 생애는 사화와 당쟁 속에서 은퇴와 출사를 반복하시 않았던가. 술로 근심을 잊고자 하였으며, 술로 인해 근심이 생기기도 했다. 그래서 송강의 시가 豪放한 것만이 아니라 때로는 처절(悽切)하다.9) 그렇다고 해서 눈물을 주르르 흘리는 감상주의는 아니다. '酒間答'이란 제명의 마지막 시

---

8) 崔珍源, 『韓國古典詩歌의 形象性』(증보판), 성균관대 출판부, 1996, 183쪽.
9) 崔珍源, 위의 책, 205쪽. 爲堂 정인보 선생도 "송강은 豪宕할 때는 호탕하고, 悽切할 때는 처절하"다고 했고(鄭松江과 國文學), 陶南 선생도 "그의 辭는 호탕하고도 비장하다" "초년의 작은 豪蕩無際하고, 만년의 작은 悲壯含淚"하다고 했다.(「松江과 松江歌辭」, 『松江文學硏究』, 국학자료원, 1993, 218쪽. 『韓國詩歌史綱』, 東光堂서점, 288쪽.)

조를 보자.

> 일명 百年 산들 긔 아니 草草흔가
> 草草흔 浮生애 므스 일을 흐랴 흐야
> 내 자바 권흐는 잔을 덜 먹으려 흐는다

 분을 넘어 인생을 백년이나 산다 하더라도 수고롭고 고된 것이니, 술잔을 사양하지 말라고 한다. 7시에 일어나 8시에 출근버스에 오르고 해가 지고 어둠이 깊어서야 퇴근하는 일상의 반복 속에서, 왜 그 사람들은 8시 종이 울리면 버스에 오르는가. 무수한 사람을 만나야 하고 책상 위에 쌓인 일거리들을 밤늦게까지 해결해야 하고, 승진과 실적을 위해 자신의 삶을 접어두는 사람들—무언가에 쫓기는 사람들에게 이 술잔을 권하고 있다. 긴한 약속이 있어 자리를 일어나야 한다고 서두르는 사람을 만류하고 있다. 누구라도 이 술잔을 거절하지 못할 것이다. 현실을 맹목적으로 살아 간다고 하여 근엄하게 꾸짖지는 않는다. 인생을 바삐 살더라도 그다지 의미 있는 일은 아니니, 취흥에라도 젖어 근심을 털어버리자는 권유이다.

> 병든 뒤 죽다 남아 뼈만 앙상한데
> 봄이 와 매화는 반 가지만 피었구나
> 초췌하기는 저나 나나 같은 것
> 황혼에 만났으니 술 뒤 잔 들자꾸나[10]

 늙고 병들어 초췌해진 시절에 그와 비슷한 처지의 벗을 만난 심경은 인생의 비애를 느낄 만한데, 송강은 세속적 인간사에 얽매이지 않는다. 사람이면 누구나 늙고 병이 들고 나약해지기 마련인데 송강은 그 흔한

---

10) 病後尚餘垂死骨 春來還有半邊梅 氣味一味憔悴心 黃昏相値兩三杯('李夢賚看梅')

비애에 빠지길 거부한다. 오랜 동안 병상에 있다가 되살아나 맞은 봄에
'池塘生春草'라 한 謝靈運의 시를 연상하게 한다. 봄의 생기를 느끼게
하며 더 나아가 봄의 흥취를 잔잔하게 맞는 모습이 있어 사령운의 시를
뛰어 넘는다.

이처럼 송강 시의 처절은 술을 만나 해소된다. 인생이 수고롭고 고되
며 죽음을 목전에 두고 있는 순간적 삶이란 생각과, 이를 술로 해결하고
자 하는 풍류가 '將進酒辭'에도 있다. 홍만종은 이 노래를 '처완(悽惋)'
이라고 했다.

> 장진주사 또한 송강이 지은 것으로 대개 이백과 장길(李賀)의 권주의 뜻
> 을 모방하고, 工部(두보)의 '시마복 입고 많은 이가 따르네. 그대는 보았는
> 가 묶여 가는 것을'의 구절을 취한 것이다. 노래의 뜻이 통달하고 어구가
> 悽惋하여 만약 맹상군이 들었다면 눈물을 흘렸으리니, 다만 옹문의 거문고
> 뿐이 아니리라[11]

일찍부터 '장진주사'가 李白과 李賀의 '將進酒', 杜甫의 '遣興五首'를
본떠 시상을 새로이 전개하였다는 언급이 있었다. 어느 샌가 늙음이 찾
아왔기에 복사꽃이 비가 되어 내리는 날에 종일토록 취하길 권하며, 유
영과 같이 술을 즐긴 高士도 죽으면 술을 권할 이가 없다고 하였고(이
하), 아침에 젊던 머리가 저녁이 되어 눈처럼 희어지고, 옛날의 성현이
모두 적막하니 집안의 값진 것을 내다가 술로 바꾸고 근심을 녹여보자
고 하였고(이백), 부자집의 喪事를 보니 휘황하고 친척이 많고 상복을
입은 이가 수백이지만 그 호화로움을 부러워할 것이 못되니, 묶여서 무
덤에 가기는 마찬가지라 하였다(두보). 이백과 이하는 늙음을 아쉬워하
며 술로 근심을 달래는 시상을, 두보는 화려한 치장을 한 장례를 보며

---

11) 將進酒 亦松江所製 盖倣太白長吉勸酒之意 又取工部 總麻百夫行 君看束縛去之語 詞
旨通達 語句悽惋 若使孟嘗君聞之淚下 不但擁門琴(『旬五志』)

죽음의 허무함을 표현하였다. 그러나 장진주사의 시상은 차라리 蘇軾
시와 닮아 있다.

> 구슬로 장식한 저고리 입고 옥으로 만든 관에 넣어져
> 만인의 장송을 받으며 북망산에 돌아가는 것은
> 누덕누덕 남루한 옷을 입고
> 홀로 앉아 아침 햇빛을 쬐며 사는만 못 하네
> ⋯⋯⋯
> 지금 당장 눈앞에서 한번 취하여
> 시비와 우락을 모두 잊는 것만 못하네[12]

　화려한 치장의 상여를 보며 화려한 죽음이 누추한 삶만 못하다고 하
고, 이어 살아 생전의 부귀도 한 순간이요 모두 죽게 되니 술로 근심을
잊자고 한다. 죽음과 무상을 일깨우기보다는 허무를 이겨내고 취흥에
젖는 분위기가 장진주사와 비근하다. 장진주사는 죽음과 허무의 노래가
아니다. 무상감을 드러내지만 그 속에서 주저앉지 않는다.

> 흔盞 먹새그려 또 흔盞 먹새그려 곳것거 算노코 無盡無盡 먹새그려
> 이몸 주근後면 지게우히 거적더퍼 주리혀 미어가나
> 流蘇寶帳의 萬人이 우러내나 어욱새 속새 덥가나무 白楊수페
> 가기곳 가면 누른히 흰들 ᄀᆞ눈비 굴근눈 쇼쇼리 ᄇᆞ람불제 뉘 흔盞 먹쟈홀고
> ᄒᆞ믈며 무덤우히 진나비 ᄑᆞ람불제 뉘우츤들 엇디리

　기존 연구는 장진주사에 "단장의 비애가 짙게 드리워져 있"고, 작품
전체에 "퇴폐적 분위기"가 지배적이라고 해석[13]하거나, "누런 해 흰 달

---

12) 珠襦玉柙 萬人祖送歸北邙 不如懸鶉百結 獨坐負朝陽 ⋯ 不如眼前一醉 是非憂樂兩都
　　忘(蘇軾, 薄薄酒 二首)
13) 朴堯順, 「鄭澈과 그의 詩」, 『松江文學硏究』, 국학자료원, 1993, 557쪽.

아래에, 가는 비, 굵은 눈, 소소리바람 불 때에 반쯤 취하여 한 손에 술잔을 들고 이 노래를 부르던 그때 그의 풍류인들 그 얼마나 비장하였으리"[14]라 하여 우선 '비애'를 든다. 무덤에 묻히는 상황 설정, 비바람이 몰아치는 쓸쓸한 무덤의 풍경, 거기에 얹혀지는 원숭이의 휘바람소리가 그렇다는 것이다.[15] 그러나 변변치 못한 쇠락한 삶일 망정 죽음보다는 나으니 한번 풍류에 젖어보자는 권고로 볼 수 있고, 비바람이 부는 풍경은 슬픔을 자아내는 정황이 아니라 술을 먹을 만한 적절한 분위기로 볼 수 있다.

해가 밝게 떠 있는 날보다는 흐린 날에, 보슬비가 오거나 함박눈이 내리는 날에, 가을 바람이 불어 낙엽이 뜨락에 뒹구는 날에 술이 당기는 법이다. 주흥을 아는 이는 위와 같은 날씨가 술마시기 썩 어울리는 날이란 점에 이의를 달지 않는다. 이런 날이면 늘 술상을 봐 놓았으니 한잔 하자는 벗의 전갈이 기다려지게 마련이다. 그러나 죽은 후에는 이런 날도 의미가 없어진다는 것이다. 그러니 지금의 처지가 비록 한미해지고 누추해졌다고 하더라도, 오늘 같이 분위기가 나는 날에 술을 마다하지 말고 실컷 취해 보자는 것이다. 이 술자리가 獨酌이었다면 고독과 비애에 머물 수도 있다지만, 對酌의 형태로 나타나기에 비애가 차단된다. 이러한 對酌의 모습 속에는 자연과 교류하는 인간관계의 한 단면[16]을 느낄 수 있고, 이러한 자연감정으로 말미암아 비애나 허무의 창백한 서정을 찾아보기 힘들다.[17]

---

14) 李秉岐, 「松江歌辭의 硏究」, 『송강문학연구』, 201쪽.

15) 송강의 시 속에 우리 나라에는 없는 동물이 등장하는 것은 實景을 외면하고 중국의 詩境을 모방한 것이라 하여 그 한계가 지적되기도 하였다. 그러나 무덤 위에 원숭이가 휘바람을 부는 상황 설정은 인간 부재의 분위기를 조성하려는 한 장치인 것이다. 그리고 이 상황은 죽음 뒤의 적막하고 쓸쓸한 분위기이다.

16) 최규수, 「송강 정철 시가의 미적 특질 연구」, 이화여대 박사학위 논문, 1996, 84쪽.

17) 조선의 산수문학에서 비애나 허무의 창백한 서정과 낭만이나 放逸의 '動蕩하는 서정'

더구나 꽃을 꺾어 셈을 하며 술을 먹는 풍류가 뒤의 비애를 허용치 않고, 인생에 대한 엷은 관용을 느끼게 한다. 꽃의 생명력이 여운을 더 하고 분위기를 고조시킨다.

그래서 장진주사의 어구가 처완하더라도 '詞旨通達'하다는 순오지의 평은 그 호방함을 지적하는 것이다. 그리고 "사미인곡과 권주사는 모두 맑고 장쾌하여 들을 만하다"[18]는 허균의 지적도 장진주사의 호방함과 통하는 평가라 할 만하다.

장진주사에는 처절이 있지만 그것이 술과 꽃을 동반한 풍류로 해소되는 감이 있다. 이런 느낌은 다음의 시조에도 완연하다.

興亡이 수업스니 帶方城이 秋草로다
나 모른 디난 일란 牧笛의 븟텨 두고
이 됴흔 太平烟火의 흔잔 호디 엇더리

이 시조는 "흥망이 有數호니 滿月臺도 秋草로다"라는 원천석 시조의 알레고리이다. 폐허화한 옛 도읍을 돌아보며 목동의 피리 소리에 눈물 짓는 처절이 원천석의 시조라면, 송강은 옛 도읍의 폐허 속에서 역시 피리 소리를 듣지만 처완에 머물지 않는다. 이 시조에서도 역시 장진주사에서처럼 "무상감을 풍기기는 하지만, 그것은 곧 술기운 때문에 무산"[19]되고 만다. 송강의 삶은 여러 정치적인 풍상을 겪었다고 하지만 쉽게 무상감이나 비애에 떨어지지는 않는다. 장진주사의 삭막한 소재와 死의 비극미가 음주라는 향락과 결합되어 "생에 대한 강한 긍정일 수 있"[20]는 것이다.

을 찾아보기 힘든 것은 이 자연감정에 말미암는다.(최진원, 「한국고전시가의 형상성」, 106쪽)

18) 其思美人曲及勸酒辭 俱淸壯可聽(許筠, 『惺叟詩話』)
19) 崔珍源, 『韓國古典詩歌의 形象性』, 202쪽.

世事는 구룸이라 머흐도 머흘시고
엇그제 비즌 술이 어도록 니건느니
잡거니 밀거니 슬ㅋ장 거후로니
ᄆᆞᆷ의 민친 시름 져그나 ᄒᆞ리ᄂᆞ다 〈星山別曲〉

이 술 가져다가 四海예 고로 ᄂᆞ화
億萬蒼生을 다 醉케 밍근 後의
그제야 고텨 맛나 쏘 ᄒᆞᆫ 잔 ᄒᆞ쟛고야 〈關東別曲〉

　송강은 관동별곡에서 폭넓은 인생의 바탕과 호방한 기상을 드러낸다.
이것이 득의했던 시절의 문학이라면 성산별곡은 좌절했던 시절의 문학
이다. 술에 취하여 마음의 시름을 조금은 풀어낼 수 있었다고 노래한다.
성산별곡에는 40대 초반의 강개함이 느껴진다. 세상 일은 구름에 가려
험하다고 하고 자신은 그런 혼탁한 정계에서 밀려나 술로 근심을 달래
고 있는데, 그 근심을 완전히 풀 수는 없었고 조금은 풀 수 있었다고
하였다. 인생살이가 늘 순탄할 수는 없는 법인데, 득의했을 때는 호방을
노래하다 실의하게 되면 비애에 젖는다는 것은 일견 자연스러울 수도
있다. 그러나 송강은 술로 인해 자유분방할 수 있었다. 그래서 성산별곡
에도 비애니 허무의 창백한 서정은 없다. 이후 송강은 "늙어 능사 있으
니 백 잔 술을 기울여 모든 근심 없애네"[21]라 하였듯이 근심을 술로 풀
어내는 풍류로 늙어 간다.

　내말 고텨드러 너 업스면 못살려니
머흔일 구즌일 널로ᄒᆞ야 다 닛거든
이제야 ᄂᆞᆷ 괴랴ᄒᆞ여 녯벗말고 엇디리

---

20) 曺圭益, 「松江文學의 國文學史的 意義」, 『松江文學硏究』, 598쪽.
21) 惟是老來能事在 百杯傾盡百憂空('西山漫成')

송강은 험한 일과 궂은 일을 당하여 술로 그 복잡한 심사를 잊을 수 있었다고 토로한다. 송강은 근심을 풀어내기 위해 술을 마시기도 했겠지만, 시를 짓기 위해서도 술을 마셨을 것이다. 蘇軾은 술의 別號를 "응당 시를 낚는 낚시라 부르고, 근심을 쓸어내는 빗자루라 부른다"[22]고 하였다. 술을 마셔 흥이 나면 시를 짓고, 시를 짓는 즐거움을 위해 술을 마시는 것이 송강의 풍류였다. 일찍이 이규보도 "술이 없으면 시도 무미하고, 시가 없으면 술도 시들해"[23] 라고 하였듯이 송강도 그러했을 것이다. 송강에게 술과 시는 늘 따라다녔다.

> 때로는 반쯤 취해 잔을 들고 입으로 읊으며 손으로 쓰고 장시와 단가를 서로 섞어 짓는데, 부드러운 말이 모나지 않고 흔적을 모두 잊게 되어, 상쾌하게 서로 대할 때면 무릎이 저절로 앞으로 나아감을 깨닫지 못한다.[24]

송강에게 "술을 즐겨 失儀가 있다"거나 "술 취한 후 기둥을 치며 슬프게 부른 노래가 강개하였다"라는 비난이 있었다고 했다. 그러나 이 대목을 보면 송강이 술을 취해 부른 노래는 둥글고 모나지 않고 친근한 말(團欒)로 이루어졌으며, 꾸미고 장식한 흔적이 없는 즉 形似의 자취가 없는 형상이 이루어졌다고 한다. 실제 남겨진 송강의 문학이 그러하다. 호방해도 지나침이 없으며 처절해도 비애에 빠지지 않아 상쾌한 느낌을 준다. 그래서 나도 모르게 무릎이 앞으로 다가감을 느끼지 못할 정도의 매력이 있으며, 경쾌하고 신선하다. 金長生의 '行錄'에서도 이런 점이 잘 지적되고 있다.

---

22) 應呼釣詩鉤 亦號掃愁箒('洞庭春色',「蘇軾詩集」, 中華書局, 1987, 1835쪽)

23) 無酒詩可停 無詩酒可斥

24) 有時持杯半酣 口詠手書 長詩短歌 交就錯成 軟語團欒 形跡俱忘 爽然相對 不覺膝之前也(『松江別集』卷六, 傳)

공의 흥회가 소탈하고 상쾌하며, 언어가 호방하여 사람을 감동시키는 면이 많다.[25]

3. 청고(淸高)와 결백(潔白)

송강은 자식에게 벼슬길에 영합하는 학문을 경계하였고, 조용히 安居하며 자기 수양에 몰두할 것을 엄하게 가르쳤다. 그러나 자신은 그러지 못하였다. 벼슬길에 그만 많은 세월을 흘려 보냈다. 그런 때문에 자기 수양을 강하게 권하고 벼슬길에 영합하는 학문을 경계하였는지도 모른다. 그는 사환의 가운데서 풍류를 찾았다. 자연에 은거하지 않아도 고요한 자연의 정취를 얻을 수 있었던 것은 술을 즐겼기 때문일 것이다. 취흥을 알았기에 세속에 물들지 않고, 문학이 호방함과 상쾌함을 잃지 않았던 것이다.

> 쇠나기 한 줄기이 년닙폐 솟두로개
> 믈무든 흔적은 젼혀 몰라 보리로다
> 내 ᄆ음도 더 ᄀᆞᆮ야 덜믈 줄을 모ᄅᆞ고져

> 明珠 四萬斛을 년닙픠 다바다셔
> 담ᄂᆞᆫ둣 되ᄂᆞᆫ둣 어드로 보내ᄂᆞᆫ다
> 헌ᄉᆞ흔 믈방올른 어위계워 ᄒᆞᄂᆞ다

송강의 마음이 연잎의 물방울처럼 세속에 물들지 않은 모습이다. 그리고 아름다움을 님에게 선사하려는 마음이 결백하게 나타난다. 이리저리 튀는 물방울을 보며 흥겨워하는 모습도 역력하다. 김창렬 옹의 '물방

---

25) 公胸懷 踈爽言語豪放 多有動人處(『松江別集』卷四, 行錄)

울' 그림을 보는 듯하다. 스미지 않고 영롱한 물방울의 모습 속에서 부당한 현실과 타협하거나 세속적 논리에 부응하지 않는 송강의 심성이 읽힌다. 그래서 송강의 맑고 상쾌한 시세계를 명료하게 볼 수 있는 시조이다. 송강 시의 품격은 호방 외에 결백미에서 찾아진다. 그리고 그 둘은 상쾌로 결합된다.

> 거믄고 大絃 올나 한 稞 밧글 디퍼시니
> 어름의 마킨믈 여흘이셔 우니는듯
> 어듸셔 년닙픠 디는 비솔이는 이룰 조차 마츠느니

송강은 연잎에 떨어지는 빗방울의 모습을 영롱한 구슬에 비유하여 자신의 맑고 깨끗한 삶을 투영시키기도 하고, 연잎에 떨어지는 빗방울의 맑고 깨끗한 소리에 매료되기도 한다. 거문고의 길게 여울지는 소리와, 이때 연잎을 때리는 경쾌한 빗소리가 들려 그 둘이 어울리는 정황을 형상화하였다. 오케스트라의 화음이 느껴진다. 인공과 자연의 어울림 마당이다. 한편으로 본다면, 중장의 '어름에 막힌 물이 개울이 되어 흐르는 소리'는 콸콸 혹은 줄줄의 의성어를 연상시키고, 종장의 '연잎에 지는 빗소리'는 후두둑의 의성어를 연상시켜, 이 둘이 합친 '쿵덕'이라는 거문고의 연주 소리를 즉물적으로 보여주고 있다. 중후하고도 경쾌한 거문고 소리가 울린다. '동적 선명함'[26]이 느껴진다. '소리'를 이처럼 멋지게 표현한 시가 있을까.

결백미는 사미인곡과 속미인곡, 그리고 연군의 정을 주제로 한 시조에서 잘 드러난다. 현실에서 일탈될 때마다 근심에 싸이고, 현실에 대해 개탄하고 강개한 태도를 취하지만 결국 그런 마음은 연군의 정으로 승화된다. 자신의 결백한 마음을 임금에게 전하고, 그 마음을 임금이 알아

---

26) 최진원, 『한국고전시가의 형상성』, 196쪽.

줄 것이라는 확신을 갖는다. 이 시기가 아마 50세에서 54세까지의 창평
은거시기였을 것이다.

　　출하리 싀여디여 범나비 되오리다
　　곳나모 가지마다 간듸 죡죡 안니다가
　　향므틴 눌애로 님의 오싀 올므리라
　　님이야 날인줄 모르셔도 내님 조츠려 ᄒ노라 〈사미인곡〉

　　출하리 싀여디여 落月이나 되야이셔
　　님겨신 窓 안히 번드시 비최리라
　　각시님 들이야 ᄏ니와 구즈비나 되쇼셔 〈속미인곡〉

　　내 ᄆᆞᆷ 버혀내여 뎌 둘을 밍글고져
　　구만리 댱텬의 번드시 걸려이셔
　　고온님 겨신 고듸 가 비최여나 보리라

　이 몸이 죽더라도 님 향한 마음은 변치 않겠다는 '丹心歌'류의 간절한
염원이다. 현실에서는 인정되지 않는 자신의 진실을 알아달라고 매달리
지 않는다. 마음을 베어 내는 고통이라거나 "이 몸을 헐어내어 냇믈의
싁오고셔"와 같이 몸을 부수는 고통 따위는 아랑곳하지 않는 처연함이
있다. 그리고는 세속적 현실을 벗어나 구만리 長天을 지향한다.

　그러나 구만리 장천의 달로 님의 곁에 가고자 하는 마음을 접고 궂은
비가 되어 님의 귓전에 머물고자 한다. 한 마리 나비가 되어 님의 어깨
에 앉아 향기를 전하는 존재가 되고자 한다. 결백한 마음을 전하는 겸허
한 태도를 여실히 읽을 수 있다. 고지식하고 유치한 표현처럼 여겨지는
"무엇 무엇이 되고 싶다"란 표현 속에 인간관계를 믿음으로 채우는 순수
가 놓인다.

> 鶴은 어듸 가고 후子는 븨엿ᄂ니
> 나는 이리 가면 언제만 도라올고
> 오거나 가거나 듕의 ᄒ 잔 자바 ᄒ쟈

송강은 천상의 학 혹은 仙人으로 자처하였다. 그러나 최진원 교수의 말처럼 上界의 眞仙이 되기보다는 차라리 '인간 속에서의 浮沈'을 원한다.[27) 송강에게 있어 천상의 학은 한갓 동경일 따름이다. 그는 현실의 고난과 실의를 몸으로 부딪치며 나아간다. 언제 돌아올지 모르는 길이 지만 한 잔 술로 시름을 달랜다. 처절에 매이지 않고 고된 현실을 긍정으로 바꾸는 힘은 술 한 잔 할 수 있는 여유와 그의 결백함 마음에서 비롯되었다고 하겠다.

위의 시조에서 자신을 학 혹은 선인으로 자처하고 있는데, 빈 정자는 자신이 깃들어 있던 세속적 공간을 의미한다. 아래의 시조는 그가 세속적 공간에서 겪는 고독감이 드러나는데, 이런 심정 때문에 학이 되어 현실을 벗어나고자 하였을 것이다.

> 나모도 병이 드니 후子라도 쉬리 업다
> 豪華히 셔신 제는 오리가리 다 쉬더니
> 닙디고 가지 것근 후는 새도 아니 안는다

> 가지 좋고 잎 좋을 때엔
> 제섬 새가 다 모여들단
> 가지 지고 잎 지어부난
> 빙든 새도 지녀멍 간다 〈진성기 채록, 제주민요〉

나무가 무성할 때는 사람들이 모여들더니 나무가 병이 드니 외면하더

---

27) 최진원, 「송강시가의 풍류」, 179쪽.

라는 송강의 시상은 민요와 상통한다. 가지가 좋고 잎이 좋을 때에는
섬의 모든 새가 모여들더니, 가지가 시들고 잎이 지니 병든 새도 지나쳐
넘어간다는 내용이다. 그의 이 시조는 인간적 계기 혹은 인간적 체취[28]
가 물씬 풍기기도 하지만 서민의 감정을 충일하게 담기도 한다. 훈민시
조가 그렇고, "잘새는 날아들고 새 달이 돋아온다"와 같은 시조도 무명
씨의 시조라 해도 무방할 서민적 체취를 느끼게 한다. 송강 시조의 뛰어
남은 이 평이성·평범성에서 시작한다고 할 수 있다. 인간사의 약삭빠
름을 민요적 정서로 노래하고 있는데, 송강은 세상에서 버림받은 처지
의 심정을 시조로 여러 차례 토로한다.

> 中書堂 白玉杯룰 十年만의 고텨 보니
> 묽고 흰 비춘 어제론듯 ᄒ다마는
> 엇더타 사ᄅᆷ의 ᄆᆞ음은 朝夕 변ᄒᆞᄂᆞ고

　세상 사람들이 조석으로 변하고, 그런 세태 속에서 버림받는 처지가
되었다 하더라도 그는 10년 전이나 지금이나 맑고 흰 빛을 그대로 지니
고 있다. 당쟁의 풍파 속에서도 결백한 마음을 지니고자 했던 그의 의식
이 잘 드러난다.

> 내 시름 어ᄃᆡ 두고 ᄂᆞ믜 우음 블리잇가
> 내 술잔 어ᄃᆡ 두고 ᄂᆞ믜 므레 들리잇가
> 옥ᄀᆞᄐᆞᆫ 처엄 ᄆᆞ음이야 가실 주리 이시랴

　송강은 시름에 잠겨 있고 그 이유는 다른 무리들과 화합할 수 없는
고독 때문이다. 홀로 술잔을 기울이면서도 자신의 진실을 알아주지 않
는 무리들을 용납하지 않는다. 그리고 처음 마음먹었던 결백함을 지키

---

28) 박영주, 「송강시가의 정서적 특질」, 『한국시가연구』 5집, 한국시가학회, 1999, 220쪽.

고자 한다. '임 향한 일편단심이야 가실 줄이 있으랴'는 정몽주의 시조
를 연상하게 한다. 그래서 '옥 같은 처음 마음'은 임금에 대한 충절의
표현처럼 느껴지기도 한다. 그러나 한편으로 이 마음은 처음 벼슬길에
나갈 때 간직했던 순수하고도 굳센 의지일 것이고, 이 세상에 뜻을 세우
고 학문을 시작할 때의 결백하고도 단호한 의지의 표상일 것이다. 그의
문학에 드러나는 결백미는 세파에 흔들리지 않는 淸高의 의지와 통한다.

4. 결

송강의 시조는 가사만큼 조명되지 못하였다. 사실 가사보다는 시조
속에 그의 장쾌하고 웅건한 시풍이 드러나고 있으며, 풍부하고 세련된
언어의 미와 표현의 절제미를 함께 맛볼 수 있다.

> 내 모음 버혀내여 뎌 둘을 밍글고져
> 구만리 댱텬의 번드시 걸려이셔
> 고온님 겨신 고듸 가 비최여나 보리라

> 冬至ㅅ달 기나긴 밤을 한 허리를 버혀내여
> 春風 니블아레 서리서리 너헛다가
> 어론님 오신날 밤이여든 구뷔구뷔 펴리라 〈황진이〉

황진이의 '冬至ㅅ달 기나긴 밤을'의 시조는 밤을 이불 안에 넣겠다는
밖에서 안으로의 이동이 주가 된다면, 송강의 '내 마음을 베어 저 달을
만들고져'의 시조는 마음을 달로 만들겠다는 안에서 밖으로의 확산이
주가 된다. 그러나 주변과 바깥을 통해 중심이 구체화된다. 달빛이 되어
님의 곁에 가 비추리라는 비유도 압권이지만, 자신의 마음을 달로 형상

화시키고 결국 마음에 충만한 님에 대한 연모의 정을 집중시키고 구체
화하는 점은 실로 奇拔하다. 표현의 묘이기도 하거니와 氣力과 圓熟을
겸한 意格이기도 하다. "위대한 활용성은 밖에서 변화하고 진실한 본체
는 안에서 충만하다"[29]는 雄渾과도 통하는 경지라 하겠다. 송강의 가사
가 여성 화자를 중심한 여성적 정조와 부드럽고 가냘픈 언어로 되어 있
기 때문에 美麗를 그의 특징으로 여기지만, 송강 시가에는 氣力과 圓熟
을 겸한 雄渾의 意格도 드러나고 있음을 알 수 있다. 그래서 '필력이 굳
세며 急迫한 뜻이 없고 凝遠한 맛'의 格詞淸健[30]과 상통한다고 하겠다.
송강의 시조 '新羅八百年의 놉드록 무은 塔을'에서 에밀레 종소리가 울
려 퍼지고 송강은 그것을 凝視하고 凝聽하고 있다면서, '凝의 집중력'을
지적[31]한 것도 종소리가 울려 퍼지는 '안에서 밖으로의 확산'을 의미하
는 것이 아닐까. '凝遠의 맛'을 '凝의 집중력'이라 할 만하다. 송강의 시
조는 밖으로의 확산과 응시를 통해 중심이 구체화되는 특징을 낳는다.

　　송강의 시가는 여성적인 부드러움과 남성적인 장쾌함이 어우러져 있
다. 이념과 흥취도 마찬가지다. '水月亭記'에서, 그의 삶이 憂時戀闕之
情과 淸閑寂寞之娛를 동시에 구현하였듯이, 그의 시가 속에는 어느 한
편에 치우치지 않는 충의(이념)와 풍류(흥취)의 조화가 드러난다. 고려
사대부처럼 퇴폐적이거나 조선 사대부처럼 유교 윤리에 얽매여 경직성
을 띠지도 않았다. 醉興의 풍류와 賞自然의 풍류가 조화되어 나타난다.
거문고의 소리와 자연의 음향이 어우러져 인공과 자연의 절묘한 조화를
드러내기도 하였다. 그의 시풍은 자유자재하였다.

　　본고는 우선 송강의 생애를 통해 술과 풍류를 찾고, 풍류 속에 담긴

---

29) 大用外腓 眞體內充(司空圖,「二十四詩品」) 차주환,『중국시학』, 서울대출판부, 1989,
　　94쪽에서 재인용.
30) 格詞淸健 筆力遒勁 而無急迫之意 有凝遠之味('精言妙選')
31) 최진원,『한국고전시가의 형상성』, 196쪽.

호방함과 처완함을 살폈다. 그가 처완함에 빠지지 않은 것은 자연을 매개한 상자연의 풍류가 있었기 때문이다. 그리고 신흠이 지적한 바 송강 시의 '淸高'를 살피며, 그 속에 담긴 '결백미'를 추출해 보았다. 그곳에서는 결백미와 淸高의 의지가 결합됨을 살폈다. 그러나 훈민시조라 지칭되는 일군의 시조에 나타나는 '勸善美'에 대한 탐구도 함께 이루어질 때 송강 시조 미의식의 전모가 드러날 것으로 사료된다.

가사를 통해 본 중국과 일본

− 〈무자서행록〉과 〈일동장유가〉를 중심으로 −

1. 서

  중세 후기에서 근대로의 이행기에 쇄국정책을 견지하고 있었던 동아
시아 3국에 있어 상호 교류는 자못 의미가 크다. 17세기 국제정세의 큰
변화로 중국에는 명이 멸망하고 청이 들어섰고, 조선은 임진왜란과 병
자호란을 겪으며 중세 봉건질서에 큰 타격을 입었고, 일본도 전쟁 후
막부정권의 안정에 심혈을 기울이던 시기였다. 변란과 전쟁의 소용돌이
속에서 3국의 관계는 잠시 소강국면을 맞았지만, 서로의 필요에 의해
교류의 물꼬를 트고 서서히 관계를 회복해 간다. 그 상호교류 방식이
조선에서는 청에 연행사를 파견하는 것이었고, 일본에 통신사를 파견하
는 것이었다.

  본고는 18세기 후반에서 19세기 초반 연행사와 통신사의 기록을 통해
3국의 관계와 문물교류, 시대인식 등을 파악하고자 한다. 연행에 대한
기록은 엄청난 분량으로 이루 다 거론할 수 없을 정도다. 현재 조천록류
와 연행록류를 합하여 약 400여 종이 있다. 통신사의 기록 또한 『해행
총재』에 실린 것으로 보더라도 방대하다고 하겠다. 그래서 본고는 위의
자료를 참고로 하면서 중국과 일본 양국에 사행(使行)한 기록 중에서 가

사 작품을 대상으로 삼아, 문학작품에 비친 문화 교류의 의미를 고찰하고자 한다. 연행가사에는 다섯 종이 있다. 유명천의 〈연행별곡〉(1694), 박권의 〈서정별곡〉(1695), 김지수의 〈무자서행록〉(1828), 홍순학의 〈병인연행가〉(1866), 유인목의 〈북행가〉(1866) 등이다. 일본에 통신사로 가서 지은 가사는 김인겸의 〈일동장유가〉(1763)이 유일하다.[1] 한일합방전(1902)의 〈대일본유람가〉가 있지만 고찰 대상에서 제외한다. 그래서 〈일동장유가〉와 가장 근접한 시기의 연행가사를 선택하여 3국의 문화 교류를 살피기 위해서는 당연히 〈무자서행록〉을 꼽을 수밖에 없다.

〈일동장유가〉와 근접한 시기(68년 이른 시기)의 것으로 〈서정별곡〉이 있지만, 이 작품은 시대의 변화나 새로운 문물에 대한 경험이 매우 빈약한 편이다. 그리고 2710 구의 〈무자서행록〉에 비해 훨씬 적은 324 구로 되어 있어, 청의 문물이나 대외인식관을 살피는 데는 모자라는 감이 있다.[2] 그래서 〈일동장유가〉와 견줄 수 있는 작품으로 〈무자서행록〉을 선정하고자 한다. 더구나 이 작품은 연행가사의 대표로 여겨지는 〈병인연행가〉에 앞선 작품으로 〈병인연행가〉의 창작에 지대한 영향을 끼쳤

---

1) 최근 남용익(1623-1692)의 〈장유가(壯遊歌)〉가 소개되었으니 〈일동장유가〉를 유일하다고 할 수 없다. 〈장유가〉에 대한 정보는 임형택, 『옛 노래, 옛 사람들의 내면풍경』(소명출판, 2005)을 참조. 〈장유가〉는 20대 말(1655)의 일본 기행, 30대 말(1666)의 중국 기행을 가사로 옮은 것이다. 연행가사 중 〈연행별곡〉이 가장 이른 시기의 작품이라 알려졌지만, 〈장유가〉로 인해 수정할 수 밖에 없다. 〈일동장유가〉의 제목도 남용익의 〈장유가〉에서 연유한 것은 아닐까 한다.

2) 그렇다고 〈서정별곡〉이 〈무자서행록〉에 비해 문학성이 떨어진다는 의미는 결코 아니다. 새로운 문물이나 체험을 간결하게 묘사하고 있고, 박진감이 넘치는 가사로서 그 문학성은 송강의 〈관동별곡〉에도 비견될 만하다. "샹위의 취혼부쳐 맷겹을 누어이셔/ 셔천을 숨쑤는가 씔쥴을 모르는고"의 표현의 간결함과 박진감은 "연츄문 드리드라 경회남문 ᄇᆞ라보며/ 하직고 믈러나니 옥절이 알픠셧다/ 평구역 몰을ᄀᆞ라 흑수로 도라드니/ 셤강은 어듸메오 치악이 여긔로다"(관동별곡)의 표현을 떠올리게 한다. 그리고 연경의 화려함을 대하며 "인공이 극진하니 민력을 견딜쏘냐" "궁사 극치하고 장구한이 뉘잇던고"라고 하여 그들의 지나친 사치를 비판하고 있는데, 〈서정별곡〉은 자신이 경험한 세상에 대해 다양한 묘사와 서술을 하지 않고 있으므로, 대외관과 문물을 다루려는 본고의 취지에는 적절하지 않다고 판단하였다.

던 것으로 보이고, 여러 풀이(책 풀이, 화초풀이 등)의 나열 순서가 거의 비슷하게 되어 있어 이본의 형성과정에 대한 면밀한 검토가 필요하다고 지적된 바 있다.3) 그리고 〈무자서행록〉은 대단히 사실적인 표현으로 일관되고 있으면서도 그 점이 오히려 문학성을 제고시킨 데 반해 〈병인연행가〉는 지나친 사실성에 얽매여서 그 점이 오히려 문학성을 약화시키고 있다. 언어 구사면에 있어서도 전자는 자유로우면서도 속되지 않고 일정한 율조를 유지하면서도 지루한 평면성에서 탈피되어 있는데, 후자는 모든 견문들을 빠짐없이 기술하려는 의욕 때문에 평면적이고 나열식의 표현을 많이 쓰고 있다.4) 그래서 본고는 한중일의 문화 교류를 파악하기 위해 〈일동장유가〉5)와 〈무자서행록〉6)을 대상으로 삼아 논의를 펼치고자 한다.

조선은 명나라를 존중하고 청나라를 멸시하는 풍조가 만연되어 있었다. 그렇다고 하더라도 당시 동아시아의 패자인 청을 무시할 수는 없었기에 사대교린(事大交隣)의 틀을 계속 유지하는 것은 당연하였다. 그리고 중국은 문물 전달의 중요한 통로였기 때문에 청과의 교류는 조선에

---

3) 임기중, 「연행가사와 연행록」, 『가사연구』, 태학사, 1998, 506쪽.

4) 임기중, 「연행가사와 연행록」, 497~498쪽. 그뿐만 아니라 전자(무자서행록)는 청나라 문사들의 내방을 받고 초청을 받으면서도 매사를 주체적으로 대처하고 자신감에 차 있고 이색적인 체험도 감정의 격랑을 노출시키지 않고 노래한 데 반해, 후자는 청나라 문사의 초청을 받지만 미숙한 자신을 확인하고 이색체험에 대한 정서적 흥분을 여과시키지 못한 채 그대로 표출해 버린 곳이 많다고 지적하고 있다.

5) 〈일동장유가〉 작품은 4권 4책의 가람 문고본(7158행, 3500여 구)을 영인한 『日東壯遊歌』(아세아문화사, 1974)를 저본으로 삼아 논의하고자 한다. 논문 중에는 서지 없이 작품명과 페이지만 제시한다.

6) 〈무자서행록〉 작품은 임기중 소장의 漢裝 필사본(2710구)을 활자로 출판한 임기중의 『연행가사연구』(아세아문화사, 2001)를 저본으로 삼아 논의하고자 한다. 논문 중에는 서지 없이 작품명과 페이지만 제시한다. 원래 이 기행가사는 〈서행가〉인데 이를 무자서행록이라 하는 이유는 '서행록'이라 제목을 한 연행록이 여럿 있기 때문에 그것들과 변별하기 위해서이다. 그리고 〈서행록〉에는 進賀兼謝恩使行者라고만 되어 있는데, 임기중 교수의 고증으로 그 작자가 김지수임이 밝혀졌다.(임기중, 「연행가사와 연행록」)

있어 가장 중요한 외교였다. 조선의 세계인식과 자아인식은 이러한 청의 사행으로 가능하였다. 그러니 매년 몇 차례의 연행사가 왕래하였다. 물론 명과 교류 때처럼 빈번한 사행이 다니지는 않았지만 중요한 사안이 발생할 때마다 청을 왕래하였다. 무자년(1828년, 순조28년) 사행은 청의 宣宗 8년(1826)에 청이 回疆을 평정하였기에 순조가 進賀使行을 보낸 것이었다. 상사는 李球, 부사는 李奎鉉, 서장관은 조기겸으로 구성되었고, 金芝叟는 벼슬 없이 白衣의 寒士로 따라간 것으로 보인다. 4월 13일 길을 떠나 168일 머물렀고, 북경에만 63일간 체류하였으니 다른 사행에 비해 북경을 다양하게 경험하고 자세하게 적을 수 있었던 것으로 보인다.

江戶정권은 7년이나 계속된 전쟁의 상처를 씻고 평화를 정착하기 위한 방법으로 조선과의 교린관계를 복구하고자 하였다. 그들은 대마도를 중심으로 적극적인 접근을 시도하였는데, 선조 40년(1607), 광해군 9년(1617), 인조2년(1624) 등의 통신사는 대마도의 위계에 의한 것이었고, 임란 후 정식으로 통신사가 회복된 것은 인조 14년(1636)이었고 12회의 통신사가 왕래한다. 김인겸이 참여한 癸未通信使는 11번째에 해당한다.

일본의 관백 源家重이 은퇴하고 그 아들인 源家治가 관백을 계승하자 일본측에서 수교를 요청하였고, 조정은 이를 승낙하고 영조 39년(1763) 8월에 통신사를 보내게 된다. 이 통신사의 구성은 정사에 趙曮, 부사에 李仁培, 종사관에 金相翊, 제술관에 南玉, 서기에 成大中과 元重擧, 그리고 三房書記에 金仁謙을 임명하고, 군관 17명, 역관 12명, 의원 3명, 사자관과 화원, 악사, 선장 등 100여 명의 行員과 400여 명의 役員, 총 500여 명을 파견하게 된다. 김인겸은 진사로 공주에 머물고 있었는데 서기로 임명되어 이 통신사에 합류하여 〈日東壯遊歌〉를 짓게 된다.

당시 통신사의 임무는 어떤 것이었는가. 임란 후에는 전쟁 포로의 刷還과 전쟁을 억지하기 위한 수단이었고, 아울러 일본의 병력을 살피려는 의도도 있었던 것 같다. 그러다가 시간이 지나면서 양국의 교린을 통한 문물교류라는 측면이 부각된다. 일본의 입장에서는 관백의 즉위식과 같은 경사에 통신사의 파견을 요청함으로써 국가적 위신을 세우려는 목적이 강했다.[7] 하지만 양국의 무역 문제도 중요한 관심사였던 것 같다. 계미통신사의 정사인 조엄의 〈海槎日記〉에 의하면 일본에 주는 쌀이 1년에 2만 수천 석이라 기록되어 있다. 公作米 1만 6천 석, 兼帶米 2천 석, 料米 2천 석, 기타 쌀과 콩 천여 석이었고, 公木이 720여 동이었다.[8] 그리고 기타 삼, 紬, 苧, 마포, 범의 가죽 등을 일본에 교역하였다. 일본에서 쌀을 수입하기 위해 오는 사신(년 5-6회)을 접대하는 비용은 30만 냥을 넘는다고 했다. 〈일동장유가〉에서 "우리 ᄒᆞᄅ 격는거시 은 만냥이 든다ᄒᆞ니"에서 알 수 있듯이 통신사의 하루 비용이 만 냥이면 그들의 일본 체류기간이 약 8개월인 점을 감안할 때 그 비용은 만만치 않았다. 그럼에도 사신의 교류를 지속한 것은 양국의 정치적 경제적 필요성에 의한 것이었다.

조선과 일본 사이에서 이루어지는 무역을 보면, 조선의 수입품은 은, 동, 서양의 물건이었고, 일본의 수입품으로는 쌀, 목면, 牛角, 인삼 등이었다. 당시 인삼은 일본인에게 대단한 인기였다. 그래서 사신들의 짐 속에는 인삼을 밀수하다 적발되는 사례가 많았다.[9] 인삼이 일본에 알려진 것은 15-16세기 정도인데, 17세기 이후에는 인삼의 수요가 많아졌고, 양국의 무역관계에서 중요한 품목이 되었으며, 사적인 예단으로 인

---

7) 일부 일본 국수주의 국학론자들의 조선 멸시사상이 통신사절들의 방문을 朝貢使로 날조하기도 하였다. 그러나 조선통신사의 교류는 문화교류사로 보아야 한다.(소재영, 『국문학논고』, 숭실대출판부, 1989, 391쪽)

8) 조엄, 〈海槎日記〉(고전국역총서 『해행총재』 7권, 민족문화추진위, 1975), 66쪽. 조엄 의 〈해사일기〉를 인용하는 경우 앞으로는 페이지만 밝힌다.

9) 〈東槎錄〉에 의하면, 종사관이 각 선박을 점검하였는데, 의원 이수번이 10여 근의 인삼을 약상자에 넣어 감추고 있었고, 譯官 오윤문과 그의 종, 박당상의 종, 정비장의 종이 30여 근의 인삼을 사행의 옷장 속에 감추어 두었다가 적발되었다. 그리고 三使가 각기 비장을 시켜 배를 수색하니 여러 근의 인삼을 적발하였다고 한다.

삼을 주는 경우가 많았다고 한다. 그런데 일본이 1733년 인삼 재배에 성공하고, 이 '御種人蔘'이 양산되면서 18세기 중엽 이후에는 수입이 격감된다.[10]

일본은 16세기부터 17세기 사이 많은 광산을 개발하였고, 그래서 금, 은, 동이 풍부한 나라였고 특히 은은 아시아 1위의 수출국이었다. 은 중에서 八程紋銀은 조선의 인삼을 거래하기 위해 특별히 주조되었다. 이 팔정문은은 중국과의 무역에도 거래되었다. 일본에 통신사를 파견하는 이면에는 정치적 목적 외에 경제적 교류와 이에 대한 조정이 내재해 있다. 淸에 연행사를 파견하는 관행을 경제적 측면에서 바라보며 조공무역이라고도 하듯이, 양국의 경제적 필요성에 의한 교류임은 주지의 사실이다. 조선이 서적이나 비단 등을 수입하고, 조선은 인삼과 약재 등을 수출하였다. 〈무자서행록〉에는 그런 사실이 서술되지 않아 그 실상을 여기서 상세히 밝힐 수는 없다.

조선에서 파견한 연행사와 통신사는 정치·경제적인 측면에서 이루어졌겠지만, 실은 문화적 교류라는 측면이 더욱 부각된다고 할 수 있다. 이들의 사행기록은 문화교류의 진정한 보고서라 할 만하다. 그 중 사행가사는 중국과 일본을 만나면서 '우리 민족에 대한 새로운 인식'으로 나가는 경험[11]을 생생하게 전하고 있다. 예악적 전통에 완강한 자부심을 느끼면서 중국과 일본의 두 나라를 바라보는 입장과, 두 나라의 새로운 문물을 접하면서 느끼는 충격이 함께 교차되면서 조선의 현실이 생생하게 전달된다. 자신 혹은 조선이 갖는 우월의식과 열등감의 교차라고 해도 좋을 것이다. 그 두 가지 의식을 자세히 살피고자 한다.

10) 이진희, 『한국과 일본문화』, 을유문화사, 1982, 190-191쪽.
11) 김용철, 「기행가사 연구의 현황과 과제」, 『한국가사문학연구』, 태학사, 1995, 78쪽. 그는 기행가사 중에 사행과 표류가사를 '외유가사'라 분류하고 있다. 그리고 서술 중에는 "중국사행가사들은 연구 자체가 극히 미흡하다"(80쪽)고 하면서 사행가사란 용어도 사용하고 있다.

2. 조선의 대외관

조선은 淸에 正朝使, 聖節使, 千秋使, 冬至使와 부정기적 使行을 보
냈고, 日本에는 敬差官. 回禮使, 刷還使의 통신사를 보낸 바 있다. 사대
교린이라는 두 가지 형태의 교류는 규모나 구성의 측면에서 다르긴 했
지만 방법이나 위계 등 사행구성의 본질적 측면의 차이는 없었고, 양국
에 대한 조선의 자세에도 차이가 없었다. 더구나 17세기 동북아 국제질
서의 변화를 감안하면 그 차이는 있을 수 없다. 즉 "오랑캐 청나라가
중화의 명나라를 무너뜨리고 중원의 지배자로 등장하면서 존속되어 오
던 華夷 구분의 세계관은 혼란을 겪을 수밖에 없었으며, 임진왜란을 겪
으면서 일본에 의해 '소중화적 자존의식'을 손상받은 조선으로서도 마
찬가지로 세계관의 혼란을 겪을 수밖에 없었다"12)고 하겠다. 조선은 스
스로 명의 중화적 문물을 잇고 있다고 자부하면서 청에 대해서 오랑캐
라는 의식을 지니고 있었고, 임진왜란에 당한 치욕과 수모에도 불구하
고 일본에 대해 여전히 오랑캐라는 의식을 견지하고 있었다. 특히 '禮樂
文物'의 측면에서 그런 우월의식을 지니고 있었다. 〈일동장유가〉의 18
세기 후반과 〈무자서행록〉의 19세기 초반의 시대인식도 이에서 크게 벗
어나지 않는다.

우선 일본의 유가적 예악문물과 유교적 학문풍토를 살펴보고자 한다.
일본의 德川幕府의 치세는 조선 宣祖 말엽(1603년)부터 高宗대의 大院君
집정시기(1867년)까지 265년간의 세월이었다. 막부정권은 통일정부의
새로운 신분질서를 유지하기 위해서 유학을 통치이데올로기로 수용하
게 되었다. 일본의 유학은 처음에는 禪學補助의 기능을 했을 뿐이다.
그러던 유학이 藤源惺窩를 맞아 독립된 하나의 사상으로 발전하였다.
원래 승려였던 藤源惺窩가 유학에 경사되기까지는 막부의 지원과 외부

---

12) 조규익, 『국문사행록의 미학』, 역락, 2004, 207쪽.

적인 충격 두가지 영향관계를 상정할 수 있다. 먼저 막부 내에서는 德川을 중심으로 한 중앙집권적인 신분제도의 유지를 위해 유교적 명분주의를 필요로 했다. 또한 조선 침략에 앞장섰던 加藤淸正 등의 불교적 조직력이 국내 통일에 저항세력이 되었으므로 불교세력의 약화를 위해서 새로운 사상의 도입과 장려가 불가피했다.

외부적인 충격은 조선통신사와의 만남에서 유교적 지식을 습득한 것을 꼽을 수 있다. 1590년 통신 당시 서장관이던 許筬과 藤源惺窩의 시문교환을 들 수 있는데, 退溪의 제자인 허성과의 만남을 통해 퇴계의 학문을 소개받고 많은 견문을 넓혔던 것으로 보인다. 그리고 1597년 정유재란 당시 포로가 된 姜沆과 藤源惺窩의 만남 또한 조선 유학을 이해하는데 직접적 계기가 되었다. 藤源惺窩는 강항의 학문과 임란 후 조선에서 대량 들여온 서적을 통해 '일본 유학의 濫觴'이 되었다고 평가 받고, 그의 제자인 林羅山, 掘杏庵 등 門下四天王이 생겨난다.[13) 이 문하에서 木下順庵이 나오고 그 아래에 유명한 雨森東과 新井白石이 나오는데, 이들의 문학은 조선통신사들에게도 호평을 받는 것으로 보아 18세기 초반에는 일본의 유학이 정착되어 가는 시기라고 볼 수 있다.[14) 그 후 김인겸의 계미통신사를 전후한 家治와 家齊(1773-1781) 즈음에 이르러 武士層에게 봉건적인 교육을 철저하게 실시하기 위해 주자학을 관학으로 채용하기에 이른다. 이 만큼 유가적 문풍이 진작되어 있었음에도 불구하고 조선의 통신사들에겐 오랑캐로 비춰질 뿐이었다.

> 선왕셰계 아니어니 녜악문물 볼것업ᄂᆡ
> 우리ᄂᆞ라 소중화는 일우탄환 젹어시니
> 품긔도 협소ᄒᆞ고 안목도 고루ᄒᆞ니

---

13) 김태준, 「일본신유학의 성립과 조선학자」, 『명지대논문집』 8집, 1975.
14) 최박광, 「한일간문학교류」, 『명지어문학』, 1983.

황명틱조 구즁원을 틱강젼어 드러더니
오늘날 셔힝녹의 종두지미 주셰보니
션왕의관 변ㅎ였고 법언법힝 간틱업다(무자서행록 283)

우리보고 흠션ㅎ여 왕왕이 낙누ㅎ며
죵용히 필담홀졔 진졍소회 ㅎ는말이
그틱는 외국이나 텬ㅎ의 졔일이라
지금의 셰샹ᄉ람 져마다 호복인틱
의관을 보존ㅎ고 녜악이 가잣시니
즁국의 졔로들고 션왕문물 간틱업고
죤쥬ㅎ는 놉흔의리 흔조션 뿐이로다(무자서행록 244)

淸을 가 보니 明代의 聖王이 사는 세계가 아니어서 '禮樂文物'이 볼
것 없다고 한다. 조선은 중화를 배워 小中華의 기운이 있지만 한 모퉁이
의 좁은 땅이어서 기품도 좁고 안목도 고루한데, 옛 명나라가 있던 중원
에 대해 전해들었던 말을 상기하면서 요즘의 청을 使行하고 적은 글을
보니 명나라 선왕시대의 의관문물은 변하였고 법도 있는 말과 행동은
없다고 한다. 조선이 비록 소중화의 좁은 기품이지만 미미하게 '예악문
물'을 지키고 있다는 자부심이 배어나오고, 지금 청의 문물이 예전 중화
의 기품을 잃었다고 탄식하는 내용이라 하겠다. 그래서 청의 문인들은
조선 사행을 보고 눈물을 흘리면서, 천하에서 중화의 기품을 지니고 있
는 곳은 조선뿐이라고 찬미한다. 청을 보면 모두 오랑캐 복장을 하고
명대의 문물을 산실하였지만, 조선은 유가의 의관을 보존하고 '예악'과
'尊周大義'를 갖추고 있다고 인정하며 그 의리를 칭찬한다. 아래의 내용
에서 눈물을 흘리는 인물은 장제량이란 학자인데, 필담을 나누면서 그
에게 재주와 의리가 있고 강개하면서 학문이 깊은 모습을 발견한다. 그
는 청의 제도를 따르고 선비의 도리를 버린 안타까움 때문에 조선 학자

를 부러워하고 있다. 이런 청의 선비를 다른 연행가에서도 쉽게 발견할
수 있다.

> 모도다 듸명젹의 명문거족 후예로서
> 마지못히 삭발ᄒ고 호인의게 벼슬ᄒ나
> 의관이 슈통ᄒ옴 분ᄒ마음 품어고나
> 녯의관 죠션스룸 형뎨ᄀᆺ치 반겨ᄒ다(홍순학, 병인연행가)

모두가 전 왕조 명의 훌륭한 가문 출신이나 머리를 깍고 호복을 입고
청에서 벼슬을 하고 있어 원통하다고하고, 옛 문물을 지키고 있는 조선
의 선비를 반겨하면서도 부러워하는 모습이 역력하다. 홍대용의 〈을유
연행록〉에서도 "머리털을 베이고 호복을 무릅써 예악문물을 다시 상고
할 곳이 없다"고 하며 청에 대한 폄하의 시선을 주고 있다. 조선만이
옛 예악문물을 지키고 있다는 자부심과 우월감은 통신사의 가사에도 잘
나타나고 있다.

> 개돗ᄀᆺ튼 비린뉴를 다물숙 소탕하고
> ᄉ쳔니 뉵십쥐를 됴션싸 민드라셔
> 왕화의 목욕금겨 녜의국 민들고쟈(일동장유가 221)

일본을 개와 돼지 같은 부류라고 비하하면서 일본의 사천리 60주를
조선 땅을 만들어서 왕도정치의 감화를 받게 하고 예의 갖춘 나라를 만
들겠다고 한다. 임진왜란의 패도에 항거하면서 과거의 치욕을 참지 못
하는 분개가 나타나고 있다. 그러면서 일본을 예의로 교화시키고자 한
다. 이렇게 일본을 낮추어보는 일단에는 유학자로서 문사로서의 자부심
이 연관되어 있다.

　　평호왜인 두사룸이 글가지고 드러와셔
　　츠운하여 달나거늘 즉시지어 보내니라(일동장유가 152)

　　녜브터 왜유들이 글바드라 오는사룸
　　벼로됴히 필먹들고 거울칼 가외등속
　　무수히 가지고와 윤필을 ᄒ오되는
　　션비몸이 도여나셔 글지어 주어노라(일동장유가 164)

　일본의 유학자들이 통신사에게 글을 가지고 와 차운하여 달라기에 즉석에서 글을 지어주었다는 기록이 수없다. 왜유들은 벼루와 종이와 붓과 먹을 들고 와 글을 청하고 거울과 칼과 가위를 답례로 주는 경우가 많았다. 오사카와 나고야와 동경에 이르면 많은 폐백을 가지고 와 선물하는 경우도 있었으나 물욕이 없는 김인겸은 대개 돌려보낸다. 간청하기 때문에 일부 폐백을 받으면서도 자신이 조선에서 가져온 지필묵을 답례하곤 한다. "뇌일다시 드러와셔 ᄀᆞ른치물 바드리라"(171)라고 하면서 글도 받고 가르침을 청하는 경우도 있었다. "무수한 왜선비가 글가지고 와서보뇌"(196) "이십이일 병이드러 하쳐의 누어시니 / 수업슨 왜사들이 뫼쳐로 ᄲᅡ히거늘"(209)에서처럼 무수한 선비들이 찾아와 글을 청한다. 그래서 그 날에는 오칠언 율시와 고시를 130여 수 답하기도 한다.

　　이십삼일 식젼브터 예놈이 무수이와
　　필담이 난감ᄒ고 슈창도 즈즐ᄒ다
　　병드러 어려오나 나라히셔 보낸뜻이
　　이놈들을 졔어ᄒ야 빗잇게 ᄒ시미라(일동장유가 214)

　130여 수를 답한 다음 날에도 아침부터 일본의 문사들이 찾아온다. 몸이 아파 필담도 난감하고 차운하는 것도 힘든데, 나라에서 자신을 보낸 뜻이 이 문사들을 교화시키라는 임무일 것이라 여기고 턱 밑가지 쌓인 글들을 화답한다. 이를 作詩외교라 할 만하다.15) 자신은 유교적 문명국에서 왔으니 당연히 예악을 모르는 이들을 일깨워야 한다고 생각하고, 자부심과 우월감을 한껏 드러내고 있다.16)

그러나 이런 일본에 대한 비하의식이나 자신의 우월감의 표현은 전체 작품의 일부분에 국한된다. 일본의 유가들이 자신을 찾아와 글을 부탁하거나 필담을 나눌 때에는 자신의 유교적 지식이나 글을 짓는 솜씨 때문에 존숭받는 감정을 드러내지만, 그 외의 경우에는 일본의 문물을 보면서 감탄하고 조선의 문물이 초라함을 고백하게 된다. 김지수의 〈무자서행록〉에서도 마찬가지다. '예악' '존주' '의리'라는 측면에서 칭송을 받지만 이내 그 감정을 숨기고만다. 중화의 기운이 없다고 비하하면서도 이어 "물화도 번성ᄒ고 긔률도 댱ᄒ시고"라고 청의 문물과 규율의 장한 모습을 칭송한다. 결국 조선의 사행들은 유교적 교리와 명분에 관한 한 우월의식을 드러내고 있지만, 한편 그것이 중세적 문명에 머물고 있는 회고적이고 복고적인 사유에 불과한 것이며, 탈중세의 신문물에는 미치지 못하는 열등의식의 소산이라 하겠다. 또한 청과 일본을 오랑캐라 비하하지만, 이것 또한 임진왜란과 병자호란의 전화를 당한 분노에서 비롯되는 묵은 감정으로서 과거에 집착하고 현재를 직시하지 못하는 조선 선비의 한계를 보여준다고 하겠다. 소중화의식의 한계 속에서 김인겸과 김지수는 떨쳐 일어나려 몸부림치는 장면을 다채롭게 보여주고 있다.

김지수의 연행보다 앞선 홍대용의 〈을병연행록〉(1765)은 그런 변화된

---

15) 장덕순, 『한국문학사』, 동화문화사, 1976, 298쪽.

16) 각주태수 임신언이 자기 아들을 데리고 거의 매일 자신의 처소를 방문하여 필담을 나누던 점도 그의 우월감의 표시이다. 그리고 김인겸이 다른 왜유와 비교해 강개하고 경출하고 총명한 노광(蘆江인 듯)이 날마다 찾아오고, 이윽고 자신을 따라 조선에 가고 싶다고 하지만 국법에 구애하여 데려갈 수 없음을 피력할 때도 유학자로서의 우월감이 묻어 난다. 또한 3월 12일 에도를 떠나왔는데도 거기까지 일본의 문사들이 따라와 글을 청하고, 밤에 헤어지고 길에서 밤을 새운 후 다음 날 가마 곁에 와서 우는 모습을 형용한 것도 그와 같은 사유일 것이다.

세계관을 명료하게 드러내고 있다. "저가 비록 더러운 오랑캐이나 중국
에 웅거하여 백여 년 태평을 누렸으니 그 규모와 기상이 어찌 한 번 보
암직하지 않으리요"라고 하면서 중국이 큰 땅임을 인정하면서 '변화된
세계관'으로 중국을 보고자 한다. "오랑캐 땅이니 볼 것이 없다"라거나
"호복한 인물과 더불어 말을 못하리라"라 하면 고루한 생각일 뿐이라고
하면서 '華夷'의 구분이 하찮은 것임을 역설한다. 그런 태도는 담헌의
〈의산문답〉에서 '華夷一也'라 표현된다. 서유문의 〈무오연행록〉(1798)
에서 "중원이 비록 청족의 지배하에 들기는 하였으나 조선인에게는 선
진문물을 접할 수 있는 좋은 기회이므로 누구나 젊은이들에게는 연행이
선망의 행차임에 틀림없다"는 술회를 보더라도 변화된 세계상을 확인할
수 있다.

3. 도시와 문물

앞에서 확인한 것처럼 김지수와 김인겸은 소중화의식으로 청과 일본
을 바라보기도 한다. 그러나 "문물제도 면에서 청나라와 일본의 융성·
발전은 더 이상 관념적인 화이관의 잣대로 그들을 배척할 수 없다는 현
실론을 불러일으킨 바탕"[17]이 뇌었다는 점을 인식해야 한다. 김지수와
김인겸은 청나라와 일본의 문명적 융성에 놀라고 양국에 대한 긍정적
시선을 보이며 배워야 할 점으로 인식하는데 이와 관련된 표현들이 매
우 장황하게 펼쳐지고 있다.

우선 중국 북경의 자금성과 일본 오사카의 번화함을 들어 본다.

   틱화문 드러가면 틱화뎐이 뎡뎐이니

---

17) 조규익, 『국문사행록의 미학』, 217쪽.

황극뎐이라 ᄒ는거시 퇴화뎐 긔아닌가
놉기도 금즉ᄒ고 웅댱도 ᄒ온지고
ᄉ방의 월랑짓고 뒷돌은 길이놉고
큰벽돌 모박여서 뜰안의 줌속쌀고
퇴화문의 옥난ᄒ고 그압ᄒ로 품뎔잇고
퇴화뎐 볼즉시면 옥계가 ᄉᆞᆷ층인ᄃᆡ
한층의 길반되게 셥삭여 두어두고
뎡노의 노흔돌이 크기도 댱ᄒ도다(무자서행록 220)

ᄉ면의 바라보니 지형도 긔졀ᄒ고
인호도 만흘시고 빌만이나 ᄒ야뵌다
우리나라 도성안은 동의셔 셔의오기
십니라 ᄒ오되ᄂᆞᆫ 채십니ᄂᆞᆫ 못ᄒ고셔ᄂᆞᆫ
부귀ᄒᆞᆫ 지샹들도 빌간집이 금법이요
다물숙 흙지와룰 니워서도 쟝타ᄂᆞᆫᄃᆡ
쟝흘손 왜놈들은 쳔간이나 지어시며
그듕의 호부ᄒᆞᆫ놈 구리기와 니어노코
황금을 집을쑤며 샤치키 이상ᄒ고
남의셔 북의오기 빌니나 거의ᄒᆞᆫᄃᆡ
녀염이 뷘틈업서 듐북이 드러시며
ᄒ가온대 낭화강이 남북을 흘러가니
텬하의 이러ᄒᆞᆫ경 ᄯᅩ어ᄃᆡ 잇단말고
북경을 본역관이 힝즁의 와이시ᄃᆡ
듕원의 쟝녀ᄒᆞᆷ기 이에서 낫잔타ᄂᆡ(일동장유가 211)

　　김지수는 북경의 자금성을 보고 각 성문과 건물의 배치와 특색, 내부
와 외부의 구조, 단청까지 자세히 묘사하고 있다. 특히 자금성의 태화전
을 극찬하고 있다. 태화문을 들어가면 황제가 머무는 황극전이 있는데
높이가 놀랄 만하고 웅장하다고 하고, 정전 주변의 행랑과 댓돌, 바닥을

포장한 큰 벽돌, 옥난간, 품계석, 正路의 반석 등을 세세하게 그려내고 있다. 아울러 그 주변의 화려한 치장과 경치, 천자가 조회하는 장대한 모습을 놀라움으로 바라보고 있다. 그러나 그 자체가 근대적 문물은 아니고, 도시의 번화함을 상징적으로 보여주는 일례에 해당한다. 근대적 도시의 번성은 시정거리를 소개하는 뒤에서 자세히 다룬다.

김인겸도 오사카 도성의 모습을 보면서 놀라움을 금치 못한다. 도시 인구가 백만이 되는 듯하다고 하고 있고, 천 간 집을 지어 구리 기와로 치장하거나 황금으로 집을 꾸미는 경우도 있다고 하면서, 집들이 백 리에 걸쳐 빼곡히 들어서 있다고 말한다. 우리나라 도성은 고작 십 리도 못되고 부자집의 경우도 백 칸이 못되는 데 비하면 엄청난 규모임에 틀림없다. 그래서 '천하의 승경'이라고 하면서 중국을 다녀 온 역관의 말을 인용하여 중원보다도 장려하다고 표현한다. 김인겸은 쿄토를 지나 나고야를 들렀을 때도 "번화ᄒ고 장녀ᄒ기 대판성과 일반일라"(일동장유가 234)라 하였고, 에도에 가서는 자세한 묘사는 하지 않되 "대판성 서경도곤 삼비나 더ᄒ고나"(일동장유가 251)라 경탄한다. 당시 일본 도시의 번성을 가히 짐작할 수 있을 것 같다. 김인겸은 한중일 3국의 도시경제를 비교하는 안목이 열려 있었다. 일본의 도시가 우리나라보다 훨씬 발달해 있고 중국에 비해서도 결코 뒤지지 않는다는 점을 솔직히 시인하고 있다. 그는 중국의 문물을 일본과 비교할 때 정확성을 잃지 않았고, 조선과 비길 때도 우리의 부족과 미흡을 솔직하게 고백하였다.[18] 그래서 김인겸이 고루한 화이론이나 명분론에만 사로잡혀 있지 않고 현실을 현실로서 인정하는 '경험론자'로서의 면모 역시 갖고 있음을 잘 보여주는 대목이다.[19]

---

18) 장덕순, 『한국문학사』, 306쪽.

19) 박희병, 「조선후기 가사의 일본체험, 일동장유가」, 『한국고전시가작품론』 2, 집문당, 1992, 711쪽.

에도시대에 京都에는 808寺, 大坂은 808橋, 그리고 江戶는 808町이
라고 했는데, 이는 당시 3都의 특징을 비교하는 말인 듯하다. 正德 3년
(1713) 조사에도 江戶는 808町을 훨씬 넘어 933町이라 하고, 그 후에도
계속 증가하여 天明年間(1781-1788)에는 1770町에 달했다고 한다. 江戶
가 100만 도시가 된 것은 元祿時代(1700년 전후)인데, 당시 런던이 70만,
파리가 50만 정도였으니 江戶는 세계에서 인구 1위의 도시라 하겠다.
김인겸은 오사카의 번화함에 놀라 위에서처럼 그 위용을 거시적 필치로
표현하고, 그보다 세 배나 더 큰 동경을 보면서 말을 잇지 못한 듯하다.
오사카는 물의 도시이기 때문에 도시의 번화함과 더불어 다리와 배가
또한 장관이었던 것 같다. 이를 중국의 항구도시 통주와 대비시켜 살펴
보겠다.

> 딕강이 성을둘러 평원히 나려오니
> 천만 주즙이 삼십니의 연ᄒ여셔
> 삼승돗 ᄤ 돗딕를 그밋틱 둥을달고
> 쥭식을 싀을면서 닷소릭도 가관이다
> 빅마다 층수잇셔 곳곳이 올나보니
> 뎨양도 긔이ᄒ고 치례도 ᄒ엿고나
> 곡난간 금쥬련의 단침으로 문을ᄦ고
> 비단도벽 뉴리창의 화류교의 오목상의
> 간간이 격벽ᄒ여 침방이 졀묘ᄒ다(무자서행록 185-186)
>
> 하구로 드러갈식 좌우젼후 도라보니
> 우리빈 예션들과 압참의 탐후온빅
> 딕공ᄒ고 가ᄂ빅와 영졉ᄒ라 오ᄂ빅와
> 마쥬인의 힝동빅와 근쳐의 구경온빅
> 가고오ᄂ 상교션이 그러너른 바다우히
> 다물숙 무명돗츨 순풍의 놉히돌고

　　일시의 드러가니 장ᄒ고 금죽ᄒ다(일동장유가 200)

　통주성을 보고 바닷가로 내려오니 천만 배가 30리에 걸쳐 떠 있다고
하니 그 선단의 규모를 알 만하다. 그리고 배마다 여러 층 누각을 설치
하고 각각 모양도 다르며, 금으로 주련을 달고 비단으로 치장하고 방까
지 갖춘 화려한 상선들을 보면서 상업적 도시의 번성과 근대적 발전상
에 감동하는 모습이다.

　김인겸은 자신의 배를 영접하는 배를 비롯한 수많은 배들이 오가는
모습을 보면서 "장하고 끔찍하다"라고 한다. 물론 끔찍하다는 말은 놀랄
만하다는 의미이지만, 그 충격을 가늠할 수 있다. 그래서 김인겸은 배가
바다를 덮어 물빛을 볼 수 없다고 과장되게 술회한다. 이어서 사신을
영접하는 '금누선'이란 배를 묘사하는데, 사람이 이 배를 타기는 진실로
어려울 것 같다고 하면서 "궁샤 극치키ᄂ 만고의 업슬노라"라고 그 치장
의 극치에 이른 모습을 찬미하고 있다. 금누선에 걸린 그림과 휘장과
황금치장과 2층 누각의 모습은 위의 〈무자서행록〉의 중국상선의 모습
과 매우 흡사하다. 김인겸은 금누선을 타고 성 안으로 들어가면서 장안
의 불빛이 30리에 펼쳐진 모습을 보고, 병에 시달리던 눈이 번쩍 뜨였
다고 하면서 병마를 털어낸 듯한 감회를 놀라움과 함께 길게 묘사하고 있
다. 이미 중국과 일본은 18세기에서 19세기 초반 도시가 번성하였음음
물론이려니와 바다를 통해 상업을 활성화시키고 있었고, 중세적 쇄국정
치의 사슬을 서서히 벗어나고 있었다.

　이에 반해 조선은 중세 예학의 권위 속에 머무르며 바깥으로 눈을 돌
리지 못하였고, 외부세계와의 소통은 청과 일본이 고작이었다. 우리 도
성은 십리도 못되는데 일본 도성은 백리가 넘고, 우리 한양의 인구는
10만이 채 못되는데 에도는 100만이 넘고, 무수한 배와 수레로 물산을
이동시켜 경제적 효용을 높여가는데 우리는 수레를 제대로 이용하지 못

했을 뿐만 아니라 변변한 상선도 없었다. 연암의 〈허생전〉에서 그런 조선의 한계가 여실히 드러나고 있다. 김인겸은 오사카의 도성 나들이를 나갔다가 본원사의 번화한 길과 담장을 잇고 늘어서 있는 집들을 보면서 "아국 죵노의셔 만비나 더ᄒ도다"(205-206)라고 했듯이, 우리 도시는 초라하기 이를 데 없었고 이 땅에 사는 사람들의 생각 또한 고루하여, 담헌과 연암으로 대표되는 북학파의 실학사상조차 19세기에 이르면 안동 김씨의 세도정치에 밀려 시들해지고 만다.

> ᄌ명종 별품이라 칙장모양 가튼거시
> 민우희 궁글녀여 유리를 붓쳐는ᄃ
> 시각이 다아오면 비둘기 궁계ᄂ와
> 네마ᄃ 다숫마ᄃ 시를ᄯ라 울고가고
> ᄌ명악 이란거슨 쏘그러흔 쟝모양의
> 문열고 손을녀어 고동틀고 들어보면
> 오음뉵뉼 굉굉ᄒ여 풍뉴소ᄅ 진동ᄒ니
> ᄉ룸보고 ᄌ조보면 긔이ᄒ고 공교ᄒ다(무자서행록 217)

김지수는 아라사관(러시아)에 가서 자명종과 자명악을 구경하게 된다. 책장 모양의 상자에서 정시를 알리는 비둘기가 나오는 장면과, 기계를 움직여 작동시키면 상자 안에서 5음6율이 흘러나오는 장면을 보고 경탄한다. 아울러 서양 사람과 그들의 글자와 문명에 대한 관심을 표명하고 있다. 이러한 김지수의 관심은 '유리창'으로 이어진다. 유리창에서 천리경, 안경, 소연경(색안경), 건량구(풍수도구), 면경, 테경, 오갑경, 자명종, 유리병풍, 유리등, 백옥등잔 등을 구경하게 된다. 그 외에 약방, 염색집, 국수틀, 서점20), 가죽점, 포목점, 의복가게, 철물점, 목기점, 새

---

20) 유리창 풍경에 앞서 內城 풍경을 서술하는 데 가장 두드러지는 것은 역시 萬古書를 보여주는 서점이다. 여기에 나열된 것으로는 경서, 사기, 제자백가, 시문집, 소설, 패관

파는 집, 화초 파는 집, 잡동산이를 파는 가게 등 이루 셀 수 없는 상점과 그곳에서 파는 물건들을 소개하고 있다. 시정에 대한 지대한 관심을 읽을 수 있다. 특히 그는 수레에 관심을 두고 살피고 있다. 황제가 타는 輦, 황옥차, 공연과 교자(무자서행록 229)뿐만 아니라, 서민들의 수레도 다양하게 소개하고 있다.

> 동ᄎ모는 거름장ᄉ ᄲᆞ각시걱 모라가고
> 디ᄎ소ᄎ 노싀말은 목테두리 열두방울
> … …
> 말삭타리 ᄎ세타리 병문병문 느러셔고
> … …
> 닷는말의 굽소릐와 박셕길의 박횟소릐(무자서행록 269-270)

동차(桐車) 즉 농가에서 쓰는 차로 거름을 파는 장사도 있고, 노새에다 대차와 소차를 매 다니는 장사꾼, 말로 짐을 실어주고 삯을 받는 장사꾼, 수레을 세 내어 타는 사람 등 수레를 이용한 다양한 장사꾼들이 박석을 깐 길 위를 분주하게 오가는 풍경이 드러난다. 이를 통해 중국의 시정을 들여다 볼 수 있고, 상업이 중시되는 북경 도시에 관심을 두었던 김지수의 경첩론자로서의 면모를 확인할 수 있다.[21]

김인겸의 〈일동장유가〉에서도 신문명과 시정에 대한 관심을 읽을 수

잡기, 운부, 자전, 수학, 역학, 천문, 지리, 의술, 점술, 불경, 관상서, 도교경전, 奇文, 태을(점술), 시학, 율학, 문집류 등 다양하다.(무자서행록, 258)

21) 연암은 중국의 태평차(사람 타는 수레), 대차(짐 수레), 독륜차(장사나 농사에 이용하는 수레)에 대해 자세하게 서술하고 있고, 물을 끄는 수레, 가루를 빻는 요차, 고치를 켜는 소차 등의 장점도 자세히 묘사하고 있다. 수레는 임금의 재산을 가늠하게 하는 것으로 여러 제도가 있으며 백성에게도 중요한 것이라 한다. 우리나라 수레바퀴는 온전히 둥글지 않고 바퀴자국이 틀에 들지 않으며, 길이 험하다 하여 수레를 쓰지 않아서 각 지방의 생산품을 바꿔 쓰지 못하는 폐단이 있음을 지적하고 있다.(『열하일기』, 馹汛隨筆)

있다. 水機(무자위, 218)나 물레방아(277-279)에 대한 서술은 자세하고 과학적 분석을 통한 진술이어서 일본의 문명에 지대한 관심이 있었다고 보인다. 그리고 그는 소철, 종려, 영산홍, 연꽃, 모시 등 식물에 대한 관심을 보이고(281-282), 생강, 숫무우, 건시, 비파 등 야채나 과일(287)에도 관심을 보이고 있다. 시정에 대한 구체적 서술은 다음이 유일하다.

> 술집 라면방 벗젼 좌우의 버럿ᄂᆞᆫ듸
> 집히잇ᄂᆞᆫ 왜녀들이 풍류듯고 다나오듸
> 길ᄀᆞ집 한겨집이 문열고 뵈롤벗듸
> 뵈틀연장 온갓거시 됴션과 흔가질다(일동장유가 138)

대마도에 처음 들렀을 때 시정을 보았고, 베를 짜는 모습이 조선과 다르지 않음을 확인한다. 그런데 여기서 술집과 라면집과 쌀집이 즐비하게 늘어선 풍경을 접하게 된다. 그는 "좌우의 시정들이 번화가 극진ᄒᆞ고"라 하여 변방의 시정에서조차 번화한 상점이 있음을 알려 준다. 그러니 오사카와 에도의 시정은 더욱 번화하였을 것임을 알 수 있다. 그러나 김인겸은 이후 시정에 대한 관심을 별로 보여주지 않고 도시의 번성을 먼 발치에서 바라보는 것으로 만족한다.

박희병 교수도 지적하듯이 〈일동장유가〉는 일본사회에 대한 깊이 있는 이해나 일본민중에 대한 관찰, 일본의 학술이나 기술문명의 수준에 대한 관심은 보여주지 않는다. 다만 그때그때 견문한 것을 경험적 차원에서 성실하게 기술하는 데 그치고 있다.[22] 이는 김인겸이 지닌 의식의 한계인 듯하다. 그는 앞에서도 지적한 바와 같이 일본의 유학자들과 교류하면서 유학의 선진국에서 온 문인으로서의 자신의 본분에 지나치게 견인되어 있었고, 그래서 일본의 문사들을 교화시킨다는 자세를 지키

---

22) 박희병, 「조선후기 가사의 일본체험」, 716쪽.

며, 江戶의 번화한 문물에 대해 진지하고 깊은 성찰을 갖지 못하였던
측면도 있다고 하겠다.

4. 풍속과 풍경

　사행이 국경을 넘어 중국과 일본에 닿았을 때의 첫머리는 사람 사는
모습에 관심을 기울이고 이에 대해 묘사하고 있다. 대개 자신이 경험하
지 못한 형상을 보았기 때문인지 그들의 기이한 모습을 그려내고 있다.
사행이 서서히 목적지를 향해 가면서는 사람들의 형상에 대해서는 관심
을 줄이고 지나치는 경치에 눈을 빼앗기고 경관에 대한 표현과 묘사의
분량이 늘어남을 볼 수 있다. 〈무자서행록〉과 〈일동장유가〉의 경우에도
처음에는 사람들의 모습이나 그들의 사는 모습에 대해서 배타적인 감정
을 노출하여, 그 풍속이 오랑캐임을 강조하면서 우리 조선만이 예의와
순한 풍속을 지니고 있음을 자랑한다. 그러나 조선에서는 볼 수 없었던
풍경을 만나면서는 그에 대한 찬사와 경탄을 아끼지 않고, 양국에 대해
지니고 있었던 편견을 서서히 걷어내면서 우호의 감정을 표출하고 있다.

　　　갑군막 버러잇셔 변문의 구슈ᄒ여
　　　니즙아 먹도소니 쥬린빗 치울손가
　　　의관도 창피ᄒ고 작인도 괴려ᄒ다
　　　담비물고 거러안고 뒤짐지기 버르시며
　　　슈풀밋틱 모혀셔셔 힝인을 구경ᄒ니
　　　귀신인가 독갑인가 우숩고 고이ᄒ다(무자연행록 154)

　　　그듕의 스나히는 쏙뒤만 죠금남겨
　　　머리를 깎가시되 고쵸상토 ᄒ여시며
　　　발벗고 바지벗고 칼ᄒ나식 ᄎ이시며

왜녀의 치장들은 머리를 아니싹고
밀기름 듬북발라 뒤흐로 잡아믹야
죡두리 모양쳐로 둥굴게 쑤여잇고
… …
의복을 보와ㅎ니 무업슨 두루막이
혼동단 막은ᄉ매 남녀업시 혼가지요
… …
남진잇는 겨집들은 감아ㅎ게 니를칠ㅎ고
뒤흐로 씌를믹고 과부쳐녀 간나히는
압흐로 씌를믹고 니를칠티 아낫구나(일동장유가 104-105)

날마다 언덕의셔 왜녀들 모라와셔
졋내야 ᄀᄅ치며 고개조아 오라ㅎ며
념치가 바히업고 풍쇽도 음난ㅎ다(일동장유가 158-159)

김지수는 국경의 초막에 서 있는 병사들이 이를 잡아 먹는 장면을 보면서 의아해 하더니, 그들의 의관과 생김새를 보면서도 이상하다고 한다. 그리고는 그들이 도깨비인지 우습게 생겼다고 평한다. 김인겸도 마찬가지의 경험을 한다. 사행이 처음 대마도에 다다라 그곳의 사람들을 보고 고추상투를 하고 바지를 입지 않은 남자의 모습과 머리를 잡아 맨 여자들의 형상을 기이하게 바라본다. 그리고 일본 여성들 중 결혼한 여자들이 이를 검게 물들인 점이 무척 기괴하다고 평한다. 김인겸이 속한 계미통신사의 正使였던 조엄도 이런 형상을 그려내고 있다. "시집 간 여자는 이에 물을 들이고, 시집가지 않은 여자와 과부와 창녀는 이를 물들이지 않는데, 이 풍습은 그 남편을 위하여 마음을 맹세하는 것이라"[23]라고 그 실상을 변호하고 있다. 계미통신사들이 바람 때문에 대마

---

23) 조엄, 『해사일기』, 56쪽.

도에 여러 날 묵고 있을 때 사행들의 처소 곁에 와서 젖을 내놓고 유혹
하는 행동을 보면서, 일본의 음란한 풍속을 비난한다. 이처럼 처음 외국
에 당도했을 때에는 풍속의 기이함에 대해 비판적 안목을 드러내지만,
사행이 계속될수록 풍속보다는 아름다운 풍경에 매료되고 있다.

> 뒤문밧 놉편의는 극낙셰계 잇다ᄒ니
> 네모집을 크게짓고 그속의 가산무어
> 놉히는 열길인ᄃ 층층이 난간ᄒ고
> 긔셕과 가화초가 간간이 둘러시며
> … …
> 오륙십간 층누각을 물가흐로 ᄂ리짓고
> 단쳥이 휘황ᄒ여 물속의 바희이고
> 너른모시 도라가며 옥난간을 둘너시니
> 앏희노코 바라보면 호탕ᄒ고 거록ᄒ다(무자셔행록 208-209)

> 여긔셔 월츌보기 장관이라 ᄒᄂ디라
> 일변을 행션ᄒ며 삼ᄉ상을 뫼시고셔
> 파루에 올라안자 ᄉ면을 ᄇ라보니
> 풍경 낭령ᄒ고 슈텬이 일ᄉᆨ일라
> 이윽고 들이ᄡ니 장흠도 장홀시고
> 홍운이 지피ᄂᆫ듯 바다히 뒤눕ᄂᆫ듯
> 크고둥근 빅옥바회 그ᄉ이로 소사오니
> 찬난ᄒᆫ 금기둥이 만니의 ᄲᆻ치엿다(일동장유가 197)

김지수의 〈무자셔행록〉에도 자연의 경치를 찬탄하는 장면이 있지만,
여기서는 여러 절을 다니고(만불사, 홍인사, 인수사, 융복사 등) 그 경치를
다양하게 읊고 있기 때문에 그 중의 만복사 경치를 한 장면 소개한다.
절에 누각을 짓고 그 안에 假山을 만들어 쌓고 주변에 기이한 돌과 인공

화초를 심어 치장하였고, 물가에 지은 50칸이 넘는 누각의 단청이 휘황 찬란한데 이것이 물에 비추는 모습과 옥난간을 두른 모습이 호탕하고 거룩하다고 찬탄하고 있다. 자연과 인공이 잘 어울린 풍경을 보고 누구도 함부로 손대기 어려울 만큼 성스럽고 갸륵하다고 했다.[24]

김인겸은 주방주에서 오사카로 들어가기 직전의 월출장면을 그려내고 있으니, 효고현 어느 지역이거나 고베 앞바다일 것으로 보인다. 붉은 기운이 피어나는 듯, 바다가 뒤집어지는 듯, 크고 둥근 박같은 달이 솟아나는 장면을 그려냈다. 달이 떠오르면서 금빛 그림자가 멀리 뻗어나는 광경을 두고, 천하의 장한 구경이 이보다 더한 것이 없다고 찬탄한다. 그러면서 扶桑에 가까운 탓인지 우리나라에 비하면 크기가 두 배나 더할 것 같다고 했다. 아마 그 감동도 두 배나 더한 듯하다. 그래서 이 장면은 가사작품으로 씌어지는 장점을 한껏 살려서 묘사의 극치를 이루고 있다고 평가할 만하다.

5. 사행의 음식

아무리 사행이라 하지만 여행의 참맛은 그곳의 음식을 먹어보는 데 있지 않은가. 사행의 기록 속에는 다양한 문물이 소개되는데, 그 중에서 주목할 것은 바로 이국의 음식에 관한 것이다. 김인겸의 癸未使行에 正使였던 조엄은 도중 고구마를 먹어 보고 이를 조선의 백성들에게 먹인다면 흉년을 구황할 수 있다고 여겨, 돌아오는 길에 이를 들여와 제주도에 번식하게 하였다. 그래서 조엄은 조저라고도 칭하게 되었다. 〈무자서행록〉과 〈일동장유가〉의 가사 작품 속에도 그들이 목도한 다양한 먹거리가 세세하게 묘사되고 있다. 〈일동장유가〉에서 식사하는 장면이 나

24) 임기중, 『연행가사연구』, 209쪽의 주 1415를 참조했다.

오는데 일본 사행에서도 김치를 먹었다고 한 점은 특기할 만하다. 특히 김지수는 청의 저자거리에서 본 먹거리를 상세하게 나열하고 있다. 이를 종별로 나누어 소개하면 다음과 같다.

> 과실: 살구, 능금, 복숭아, 모과, 사과, 포도, 대추, 호도, 개암, 밤, 은행, 석류, 감, 유자, 비자, 귤, 머루, 다래, 아가위, 배, 꽈리, 수박
> 채소: 무, 쑥갓, 가지, 오이, 동아, 고추, 당추, 마늘, 생강, 파, 부추, 갓, 홍당무, 아욱, 배추, 상추, 근대, 토란, 버섯, 죽순, 도라지, 녹두순, 숙주나물, 고비, 달래, 고사리, 콩잎, 팥잎, 당호박
> 곡식: 찹쌀, 기장, 수수, 피, 좁쌀, 메밀, 보리, 귀리, 녹두, 팥, 황대콩, 청대콩, 쥐눈콩, 옥수수, 깨, 피마자(아주까리), 밀(무자서행록 262-264)

과실, 채소, 곡식의 대부분이 망라되어 있고, 청에서 본 것들이 대개 조선에서 먹는 것들임을 확인시켜 주고 있는데, 일부 먹거리는 조선에서 보지 못한 것이라 술회하기도 한다. 예를 들어 남칠(南七)이라는 과실(마름열매)은 처음 본 것이라고 하며, 모양은 택사와 같고 맛은 생률과 흡사하여 달착지근하다고 한다. 이러한 관심은 그가 실학자의 면모가 있음을 보여주는 사례라고 할 만하다.[25] 연암이 연암곡에 들어가 물고기를 기르고 목축을 해 보고 꿀벌을 기르고 과실수를 심어 재배하였던 관심과 일맥상통하는 모습이다. 김지수는 북경에서 돌아오기 전 봉래관이라는 음식점을 찾아갔는데 1000여 명이나 수용하는 규모에 놀란다. 거기서 먹은 음식은 간단하게 소개된다. "치소과실 마른젹과 분탕슈면 어육가지 / 슐흔슌빅 겻겻음식 불가승식 지리ᄒ다"(무자서행록 256) 정

---

25) 임형택 교수는 연암과 다산 등 실학자의 일본관에 대해 다루면서 김인겸을 언급하고 있는데, 일본을 하나의 실체로 인정한 태도 자체가 그 당시 김인겸을 포함한 실학자들의 기본자세였다고 한다.(「계미통신사와 실학자들의 일본관」, 『창작과 비평』, 1994년 가을호.)

도를 들어 말하고 주방장의 솜씨가 일등이고 그 음식도구도 장하다고 평한다. '이루 다 먹을 수 없는 음식이 지루하다'고 할 정도였는데 이렇게 소략화한 것은 이보다 앞서 청의 관리에게 초대 받아 그 집에 가서 먹은 음식을 자세히 적은 바 있기 때문일 것이다. 그는 청의 학자들과 교류하면서 詩社를 갖고, 그들로부터 음식 대접을 받는다. 그는 대접 받은 음식이 50-60가지를 넘었다고 하면서 그 음식명을 나열하고 있다.

> 차먹고 슐을 드려 음식이 틱탁이라
> 틱쳥의 상을노코 과실부터 버려오니
> 당과싱과 온갓거슨 스면싯티 버려노코
> 가온틱는 어육편면 십여긔를 드려노코
> 목합속의 담마메여 종일토록 날느오니
> 몬겨든것 물려닉고 ᄎᄎ로 흘녀드니
> 부뷔음 국밥가지 오륙십긔 되는고나
> 아졔범의 연계찜의 오리게우 빅슉이며
> 지짐구의 복기국과 소칙짠지 장아지며
> 죽합갓튼 희졀초는 틱원졉의 국물쓰고
> 젹은푼ᄌ 어시탕은 바다싱션 지느럼의
> 누른희슴 흰희슴을 국물잇게 찜을ᄒ되
> 아모소도 아니녀고 약념ᄒ야 익혀닉니
> 무르고 염담ᄒ야 안쥬ᄒ기 데일이라(무자서행록 246-248)

대청마루에 큰 상을 놓고 과실부터 내오고, 다음으로 생선과 육고기가 나오고, 이후 종일토록 나오는데 먼저 먹은 것은 물리고 새로운 것이 나온다고 하면서 각 음식의 특징을 들어 나열하고 있다. 비빔밥, 국밥도 나오고 거위찜, 영계찜, 오리와 거위의 백숙, 지짐이, 구이, 배지느러미국(복국), 소채, 짠지, 짱아치, 맛조개같은 해초, 아가마탕(어시탕), 지느러미(상어 지느러미인 듯), 뼈 우린 국물, 해삼찜까지 나열하고 있는데,

이후에도 지짐이와 화전(花煎) 등 여러 음식이 소개된다.[26] 그리고 소주, 백소주, 홍소주(오가피주), 포도주, 소홍주 등 술도 소개된다. 북경의 봉래관과 같은 음식점, 우리나라에도 있는 북경반점을 가면 맛볼 수 있는 산해진미가 모두 열거되고 있으니, 과거 19세기의 음식과 지금의 음식을 견주어 볼 수 있는 중요한 근거 자료라 하겠다. 그런데 김지수의 〈무자서행록〉에는 사행에게 제공되는 공식적인 음식에 대해서는 언급이 없는데, 〈일동장유가〉에는 사행 음식이 자세하게 묘사되고 있어 240년 전 일본 음식의 전모를 확인할 수 있다.

> 네모진 세층합을 삼목으로 민돈거슬
> 삼동이라 일홈ᄒ고 믹흔층의 두가지식
> 겻겻치 녀허시니 합ᄒ여 여슷가지
> 흔가지ᄂ 송풍이니 빗누ᄅ고 산ᄌ갓고
> 슈미라 ᄒᄂ거슨 빅강좀 형상이오
> 쇼츈과 화면쩍은 오화당 모양이요
> 낙안 세가지니 붉고희고 누ᄅ구나
> 반월형 ᄀᄐ쩍과 반종형 ᄀᄐ과줄
> 츌뽤ᄀᄐ 셜당타셔 믄ᄃ라다 ᄒᄂ구나
> 갓가지로 먹어보니 마시들콤 ᄒ고나야(일동장유가 109-110)
>
> 이십일 일ᄉ시낭의 졍부종 삼ᄉ상이
> 슉공을 바드랴고 연향청의 나안자니
> 음식을 드리ᄂᄃ 무비괴괴 제휼ᄒ다
> 전복문어 온갓거슬 ᄒᄃ무쳐 아ᄅ삭여
> 과즐괴둣 둥그러케 자하나 괴여시니
> 오식으로 여러히오 모양이 한과ᄀᄐ

---

26) 융복사의 저자거리에서 본 음식으로는 구렁이회, 개구리탕, 양육, 제육, 선지찜, 국수, 만두, 두부, 밀떡, 쌀떡 등이 소개되고 있다.

써혀먹어 보랴ᄒᆞ니 써러지지 아니ᄒᆞᆫᄂ니
물가의 도요새롤 죽은거슬 갓다가셔
두늘개의 금을올녀 버르지버 노화시니
잡안디 오랜거라 구린ᄂᆡ 참혹ᄒᆞ다
가지라 ᄒᆞᄂᆞᆫ거슬 싱으로 노화시ᄃᆡ
모양은 대하ᄀᆞᆺ고 크기ᄂᆞᆫ ᄆᆞ이크다(일동장유가 208)

위의 인용은 사행이 대마도에 도착하였을 때 三使에게 대접한 음식을 묘사한 것이다. 네모진 세층의 반합을 삼나무로 만들었는데, 그 위에 두 가지씩 여섯가지 음식을 삼층으로 쌓아놓고 이를 '삼동(三同)'이라 하였다. 음식 중 하나는 송풍이라 이름하는데 아마 송풍병인 듯하다.[27] 이는 산자와 닮았다고 한다.[28] '수미'라고 하는 것은 백강잠(白殭蠶)을 닮았다고 하는데, 저절로 죽어 희게 된 누에를 칭한다. 소춘과 화면떡은 오색으로 물들여 만든 사탕인 오화당(五花糖) 모양이라 한다. 낙안은 붉은 색, 흰색, 노란색 세 가지 색깔로 이루어져 있다. 그 외에 떡과 과줄이 소개되어 있다. 이것들은 〈朝鮮人御饗應 七五三饍部圖〉[29]를 보건대 첫 번째 상의 일곱가지 음식 중 맨 앞쪽 떡을 삼층으로 고인 것을 묘사한 것으로 보인다.

아래의 인용은 大坂에 갔을 때 연향청에서 三使를 대접한 음식이다. 전복과 문어, 그리고 다른 종류의 음식을 과줄 괴듯 괸 것인데, 오색 빛이 난다고 했다. 이도 또한 〈朝鮮人御饗應 七五三饍部圖〉를 보건대 여러 층으로 괴어놓은 첫 번째와 두 번째 상의 일곱가지 음식을 묘사한

---

27) 송풍병(松風餠)은 밀가루를 꿀물이나 설탕물로 반죽하여 얇게 밀어서 참깨를 뿌려 구운 떡이다.

28) 산자(饊子)는 유밀과의 한가지로, 찹쌀가루를 반죽하여 납작하게 지진 것에 조청이나 꿀을 바르고, 튀겨 볶은 밥알이나 깨 따위를 붙인 음식으로, 흰빛과 붉은 빛이 주종을 이룬다.

29) 조선통신사문화사업추진위원회, 『마음의 교류 조선통신사』, 2004, 136-137쪽.

것으로 보인다. 그리고 죽은 도요새을 금으로 치장하여 올렸으나 구린
내가 나서 먹지 못하였다고 하며, 가재를 올렸는데 대하 같은 모습이고
많이 크다고 했는데 이는 바닷가재 혹은 닭게인 듯하다. 이 둘은 세 번
째 상의 음식이다. 김인겸은 다섯 치로 높이 쌓아놓은 음식에 금을 올려
치장하였다고 했고, 그밖의 것은 이름을 모른다고 하며, 온갖 것이 배설
되어 그 수가 수십이지만 익숙하지 않은 탓인지 "먹을 것 바히 업다"고
하면서 먹지 못한다. 음식의 맛뿐만 아니라 시각적인 측면에서도 정밀
하게 묘사하고 있으며, 미세한 구석까지 치밀하게 관찰하고 최대한 자
세하게 묘사했다.[30)]

통신사 三使의 음식은 '7·5·3'으로 제공되었다. 첫 번째 두 번째 상
은 일곱 가지이고, 세 번째 상은 다섯 가지이고, 네 번째와 다섯 번째의
음식은 세 가지여서 그렇게 이름을 붙였다. 1711년 막부에서는 통신사
의 도일에 즈음하여 개혁을 단행하는데, 그 중의 하나가 三使의 음식에
관한 것이었다. 〈東槎日記〉에 의하면, 막부 재정상 궁핍을 들어 삼사의
아침 저녁 식탁이 각 사관에서 모두 '7·5·3'이던 것을 대마도, 쿄토,
오사카, 나고야, 동경 등 5개소로 제한하고자 하였다. 이 개혁은 新井白
石에 의해 제안되었는데, 이에 대해 太學頭인 林信篤과 쓰시마번의 松
浦霞沼의 비판이 있었으며 雨森東의 비난은 격렬했다. 조선과이 선린외
교를 주장하는 雨森東과 막부의 체면만을 생각하는 新井白石이 충돌한
바가 있다. 이로 인해 新井白石은 1713년 장군 보좌역을 해임당했다.[31)]
新井白石이 물러난 후에는 통신사에 대한 환영이 그 어느 때보다 화려

---

30) 조동일, 『한국문학통사』 3, 지식산업사, 2005, 362쪽.
31) 1711년 개혁의 내용은 다음과 같다. 첫째 日本國大君을 되어 있는 德川將軍을 日本國
王으로 바꾸었다. 조선에서는 대군을 嫡子의 別號로 사용하기 때문이었다. 둘째, 통신
사절이 江戶에 도착했을 때 사관에게 방문하는 직을 老中에서 高家로 격하시켰다. 고가
는 막부의 의례적인 행사나 전례를 책임지는 직명이다. 셋째, 三使와 德川將軍의 회견
때 장군의 좌석을 한 단계 높였다. 그리고 사관의 음식에 대해 개혁을 단행하려 했다.

해졌다고 한다. 〈일동장유가〉에 묘사되는 三使의 음식은 대체로 '7·5·3'으로 제공되었으며, 지금 나고야의 蓬左文庫 圖錄과 거의 일치하고 있어 주목을 끈다. 이처럼 김인겸은 가사의 장점을 살려 자신이 보고 들은 내용을 잘 묘사하였고, 이런 기록은 통신사의 전모를 파악하는 데에도 크게 기여할 것으로 보인다.

6. 결

〈무자서행록〉과 〈일동장유가〉 두 편의 가사를 통해 중국과 일본에 대한 대외 인식관과 도시의 문물, 풍속과 풍경, 음식문화를 살펴 보았다. 중국과 일본을 바라보는 조선의 대외인식관은 공통점도 있고 차이점도 있다. 조선의 연행사는 청에 대해 오랑캐라 깔보는 의식의 전면에는 '조공을 바친다는 의식'이 강했던 반면, 조선통신사는 일본에 대해 우리나라의 문화적 역량을 과시하고 '문물을 알린다는 의식'이 깔려 있다. 〈무자서행록〉에서는 청의 서적이나 러시아인과 교회 등을 자세히 소개하고 학문, 인물, 외교, 예술, 문화에 대하여 상세히 기술하고 있는 반면, 〈일동장유가〉에서는 서적, 학문에 대한 소개가 거의 없고 항구도시의 상업자본에 대한 소개가 자세하다. 청에는 1년에도 몇 차례씩 대규모 사행단이 왕래하며 국경무역을 하게 되고 국제 경험을 축적하게 됨으로써, 청의 문물이 조선의 지식인에게 미치는 영향력이 컸을 것이다. 반면 임난 후 정식으로 통신사가 회복(1636년)된 뒤 200여 년 동안 12회의 교류가 있었고, 대개는 일본 關伯의 즉위식에 축하단을 파견하는 것이어서 그 영향력은 상대적으로 작았을 것으로 본다.

그러나 중국과 일본에 대한 대외 인식관과 도시의 문물, 풍속과 풍경을 접하는 조선 사행의 태도에는 공통점이 많다.[32] 조선이 그토록 숭앙

했던 명을 멸망시킨 청에 대해 오랑캐라 칭하고 그들을 비하하는 세계관을 노출시키고 있는 점은, 임란을 일으켜 큰 고통을 준 일본에 대해 오랑캐라 폄하하는 점과 같았다. 그리고 우리만이 중화의 예악문물을 지키고 있다는 소중화의식을 자주 드러내는 점에서도 두 작품은 시각이 같았다. 그들의 대외 인식관은 일견 편협해 보인다. 그러나 이런 의식의 일단을 접고 그들이 경험한 도시의 번성과 신문물의 풍부함에 경탄하는 점도 김지수와 김인겸에게 동시에 나타난다. 도시의 문물을 경탄하고 부러워하는 일면에는 조선의 초라한 모습에 대한 부끄러움과 반성의 기미가 들어 있고, 우리의 현실과 동아시아의 변화를 직시하는 깊은 관찰력이 담겨 있다. 그들 사행들(통신사와 연행사)에겐 우월의식과 열등감이 함께 자리하고 있었다.

청과 일본의 풍속을 접하면서 생경해하고 그들을 비하하는 표현도 강하게 드러내지만, 노정이 더해 갈수록 두 나라의 아름다운 풍경과 번화한 문물에 감탄하고 그들을 긍정하는 시선으로 바뀐다. 예를 들어 '왜놈' '왜유' '예놈'이라고 비하하다가 어느 결에 일본이라고 칭한다. "험ㅎ고 풍요롭기 일본듕에 데일이라"(일동장유가 184) "모흘손 일본법이"(185)라고 하여 일본의 경치를 그윽하게 바라보고, 일본의 법도를 칭찬하는 태도로 바뀐다. 동신사의 행진을 보러 온 인피 중에서 어린아이가 율자손으로 입을 막아 못 울게 하는 거동을 보면서도 "법녕도 엄하도다"(206)라 그들을 추켜세운다.

김인겸과 함께 계미통신사로 갔던 正使 조엄에게서는 소중화의식이라고 할 만한 점이 많이 드러나는 편이다. 오랑캐의 무리라 해도 예를

---

32) 특히 단순한 사행록이 아니라 사행의 경험을 가사 작품으로 그려냈기 때문에 가사 장르의 특성을 많이 공유하고 있다. 예를 들어 새로운 문물이나 체험을 다루는 데 있어, 관념에서 실상으로, 설명에서 묘사로 관심의 수법을 바꾸지 않을 수 없어 지금까지 어디서도 볼 수 없던 세밀화를 그려냈다.(조동일, 『한국문학통사』 3, 361쪽)

갖춤에 만족해 하고(해사일기 72), 胡나 倭의 무례를 비판하고(76), 江戶를 낙양에 비유한 데 대하여 비웃기도 하고(161), 관백의 忌祭에 佛事를 행하는 것을 보고 오랑캐의 풍속이라 하고(193), 관백의 의상과 용모에 대해 불만을 표하고(211), 관백 앞에서 四拜禮를 행한 것에 불만을 표하고 있다.(209) 조엄을 비롯한 사신들은 그들의 법도나 예절이 모두 오랑캐의 것이라 비하했고, 특히 文에 있어서 우월감을 갖고 있었으며, 왜에 대한 너그러움을 표하며 대국의 면모를 과시하기도 했다. 이러한 우월감은 조엄의 주체의식이라고 할 수 있다. 그러나 한편 왜의 물레방아를 자세히 그려놓게 한 점(241), 수차제작 방법을 익히게 한 점(151), 고구마를 들여온 점 등은 일본의 문물을 긍정적으로 바라보고 있는 모습이다. 그도 일본의 문물을 보면서 균형 잡힌 사고로 나아간다. 그래서 "繁華大坂城 禮儀朝鮮國"(酬唱錄, 大坂城)이라고 하면서 일본의 문물을 긍정하면서도 조선의 예법을 긍정한다. 대부분의 조선통신사들은 문화우월적인 의식을 일관되게 드러내고 있으나, 18세기 이후의 통신사들은 일본의 도시문화의 발달에 관심을 기울이고 있다는 공통점을 지닌다.[33]

조엄은 김인겸과 달리 통신사의 책임자라는 책무의식에서 〈해사일기〉를 기록하고 있으니 자유로운 경험의 진술이 어려웠을 것이다. 그래서 그의 글은 正史적인 데 반해 김인겸의 가사는 설화적이다.

> 임진년의 평슈길이 우리나라 터라올제
> 쥬길이란 사공놈이 역풍이 불리라고
> 발션을 아니ᄒ니 슈길이 대로ᄒ야
> 내여셔 요참ᄒ고 비를녀여 노ᄒ라니
> 과연 그말ᄀ티 광풍이 크게니니
> 슈길이가 뉘우쳐셔 ᄉ당짓고 비를셰워

---

33) 소재영, 『국문학논고』, 390-391쪽.

　　물가온대 잇다ᄒᆞ되 알프기의 못가보니라(일동장유가 178-179)

　　소창에서 나아감에 바다 가운데 비석이 있기에 물으니, 임진년에 왜선이 이곳을 지나다가 부서지자 수길이 그 사공을 죽이고 석표를 세워 뒷사람을 경계한 것이다. (해사일기)34)

　　조엄은 물속에 서 있는 비석을 두고, 풍신수길이 실수를 범한 사공을 죽여 후대의 사람에게 경계한 것이라고 사실적으로 서술하고 있는 반면, 김인겸은 사공의 입장에 서서 풍신수길의 그릇된 판단을 비판하는 입장을 취하고 있고, 범속한 사공의 예언이 맞았기에 억울하게 죽은 그의 넋을 달래기 위해 비를 세웠다고 서술하고 있어 사뭇 설화적이라 할 만하다. 이처럼 여타의 사행록과 달리 김인겸의 〈일동장유가〉는 가사라는 갈래를 통해 자신이 보고 느낀 점이나 전래되는 이야기를 자유롭게 풀어내고 있다. 그래서 격식에 얽매이지 않고 교훈적인 진술에서도 벗어나 있다.

　　김인겸과 김지수의 가사 속에는 청과 일본의 문물에 대한 경탄과 이 법속을 잘 배워 우리의 미숙함을 개선하여야겠다는 의지도 나타나지만, 규범적이거나 교조적 전달을 드러내지는 않는다. 그리고 엄숙한 예학주의로부터 자유로운 모습을 견지하고 있다. 그들의 사행기록인 가사는 정치나 외교로부터도 자유롭다.35) 그들의 사행가사는 문학이고 그래서

---

34) 自小倉而進 海中有石碑 問是壬辰倭船過此致敗 秀吉戮其篙工 立石標 以戒後人云 (1763年 12月 27日)

35) 조엄은 일본산수의 근원이 조선이라는 우월의식과 조선이 예의의 나라라는 우월의식을 드러낸다. 이러한 인식은 한시에서는 조엄과 김인겸이 같다고 했다. 그리고 그런 의식이 〈일동장유가〉에도 이어진다고 했다.(정한기, 「일동장유가에 나타난 일본에 대한 인식 연구」, 『관악어문연구』 25집, 서울대 국문학과, 2000, 287쪽)한시를 통해서는 명분적인 성향을 드러내고 雪恥를 강조한 면이 있을지 모르나, 한글 가사인 〈일동장유가〉에서는 그런 인식에서 벗어나 있다.

심심풀이에 해당한다.

> 왕너의 지닌일과 됴쳐의 노든경과
> 인물과 풍쇽이며 듯는일 보는거슬
> 날마다 긔록ᄒ야 녁녁히 젹어시니
> 우리노친 심심즁의 <u>파젹이나 ᄒ오실가</u>(무자서행록 282)
>
> 쾌ᄒ고 깃븐일과 지리ᄒ고 난감ᄒ일
> 갓가지로 갓초격거 주년만의 도라온일
> ᄌ손을 뵈쟈ᄒ고 가ᄉ를 지어내니
> 만의ᄒ나 긔록ᄒᆡ 지리ᄒ고 황잡ᄒ니
> <u>파젹이나 ᄒ오쇼셔</u>(일동장유가 351)

〈무자서행록〉에서는 왕래하던 지난 일과 여기저기 놀던 경치, 인물과 풍속을 보고 들은 일을 날마다 기록하였으니 노친께서 파적이나 하면 좋겠다고 한다. 〈일동장유가〉에서는 장쾌하고 기쁜 일과 경험했던 일을 적어 가사를 만들어, 자손들에게 보이니 혹 잡스러운 것이 있더라도 웃지말고 파적이나 하였으면 좋겠다고 한다. 각 가사의 끄트머리에 이렇게 '破寂'이나 한다고 말하고 있다. 가사란 노래의 놀이성을 강조하면서, 유학자적 관념이나 의무감 등에서 훨훨 벗어나 자유자재함을 느끼게 만든다.

사행은 양국에도 큰 영향을 미쳤을 것이다. 특히 일본에 남겨진 조선통신사의 기록은 이를 반증한다. 조선인내조도, 조선통신사내빙기, 조선통신사행열도, 조선인내조물어, 조선통신사 어루선도(御樓船圖, 병풍) 등 이루 셀 수 없는 그림과 글씨와 병풍을 남기고 있는 것에서 확인할 수 있다.[36] 김인겸이 참여한 이 계미통신사의 사행 중에 최천종이 살해

---

36) 조선통신사문화사업추진위원회, 『마음의 교류 조선통신사』, 2004, 이 도록은 2001년

되는 사건이 일어나는데, 이 사건을 소재로한 가부끼가 〈歌舞伎脚本集 上〉의 '韓人漢文手管始'에 기록되고 있다. 당시 일본에서는 충격적 사건 이었기에 여러 문헌에 기록되고 가부끼로 연행되어 왔던 것이다.[37) 이 를 통해서 보더라도 조선통신사의 행적은 큰 관심거리였고 일본의 연행 에도 영향을 끼쳤음을 알 수 있다.

조선사행이 두 나라에서 신문물을 받아들이며 변화할 수 있었듯이, 청과 일본에서도 사행을 맞으면서 또한 문화의 충격을 경험하였음에 틀 림없다. 이런 의미에서 삼국의 교류를 담고 있는 기행가사는 문화와 문 명을 소개하면서도 물질적 발전과 정신적 가치를 함께 중시하는 태도를 보이고 있어 주목된다. 두 가사에는 중국과 일본에 대한 우월의식과 열 등감이 함께 나타나 당시 조선이 처한 역사적, 사회적 현실을 명료하게 드러내 보여 준다는 점도 특기할 만하다. 임진왜란과 병자호란을 겪은 탓에 오랜 동안 그들을 침략자로 규정하고 그들 문화를 야만적으로 보 아 왔지만, 18-19세기 변화하는 시대를 만나면서 그들과의 교류를 통해 문화적 충격을 수용하고 상대국을 긍정적으로 보는 시각이 〈무자서행 록〉과 〈일동장유가〉에 잘 드러난다. 외국인은 침략자로만 규정하고 싸 워서 물리친 내력만 자랑하는 것은 잘못이다. 서로 도우며 평화롭게 살 아온 내력을 말해야 한다.[38) 연행사와 통신사 교류가 전쟁의 상처에 집 착하기보다 평화롭게 공존하는 의식을 싹틔웠다는 점은 동아시아가 패 권주의와 군국주의로 각축하는 지금의 우리에게 타산지석이 될 것이다.

교토문화박물관과 교토신문사가 공동으로 발간한 것을 한국어판으로 재발간한 것이다.

37) 장덕순, 「일동장유가와 일본의 歌舞伎」, 『한국문학의 연원과 현장』, 집문당, 1986, 486-491쪽.

38) 조동일, 『세계·지방화시대의 한국학』 1, 계명대출판부, 2005, 311쪽.

3부
시가와 예약

고전시가와 예악사상

-조선전기 고려가요 수용을 중심으로-

1. 서

고려가요는 고려의 궁중악으로 존재하다 조선조의『악장가사』『악학
궤범』『시용향악보』등에 채록되었다. 숱한 개찬의 논의에도 불구하고
조선 전기 200여년 동안 궁중악장으로 소용되었다. 왕조의 교체와 더불
어 전대의 문학과 예술이 모두 생명력을 다하거나 그 전승이 민멸되지
않음은, 사뇌가가 고려 건국 이후 그 담당층을 달리하면서도 계속 창작
되었던 사정을 통해서 알 수 있다. 조선조의 새로운 지배층인 사대부들
은 고려조의 지배 이념을 거부하고 주자학적 세계관으로 통치체제를 구
축하는 가운데, 그들의 이념에 위배되는 제사라거나 관습, 음악이나 문
학을 철저하게 개편해 나간다. 특히 예악을 정비하며 새 왕조의 기틀을
마련한다. 그 과정에서 불교나 무속의 제사[禮]를 음사(淫祀)라 하여 배
제하고, 도덕적 표준에 어긋나는 악을 음사(淫辭)라 하여 배제한다. 그
러나 전통적인 의례가 국가의 위난시에 다시 거행되고, 고려 속악도 조
회나 연향시에 사용되었음을 확인하게 된다.

본고는 고려가요가 고려 왕조를 지나 조선 전기까지 개찬의 논의에도
불구하고 계속 궁중악으로 수용되는 과정과 지속된 이유를 고찰하고자

한다. 아울러 고려가요가 '음사(淫辭)' '남녀상열지사(男女相悅之詞)'로 지목받는 이유가 진정 음란한 노래여서인가를 검토해 볼 것이다. 이에 앞서 고려가요가 민요가 아니라 궁중악이라는 당연한 정의를 하고, 고려말과 조선 전기의 예악사상에 대해 개괄적인 검토를 하여 14-15세기 궁중악의 실상을 제시할 것이다. 본고에서는 속악의 가사란 측면에서, 또한 경기체가류를 다루지 않은 관계로 고려가요 대신 속요란 용어를 쓴다.

속요는 민요와 긴밀한 상관성을 갖는다. 속요는 언어·표현·율격·정서의 측면에서 민요를 빼 닮았다. 그러나 대부분의 시가도 민요와 긴밀한 상관성을 갖는다. 민요와 시가는 끊임없는 상호작용을 통해 서로가 서로를 붙들고 있는 관계이다. 주로 민요가 역사적 시가장르에 영향을 준다고 하지만, 일방적인 것은 아니어서 시가도 민요의 변모에 영향을 주고 있다. 역사적 시가장르가 시대적 소임을 다하지 못하고 활력을 잃게 되면 이를 대체할 새로운 시가장르가 뒤를 잇게 되는데, 이때 민요에서 많은 자양분을 흡수하게 된다. 민요에서 수집하여 재구성된 골격은 후에 문인들의 분식과 창작으로 그 형태를 서서히 마련하게 된다. 그 후 전성기를 구가하는 시가장르는 역으로 민요에 장식적 미와 세련된 표현미를 주기도 한다.

이처럼 민요와 시가장르는 상호 밀접한 관계를 지니고 있지만, 상호 대립적인 면도 있다. 구비성과 기록성의 차이는 말할 것도 없고, 민중성과 귀족성의 차이도 존재한다. 특히 민요의 구비적 공동성과 보편성은 시가장르의 개인적·개성적 창작성과 크게 대립되는 면모를 보인다. 그래서 시가장르가 민요의 영향과 자극 속에서 발생하고 성장하게 된다 하더라도 민요의 속성을 그대로 유지하지 않고, 다양하고 복잡한 변형이 전개되며 하나의 시가가 발생하고 성장하는 것이다. 민요를 차용하는 단계에서 서서히 벗어나게 되면 시가의 작가는 그들의 개인적 개성

적 미감을 담게 되고, 특히 중세 시가의 작가가 대부분 귀족들인 경우에
는 귀족적 세계관이 담기게 되어 민요의 공동성과 민중성과는 동떨어진
모습을 보이게 된다.

그러나 구비성과 기록성의 상호대립은 고착된 대립의 상태가 아니라
항상 자기 변화의 가능성을 유지하는 일종의 대기 상태이다. 민요가 끊
임없이 변모하듯이, 시가도 고정된 형식으로 남아 있지 않고 자기 변모
를 계속한다. 하나의 시가장르는 그 동질성이 유지되는 한계 내에서 형
태적 · 내용적 · 주제적 변모를 거듭하고 있는데, 이때 기층장르인 민요
의 음악성이나 대중성의 영향을 받게 된다. 그러니 민요와 시가의 관계
는 친연성과 대립성이 교직되어 있다고 해야 옳을 것이다.

그런데 유독 '속요는 민요 그 자체'라고 단정하는 이유는 무엇인가.
속요에는 민요적 속성이 있지만 민요와 대립적 요소도 적지 않은데 말
이다. 그리고 속요를 민요라 단정하고 나니 속요의 주제나 정조가 민요
의 사랑 · 이별 · 음사의 속성을 그대로 유지한다고 해석한다. 그래서
'속요=음사' 혹은 '속요=남녀상열지사'라 지칭한다. 본고는 우선 이 두
가지 맹신적 견해를 불식시키고자 한다. 그리고 속요가 갖는 민요와의
변별성 · 대립성을 제시하고, 궁중악으로의 특성을 논하며 그곳에 담긴
예악사상을 밝히려 한다. 속요는 아악과 당악에 변별되는 속아의 기사
다. 그러므로 속요가 수용되는 데에는 지배계층의 이념 즉 예악사상을
염두에 두어야 한다.

김학성 교수도 속요는 순수한 민요 · 부가 · 불가 등의 민속가요와는
일정한 거리를 가지며 궁중문학으로서의 특성을 가진다고 하며, "속요
는 암울하고 비극적인 어조와 주제를 중심으로 하는 민요나, 신성성과
주술성을 중심 기조로 하는 무가나, 사변성과 초월성을 중심 기조로 하
는 불가 본래의 성격에서 일탈하여 궁정문학으로서의 송도성 · 호화
성 · 장엄성 · 탐락성 · 낙천성 · 의전성(儀典性)을 새로이 갖게 된다"[1]고

했다.

물론 속요는 조선 전기 사대부의 사연에서도 쓰였던 기록이 있다. 그래서 '향당의 연희공간에서 전승·수용'된 것이라 하여 민요라기보다 궁정문학이라기보다 상층문학으로 보아야 한다는 견해도 있었다.[2] 그러나 이런 이중적인 전승이 있었다고 하더라도 그 주류는 역시 악장문학으로 보아야 온당하다.

2. 예(禮)와 악(樂)

1) 예(禮)

고려조에는 유교·불교·도교·무교가 함께 신앙되었던 시대였다. 국가적인 안정을 위해서는 유교이거나 불교이거나 잡사(雜祀)이거나 무관하다고 여겼다. 예를 들어 이규보는 왕에게 「消災道場疏」를 지어 바쳤는데 그 내용을 보면 형혹성이 우림(羽林)의 성좌에 들어가서 거슬러 운행하고 달이 해와 집을 같이 하는 변괴에, 하늘의 꾸짖음이 있어 재앙이 닥칠지 모르겠다고 하며 부처의 힘에 의지하여 그 재앙을 물리치기를 왕께 주청하고 있다.[3] 유교적 인물이 불교의 힘을 빌린다는 것이 고려대에는 전혀 이상할 것이 없는 자연스러운 일이었다.

그러나 고려조에도 국가적인 통치체제는 유교 이념을 바탕으로 이루

---

1) 김학성, 「속요란 무엇인가」, 『고려가요·악장연구』, 태학사, 1997. 19쪽.
2) 임주탁, 「수용과 전승양상을 통해 본 고려가요의 전반적인 성격」, 『진단학보』 83호, 진단학회, 1997. 그는 『악학궤범』의 서문의 "향악은 향당에서 우리말로 익히는 음악"이라는 근거와, 익재와 급암의 소악부, 남효온의 『松京錄』에서 1485년 9월 7일에서 18일까지 개경 유람을 하는 중 송회령, 석을산 등이 〈자하동〉·〈북전〉·〈한림별곡〉·〈청산별곡〉 등을 연행한 근거를 유력한 자료로 들고 있다.
3) 『東文選』 卷110, 疏.

어졌고, 국가의 예는 유교 제례를 근간으로 하고 있다. 성종(981-997)은 중국의 제도에 따라 국가의 제례를 확정하였다. 그리고 토속적인 신격을 유교적 제사 대상으로 흡수해 간다. 그러다 12세기 전반부터 무(巫)는 신진사인들의 비판 대상이 되고 "무풍이 당시 크게 성행하고 음사가 날로 번성하니 무당을 멀리 쫓아내자"는 주청이 오르기도 한다.[4] 유교 제례를 중시하고 잡사(雜祀) 특히 巫는 음사라 하여 배격의 대상이 된다.

조선조에 들어서 유학자들은 祀典에 등재되지 않은 제사를 淫祀로 간주하고 제도적인 통제를 한다. 불교와 도교, 巫가 조선초 천대와 억압의 대상이 되고 그들의 의례·제사가 음사라 배격되는데, 이때 음사란 비유교적 제사를 뜻한다. 음사란 호칭은 시대에 따라 다른 의미로 사용되었고, 사용자에 따라서도 의미가 상이한데, 대체로 '비유교적 제례로서 각 신분에 합당하지 못한 제사 및 이런 행위 일체'란 의미[5]로 사용한다.

신분을 벗어난 제사의 경우도 음사로 간주되었는데, 제후만이 제사할 수 있는 山川祭를 무당이나 서민들이 드리는 경우 규제의 대상이 된다. 조선초 유교제례에 대한 유학자의 견해를 통해 淫祀에 대한 시각을 살펴 본다.

옛날에 天子는 天地에 제사하고, 제후는 山川에 제사하며, 大夫는 五祀에 제사하고, 士·庶人은 祖父에게 제사하여 각각 당연히 제사할 것을 제사하였습니다. 그러하니 어찌 스스로 착한 일은 하지 않고 오로지 귀신만 섬겨 그 복의 이치를 얻겠습니까. 원컨대 지금부터는 祀典에 등재되어 합당하게 제사할 것을 제외하고, 그 나머지 淫祀는 일체 禁斷하심을 常典으로 하고 위반하는 자는 엄하게 다스리십시오.[6]

4) 『高麗史』 卷16, 世家 16, 仁宗 9年 8月條.
5) 박호원, 「한국 공동체 신앙의 역사적 연구」, 한국학대학원 박사논문, 1997. 144쪽.
6) 『太祖實錄』 卷2, 太祖 元年 9月 乙亥條.

> 文宣王 釋奠祭와 여러 주의 城隍祭는 觀察使와 守令이 제물을 풍성하고
> 깨끗하게 차려 제때 거행할 것이며, 公卿에서부터 下士들은 모두 家廟를
> 세워 先代에 제사지내게 하고, 庶民들은 자기들 正寢에서 제사지내게 하고,
> 그 나머지 淫祀는 일절 금단하소서.[7]

앞의 상서는 대사헌 南在가 제사의 서열을 들어 제천을 피하고, 조선
의 왕은 산천에 제사할 수 있으며 사대부나 일반 서민들은 산천에 제사
할 수 없음을 들고 이에 어긋나는 것은 모두 음사임을 밝힌 글이다. 이
는 이보다 한 달여 앞선 조박의 상서와 유사하다. 원구는 천자가 제천하
는 예이므로 폐지해야 하고, 불교·도교의 제례는 모두 혁파할 것 등을
주장하였다.[8] 제후로 인정된 조선조 왕이 천자의 예인 제천을 하는 경
우, 조선왕조실록은 음사라 적지는 않고 다만 비례(非禮) 정도로 적고
있다. 조선의 유학자들은 조선의 왕을 제후로 격하시키는 事大之禮에
젖어 있었다.

> 啓日 以候國而祀天 未合於禮 請只祭靑祭[9]
> 諸侯而祭天地非禮也[10]

제후국이니 제천은 참람되어 예에 어긋나니 東方靑祭만 하자고 하거
나, 제후가 천지에 제사하는 것은 비례라 하고 원구제 즉 제천의례를
중지시킨다. 그러나 태조에서 시작하여 태종까지 내려온 '祈雨于圓壇'
을 폐지해서는 안 된다는 자주적 제천을 주장한 卞季良 같은 유학자도
있다. 그는 우리 나라의 단군 시조는 하늘에서 하강하였고, 중국의 천자

---

7) 『太祖實錄』 卷2, 太祖 元年 9月 壬寅條.
8) 圓丘 天子祭天之禮 請罷之(『太祖實錄』 卷1, 太祖 元年 8月 庚申條.)
9) 『太宗實錄』 卷22, 太宗 11年 12月 壬辰條.
10) 『太宗實錄』 卷24, 太宗 12年 8月 丁丑條.

가 분봉(分封)한 나라도 아니며, 천 년여를 제천해 왔기 때문에 제천할 이치가 있다고 당당하게 주장한다.[11] 그래서 원단 제사는 계속된다. 제천을 철폐하기 어려워 사전(祀典)에 싣고 제명을 원단이라 한 것은 예조의 上啓에 따른 것인데, 圓丘壇을 원단이라 줄임으로서 사대의 명분을 지키고 있다.[12] 그러나 세조는 더욱 당당하다.

세조는 3년부터 10년까지 정월 15일에 常祭로 제천의식을 드렸는데, 원단이라 하지 않고 중국의 그것처럼 당당하게 환구라 칭하며 '親祀圜丘'하고 있다. 환구는 원구와 같은 말이다. 『세종실록』 五禮 吉禮序例條에 大祀에서 圓丘祭天禮가 빠지고 사직과 종묘만 남는데, 세조대에 잠시 부활된 것이다. 그런데 이 환구 제사는 세조 11년 이후 중단되고 만다. 아마도 조정 신하들의 거센 반발에 직면한 때문이리라. 조선조 유학자들은 유교적 명분을 내세워 중국을 천자로 우리를 제후로 인정하고 그에 걸맞는 예악을 꾸준히 추진하였고, 한편 이 중국식 예악관으로 왕을 견제하기도 하였다. 천자의 나라인 중국에서 非禮라고 하며 제천을 금지시킨 것은 '참람되이 예에 벗어나는 제사'란 의미를 내포한다고 보아도 좋을 듯하다.

> 종묘를 세우고 淫祀를 금지해야 할 것이니, 前朝에서는 음사를 숭상하여 혹은 신은 하나인데도 몇 곳에 나누어 제사 지내기도 하고, 혹은 하루 동안 몇 곳에 두 번 제사드리기도 하여 祀典을 煩瀆케 하고 문란하게 하여 멸망에 이르렀다고 하였는데, 도평의사사에서는 이 의론이 적당하다고 여깁니다.[13]

조선조 유학자들은 고려의 멸망 원인이 음사를 숭상하였기 때문이란

---

11) 『太宗實錄』 卷31, 太宗 16年 6月 辛酉條.
12) 김영진, 『한국 자연신앙 연구』, 민속원, 1985, 144쪽.
13) 『太祖實錄』 卷2, 太祖 元年 11月 甲午條.

명분론을 드러내고 있다.(국망의 원인이 고려 속악과 같은 亡國之音 때문이
란 이론이 병행하는데, 뒤의 악 부분에서 상세히 고찰할 것이다) 그래서 불교
와 도교, 그리고 巫의 제사를 음사로 여겨 철저히 배격한다. 조선조는
제사 즉 예를 정비하고 궁중악 즉 악을 정비하며 서서히 국가 체제를
완비해 나간다. 고려의 제례를 淫祀라 배격하고, 고려의 궁중악을 음사
라 배격하며 예악을 정비했다는 의미이다. 그런데 조선조 유학자들이
말하는 淫祀란 유교 제례에 비해 불교나 巫의 제사가 난잡하거나 비합
리적이라는 의미는 아니다. 불교나 도교 그리고 巫를 배격한 과정은 '하
나의 종교가 다른 종교를 억압하고 몰아내면서'[14] 새로운 체제를 구축
하는 초기의 현상이다. 淫祀 禁止는 조선조 유학자들의 종교적 열정이
반영된 행위였다.

2) 악(樂)

우리가 고려가요라 칭하는 것들은 고려에서 조선 전기까지(일부는 조
선 후기까지) 궁중에서 불린 속악의 가사이다. 그래서 예악사상을 우선
염두에 두어야 한다는 전제를 내걸었다. 그런데 고려가요를 예악사상의
구현이라는 측면에서만 창작·전승된 것으로 본다면, 고려가요는 문학
적 관심의 대상이 되기 이전에 정치·철학적 관심의 대상이 되고 만다
고 하며, 그 이유를 "악장이란 어느 시대를 막론하고 국가적인 통치질서
를 확립할 목적으로 만들어지는 것이고, 이는 엄밀하게 말하면 문학적
관심의 영역에 들기보다는 정치·철학적 관심의 영역에 들기 때문"[15]이
라고 한다. 속악을 문학적으로 고찰해야 하는데 '예악사상의 구현—통
치질서의 구축'이란 측면에서만 논한다면 문제가 심각해질 것이다.

---

14) 조성윤, 「정치와 종교」, 『사회와 역사』 53집, 문학과 지성사, 1998, 13쪽.
15) 임주탁, 위의 논문.

예악은 통치질서 구축의 근간이다. 예는 상하의 질서를 엄격하게 규정하는 것이라면 악은 그 간격을 누그러뜨리고 조화롭게 하는 상보적 관계를 갖는다. 그러나 악이 추구하는 바는 이에 머물지 않는다. 악이 추구하는 바는 사회질서와 인체심신과 우주만물이 상호 연계되고 감응하여 조화롭게 존재하는 것이다.

고려조는 신라악을 전폭적으로 수용 또는 계승한 것 같지는 않다. 왜냐하면 亡國의 樂이라는 인식이 고려의 지배층에게 있었기 때문인지도 모른다. 신라가 亡國 伽倻의 악무를 수용할 당시에 보였던 '亡國之音'의 인식과 同軌이다.16) 그러나 고려의 왕을 중심한 지배계층은 지방세력의 통합과 새로운 문화체질을 형성하기 위한 필연적 요구에 의해 삼국시대 이래 오랜 세월을 거쳐 전승되어 온 삼국 지방민요를 적극적으로 수용했을 것이다.17) 모든 지방세력이 공감할 수 있는 새로운 사회와 문화의 가치를 창출하고 정치적 기반을 마련하기 위해 삼국의 악을 수용하였던 듯하다.

이런 연장선상에서 조선초 지배계층은 쿠데타의 오명을 씻고 고려를 잇는 정당한 왕조라는 명분을 구축해야 했으며, 중국의 아악·당악만으로는 국가 예악체계가 불가능했기 때문에 고려 속악을 수용하여 정치적 기반을 마련해야 했을 것이다. 그러나 조선 왕조는 고려의 속악을 망국지음으로 비판하면서도, 일거에 고려 속악을 버리지 못하고 건국 후 200여 년간 여러 의식에 사용하였던 것이다. 무수한 개찬의 논의에도 불구하고 일거에 개혁하지 못한 것은 누적된 관습 때문이기도 하지만, "고려사회가 물려 준 사회적 토대나 문화적 토양으로부터 완전히 결별

---

16) 이민홍, 「고려조 팔관회와 예악사상」, 『韓國 民族樂舞와 禮樂思想』, 195쪽. 그는 '加耶亡國之音 不足取也'란 『三國史記』 악지의 기록을 염두에 두고 유추하였다.

17) 김학성, 「고려가요의 작자층과 수용자층」, 『국문학의 탐구』, 성균관대 출판부, 1987, 29쪽.

할 수 없었던 사정"[18]도 있었을 것이다.

3. 고려말의 속악과 조선초의 속악

　　무릇 악은 민심·민풍을 교화하고, 자연(조화)의 공덕을 象(상징)하는 바
　이다.[19]

　『고려사』·악지의 첫머리에는 악의 효용성을 설명한다. 교화를 수립
한다는 말에서는 『시경』의 '풍'이, 공덕을 상한다는 데에서는 성덕을 칭
송하여 신명에게 고한다는 '頌'이 연상된다. 악을 통해 인간사회를 바로
하고 조화로운 자연의 질서를 형상한다는 이 말은 예악사상의 응축된
표현이다.
　국가의 체제를 정비할 때는 의당 먼저 악을 정비하였고, 국가의 위기
에 봉착하였을 때에도 악의 정비를 통해 국가적 안정을 도모하였다. 고
려 후기 혼란한 국가 체제를 바로잡기 위해서 악을 정비한 흔적이 엿보
인다.

　　"수도를 옮긴 이후 악공들이 분산되었으며 음악이 없어졌으니 유관 관리
　들에게 명하여 새로운 악기를 제작케 하는 것이 좋겠습니다" 하니 왕이 그
　의견을 좇았다.[20]

---

18) 정출헌, 「고려가요의 층위와 그 전승양상」, 『민족문학사연구』 13호, 민족문학사 연구
　소, 1998, 182쪽.
19) 夫樂者所以樹風化象功德者也(『高麗史』 卷70, 樂1) 위의 해석은 최진원, 『고려가요
　연구의 현황과 전망』(집문당, 1996) 13쪽의 해석을 따랐다. 차주환 교수는 '祖宗의 공훈
　과 은덕을 형상하는 것이다'라 해석하였다.(『高麗史樂志』, 을유문화사, 1972, 62쪽)
20) 恭愍王八年六月辛卯 御史臺上言 自國都遷徙之後 樂工散去 聲音廢失 宜令有司 新
　製樂器 從之(『高麗史』 卷70, 樂1, 軒架樂獨奏節度)

위기 수습의 차원에서 악을 정비하고 국가적 질서를 새롭게 도모한 흔적이다. 고려 명종 때에도 악공들이 소속 부서에서 도피하여 자기 마음대로 다른 부서에 소속된 사람들을 본업에 돌려보내라는 왕의 명령이 있었는데, 그때 史臣이 '樂之缺亂甚矣'라고 하여 국가적인 혼란과 더불어 악의 혼란이 심하였음을 지적한 바 있다. 악지에는 악의 정비에 관한 자세한 서술은 더 이상 보이지 않는다. 그러나 아악과 당악과 향악(속악)이 쓰이는 법도에 대해서는 몇몇 언급이 있고, 속악의 쓰임새가 우리가 상상하듯 술자리나 파행적인 놀이에 연주된 것이 아닌, 아악과 당악과 함께 당당하게 연주되었다는 점을 확인할 수 있다.

　　향악은 나라의 풍습을 보여주는 것이므로 모든 제사에는 처음부터 끝까지 이것으로 주악해야 할 것이며, 현재 아헌과 종헌 때에만 이것을 주악하니 편파스럽다는 비난을 면치 못할 것이다. …… 여름 체제를 드리는데 대성악을 썼으며, 초헌에는 약·적을 쓰고 아·종헌에는 간척의 무를 쓰면서 향악과 향무를 더하여 썼다.[21]

　　원구와 사직에 제사하고 태묘·선농·문선왕묘에 제향을 드릴 때 아·종헌 및 송신에는 다 향악을 번갈아 연주한다.[22]

모든 제사에는 속악이 처음부터 끝까지 연주되어야 함에도 불구하고 고려 명종 연간 즈음에는 아종헌에만 연주되었다고 하며 그것의 편파성을 지석하고 있다. 중국 제사인 締祭는 제천의례에 시조를 배향하는 제사인데, 여기에서야 대성악을 위주로 쓰고 속악은 아헌과 종헌에 쓰는

---

21) 鄕樂土風也 凡祭自始事奏之 以迄于終 今乃至於亞終獻奏之 未免有偏擧之失……夏締用大晟樂 酌獻以籥翟 亞終獻並用干戚之舞 加以鄕音鄕舞(軒架樂獨奏節度)

22) 祀圜丘社稷 享太廟先農文宣王廟 亞終獻及送神 並交奏鄕樂(『高麗史』卷71, 樂2, 用俗樂節度)

것이야 당연하다고 하겠으나, 우리 제사에는 속악을 쓰고 중국식 제사에는 대성악이나 당악을 쓴다는 상식을 뛰어 넘어, 모든 제사에 속악을 쓰는 것이 당연하다고 했다. 고려 전기에는 속악이 모든 제사에 쓰였는데, 예종대(1116년) 대성악이 전래된 후 모든 제사의 초헌에는 속악이 쓰이지 못하고 그 자리를 대성악이 대신한 것으로 여겨진다. 그러나 속악은 연향이나 퇴폐적인 자리에서만 쓰인 악이 절대 아니다. 속악은 제사나 빈객의 접대, 궁중 의식이나 술자리 모든 곳에 두루 쓰인 악이다. 술자리에 쓰이기 위해 속악은 음란과 퇴폐로 치달았다는 해석은 우리 악과 문학을 열등한 것으로 격하시키는 자학일 뿐이다. 속악은 당당하게 의식 등 모든 곳에 쓰인 악이다.

그리고 속악은 환구 제사 즉 하늘 제사에도 쓰였다. 우리의 전통적인 제천의식을 중국의 제도로 개편한 것인데, 고려왕은 하늘 제사를 드리며 혹은 하늘 제사에 시조를 배향하는 의식을 드리며 왕권이 하늘에서 품부받은 바라는, 왕권의 신성성과 왕조의 정당성을 드러내고자 하였다. 고려인의 자주성이 드러나는 부분이다.

『고려사』·예지에는 고려 태조가 훈요십조로 중시했던 팔관회 의식이 실려 있는데, 이 팔관회의 구호는 '千萬歲壽酒 奏山呼'라 하여 天子의 예를 드린 흔적이 역력하여 역시 고려의 자주적 기상을 엿보게 한다. 『고려사』·악지 속악조의 〈풍입송〉에서도 '聖壽萬歲'의 구호를 볼 수 있다. 그러나 이 팔관회의 구호는 충렬왕 때에 이르러 聖壽萬年이 慶曆千秋로, 萬歲가 千歲로 바뀌게 되고, 왕의 수레가 다니는 길에 황토를 펴는 것도 금지된다.[23] 고려가 천자의 나라에서 제후의 나라로 전락하는 좌절을 경험하는 것이다. 그리고 자주성의 상실과 더불어 나타나는 현상은 중국의 예악이 중시되고, 전통적인 제례의식이나 속악이 배제되거

---

23) 忠烈王元年十一月庚辰幸本闕 設八關會 改金鼇山額 聖壽萬年四字 爲慶曆千秋……天下太平等字 皆改之 呼萬歲爲呼千歲 輦路禁鋪黃土(『高麗史』 卷 69, '中冬八關會儀')

나 폄하되는 점이다. 그러한 배제나 폄하는 조선조 건국 후에 더욱 가속화된다.

『고려사』·악지에서 확인할 수 있듯이, 궁중의 여러 절차에서 속악은 중시되었고, 이런 전통은 조선조 악에까지 연장된다. 그래서 조선 전기에는 속악이 어느 정도 온전하게 궁중악으로 잔존한 듯하다. 그러나 조선조는 고려와 여러 면에서 차별성을 강조하였고, 그럴 필요성도 있었다. 그런 배경 속에서 조선조는 고려조의 지배 이념을 부정한다. 고려사에 대한 부정적 서술과 고려의 예악에 대한 부정적 견해를 강하게 내비친다. 우선 조선조 유학자들은 불교·도교·무교를 경멸했다. 그들이 보여 주었던 다른 종교에 대한 탄압과 멸시는 학문체계와 비합리적 종교를 몰아내는 과정이라기보다는, 하나의 종교가 다른 종교를 억압하고 몰아내면서 그 자리를 대신한 것일 뿐이다.[24] 통치 기반인 예악을 정비하면서 조선조 유학자는 고려의 예악 전통을 계승하고, 한편으로는 그들의 유교적 세계관에 어긋나는 것들을 과감히 개선한다. 그 중에서 유교란 종교성에 배치되는 불교나 무교, 그리고 팔관회와 같은 仙風 등을 철저하게 억압하고 배격하는 것이다.

이런 과정에서 속악도 개찬의 대상이 된다. 속악 중에 불교적·무속적 사유가 있다면 우선 개찬의 대상이 되었을 것이고, 악의 표준에서 어긋나는 것도 개찬의 대상이 된다. 그리고 인격신에 대한 예찬이라거나 경외의 자연을 숭배하는 사유가 담겼거나, 고대적 전통의 천신숭배가 있는 경우 가차없이 배격의 대상이 되었다. 고려조에는 유교가 통치 이념으로 자리잡았다 하더라도 지배이념은 불교였고, 여타의 무속이나 전통적인 천신숭배가 국가적인 의례에 포함되어 있었다. 그러나 조선은 유교를 통치이념이자 지배이념으로 수용하여, 새로운 국가적 통치질서

24) 조성윤, 「정치와 종교-조선시대의 유교의례」, 13쪽.

를 마련하고 중세전기와는 다른 중세후기의 패러다임을 구축하였던 것
이다. 그러므로 고려의 예악과 조선의 예악은 많은 차이를 드러낸다.

조선 전기 예악의 정비는 태조·태종에 이어 세종·성종·중종대에
두드러지게 나타난다. 태조 2년에는 〈서경별곡〉·〈청산별곡〉·〈북전〉
·〈만전춘〉 등의 음란성이 집중적인 비판을 받으며, 〈청산별곡〉의 곡조
에 〈납씨가〉를, 〈서경별곡〉의 선율에 〈정동방곡〉을 대체한다. 태조 2년
에는 종묘 악장을 개정하고 원구·사직·문선왕묘의 악장도 개편한다.
태종 1년에는 〈선농〉·〈우제〉·〈적전〉의 악장을 새로 제정한다. 태종
2년 예조가 의례상정소와 의론하여 궁중악의 대대적인 개편이 이루어
진다. 그 내용은 다음과 같다.

> 전조에서 삼국 말년의 음악을 받아서 그대로 썼고 또 송조의 음악을 따라
> 교방악을 사용토록 청하였으니, 그 말년에 이르러 또한 음란한 소리가 많았
> 는데, 조회와 연향에 일체 그대로 썼으니 볼 만한 것이 없습니다. 지금 국초
> 에 그대로 인습하는 것은 불가합니다. 신 등이 삼가 양부악에서 그 성음이
> 약간 바른 것을 취하고, 풍아의 시를 참고하여 조회악과 연향악을 정하여
> 신민이 통용하는 음악에 이르렀습니다.[25]

고려말의 음악에 외음지성(哇淫之聲)이 많았는데 궁중의 조회나 연향
에 그대로 썼다고 하며 이를 답습할 수 없어 시경의 시로 가사를 만들어
속악에 대체하겠다는 주청을 왕에게 올린다. 이에 따라 새로 18편의 신
제악장 중 14편이 시경시이다. 〈송산〉·〈오관산〉·〈방등산〉·〈권농가〉
4편만이 조회·연향의 절차에 쓰였다. 그러나 國王宴使臣樂이나 國王宴
宗親兄弟樂에 아박정재(〈동동〉)와 무고정재(〈정읍〉)가 쓰였다.

세종대에는 대대적인 악의 정비가 있었다. 세종 5년(1423) 금·슬 등
일부 악기가 제작되고, 6년 악기 제작을 담당하는 악기도감이 설립되어

---

25) 『太宗實錄』, 太宗 2年 6月 丁巳條.

아악기 이외에 당악기·향악기도 제작되었다. 7년 해주의 기장 9寸으로
황종율관의 길이를 정해 율관을 제작했으나 소리가 높아 악기 제작에
사용할 수 없었다. 8년 중국 편경의 황종 소리를 표준으로 황종율관을
제작하였고, 12년(1430) 2월 알이 굵은 남쪽 지방의 기장을 구해 중국
편경과 맞는 율관을 선택하여 12율관을 제작하였다.26) 율관의 제작은
모든 악기와 악의 기준을 마련한 획기적인 전환점이 된다. 그리고 국가
제도 정비의 결정적 역할을 한다.(尺의 마련-경제체제의 개혁) 세종 13년
조회악이 제정되고 15년에는 회례악이 제정되며, 20년에는 종묘제례악
이 정비된다. 아울러 세종 27년에는 〈용비어천가〉가 완성되어 이에 이
르러 조선초 아송이 완성을 보았다.27)

세종 6년의 종묘제례악에서 아종헌과 송신의 절차에 향악이 교주되
던 전통은 세종 말년에 없어지고, 아악만 사용하게 되었다. 회례악의
연주 절차 중 여덟째와 아홉째 잔을 올릴 때 겨우 동동지기와 무고지기
가 거행되었다. 그러나 대대적인 아악 중시의 태도는 오래 이어지지 못
하였다. 성종대에 다시 예전대로 당악과 향악이 조회의식과 회례의식에
서 사용되었고, 종묘제례의식에 쓰인 아악이 세조 때 〈보태평〉과 〈정대
업〉으로 대치되었다. 세종 때 창제된 〈정대업〉과 〈보태평〉은 회례의식
에서 연주하도록 했었던 노래이다. 그래서 세종대의 아악정비가 실패로
돌아가지 않았나 하는 의구심이 든다고 했다.28) 종묘악으로 〈보태평〉
과 〈정대업〉이 사용된 것은 중국예악의 구도 속에서 주체적인 악무인식
의 발로이며 민족예악이 중시된 사례이다.29) 그러나 대대적인 아악정

26) 송방송, 『한국음악통사』, 일조각, 1984, 250-251쪽.
27) 조규익, 『조선초기아송문학연구』, 태학사, 1986, 75쪽.
28) 송방송, 위의 책, 276쪽.
29) 이민홍, 『민족악무와 예악사상』, 14쪽.
　　〈청산별곡〉의 곡조를 약간 개정해서 休命, 〈서경별곡〉을 永觀으로, 〈만전춘〉을 赫整
　　으로 만들고 이들 선율을 〈定大業〉에 사용했으며, 〈풍입송〉의 선율을 차용하여 隆化를

비 이전의 세종의 속악에 대한 애정은 남달랐다.

> 아악은 본시 우리나라의 성음이 아니고 실은 중국의 성음인데, 중국 사람
> 들은 평소에 익숙하게 들었을 것이므로 제사에 연주하여도 마땅할 것이다.
> 그런데 우리나라 사람들은 살아서 향악을 듣고, 죽은 뒤에는 아악을 연주한
> 다는 것은 과연 어떨까 한다.[30]

> 중국의 풍류를 쓰고자 하여 향악을 다버리는 것은 단연코 불가하다.[31]

> 박연이 중국계 음악인 朝會樂을 바로 잡으려 하나 어려울 것이다. ……
> 우리 나라 음악이 비록 盡善은 못 되나 中原에 비하여 부끄러움이 없을 것
> 이며 중원의 음악이라고 해서 또한 어찌 바르다고 하겠는가.[32]

여기서의 향악은 속악의 다른 이름이다. 조선조의 왕들은 재위시 향
악을 즐겼는데 죽은 후에는 아악을 듣는 것이 어색하다는 이유를 들어,
제례의식에 아악 대신 향악을 쓰는 것이 좋겠다는 세종의 견해이다. 세
종은 아악의 법도가 중국에서도 확정을 보지 못했다는 근거를 들어 아
악이 제작의 적중을 얻지 못할 것이라 우려한다. 한편 그는 궁중의 연악
(회례의식)에서도 아악을 사용하려는 맹사성 이하 여러 신하들의 움직임
에 대해 "향악을 다 버리는 것은 단연코 불가하다"는 강경한 입장을 보
이자 맹사성 등이 "먼저 아악을 연주하고, 향악을 겸해 쓰는 것이 옳습
니다"라고 후퇴하고 만다. 이와 같이 세종대왕의 저지로 향악이 회례연

만들고 〈保太平〉에 사용하였다. 〈청산별곡〉 등의 곡조가 종묘악에 사용되었다는 것은
전통악이 계속 중시되었음을 입증하는 중요한 단서가 된다.

30) 雅樂本非我國之聲 實中國之音也 中國之人 平日聞之熟矣 奏之祭祀宜矣 我國之人
則生而聞鄉樂 歿而奏雅樂 何如(『世宗實錄』卷49, 12年 9月 己酉)

31) 欲用中朝之樂 而盡棄鄉樂 斷不可也(『世宗實錄』卷53, 13年 8月)

32) 今朴堧欲正朝會樂 然得正爲難……我朝之樂雖未盡善 必無愧於中原 中原之樂 亦豈
得其正乎(『世宗實錄』卷50, 12年 12月 癸酉.)

에 쓰였다는 사실은 주목할 만하다.[33] 그리고 중국계 음악인 조회악에 우리의 악이 가끔 끼어들어 연주되었던 듯한데, 세종은 우리의 음악이 진선(盡善)은 못 되나 중국에 비해 부끄러움이 없는 것이라는 태도를 보인다. 위의 기록들을 통해 세종의 자주의식을 느낄 수 있다.

이런 정황 하에 조회의식에서도 향악을 쓰려 하였고, 연회에도 향악이 쓰였음을 볼 때 고려시대로부터 전승되어 온 궁중악의 관습이 조선 초를 제외하고 세종-성종 연간까지 그대로 답습된 것으로 믿어진다.

> 전교하기를 宗廟樂의 〈보태평〉〈정대업〉과 같은 것은 좋지만 그 나머지 속악의 〈서경별곡〉과 같은 것은 男女相悅之詞라서 매우 불가하다. 악보는 갑자기 고칠 수 없으니 곡조에 의하여 따로 가사를 짓는 것이 어떻겠는가.[34]

> 지금의 음악은 거의 남녀상열지사를 쓰고 있는데, 曲宴 觀射 行幸을 하실 때 같으면 그것을 써도 무방하겠지만 正殿에 나가시어 群臣에게 임하실 때에는 이러한 우리말 노래를 씀이 事體에 어떠할지요? …… 진작은 비록 우리말 노래이지만 바로 충신연주지사니 써도 무방하겠으나 다만 사이사이에 〈後庭花〉〈滿殿春〉의 類 같은 鄙俚한 가사를 노래함이 또한 많으니……[35]

> 〈쌍화곡〉·〈이상곡〉·〈북전가〉 중의 음난하고 외설한 말을 刪改하게 하였다.[36]

〈보태평〉과 〈정대업〉은 세종대에 창제되어 세조대에 이르러 종묘악으로 쓰인 속악이다. 둘은 〈만전춘〉 등의 향악곡에 기존의 가사를 개작

---

33) 송방송, 『한국음악통사』, 일조각, 1984. 261-267쪽 참조.
34) 傳曰 宗廟樂如保太平定大業則善矣 如西京別曲 男女相悅之詞 甚不可 樂譜則不可卒改 依曲調別製歌詞何如(『成宗實錄』卷215, 19년 4月 丁酉條)
35) 方今音樂 率用男女相悅之詞 如曲宴觀射行幸時 則用之不妨 御正殿臨群臣時 用此俚語 於事體何如……眞勺雖俚語 乃忠臣戀主之詞 用之不妨 但間歌鄙俚之詞 如後庭花滿殿春之類亦多(『成宗實錄』卷219, 19年 8月 甲辰)
36) 刪改雙花曲履霜曲北殿歌中淫藝之辭(『成宗實錄』卷240, 21年 5月 壬申)

하여 조종의 공덕을 칭송하는 노래다. 〈보태평〉과 〈정대업〉에는 〈만전춘〉 등의 곡조가 약간 개정된 채 그대로 전승된 탓에 그 곡조에 실려 있던 노래도 생명력을 유지하는 데 큰 힘이 되었을 것이다. 곡조가 사라지지 않는 한 그 선율에 얹힌 가사는 쉽게 망각되지 않기 때문[37]에, 거듭된 개찬의 시도에도 불구하고 속요가 남아 있게 되는 것이다.

성종 19년 4월에 〈서경별곡〉과 같은 속악은 남녀상열지사라 하여 곡조는 그냥 두되 가사는 개찬하여야 한다는 논의가 있었고, 19년 8월에는 우리말 노래 중에 〈정과정곡〉 같은 노래는 아무 때나 써도 무방하겠으나, 〈후정화〉·〈만전춘〉 같은 비리(鄙俚)한 노래는 격식을 갖춘 의례 때에는 쓰지 말고 연회 때나 행차시에만 썼으면 좋겠다는 견해를 임금에게 올리고 있다. 사실 속악은 고려 때부터 원구와 사직에 제사하고 태묘와 선농 문선왕묘에 제향드릴 때 아·종헌 및 송신의 절차에 쓰였는데, 조선 초 잠시 아악으로 대치되었다가 세종 이후 성종 년간까지 정전의 의례에 쓰였음을 알 수 있다. 그리고 아박·무고정재는 정전의 예연에서 계속 썼다.

그러나 사정은 달라져 21년 5월에는 〈쌍화점〉·〈이상곡〉·〈북전〉의 가사가 산개되기에 이른다. 그리하여 『시용향악보』에 실린 〈쌍화곡〉은 전대의 가사와는 전혀 다른 "궁전 옆에 쌍으로 핀 꽃 우거져 향기로우니 우리 왕에게 상서로움이 내려 향기 진하다"(寶殿之傍 雙花薦芳 來瑞我王 馥馥其香)이라 하여 왕을 칭송하고 만수무강을 비는 가사로 바뀌어진다. 후에 〈만전춘〉도 〈봉황음〉에 맞추어 개작되었다. 이렇듯 성종 년간을 전후로 많은 속악의 가사들이 개작됨을 볼 수 있다.

그 후 중종 대에 오면 〈동동〉을 음사라 하여 궁중악에서 폐지하고 신제악장으로 대용하게 되고[38] 이후에도 개찬의 논의가 가장 왕성하게

---

37) 강명관, 「고려전기 고려가요의 전승과 시조사의 문제」, 『조선시대 문학예술의 생성공간』, 소명, 1999, 48쪽.

제기되고 있다. 그러나 중종 대를 지나면 이러한 개찬의 논의가 거의 없는 점으로 보아 〈정과정곡〉, 〈처용가〉, 〈정읍사〉 등 몇 작품을 제외한 많은 작품들이 이때 개사되거나 소멸된 듯하다.

　조선 건국 후 세종·성종·중종대에 속요를 개찬하고 배제하고, 신악장의 가사로 대체하려는 의도가 있었지만, 속요는 일방적으로 개작되거나 제거되지 않았다. 건국 초에서 성종 연간까지 속요는 계속 연주되었고, 성종에서 중종 연간의 개찬 논의에도 불구하고 200여 년간 지속되었다. 고려가요의 지속적인 향유 실상을 알 수 있다.[39] 조선 전기 개찬의 논의에도 불구하고 악장에 남은 속요는 다음과 같다.

　　경국대전: 〈삼진작〉, 〈이상곡〉, 〈동동〉, 〈북전〉, 〈만전춘〉, 〈오관산〉, 〈자
　　　　　　하동〉 등 향악 33곡
　　세종실록: 〈무애〉, 〈동동〉, 〈정읍〉, 〈진작〉, 〈이상곡〉, 〈봉황음〉, 〈만전춘〉
　　시용향악보: 〈서경별곡〉, 〈청산별곡〉, 〈쌍화점〉, 〈동동〉, 〈사모곡〉, 〈정석
　　　　　　가〉, 〈귀호곡〉, 〈상저가〉, 〈풍입송〉, 〈야심사〉
　　대악후보: 〈진작〉, 〈이상곡〉, 〈만전춘〉, 〈서경별곡〉, 〈쌍화점〉, 〈북전〉,
　　　　　　〈동동〉, 〈정읍사〉, 〈자하동〉(대악후보는 세종 때의 대악전보와
　　　　　　세조 때의 음악을 모아서 편찬한 고악보이다)

4. 속요 비판의 이유와 지속의 의의

　조선 전기 궁중에서 속요를 비판하고 개찬한 이유를 요약하면 다음과

---

38) 動動之語 涉男女間淫辭 代以新都歌(『中宗實錄』卷32, 13年 4月)

39) 강명관, 『조선시대 문학예술의 생성공간』, 81쪽. 그는 개찬의 논의가 끊임없이 계속되는 조선조의 실상을 왕조실록을 통해 자세히 언급하고 있다. 특히 조선조 200여 년간 고려가요가 지속적으로 수용된 점을 들어 시조가 본격적인 역사적 장르로 등장하게 된 시기를 16세기 중반으로 상정하고, 시조사에 대한 대단히 침착하면서도 획기적인 발언을 하고 있다.

같다.

첫째, 고려 속악을 '망국지음(亡國之音)'으로 인식했던 조선 초의 유교적 세계관을 들 수 있다. 그들은 도덕적 음악관에 위배되는 속악을 특히 비판하였고, 유교적 이념과 배치되는 불교적·무교적 가요를 개찬의 대상으로 삼았다.

둘째, 고려를 폄하하고 조선 왕조 창업의 정당성을 밝히려 하였던 점을 들 수 있다. 그 과정에서 고려 후기 왕의 타락, 승려의 타락, 음악의 타락 등 고려가 망할 수밖에 없는 사정을 실상과 다르게 조작하거나 부회하였다. 조선 왕조의 고려사 편찬태도에 잘 나타난다. 고려 후기 원 지배하의 왕들은 신하들과 음란한 놀이를 벌였고, 이때 음란한 음악을 연주하였다고 기술하며 그 음악이 속악이었음을 강조한다. 그러나 고려 후기 200여 년이 통째로 음란한 놀이와 음악을 향유하던 시대라고 하거나, 고려 후기 왕들이 타락하고 비정상이었다고 평가하는 점은 지나치다.

셋째, 고려인의 서정인식과 조선조 사대부의 서정인식의 차이를 들 수 있다. 고려인은 남녀의 환정과 같은 주관적 감흥이라거나 정서의 무절제한 발산을 어느 정도 당연한 것으로 받아들였고, 조선조 사대부는 향락적 서정을 못마땅하게 여겼다. 그 과정에서 속요를 '음(淫)'이라 하였는데, 이때 음은 지나치다는 뜻이지 남녀간의 음욕만을 지칭하는 말은 아니다.[40] 조선조 사대부는 그들의 미의식에 벗어나기에 '지나치다'란 의미로 淫이라 하였는데, 우리 문학 연구자들이 이를 음란하다란 의미로 규정하는 오류를 범하고 말았다. '속요=음사'란 정의를 보면, 결국 20세기 문학연구자들이 15세기 지식인의 유교적 세계관에서 논한 바를 뛰어넘지 못하고 있으며, 또한 중세 지식인이 말한 바의 본의조차 제대로 이해하지 못하는 한계를 느낄 수밖에 없다.

---

[40] 조규익, 「조선조 시가 수용의 한 측면」, 『선초악장문학연구』, 숭실대학교 출판부, 1990, 328쪽.

　조선조에 속요가 퇴조한 정황을 두고 "제천가요가 중국 예악사상과 접촉될 경우, 금지되거나 아니면 폄하되어 비리지사(鄙俚之詞)로 인식된 것이다. 제천은 중국에서 볼 때 분명한 음사였다"[41]고 하는데, 여기서 말하는 음(淫)도 참람하여 정도나 분수를 벗어났다는 의미다. 속요 중 제천의례와 관련된 노래는 금지되고 음사로 폄하되었다.

　그런데 강명관 교수는 조선조 사대부의 도덕적 음악관과 음악 향유의 실상은 괴리된다고 하며 '성리학=사대부=금욕적 절제적 생활방식'이라는 틀은 허구라고 하고, '고려가요/시조, 권문세족/신흥사대부, 부패 타락/금욕적 절제'라는 이항 대립도 부정하고 있다.[42] 이분법적 단순 논리를 넘어선 것은 대단한 성과다. 그러나 세종에서 성종 연간에 악공과 기녀가 양반의 사연에도 참석하게 되어 사대부의 회연이 음란해지고 이때 고려가요가 불렸다는 해석은 석연치 않다. 주연에서의 일탈을 사대부의 일상사로 받아들이는 것은 지나친 견해가 아닐까. 그리고 조선조 사대부가 기녀와 연회를 즐겼다고 해서 그 자리에서 고려가요가 불렸고, 고려가요는 그런 향락적 자리에 어울린다는 판단은 근거가 없다. 악공과 기녀가 속악을 담당하긴 했지만, 기녀와의 음란한 연회에 고려가요가 즐겨 쓰였다는 추정은 '속요=음란한 노래'란 선입견에서 비롯된다. '성리학=사대부=금욕적 절제적 생활방식'이란 도식보다 오히려 우리는 '속요=권문세족=타락과 방종'이란 도식을 불식시켜야 할 것이다.

　조선 전기 속요를 비판하고 개찬의 대상으로 삼았음에도 불구하고, 지속적으로 향유된 이유는 무엇일까.

　첫째, 속악은 당시까지 가치성 있는 악장이었던 듯하다. 그 가치성을 밝히기 위해서는 일방적으로 향악을 배척하고 중국 음악을 숭배하는 풍토에 젖어 있던 조선조 사대부의 시각을 정확히 비판하고, 조선조 사대

---

41) 이민홍, 「중세가요와 제천」, 『도남학보』 12집, 도남학회, 1990, 42쪽.
42) 강명관, 「조선전기 고려가요의 실상과 시조사의 문제」, 73쪽.

부의 시각에 견인된 채 속요를 음사로만 보는 태도를 지양하고 각 작품을 면밀히 검토해야 할 것이다. 그렇다면 속요와 같이 '남녀간의 사랑'을 적극적으로 표현하고 있는 것이 어떻게 궁중악으로 쓰였을까. 그 실마리를 일본의 궁중악에서 찾아보려 한다.

궁중찬가는 원래 제신행사에서 신을 찬송하던 관습에서 근원하였던 것이 후대에 와서 왕을 찬양하는 관습으로 변화한 것이라 할 수 있다. 왕권이 지엄한 만큼 왕에게 바치는 찬가는 그 원형적 전통성이 매우 보수적으로 지켜져 왔기 때문에 찬가의 내용과 형식은 다른 종류의 가요들 보다 시대의 변천에 따른 변화가 적었던 것으로 생각된다.

그러나 이 찬가(神語歌 ;임금찬양의 궁중찬가)의 내용을 살피면 정작 찬가로서 지녀야 할 신성성이라든지 영웅성을 담은 것이 희박하며, 오히려 남녀간의 애정이나 풍물의 묘사를 위주로 한, 매우 인간적인 정서를 주조로 하고 있다. 우리의 속악에 등장하는 '남녀간의 정'과 같은 인간적인 정서도 원래 궁중찬가로서의 의미와 기능을 가졌다가 후에 왕을 찬양하는 찬가로의 관습을 지녔던 것으로 유추할 수 있다. 그 의미와 기능이 잊혀지고, 신을 찬양하는 관습에서 기원하였던 송축의 노래가 그 근원적 의미를 상실하고 나면 '다산과 풍요의 성(性)'은 '남녀의 욕정적인 성'이 되고 나아가 '외설과 방탕의 성'이 되는 아닐까 한다.

둘째, 속요의 님이 보편적인 님에서 왕을 상징하는 구체적인 님으로 전환되며 궁중악에 사용될 수 있는 기틀을 마련한 것으로 볼 수 있다. 상사를 주제로 하는 노래는 그 성격상 쉽게 충신연주지사로 전용될 수 있었다.[43] 그러나 모든 경우에 그럴 수 있는 것은 아니다. "넋이라도 님과 한데 녀져라"의 유행구를 공유하고 있는 〈정과정곡〉과 〈만전춘〉의 경우, 〈정과정곡〉은 충신연주지사로 쉽게 전용될 수 있지만 〈만전춘〉은

---

43) 김명호, 「고려가요의 전반적 성격」, 『백영 정병욱 선생 화갑논총』, 신구문화사, 1982, 335쪽.

임금으로 치환될 가능성이 희박하다고 한다.44) 그러나 많은 경우('님'이 유덕하신 님으로 바뀐다든지 하여) 궁중에서 왕을 축수하는 노래로 전용되어 수용될 수 있었던 것으로 보인다.

셋째, 국가체제를 완비하는 과정에서 전대의 악을 비판하고 산삭(刪削)하는 절차도 있었겠지만, 아악과 당악만으로는 국가의 예악체계가 불가능했기 때문에 고려의 속악을 일부 수용할 수밖에 없었던 것은 아닐까 한다. 물론 전대의 속요를 대체하는 〈신도가〉나 〈정동방곡〉과 같은 신제 악장이 있었지만, 쉽게 친화되지 못하여 결국 속요를 다시 쓰게 되었을 가능성을 제시해 본다. 그리고 세종의 속악 애호정신은 지속적인 수용에 지대한 영향을 미쳤다. 조선전기에도 민족악을 지키려는 도도한 정신이 살아 있었던 것으로 보인다.

넷째, 가사의 개찬이 계속되었지만 곡조가 고스란히 남아 있거나(〈납씨가〉와 〈정동방곡〉) 일부만 개정하여 전하는 경우(〈보태평〉과 〈정대업〉), 속악의 원 가사는 언제든지 복원될 수 있었던 것이다. 선율이 사라지지 않는 한 그 선율에 얹힌 가사는 쉽게 망각되지 않는 법이다.45)

다섯째, 조선 전기 국가의 기반이 다져진 후 전대의 악에 대해 관대해졌을 것이라는 추정이다. 세종대에 궁중아악이 모두 정비되었지만 세조대에 〈정대업〉과 〈보태평〉과 같은 속악이 종묘제례악에 쓰였다거나, 음사로 비판받던 〈만전춘〉류의 노래가 정전의 예연에 다시 쓰이게 되는 등의 사정을 보아, 세종조의 궁중아악 제정은 실패로 돌아간 것이라기보다 전대의 악을 쓰는 데 관대해진 것으로 볼 수도 있다. 이에 대해 김영수 교수는 조선 전기에는 아정한 풍속을 만들려는 꾸준한 노력을 보였지만, "남녀간의 애정을 노래하는 것이 인간사의 가장 보편적이고 기본적인 감정이며 결국엔 남녀상열의 의미로 귀일할 수밖에 없는 것은

44) 조규익, 『선초악장문학연구』, 330쪽.
45) 강명관, 위의 논문, 48쪽.

조선왕조의 기초가 어느 정도 다져진 뒤에 와서 가능해진 것이다"[46]라 고 하여 위의 추론을 뒷받침하고 있다.

여섯째, 도덕적 근엄성을 전면에 내걸거나 송도적 주제를 노출시키는 경우보다 정감의 발랄한 표현을 기조로 하는 노래의 생명력이 강했다는 점도 상기할 필요가 있다. 조선 초에 창제된 〈납씨가〉와 〈정동방곡〉 등 의 속악은 왕조창업의 정당성이나 왕조를 찬양하는 내용을 담아 당대에 는 전폭적으로 수용되었더라도 왕조 창업의 환호가 가실 즈음에 이르러 서는 인기를 잃게 되고, 서정적인 수법의 궁중찬가가 선호되는 것이 아 닐까 한다. 이런 관점을 강하게 인식시켜 주는 견해가 있다. "조선조 지 식인들이 이들 노래(속요)를 사랑노래 일변도로 규정한 것은, 민족의 정 통향악이 남녀의 애정에 대비시켜 왕과 국가에 대한 충성심을 고취한 탁월한 표현기법을 간과한 까닭이 아닌가 한다. ……고려조의 향악 악 장과 달리 조선조의 악장들이 지나치게 송도적 주제가 노출되는 형식을 취했기 때문에 그 효과가 반감되는 점과 비교할 때, 고려조의 향악악장 들이 갖는 의미는 매우 클 뿐 아니라, 현재나 미래에도 존재하고 또한 존재해야 할 악장의 성격에 참고가 될 것이다."[47]라 하여 남녀간의 정 감을 발랄하게 표현한 것이 궁중의 수용층에게 친화감을 주고 애호될 수 있음을 밝혔다. 결국 속요의 지속적인 향유를 볼 때, 이념적인 노래 보다 서정적인 노래가 궁중악 속에서도 생명력이 있음을 일깨워주는 예 라 하겠다.

---

46) 김영수, 『조선초기시가론연구』, 199쪽.

47) 이민홍, 「고려조 악무와 예악사상」, 『韓國 民族樂舞와 禮樂思想』, 집문당, 1997, 247 -248쪽.

5. 결

고려 후기에는 무신란과 몽고란으로 국토가 피폐해지고, 권문세족의 사치와 향락이 극에 달하고, 그들의 수탈로 인해 민중이 도탄에 빠져, 자연 그 시대의 노래는 이별과 생의 고뇌, 상사나 상열, 체념과 체관에 흐를 수밖에 없었다고 말한다. 대부분의 논자들은 고려 후기의 사회상과 속요의 주제를 연관시키고, 당대의 삶과 노래를 비극적 한의 정조로 규정하고 있다. 고려속요는 불행히도 현재 전하는 작품이 10여 수에 불과하다고 안타깝게 여기는 논자도, 속요는 퇴폐적이고 향락적이라거나, 염세적이고 비애요 감상·원한이라고 정의하고 있다.[48] 속요가 퇴폐적이고 향락적이며, 염세적이고 체념적이라는 말을 듣노라면, 속요는 남아 있는 것 자체가 수치이고 문학사에서 거론하는 것도 큰 의미가 없다는 말로 들린다. 그래서 현전 작품이 10여 수에 불과한 것이 '불행'이 아니라 '다행'일 수도 있겠다. 속요에 대한 부정적인 평가가 너무 보편화된 현실에서는 그나마 적은 숫자만이 남아 있어서 참 다행일 수 있고, 10여 편의 속요가 남아 있는 것 자체가 불행일 수 있다. 이처럼 속요는 천대받고 있다.

이러한 속요에 대한 부정적 평가는 조선조 전기 사대부의 비판을 여과 없이 받아들인 때문이다. 유교적 표준에서 제도·문물을 정비하던 조선 전기의 사정을 감안한다면, 조선조의 고려악 비판과 개편은 어쩌면 당연한 귀결이다. 세계관의 차이, 서정 인식의 차이를 인정해야 할 것이다. 그러나 조선 전기 200여 년 동안 끊임없는 개찬의 논의에도 불구하고 속요는 지속적으로 궁중에서 불렸다. 고려의 속악을 일거에 폐

---

48) 최동원, 「고려속요의 향유계층과 그 성격」, 『고려시대의 가요문학』, 새문사, 1982. II-105, 108쪽. 그는 속요와 민요의 거리를 명쾌하게 설명하고 속요의 궁중악으로의 특성을 밝힌 바 있다.

지할 수 없었고, 일부 속요는 그 나름의 가치를 인정받아 존속되기도 하였다.

그런데 속요가 단지 향락적이기 때문에 비판의 대상이 된 것은 아니며, 반대로 조선조 궁중이나 사대부의 연향에서 향락적인 노래가 필요했기 때문에 지속된 것도 아니다. 속요는 궁중의 제례나 회례에도 불렸고, 그 전통적 가치는 지속적으로 인정되었다. 그 때문에 조선 전기 개찬의 논의 속에서도 살아남게 되었다.

지금 우리는 고려와 조선이라는 두 체제 사이에 놓인 세계관과 서정 인식의 차이를 가늠하고, 조선조 사대부의 유교적 세계관과 정제된 미의식의 표준에서 벗어나 속요를 논해야 할 것이다. 고려의 예악적 준거가 조선의 예악적 표준과 달랐고, 조선의 '樂而不淫'이라는 미학과 고려의 향락적 미의식이 달랐음을 인정한다면, 속요의 본질이 이해될 수 있을 것이다. 조선조의 유교적 규범하에서 비판되었던 사정을 이해하고, 그 꺼풀을 벗겨낼 때 고려 속악의 본래 면목이 온당히 인정될 것으로 기대된다.

조선조 예악과 근대 수용

-악(樂) 사상을 중심으로-

1. 서

서구의 미래학자들 사이에서 근대문명 비판이 이루어지고, 근대성 극복 대안을 마련하기 위해 부심하고 있다고 한다. 우리나라의 지성들도 생태론적 사유의 부재와 파탄을 인식하고 서서히 근대성의 한계를 논하기 시작했다. 다행스런 일이다.

근대사 100여 년 동안 우리는 전통의 심각한 파괴를 경험하였다. 외래 서구사상의 유입과 함께 기존 삶의 양식을 철저히 서구적인 것으로 대체하였나. 그리고 서구가 겪는 것과 유사한 정신적 공황에 직면하였다. 하지만 아직도 우리 사회 속에는 발전과 진보의 논리가 우세하고, 사회·문화적 측면에서의 혼란과 상실에 대해서는 무관심하거나 서구문화 추종의 긍정적 평가가 지배적이다. 문화발전의 전제 조건은, 정체되지 않고 끊임없이 새로운 문화의 동력을 받아들이되, 그것을 받아들일 자기문화의 토대가 구축되어 있어야 한다는 것이다. 그러니 전통문화에 서구문화를 결합하여 합리적 개조가 가능한 방향을 모색해야 하고, 우리가 지녀야 할 사유방식·행동양식·생활방식을 새로이 정립시켜 나가야 한다.

현대 우리의 정체성(正體性)은 대체로 근대사 100여 년의 소산이다. 하지만 100 년 이전의 과거 역사·전통의 무게도 가늠해야 옳다. 전통적 사유의 실체를 냉정하게 규명해야 하고, 조선조 500 년을 명료히 들여다 보아야 한다. 조선조를 관통한 유교적 사유, 그 중에서도 유교적 통치방식의 골간이 되었던 예악사상을 살펴야 할 것이다. 그래서 중세에서 근대로의 이행기 과정에 예악적 질서관이 작용하고 있던 사상사적 궤적을 탐구하고자 한다. 집단적 기억을 더듬어보며, 그것이 현대사회에 어떻게 수용되어 사회적 실천 덕목으로 전개될 것인가를 고민해 볼 것이다. 그 구체적인 방향은 다음과 같다.

첫째, 예악사상의 본래적 의미를 원론에서부터 재구해 내고, 그것이 상하질서의 구축, 민심수습과 조화의 차원이었음을 가시화 하려 한다. 둘째, '악'은 '음악'이란 보편적 개념을 넘어 통치질서 구축의 근간인 경제적 질서 구축과 연관되고, 특히 도량형의 정비와 맞닿아 있음을 밝히려 한다. 셋째, '악'은 우주와 천지 자연과 인간세계의 조화를 추구하는 데 절실한 것이었기에, 악에 담긴 자연관을 살피고 중세 유교적 자연관이 지향하는 바를 찾아내고자 한다. 넷째, 조선조 '악'의 정신을 찾아내기 위해 조선조 궁중악의 변모과정을 살피고, 조선 후기 예악의 실종에 이르는 과정과 조선 후기 정치적 혼란을 연관시켜 살펴볼 것이다. 다섯째, 예악의 근대 수용방안을 모색하고자 한다. 특히 인식적·윤리적·실천적·미적 요소를 두루 갖춘 예악정신을 현대에 어떻게 접목시킬 것인가를 고민해 보겠다.

이러한 작업을 위해 예악의 보편적 정신을 담고 있는『예기』를 재해석하고, 조선조 통치질서를 포괄적으로 알 수 있는『조선왕조실록』에서 악에 관련된 기사와, 조선 후기에 편찬된『증보문헌비고』의 예악 관련 기사를 통해 조선조 예악사상의 지향점을 밝히고, 이 결과를 토대로 근대 수용방안을 고찰하겠다.

우리에게 '악'은 무엇인가. 분열을 조화로 만드는 힘이다. 지역간·계층간·세대간의 이질적 사유와 감성을 하나로 묶을 수 있는 원천이 악에 담겨 있다. 조선조 아악에서부터 조선 후기 정악과 민속악으로 전개되고, 근대 서양악으로 발전돼 온 과정에서 우리는 서양악에 편중된 우리의 현실을 상기시킬 필요가 있다. 근자 민족악에 대한 관심이 일고 있지만 그 본래의 정신까지 이해하지는 못 하는 실정이다. 본고는 바로 동양적 '악 사상'에 담긴 원천적 힘을 발견하고, 그것을 전통사상으로 계승하여, 우리의 사유방식·행동양식·생활방식으로 정립하고자 하는 목표를 둔다.

2. 예악사상

예악이란 통치질서를 완비하는 과정에서 제일 중시된 것이다. 예를 통해 상하의 질서를 구축하고 악을 통해 계층간의 위화감을 해소하고 계층을 통합하였다. 그래서 건국 초기나 국가의 기강이 흐트러지고 전란 등으로 위기를 맞이하게 되면 으레 악을 정비하였다. 악은 결국 민심 수습의 차원에서 이루어진 것이다. 신라 초기 덕사내(德思內)나 석남사내(石南思內)와 같은 지방의 악(郡樂)을 가져와 궁중악에 편제한 것은 지방민심을 수습하려는 정치적 의도가 있으며, 신라 말 국가적인 위기를 맞게 되자 토속신 제사를 드리고, 아울러 가악을 중시한 것도 발호하는 호족과 그에 동조하는 백성들의 불만과 위화감을 무마하기 위한 일환이었다. 이것은 전통적 예악이다.

지금 우리가 보편적으로 논하는 것은 유교적 예악이다. 중세는 토속신앙으로 이루어진 고대 지배 이데올로기를 밀어내면서 시작되었다. 이 중세 보편주의적 이념은 불교와 유교이다. 불교는 지배 이데올로기로,

유교는 통치 이데올로기로 자리 잡았다. 중세의 시작은 유교적 통치 이념의 핵심부를 차지하는 예악사상이 전통적 통치 이념인 전통 예악을 철저히 배격하는 방향으로 전개된다.[1] 그 후 조선조에 들어서는 유교가 지배 이데올로기이자 통치 이데올로기인 것으로 통합되고, 불교적 사유를 철저히 배격하면서 유교적 예악에 의해 통치질서가 구축된다. 하지만 우주·자연의 변괴나 천재지변을 사회적 혼란의 조짐으로 여기고, '악'을 통해 민심을 수습하고 국가질서를 회복하고자 한 점은 과거와 크게 다르지 않다.

악의 정비에는 또 다른 의도가 숨겨져 있다. 악의 대표는 적(笛)이었다. 기장 천이백 알이 들어가는 길이의 젓대를 만들고 이 젓대의 소리를 기준음으로 삼아 다른 악기의 음을 정비하였다고 한다. 요즘의 피아노 기준음에 맞춰 오케스트라의 음을 조화시키는 것과 같은 이치였을 것이다. 그리고 이 젓대는 도량형의 기본인 '척(尺)'이 되었다. 도량형의 완비는 토지를 균등하게 분배하는 토대가 되었고, 백성들은 일정한 경제적 수입을 보장받게 되니, 자연 민심이 안정되고 통치질서가 구축되던 것이다. 서구식 근대화 직후 미터법을 보급하여 상거래를 바로잡아 경제적 질서를 구축하고자 한 점도 역시 통치질서의 구축과 연관된 정책이라 하겠다.

백성의 소리를 화평하게 한다는 것은 백성들의 비판거리를 제거하여 백성들의 불만을 해소한다는 의미이다. 빗발치던 불만이 제거되면 당연히 그들의 소리가 순해지는 법이다. 그런데 소리를 화평하게 하는 것은 백성의 감정을 매만지는 일이다. 개인과 개인의 관계에서 이를 유추할 수 있다. 감정이 북받치면 소리가 격앙되고, 소리가 격양된 상태는 마음

---

1) 이에 대한 자세한 논의는 최광식, 「한국 고대국가의 지배이데올로기」, 한국고대사연구회 편, 『한국사의 시대구분』, 신서원, 1995. 허남춘, 『고전시가와 가악의 전통』, 월인, 1999, 59-60쪽.

이 동요되는 상태를 뜻한다. 감정이 격해지면 상대의 마음을 헤아리지 못하고 격양된 소리를 내지르게 되고, 상대는 발악하게 된다. 소리의 부조화 상태이다. 그러나 감정을 평정하고 나면 상대의 마음을 이해하고 순한 소리가 나온다. 서로의 감정을 이해하고 마음을 주고받는 교감에서 문제의 실마리가 풀린 것이다.

나라를 다스리는 이치도 대저 이와 같다. 백성들이 요구하는 모든 물질적 요구를 다 충족시킬 수는 없다. 백성들의 불만을 일일이 찾아가며 해결할 수도 없는 일이다. 왕은 백성의 감정을 조절할 만한 상징적인 행위를 통해 그들에게 다가간다. 예를 하나 들겠다.

수년 전 서산 · 당진 지역에 큰 가뭄이 들어 민심이 흉흉해졌다. 민선 군수가 가뭄 대책을 전혀 세우고 있지 않다는 비난이 쏟아지며, 급기야 군수를 잘못 뽑았으니 중간평가를 해서라도 몰아내자는 식의 불만이 비등해졌다. 이 즈음 군수는 돼지 대가리와 제수를 장만하고 지극정성으로 기우제를 드렸다. 며칠 후 엄청난 비가 내려 농토가 물에 잠기는 사태가 빚어졌다. 이제는 홍수피해를 구제해야 하는 상황에 몰리게 된 셈이다. 그러니 그 지역 주민은 홍수피해를 구제하라고 다시 군수에게 몰려가야 마땅한 처사일 것이다. 그러나 그런 일은 없었다. 수해의 와중에서도 "우리 군수가 얼마나 지극정성으로 기우제를 올렸으면 그처럼 큰 비가 왔겠는가" 하고 오히려 군수를 두둔하는 형국이었다고 한다.

사태의 해결은 행정적 대응이나 물질적 보상에 있었던 게 아니다. 군수는 상징적인 행위를 통해 군민들의 감정을 어루만져 주었고, 군민은 군수의 진심을 믿었기에 사태가 수습된 바이다. 중세의 말로 바꾸면 예적(禮的) 질서를 도모하였다는 말이다. 중세에 제사는 곧 예였다. 상하의 질서를 바로 세우고 민심을 수습하여 문제를 해결한 셈이다. 예악이 정치의 중요한 수단이고, 악이 민심을 조화롭게 하는 것이란 의미도 이와 동궤(同軌)이다.

노래 혹은 음악이 소리의 조화된 면이라는 것은 바로 민심과 민성(民聲)을 조화롭게 한다는 의미를 함유하고 있다. 악은 악기의 소리만이 아니다 그것은 말단을 두고 근본을 곡해하는 말이다.

> 예의 근본은 무엇인가. 곧 공경하는 것이다. 악의 근본은 무엇인가. 곧 화(和)함이다. 공자가 말하기를 "예니, 예니 이르는 것이 어찌 옥백(玉帛)을 이르는 것이겠는가. 악이니, 악이니 이르는 것이 어찌 종고(種鼓)를 이르는 것이겠는가" 하였는데, 공경과 화함은 근본이고, 옥백과 종고는 말단이다. 근본이란 것은 질(質)이고 말단이란 것은 문(文:형식)이다.[2]

백성이 왕을 공경하고 왕이 백성을 공경함이 예이고, 왕과 백성이 화합함을 악이라고 한다. 악의 근본은 상하계층의 화합, 지역간의 화합, 전통과 외래의 화합에 있다. 예가 단지 폐백이라고 하거나 상하의 단순한 계층적 질서만을 의미한다고 하지 않듯이, 악이 단지 악기의 소리나 노랫가락을 의미한다고 하지 않는다. 그런 것은 말단에 불과하다. 형식을 중시하고 근본을 소홀히 하면 문제가 생긴다.

> 악의 융성은 성음을 극진히 함이 아니오, 제사의 예는 제물을 정성스럽게 함이 아니다.[3]

악의 융성은 성음의 아름다움을 극진히 하는 것이 아니라, 민풍을 순화시키는 것을 중하게 여긴다. 종묘제사와 같은 예에서 제물을 풍성하게 차리는 것이 중요한 것이 아니라 사람간의 교제를 바르게 하는 것을 중하게 여긴다. 악은 민심을 어루만지는 수단이고, 예는 사람 사이의

---

2) 『增補文獻備考』卷 90, 「樂考」一. 이하 『增補文獻備考』의 번역은 『국역 증보문헌비고』 악고1(세종대왕기념사업회, 1994)을 참조하여 문맥을 가다듬었다.
3) 樂之隆 非極音也 食饗之禮 非致味也(『禮記』, 「樂記」)

관계를 바로 하는 수단이다. 조선 전기에는 예악의 본질인 공경과 화(和)함에 충실하여 문물을 정비하고 국가체제를 안정적으로 유지하였다. 그러나 조선 후기에는 궁중악을 치장하고 성음을 극진히 하는 데에만 몰두하고, 궁중 제례를 풍성하게 하는 데에만 치중하여, 결국 나라 다스리는 이치를 잃어버렸으며 백성의 삶을 피폐하게 만들고 말았다.

3. 악과 도량형

조선조의 예악은 그 근본보다는 말단에 매달렸기 때문에 많은 폐단을 낳았다. 그러나 조선 전기에서부터 그랬던 것은 아니다. 특히 국가적인 기반을 완성시킨 세종조의 기록은 그것을 반증해 준다. 세종은 궁중악을 정비한 왕으로 알려지는데 이는 다만 음악을 정비한 것이 아니라 국가의 가장 큰 기반을 정비하였다는 의미로 받아들여야 한다.

> 세종 7년(1425) 가을에 거서(秬黍:검은 기장)가 해주에서 나고, 8년(1426) 봄에는 경석(磬石)이 남양에서 발견되었는데, 경술년(1430) 가을 경연에 나아가서 채씨의 『율려신서』를 강하다가 그 법도가 매우 정묘하고 존비의 차례가 있음을 감단하여 징차 율려를 만들고자 하였으나, 황종을 갑자기 얻기 어려웠다. …… 박연이 상소하기를 …… 원하건대 남쪽 지방 여러 고을에서 기르는 기장을 모두 가져다가 세 등급으로 골라서 이를 포개어 율관을 만들고, 그 가운데 중국 음과 합하는 것이 있거든 삼분손익의 법으로 12율관을 만들어서 오음을 화하게 하면 도량형도 따라서 살필 수 있을 것입니다.[4]

세종조에 마침 기장과 경석을 얻자 박연에게 의뢰하여 율려를 정비하

---

4) 『增補文獻備考』 卷90, 「律呂製造」.

고 드디어 율관을 만든 후 도량형까지 마련하였다고 한다. 율려는 악을 만드는 법도이고 이 법도에 의거하여 제일 먼저 율관을 만들었다고 한다. 기장 천이백 알이 들어가는 율관을 만들고 중국의 황종에 의거하여 그 음을 조율하였다고 한다. 율관은 모든 악기의 대표음이 된다. 그리고 이 율관의 길이를 가지고 척(尺)을 만들어 도량형을 구비하였다. 악을 정비하는 근본은 악기를 만들어 궁중에서 소용되는 여러 의식절차에 음악을 연주하려는 의도가 표면적인 이유라면, 율관의 길이를 잣대로 삼아 도량형을 정비하여 국가의 기강을 바로 세우려는 의도가 이면적 이유였다. 그리고 이 도량형을 근간으로 정확하게 토지를 나누어 세금을 거두고, 국내의 상거래 질서를 바로 잡아 백성들의 불만과 불편을 없애고 민심을 수습하려 하였다. 악을 정비함은 율관을 만드는 것으로 이어지고, 율관은 자를 만드는 기본 잣대가 되고 이 잣대에 의해 모든 경제적인 질서가 완비된 셈이다. 악을 정비한다는 것은 국가 통치질서를 구비하는 것이요, 민심을 수습하는 기본임을 알 수 있다. 여기에서 거슬러 올라가 악을 구비하는 데 근본이 되는 '율려'에 대해 좀더 살피자.

> 한 왕조가 일어나면 반드시 한 왕조에 따른 악이 있게 마련이다. …… 옛 성왕은 나라를 세우고 공을 이루어 정치가 안정되면 성악을 제정하여 각각 그 덕을 상징하였는데, 일체 모두 율려(律呂)에 근본하였으니, 율려는 규구(規矩)이고 악은 그 방원(方圓)이다. 악을 제정하면서 율려에 근본하지 않으면 마치 방원을 그리면서 규구에 근본하지 않는 것과 다름이 없으니, 어찌 방원을 이루겠는가.5)

악은 율려에 근본을 둔다고 했다. 그리고 율려는 규구 즉 원을 그리고 사각형을 그리는 컴퍼스나 자와 같다고 했다. 정확한 원을 그리고 정확

---

5) 一王之興必有一王之樂 古之聖王 功成治定 制爲聲樂 皆各象其德而一 皆本于律呂 律呂規矩也 樂其方圓也(『增補文獻備考』卷 90, 「樂考」.)

한 사각형을 그리기 위해서는 컴퍼스와 자가 동원되듯이 법도에 맞는 악을 마련하기 위해서는 율려가 근본이 되야 한다고 했다. 이 율려를 바탕으로 5음 12율을 제정하였다.

이 율려를 근간으로 하여 위에서 언급한 바 율관을 제작하고 이 율관의 길이를 한 자(尺)로 삼아 도량형을 겸비하였다. 세종조에 기장으로 율을 정하고 구리로 자를 만들어서 군읍(郡邑)에 나누어 간직하게 하였는데, 후에 여러 병란을 겪어서 모두 유실되고 조선조 후기에는 오직 삼척부에만 남아 있었다고 한다. 영조 16년(1740) 삼척부에 간직되어 있던 세종조에 만든 포백척(布帛尺)을 가져와, 당대 쓰고 있던 모든 척도를 교정하여 중외에 반포하여 시행하도록 명한 바 있다.[6]『증보문헌비고』에 의하면 서양의 1미터는 우리의 3척 3촌에 해당한다고 하여 이미 서양으로부터 들어온 미터법과 우리의 척을 비교하고 있다. 그리고 율려와 도량형을 제시한 후에는 역대 악제(樂制)와 악기에 대해 서술하고 있다. 중세의 국제적 질서라 할 중국의 율려와 황종율관에 맞추어 우리의 율려를 제정하고, 도량형을 바로 잡아 국가의 경제적 질서를 세우고, 음악의 제도를 바로잡아 정치적 질서를 세웠다. 그러므로 악은 통치의 근간이다. 정치·경제적 질서를 바로 세워 민심을 바르게 하고 그들이 왕의 통치에 순순히 따르게 하는 고도의 통지기술이있다. 이 치도(治道)는 항상 예악을 앞에 두고 형정(刑政)을 뒤에 두는, 법치보다는 덕치(德治)를 중시하는 통치방식이었다.

예를 가지고 그 뜻을 인도하고, 악을 가지고 그 소리를 화평하게 했으며, 정치를 가지고 그 행동을 한결같이 하고, 형벌을 가지고 그 간사함을 막았던 것이다. 예악형정의 그 극치는 하나이니, 백성의 마음을 같게 해서 치도(治道)를 이루는 것이다.[7]

---

6)『국역 증보문헌비고』악고 1, 「도량형」, 세종대왕기념사업회, 1994, 92~94쪽.

예악을 모두 얻음을 일러 유덕(有德)이라 하고, 덕이란 얻음이다.[8]

예악을 얻음을 유덕이라 하니, 예악으로 통치함은 덕치를 의미한다. 예악이 근본이면 형정은 말단의 통치방식이다. 여기서 '그 뜻' '그 소리' '그 행동' '그 간사함'의 '그'는 넓게는 우주 자연만물과 사람을 의미하고, 구체적으로는 '백성'을 의미한다고 할 수 있다. 백성의 뜻과 소리를 인도하여 조화시키면 나라를 다스리는 방도가 이루어지는데, 예악으로 할 수 없을 경우에는 불가피하게 형정으로 백성의 행동을 규제하고 그 사악함을 예방하게 된다. 정치는 예악의 구현이어야 한다.

진실로 악을 보고 정치를 아는 사람이 조선악을 들으면 세대를 따질 것도 없이 대장·대소·대호·대무의 악과 다름이 없다고 할 것이다.[9]

대장은 요(堯)의 음악 이름이고, 대소는 순(舜)의 음악, 대호는 은나라의 탕(湯)의 음악, 대무는 주나라의 무왕(武王)의 음악이다. 모두 성인의 음악을 뜻한다. 조선 전기 세종조에 악을 정비하게 되니 조선악이 성인의 음악에 견줄 수 있게 되었다고 한다. 이는 음악 — 악기의 연주와 악곡 — 만을 갖추었다는 의미를 넘어, 성인의 치도와 비견될 왕도정치의 근간을 마련하였다는 자부심의 표현이다. 그래서 정치를 아는 사람이 조선악을 들으면 통치제도의 구비됨을 보고 질서에서 우러나는 조화된 악을 들을 수 있다고 한 것이다. 그 악은 민심이 조화된 치세지음(治世之音)이란 말이다. 악은 정치이다. 예악을 얻음이 유덕이고, 유덕이란 덕치이고, 덕이란 우주 자연만물의 이치를 깨달아 민심을 얻음이다. 인간

---

7) 禮以道其志 樂以和其聲 政以一其行 刑以防其姦 禮樂刑政 其極一也 所以同民心而出 治道也(『禮記』,「樂記」)

8) 禮樂皆得 謂之有德 德者得也(『禮記』,「樂記」)

9) 苟觀樂知政者聽之 不待考論世代 是樂章韶護武之樂也(『增補文獻備考』卷91,「樂考」1.)

의 감정은 소리를 통해 나타나고 그 감정이 어그러지면 세상을 원망하고 정치를 비난하는 소리가 비등해진다. 소리를 잘 다스리는 것은 바로 민심을 얻는 일이 된다.

율려를 바탕으로 5음(궁상각치우)을 바로 세우는 이치는 도량형을 정비하는 실제적 효용성과 합치된다.

> 궁(宮)음이 어지러우면 악의 소리가 거칠어진다. 그 왕이 교만하기 때문이다. 상(商)음이 어지러우면 소리가 기울어진다. 그 신하가 착하지 못하기 때문이다. 각(角)음이 어지러우면 소리가 시름에 차 있다. 이는 백성이 원망하기 때문이다. 치(徵)음이 어지러우면 소리가 슬프다. 이는 그 일이 힘들기 때문이다. 우(羽)음이 어지러우면 위태롭다. 이는 그 재화가 궁핍하기 때문이다. 이 다섯 가지가 다 어지러워서 서로 능멸하는 것을 만이라고 한다. 이와 같이 되면 나라의 멸망이 얼마 남지 않을 것이다.[10]

궁음이 어지러움은 군주의 독단을 의미한다. 각음이 어지러움은 관계의 질서가 허물어짐을 의미한다. 각음이 어지러워 시름에 차 있다 함은 백성들의 현실비판을 의미한다. 치음이 어지러워 소리가 슬프다 함은 생업이 어렵거나 생업을 잃는 경우 때문이다. 우음이 어지러워 위태롭다 힘은 경제가 피폐해졌기 때문이다. 요즘 정치상황으로 말한다면 통치자가 독단과 횡포를 부리고, 관료들이 정직하지 못하여 부정부패를 일삼고, 백성들이 정치현실에 대해 염증을 느끼고, 국민의 생업이 위태로워지고 사업이 위기를 맞는 현상이고, 국가 경제가 부실해진 상황을 의미한다고 하겠다. 이 다섯 가지가 다 어지러워진다 함은 국가 정치경제의 총체적 위기와 사회적 혼란을 의미한다. 악은 군신민사물(君臣民事物)의 다섯 가지 도리에 통한다.[11] 예는 이 다섯 가지의 위계질서와 관

---

10) 宮亂則荒 其君驕 商亂則陂 其官壞 角亂則憂 其民怨 徵亂則哀 其事勤 羽亂則危 其財匱 五者皆亂 迭相凌謂之慢 如此則國之滅亡無日矣(『禮記』,「樂記」)

계를 바로잡는 것이고, 악은 이 다섯 가지의 질서와 관계에 심한 갈등과
균열이 생기면 이를 조화시켜 바로잡는 것을 의미한다. 예악은 인간관
계의 또 다른 이름이다.

> 선왕이 예악을 마련함에는 구복(口腹)과 이목(耳目)의 욕심을 극진히 하
> 려는 것이 아니라, 장차 이것을 가지고 백성들에게 호오(好惡)를 공평하게
> 하는 일을 가르쳐서 인도(人道)의 바른 데로 돌아가게 하려는 것이다.[12]

예악을 제정한 뜻이 의례의 절차를 화려하게 하고 까다롭게 함이 아
니다. 왕이 신하와 만나고, 왕이 백성과 만나고, 왕이 손님과 만나는 의
례에 격식을 두고 그 관계를 돈독히 하려는 바도 있겠지만, 더욱 중요한
것은 인간의 도리를 바르게 하는 것이다. 그 방법은 의외로 간단하다.
마땅히 좋아할 것을 좋아하고, 미워할 것을 미워해서 도리에 어긋나지
않는 방법이다. 자신의 분수에 어긋나는 욕심을 버리고 편안해진 낙천
성ㅡ이 천진난만함이 예악의 근본정신이 아닐까. 자신을 바르고 편안한
데에 두고 남도 배려하는 인간관계가 예악의 출발이다. '베풀고 갚는 일
이 예악'[13]일진대, 이는 관계의 가장 아름다운 모습이라 하겠다.

4. 악과 자연관

중세 후기에 마련된 유교적 예악사상은 천·지·인의 삼재(三才) 가운
데 있고, 인은 하늘과 땅의 조화에서 완비될 수 있다고 하였다.[14] 그래

---

11) 樂者 通倫理者也(『禮記』, 「樂記」)
12) 先王之制禮樂也 非以極口腹耳目之欲也 將以敎民平好惡 而反人道之正也(『禮記』, 「
  樂記」)
13) 樂也者 施也 禮也者 報也(『禮記』, 「樂記」)
14) 이민홍, 『한국 민족예악과 시가문학』, 성균관대 대동문화연구원, 2001, 18쪽.

서『증보문헌비고』에서는 책의 첫머리에 '상위고(象緯考)'와 '여지고(輿地考)'를 두고 그 다음에 '예고(禮考)'와 '악고(樂考)'를 두고 있다. 인간이 만들어나가는 질서와 조화의 세계는 천지와 자연과의 관계 속에서 비롯된다는 사유이다.

1444년 7월 가뭄 끝에 비가 내리면서 벼락이 연생전 등을 쳤고 마침 궁녀 한 명이 벼락을 맞아 죽고, 서울 시내의 다른 여자도 벼락을 맞았다. 세종은 고관들을 불러 중국의 고사를 예로 들어 이 재변에 대한 자신의 두려움을 말하고 사면조치 등을 시행하여 백성을 기쁘게 할 방법을 상의하라고 지시했다. 신하들은 "벼락이란 양기가 내려 치는 것으로 그 기에 닿으면 죽는 것"이라면서, 재변이라 할 것도 없다고 응대했다. 그들에 의하면 목석과 금수도 벼락에 맞고 또 죽는 법이니, 어찌 그것이 꼭 인사의 잘잘못에 따라 일어나겠느냐는 것이다.

그러나 세종은 그의 주장을 굽히지 않고 궁녀와 궁궐 안의 부엌 심부름꾼들이 오래 안에 갇혀 지내고 있으니 이를 줄여 내보내야겠다면서 그 밖에도 몇 가지 노인 우대책 등을 강구하라고 지시했다. 그 다음에 이어지는 세종실록의 기록에 의하면, 세종은 벼락 맞아 죽은 궁녀에게는 10석의 미두, 종이 60권 그리고 관을 부의로 하사했다. 또 이튿날에는 대역, 모반, 살인, 상도 등을 비롯한 중죄인을 제외한 죄수들에게 사면령을 내렸고, 다시 그 다음 날에는 전국 80세 이상의 노인에 대해서 면천과 봉작이 시행되었다. 또 이 날 임금은 궁녀 45명을 밖으로 내보냈다.[15]

조선 초기 130년 남짓 동안에 천둥 번개가 502회, 벼락이 133회로 이를 합한 635회의 기록은 같은 기간 동안의 여러 가지 다른 재이 가운데 '낮에 보이는 별' 1281회, 햇무리 기타 1191회에 이어 세번째로 많은 재이로 밝혀졌다. 조선시대 전기간을 조사한다면 적어도 이 숫자의 세 배

---

15) 『세종실록』 권 105. 26년(1444년) 7월 10일(丁巳), 11일(戊午) 조.

는 된다고 할 수 있다. 천둥 번개와 벼락을 대단히 중요한 재변으로 여긴 것은 이상의 논의로 충분히 알 수가 있다. 그리고 이런 재변이 일어나면 언제나 그 의미를 놓고 임금과 신하들이 여러 방면으로 심각한 논의를 해왔다.[16]

벼락으로 궁녀가 죽자 세종은 두려움을 느끼고, 죄인들의 사면조치를 궁리하여 백성을 기쁘게 할 방도를 구하라고 신하에게 명한다. 신하들은 과학적 논리로 대수롭지 않은 사건처럼 응대한다. 그러나 세종은 궁녀와 궁궐여인들이 수고로우니 숫자를 줄이라 하고, 노인 우대책을 시행하고, 죄인을 사면하는 데 이른다. 벼락이 쳤는데 죄인의 사면이 있고, 궁녀들을 위한 복지 정책이 실시되고 있으니 신하들의 과학적 응대에 비하면 세종의 생각과 조치는 비과학적이라고 할 만하다.

조선조의 왕은 천지 자연에 변괴가 생기면 이는 인간 사회에 부조화가 생길 조짐이라 여기고 근신하였다고 한다. 우선 감선(減膳)하였고, 철악(徹樂) · 공구(恐懼) · 수성(修省)하였다. 반찬 수를 줄여 근검함을 몸소 실천하고, 자신의 결함이나 실정이 없는가 반성하고, 자기 수양에 전념하며 주변을 세심하게 살폈다고 한다. 예를 들어 옥에 갇힌 자들 중에 억울한 옥살이를 하는 자가 없는지 살펴 중죄인이 아니면 대체로 방면하여 민심을 수습하는 노력을 기울였다고 한다. 자연계의 재앙에

---

16) 박성래, 「한국의 과학사상-시험적 서론(14)」, 『과학사상』 제16호, 범양사, 1996년 봄호. 벼락이 치자 왕실의 잘못을 반성하고 특단의 조치를 내린 일을 여러 군데서 발견할 수 있는 데, 여기서는 중종 때 소릉을 복권시킨 예를 하나 든다. 중종 때인 1513(중종 8)년 2월에는 종묘의 소나무를 벼락이 때리자 그것이 계기가 되어 소릉을 추복시키는 운동이 일어났다. 소릉은 문종의 왕비이며, 단종의 어머니 권씨를 가리킨다. 단종을 몰아내고 정권을 잡은 수양대군, 즉 세조는 결국 단종을 죽이고 그 어머니를 서인으로 폐하고 말았다. 그런데 그 해 2월 28일 크게 천둥 번개가 치더니 종묘의 소나무 두 그루가 벼락을 맞는 사고가 일어났던 것이다. 이 벼락 때문에 왕비 자리에서 쫓겨나 종묘에서 제사를 받지도 못하고, 시골에 무명의 무덤 속에 던져졌던 문종의 왕비는 자기 자리를 되찾게 된 것이다.

대해 지나치게 비과학적인 대처를 하였다고 평가할 수도 있다. 그러나 자연계의 심각한 파괴와 오염 속에서도 방자한 태도를 고칠 줄 모르고, 파멸이 눈앞에 와 있음에도 오히려 경제발전에 박차를 가하며 대량 생산과 대량 소비의 틀 속에서 욕망을 줄일 줄 모르는 현대인의 삶보다는 가치 있는 것이라고 확언한다. 조선조의 통치방식은 비과학적 전제가 있다 하더라도, 재앙에 대처하는 인간의 겸허함이 담겨 있다. 인간세계의 부조화나 갈등은 결국 인간의 노력으로, 특히 왕과 통치권의 자기 혁신으로 가능한 것이었기에, 자연계를 빌미로 삼아 수시로 왕이 스스로 검소한 생활을 하고 인간의 주변을 돌아보아 공정한 정치를 펴고, 민심을 어루만졌다는 시대적 논리로 읽혀진다. 왕이 반찬 수를 줄이며 검소한 생활을 하면 당연히 관료들도 그러했을 것이고 국가 전체적 재화가 절약되어 국가 경제를 강화하고 백성의 세금을 감면하는 효과를 가져와 민생이 두터워졌다는 의미로도 읽힌다. 이것이 조선조 유교의 자연관이다. 그들은 자연의 재앙을 늘 악(樂)의 범주 속에서 인식하였고, 악으로 해결하였다.

> 악은 천지의 조화이고, 예는 천지의 질서이다. 조화로운 까닭으로 백물이 모두 삼화되고, 질시인 까닭으로 물건이 모두 분별이 있다. 악은 하늘에 말미암아 만들어지고, 예는 땅의 법칙을 가지고 만들어진 것이다.[17]

악은 천지의 조화라 했고, 천지와 조화롭기 때문에 자연만물이 감화되고 화육(化育)된다고 했다. 악은 천지자연과 우주의 조화를 추구한다고 하겠고, 이것이 바로 유기체적 우주론 혹은 유기체적 일원론이라 하겠다. 동양에서는 인간과 사회와 자연과 우주가 옴살스런 하나의 법칙

---

17) 樂者天地之和也 禮者天地之序야 和故百物皆化 序故群物皆別 樂由天作 禮以地制(「禮記」, 「樂記」)

과 질서에 의해 움직인다고 사유하였다. 여기서는 인간과 자연의 행복한 조화를 꿈꾼다. 반면 서양은 인간과 자연을 별개의 것으로 바라보았고, 자연을 정복이나 투쟁의 대상으로 보았다. 이것이 그들의 이원론적 사유체계이다. 그들은 자연을 전쟁의 상태, 공동의 소유물, 재화 산출의 터전으로 보았으며 이런 사유는 "지구와 그 속에 있는 모든 것들은 인간의 삶을 유지하고 편안하기 위해 인간에게 주어진 것이다"라는 존 로크의 말에서 극명하게 드러난다고 한다.[18]

이러한 서구적 자연관은 문학과 예술에도 여실히 드러난다. 향기를 뿜는 듯한 꽃과 과일, 손으로 만질 수 있을 듯한 모피의 부드러움, 보석의 반짝임, 그것에 둘러싸인 인간의 당당함—이런 18세기 이후의 풍경화는 인간이 땅을 지배하고 소유하고 있다는 '시각적 공증서'로서 시작되었다.[19] 즉 세계에 대한 탐욕스런 소유욕으로 서구의 근대 예술이 시작되었음을 의미하고, 서구가 근대를 열면서 전 세계를 식민화하고 그들의 탐욕스런 식욕을 부풀리며 마구 자연을 훼손한 반증이기도 하다. 생태계를 교란·파괴하고 이런 생태계의 고통이 인간세계의 고통으로 바뀌어, 인류는 더 이상 낙관적 전망을 갖지 못한 채 절망에 빠져 있다. 우주를 일원론적으로 보는 한 비극적인 세계가 존재할 터전은 상실된다. 비극정신은 세계를 이원론적으로 인식할 때만 가능하기 때문이다.[20]

예는 천지의 질서이고, 질서인 까닭으로 물건이 모두 분별이 있다고 했는데, 여기에는 사물을 사물 자체로 대하는 사고가 배어 있다. 서구의 도구적 이성을 볼 때, 사고가 사물을 사물 자체로 대하지 않고 사고의 총체성 속에 종속시키고 있다. 대상을 목적이 아니라 수단으로 대하는 태도인 셈이다. 이런 사고의 폭력성을 극복할 수 있는 방안은 사물을

---

18) 남경희, 「생태주의 인문학 서설」, 『열린지성』 10호, 2001년 가을·겨울, 42쪽.
19) 김용희, 『예술, 세계와의 주술적 소통』, 책세상, 2000, 27쪽.
20) 임철규, 『우리시대의 리얼리즘』, 한길사, 1983, 41쪽.

사물 자체로 환원시켜 사고하는 길[21]이라 하겠다. 사물을 인간에 예속된 존재로 보는 서구적 사고에서 탈피하여, 사물을 있는 그대로 바라보고 사물과 인간의 관계를 중시하는 사유를 회복할 때 자연파괴의 폐해는 극복될 수 있다. 중세의 예 사상 속에 이미 근대적 대안의 자연관이 담겨 있다. 서구의 도구적 이성을 극복하고 동양적 이성에 귀기울일 때이다.

5. 조선조의 악

예악은 통치질서 구축의 근간이다. 예는 상하의 질서를 엄격하게 규정하는 것이라면 악은 그 간격을 누그러뜨리고 조화롭게 하는 상보적 관계를 갖는다. 그러나 악이 추구하는 바는 이에 머물지 않는다. 악이 추구하는 바는 사회질서와 인체심신과 우주만물이 상호 연계되고 감응하여 조화롭게 존재하는 것이다.

> 악은 하늘에서 나와 사람에게 부여된 것으로, 빈 것(虛)에서 발하여 자연에서 이루어지기 때문에 사람의 마음에 감응하여 혈맥을 동탕하게 하고 정신을 유통시킨다.[22]

> 신 등이 삼가 고전을 살피건대, 소리를 살피면 그 악을 알 수 있고, 음악을 살피면 그 정치를 알 수 있으며, 또 음악에 합하면 귀신에 통하여 나라를 화평하게 할 수 있으며, 또 바른 소리는 사람을 움직여 순한 기운에 응하게 하고 간사한 소리는 사람을 움직여 역한 기운에 응하게 하는 것입니다.[23]

---

21) 안진태, 『신화학 강의』, 열린책들, 2001, 568쪽.

22) 樂也者 出於天而寓於人 發於虛而成於自然 所以使人心感而動盪血脈 流通精神也(『樂學軌範』序)

23) 『太宗實錄』卷3, 太宗 2年 6月 丁巳條. 이하 조선왕조실록의 경우 『국역 조선왕조실

악을 통해 정치를 알 수 있다(審樂以知政)고 하거나 나라를 화평하게 할 수 있다고(和邦國)하는 『태종실록』의 기사는 『예기』 악기(樂記)의 예악사상을 그대로 수용한 부분이다. 그러나 이에 그치지 않고 인간과 우주 자연의 호응이라거나, 사람의 마음에 감응하여 정신을 바르게 유통시키는 효용성을 언급하고 있다. 예악사상은 고대·중세 우리 민족국가의 통치 이념이었고 종교였으며 문화의 본질이기도 했다.24) 악 사상은 문화와 예술의 다양한 분야에 관련된다. 특히 이 악의 정신은 시와 부합된다.

잘 다스려지는 시대의 음악은 편안하면서도 즐거우니, 그 정치가 화평하기 때문이며, 어지러운 세상의 음악은 원망하면서도 노여워하니, 그 정치가 어긋나 있기 때문이며, 망한 나라의 음악은 슬프고도 음울하니, 그 백성이 곤궁하기 때문이다. 음악의 이치는 정치와 통한다.25)

시는 뜻이 가는 바이다. 마음에 있으면 지(志)요 말로 발하면 시가 된다. 정(情)은 마음 속에서 움직여 말로 나타나니, 말이 부족하면 감탄하게 되고, 감탄이 부족하면 노래하고, 노래가 부족하면 자신도 모르게 손으로 춤추고 발로 구른다. 정은 소리로 발하고, 소리에 무늬가 있으면 이를 음이라 이른다. 잘 다스려지는 시대의 음악은 편안하면서도 즐거우니, 그 정치가 화평하기 때문이며, 어지러운 세상의 음악은 원망하면서도 노여워하니, 그 정치가 어긋나 있기 때문이며, 망한 나라의 음악은 슬프고도 음울하니, 그 백성이 곤궁하기 때문이다. 따라서 옳고 그름을 바로 잡고, 천지를 움직이며 귀신을 감동시키는 데는 시보다 가까운 것이 없다.26)

록』의 번역을 가다듬었다.

24) 이민홍, 『민족악무와 예악사상』, 집문당, 1997, 20쪽.

25) 治世之音 安以樂 其政和 亂世之音 怨以怒 其政乖 亡國之音 哀以思 其民困 聲音之道 與政通矣(『禮記』樂記)

26) 詩者 志之所之也 在心爲志 發言爲詩 情動於中 而形於言 言之不足 故嗟嘆之 嗟嘆之 不足 故咏歌之 咏歌之不足 不知手之舞之 足之蹈之也 情發於聲 聲於文謂之音 治世之

『예기』악기와『모시(毛詩)』의 대서(大序)는 모두 치세(治世)・난세(亂世)・망국(亡國)의 음(音)이 드러내는 정감의 형식을 정치현실과 연결시켜 서술하고 있다. 그리고 대서의 요지는 시의 정치해석학으로 그 근원이 여전히 예악전통임을 알 수 있다. 시는 '정치의 득실'을 바로 잡기 위한 것이라 했는데, 이는 악의 기능과도 기본적으로 일치하는 것이다. 시와 음악은 원래 불가분의 것이다. 시는 전통적・윤리적 요구로부터 서서히 개인의 정감과 욕망을 표출하는 쪽으로 변모하게 되었고, 아(雅)・송(頌)보다는 풍(風)의 정감이 우세하게 되었다. 고려의 궁중악을 보게 되면 대성아악을 중시하기도 했지만, 풍의 속성을 띠는 속악이 큰 비중을 차지하였다. 조선조 건국을 즈음하여 전대 왕조의 음악은 조선조에 대체로 수용되는데, 일부는 망국지음으로 여겨지고 배격의 대상이 되기도 한다. 그 중 속악이 주된 비판의 대상이었다. 그런 와중에도 속악은 그 전통이 오래되어 폐지할 수 없다는 이유로 조선 전기 내내 지속된다.

조선조의 궁중악 정비는 크게 세 가지 방식으로 이루어졌다. 첫째, 기존의 아악을 정비함과 동시에 명(明)의 아악을 들여와 종묘・제례악으로 주로 사용하였다. 둘째, 한시체 혹은 한시현토체 악장과 용비어천가와 같은 신제 악장을 구비하였다. 셋째, 고려 왕조의 속악을 정비하여 회례연에 주로 사용하였다. 아악과 한시체 악장은 아(雅)・송(頌)의 전통에서, 용비어천가와 고려 속악은 풍(風)의 전통에서 마련되었다. 용비어천가를 여민락이라 한 것은 여민동락(與民同樂)의 정신에서 이루어진 것으로 앞에서 언급한 상하층의 조화의식을 담고 있으며 풍화의 의도를 지닌다. 그리고 속악도 민풍을 담고 있는 전통악인데, 이를 통해 상하층의 화합을 추구하고자 하는 정치적 의식의 일단을 볼 수 있다.

音 安以樂 其政和 亂世之音 怨以怒 其政乖 亡國之音 哀以思 其民困 故正得失 動天地 感鬼神 莫近於詩(『毛詩』大序)

조선 초 지배계층은 중국의 아악·당악만으로는 국가 예악체계가 불가능했기 때문에 고려 속악을 수용하여 정치적 기반을 마련하고, 민풍을 살피고 민심을 조화시키는 풍의 전통을 수용해야 했을 것이다. 그러니 조선 왕조는 고려의 속악을 망국지음으로 비판하면서도, 일거에 고려 속악을 버리지 못하고 조선 전기 200여 년간 여러 의식에 사용하였던 것이다. 무수한 개찬의 논의에도 불구하고 일거에 개혁하지 못한 것은 누적된 관습 때문이고, 민풍을 가늠할 수 있는 악이었기 때문일 것이다.

조선 전기의 악서로는 『악학궤범』 『악장가사』 『시용향악보』를 들 수 있다. 15세기 후반에서 16세기 초반에 만들어진 이 악서에는 아악·당악·속악 등이 실려 있는데, 속악은 16세기 후반에 이르면 대부분 궁중악에서 자취를 감추게 된다. 조선 중종·선조 때에 개편의 요구가 당대의 집권세력인 사림파에 의해 제기되기 때문인 것으로 보인다. 그리고 속악을 대체할 새로운 민풍의 가요가 궁중악으로 채집되었다는 어떤 정보도 찾을 수 없다. 아박정재(동동)와 무고정재(정읍) 등만이 계속 연주되었는데, '정재 공연과 관련된 반주음악으로 쓰이면서 명맥을 유지'[27] 하였다. 종묘제례악에 쓰인 정대업과 보태평은 조선 후기에도 계속 쓰였지만, 이들은 아악식으로 변하였다. 그리고 임병양난을 맞아서는 조선 전기 아악·당악·속악 등 음악의 전통이 뿌리채 흔들린다. 그 원인은 '임진왜란과 병자호란으로 인한 나라의 재정적 궁핍과 악공들의 도망'[28] 때문이라고 한다. 병자호란 후에 나라의 재정(物力)이 기갈되고 백성이 흩어졌으며, 악공과 악생이 무수하게 잡혀가거나 죽임을 당해, 종묘·사직·문묘·산천의 제향에 음악을 쓸 수 없는 지경[29]에 이르렀

---

27) 송방송, 『한국음악통사』, 일조각, 1984, 382쪽.
28) 송방송, 앞의 책, 370쪽.
29) 亂後物力蕩竭 人民離散 樂工樂生等 被擄被殺者無數 廟社文廟及山川之祭 不能用 (『樂掌謄錄』, 25-26쪽)

다고 하니 그 사정을 알 만하다. 성종대에 971명에 이르던 악생·악공의
숫자가 병자호란 이후에 619명으로 352명이나 감소되었다고 한다. 특
히 아악을 담당하는 악생의 숫자가 399명에서 190명으로 현격히 줄었
고, 아악 중 헌가악 연주는 124명 규모이던 것이 병란 직후(1643년) 22명
으로 크게 축소된다.[30) 아악을 담당하는 악생의 숫자가 현격하게 줄었
고, 아악의 규모가 6분의 1 정도로 축소되었다는 것은, 여러 악 가운데
중시돼야 할 아악조차 경시되었다는 의미이다. 물론 아악기를 산실했기
때문이다. 그러나 이러한 궁중음악의 하향 추세는 전란으로 인해 악공
이 줄고 악기가 산실된 이유만은 아닐 듯하다.

　　조선조 후기는 '예'를 강조하고 악을 상대적으로 소홀히 취급한 것은
아니었을까. 조선 후기는 예를 지나치게 강조하고 예법 문제로 많은 논
쟁을 벌였음은 주지의 사실이다. 앞에서 인용한 『예기』에서 보았듯이
예라는 것은 폐백이나 제물을 정성스럽게 함이 아니고 백성이 왕을 공
경하고 왕이 백성을 공경하는 인간 관계, 즉 상하의 질서를 바로잡는
데에 있다고 했다. 그 근본을 버리고 말단과 형식에만 매달리고 있었으
니 본질적인 예의 정신을 상실한 것이다. 조선 후기 숙종조와 영조조에
악기도감을 만들고 잃어버린 악기를 새로 만드는 노력을 기울이지 않은
바는 이니다. 하지만 그 제작 결과는 미미하다. 악의 명맥이 유지되었다
하더라도 악의 정신은 상실하였던 것 같다. 악은 민풍을 순화시키고 민
심을 수습하여 통치질서를 바로 세우는 근간인데, 이런 문제를 소홀히
한 흔적이 역력하기 때문이다. 결국 예악의 본질을 버리고 말단과 형식
에만 치우쳤기 때문에 정치가 피폐해졌던 것이고, 허물어지는 중세를
형정으로 수습하려 했지만 삼정의 문란이 가속화되고 빠지고 정작 민심
의 이반을 바로잡지 못했다. 조선 중기 사림파에 이어 조선 후기 실학과

───────────

30) 송방송, 앞의 책, 377-381쪽.

문인은 예악을 중시하였고 『시경』의 시정신에 충실하였지만, 정치적 개혁을 이루는 데까지는 미치지 못하였다.[31] 조선조의 몰락은 예악을 소홀히 한 때문이다.

조선 후기 국가 통치에 예악사상을 중시하지 않았던 점은 그 말단을 통해서도 여실히 증명된다. 악을 정비한다는 것이 율려를 근간으로 하여 도량형을 세우고 국가 경제질서를 바로잡는 데 있음은 앞에서 밝힌 바이다. 율려는 규구(規矩)이고 악은 방원(方圓)이라 했다. 정확한 원과 사각형을 그리는 데 자와 컴퍼스가 필요하듯이 악을 마련하기 위해서는 율려가 근본이 된다. 이 율려를 근간으로 율관을 만들고 이 율관의 길이를 자로 삼아 도량형이 정비된다. 도량형을 정확하게 시행하고 이를 경제행위의 근간으로 삼고, 세금을 거두는 척도로 삼는다면, 민생이 안정되고 국가질서가 바로잡힐 것이다. 그런데 이 도량형이 여러 차례의 전란으로 거의 유실되어, 영조대에 새로이 복원하는 노력을 기울였건만 실효를 거두는 데에는 미치지 못한 듯하다. 여러 차례 전란으로 다수의 악기가 산실되고, 도량형조차 유실되는 데 이르니 악이 위축되고 경제질서가 허물어지게 되었다. 이러니 악을 통해 민심을 바로잡고 민생을 살핀다는 근본적인 악의 정신이 사라져 결국 통치질서가 허물어진 것이다.

조선 후기의 실정(失政)을 논하는 데 있어 중시해야 할 점이 바로 예악의 실종이다. 우리가 20세기에 서구적 문명을 토대로 근대국가를 만들며 경제적 도약을 하였지만, 정신적 풍요는 고사하고, 통치세력과 민심의 갈등과 반목 속에서 정치적 허무감까지 경험하였다. 정치적 안정과 계층 통합은 서구적 근대정신을 숭배한다고 이루어지지 않는 것 같

---

31) 다산 정약용의 악론(樂論)이나 시경론은 그런 의미에서 중요하다. 다산은 서인들과 달리 원시유학에서 통치의 기강을 찾으려 했고, 악의 효용성을 알고 있었다. 앞으로 조선 후기 예악을 소홀히 하는 현실정치를 바로 잡으려 노력했던 다산의 악론에 대해 재조명할 필요가 있을 것이다. 이는 정치·경제적 측면에서 대단히 중요한 함의를 갖고 있다.

다. 주체적인 민족정신을 갖고 민족의 대화합을 꾀하기 위해서는 우리
가 잃었던 예악의 정신을 회복해야 한다. 이 예악은 근대 우리 삶에 과
연 무엇인가.

6. 예악의 근대 수용

1) 현대에 논해지는 유학의 문제점

조선조 예악을 논하기 앞서 주목할 바는 유학이다. 유학, 구체적으로
는 주자학을 조선조 지배 이념으로 수용하고, 예악을 이념 실현의 구체
적 방안으로 여겼다. 조선조 500여 년을 지탱한 유학에는 공과 과가 있
다. 500년을 지탱한 저력을 지나치게 강조하면 유교적 봉건성에 집착하
여 근대 역사발전의 의미를 무시하게 될 것이다. 500년을 한꺼번에 전
근대적 봉건성의 지속이라 폄하하고 청산해야 할 역사라고 몰아세우는
것도 온당치 않다. 우리는 19세기 말 외세의 침탈과 20세기 초 일제의
강점에 능동적으로 대처하지 못한 역사에 대해 반성해야 하고 이런 결
과를 낳게 한 19세기의 역사 전반에 대해 비판해야 할 것이다. 조선 전
기를 지탱한 주자학이 임병양란 이후 서서히 그 모순을 드러내자, 주자
학의 폐단을 실학정신으로 대체하며 마련된 18세기 문예부흥과 자생적
근대의 움직임은 19세기에 들어 지속되지 못한다. 외척의 세도정치가
그런 탈중세적 역사의 흐름을 저지시켰다. 그리고 경직된 유교 이념을
앞세워 형식적인 예(禮)만 강조하는 사회가 되었다. 상하의 질서를 완화
시키고 민심을 어루만지는 악(樂)의 정신은 실종되고 말았다.

조선조 멸망과 식민화의 원죄는 19세기 조선조의 역사에 있다고 할
수 있다. 하지만 우리는 20세기 민족의 비극을 원망하며 그 원인을 조선
조 500년에 돌리고 있다. 500년 역사가 전부 파탄의 점철이고, 그 내부

에는 주자학이 있었다고 한다. 그래서 500년 역사의 파탄과 파행과 퇴보의 원흉은 주자학이라고 지목하고 이를 비판·부정하기 일쑤이다. 현재의 잘못된 점을 검증하기 위해서 과거를 돌아보고 반성하는 것은 옳은 일이다. 그러나 과거 역사 모두를 부정하고 민족의 자발적 능력을 묵살해버리는 것은 지나친 자학이다. 우리는 일제의 식민사관과 미 제국주의의 서구적 근대교육을 거치며, 철저하게 우리 것을 버리는 연습을 해 왔고 남의 것을 무조건 받아들이는 무모한 행진을 계속하고 있다. 이 자학의 역사를 반성해야 한다.

삶은 변화한다. 어떤 것도 멈추어 정지할 수 없다. 정지하면 고여 썩게 된다. 변화하는 삶만이 살아남을 수 있다. 그러나 자기를 토대로 남의 것을 받아들여야 한다. 전통을 근간으로 외래를 수용해야 활력을 지닌다. 과거 긴 민족의 역사 동안 우리는 남의 문화와 문명을 능동적으로 받아들이는 유연성을 지니고 있었다. 자기의 것에 집착하지 않고 남을 받아들이는 이 유연성 때문에 우리는 외세의 침탈을 막아내고 민족의 정통성을 지킬 수 있었다. 당시 중국은 세계의 중심이었고 중국에서 들어온 문물은 세계질서였다. 이것을 거부하면 결국 중국의 문명에 현격한 차이로 뒤떨어지게 되어 중국의 먹이가 될 수 있었다. 그런데 조선은 이를 적절하게 받아들이며 자기 것에 착근시켰다. 자신의 국체를 근본으로 하여 남의 문화를 받아들이는 주체적 수용태도였다. 이를 거부한 중국 주변의 민족들은 모두 중국에 동화되고 지배당하였다. 우리는 중세 세계질서에 적절히 대응한 결과 민족과 문화와 언어를 지킬 수 있었다.

그런데 지금의 우리 민족은 자기를 버린 채 남을 받아들이는 것이 아닌지 반문해 보아야 한다. 21세기적 전망을 갖는 방법은 자기의 정체성을 명료하게 확인하는 데서 비롯될 것인데, 서구적 근대를 한 몸으로 실천하는 서구화된 한국을 우리의 정체성으로 결론지을 수는 없는 것 아닌가.

우리는 민족의 지난 역사를 들여다보고 그곳에서 우리의 정체성을 찾아야 한다. 꼭 과거에만 매달리는 것이 아니라 과거에서 현대에 이르는 지속적인 역사인식을 가져야 할 것이다. 우리에게 가장 가까운 과거, 조선조 500년을 객관적으로 성찰해야 한다. 일제의 식민사관에서 벗어나고, 근대 학문을 이끌어갔던 서구적 시각의 폭력성에서 벗어나야 한다. 이 두 시각이 마련된 과정은 어떤 것이던가. 우선 식민사관과 신식민사관이 형성된 근거부터 살펴야 할 것 같다.

첫째 일제 식민사관의 형성 배경이다. 일제는 갑오농민전쟁에 개입하고 청과 주도권 다툼을 벌여 여기에서 승리한다. 그후 갑오개혁을 조종하고 서서히 조선 침탈의 준비를 시작한다. 일제는 전국적인 민속조사를 통해 민족의 공동체 의식을 깰 수 있는 방안을 찾는다. 당시까지도 조선은 마을 단위의 당제(堂祭 혹은 대동제)라는 신앙공동체를 중심으로 주민들이 결속력을 지니고 있었는데, 일제는 이 당집을 파괴하고 무속과 민간신앙을 미신으로 규정하며 이를 철저히 배격한다.

한편 19세기 말 유림들의 척사론은 반일·반외세의 경향을 띠다가 의병운동으로 발전된 후 철저한 반일 노선을 걷게 되는데, 이 의병활동이 일제에 의해 패퇴한다. 그 후 일제는 유교를 단죄하기 시작하며 '유교망국론'을 들고 나온다. 이 유교망국론은 '조선 멸망에 대한 해답을 추구하던 이에게 효과적인 설명 방법'[32]으로 받아들여졌다. 일제는 지배계층의 이념인 유교와 민중의 이념인 무속·민간신앙의 장을 철저히 짓밟고 비판함으로써 식민지배를 공고히 하게 된다. 종교를 지배함이 민족의 정신을 지배하는 데까지 이른다는 사실을 보여 주었다.

둘째, 서구 제국주의 신식민 사관의 형성 배경이다. 그 주도적 실체는 물론 미군정이었다. 우선 일제가 주도했던 무속과 민간신앙에 대한 미

---

32) 장석만, 「돌이켜 보는 '망국의 종교'와 '문명의 종교'」, 『전통과 서구의 충돌』, 역사비평사, 2001, 203쪽.

신타파운동이 근대 기독교에 의해 이어진다는 점이다. 물론 유교적 이념이 지배하던 조선조에서부터 무속은 음사(淫祀)로 지탄받아 온 것이 사실이다. 그러나 일제는 유교가 행하던 음사 탄압과는 전혀 다른 차원에서 민족 말살정책의 일환으로 무속·민간신앙의 장을 배격하였고, 이것은 새로운 종교인 기독교를 교두보로 한 미군정의 식민화로 이어진다. '개신교의 미신타파 운동은 조선시대에 '음사' 규제와는 비교될 수 없을 만큼의 치밀함과 조직성을 지니고 '미신'을 통제해 나갔다는 점에서 차이를 보인다'[33]고 하겠다.

전통적 질서를 떠받쳐온 이념으로서의 유교가 철저하게 반동적인 것으로 비판된 것은 서구적 세계관에 침식당한 한국 지식인에 의해서였다. 그들은 진보와 발전이 전통 파괴와 극복을 통해서만 가능하다고 여기고 유교를 비판하여 왔다. 여기 한국 지식인의 진보적 사관이란 것에 대해 소개한다.

> 자신의 전통을 부정하게끔 하고 그것을 긍정하는 것은 보수적이고 반동적인 것으로 간주하도록 하는 서구 사회과학의 사관이야말로 오리엔탈리즘의 전형이며 극치이다. 서구의 독특한 역사와 경험에서 도출한 역사철학과 사회과학의 이론을 무비판적으로 수용하여 한국의 과거와 현재에 적용시키면서 오히려 전통사회의 긍정적인 측면을 부각시키고 현대사회 속에서 전통이 순기능을 하는 점에 천착하는 것을 비판해야 하는 것이 오늘날 한국의 불행한 지식인상이다. 자신의 문화와 전통사상 속에서 발전과 진보의 동력을 찾고 미래의 지향점을 모색하는 것을 의심의 눈초리로 바라보도록 학문적 훈련을 받은 뿌리 없는 지식인이 한국의 '진보적' 지식인 상이다.[34]

우리의 지식인들에 의해 우리의 전통은 철저하게 비판되고, 우리의

---

33) 장석만, 위의 논문, 197쪽.
34) 함재봉, 「아시아적 가치 논쟁의 정치학과 인식론」, 『전통과 현대』 1998년 가을호, 235쪽.

전통 속에서 발전의 가능성을 찾는 지식인을 의심의 눈초리로 바라보고 그 견해를 보수와 반동으로 몰아왔던 상황을 통박하고 있다. 우리는 일제시대를 전후하여 유입된 서구의 이데올로기와 종교 그리고 문화와 예술 등의 제반 요소를 척도로 삼았고, 만일 민족적인 척도로 민족사와 민족문화를 평가하는 견해가 나타난다면 이는 진보적 지식인으로부터 '보수반동이나 극우 또는 국수주의자로 비정되어 비난의 대상'35)이 되었다. 한국 지식인의 신사대주의 혹은 자학적 사관에 대한 적절한 비판이다. 과거 일제 식민상황에서는 친일파가 앞장섰지만 이제는 어엿한 독립국가의 지식인이 신식민 사관에 앞장서고 있다. 그러니 우리가 학문적·사상적으로는 외세에 속박되어 있음을 의미하지 않는가. 조선조 500년을 지탱한 사상을 한 칼에 중세 보수요, 나라를 망친 원흉으로 몰아세우는 이 단순명료함에 우리 스스로가 놀랄 지경이다. 이처럼 유학은 중세 질서로 고착되고, 한물 간 이념이나 전근대적 이념으로 치부되었다. 그 유교 비판의 주역은 우리였다. 마르크스적 계급사상 아니면 우파적 자유주의 사상을 통해 바라본 것만을 진보와 발전으로 여긴 서구 편향적 의식의 결과이다.

2) 유학의 근대적 수용 방안

근내 사회의 특징 가운데 하나는 법치주의이다. 유학의 여러 문제점이 노출되고 있고, 실제로 유학 속에 근대적 의미의 법치 전통이 미약하였기 때문에 동아시아 국가들이 근대적 출발이 더뎠고 근대 국가를 마련하는 데에 많은 진통을 겪었다. 동양에는 인치(人治)의 전통이 뿌리 깊은 반면 법제(法制) 제도는 통치의 중요한 수단이 되지 못했다. 신의·상호존중·관용이란 다소 애매한 덕목으로 통치수단을 삼았다는 비판

35) 이민홍, 『한국 민족예악과 시가문학』, 성균관대학교 대동문화연구원, 2001, 9쪽.

도 있다. 하지만 동양에서는 항산(恒産)이 있으면 항심(恒心)이 생겨나고, 그 다음 아이들을 학교에 보내 예를 배우게 하면 사회성이 갖추어진다고 했다. 경제적·교육적 여건이 갖추어져서 각 개인이 도덕적·윤리적 자각이 가능해진다고 했으니, 이러한 전통적 유교의 견해는 현대 민주주의 사회에서도 여전히 타당성이 있다고 할 수 있다.36) 이광세는 근대 서양의 법치주의와 자유민주주의 사상은 서양 중세기의 절대주의적이고 획일적인 사회질서에 대한 반동의 일환으로 보면 비교적 정확하다고 하고, 절대주의가 현저하지 않았던 동아시아에서는 관용과 사회의 조화가 일상생활의 일부로 간주되었기 때문에 전통유교 사회가 법치주의를 실현하는 데 큰 장애는 없다고 강조한다.37) 그가 강조하는 중요한 덕목이 도덕적·윤리적 자각이다.

한편 유학에는 민주주의의 전통이 빈곤하다고 한다. 그러나 유학의 중요한 덕목인 상의와 타협, 그리고 상호관계의 윤리에 의해 민주주의가 성공할 수 있다. 미국이 내세우는 청교도적 윤리의 제1 황금률은 '내가 당하기 싫은 일은 남에게도 하지 말라'인데 이는 유학의 '자기가 하고자 하지 않는 것을 남에게 하지 말라(己所不欲 勿施於人)'과 통한다. 미국 민주주의의 정신이 유교의 관용 정신과 상통한 점을 단초로 삼아, 유교가 민주주의에 접합할 수 있는 요소를 찾아 볼 수 있을 것이다. 뚜 웨이밍(杜維明)은 동양인이 지니고 있는 '마음의 유교적 습성'이 민주화 과정에서 적극적 요소로 작용할 수 있다고 하여 다음의 덕목을 들고 있다.

　　학문의 본질적 가치에 대한 인정

---

36) 이광세, 『동양과 서양 두 지평선의 융합』, 길, 1998, 78쪽.
37) 이광세, 앞의 책, 79쪽. 관용과 조화의 근거로서, 유교는 과거 다른 전통들과 평화적으로 공존하고, 유학자가 불교나 도교에 눈길을 돌려도 이상하지 않았던 점을 들고 있다. 물론 상대적으로는 그렇지만, 조선조 유교의 경우 철저하게 불교를 배척한 일면도 있다. 그러니 그 관용과 조화를 유교 내부정신에서 찾아야 옳을 듯하다.

유기적 인간관계
신용과 신의에 기반을 둔 공동체로서의 사회
개인적 이익과 공동선의 조화
도덕의식
문화적 엘리트의 사회적 책임[38]

서양은 개인의 자유에서 파생되는 문제점이나 자본주의가 지닌 폐해, 과다한 소비와 자연 파괴 등을 경험한 결과, 그들이 만들어 낸 근대성의 모순을 반성하고 있다. 그리고 동아시아의 전통적 가치관과 문화에 관심을 갖고 이를 근대성 극복 대안으로 생각하고 있다. 그런데 동아시아는 자기의 전통을 상실하고 서구의 모순을 되풀이하려 하고 있다. 탈근대의 새로운 길 찾기가 필요하고, 그 대안을 유교에서 마련하고, 그 핵심을 예악에 두어야 한다는 것이 이 글이 지향해온 목표이다.

에스노센트리즘(ethnocentrism) 즉 누구나 어떤 구체적인 문화 전통에 속하며 거기서 출발한다는 로티의 용어를 출발점으로 삼아, 우리의 근대적 삶의 과제와 새롭게 지향할 목표를 우리의 유학 전통에서 찾아야겠다. 자기 자신의 문화 전통을 잘 이해하지 못하면, 다른 문화를 이해하고 자기 문화와 비교해서 다른 문화의 상대적 가치를 평가하기 힘들다.[39] 당연한 논리인데도 우리는 너무 많은 것을 버리고 서구화하는데에만 골몰했다. 이제 돌아가 우리 전통에서 그 근대적 대안을 찾고자 한다. 모든 문화가 사라지고 서구문화만 존재하거나, 모든 문화가 서구화한다면, 서구문화는 자기를 비춰 볼 거울을 잃게 되고 자기의 상대적 가치를 판별할 수 없게 된다. 그런 이유 때문에서라도 전 세계가 서구문화로 획일화되는 것을 막아야 한다. 서구를 비출 거울로서의 동양, 서구

38) Tu Wai-ming, Confucian Tradition in East Asian Modernity(Cambridge, Mass./London, England: Harvard University Press, 1996), 343쪽.
39) 이광세, 앞의 책, 93쪽.

의 문제점을 해결해 나가는 대안으로서의 동양, 그 동양의 가치를 유교
와 예악에서 찾아보아야 할 것이다.

3) 예악의 근대적 수용 방안

유교의 핵심은 예악에 있다. 유교를 이념으로 한 조선조의 통치는 예
악사상에 근거한 것인데, 우리는 주자학의 관념론적·철학적 담론에만
몰두하고 있다. 조선조 정치사회 연구의 초점을 '예학'에만 둔 경우도
있는데 잘못이다. '악(樂)'도 예와 같은 비중으로 중시해야 한다. 이런
폐단은 악을 음악이나 문학의 영역 정도로만 생각한 서구적 지식 때문
이다. 예악은 문학과 음악의 영역을 포함하여 정치·예술·문화에 이를
만큼 그 함의가 크다.

예가 질서의 구축이라면 악은 계층의 통합을 의미하며 이 둘은 서로
항려(伉儷)의 관계에 놓인다. 근대의 법치(法治)에 유교의 덕치(德治)를
가미하여 치도를 만들고, 민생 조화의 민족악으로 치도를 보완한다면
새로운 통치체제도 가능하리라 본다. 형정(刑政) 위주의 법치주의를 예
악 위주의 덕치주의로 두텁게 하고, 유교적 예에 우리의 전통적 종교이
자 현재적 종교인 무교적·도교적·불교적·기독교적 종교 의식을 통
합한 새로운 예의 개념이 출현한다면, 문명충돌로 야기되는 세계사적
불안도 극복하고 상생(相生)의 치도를 마련할 수 있을 것이다. 베풀고
갚는 일이 예악이다. 예악은 관계의 가장 아름다운 모습이다.

예란 자기 수양을 통해 인격을 도야하고 학문을 연마하여, 사회의 일
원으로 정립되는 방식을 의미한다. 핑카렛은 자율적 개인이 어떠한 개
념 체계에도 구속됨이 없이 자유로운 선택을 할 수 있다는 가정에 불안
감을 표시한 뒤, 공맹(孔孟) 사상의 예(禮)의 개념으로 관심을 돌려 좀더
현실성 있는 대안을 모색한다. 그는 유교 전통에서 말하는 예를 사람들

이 자연스럽게 그 안에서 거동할 수 있는, '이미 검증을 거친 사회 관습과 관행의 역사적 테두리'라고 정의한다.[40] 인간이 사회 관습과 관례를 배우는 과정을 유학의 '극기복례(克己復禮)'에서 찾을 수 있다. 이는 서구의 극단적 개인주의에서 비롯된 가치 부재와 사회 위기의 극복 대안이 될 것이다. 유학의 예는 근대 사회의 도덕적 덕목이 될 수 있고 사회 통합의 원리, 국가 통치의 원리로 확장될 수 있을 것이다.

격물·치지·수신·제가·치국·평천하(格物 致知 修身 齊家 治國 平天下)의 덕목 속에는 인식적·윤리적·실천적 요소가 있고 이것은 예악을 지향한다고 했다.[41] 이때 악은 진선미를 하나로 포괄하는, 즉 인식적-윤리적 요소가 동시에 매개된 미적-표현적 요소라 할 수 있다. 음악을 음향적·물리적 재료만으로 보지 말고 인간과 자연과 사회를 매개하려는 관점으로 살펴야 한다. 서구가 진선미를 분리된 것으로 생각하는 속에서 음악을 인간과 자연과 사회로부터 분리시켜 미적 자율성만을 추구하는 반면, 동양에서는 진선미를 통합해 인식하였고 삶과의 연관성 속에서 파악하였다. 우리는 앞으로 악이 지닌 '인식적-윤리적-실천적-미적' 요소를 통합적으로 보는 시야가 필요하다.

윤리적 판단과 미적 판단이 동일한 지평에 놓여 있다는 것은 '그 행위가 아름답다'라는 표현에서 읽을 수 있다.[42] 이러한 미를 근대 초극의 한 가능성으로 심을 수 있을 것이다. 자본과 과학기술의 토대 위에 서 있는 서구 미학을 뛰어 넘는 방식이 '윤리적-미적' 요소의 통합적 인식

---

40) Herbert Fingarette, Confucius—The Secular as Sacred(New York/Hagers town/San Fransisco/London: Harper & Row Publishers, 1972) 이광세, 앞의 책, 45쪽.
41) 노동은, 「음악, 한반도에서 그 갈등의 언어성(1)」, 『한국음악사학보』 제5집, 한국음악사학회, 1990. 이소영, 「서양음악의 수용과 전통음악의 변화」, 『전통과 서구의 충돌』, 역사비평사, 2001 참조.
42) 구모룡, 「근대성과 미적 초극의 방안」, 『문학사상』 344호, 문학사상사, 2001년 6월, 63쪽.

이고, 이 미의식이 파국을 향해 치닫는 근대성에 대한 대안이 될 수 있을 것이다. 그 매개는 〈악〉이다.

마지막으로 악의 실천적 측면을 논하고자 한다. 악은 율려(律呂)를 근간으로 하고 율려는 바른 음을 만들기 위한 바탕 원리이다. 이 율려를 바탕으로 율관이 제작되고 이어 모든 악기의 음이 구비된다. 우리 악에서의 궁상각치우란 군신민사물(君臣民事物)의 운용을 의미하는데, 통치자와 관료와 시민과 생업과 국가 경제의 바른 실천과 실현을 추구한다. 즉 각각의 소리를 바로 잡는다는 것은, 각 음이 상징하는 바의 계층의 질서와 인간관계를 올바르게 원활하게 하는 것이다. 그래서 정치·경제·사회질서의 총체성을 의미한다. 그리고 바른 음의 구체적 실현체인 율관의 길이로 자(尺)을 만들어 도량형을 정비하고, 경제체제를 바로잡는다. 정확한 잣대로 정확한 물가를 정하고 정확한 세금을 거두는 근간이 마련될 수 있다.

악은 우주·자연·만물과 사회질서의 유기체적 관계 속에서 그 조화를 만들어내는 매개체에다. 사회질서를 위해서는 자연 재앙의 조짐을 겸허하게 받아들여야 하고, 자연파괴를 막기 위해서는 통치자에서부터 사회 지도급 인사, 일반 시민에 이르기까지의 근신과 소비 억제가 필요하고, 자연으로부터 만들어내는 온갖 소비재를 절약함으로써 인간과 자연의 조화로운 공간을 만들 수 있을 것이다. 아울러 자연과의 조화를 염두에 둔 '지속 가능한 개발'을 통해 환경파괴에서 비롯되는 재앙을 미리 차단할 수 있을 것이다. 악은 인간과 자연을 상보적 관계로 설정하기 때문이다.

악의 말단에는 악기와 악가(樂歌)가 배열되어 있는데, 기존의 악가에 서구에서 들어온 근대적 악가를 결합하여, 동서악의 조화를 통한 새로운 민족악을 만들 필요가 있다. 이를 통해 민족의 심성을 조화시키고, 상하·노소·남북 통합의 악을 구축해야 한다. 동서의 율려를 포용하는 원리에 기초를 두고 음악문화와 문학문화[43]를 새로이 구상해야 할 때이다. 서구적 율려에 의해 지배되는 우리의 음악 풍토에 전통의 가락을 접목시켜 민족적 율려를 정립시켜야 한다. 그리고 가락에 얹는 사설에 민족적 정서가 담겨 있음을 주목하고. 그 전통문화적 언지성(言志性)을 회복하여 민족의 정체성을 확립해 나가야 할 것이다.

---

43) 악을 예악사상의 구현이라는 측면에서만 창작·전승된 것으로 본다면, 용비어천가나 고려 속악인 고려가요는 문학적 관심의 대상이 되기 이전에 정치·철학적 관심의 대상이 되고 말 수도 있다. 악장이란 어느 시대를 막론하고 국가적인 통치질서를 확립할 목적으로 만들어지는 것이고, 이는 엄밀하게 말하면 문학적 관심의 영역에 들기보다는 정치·철학적 관심의 영역에 들기 때문이다. 그러나 악을 문학적으로 고찰해야 함은 물론이고 '예악사상의 구현−통치질서의 구축'이란 측면에서도 접근해야 하는 것은, 중세 악의 성격이 그러했기 때문이다. 이제는 현대의 악도 정치·철학적 관심의 대상이 되어야 한다. 아울러 음악적 측면과 문학적 측면을 함께 고려해야 한다.

참고문헌

〈資料〉

『稼亭集』,

『高麗史』

『古事記』,

『校註 歌曲集』

『槿花樂府』

『東文選』

『毛詩』

『武陵雜稿』

『不憂軒集』,

『三國史記』

『三國遺事』

『三國志』

『世宗實錄』

『惺叟詩話』

『成宗實錄』

『松江原集』

『松江別集』

『旬五志』

『詩經』

『新增東國輿地勝覽』,

『樂記』,

『樂府詩集』

『樂掌謄錄』.

『樂學軌範』

『益齋亂藁』

『洌陽歲時記』

『熱河日記』

『禮記』

『日本書紀』,

『自庵集』

『朝鮮王朝實錄』

『周書』

『中宗實錄』

『增補文獻備考』

『耽羅錄』,

『太祖實錄』

『退溪全書』

『漢書』

『後漢書 』

〈논저〉

가와사키 쓰네유기 외, 『일본문화사』, 혜안, 1994.

강등학, 「원화설화고」, 『성대문학』 21집, 성균관대 국문학과, 1980.

_____, 『한국민요학의 논리와 시각』, 민속원, 2006.

강등학 외, 『한국구비문학의 이해』, 월인, 2000.

강명관, 「고려전기 고려가요의 전승과 시조사의 문제」, 『조선시대 문학예술의 생성
       공간』, 소명, 1999.

강명혜, 「현실안주의 노래로서의 〈청산별곡〉」, 『온지논총』 3, 온지학회, 1997.

_____ , 「〈황조가〉의 의미 및 기능―〈구지가〉·〈공무도하가〉와의 연계성을 중심으
       로―」, 『온지논총』, 온지학회, 2004.

강원도 편, 『강원의 민요』 2, 한림대학교 인문과학연구소, 2002.

강인구 외, 『역주 삼국유사』 1, 이회문화사, 2002.

고미숙, 「19세기 시가사의 시각」, 『19세기 시가문학의 탐구』, 집문당, 1995.

고운기, 『일연과 삼국유사의 시대』, 월인, 2001.

고전국역총서 『해행총재』, 민족문화추진위, 1975.

고정희, 『고전시가와 문체의 시학』, 월인, 2004.

고정옥 , 『조선민요연구』, 수선사, 1949.

구모룡, 「근대성과 미적 초극의 방안」, 『문학사상』 344호, 문학사상사, 2001년 6월.

국립국악원 편, 『한국음악학 자료총서』 3, 은하출판사, 1989.

국사편찬위원회, 『한국사』 2, 탐구당, 1981.

_____, 『한국사』 5, 탐구당, 1996.

『국역 조선왕조실록』.

『국역 증보문헌비고』 악고1, 세종대왕기념사업회, 1994.

권두환, 「시조의 발생과 기원」, 『신편 고전시가론』, 새문사, 2002.

권영철, 「황조가 신연구」, 『국문학연구』 제1집, 효성여대, 1968.

길진숙, 「16세기 초반 시가사의 흐름」, 『한국시가연구』 10집, 한국시가학회, 2001.

_____, 「조선전기 예악론의 추이와 국문시가론 정립양상」, 이화여대 박사논문, 1999.

김기동, 『국문학개론』, 진명문화사, 1980.

김대행, 「고려시가의 문학적 연구」, 『신편 고전시가론』, 새문사, 2002.

_____, 「쌍화점과 반전의 의미」, 『고려시가의 정서』, 개문사, 1985.

김동욱, 『국문학사』(개정4판), 일신사, 1988(1976).

_____, 「안축의 관동별곡과 신흥사대부의 가문학」, 『고려가요연구의 현황과 전망』, 집문당, 1996.

_____, 『고려 후기 사대부문학의 연구』, 상명여대출판부, 1991.

金斗奉, 『제주도실기』, 제주도실적연구사, 1932.

김명준, 「악장가사의 성립과 소재 작품의 전승양상 연구」, 고려대학교 박사학위논문, 2003.

김명호, 「고려가요의 전반적 성격」, 『백영 정병욱 선생 화갑논총』, 신구문화사, 1982.

_____, 「〈청산별곡〉의 속악적 이중성」, 『한국고전시가작품론1』, 백영정병욱선생10주기추모논문집 간행위원회, 집문당, 1995.

김문태, 「三山信仰의 성립과 전개」, 『한국민속학보』 11호, 한국민속학회, 2000.

_____, 『국문학연구와 국어교과교육』, 보고사, 2004.

김병국, 『고전시가의 미학 탐구』, 보고사, 2000.

김봉영, 「황조가의 새로운 이해 : 그 창작의 시기와 문학적 성격」, 『국어국문학』 3, 조선대, 1981.

김상억, 「청산별곡연구」, 『국어국문학』 30, 국어국문학회, 1965.

김석형, 『고대한일관계사』, 한마당, 1988.

김선기, 「한림별곡의 해석적 고찰」, 『한국언어문학』 47집, 한국언어문학회, 2001.

김성기, 「황조가의 연모 대상과 창작시점」, 『고시가연구』 8, 한국고시가문학회, 2001.

김수경, 「고려처용가의 전승과정 연구」, 이화여대 박사학위 논문, 1995.

_____, 『고려처용가의 미학적 전승』, 보고사, 2004.

김승우, 「용비어천가의 성립과 수용·변전 양상」, 고려대학교 박사학위논문, 2009.

김승찬, 『고전시가론』, 방송통신대 출판부, 1993.

_____, 「시가의 발상과 전개」, 『한국문학연구입문』, 지식산업사, 1982.

_____, 『향가문학론』, 새문사, 1986.

_____, 「황조가고」, 『한국상고문학연구』, 제일문화사, 1978.

_____, 「혜성가」, 『향가문학론』, 새문사, 1986.

김승찬·손종흠, 『고전시가론』, 한국방송통신대 출판부, 1993.

김열규, 『시적 체험과 그 형상』, 대방출판사, 1987.

_____, 「한국문학사 기술의 제문제」, 『한국문학사의 현실과 이상』, 새문사, 1996.

_____, 『한국민속과 문학연구』, 일조각, 1971.

_____, 『한국신화와 무속연구』, 일조각, 1977.

김영돈, 『제주도 민요연구』 상, 민속원, 2002.

김영수, 『조선초기시가론연구』, 일지사, 1989.

_____, 「지리산 성모사에 취하야」, 『민속의 연구(1)』, 정음사, 1985.

김영진, 『한국 자연신앙 연구』, 민속원, 1985.

김영호, 「고려가요의 전반적 성격」, 『백영정병욱선생 환갑기념논총Ⅱ』, 1983.

김완진, 「청산별곡에 대하여」, 『고전문학을 찾아서』, 문학과지성사, 1976.

_____, 『향가와 고려가요』, 서울대학교 출판부, 2000.

김용철, 「기행가사 연구위 현황과 과제」, 『한국가사문학연구』, 태학사, 1975.

김인룡, 「한국도작문화에 관한 일고찰」, 『진단학보』 25·26·27합집, 1964.

김유미, 「처용전승의 전개양상과 의미연구」, 부산대학교 박사학위논문, 1998.

김용희, 『예술, 세계와의 주술적 소통』, 책세상, 2000.

김재용, 「청산별곡 재검토」, 『서강어문』 제2집, 1982.

김창룡, 「〈황조가〉의 저변」, 『한성어문학』 제7집, 한성대, 1988.

김창원, 「조선전기 시조사의 시각과 경기체가」, 『한국시가연구』 9집, 한국시가학회, 2001.

김철준, 「동명왕편에 보이는 신모의 성격」, 『한국고대사회연구』, 지역산업사, 1975.

_____, 「백제사회와 그 문화」, 『한국고대사회연구』, 지식산업사, 1975.

_____, 『한국사논문선집』 2(고대편), 일조각, 1976.

김태준, 「일본신유학의 성립과 조선학자」, 『명지대논문집』 8집, 1975.

_____, 『조선한문학사』, 조선어문학회, 1931.

김택규, 「별곡의 구조」, 『고려시대의 언어와 문학』, 형설출판사, 1975.

김쾌덕, 「청산별곡의 내용과 상징성」, 『한국문학논총』 11, 한국문학회, 1990.

김학성, 「가사의 본질과 담론 특성」, 『가사문학의 정체성과 아름다움』(제1회 가사문학 학술대회 요지), 2000.

_____, 「고대가요와 토템적 사유체계 : 〈황조가〉와 그 배경설화의 기호론적 의미」, 『대동문화연구』 22, 성균관대동문화연구소, 1988.

_____, 「고려가요의 작자층과 수용자층」, 『국문학의 탐구』, 성균관대 출판부, 1987.

_____, 「공후인의 신고찰」, 『관악어문연구』 3집, 1978.

_____, 「속요란 무엇인가」, 『고려가요·악장연구』, 태학사, 1997.

_____, 『한국고시가의 거시적 탐구』, 집문당, 1997.

_____, 『한국 고전시가의 정체성』, 성균관대 출판부, 2002.

_____, 『한국고전시가의 연구』, 원광대학교출판부, 1980.

_____, 「향가에 나타난 화랑집단의 문화의미권적 상징」, 『성균어문연구』 30집, 성균관대 국문학과, 1995.

_____, 「향가의 장르체계론」, 『한국 고시가의 거시적 탐구』, 집문당, 1997.

_____, 「〈황조가〉의 작품 성격」, 『한국고전시가작품론』 1, 백영정병욱선생10주기 추모논문집편, 집문당, 1992.

김학주, 『중국문학서설』, 동화출판공사, 1983.

김헌선, 『한국의 창세신화』, 길벗, 1994.

김 현, 「타오르는 불의 푸르름」, 『새들도 세상을 뜨는구나』, 문학과지성사, 1983.

김형규, 『고가요주석』, 일조각, 1984.

김화경, 『일본신화의 연구』, 문학과지성사, 2002.

김흥규, 「고전문학교육과 역사적 이해의 원근법」, 『한국고전문학과 비평의 성찰』, 고려대학교 출판부, 2002.

_____, 「조선후기 사설시조의 시적 관심 추이에 관한 계량적 분석」, 『욕망과 형식의 시학』, 태학사, 1999.

_____, 『한국문학의 이해』, 민음사, 1986.

나카자와 신이치, 『신화, 인류 최고의 철학』, 동아시아, 2003.

남경희, 「생태주의 인문학 서설」, 『열린지성』 10호, 2001년 가을·겨울.

노동은, 「음악, 한반도에서 그 갈등의 언어성(1)」, 『한국음악사학보』 제5집, 한국음악사학회, 1990.

노성환 역주, 『고사기』, 예전사, 1987.
뚜웨이밍, 「유가철학과 현대화」, 『동아시아, 문제와 시각』, 문학과지성사, 1995.
리가원·허경진 역, 『연암 박지원 산문집』, 한양출판, 1994.
문무병, 「제주 민요에 나타난 무가」, 『민요론집』 2집, 민요학회, 1993.
문시규, 『한국한문학』, 이우출판사, 1980.
민긍기, 「원시가요 연구(2)」, 『사림어문연구』 제8집, 창원대 국어국문학회, 1991.
민영규, 『강화학 최후의 광경』, 우반, 1994.
민영대, 「황조가연구」, 『숭전어문학』 5, 숭전대, 1976.
민 찬, 「〈청산별곡〉 3연의 새와 학무」, 『한국언어문학』 66, 한국언어문학회, 2008.
박경신, 「고전시가와 무가의 관계」, 『한국고전시가사』, 집문당, 1997.
＿＿＿, 「대국과 별상굿 무가」, 『울산어문논집』 8집, 울산대 국어국문학과, 1992.
＿＿＿, 「대국의 쟁점과 작품이해의 기본방향」, 『한국고전시가작품론1』, 집문당, 1992.
박경신·김헌선, 「무가의 이해」, 『한국 구비문학의 이해』, 월인, 2000.
박경주, 『경기체가연구』, 이회문화사, 1996.
＿＿＿, 「한림별곡의 연행방식과 향유층」, 『한국고전시가작품론1』, 집문당, 1992.
박노준, 『고려가요의 연구』, 새문사, 1990.
＿＿＿, 『신라가요의 연구』, 열화당, 1982.
＿＿＿, 「이세보의 관료비판과 위민의식」, 『조선후기시가의 현실인식』, 고대 민족문화연구원, 1998.
＿＿＿, 「〈청산별곡〉의 재조명」, 『고려시대의 가요문학』, 새문사, 1982.
＿＿＿, 『옛사람 옛노래 향가와 속요』, 태학사, 2003.
박성래, 「한국의 과학사상사 - 시험적 서론(14)」, 『과학사상』 제16호, 범양사, 1996년 봄.
박영주, 「송강시가의 정서적 특질」, 『한국시가연구』 5집, 한국시가학회, 1999.
＿＿＿, 『고집불통 송강평전』, 고요아침, 2003.
박요순, 「정철과 그의 시」, 『송강문학연구』, 국학자료원, 1993.
박호원, 「한국 공동체 신앙의 역사적 연구」, 한국학대학원 박사논문, 1997.
박희병, 「조선후기 가사의 일본체험, 일동장유가」, 『한국고전시가작품론』 2, 집문당, 1992.
변성구, 「제주도 서우젯소리 연구」, 제주대학교 교육대학원 석사학위논문, 1986.
변성구, 『제주민요의 현장론적 연구』, 민속원, 2007.
서대석, 「고려 처용가의 무가적 검토」, 『한국고전시가작품론1』, 집문당, 1992.

_____, 「무가」, 『한국민속대관』 6, 고려대 민족문화연구소, 1982.
_____, 「제석본풀이 연구」, 『한국무가의 연구』, 문학사상사, 1980.
서수생, 『국문학사』, 문리당, 1965.
_____, 『한국시가연구』, 형설출판사, 1974.
서재극, 「여요주석의 문제적 분석」, 『어문학』 19집, 1968.
서철원, 「진평왕대 혜성가와 서동요 비교」, 『고전문학연구』 30집, 한국고전문학회, 2006.
_____, 『한국 고전문학의 방법론적 탐색과 소묘』, 역락, 2009.
성기옥, 「'감동천지귀신'의 논리와 향가의 주술성 문제」, 『임하 최진원박사 정년논총』, 대한, 1991.
_____, 「공무도하가 연구」, 서울대 박사학위논문, 1988.
_____, 「구지가 형성의 문화기반과 역사적 양상」, 『한국고대사논총』 2집, 한국고대 사회연구소, 1991.
_____, 「상고시가」, 『한국문학개론』, 새문사, 1992.
_____, 「악학궤범과 성종대 속악 논의의 행방」, 『시가사와 예술사의 관련양상』, 보 고사, 2000.
_____, 『한국시가 율격의 이론』, 새문사, 1986.
_____, 「헌화가와 신라인의 미의식」, 『한국고전시가작품론』 1, 집문당, 1992.
성무경, 『조선후기, 시가문학의 문화담론 탐색』, 보고사, 2004.
성은구 역주, 『일본서기』, 정음사, 1987.
성현경, 「청산별곡고」, 『국어국문학』 58-60합호, 국어국문학회, 1972.
_____, 「청산별곡의 '에정지'에 대하여」, 『한국시가의 유형과 양식연구』, 영남대학 교출판부, 1995.
_____, 「한림별곡 창작시기 논변」, 『한국시가의 유형과 양식연구』, 영남대 출판부, 1995.
_____, 『고려시대 시가연구』, 태학사, 2006.
소재영, 「일동장유가 연구」, 『국문학논고』, 숭실대출판부, 1989.
손락범, 「향가」, 『국문학개론』, 우리어문학회, 일성당서점, 1949.
손오규, 『퇴계시가예술연구』, 제주대 출판부, 2002.
_____, 『산수문학연구』, 제주대 출판부, 2000.
송방송, 『고려음악사 연구』, 일지사, 1988.
_____, 『한국음악통사』, 일조각, 1984.
송재주, 「청산별곡의 '에정지'에 대하여」, 『국어교육』 39, 40, 한국국어교육연구회,

1981.

신동욱, 「청산별곡과 평민적 삶의식」, 『고려시대의 가요문학』, 새문사, 1982.

_____, 「한국 서정시에 있어서 현실의 이해」, 『민족문화연구』 10호, 1976.

신연우, 「'제의'의 관점에서 본 유리왕 황조가 기사의 이해」, 『한민족어문학』 41, 한민족어문학회, 2002.

신재홍, 「향가에 나타난 정치의 이념과 현실 - 도솔가·안민가·원가를 대상으로」, 『고전문학연구』 26집, 한국고전문학회, 2004.

_____, 「혜성가의 역사적 배경」, 『한국시가연구』 16집, 한국시가학회, 2004.

안병준, 「청산별곡 소고」, 『국문학』 제1집, 공주사대, 1949.

안진태, 『신화학 강의』, 열린책들, 2001.

양영자, 『제주민요의 배경론적 연구』, 민속원, 2007.

양태순, 『고려가요의 음악적 연구』, 이회문화사, 1997.

_____, 『한국고전시가의 종합적 고찰』, 민속원, 2003.

양희철, 「향가 감동론의 '능감동천지귀신' 연구」, 『어문연구』 32집, 어문연구학회, 1999.

_____, 「향가의 주가성을 다시 생각해 본다」, 『한국시가연구』 8집, 한국시가학회, 2000.

_____, 『삼국유사 향가 연구』, 태학사, 1997.

엄국현, 「고대사회의 의례와 가요」, 『죽전 장관진교수 정년논총』, 세종출판사, 1995.

여기현, 『신라 음악상과 사뇌가』, 월인, 1999.

유창돈, 『이조어사전』, 연세대학교출판부, 1964.

윤광봉, 「고려시대의 연극고」, 『한국문학』 6·7집, 동국대 국문학과, 1984.

윤성현, 「처용가의 변전과 문화사적 의미」, 『열상고전연구』 11집, 열상고전연구회, 1998.

_____, 『속요의 아름다움』, 태학사, 2007.

_____, 『후기가사의 흐름과 근대성』, 보고사, 2007.

윤영옥, 『고려시가의 연구』, 영남대학교출판부, 1991.

_____, 「유리왕 유리와 황조가」, 『한국고시가의 연구』, 형설출판사, 1995.

윤철중, 「사소신화의 성립에 관한 고찰」, 『비교어문연구』 제7집, 비교어문학회, 1996.

윤철중, 「서동요 신고찰」, 『신라가요의 기반과 작품의 이해』, 보고사, 1998.

_____, 「정석가고」, 『고려가요 연구의 현황과 전망』, 집문당, 1996.

_____, 「정석가연구」, 『상명여대 논문집』 제10집, 1982.

_____, 「회소곡과 사소신모의 직라」, 『임하 최진원교수 정년논총』, 대한, 1991.

이가원, 『조선한문학사』, 삼화출판사, 1973.

_____, 『한국한문학사』, 보성문화사, 1979.

이경수, 「황조가의 해석」, 『한국문학사의 쟁점』, 집문당, 1986.

이광세, 『동양과 서양 두 지평선의 융합』, 길, 1998.

이규호, 『한국고전시학론』, 새문사, 1985.

이기문, 『국어사개설』, 민중서관, 1975.

이기백, 「신라오악의 성립과 그 의의」, 『신라정치사회사연구』, 일조각, 1974.

_____, 『한국사신론』, 일조각, 1978.

이능우, 『고전시가논고』, 선명문화사, 1966.

이도흠, 「〈도솔가〉의 화쟁시학적 연구」, 『고전문학연구』 8집, 한국고전문학회, 1993.

_____, 「향가 텍스트와 서사맥락의 합일 문제」, 『한국시가연구』 13집, 한국시가학회, 2003.

_____, 『신라인의 마음으로 삼국유사를 읽는다』, 푸른역사, 2000.

이명구, 『고려가요의 연구』, 신아사, 1974.

_____, 「고려속요론」, 『성대문학』 제2집, 1956.

이명선, 『조선문학사』, 조선문학사, 1948.(『조선문학사』, 범우사, 1990.)

이민수, 『예기』, 혜원출판사, 1995.

이민홍, 「중세가요와 제천」, 『도남학보』 12집, 도남학회, 1990.

_____, 『한국 민족악무와 예악사상』, 집문당, 1997.

_____, 『한국 민족예악과 시가문학』, 성균관대 대동문화연구원, 2001.

이상일, 『민족심상의 예능학』, 시인사, 1984.

_____, 『축제의 정신』, 성균관대출판부, 1998.

이성후, 「일동장유가 연구」, 효성여대 박사학위논문, 1989.

이성훈, 『해녀의 삶과 그 노래』, 민속원, 2005.

이소영, 「서양음악의 수용과 전통음악의 변화」, 『전통과 서구의 충돌』, 역사비평사, 2001 참조.

이승명, 『고려시대의 언어와 문학』, 형설출판사, 1976.

이승훈, 『문학과 시간』, 이우출판사, 1983.

_____, 『시론』, 고려원, 1979.

이연숙, 『신라향가문학연구』, 박이정, 1999.

_____, 『한일고대문학비교연구』, 박이정, 2002.

이인모, 「청산별곡 내용의 재검토」, 『국어국문학』 61, 국어국문학회, 1973.

이재선, 『우리문학은 어디에서 왔는가』, 소설문학사, 1986.

이종출, 『한국고시가연구』, 태학사, 1989.

_____, 「〈황조가〉논고」, 『조대문학』 제5집, 1964.

이지영, 『한국 건국신화의 실상과 이해』, 월인, 2000.

이진희, 『한국과 일본문화』, 을유문화사, 1982.

이택후, 권호 역, 『화하미학』, 동문선, 1990.

이토요시히데, 「오리구치 시노부의 예능학을 통해 본 한국의 민속」, 고려대 박사논문, 2003.

이혜구, 「한국음악서설」, 서울대 출판부, 1975.

임기중, 『연행가사연구』, 아세아문화사, 2001.

_____, 「연행가사와 연행록」, 『가사연구』, 태학사, 1998.

임기중 외, 『경기체가 연구』, 태학사, 1997.

임동권, 「민요와 설화의 교섭」, 『인문학연구』 제4·5합집, 중앙대인문학연구소, 1977.

_____, 『한국민요사』, 집문당, 1981.

임재해, 「노래의 생명성과 민요연구의 현장 확장」, 『민요·무가·탈춤연구』, 태학사, 1998.

_____, 「'시용향악보' 소재 무가류 시가 연구」, 『영남어문학』 9, 영남어문학회, 1982.

임주탁, 『강화천도 그 비운의 역사와 노래』, 새문사, 2004.

_____, 「수용과 전승양상을 통해 본 고려가요의 전반적인 성격」, 『진단학보』 83호, 진단학회, 1997.

_____, 「조선초기 사용 악가·악사에 함축된 사상」, 『시기시와 예술사의 관련양상』, 한국시가학회편, 보고사, 2000.

_____, 「〈청산별곡〉의 독법과 해석」, 『한국시가연구』 13, 한국시가학회, 2003.

_____, 『옛노래 연구와 교육의 방법』, 부산대학교 출판부, 2009.

임주탁·주문경, 「〈황조가〉의 새로운 해석 ―관련서사의 서술 의도와 관련하여―」, 『관악어문연구』 29, 서울대 국어국문학과, 2004

임철규, 『우리시대의 리얼리즘』, 한길사, 1983.

임형택, 「계미통신사와 실학자들의 일본관」, 『창작과비평』, 1994년 가을호.

_____, 『옛노래, 옛사람들의 내면풍경』, 소명출판, 2005.

장덕순, 『국문학통론』, 신구문화사, 1960.

_____, 「일동장유가와 일본의 가무기」, 『한국문학의 연원과 현장』, 집문당, 1986.

_____, 『한국문학사』, 동화문화사, 1976.

장석만, 「돌이켜 보는 '망국의 종교'와 '문명의 종교'」, 『전통과 서구의 충돌』, 역사비
　　　평사, 2001.

장지영, 「옛노래 읽기(청산별곡)」, 『한글』 통권제108호, 한글학회, 1955.

장홍재, 「〈황조가〉의 연모대상」, 『국어국문학 연구논문집』, 청구대학 국어국문학
　　　회, 1963.

정기철, 「청산별곡 5·6년의 뒤바뀜 문제에 대한 연구」, 『한국언어문학』 45, 한국언
　　　어문학회, 2000.

정동화, 『한국민요연구』, 일조각, 1981.

정무룡, 「〈황조가〉 연구 1」, 『청천강용권박사 송수기념논총』, 태화출판사, 1986.

정병욱, 『한국고전시가론』(증보판), 신구문화사, 1984.

정병헌, 「청산별곡의 이미지 연구 서설」, 『국어교육』 49·50, 한국국어교육연구회,
　　　1984.

정상균, 「혜성가·원가 연구」, 『한국 판소리 고전문학 연구』, 아세아문화사, 1983.

정인보, 「송강과 송강가사」, 『송강문학연구』, 국학자료원, 1993.

정재호, 「'청산별곡'의 새로운 이해 모색」, 『국어국문학』 139, 국어국문학회, 2005.

정재호 편, 『한국잡가전집』, 계명문화사, 1984.

정출헌, 「고려가요의 층위와 그 전승양상」, 『민족문학사연구』 13호, 민족문학사연구
　　　소, 1998.

정한기, 「일동장유가에 나타난 일본에 대한 인식 연구」, 『관악어문연구』 25집, 서울
　　　대 국문학과, 2000.

정혜원, 「고려한역시가고」, 「관악어문연구」 5집, 1980.

조규익, 『국문사행록의 미학』, 역락, 2004.

_____, 『선초 악장문학 연구』, 숭실대 출판부, 1990.

_____, 「송강문학의 국문학사적 의의」, 『송강문학연구』, 국학자료원, 1993.

_____, 「조선조 시가 수용의 한 측면」, 『선초악장문학연구』, 숭실대학교 출판부,
　　　1990.

_____, 『조선초기아송문학연구』, 태학사, 1986.

_____, 『조선조 악장의 문예미학』, 민속원, 2005.

조동일, 「처용가무의 연극사적 이해」, 『탈춤의 역사와 원리』, 기린원, 1988.

_____, 『동아시아 구비서사시의 양상과 변천』, 문학과지성사, 1997.

_____, 『세계·지방화시대의 한국학 1』, 계명대출판부, 2005.

_____, 『탈춤의 역사와 원리』, 기린원, 1988.

_____, 『탈춤의 원리 신명풀이』, 지식산업사, 2006.

_____, 『한국문학통사』 1·2·3(개정 4판), 지식산업사, 2005.

_____, 『한국시가의 역사의식』, 문예출판사, 1993.

_____, 『한국시가의 전통과 율격』, 한길사, 1982.

조선통신사 문화사업추진위원회, 『마음의 교류 조선통신사』, 2004.

조성윤, 「정치와 종교」, 『사회와 역사』 53집, 문학과 지성사, 1998.

조 엄, 『해사일기』, 민족문화추진위, 1975.

조윤제, 『국문학사』, 동방문화사, 1949.

_____, 『조선시가사강』, 동광당서점, 1954.

_____, 『한국문학사』, 동국문화사, 1963(탐구당, 1985).

_____, 『한국시가사강』, 을유문화사, 1954.

조해숙, 『조선후기, 시조한역과 시조사』, 보고사, 2005.

차주환, 『고려사악지』, 을유문화사, 1972.

_____, 『중국시론』, 서울대출판부, 1989.

청주사대 국어교육과, 『청사어문』 제5집, 1988.

최광식, 『고대 한국의 국가와 제사』, 한길사, 1994.

최광식, 「한국 고대국가의 지배이데올로기」, 『한국사의 시대구분』, 신서원, 1995.

최규수, 「송강 정철 시가의 미적 특질 연구」, 이화여대 박사학위 논문, 1996.

_____, 『19세기 시조대중화론』, 보고사, 2005.

최동원, 「고려속요의 향유계층과 그 성격」, 『고려가요연구』, 새문사, 1982.

최박광, 「한일간 문학교류」, 『명지어문학』, 1983.

최상은, 『가사문학의 이념과 정서』, 보고사, 2006.

최용수, 『고려가요 연구』, 계명문화사, 1993.

_____, 「권근의 상대별곡에 대하여」, 『한국시가연구』 1집, 한국시가학회, 1997.

_____, 「주세붕의 경기체가 연구」, 『배달말』 30, 배달말학회, 2002.

_____, 「청산별곡고」, 『어문학』 49, 한국어문학회, 1988.

최재남, 「김구의 남해생활과 화전별곡」, 『사림의 향촌생활과 시가문학』, 국학자료원, 1997.

_____, 「경기체가 장르론의 현실적 과제」, 『신편 고전시가론』, 새문사, 2002.

최정윤, 「〈청산별곡〉의 의미와 향유 의식」, 『한국문학이론과 비평』 33, 한국문학이론과 비평학회, 2006.

최진원, 『국문학과 자연』(개정판), 성균관대출판부, 1981.

_____, 「국문학에 나타난 자연」, 『도남학보』 제10집, 도남학회.

_____, 『증보 한국고전시가의 형상성』, 성균관대 대동문화연구원, 1996.

_____, 「처용가의 '동경' '나후' '상불어'고」, 『도남학보』 19집, 도남학회, 2001.

_____, 『한국신화고석』, 성균관대 대동문화연구원, 1994.

최 철, 『고려국어가요의 해석』, 연세대학교출판부, 1996.

하태석, 「무가계 고려속요의 성격연구」, 『어문논집』 43집, 민족어문학회, 2001.

한림대학 아시아문화연구소 편, 「홍천군의 전통문화」, 1987.

한정미, 「주술동요의 사설구조와 기능 연구」, 강릉대 석사학위 논문, 1994.

한창훈, 『시가와 시가교육의 탐구』, 월인, 2000.

_____, 『고전문학과 교육의 다각적 해석』, 역락, 2009.

한채영, 「구비시가의 텍스트 거시구조와 인접성의 배열방식」, 『민요・무가・탈춤연구』, 태학사, 1998.

함재봉, 「아시아적 가치 논쟁의 정치학과 인식론」, 『전통과 현대』 1998년 가을호.

허남춘, 「황조가의 제의적 성격」, 『성대문학』 24집, 성균관대 국문학과, 1985,

_____, 『고전시가와 가악의 전통』, 월인, 1999.

_____, 「음사로 정의된 기층신앙의 실체 연구」, 『인문과학』 31집, 성균관대 인문과학연구소, 2001.

허세욱, 『중국고대문학사』, 법문사, 1986

허흥식, 「불교사상사에서 본 고대의 기점과 종점」, 『한국사의 시대구분』. 신서원, 1995.

현용준, 『무속신화와 문헌신화』, 집문당, 1992.

_____, 「월명사 도솔가 배경설화고」, 『무속신화와 문헌신화』, 집문당, 1992.

_____, 『제주도 무속과 그 주변』, 집문당, 2002.

현용준・현승환, 『제주도무가』, 고려대 민족문화연구소, 1996.

현승환, 「'내복에 산다' 계 설화연구」, 제주대학교 박사학위논문, 1992.

_____, 「황조가 배경설화의 문화배경적 의미」, 『백록논총』 1, 제주대, 1992.

현종호, 『국어고전시가사연구』, 보고사, 1996.

황경숙, 『한국의 벽사의례와 연희문화』, 월인, 2000.

황병익, 「『삼국사기』 유리왕 조와 〈황조가〉의 의미 고찰」, 『정신문화연구』 제32권 제3호, 2009. 9.

_____, 「혜성가의 쟁점과 의미 고찰」, 『한국시가연구』 17집, 한국시가학회, 2005.

황패강・윤원식, 『한국고대가요』, 새문사, 1986.

〈논문 출전〉

황조가 신고찰, 한국시가연구 5집, 한국시가학회, 1999. 8.

송강 시조의 미의식, 반교어문연구 10집, 반교어문학회, 1999. 12.

고전시가와 예악사상 – 조선전기의 고려가요 수용을 중심으로, 한국시가연구 7집, 한국시가학회, 2000. 6.

고전시가교육의 방향과 과제, 백록어문 17집, 백록어문학회, 2001. 2.

정석가의 표현미와 시간의식, 한국고전문학연구, 민속원, 2002. 2.

조선조 예악과 근대수용에 대한 시론, 반교어문연구 15집, 반교어문학회, 2003. 8.

고려 처용가와 무가의 주술성 비교, 고전시가 엮어 읽기(상), 태학사, 2003. 8.

한림별곡과 조선조 경기체가의 향방, 한국시가연구 17집, 한국시가학회, 2005. 2.

청산별곡의 당대성과 현재성, 한국언어문화 28집, 한국언어문화학회, 2005. 12.

가사를 통해 본 중국과 일본, 어문연구 52집, 어문연구학회, 2006. 12.

혜성가·도솔가의 일원론적 세계관과 민심의 조화, 어문연구 56집, 어문연구학회, 2008. 4.

찾아보기

【가】
가면 144
가사 270
간절한 염원 108, 120, 122, 230
갈래길 148, 151, 152
감동론 66
강호시가 240
개운포 77
겹 119
결백 262, 263, 268
경기체가 165, 186, 204, 207, 238
계절제의 38, 39, 44, 48, 214
고대시가 208
고려도경 109
고려사 143
穀母 41, 43
공락 187
공무도하가 214
공수 85, 88, 89
관동별곡 169, 259
광대 144
구나행 76
구애곡 16
구지가 63, 90, 91, 209
궁중악 334, 351
궁중찬가 328, 330
권문세족 144, 327, 331
금성별곡 171

금합자보 109
궁호방탕 184
꽃 92, 189, 192, 224, 258

【나】
나(儺) 79, 81
나례 75, 82, 95, 99
낭승 54, 218
뉴런의 혁명 62

【다】
답교가 112
대성악 318
대한매일신보 243
덕치 362
도락 186, 187
도락적 167
도량형 67, 71, 339, 354
도산십이곡 201
도솔가 60, 62, 64, 219
독락팔곡 193
동동 236
東明王篇 32, 34

【마】
만전춘 324
만전춘별사 120, 236
만파식적 69

亡國之音 315, 326, 351, 352
모죽지랑가 203, 225
무가 73, 85, 89
무당 216
무오연행록 281
무자서행록 270, 274, 285
문명 287, 333, 356
문물 280, 283, 289
미륵 61, 62, 70
미신타파 운동 358
미타찬 178
민심 58, 67, 71, 220, 337, 340, 342, 353
민요 308, 309
민족문학사 205

【바】
법치 359, 360, 362
벽사의례 81
변화미 239
보태평 323, 329
不屈歌 104
불가능의 역설 111, 113, 115, 118
불교 118, 177, 238
불굴가 108

【사】
사뇌가 225
사대부 167
사룡 102
사림파 184
사모곡 181
四美具 252
思美人曲 250

사설시조 244
4음보 182, 183, 235, 238, 239
사행가사 301
삼공본풀이 221
삼국사기 28, 142
삼국유사 54, 55, 60
삼동 296
3음보 183, 235
상대별곡 169, 188, 190, 192
새 146, 147, 150, 159
새들도 세상을 뜨는구나 158, 161
서경별곡 217
서동요 221, 222
서사시 16, 44
서정시 45, 50
仙風 79, 319
성산별곡 259
세종실록 345
소중화 275, 277, 299
속악 314, 315, 318, 322, 326, 352
속요 207, 228, 231, 237, 309, 331
송강 242, 247, 249
송도 98, 115, 117, 194, 229, 236, 330
水路 94
수정사 234
술 141, 150, 188, 189, 192, 249, 251, 253, 255, 257, 295
시경 47, 214, 316
시조 265
식민사관 357
신명 164
신사대주의 359
신흥사대부 237, 327
쌍화점 144, 231, 324

【아】

아악 353
악곡 180
악곡구성 74
악부 106, 122
악장 179, 183, 314, 327, 351
악장가사 352
樂學軌範 349, 352
안민가 227
에스노센트리즘 361
에정지 134, 141, 143
역설적 과장 105, 107, 111
역신 98
연행사 272, 299
열병신 96
禮記 338, 342, 343, 351, 353
예악 280, 315, 319, 332, 333, 334,
　　　335, 336, 342, 355, 362
五冠山 104
오신 85, 87
완결미 239
요가(鐃歌) 107, 108, 109
용담유사 242
용비어천가 68, 351
용신 92
雨森東 297
우주의 변괴 56
원가 206, 226
원왕생가 227
원형상징 207
월명사 65, 68
위협 91, 92, 95
유교망국론 357
유기체적 일원론 347
유락 186, 188

유락적 167
유랑예인 145
유리왕 28, 42
유사시조 244
유학 360
율려 340, 343, 364
융천사 57
을병연행록 280
음사(淫祀) 307
음사(淫辭) 307, 180, 229, 309, 311,
　　　326
음식 292, 294, 296, 298
이객환대 96, 97
이공본풀이 34
이별육가 185
이상향 139, 141, 156, 160, 163
이여도 138
이행기 207
인간성 해방 157
일동장유가 270, 287
일원론 70
입춘굿놀이 40, 213

【자】

자연관 344, 348
자학 359
장유가 270
장진주사 255, 258
정과정곡 235
정대업 323, 329
정동방곡 320
鄭石歌 101, 104, 111, 181, 230
제망매가 65, 217
제위보 120, 231
제주민요 264

제천의례 312, 317
제천의식 205, 313
조선통신사 276, 303
조화 59, 66, 267
종묘악 321
종묘제례악 352
종묘제사 338
주몽 31
주술 74, 78, 84, 90, 92, 97, 210, 211, 219
주술성 50
주자학 276, 356
죽계별곡 170, 171
增補文獻備考 338, 339, 340, 341, 345
지속 가능한 개발 364

【차】
찬기파랑가 226
창세신화 62
처용 80, 84, 86, 93
처용가 73, 88, 232
처용무 77
처용희 75, 78, 99
천신신앙 206
천지왕본풀이 61
淸高 261, 266
청산 138, 150, 154, 156, 162, 234
청산별곡 127, 137, 234
추천사 158
충담사 226
충신연주지사 328
치도 341
치병의례 73

【타】
탐라요 233
토템신앙 209, 210
통신사 272, 274, 275, 297, 299
통치질서 68, 353

【파】
팔관회 115
평화 303
風流 242, 251, 258
풍속 289, 291
풍아 241
풍요제의 37, 47, 51
풍입송 318

【하】
한림별곡 165, 172, 175, 204
해가 63
海槎日記 273
향가 54, 203, 218
향악 317, 321, 323
헌화가 223
형정 341
혜성 56
혜성기 57, 68
호방 251, 262
화랑 70, 220, 225
화산별곡 180, 192
화전별곡 169, 182, 188, 189, 191
화희치희설화 27, 35, 36
黃鷄詞 112, 114
황조가 25, 212
훈구파 185
홍취 166, 240, 255

▌허남춘

성균관대학교 국문학과 졸업.
동 대학원 수료. 문학박사.
동경대학 객원연구원, 탐라문화연구소장 역임.
현재 제주대학교 국문학과 교수.
저서:『고전시가와 가악의 전통』(월인, 1999)『제주의 음식문화』(국립민속박물관,
      2007) 등 다수.

황조가에서 청산별곡 너머

2010년 3월 2일 초판 1쇄 펴냄

지은이 허남춘
펴낸이 김흥국
펴낸곳 도서출판 보고사

책임편집 윤은영
표지디자인 윤인희

등록 1990년 12월 13일 제6-0429호
주소 서울특별시 성북구 보문동7가 11번지 2층
전화 922-5120~1(편집), 922-2246(영업)
팩스 922-6990
메일 kanapub3@chol.com
http://www.bogosabooks.co.kr

ISBN 978-89-8433-797-8 93810
ⓒ 허남춘, 2010

정가 18,000원